d

Arnon Grünberg

Mit Haut und Haaren

Roman
Aus dem Niederländischen
von Rainer Kersten

Diogenes

Die Originalausgabe erschien 2010 unter dem Titel:
›Huid en Haar‹ bei Nijgh & Van Ditmar, Amsterdam
Copyright © 2010 by Arnon Grünberg
Umschlagillustration: Amy DeVoogd (Ausschnitt)
Copyright © Amy DeVoogd / Photodisc / Getty Images

Alle deutschen Rechte vorbehalten
Copyright © 2012
Diogenes Verlag AG Zürich
www.diogenes.ch
100/12/44/1
ISBN 978 3 257 06813 9

Für R + M + M + M + M + M

Inhalt

I

Leichtsinn

»Worauf wartest du noch?«, fragt Lea.

Sie trägt einen schwarzen Wollmantel mit Pelzkragen, aus dem Secondhand-Laden. Einen neuen könnte sie sich in dieser Preisklasse nicht leisten.

Lea reist mit leichtem Gepäck. Ein Rucksack genügt für fünf Tage. Mit einem Föhn bekommt man die meisten Knitterfalten aus der Kleidung wieder heraus.

Auf ihrem Knie liegt eine Hand. Doch eine Hand auf dem Knie ist noch keine Intimität.

»Wovon sind Sie noch mal Kennerin?«, hatte ein Professor am Abend sie beim Abschiedsumtrunk gefragt, während er die Hand wie nebenbei auf ihren Oberarm legte. Ihr war es unangenehm gewesen. Sowohl seine Frage als auch die Berührung.

Keine Stunde zuvor hatte sie im Badezimmer ihr Kleid über die Dusche gehängt und es mit dem Föhn bearbeitet. Die Knitterfalten gingen schwerer raus als gedacht. Doch morgen Vormittag fliegt sie nach Hause, dann kann sie das Kleid dampfbügeln lassen.

›Kenner‹. Ein alberner Ausdruck. Eigentlich kann man ihn nur in der Verneinung benutzen, wie zum Beispiel in: »Ich bin kein Kenner chinesischer Vasen.«

Sie ist Spezialistin für Rudolf Höß, das könnte man sagen. »Höß«, hatte sie darum erwidert und sich dann mit den Worten entschuldigt: »Ich muss kurz nachsehen, ob ein paar Bekannte von mir noch da sind.«

In einer Ecke, eingeklemmt zwischen einem Pfeiler und einem gestikulierenden Herrn mit Bart, hatte sie Roland Oberstein entdeckt. Am liebsten wäre sie direkt auf ihn zugegangen, um ihn anzuflehen: »Rette mich.«

Pathetisch natürlich. Doch ist die Hoffnung, gerettet zu werden, nicht immer pathetisch? Wie aber ohne die Hoffnung auskommen? Und wenn wir schon Rettung suchen: Sollten wir uns dabei nicht lieber nur auf uns selbst verlassen? Sie weigert sich, dies als Leitsatz zu akzeptieren.

Der Professor war ihr gefolgt. »Höß«, hatte er gesagt, »der Kommandant von Auschwitz. Spannendes Thema. Hatte er nicht ein Verhältnis mit einer Lagerinsassin? Nach dem Krieg haben die Polen ihn aufgehängt, nicht wahr?« Daraufhin hatte der Professor Lea an eine Wand manövriert und ihr einen Vortrag über die Nürnberger Prozesse gehalten. Er habe dazu einen großen Artikel verfasst, und außerdem – hatte er übergangslos hinzugefügt – leide er an einer Glutenallergie und backe sich darum jeden Morgen zum Frühstück Pfannkuchen aus Buchweizenmehl.

Leas Zimmer ist auf einer Nichtraucheretage, trotzdem stinkt es darin nach Rauch. Unmittelbar nach der Ankunft hatte sie die Rezeption angerufen und um ein zusätzliches Handtuch gebeten. Sie sucht Gesellschaft, schon lange. Hier in dieser Stadt, wo sie schon zweimal gewesen ist, soll es endlich so weit sein. Wenn nicht jetzt, wann dann? So viele Konferenzen besucht sie nun auch wieder nicht. Außerdem mag Lea große Handtücher. Wenn sie schon kein Badetuch bekommen kann, möchte sie wenigstens zwei kleine.

Die Rezeptionistin hatte Leas Deutsch nicht verstanden. Daraufhin hatte Lea ihre Bitte auf Englisch wiederholt, aber auch damit hatte die Rezeptionistin offenbar Schwierigkeiten. »Sie haben doch schon eins«, hatte sie in gebrochenem Englisch geantwortet. »Es sind doch Handtücher auf Ihrem Zimmer?« Sie hatte argwöhnisch geklungen. Der Gast als Handtuchdieb.

Lea hat langes, kräftiges braunes Haar. Ab und zu entfernt sie ein graues mit einer Nagelschere. Ansonsten wirkt sie eher zerbrechlich. Man sagt ihr oft, sie habe einen traurigen Blick, obwohl sie das selbst gar nicht findet. Andere wiederum meinen, sie sei ein Genie. Vielleicht müssen Genies unglücklich dreinschauen.

Trotzdem würde sie gern anders wirken. Wenigstens nicht so, dass Leute sofort denken: Mein Gott, was ist die Frau schwermütig. Seit kurzem schluckt sie Tabletten gegen die Schwermut. Es gibt Nachmittage, an denen sie vom Schreibtisch aufsteht, um sich einen Kaffee zu kochen, dann in die Küche geht und plötzlich denkt: Ich schaue nicht bloß unglücklich drein, ich bin es.

Sie würde gern frivoler, leichtsinniger wirken. Sie hofft, dass die Tabletten sie unbeschwerter machen, ihr ein gewinnenderes Wesen verleihen.

»Worauf wartest du noch?«, fragt sie nun zum zweiten Mal, nachdem sie die Hand auf das Knie ihres Besitzers zurückgelegt hat. Eine Hand, die auf ihrem Knie herumliegt wie schwitzender Käse auf einer Käseplatte, kann sie nicht brauchen.

Sie sitzt in der Bar des NH Hotels Frankfurt City, die gleichzeitig auch als Restaurant und Frühstücksraum dient und sie an eine Betriebskantine erinnert, obwohl sie noch nie in einer gewesen ist.

Lea hat eine Schwäche für arische Typen: blond, helle Haut. Nur ab und zu hat sie eine Ausnahme gemacht. Roland Oberstein sieht ziemlich arisch aus. Blondes Haar, helle Haut, blaue Augen. Trotzdem kann das nicht der einzige Grund sein, warum er solch eine Anziehungskraft auf sie ausübt. Für Verlangen braucht es mehr.

Beim Willkommensdiner für die Konferenzteilnehmer und ihre Begleitung in ebendiesem Raum kam sie mit ihm ins Gespräch. Die meisten Teilnehmer hatten tatsächlich Begleitung mitgebracht. Eine etwas ältere, leicht ungepflegt wirkende Dame war mit ihren zwei Enkeln gekommen. Die Frau sollte einen Vortrag über Moral und Gedächtnis halten.

Roland Oberstein antwortet immer noch nicht. Allmählich macht sein Schweigen sie kribbelig.

Plötzlich klingelt ihr Handy. Sie steht auf und entfernt sich von dem Tisch, an dem sie und Oberstein sich vor gut einer halben Stunde niedergelassen haben, nachdem sie gemeinsam von der Abschiedsparty geflüchtet waren.

Erst neben dem Frühstücksbuffet, das schon teilweise aufgebaut ist – Marmelade, Honig und Nusscreme liegen in kleinen Portionspackungen in einem Korb –, nimmt sie das Gespräch an.

Die Hotelbar ist leer. Es ist kalt, darum hat sie den Mantel anbehalten. Obwohl man ihr versichert hatte, das Hotel liege im Zentrum der Stadt, fühlt sie sich wie mitten in einem Industriegebiet.

»Außerdem ist das Hotel in der Nähe des Flughafens«,

hatte jemand von der Organisation ihr gemailt. »Die meisten anderen Konferenzteilnehmer wohnen auch dort.«

»Das Hotel sieht so ausgestorben und deprimierend aus«, hatte Lea zurückgemailt, nachdem sie es im Internet begutachtet hatte. »Ich mag keine deprimierenden Hotels. Auch wenn sie in der Nähe des Flughafens liegen.«

Es hatte nichts genutzt. Trotz ihrer Einwände hatte man sie in dem deprimierenden Hotel untergebracht.

In der Essensschlange am Buffet, bei den Vorspeisen, hatte Oberstein am ersten Abend unvermittelt das Wort an sie gerichtet: »Ich hasse Buffets, das Phänomen an sich«, hatte er gesagt. »Was sie einem auch vorsetzen, immer erinnert es an eine Armenspeisung. Warum können sie uns nicht am Tisch bedienen?«

»Haben Sie Erfahrung mit Armenspeisungen?«, hatte sie gefragt.

»Nein, und ich bin auch nicht erpicht darauf. Bis man vorn angekommen ist, ist das Beste längst weg. Aber vielleicht sollte ich mich erst einmal vorstellen: Roland Oberstein, aus den Niederlanden, aber ich unterrichte in den USA, in Fairfax. Mein Spezialgebiet, unter anderem, ist Adam Smith. Das hier ist ein Kollege von mir aus der Schweiz, Sven Durano. Wir sind die Wirtschaftswissenschaftler auf dieser Veranstaltung.«

Adam Smith. Sie konnte sich nicht erinnern, während des Studiums mal einen Text von ihm gelesen zu haben.

Am anderen Ende hört Lea ein Rauschen, aber keine Stimme. »Hallo«, sagt sie. »Hallo?«

Unknown number stand auf dem Display. Darum hat sie abgenommen. Es könnte etwas Dringendes sein.

Endlich kann sie etwas verstehen. Eine Stimme: »Hier Anca.«

Anca. Die Babysitterin. Sie ist neu und kommt aus Rumänien. Man braucht mindestens vier, weil immer drei nicht können. Sie sind krank, haben Prüfung, ihre Tante ist gestorben, oder alles auf einmal. Lea sieht Anca vor sich. Spitzes Gesicht, glattes blondes Haar, abgetragene Jeans, breiter Gürtel, enger Pullover, der ihre ohnehin beachtlichen Brüste noch hervortreten lässt.

Lea stützt sich am Frühstücksbuffet ab und versucht, sich auf Ancas Geschichte zu konzentrieren.

Leas Tochter hat Nasenbluten. Ava heißt sie, nach Ava Gardner. Leas Großvater hat ein Faible für Ava Gardner. Hatte, sollte sie vielleicht sagen, denn er ist dement. Es geht ihm immer schlechter. Wahrscheinlich hat er schon lange vergessen, wer Ava Gardner überhaupt ist.

»Alles voller Blut«, sagt die Babysitterin in ihrem gebrochenen Englisch. »Auch ich.« Es klingt, als finde sie Letzteres am schlimmsten.

»Leg Ava den Kopf in den Nacken. Dann hört es von allein wieder auf. Sie hat das öfter. Es ist nicht gefährlich.«

»Nein«, sagt Anca, »man darf Kopf nicht nach hinten legen, dann verstopft. Muss Nase zudrücken. Es kommt aus linke Nasenloch. Ich drücke schon zwanzig Minuten, aber hört nicht auf. Darum ich telefoniere.«

Will eine rumänische Babysitterin ihr erklären, wie man Nasenbluten behandelt?

»Wie meinst du das, es hört nicht auf?«

»Fängt immer wieder an«, sagt Anca. Lea fragt sich, ob

Anca so verzweifelt klingt, weil sie kein Blut sehen kann oder weil sie ihrem Job einfach nicht gewachsen ist.

»Wo sind die Kinder jetzt?«, will sie wissen.

»Sie sitzen vor Fernsehen.«

Lea will das Gespräch beenden. Sie hat nicht vor, um diese Uhrzeit an einem Sonntagabend eine Diskussion über Nasenbluten zu führen. Daheim in Brooklyn geht sie mit ihren Kindern manchmal in den Prospect Park ganz in ihrer Nähe, wo sie sich gemeinsam die Schwäne angucken. Dann stellt sie sich vor – so beginnt ihr Tagtraum immer –, wie die Kinder an einem kalten Herbstnachmittag immer näher ans Wasser heranlaufen, bis sie zuletzt ganz darin verschwinden und nicht mehr auftauchen. Nur die Schwäne schwimmen noch im Teich, wie immer. Und sie steht am Ufer. Dann schiebt sie den Kinderwagen, in dem nur noch die Reiswaffeln liegen, langsam nach Hause. Damit endet ihr Tagtraum. Doch er kehrt immer wieder.

»Gibt es hier noch mehr Ökonomen?«, hatte Lea am ersten Abend in der Buffetschlange gefragt. »Ich wusste nicht, dass auch Wirtschaftswissenschaftler zur Konferenz eingeladen waren.«

»Wir sind die Einzigen«, hatte Oberstein geantwortet. »Hier sind wir die Außenseiter.«

Sie hatte freundlich gelacht. »Außenseiter.« Das sollte bestimmt ein Witz sein.

»Anca, du wirst mit so einem Nasenbluten doch wohl allein fertig! Du willst mir doch nicht erzählen, dass du mir deswegen bis nach Deutschland hinterhertelefonierst?«

»Ihr Sohn ist auch voll Blut, Missis Lea. Hier große Problem.«

Sie klingt hysterisch. Lea hätte eine andere nehmen sollen. Beim Vorstellungsgespräch wirken sie ruhig und freundlich, aber kaum ist man weg, drehen sie durch.

»Hat mein Sohn auch Nasenbluten?«

Lea beginnt, in der leeren Bar hin und her zu laufen.

Roland Oberstein hat sich mittlerweile auf einem heruntergekommenen Sofa am Fenster niedergelassen, ein Buch hervorgeholt und liest. Sie mustert ihn, seine Haare, sein Hemd, seine Nase, doch er erwidert den Blick nicht. Oberstein scheint die Kälte nicht zu spüren. Er sieht nicht aus wie ein Wirtschaftswissenschaftler, sie könnte ihn sich eher als Dirigenten vorstellen oder als zweiten Geiger in einem Orchester. Ein biederer Musiker mit durchschnittlichen Ambitionen.

Während Lea sich etwas zu essen nahm, ein paar Garnelen und ein wenig gebratenen Ziegenkäse, hatte Sven Durano gesagt: »Ich bin auch Historiker, nicht nur Ökonom, und insofern hier weniger Außenseiter als Oberstein. Der ist nur Ökonom. – Sie befassen sich bestimmt auch mit Geschichte?«

Sven Durano hatte ihre Brust angestarrt, zweifellos auf der Suche nach ihrem Namensschild. Sie hasst Namensschilder. Ihres hatte sie sich am Hoteleingang heruntergerissen und es in die Handtasche gesteckt.

»Von Hause aus bin ich Kunsthistorikerin, mein Spezialgebiet hier hat wenig mit meinem Studium zu tun.« Sie hatte erwartet, dass er irgendwie nachfragen würde, nach ihrem Spezialgebiet, dem Grund ihrer Anwesenheit auf dieser Tagung, doch Durano hatte nur ihren Blick gehalten und freundlich gesagt: »Die Garnelen sehen gut aus!«

»Hat mein Sohn auch Nasenbluten?«, fragt Lea noch einmal.

Sie spricht immer leise. Als hätte sie Angst, jemand könnte sie abhören, so leise, dass man sie oft nicht versteht.

Als Kind wollte sie sich immer am liebsten in Luft auflösen. Das Flüstern nimmt die Stille der definitiven Abwesenheit gewissermaßen vorweg. Noch immer sehnt sie sich manchmal nach dem Unsichtbarsein.

»Ihr Sohn ist voll Blut von Tochter. Es kommt aus linke Nasenloch. Hört einfach nicht auf. So was noch nie erlebt.«

Anca klingt, als würde sie jeden Moment losheulen. Lea findet den Überfluss an Details, mit denen sie das Nasenbluten beschreibt, unangenehm.

»Sowie Ava nicht mehr blutet, kannst du Gabe waschen. Mein Mann kommt bald nach Hause und kümmert sich um den Rest. Es ist nichts Schlimmes. Sie sind Kinder. Die haben manchmal Nasenbluten. Es tropft etwas nach, so was kommt vor. Aber jetzt muss ich wirklich Schluss machen.«

Ihr Sohn heißt eigentlich Gabriel, doch alle nennen ihn Gabe. Er ist nicht nach einem Filmstar benannt.

Lea geht zu dem Sofa, setzt sich neben Roland und steckt das Handy in ihre Handtasche.

Ihr leeres Weinglas steht noch auf dem Tisch, wo schon für das Frühstück gedeckt ist. Sie fragt sich, ob das Weinglas wohl noch dastehen wird, wenn morgen früh die ersten Gäste erscheinen.

»Ich weiß es nicht«, sagt Roland Oberstein langsam und ohne sie anzusehen. »Das war doch deine Frage – worauf ich warte? Ich weiß es nicht. Hast du irgendwelche Erwartungen?«

Lea schaut zur Decke. Auch die sieht vergammelt aus. Ein Wasserschaden vermutlich. Große braune Flecken. Gerade erst gebaut und bereits Wasserflecken. So hatte das Hotel auch auf der Website gewirkt, modern und doch schon marode.

»Ja«, will sie sagen, »ich habe Erwartungen, und ob. Und ich kann mir nicht vorstellen, dass es jemanden gibt, der gar nichts erwartet.«

Doch bevor sie antworten kann, fragt Oberstein: »Muss man immer Erwartungen haben? Glaubst du wirklich, dass jedermann welche hat?« Sie findet, dass er sarkastisch klingt.

Sie denkt an ihre Kinder. An das Blut. Ihre Katze. Ihren Mann. Ihre Arbeit.

»Ich glaube schon«, antwortet sie mit Nachdruck.

»Das ist doch nur eine Phrase«, erklärt Roland, und jetzt sieht er sie an. Mit freundlicher Bestimmtheit. Der Blick von jemandem, der seinen Gesprächspartnern Phrasen nicht durchgehen lässt.

»Irgendwann ist ein Thema erschöpft«, antwortet Lea, den Blick auf ihr leeres Weinglas gerichtet. »Dann muss etwas geschehen, denn es ist alles gesagt. Wir waren bei der Intimität.«

Das Wort, das ihr auf der Zunge liegt, will sie nicht aussprechen: Sex. Sie hat eine Bemerkung in der Luft hängen lassen, er eine doppeldeutige Frage gestellt. Für ihre Verhältnisse ist das ein gewagtes Gespräch. So redet sie nicht mit Fremden, nicht mal mit ihren Freunden.

»Bei körperlicher Intimität. Noch nie habe ich mit einem Fremden so viel darüber gesprochen wie jetzt mit dir.«

Ob körperliche Intimität ihre Erlösung sein könnte? Sie ist an einem Punkt angelangt, wo Sex als die einzige Rettung erscheint.

Seine persönlichen Fragen waren eine Spur technisch gewesen, doch keineswegs unhöflich. Interessiert hatte er geklungen, wie ein Mann mit viel Einfühlungsvermögen. Vor allem für einen Ökonomen.

»Ich spreche immer lieber über Dinge, die die Leute wirklich beschäftigen«, sagt Oberstein, während er sein Weinglas anstarrt. »Bloß Konversation zu machen, empfinde ich als Verschwendung meiner zeitlichen Ressourcen.«

Natürlich könnte er sie auch einfach nicht attraktiv finden. Doch warum sollte er dieses Thema dann anschneiden? In dem Fall redet man eben weiter über den Zweiten Weltkrieg. »Die Shoah und die europäische Identität« war das Thema der Konferenz. Auf die europäische Identität war sie in ihrem Vortrag nicht eingegangen. Darüber wusste sie nicht Bescheid.

»Eine Tat ersetzt tausend Worte. Das kann eine Erlösung sein«, sagt sie. »Keine Worte mehr. Stille.«

Lea weiß nicht mehr, wie lange sie schon von einer Affäre träumt; wenn sie nicht irrt, seit ihrer ersten Schwangerschaft mit ihrem Sohn Gabe.

Lange hat sie gedacht, dass Menschen Phantasien brauchen und dass die ihnen im Grunde genügen. Ihr Mann hält sie für eine Frau, die von einer Affäre vielleicht träumt, dann aber beschließt, es nicht so weit kommen zu lassen. Weil ihr im letzten Moment klar wird, dass sie ihn liebt. Und sei es nur darum, weil er so gut zu den Kindern ist. Fürsorglich, aufmerksam, gefühlvoll. Im Internet hat sie schon mal Annoncen studiert, auf der Straße ist sie einem Fremden gefolgt, während sie eigentlich unterwegs zu einem Zeitzeugen war, einem Neunzigjährigen. Sie kam eine Viertelstunde zu spät, schweißgebadet, der alte Mann öffnete ihr, und sie dachte: So kann das nicht weitergehen.

Lea beugt sich zu Oberstein. Sie riecht sein Aftershave. Und den Wein. Zudem einen leichten Geruch nach Pommes frites.

»Ich bin mir nicht sicher, ob ich dir noch folge«, sagt er. »Du sprichst so abstrakt. Von wegen Taten – Erfahrungen – Warten – Stille. Es ist auch schon spät.«

Ihr Leben kommt ihr vor wie ein abgetragenes Kleidungsstück. Sie weiß noch, warum sie es sich einmal ausgesucht hat, doch zugleich, dass sie jetzt etwas anderes möchte. »Was ist denn daran abstrakt? Bin ich abstrakt?«

»Wir sind zum Reden hierher nach Frankfurt gekommen«, sagt Roland nach einigem Zögern. »Dafür sind Konferenzen da: zum Reden, und Zuhören natürlich. Reden setzt Zuhören voraus, außer, man führt Selbstgespräche. Die Tat wird überschätzt. Dieser ewige Aktionismus – mein Gott, ehe wir's uns versehen, reden wir von Revolution. Nein, natürlich finde ich dich nicht abstrakt. Ich finde dich sehr konkret. Wer war das, der da gerade angerufen hat? Wenn ich fragen darf. Mit wem hast du gesprochen? Oder ist das zu intim?«

Er lacht. Sie versteht nicht, warum.

»Es ist nicht zu intim«, sagt sie.

Wieder macht er den Eindruck, sich wirklich für ihre Antwort zu interessieren; er scheint alles wissen zu wollen.

Vor zwanzig Minuten hat die Barfrau gesagt: »Ich mach Feierabend, aber bleiben Sie ruhig noch sitzen.«

Die Bar in diesem Hotel schließt früh. Sie sind sitzen geblieben. In einem schicken Lokal in der Stadt hatte man für die Teilnehmer eine Abschiedsparty organisiert. Roland Oberstein hatte zu ihr gesagt: »Ich weiß, es klingt schrecklich, aber ich mag keine Partys. Wenn du noch etwas trinken willst, gern, aber hier bleibe ich nicht. Nicht bei dieser Musik.«

»Es war die Babysitterin«, sagt Lea. »Sie hat Nasenbluten.«

»Die Babysitterin?«

Wieder legt er ihr die Hand aufs Knie. Sie lässt die Hand dort liegen.

Vielleicht ist er schüchtern. Vielleicht macht er darum keinen weiteren Vorstoß. Die Schüchternheit von Männern, ihre Angst: Ganze Bücher könnte man damit füllen.

»Hier haben Sie meine Visitenkarte«, hatte Sven Durano gesagt, am ersten Tag in der Schlange, und ihr die Karte mit einem Lächeln auf den Tellerrand gelegt, während Oberstein vor ihnen sich schon am Buffet bediente. Oberstein hatte ihr keine Visitenkarte gegeben. Er hatte auch kein weiteres Wort mehr mit ihr gewechselt. Er hatte gesagt, was er zu sagen hatte. Erst später bei Tisch hatte er sie gefragt: »Und wie siehst du das? Ist die Shoah der Eckpfeiler der europäischen Identität?«

»Meine Tochter«, sagt Lea. »Es kommt aus ihrem linken Nasenloch, behauptet die Babysitterin, eine Rumänin. Und es hört nicht auf. Sie sagt, dass sie das Nasenloch zudrückt. Schon seit zwanzig Minuten. Kannst du dir das vorstellen?«

Ehe sie begreift, was sie tut, packt sie Roland Obersteins Nase und kneift kräftig hinein. »So kuriert man doch kein Nasenbluten, jetzt sag mal selbst! Man hält doch den Kopf nach hinten?! Man kneift doch nicht in die Nase?«

Sie lässt Oberstein los und schaut zu Boden.

»Entschuldigung«, sagt sie. »Ich weiß nicht, was über mich kam. Tut mir leid.«

Oberstein reibt sich die Nase.

»Entschuldigung, wofür?«

»Dass ich dir in die Nase gekniffen habe.«

»Es hat nicht weh getan.«

»Es tut mir leid. Es muss an der Müdigkeit liegen oder am Alkohol oder ich weiß nicht, woran. Jetzt nimmst du mich bestimmt nicht mehr ernst.«

»Es macht nichts. Du hast dich über den Babysitter geärgert. Ich hab keine Erfahrung mit Babysittern, aber ich kann mir gut vorstellen, wie entnervend das ist.«

»Ich schäme mich so.«

»Das ist nicht nötig«, sagt Roland. »Hast du schon je einem Mann, den du kaum kennst, in die Nase gekniffen?«

»Du bist der erste.«

Er legt ihr die Hand auf die Schulter, und für einen Moment hat sie das Gefühl, dass er sie an sich drücken will.

»Ich fühle mich geehrt«, sagt er. »Kneif mir jederzeit wieder in die Nase, wenn du das Bedürfnis danach hast. Wir meinen, uns selber zu kennen, täuschen uns aber oft über unsere wahren Bedürfnisse.«

Er lässt ihre Schulter los.

»Wie alt ist sie denn?«

»Wer?«

»Deine Tochter.«

»Zwei, fast drei. Ich habe schon ein Geschenk für sie, aber für meinen Sohn muss ich noch etwas finden. Das darf ich nicht vergessen. Erinnere mich dran.«

Er schaut auf die Uhr. »Ich möchte nicht den Eindruck erwecken, dass das Gespräch mich langweilt, aber eigentlich würde ich jetzt gerne ins Bett.«

Sie steht abrupt auf. Sie spürt, dass man ihr ihr Unbehagen anmerkt, sie fühlt sich ertappt, und das ärgert sie. »Du hast recht«, sagt sie. »Es ist spät.«

Er hat sich ebenfalls erhoben. Sie hat seinen Vortrag verpasst. Sie hatte ihn hören wollen, doch dann war sie spazieren gegangen und hatte die falsche S-Bahn erwischt. Der Zug endete in einem Vorort von Frankfurt, in bewaldeter, hügliger Umgebung. Statt Obersteins Vortrag zu hören, hatte sie sich auf eine Bank auf dem Friedhof gesetzt.

»Ist dein Mann nicht zu Hause? Der könnte sich doch um das Nasenbluten deiner Tochter kümmern? Entschuldige, wenn ich mich einmische, aber wenn so ein Bluten nicht aufhört, würde ich auch panisch.«

»Mein Mann arbeitet viel.« Sie sieht ihm direkt in die Augen, wie um den Arbeitsdruck ihres Mannes zu betonen. »Und er ist verrückt nach den Kindern.«

Langsam gehen sie Richtung Fahrstuhl.

»Was liest du da eigentlich?«, fragt sie.

»Benjamin. Walter Benjamin.«

»Ich weiß, wer Benjamin ist«, sagt Lea. Es klingt pikiert. Sie hört sich selbst und denkt: Das war nicht souverän.

»Bist du ein Kenner?«, fragt sie.

»Von Benjamin? Nein«, antwortet er. Und nach einer

Weile: »Eigentlich auch kein Verehrer. Es ist ein Geschenk. Ich lese es aus Höflichkeit.«

Die Frage sollte ein Witz sein, doch offenbar ist das nicht rübergekommen. Wie kann man die Frage »Bist du ein Kenner?« bloß wörtlich nehmen? Hält er sie für unrettbar humorlos?

»Was liest du von ihm?«, fragt sie, während sie vor dem Fahrstuhl stehen.

»*Denkbilder:* Der destruktive Charakter.« Er öffnet das Buch und liest vor: »Der destruktive Charakter lebt nicht aus dem Gefühl, daß das Leben lebenswert sei, sondern daß der Selbstmord die Mühe nicht lohnt.«

Er bricht in lautes Gelächter aus. So lustig findet sie den Satz nicht.

Sie drückt auf den Fahrstuhlknopf.

»Du wirkst auf mich nicht wie ein Selbstmördertyp«, sagt sie.

»Nein, nicht direkt. Und du?«

Sie schüttelt den Kopf.

Ihre Zimmer liegen auf derselben Etage, der für Nichtraucher. Manchmal spielt Lea mit dem Gedanken, wieder mit dem Rauchen anzufangen. So wie sie auch gern einmal Drogen ausprobieren würde, aber sie weiß nicht, welche, und ihr Mann würde bestimmt auch nicht viel davon halten.

»Ich habe mich gehenlassen«, sagt sie im Fahrstuhl. »Aber wenn du mich jetzt für eine Frau hältst, die sich ständig gehenlässt, muss ich diesen Eindruck korrigieren.«

Sie sind im vierten Stock angelangt.

»Wie war gleich noch mal deine Zimmernummer?«, fragt sie.

Er holt die Karte hervor, die hier als Türöffner dient, und wirft einen Blick darauf. »407«, sagt er. »Und du?«

»412.«

Zu Beginn des Abends fühlte sie sich attraktiv und begehrt, doch das ist vorbei. Jetzt empfindet sie vor allem Scham sowie die alte Sehnsucht, sich in Luft aufzulösen.

Vor ihrem Zimmer bleiben sie stehen. In der Handtasche sucht sie nach ihrer Magnetkarte. Sie findet alles Mögliche, Visitenkarten, ihr Namensschild, alten Lippenstift, neuen Lippenstift, ihr Handy, Pistazienschalen, doch die Plastikkarte bleibt verschwunden.

»Ich lasse mich auch selten gehen«, sagt Roland Oberstein. »Es gibt Leute, die sich darüber beklagen. ›Schalt doch mal ab‹, sagen die. – Aber wie? Ich weiß nicht, wo der Knopf ist. Wenn du dich also mal gehenlässt, ist das durchaus positiv. Menschlich. Sehr menschlich.«

Sie fragt sich, was sie von diesem Mann will, vor allem, weil sie nun fast sicher ist, dass sie nichts bekommen wird. Doch das ist ja gerade, woraus sich das Verlangen nährt: dass man davon ausgeht, nichts zu bekommen, und doch auf das Gegenteil hofft.

Als sie die Karte endlich gefunden hat, fragt sie: »Wie fandest du die Tagung?«

Oberstein zuckt mit den Schultern.

»Ich weiß nicht«, sagt er. »Schwer zu sagen. Das Thema ist nicht mein Fachgebiet.«

»Was bedeutet die Thematik denn dann für dich?«, fragt Lea.

Er scheint zu zögern. »Der Holocaust?«, fragt er schließlich. »Ein Hobby. Eine Liebhaberei.«

Sie schaut ihn an, wie er so dasteht in seinem blauen, halblangen Mantel, den Kopf schräg gelegt, spitzbübisch, fast kokett.

Liebhaberei, ein Wort wie eine Keule. Wird er so auch einmal von ihr reden? »Es war ein Hobby, eine Liebhaberei, wie der Holocaust.« Oder wird er sagen: »Selbstmord ist die Mühe nicht wert, darum ist das Leben für mich nur ein Hobby. Schade, dass nicht alle so denken.«

»Darf ich dich umarmen?«, fragt sie.

»Bitte sehr«, antwortet er.

Sie umarmt ihn, zwei, drei Sekunden. Hält ihn umfangen, ohne ihn an sich zu pressen, umarmt ihn wie ein Kind, das man trösten will. Jetzt könnte sie es ihm sagen, flüsternd, so dicht ist ihr Mund an seinem Ohr. Wenn man zu Gott betet, warum dann nicht auch mal einen Mitmenschen belästigen? Doch sie lässt ihn los.

Sie steckt die Magnetkarte ins Schloss. Das Licht der Schließelektronik springt auf Grün. Sie öffnet die Tür. »Wollen wir uns morgen ein Taxi zum Flughafen teilen?«, fragt sie.

Roland rührt sich nicht vom Fleck, das Buch von Benjamin unter dem Arm.

»Gute Idee«, sagt er. »Sehe ich dich morgen beim Frühstück? Neun Uhr?«

»Neun Uhr«, bestätigt sie.

Er scheint noch etwas sagen zu wollen. Vielleicht kommt es jetzt, das entscheidende Wort.

»Findest du es nicht seltsam, wenn eine Konferenz über den Holocaust mit einer Party endet?«, fragt er. »Oder bin ich der Einzige, der das so sieht?«

»Auch Wissenschaftler müssen hin und wieder entspannen.«

»Entspannen!« Geradezu angewidert spricht er das Wort aus. »Partys, das ist kein Entspannen. Bei meiner Arbeit entspanne ich mich.«

Sie schaut ihm nach, während er zu seinem Zimmer geht. Er kann die Tür nicht gleich öffnen. Schon zweimal hat er es versucht, und immer noch geht sie nicht auf.

Lea wartet nicht ab, bis es ihm gelingt.

II

Provokation

I

Wenn Violet keine Lust mehr auf etwas hat, auf Leute, auf ein Gespräch, auf eine Party, wenn sie aus irgendeinem Grund wegwill, sagt sie immer: »Ich muss jetzt zum Yoga.«

Es gibt Momente, in denen diese Behauptung nicht sonderlich glaubwürdig ist. Dann hat sie die Variante: »Ich muss ins Bett, morgen früh raus.« Das klingt vielleicht nicht besonders leidenschaftlich, doch Leidenschaft muss man nicht vorgeben, Leidenschaft muss man empfinden.

Sie ist nun mal keine Nachteule. Zwei Uhr ist ihr spät genug. Sie tanzt gern, aber nicht bis in die Puppen.

Sie hat sich schon einmal vorgestellt, wie es wohl wäre, wenn jemand sagen würde: »Ich komme mit.« Doch das hat noch keiner getan. Und so schlimm wäre es auch wieder nicht, denn dann könnte sie immer noch antworten: »Heute passt's nicht so gut. Vielleicht ein andermal.«

Ihr Bett steht am Fenster. Wenn sie sich aufsetzt, kann sie eine Amsterdamer Wohnstraße sehen, an der Ecke ein Spielplatz. Sie mag die Aussicht. Sie liebt die Innenstadt.

Manchmal tanzt sie in ihrem Zimmer vor dem Spiegel, obwohl sie sich darin nur knapp sehen kann.

Sie hat dunkelblondes Haar, hellblond gefärbt. Sie hat einen starken Haarwuchs, nicht nur auf dem Kopf. Hin und wieder rasiert sie sich ein bisschen, aber den völligen Kahlschlag lehnt sie ab. Sie ist kein kleines Mädchen.

Über einem Buch ist sie eingeschlafen. Murakami, *Mister Aufziehvogel*. Sie hat es von zwei Freundinnen zum Geburtstag bekommen. Geizige Freundinnen, zwei für ein Buch! Violet mag Murakami, nur dummerweise ist das Buch ziemlich dick. Man kann es schlecht unterwegs lesen.

Neben Murakami liegt ihr Handy, und daneben ihr Teddybär. Eine Zeitlang fand sie sich zu alt für Meneer Bär, den sie seit ihrem sechsten Lebensjahr hat. Als sie anfing zu studieren, wanderte der Bär auf den Speicher, doch irgendwann in der Mitte des Studiums tat diese Entscheidung ihr leid, und sie befreite ihn aus seiner Plastiktüte. Seitdem schläft er wieder neben ihr, wie eh und je.

Allerdings muss er dringend operiert werden. Auf dem Rücken hat er ein kleines Loch, durch das langsam die Füllung davonrieselt, doch Violet ist zu beschäftigt, sich darum zu kümmern. Um einen Puppendoktor zu suchen, fehlt ihr die Zeit, und es selber zu machen, hält sie für keine gute Idee. Das ist Arbeit für einen Fachmann. Sobald es im Büro etwas ruhiger wird, will sie sich nach einem Puppendoktor umsehen. Manchmal sagt sie zu Meneer Bär: »Bald wirst du operiert, keine Sorge.«

Bis auf weiteres hat sie für solch eine Aktion zu viel zu tun.

Sie ist vom Klingeln ihres Handys aufgeschreckt. Während sie das Gespräch annimmt, ist sie noch gar nicht ganz da. »Hmmm«, macht sie. Und noch einmal: »Hmmm.« In ihrem Traum klang das Telefon wie ein Wecker, und erst als sie zu sich kommt, murmelt sie: »Hallo!?«

Sie merkt, dass sie mit dem Gesicht auf ihrem Buch eingeschlafen war. Sie schiebt es beiseite. Mit einem Knall landet es auf dem Boden.

Auch das ist der Nachteil von dicken Büchern. Sie machen Krach, wenn sie runterfallen, und wecken die Nachbarn.

»Ach, du bist's«, sagt sie. »Ich dachte, du wärst der Klempner.«

»Warum denn das?«, fragt Roland.

»Ich dachte, du kämst, um die Toilette zu reparieren.«

Sie brummt vor sich hin, um wach zu werden.

»Die Toilette reparieren?«

»Ich hab von einem Klempner geträumt. Morgen kommt der Klempner. Die Toilette ist verstopft. Wo bist du, Liebster?«

»Auf meinem Hotelzimmer«, sagt Roland. »Seit wann ist die Toilette verstopft?«

»Seit heute Nachmittag. – Wie war's?«

»Es war okay«, sagt Roland.

»Haben sie sich gefreut?«

»Gefreut? Worüber?«

»Über deinen Vortrag.«

»Ja, ich glaub schon.«

Sie seufzt. Sie dreht sich auf den Bauch.

»Ist das alles?« Jetzt ist sie hellwach. Als sei es schon Morgen, Zeit aufzustehen, um aufs Rad zu steigen und ins Büro zu fahren.

Manchmal wälzt sie sich die ganze Nacht über schlaflos hin und her. Dann denkt sie an ihre Arbeit, an ihren Freund.

»Ja. Das ist alles.«

Ihr Freund ist kein großer Redner, es gibt Tage, an denen er genauso wenig sagt wie Meneer Bär. Sie möchte ihn zum Reden bringen, weiß aber nicht, wie. Alles Mögliche hat sie schon probiert. Urlaubsreisen, romantische Essen, einmal hat sie ihn sogar dazu gebracht, zusammen mit ihr Espressotassen zu bemalen, doch als sie fertig waren, meinte er nur, das seien für die nächsten fünf Jahre Espressotassen genug. Und groß den Mund aufbekommen hat er bei der Aktion auch nicht.

Wenn sie nachmittags mit einer Tüte Lakritz in ihrem Büro am Schreibtisch sitzt, denkt sie manchmal: Jetzt habe ich wirklich alles probiert. – Alles probiert, um die Wärme, die irgendwo in ihm steckt, zum Vorschein zu bringen. Er ist wie ein Ofen, den sie nicht zum Brennen bekommt.

»Machst du da noch irgendwas nebenher? Liest du E-Mails? Ich hör dich doch tippen! Wenn du lieber deine E-Mails beantwortest, als mit mir zu reden, brauchst du mich nicht mitten in der Nacht anzurufen!«

»Ich tippe nicht«, sagt Roland.

»Ich hör's doch!«

»Ich tippe nicht«, beharrt er.

»Ich hab gehört, wie du getippt hast.«

»Ich hab nicht getippt.«

»Hältst du mich für bescheuert? Du klingelst mich aus dem Schlaf, und dann tippst du. Warum rufst du mich an, wenn du tippst?«

»Ich hab nicht getippt«, wiederholt Roland. »Und ich rufe dich an, weil du *mich* angerufen *und* eine SMS geschickt hast. Zwei, um genau zu sein.«

»Warum erzählst du mir nichts?«, fragt Violet wütend.

»Ich bin kein großer Redner«, sagt Roland. »Das weißt du doch. – Wann kommt der Klempner?«

»Am Vormittag. Glaube ich. Jetzt tippst du schon wieder!«

»Ich tippe nicht.«

»Wirst du damit wohl aufhören? Du redest mit mir. Konzentrier dich auf unser Gespräch. Hör auf zu tippen.«

»Ich konzentriere mich.«

Jetzt sitzt sie kerzengerade im Bett, Meneer Bär in ihrem Arm. Er ist wirklich todkrank. Ein Bein hängt lose herunter.

»Sinn und Zweck eines Gesprächs ist, dass Leute einander etwas erzählen. Wenn du nichts erzählen willst, warum rufst du dann an? Ist nichts passiert, was sich zu erzählen lohnt?«

»Ich weiß nicht, was ich erzählen soll«, sagt Roland. »Es ist spät. Ich bin müde. Ich liebe dich.«

»Vielleicht könntest du das mit etwas mehr Überzeugung anbringen! Es hört sich ja an, als würdest du vom Kellner die Rechnung verlangen.«

»Ich liebe dich«, hört sie noch mal im selben Ton.

Als junges Mädchen wollte sie zur Luftwaffe gehen, etwas Außergewöhnliches tun, kaum eine Frau flog eine F-16, doch irgendwann hat sie die Idee aufgegeben.

»Ich werd's nicht mehr tun. Aber wenn ich dich nicht aus dem Schlaf klingle, ist es auch wieder verkehrt. Was ich auch tue, nie ist es richtig.«

Ob Puppendoktoren wohl in den Gelben Seiten zu finden sind? Es ist ein so altmodischer Beruf.

»Also, ich versuch's noch *ein* Mal: Ein Gespräch ist,

wenn zwei Leute sich gegenseitig etwas erzählen. Und was machen wir?«

»Wir führen ein Gespräch«, sagt Roland.

»Nein!« Jetzt schreit Violet. »Wir führen kein Gespräch, denn du erzählst nichts. Und ich hör dich schon wieder tippen. Hörst du wohl endlich damit auf?«

»Ich kann zwei Dinge gleichzeitig tun. Ich kann tippen und mit dir reden. Ich bin müde. Wenn du mit mir sprichst, während ich tippe, kann ich nachher schneller ins Bett. So spare ich Zeit.«

»Ich bin kein zeitsparendes Mittel. Ich bin deine Freundin, verdammt noch mal!«

»Das eine schließt das andere nicht aus«, sagt Roland. »Eine gute Freundin ist auch ein zeitsparendes Mittel.«

»Okay, ich versuch es ein letztes Mal: Wie war dein Vortrag?«

»Das hast du bereits gefragt. Gut. Ich bin nicht unzufrieden, auch wenn es besser hätte laufen können. Schon ganz okay. Die Diskussion hinterher war ein bisschen lahm.«

»Wollen wir das Gespräch beenden?«, fragt Violet. »Oder willst du mir endlich etwas erzählen? Ach, lassen wir's, es hat ja doch keinen Sinn.«

»Ich will das Gespräch nicht beenden. Nicht, solange du es nicht willst. Ich will nicht, dass du traurig bist. Ich rede weiter, bis du auflegst. Ich gebe nicht auf.«

»Willst du mir etwas erzählen?«

»Ich hab dir schon alles erzählt. Möchtest du mir etwas erzählen?«

»Ja, Roland«, sagt Violet. »Ich bin fremdgegangen.«

Sie hört Roland lachen.

»Lachst du?«, fragt sie.

»Ja, ich lache«, antwortet Roland.

»Und warum lachst du?«

»Weil es lustig ist. Findest du es nicht lustig?«

»Nein, ich finde es nicht lustig. Ich bin fremdgegangen.«

Für einen Moment ist es still.

»Wann?«

»Jaah, jetzt tippst du auf einmal nicht mehr, was?«, ruft sie. »Jetzt habe ich deine volle Aufmerksamkeit! Jetzt wird nicht mehr getippt!«

»Wann?«, fragt Roland.

»Jetzt tippt der gnädige Herr nicht mehr, was? Jetzt ist das Tippen auf einmal vorbei?!«

»Ich tippe immer noch.« Auch Roland erhebt nun die Stimme. »Wenn du nicht so schreien würdest, könntest du hören, dass ich immer noch tippe. Hörst du? Ich tippe. Tipp, tipp, tipp. Ich will nur eins wissen: wann?«

2

Lea hat geduscht, Gesicht und Körper mit dem Showergel des Hotels gründlich gewaschen. »Shampoo & Body Wash« steht darauf.

Vor dem Badspiegel umwickelt sie sich mit einem Handtuch. Eine kleine Neonröhre verbreitet grelles Licht. Wie beim Zahnarzt. Sie wollte sich gerade die Zähne putzen, als ihr Handy klingelte. Vielleicht kam ihr darum der Zahnarzt in den Sinn. Ihrer ist ein recht attraktiver Mann. Ab und zu hat sie schon mal über ihn phantasiert, doch das hat sie über viele.

Sie legt die Zahnpastatube aufs Waschbecken und nimmt das Gespräch an. »Ich komme nach Hause«, schallt es ihr entgegen, »und hier herrscht ein einziges Chaos! Die Kinder am Heulen, überall Blut, und die Katze ist krank.«

Sie klemmt sich das Handy zwischen Schulter und Ohr und verschließt die Zahnpastatube wieder. »Ja«, sagt sie. »Ich höre.«

Lea ist müde. Fürchterlich müde. Sie kann nicht schlafen. Schon seit Tagen, seit Wochen. Eine Freundin von ihr meint, das liege an den Tabletten, die sie nimmt, um frivoler zu wirken.

»Ich komme nach Hause«, hört sie wieder, »und die Kinder am Heulen, Blut in der Küche, im Wohnzimmer, im Bad, die Katze ist krank, und die Babysitterin sitzt tränenüberströmt auf dem Sofa!«

»Was macht sie?«

»Sie heult. Sie hat da gesessen und geflennt, als ich hereinkam. Kaum aufgesehen hat sie. ›Hallo‹, hab ich gesagt. ›Was ist los? Wenn ich fragen darf?‹ Keine Antwort. Nur noch mehr Geschluchze. Wo hast du die her? Aus einer psychiatrischen Anstalt?«

»Ich kann das nicht haben, wenn du so schreist«, sagt Lea. »Wenn du schreist, muss ich weinen. Das weißt du.«

»Weinst du jetzt?«, fragt ihr Mann.

»Nein, jetzt nicht«, antwortet Lea. »Ich stehe im Bad und wollte mir gerade die Zähne putzen. Hier ist es mitten in der Nacht.«

»Warum hast du sie als Babysitter genommen?«

»Weil keine andere zu kriegen war«, sagt sie so beherrscht wie möglich. »Als ich mit ihr redete, war sie ruhig und freundlich.«

»Ruhig und freundlich?«

Lea sieht das spitze Gesicht wieder vor sich und den enganliegenden Pullover. Während ihrer Schwangerschaft hatte Lea einen regelrechten Atombusen. Jetzt haben ihre Brüste wieder Normalgröße. Nun ja, normal – was ist schon normal?

»Sie sagte, sie hätte Erfahrung.«

»Hörst du das hier?«

Lea hört nichts. Sie hat unwillkürlich zu ihrem Kamm gegriffen und steht jetzt damit vor dem Spiegel.

»Ich höre nichts«, sagt sie. Sie horcht, aber am anderen Ende nur Rauschen und entfernt die Stimmen der Kinder. Sie schreien.

»Sie heult immer noch. Deine Babysitterin mit Erfahrung. Sind keine zu kriegen, die nicht heulen? So schwierig kann das doch nicht sein. Wir haben eine Krise. Alles sucht Arbeit. Der Gedanke, dass wir die Kinder in den Händen dieser Frau gelassen haben, macht mich rasend.«

»Ja, wir haben Rezession«, sagt Lea, während sie überlegt, ob sie sich die Haare abschneiden soll. »Eine Depression sogar. Wir stürzen in den Abgrund. Aber Babysitter bleiben schwierig zu kriegen. Auch in der Rezession. – Warum schreien die Kinder?«

»Keine Ahnung. Wer stürzt in einen Abgrund?«

»Warum schreien sie, Jason? Kannst du nachsehen, was los ist?«

»Weil sie bei dem Geheul ihr eigenes Wort nicht mehr verstehen. Darum schreien sie. Kinder schreien nun mal. Das tun sie öfter. Sie bekommen nicht genug Liebe. – Wer stürzt in den Abgrund?«

»Wir. Die USA. Die Welt. Was kann ich daran ändern?«

»An der Rezession?«

Die Frage ihres Mannes kommt ihr absurd vor. Sie würde am liebsten loskichern, ihren Mann zum Lachen bringen, doch das ist irgendwie fehl am Platz. Sie hat ihn schon lange nicht mehr lachen hören. Seit mindestens einem Jahr.

»An meiner Depression, der Babysitterin, meine ich. An Anca. Was kann ich daran ändern?«

»Darum ruf ich ja an«, sagt Leas Mann. »Ich brauch deine Hilfe. Ich habe den ganzen Tag gearbeitet. Ich brauche dich dringend. Verstehst du? Liebling.«

»Aber ich bin auf einem anderen Kontinent. Ich gehe gerade zu Bett. Es muss doch nicht alles an mir hängenbleiben?« Sie legt den Kamm hin. Sie nimmt wieder die Zahnpastatube und schraubt den Deckel ab.

»Du hast sie als Babysitter eingestellt, Lea. Ich finde, du bist verantwortlich dafür, dass sie aufhört zu heulen. Ich kümmre mich um meine Babysitter, kümmre du dich um deine.«

Sie mag es nicht, wenn er sie mit ihrem Namen anredet. Er benutzt ihn nur, wenn er sie zurechtweisen oder ihr etwas verbieten will. *Lea, heute Abend kannst du mit deinen Freunden nicht ausgehen, ich muss meine Rede für morgen vorbereiten, heut Abend geht echt nicht.* Oder: *So hatten wir das nicht verabredet, Lea.*

»Jetzt hören wir doch auf, uns was vorzumachen.«

»Was vorzumachen?«, fragt Leas Mann.

»Dass wir eine perfekte, gleichberechtigte Ehe führen.«

»Lea, ich will nicht über unsere Ehe diskutieren, und auch nicht über die Rezession. Ich rede über diese Frau, die da im Wohnzimmer auf unserem Sofa sitzt und heult. Sie ist ein dringenderes Problem als unsere Ehe, verstehst du?«

»Ist sie immer noch da?«

»Ja«, schreit Leas Mann. »Darum rufe ich an. Verstehst du jetzt? Weil deine Babysitterin auf unserem Sofa herumheult, als hätte man ihre Familie ausgerottet, während du dich auf einer gottverdammten Holocaustkonferenz amüsierst. Der Holocaust ist vorbei. Darüber braucht man keine Konferenzen mehr zu veranstalten. Der Holocaust war vor über sechzig Jahren. Die Konferenzen kommen zu spät. Über Babysitter müsste man Konferenzen organisieren.«

»Geh zu ihr«, sagt Lea gefasst. »Gib ihr das Geld, und sag, dass alles gut wird, dass sie ihr Bestes getan hat. Aber dass sie jetzt nach Hause gehen soll.«

»Aber sie hat nicht ihr Bestes getan. Sie ist eine Katastrophe von Babysitter. Wir müssten sie verklagen.«

»Jason!« Mit der Linken hält Lea sich am Waschbecken fest. Ihr ist schwindlig. Sie hat ein hohles Gefühl im Magen, als hätte sie seit mindestens vierundzwanzig Stunden nichts mehr gegessen. »Das darfst du nicht sagen. Sie kann dich verstehen. Anca ist traumatisiert. Sag ihr, dass sie keine Katastrophe ist. Sonst tut sie sich noch was an.«

»Ich werd es ihr sagen, wenn sie verspricht, nie mehr wiederzukommen. Wenn sie schwört, nie mehr einen Fuß über unsere Schwelle zu setzen.«

Sie hört ihren Mann reden und fragt sich, ob er auch nur

einen blassen Schimmer hat, was in ihr vorgeht. Das hat sie sich schon öfter gefragt, doch jetzt, in dem kleinen Badezimmer dieses komfortablen und doch deprimierenden Hotels in einer trostlosen Gegend von Frankfurt am Main, wird ihr deutlich klar, dass ihr Inneres ihn absolut nicht interessiert. Wie manche Leute einen bestimmten Film nicht sehen, ein bestimmtes Buch nicht lesen wollen oder sagen: »Ich lese keine Romane.« Er will es nicht wissen. Er tut alles, um nur ja nicht zu erfahren, wer sie ist.

Lea hört ihren Mann rufen: »Du bist keine Katastrophe, du hast dir echt Mühe gegeben.«

»Jason«, sagt Lea leise.

»Ja?«

»Bist du noch da?«

»Ja, ich bin da«, antwortet Jason. »Weinst du?«

»Nein«, antwortet Lea. »Ich weine nicht. Sie heißt Anca. Die Babysitterin aus Rumänien. Sie heißt Anca.«

»Aber ich habe dich angeschrien. Weinst du auch wirklich nicht?«

»Meist muss ich weinen, wenn du mich anschreist. Aber heute nicht. Ich bin zu müde dazu. In Rumänien passieren schreckliche Dinge. Wir wissen nicht, was sie durchgemacht hat.«

»Es ist mir egal, wie sie heißt. Warum kann sie die Kotze der Katze nicht wegmachen? Überall passieren schreckliche Dinge. Das ist doch kein Grund, die Kotze unserer Katze nicht aufzuwischen.«

»Das stimmt, Jason. Da hast du recht.«

»Was ist los in Rumänien?«

»Ich weiß es nicht mehr so genau. Ich hab was darüber

gelesen, in der Zeitung. Was über Waisenhäuser und Korruption.«

»Dann hab ich das nicht mitbekommen. Entschuldigung, Lea.«

»Morgen Abend bin ich wieder zu Hause. Sieh zu, dass sie nicht so überdreht aus dem Haus geht. Gib ihr Geld. Tröste sie ein bisschen. Sag ihr, es ist nicht so schlimm.«

»Ich liebe dich.«

»Ich dich auch.«

»Möchtest du noch mit den Kindern sprechen?«

Lea zögert.

»Nein«, sagt sie. »Tut mir leid. Ich kann jetzt nicht. Ich bin zu groggy. Sag ihnen, dass ich morgen wieder da bin. Und dass ich sie ganz doll liebhab. Aber jetzt kann ich nicht. Das verstehst du doch? Es geht nicht, tut mir leid. Wirklich nicht.«

»Ich werd es ihnen erklären.«

»Jason?«

»Ja?«

»Wollen wir Telefonsex machen?«

»Jetzt?«

»Nein, nachher. Wenn sie weg ist und die Kinder im Bett liegen.«

»Aber das haben wir noch nie gemacht.«

»Ebendarum.«

»Jetzt muss ich mich um die Kinder kümmern, und wenn die Kinder im Bett sind, bin ich erschöpft.«

»Valeria macht es auch immer so. Wenn sie in Europa ist, ruft sie ihren Mann an. Und dann haben sie Telefonsex. Sie sagt, es wäre phantastisch.«

»Ist das nicht unheimlich teuer?«

»Sie skypen.«

Sie hört ihn seufzen. »Wer war Valeria gleich wieder?«

»Eine meiner besten Freundinnen. Vor ein paar Wochen war sie mit ihrem Mann zum Essen bei uns.«

»Ach, die. – Ich kümmere mich jetzt um die Kinder. Pass gut auf dich auf.«

Lea legt ihr Handy neben die Zahnbürste. Ihr Gesicht ist sauber, doch unter dem linken Auge entdeckt sie etwas zerlaufene Wimperntusche und tupft sie schleunigst ab.

Sie hängt das Handtuch auf, geht aus dem Bad und legt ihr Handy aufs Nachtschränkchen.

Nackt legt sie sich ins Bett.

3

Der Schreibtisch ist klein, er bietet kaum Platz für ein Notebook. Der Fernseher ist einfach zu groß.

Das Fenster im Zimmer lässt sich nicht öffnen. Wahrscheinlich, um Selbstmordneigungen vorzubeugen.

Rolands Mantel liegt auf dem Bett. Die Schuhe hat er ausgezogen. Wenn er allein ist, läuft er gerne in Socken herum.

Er hat schon ein paarmal am Fenster gerüttelt, die Direktion vergeblich um ein Zimmer gebeten, dessen Fenster sich öffnen lassen – hier gibt es keine –, und jetzt hat er sich in sein Schicksal ergeben. Morgen früh wird er ohnehin abreisen. Dann bleibt das Fenster eben in Ewigkeit zu.

Seit er am Morgen zum letzten Mal die E-Mails gecheckt hat, sind achtundzwanzig neue hinzugekommen.

Er beantwortet E-Mails am liebsten sofort. Dann hat er es hinter sich. Nachteil dieser Methode ist nur, dass dadurch erst recht immer neue E-Mails dazukommen.

So hat er niemals Ruhe. Doch was er macht, macht er gern gut. Mails von Studenten lässt er nie unbeantwortet, und die von Kollegen auch nicht, selbst wenn deren Inhalt nicht direkt eine Antwort erfordert. Es ist eine Unart, gewiss, aber er möchte nun einmal gerne brillieren. Es ist die Berufung des Menschen, stets nach dem Höchsten zu streben.

»Vorgestern war's«, antwortet Violet.

Er steht auf, geht ins Bad und schaltet das Licht an, kommt dann zu seinem Notebook zurück. Die Tastatur war einmal weiß, mittlerweile ist sie eher grau. Merkwürdige Flecken haben sich darauf gebildet.

»Und mit wem?«

»Mit einem Mann.«

»Einem Mann. Ist das alles? Einfach so?«

»Das ist alles.«

»Was für ein Mann?«

Violet entwirft Taschen. Damenhandtaschen. In China werden sie hergestellt, aber in Europa entworfen. Manchmal entwirft sie auch etwas anderes. Einen Aktenkoffer zum Beispiel.

Tagsüber arbeitet sie in einem schönen Büro am Rande der Stadt, wo Leute auch noch andere Dinge entwerfen, die dann in China hergestellt werden. Ab und zu dürfen die Designer auch auf Dienstreise dorthin, aber ein reines Vergnügen ist das, wie man hört, nicht.

»Ein Mann, einfach ein Mann.«

»Kenne ich ihn?«

»Nein.«

»Bist du sicher? Ich kenne viele Männer, auch welche, von denen du gar nicht weißt, dass ich sie kenne.«

»Du kannst ihn nicht kennen.«

Er klemmt sich das Handy zwischen Ohr und Schulter und öffnet den schmalen Garderobenschrank, in dem drei Kleiderbügel hängen. Selbst an Bügeln wird hier gespart. Das Handy immer noch zwischen Ohr und Schulter, hängt er seinen Mantel auf.

Roland Oberstein ist seiner Meinung nach glücklich, weil er nach nichts strebt, das er nicht bekommen kann. Was er will, ist für ihn erreichbar. Und was nicht erreichbar ist, will er auch nicht. So einfach ist sein Glücksrezept. Dass dieses Glück letztlich nicht mehr ist als Wohlbehagen oder Zufriedenheit, die Abwesenheit von Leiden, stört ihn nicht im Geringsten.

Natürlich hat auch er unrealisierte Wünsche, doch ist er recht zuversichtlich, dass viele davon noch in Erfüllung gehen werden.

»Und warum? Ich meine: Bist du verliebt?«

Roland Oberstein hat sich wieder ans Notebook gesetzt. Keine einzige dringende Mail heute Abend. Trotzdem muss er alles immer sofort beantworten. Er zwingt sich zur Sorgfalt, zu gewissenhafter Nachsorge. Das ist das Wort: Nachsorge.

Er bekommt keine Antwort. »Bist du verliebt?«, fragt er noch einmal, so wie andere fragen würden: »Wie war der Film?«

Das Gespräch folgt nicht den eingespielten Ritualen, darum regt es ihn auf – und erregt ihn. Gar nicht mal im sexuellen Sinn des Wortes. Als er vor ein paar Jahren zwei unbekannte Briefe und eine Ansichtskarte von Friedrich von Hayek entdeckte, hatte er sich genauso gefühlt. Leider war der Inhalt der Briefe enttäuschend. Weltruhm würde der Fund ihm nicht bringen.

»Nein. Ich bin nicht verliebt. Danach habe ich ihn mir nicht ausgesucht.«

»Ausgesucht? Hast du ihn dir ausgesucht? Oh. Und warum bist du dann mit ihm ins Bett gegangen? Wenn ich fragen darf? Wenn du nicht verliebt warst?«

»Muss man unbedingt verliebt sein, um mit wem ins Bett zu gehen?«

Er denkt nach. Hierzu hat er sich schon einmal geäußert. Er weiß nur nicht mehr, was er gesagt hat. Hin und wieder spricht er gern über Sex. Darüber sprechen ist manchmal erquicklicher als der Akt selbst, der eigentlich immer etwas von einem Zweikampf behält, etwas Unvollkommenes, das im Grunde nur mit Hilfe der Phantasie funktioniert.

»Nein, das auch wieder nicht«, sagt er.

»Es war eine Provokation.«

»Eine was?«

Roland klappt das Notebook zu. Normalerweise kann er beim Telefonieren E-Mails oder die Zeitung lesen, heute gelingt ihm das nicht. Es ist auch schon spät. Er ist müde. Er hat verschiedene Weinsorten durcheinandergetrunken, und danach noch einen Grappa.

Doch daran liegt es nicht. Es ist nicht der Grappa, es ist nicht der Wein und auch nicht die Uhrzeit. Es sind die

Bilder, die in ihm herumspuken, seine Freundin nackt in den Armen eines anderen. Wenn er diese Bilder analysiert, und analysieren ist sein Beruf, muss er zugeben, dass die Anwesenheit des anderen ihn weniger stört als seine eigene Abwesenheit. Er war nicht dabei, das wurmt ihn. Er hat etwas versäumt.

»Eine Provokation.«

»Ist Sex eine Provokation?«, fragt er.

»Das kann sein, ich glaub schon. Manchmal ist er das.«

Sie klingt fröhlich, auf jeden Fall nicht deprimiert. Hellwach klingt sie auch.

»Und wer musste unbedingt provoziert werden?«

»Du.«

»Ich? Oh. Das erklärt eine Menge.«

Er war also doch dabei. Anwesend in Abwesenheit – obwohl das bemüht klingt, die Analyse überzeugt ihn nicht, soweit man es überhaupt eine Analyse nennen kann. Wo war er, als sie in den Armen des anderen Mannes lag?

Er wartet, dass sie noch etwas sagt, doch das scheint es gewesen zu sein. Offenbar ist das Gespräch für sie beendet.

»Und jetzt?«, fragt Roland.

»Ich weiß es nicht.«

»Was soll ich jetzt sagen?«

»Was willst du sagen?«, fragt Violet. »Mein Gott, fühlst du überhaupt irgendetwas? Deine Freundin ist fremdgegangen, und du fragst: ›Was soll ich sagen?‹ Ist das Liebe? Ist das Leidenschaft? Ist dir alles egal? Bin ich dir egal?«

Jetzt klingt sie nicht mehr fröhlich. Sie schreit. Da ist eindeutig Verzweiflung in ihrer Stimme.

Vorgestern, was hat er vorgestern gemacht? Er war auf

der Konferenz. Es gab ein Diner. Er hatte sich an einen Tisch gesetzt, an dem noch zwei Plätze frei waren, und hatte gefragt: »Sitzt hier schon jemand?«

»Jetzt sitzen Sie hier«, hatte ein älterer Historiker jovial geantwortet und seinen Monolog über den Molotov-Ribbentrop-Pakt wiederaufgenommen.

Rechts von ihm saß Lea. Während des Monologs hatte sie ihm ein paarmal ironische Blicke zugeworfen. Er war sich nicht sicher gewesen, worauf die Ironie sich bezog – auf den Molotov-Ribbentrop-Pakt, auf ihn oder auf den Historiker.

Mitten im Monolog waren sie aufgestanden, um frische Luft zu schnappen, und Lea hatte geflüstert: »Ich halt's nicht mehr aus!«

»Ist das nicht ein bisschen taktlos?«, fragt Roland.

»Was?«, fragt Violet zurück.

»Dass du mich betrügst, während ich auf einer Konferenz über den Holocaust bin, zeugt das nicht von ziemlich wenig Respekt?«

»Was hat das eine mit dem anderen zu tun?«

»Eine ganze Menge, würde ich sagen. Ich bin auf einer Holocaustkonferenz, du bist meine Freundin, und während ich mich hier abrackere, während ich Vorträge über die Vernichtung der europäischen Juden höre, mich unter Leuten befinde, die sich mit nichts anderem beschäftigen, gehst du fremd. Hast du es ihm gesagt?«

»Wem?«

»Dem Mann. Deinem Mann. Dem Neuen.«

»Was hätte ich ihm sagen sollen? Und er ist nicht ›mein Neuer‹!«

»Als ihr miteinander im Bett wart.«

»Ja?«

»Hast du's ihm gesagt? ›Mein Freund ist auf einer Holocaustkonferenz‹?«

»Nein – natürlich hab ich ihm das nicht gesagt.«

»Oder lagt ihr gar nicht im Bett? Habt ihr's im Stehen getrieben?«

»Ich werde diese Fragen nicht beantworten. Es wird mir echt zu blöd. Es geht dich nichts an.«

»Welches Bett habt ihr eigentlich benutzt?«

»Meins.«

»Dein Bett. Gab es keine anderen Betten? Konntet ihr nicht zu ihm? Oder hat er kein Zuhause? Ist er obdachlos?«

»Nein, er ist nicht obdachlos.« Ihre Stimme klingt genervt. Wie wenn er Witze macht, die er sich bei anderen nicht erlauben würde, nur bei ihr.

»Habt ihr ein Kondom benutzt?«

»Ja, natürlich.«

»So natürlich ist das gar nicht. Hattest du denn Kondome im Haus?«

»Ich hatte noch ein paar alte herumliegen.«

»Aha. Weiß er, dass du einen Freund hast?«

»Ja, das hab ich ihm gesagt.«

»Und was hat er geantwortet?«

»›Das hab ich mir schon gedacht.‹«

»Mehr nicht?«

»›Wirst du's ihm sagen?‹«, fügt Violet noch hinzu.

»Wem?«

»Das hat er gefragt. Das waren seine Worte. ›Wirst du's

ihm sagen?‹ Bevor er wegging. Er zog seine Jacke an, und auf einmal fragte er: ›Wirst du's ihm sagen?‹«

»Und was hast du geantwortet?«

»Ja.«

Ihm, das ist er, Roland Oberstein. Ihm soll etwas gesagt werden.

Wenn ein Kunde die richtige Wahl treffen will, braucht er die richtigen Informationen. Das Problem ist, dass Produzent und Verkäufer oft über einen Wissensvorsprung verfügen. Der Kunde hat ein Informationsdefizit, das er versuchen muss auszugleichen. So zumindest in der Theorie.

Der Kunde Oberstein ist gerade dabei, diskret seine Wissenslücke zu schließen.

»Und was hat *er* dann gesagt?«, fragt Roland.

»›Ich würd es nicht wissen wollen.‹«

»Das hat er gesagt? ›Ich würd es nicht wissen wollen‹?«

»Ja, genau so. Das waren seine Worte.«

Warum will man etwas nicht wissen? Will er das hier wissen? Und wann weiß man genug?

Neben dem Fernseher hängt ein Spiegel. Oberstein begreift nicht, warum Leute so ein Ding über einem Schreibtisch aufhängen.

»Na, dann hätten wir das ja besprochen«, sagt er, während er sein Bild im Spiegel kontrolliert. Er weiß nicht, ob er gelassen wirkt oder ob man ihm die Unruhe ansieht. An manchen Tagen findet er sich recht attraktiv, was an der merkwürdigen Zufriedenheit liegen muss, die er dann ausstrahlt. Trotzdem würde er sich nicht als eitel bezeichnen. Ganz und gar nicht. Gute Tage sind selten. Selbst bei jemandem, der weiß, dass man nichts wollen darf, was man nicht bekommen kann.

»Ist das alles?«, fragt sie. »Hast du nicht mehr zu sagen?«

»Mehr zu sagen? Nein, ich meine, es ist eine Episode. Eine spannende Geschichte. So sehe ich das.«

»Spannend?«

»Ja.«

»Ich bin mit einem anderen Mann ins Bett gegangen, und du findest das eine spannende Geschichte?«

Wie er jetzt dasitzt, vor seinem Notebook, das Mobiltelefon in der Hand, sieht er sich im Spiegel. Violets Meinung zufolge schaut er zu oft dorthinein. Sie hat ihm schon einmal Eitelkeit vorgeworfen, doch wer ist nicht eitel? In den Spiegel schauen kann auch ein Zeichen von Unsicherheit sein. Er schaut hinein, um sich zu vergewissern, dass er nichts übersehen hat, keine Reste Rasierschaum, keine Essenskrümel, keinen Kulifleck.

Spannung ist, wenn man nicht weiß, wie etwas ausgeht, aber auch der ungünstigste Ausgang noch erträglich erscheint.

Eine tödliche Krankheit ist nicht spannend, weil man das Ende schon kennt. Hoffnung wider besseres Wissen ist tragisch, aber nicht spannend.

»Weinst du?«, fragt er.

»Nein – ja, ich weine ein bisschen.«

»Das ist verkehrte Welt«, sagt Roland. »Eigentlich sollte ich weinen.«

Verzweiflung kostet Zeit, und wenn er etwas nicht hat, ist es das: Zeit. Er müsste in seinem Terminkalender Platz dafür frei machen. Vielleicht könnte er im Winter ein Wochenende dafür reservieren.

»Warum weinst du dann nicht?«

Er denkt nach. Die moralische Überlegenheit seiner Position gefällt ihm.

Aber er kann nicht weinen. Es geht nicht.

Bei Filmen weint er hin und wieder. Ganz selten.

»Ich weiß nicht«, sagt er. »Nochmals, ich betrachte es als eine aufregende Episode. Den anderen Mann. Dich. Euch. Nackt im Bett. Das Kondom. Wie Porno, nur anders. Darum weine ich nicht.«

»Das ist absurd.«

»Was ist absurd?«

»Wie du reagierst.«

Bevor er sich ins Bett legt, wird er noch einmal duschen. Lang und heiß duschen. Und dann wird er schlafen. Morgen fliegt er nach Hause. Er wird nachdenken, arbeiten, Fragen von Studenten beantworten – wenn nötig, mit einer Prise Sarkasmus. Sein Glück ist durch nichts zu erschüttern, sein Glück liegt in seiner Unerschütterlichkeit.

»Wie soll ich denn reagieren?«

»Ich weiß nicht. Das musst du wissen. Was fühlst du? Fühlst du irgendetwas?«

Roland denkt nach.

Er hört, wie jemand im Zimmer nebenan die Toilettenspülung betätigt. Fühlen. Ein Kollege von einer anderen Fakultät, er unterrichtete Ethik, sagte auf einer Party einmal zu ihm: »Du tust, als hätten Gefühle nicht die geringste Bedeutung. Eine Spur hochmütig finde ich das.«

Er mag keine Partys. Ehe man sich's versieht, hat man

Ethikdozenten am Hals, die an Gefühlskoller leiden. Oder Professoren, die einen jahrelang ignorierten, aber einem in trunkenem Zustand mit unverständlichen Monologen die Ohren vollsülzen.

»Was hat er eigentlich zu Meneer Bär gesagt?«, fragt Roland.

»Wer?«

»Der Mann. Dein Bettgenosse. Was hat er zu Meneer Bär gesagt?«

»Er meinte: ›Was macht der Teddybär da?‹ Oder so was. Er fand es witzig, dass ein Bär in meinem Bett lag.«

»Das hat Meneer Bär bestimmt nicht gefallen«, sagt Roland langsam, fast wie in Trance. »Nein, überhaupt nicht.«

4

Meist wirken die Schlaftabletten innerhalb von zwanzig Minuten. Diesmal nicht. Lea hat das Gefühl, sich seit einer Stunde schlaflos im Bett hin und her zu wälzen, doch ein Blick auf ihre Armbanduhr zeigt, dass sie die Tablette erst vor fünfundzwanzig Minuten genommen hat. Sie beschließt, mit der nächsten Tablette noch vierzig Minuten zu warten, in der stillen Hoffnung, bis dahin vielleicht doch eingeschlafen zu sein.

Sie schickt ihrem Mann eine SMS mit der Frage, ob sich die Lage beruhigt hat, ob die Kinder gegessen haben und die Babysitterin bezahlt ist. Doch sie bekommt keine Antwort.

Dann schickt sie eine SMS an eine Freundin in München, die sich mit Selbstmordgedanken trägt, doch auch von ihr: keine Antwort.

Es ist Leas beste Freundin. Manche Leute denken an Selbstmord und schlafen trotzdem sehr gut.

Fünf Minuten wartet sie noch, dann schickt sie eine Nachricht an Roland mit der Frage: »Schläfst du schon, oder wartest du immer noch? Entschuldigung nochmals für das mit der Nase.«

Sie hasst Abkürzungen oder Schreib- und Grammatikfehler in Handynachrichten. Ein Mann, den sie in Brooklyn im Park kennengelernt hatte, schickte ihr einmal so eine. Die SMS sollte eindeutig verführerisch sein, doch Lea sah bloß noch die Fehler. Seitdem konnte sie den Mann nicht mehr ernst nehmen und löschte seine Nummer aus ihrem Speicher.

Als sie fast eingeschlafen ist, kaum noch klar denken kann – dunkel geht ihr durch den Sinn, dass sie das Licht ausschalten muss, aber sie ist zu träge dazu –, hört sie ihr Handy.

Sofort ist sie hellwach. Eine Nachricht von Roland: »Habe mit Freundin telefoniert«, schreibt er. »Und du? PS: Hör auf mit der Nase.«

»Warte auf Wirkung der Schlaftablette«, schreibt sie zurück. »Schlaftablette und du haben viel miteinander gemeinsam.«

Die Antwort kommt postwendend und besteht aus einem Fragezeichen.

»Die Tablette bringt mir genauso wenig wie du. Muss ich alles erklären?«, schreibt sie zurück.

Die SMS ist vielleicht etwas dreist. Doch wenn er pikiert ist, kann sie immer noch sagen, dass die Schlaftablette schon wirkte, sie am Eindämmern war, nicht mehr recht wusste, was sie da tippte – vorübergehend unzurechnungsfähig gewissermaßen.

Die Antwort kommt binnen Sekunden. »Konkurriere ich mit einer Schlaftablette? Freundin ist fremdgegangen, darum zerstreut.«

Lea setzt sich im Bett auf. Gleich wird sie die nächste Tablette nehmen. Die Tabletten rauben ihr den Appetit, doch das ist egal. Darauf kommt es jetzt auch nicht mehr an.

»Und nun?«, tippt sie.

Sie bleibt aufrecht im Bett sitzen, das Mobiltelefon in der Hand.

Fremdgegangen – es klingt wie ein Versprechen. Bar aller moralischen Erwägungen lässt das Wort sie um diese Uhrzeit und in ihrer Situation an eine tropische Insel denken, ans Mittelmeer, ein luxuriöses Hotel mit Swimmingpool – alle Klischees sorgloser Urlaubsfreuden.

Die SMS, die kurz darauf kommt, ist nicht von Roland, sondern von ihrem Mann. »Babysitter endlich nach Hause. Kinder im Bett. Guten Flug! Liebe dich.«

Sie schreibt nichts zurück; wartet weiter mit dem Mobiltelefon in der Hand. Kurz denkt sie an ihr Buch. Sie arbeitet an einer Rudolf-Höß-Biographie, Abgabetermin vor zwei Jahren. Die Kinder kamen dazwischen. Das zweite war nicht geplant, und mit dem ersten hätte sie lieber noch etwas gewartet.

Doch ihr Mann ist verrückt nach Kindern, und er ist Politiker. Er hatte zu ihr gesagt: »Warten wir nicht länger.

Und für meine Karriere ist es auch gut. Die Wähler wollen einen fruchtbaren Kandidaten. Sie wollen ihre Stimme einem Familienmenschen geben, einem mit Kindern, besser gleich zwei, und einer Frau. Dem sie vertrauen können.«

»Auch in Brooklyn?«, hatte Lea noch gefragt.

»Gerade in Brooklyn«, hatte ihr Mann geantwortet. »Manche Werte sind wirklich universell.«

Endlich vibriert ihr Handy. »Kommunizieren morgen weiter«, schreibt Oberstein. »Kannst du nicht schlafen?«

»Hat es dich mitgenommen?«, schreibt sie zurück. »Gehst du auch fremd?«

Mit dem Mobiltelefon in der Hand läuft sie ins Badezimmer zum Pinkeln. Danach bleibt sie auf der Toilette sitzen.

Die Neonröhre über dem Spiegel verbreitet ein klinisches Licht, über das sie sich schon ein paarmal geärgert hat: als müsste jemand operiert, müssten Poren untersucht, Mitesser professionell ausgedrückt werden.

Ein Spiegel in einem Hotelzimmer darf die Gäste nicht unnötig verunstalten.

Das Gerät in ihren Händen vibriert.

»Früher schon, jetzt nicht mehr«, schreibt Roland zurück. »Keine Zeit. Zu viel zu tun. Gehen wir schlafen. Morgen um 9 Frühstück.«

»Morgen um 9 Frühstück«, bestätigt sie. »Möchtest du kurz mit mir kuscheln?«

Das Mobiltelefon in der Hand, denkt sie an ihre Kinder, ihr Buch, ihren Großvater und an die Antwort, auf die sie wartet. Sie bleibt im Bad sitzen.

Es dauert mindestens fünf Minuten. »Netter Vorschlag«, antwortet Oberstein, »jetzt aber zu müde. Versuche, dringende E-Mails von Studenten zu beantworten. Andermal gern. Morgen um 9 Uhr zum Frühstück.«

Lea steht auf und kramt in ihrer Tasche, bis sie endlich Sven Duranos Karte in der Hand hält.

Immer noch vor dem Spiegel, schickt sie ihm eine Nachricht. »Hallo Sven, wo bist du? Immer noch auf der Party? Lea.«

Die Antwort kommt beinah sofort. »Party jetzt erst richtig in Schwung. Schlimmste Holocaustspezialisten gegangen, nette geblieben. Komm doch auch.«

Sie tippt: »Ich lieg schon im Bett.«

»Nimm Taxi«, antwortet Sven. »Musik schrecklich, Stimmung genial.«

Sie zieht sich an, trägt im Bad eilig Lippenstift auf, nimmt den Fahrstuhl nach unten.

Die Rezeption ist nicht besetzt.

Zwei Gäste kommen von draußen herein.

»Wo gibt es hier einen Taxistand?«, fragt sie.

Die Gäste schauen sie breit lächelnd an, antworten ihr aber nicht.

Wie ein Vogel flattert Lea durch die nächtliche Stadt auf der Suche nach einem Taxi.

Die Party ist weniger aufregend, als Sven ihr versprochen hat, doch dafür ist er direkt. Nach anderthalb Martini fragt er: »Kommst du mit auf mein Zimmer?«

Die Konferenzteilnehmer sind in drei verschiedenen Hotels untergebracht, doch Durano wohnt auch in ihrem: Zimmer 415.

Im Taxi erzählt er von seiner Freundin und dass sie Vereinbarungen haben.

»Was für Vereinbarungen?«, fragt sie.

»Vereinbarungen eben«, sagt er und streichelt ihr über die Wange. »Manche Leute treffen Vereinbarungen.«

Seit neun Jahren hat sie mit niemand anderem geschlafen als mit ihrem Mann. Einmal auf der Straße hat sie jemanden geküsst, einen Übersetzer aus dem Jiddischen, doch das war's auch schon. Er schmeckte nach Zwiebeln.

Zimmer 415 ist genauso eingerichtet wie ihres.

Während Durano sich die Schuhe auszieht, fragt sie: »Darf ich kurz mal dein Bad benutzen?«

Auch das Bad ist mit dem auf ihrem Zimmer identisch. Sie pinkelt, kontrolliert ihren Slip und betrachtet sich noch einmal kritisch im Spiegel. Dann verlässt sie den Raum.

Sie erwartet, dass etwas geschieht, etwas Schreckliches, Alttestamentarisches, jetzt, da sie mit einem Mann im Bett liegt, der nicht der ihre ist. Doch es geschieht nichts, schon gar nichts Alttestamentarisches.

Sven Durano ist attraktiv, zärtlich genug, hat Erfahrung und ist vor allem entschlossen. Trotzdem käme sie bei ihm nie auf den Gedanken zu sagen: »Rette mich.«

Als es vorbei ist, beschließt sie, lieber bei sich im Zimmer zu schlafen.

Während sie sich anzieht, sagt Sven Durano: »Ich fand die Konferenz nützlich, vor allem deinen Vortrag fand ich ausgesprochen interessant!«

Um neun Uhr betritt Roland Oberstein den Frühstücksraum. Die meisten Gäste haben offenbar schon gefrüh-
stückt. Doch in diesem Hotel sind sie nachlässig mit dem
Abräumen. Andere Konferenzteilnehmer sind nicht zu sehen. Einige sind gestern Nachmittag schon gefahren. Auf
Abschiedsumtrunk und Party haben sie verzichtet. Und
diejenigen, die noch da sind, frühstücken anscheinend gern
zeitig oder schlafen noch. Ohne lange nachzudenken, setzt
er sich an den Tisch, an dem er am Vorabend mit Lea eine
Weile gesessen hat.

Er winkt einer Kellnerin. Erst nach dem zweiten Versuch
bequemt sie sich zu ihm.

»Könnten Sie den Tisch hier wohl abräumen?«, fragt er.
»Es kommt noch jemand.«

Die Kellnerin fragt nach seiner Zimmernummer und
beginnt mit deutlichem Widerwillen, das Geschirr zusam-
menzuschieben. Als sie damit so gut wie fertig ist, sagt sie
plötzlich: »Sie hätten sich auch an einen anderen Tisch setzen können, wo noch gedeckt war.«

»Ja, das hätte ich machen können«, antwortet er.

Dann sieht er Lea hereinkommen. Erst lacht er sie an,
dann winkt er. Sie hat eine Tasche dabei. Sie schleppt sich
damit ab, als wären Steine darin.

Warum bringt sie ihre Tasche zum Frühstück mit?

»Entschuldigung, dass ich so spät bin«, sagt sie. »Ich hab
mir die Haare geföhnt. Sie sind noch ein bisschen feucht. Es
dauert immer so lang, bis sie trocken sind.«

Er weiß nicht, ob er sie küssen soll oder nicht. Er steht auf, beschließt dann aber, es doch nicht zu tun, und nimmt ohne weitere Begrüßung – die Hand geben wäre auch komisch – wieder auf seinem Stuhl Platz.

Sie setzt sich ihm gegenüber.

»Siehst du's?«, fragt sie.

»Was?«

»Dass mein Haar noch feucht ist. Es trocknet so langsam. Es ist zu dick.«

»Haben Sie auch Zimmer 407?«, will die Kellnerin wissen.

»412«, antwortet Lea.

»Kaffee?«

»Tee, bitte.«

Die Kellnerin geht davon.

»Für mich bitte Kaffee«, ruft Roland ihr hinterher.

Lea trägt eine Jeans und eine Wollweste, die selbstgestrickt aussieht. Sie wirkt unscheinbar, wie jemand, der nirgends bemerkt werden will.

Einen Moment sitzen sie sich schweigend gegenüber.

Er weiß nicht, was er sagen soll. Menschen phantasieren übereinander, nicht nur sexuell, das eigentlich am wenigsten. Er enttäuscht die Phantasien der anderen lieber nicht. Er möchte derjenige sein, den man in ihm sieht. Warum sich abmühen, man selber zu werden, wenn man auch der werden kann, den der andere sich wünscht? Innerhalb vertretbarer Grenzen natürlich.

»Willst du nichts essen?«, fragt er schließlich.

Sie schüttelt den Kopf. »Vielleicht etwas Müsli. Ich esse morgens nie viel.«

Sie bekommt eine Tasse heißes Wasser. Die Kellnerin hält ihr eine Box mit diversen Teesorten hin, und zu Roland sagt sie: »Ihr Kaffee kommt gleich. Wir kochen gerade frischen.«

Lea entscheidet sich für Rooibostee.

Sie sieht abgespannt aus.

Als die Kellnerin weg ist, sagt Roland: »Es tut mir leid.«

»Was?«

»Das von gestern Abend. Heute Nacht.«

»Was ist heut Nacht passiert?«, fragt Lea und lacht leichthin. Sie taucht den Teebeutel in ihre Tasse und geht zum Buffet. Er schaut ihr hinterher, wie sie an den Speisen entlanggeht, ihrer schmächtigen Gestalt, wie sie zögernd vor den Cornflakes stehen bleibt und sich ein Schälchen nimmt. Sie sieht aus, als hätte sie sich verirrt.

Lea kommt mit Joghurt zurück. Naturjoghurt.

»Ist das alles?«, fragt er.

»Ja. Ich hab keinen so großen Hunger.« Mit einer gewissen Selbstüberwindung löffelt sie ihren Joghurt.

»Vor dem Fliegen«, sagt Roland, »bin ich immer nervös. Tut mir leid.«

»Hast du Flugangst?« Sie hält inne, den Löffel reglos zwischen Schälchen und Mund. Joghurt tropft herunter.

»Das nicht. Ich bin einfach verspannt. Ich habe vor dem Fliegen auch nie Sex.«

Sie löffelt weiter. Er kann nicht sehen, ob sie lächelt. Was lustig ist, hängt von den Umständen ab. Wenn er unterrichtet, ist er ab und zu witzig, ohne es darauf anzulegen. Wenn er entspannt ist, die Studenten schon besser kennt, rutscht ihm manchmal eine lustige oder ironische Bemerkung heraus, die für Lacher sorgt. Das Lachen kommt ihm jedes Mal vor wie eine Erlösung. Für alle Beteiligten.

In den Evaluationen werden seine Lehrveranstaltungen manchmal strohtrocken genannt. Doch diesen Stimmen stehen immer auch ein paar gegenüber, die die Seminare bei ihm als »inspirierend« bezeichnen oder behaupten, dass seine Ideen sie bestimmt noch lange beschäftigen werden. Einer hatte sogar einmal geschrieben: »Ich habe etwas gelernt fürs Leben.«

»Isst du nichts?«, fragt Lea.

Roland steht auf, geht zum Buffet, denkt an Violet. Er fragt sich, ob er jetzt Eifersucht empfindet, doch die wäre nicht kontrolliert, ließe sich nicht bändigen, nach Aussagen derer, die es wissen müssen. Er kommt mit einem Schokocroissant zurück. Sein Kaffee ist inzwischen eingetroffen.

Mit langen Zähnen beißt er in das Croissant, er fühlt sich verpflichtet, das Ding, wo er es schon einmal geholt hat, nun auch zu essen.

»Ich hätte dich nicht mit diesen Aventüren belasten dürfen«, sagt er und nimmt einen Schluck Kaffee.

»Es hat mich nicht gestört«, antwortet Lea. »Ich finde es sehr unterhaltsam.«

Sie rührt in ihrem Joghurt. »Was meinst du? Soll ich Honig hineintun?«

»Warum nicht? – Aber so abenteuerlich ist das Ganze nun auch wieder nicht, kann man da wirklich von Aventüren reden?« Er ist sich nicht mehr so sicher. Aventüren, was für ein Wort. Ein bisschen kurios in diesem Zusammenhang. Er kennt die Art Leute, die solche Worte benutzen, vor allem männliche Kollegen, Männer, die vorgeben, über allem zu stehen. Ironie ist ihre Waffe, die Vermeidung jeglichen Schmerzes ihr Ziel.

Er legt das an den Tag, was seine Studenten erwarten: Eine gewisse Reserviertheit, Sprödigkeit, einen gewissen Sarkasmus, gespielt und doch vollkommen echt – unvermeidlich, wenn man den Lehrstoff zum zehnten Mal durchkaut –, aber auch Begeisterung. Wissenschaftlichen Ehrgeiz. Irgendwann wurden seine Seminare immer theatralischer, bis er einsah, dass er übertrieb.

Theatralischer geworden ist er vermutlich auch in der Liebe. Stürmischer. Doch wenn er darüber nachdenkt, was das Wort »stürmisch« eigentlich bedeutet, kommen ihm Zweifel. Nein, er liebt so, wie er lehrt: gründlich, nicht ohne Einsatz, doch immer mit dem Blick auf die Uhr. Nie hat er sich für einen phantastischen Liebhaber gehalten – was ihn nicht verunsichert: Er weiß, dass der Ehrgeiz, jemand sein zu wollen, der man nicht ist, nur zu Leiden für alle Beteiligten führt.

Er will eine wichtige Rolle als Ökonom spielen, geschätzt und respektiert von seinen Kollegen. Nicht von allen natürlich, nur von denen, die er selbst respektiert.

»Soll ich Honig hineintun?«, fragt Lea noch einmal. »Ich weiß nicht so recht.«

Er nickt, ohne sie richtig verstanden zu haben.

Wenn Glück die Abwesenheit von Leiden ist, dann ist Liebe, die zu Leiden führt, eine ihm unverständliche Form von Unglück, deren Verherrlichung in der Kunst ihm ein Greuel ist, ja, die ihn regelrecht empört. Einmal hat er mit einer Theaterwissenschaftlerin darüber geredet, einer Frau, die zusammen mit ihm Ökonomie studiert hatte, dann jedoch auf Abwege geriet – so sieht er das jedenfalls – und Theaterwissenschaften studierte, wo sie sich mit einigem Fanatismus dem Frauenbild der deutschen Nachkriegsdramatik verschrieb. Jetzt eine Bekannte, früher eine Freundin. Linde heißt sie. Sie hat ihm auch das Buch von Walter Benjamin geschenkt, bei Leuten wie ihr paart sich fanatische Liebe zur Kunst häufig mit schwärmerischer Benjamin-Verehrung, gelesen vorzugsweise im Original. »Was bringt diese sogenannte hohe Literatur dem Leser?«, hatte er Linde gefragt. »Abwechslung. Okay. Aber das bietet der normale Hollywoodfilm auch. Erkenntnis? Kann man die nicht auf andere, effektivere Weise gewinnen? Was ist der Nutzen der sogenannten hohen Literatur? Warum sollen die Leute das lesen? Leiden sie selbst nicht schon genug?«

An Lindes Antwort kann er sich nicht mehr erinnern, er weiß nur noch, dass er in höhnisches Gelächter ausbrach, sie aber trotzdem beschlossen, weiter Kontakt zu halten.

»Ob Fremdgehen ein Abenteuer ist? Um auf dieses Wort zurückzukommen: Ja, ich glaub schon«, sagt Lea. »Ein Abenteuer.«

Auf dem Tisch stehen drei Minigläser Marmelade und ein Gläschen mit Honig. Mühsam versucht sie, den Honig zu öffnen. Er will ihr das Glas gerade aus der Hand nehmen, um es zu öffnen, als sie es alleine schafft.

Was bringt ihm Violets Fremdgehen? Abwechslung. Schon möglich. Auch Aufregung kann eine Form von Abwechslung sein. Aber lässt es ihn leiden? Leidet er jetzt? Er denkt öfter daran, als ihm lieb ist, das stimmt. Der Mangel an Kontrolle über die Bilder in seinem Kopf ließe sich vielleicht als leichtes Leiden interpretieren.

Was bringt es mir? Oder: Was bringt es uns? Hierum dreht sich alles, auch wenn die Sentimentalität das allzu oft zu verdrängen versucht. Schon von Berufs wegen sollte er fromme Lügen entlarven. Bei der Erforschung des Gefühls muss der Wissenschaftler ganz unsentimental sein.

Lea rührt weiter. Ohne sie wäre er gar nicht frühstücken gegangen, dann hätte er seinen Koffer gepackt, noch ein paar letzte E-Mails beantwortet. Doch er hat sie kennengelernt, ist neugierig geworden, instinktiv spürt er, dass sie etwas von ihm erwartet. Die Erwartungen anderer Leute wecken sein Interesse, obwohl er weiß, dass diese Neugier vielleicht nichts anderes als verkappte Eitelkeit ist. Sie haben denselben Flug nach New York, sie werden ein Taxi zum Flughafen teilen, und jetzt sitzen sie hier zusammen beim Frühstück. So geht das eben.

»Warum hat sie es dir eigentlich erzählt? Es ist so eine undankbare Rolle. Warum erzählen Leuten einander so was?«

Sie redet wie zu sich selbst, sieht ihn nicht an, sie spricht mit ihrem Löffel.

»Meine Freundin?«

»Ja. Wie heißt sie? Oder willst du das lieber nicht sagen?«

»Violet. So heißt sie. Ich weiß nicht, warum sie es mir erzählt hat.«

Gute Frage. Warum hat Violet es ihm erzählt? Wenn sie nichts gesagt hätte, hätte er es nie erfahren. Er ist kein argwöhnischer Typ. Auch für Argwohn müsste er sich Zeit nehmen. Er müsste ihn in seinem Terminkalender einplanen: 24. November, Argwohn.

»Ich hätte es dir nicht erzählt«, sagt Lea und nimmt endlich wieder einen Löffel von ihrem Joghurt. Sie muss sich sichtlich überwinden. »Wem ist damit gedient?«

»Ich auch nicht«, antwortet Roland. »Ich hätte es auch nicht erzählt.« Er hat beschlossen, die Hälfte des Croissants liegen zu lassen. Er kriegt es nicht mehr hinunter.

»Manche Leute können nicht lügen«, meint Lea. »Es nagt an ihnen. Kannst du lügen?«

»Ich glaub schon«, sagt Roland und fragt sich, ob Violet lügen kann. Er geht davon aus. Alle intelligenten Menschen können das. Manchmal selbst dumme. Er hat schon Studenten gehabt, geistige Tiefflieger, weiß Gott, aber lügen konnten sie wie die Weltmeister. Dann fällt ihm ein, dass er heute viel trinken muss. Man trocknet im Flugzeug schnell aus. »Kannst du lügen?« Was für eine Frage. Jede Antwort ist die falsche.

»Man könnte auch sagen, dass man den Leuten die Chance geben muss, zu entdecken, wer man wirklich ist«, sagt Lea. »Damit sie selbst entscheiden können, ob sie bei einem bleiben wollen oder nicht.«

Er schaut sie an. Eine Studentin hat einmal zu ihm gesagt: »Ich würde Sie gern besser kennenlernen.« Es war kein Flirt, wenn überhaupt irgendwas, war es Einsamkeit, das jedenfalls war damals sein Eindruck. Tiefe, herzzerreißende Einsamkeit, die ihn viel Zeit kosten würde, und egal, was er täte, weniger einsam würde sie sich dadurch trotzdem nicht fühlen. Er hatte gelächelt. Mehr nicht. Freundlich gelächelt. Seine Eitelkeit hatte ihr Zuckerl bekommen, und damit genug; er hatte Bücher und Papiere in seiner Plastiktüte verstaut – Leder- oder Leinentaschen kann er nicht leiden – und gemurmelt: »Also dann bis nächste Woche.«

»Die Chance darf man ihnen überhaupt nicht geben«, sagt Roland gedankenverloren. »Was geht es sie an, wer man ist? Und was ist wirklich und was weniger wirklich? Menschen heucheln, spielen Rollen, glauben an ihr eigenes Getue, ich sehe es jeden Tag an der Uni. Ist das eine nun echt und das andere unecht, wie ein gesundes im Vergleich zu einem künstlichen Bein? Menschliches Verhalten so zu betrachten scheint mir nicht zielführend.«

Bei manchen Kollegen geistert der Begriff »Zwischen-menschlichkeit« herum. Nur schon das Wort. Er weiß, was sich dahinter verbirgt: Förderung des allgemeinen Stumpf-sinns.

Er steht auf. »Ich hole mir ein Glas Wasser. Soll ich dir auch welches mitbringen?«

Sie nickt.

Als er es bringt, stürzt sie es nur so herunter. Zum Trinken muss sie sich jedenfalls nicht überwinden.

»Ich fand's schön, dass du auf dieser Konferenz warst«, sagt sie. »Ich kenne dich kaum, und doch hab ich das Gefühl, dass wir ... dass wir Freunde sind. Oder werden könnten.«

»Ja«, sagt Roland. Es klingt spröde. Er kann es nicht ändern.

»Werden könnten oder schon sind?«

»Werden könnten. Sind. Das eine ergibt sich doch aus dem andern.«

»Aber wenn wir beschwipst sind, geht es besser. Reden, meine ich. Wir können es weniger gut, wenn wir nüchtern sind.«

»Wann waren wir denn beschwipst?«

»Am ersten Abend.«

»Ich war nicht beschwipst«, sagt Roland. »Und ich finde, dass es jetzt hervorragend geht. Reden und frühstücken. Auch wenn wir nicht beschwipst sind. Das kriegen wir ziemlich gut hin. Wenn ich dieses Gespräch benoten müsste, würde ich ihm sieben von zehn geben, vielleicht sogar acht. Und ich will dich nicht hetzen, aber langsam müssten wir vielleicht doch auf unsere Zimmer. Koffer packen. Ich bin immer gern etwas früher am Flughafen.«

»Ich wollte dir etwas zeigen«, sagt sie.

Aus der Tasche holt sie ein Buch.

»Hab ich für meine Tochter gekauft«, sagt sie.

Es ist ein Bilderbuch und heißt *Ente, Tod und Tulpe*. Roland blättert darin.

»Ich fand es so schön«, sagt sie. »Ich hab es in einem Laden gesehen und sofort gekauft. Es handelt von einer Ente und dem Tod.«

»Schöne Zeichnungen. – Wie alt ist deine Tochter?«, fragt Roland, während er weiter in dem Buch blättert. Die Ente erinnert ihn an Violet. Er kann nicht sagen, warum. Wenn man sie schon mit einem Tier vergleichen wollte, dann noch am ehesten mit einem Lamm. Sie erinnert ihn an so ein Tier auf der Weide, das dringend geschoren werden muss.

»Fast drei«, antwortet Lea.

»Ist das nicht etwas zu jung, um über den Tod nachzudenken?«

»Es handelt von einer Ente, die mit dem Tod Freundschaft schließt.«

»Ist drei nicht etwas zu jung, um über Freundschaft mit

71

dem Tod nachzudenken? Kann man sich mit dem Tod überhaupt anfreunden?«

Sie zuckt mit den Schultern. »Rührt dich das nicht?«, fragt sie. Sie klingt enttäuscht. Als mache er etwas ihr Wichtiges herunter. Freundschaft mit dem Tod. Als hätte er sie eigentlich verstehen müssen und sagen: »Klar, natürlich. Freundschaft mit dem Tod, schön für deine Tochter.«

Es ist mehr als nur Enttäuschung. Er sieht Tränen in ihren Augen. Weint sie, weil ihm das Kinderbuch nicht gefällt, oder wegen etwas anderem? Was es auch ist, er möchte nicht hineingezogen werden. Es fängt an mit Geheul und endet damit, dass man zusammen ein Haus kauft. Halt dir den Schmerz anderer Leute vom Leib, geh nicht in die Falle. Die Mausefalle des menschlichen Kontakts. Rattengift für jeden Ehrgeiz.

»Doch«, sagt Roland so neutral wie möglich, »es rührt mich, aber ich denke an deine Tochter.«

Er schlägt das Buch zu, gibt es ihr zurück. Jetzt müssen sie wirklich nach oben.

Lea beginnt nun selbst, in dem Buch zu blättern.

»Spricht deine Tochter Deutsch?«

»Ich kann es ihr übersetzen«, sagt Lea.

Roland schweigt. Der Kaffee schmeckt ihm nicht mehr. Er steht auf.

»Hast du eigentlich Kinder?«, fragt Lea, während sie immer noch mit dem Buch dasitzt.

Roland nickt.

»Auf jedem Kontinent eins?«

Er schüttelt den Kopf. Endlich macht auch sie Anstalten zu gehen.

»Nein, nur auf diesem«, sagt er.

»Darf ich es noch mal machen?«, fragt sie.

»Was?«

»Dir in die Nase kneifen.«

»Natürlich, nur zu.«

Sie kneift ihm in die Nase. Doch nicht wie beim vorigen Mal. Jetzt kneift sie vorsichtig, kontrolliert. Ironisch.

Als sich die Fahrstuhltür öffnet, stehen sie Sven Durano gegenüber.

»Ich dachte, du wärst schon weg«, sagt Oberstein. »Wir fahren gleich zum Flughafen. Musst du auch dahin? Sollen wir dich mitnehmen?«

»Ich fahr mit dem Zug«, sagt Durano. »Dann kann ich noch ein bisschen arbeiten, nach Zürich ist es nicht weit. Es war eine schöne Konferenz. Wir bleiben in Kontakt.«

Er gibt erst Oberstein und dann Lea die Hand, dann geht er davon. In der Linken einen kleinen Koffer, über der rechten Schulter die Notebooktasche.

Im Fahrstuhl sagt Oberstein: »Er nennt sich ›Ökonom und Historiker‹, ist aber keines von beidem. Seine wirtschaftlichen Aufsätze sind Schrott und, soweit ich's beurteilen kann, seine historischen auch. Er sagt, er sei Schweizer. Das mag zutreffen.«

»Er ist groß«, sagt Lea. »Ein stattlicher Mann.«

»Ja«, sagt Oberstein, »er ist groß. Vielleicht ist das ein Verdienst.«

6

Um den Lunch kümmert sich immer die Praktikantin. Die Firma ist klein und hat ihre Räume im vierten Stock eines Bürokomplexes. Der Blick aus dem Fenster geht unmittelbar über die Bäume.

Alle lunchen gemeinsam. Das ist gut fürs Betriebsklima. Niemand hat ein eigenes Büro. Auch gut fürs Betriebsklima.

Als Violet hier anfing, war sie die Praktikantin. Damals war sie für den Lunch verantwortlich. Sie ist sich nicht schnell für irgendetwas zu gut. Es machte ihr sogar Spaß, den Lunchtisch hübsch herzurichten.

Jetzt hat sie eine feste Stelle, und es gibt eine neue Praktikantin. Ein Mädchen mit strähnigen Haaren und Beziehungsproblemen. Violet mag keine Probleme. Sie weiß, dass Menschen Probleme haben, sie selbst hat auch ab und zu welche, aber die Probleme dürfen nicht zu lange dauern. Man kann süchtig nach ihnen werden, sie kennt genug Leute, denen das so geht. Sie können über nichts anderes mehr reden als über *Das Problem*. Mirjam zum Beispiel, eine ihrer besten Freundinnen. Im zweiten Studienjahr verliebte sie sich in einen Dozenten, fast vierzig Jahre älter als sie. Das kommt vor. Der Dozent verliebte sich auch in sie, doch als bekennender Katholik behauptete er, sich auf keinen Fall von seiner Frau scheiden lassen zu können. Einmal vögeln pro Woche hingegen war kein Problem. »Mach Schluss mit ihm«, sagte Violet damals. »Noch *ein* Mal, dann sag ich es ihm«, antwortete Mirjam jedes Mal.

Doch schließlich bekam der Dozent Krebs. »Wie kann ich jetzt Schluss mit ihm machen?«, fragte sie nun. »Der Mann hat Krebs.«

So geht das seit Jahren. Denn ebenso wenig wie zu einer Scheidung will der Dozent sich zum Sterben entschließen. Violets Freundin ist süchtig, nicht nach dem katholischen Dozenten, nicht einmal nach dem Vögeln, sondern nach *Dem Problem*. So etwas darf man erst gar nicht einreißen lassen.

Wenn Violet nichts zu tun hat, starrt sie aus dem Fenster und beobachtet die Vögel. Sie will nicht den Rest ihres Lebens Taschen entwerfen, die in China hergestellt werden. Irgendwann möchte sie einmal etwas entwerfen, das unter ihrem Namen verkauft wird. Keine anonyme Massenware aus Asien. Für den Moment findet sie ihren Job eine praktische Lösung. Er lässt ihr viel Freiheit, die sie sinnvoll nutzt, wie ihr Chef sagt. Sie zeigt Eigeninitiative. Obwohl der zweite Geschäftsführer bei einem Mitarbeitergespräch einmal sagte: »Du hast deinen kleinen Dickkopf, aber das macht uns nichts aus.«

Das klang ihr weniger angenehm in den Ohren.

Eine schöne Damenhandtasche hat immer etwas Ironisches. Über dieses Thema kann sie stundenlang reden, einmal hat sie sogar schon eine Präsentation darüber gehalten. Beim Übergang von der Funktion zur Ästhetik lauert in der Welt der Damenhandtasche stets Ironie.

Die von ihr entworfenen Taschen stehen denen der großen Marken in nichts nach, sind aber bezahlbar. In der Herstellung hakt es in China hin und wieder ein wenig. Doch die kleinen Fehler erkennt man erst bei näherer Betrachtung.

Die Frau des Chefs, die vier Tage pro Woche im Büro mitarbeitet, ist etwas sauertöpfisch. Einmal hat sie Violet gefragt: »Wird es für dich nicht langsam Zeit, mit deinem Freund zusammenzuziehen? So eine Fernbeziehung ist doch was für Studenten!«

»Sie ist nur neidisch«, hat Roland dazu gesagt.

Doch neidisch worauf? Violet will daran nicht allzu viele Gedanken verschwenden. Außerdem hat sie sich an die impertinenten Fragen der Frau des Chefs mittlerweile gewöhnt.

Ihre eigene Tasche, die hinter ihr am Stuhl hängt, hat sie nicht selbst entworfen. Sie stammt auch nicht aus China. Sie ist ein Geburtstagsgeschenk von Roland.

Er ist schon ein Lieber.

Manchmal muss sie sich das nachdrücklich sagen: Er ist schon ein Lieber.

Doch so fühlt es sich nicht immer an. Etwas fehlt. »Was soll denn fehlen?«, fragt er, wenn sie davon anfängt. »Und was heißt hier ›fühlen‹? Was fühlt da in dir?«

Während sie gerade an einer Tasche mit Federn arbeitet, ein gewagtes Modell, vor allem für dieses Marktsegment, klingelt in ihrer Handtasche das Mobiltelefon.

Sie war die Erste in der Firma mit einem iPhone. Insgeheim hält sie sich darauf etwas zugute, obwohl es eigentlich keine Leistung ist.

Sie holt das Handy hervor und wirft einen Blick auf ihre Kollegen. Links von ihr sitzt eine junge Frau, die von der Kunstakademie kommt. Aus der Kunst wurde nichts, und jetzt entwirft auch sie Taschen, Gürtel und Accessoires, die in China hergestellt werden. Doch verbittert ist sie deswegen nicht. »Es war eine schöne Zeit«, sagt sie, »drei Jahre lang war ich Künstlerin, aber ich hab schnell gemerkt, dass ich damit nicht mein ganzes Leben verbringen wollte. All diese Egomanen!«

Offiziell dürfen sie während der Arbeitszeit nicht privat telefonieren.

Violets Taschen werden in ganz Europa verkauft, manche sogar in Amerika. Es kommt vor, dass sie ein von ihr designtes Modell in einem Laden stehen sieht, doch niemand weiß, dass es von ihr ist, und dann muss sie sagen: »Schauen Sie, die Tasche dahinten, die habe ich entworfen.«

Erniedrigend ist das nicht, schade schon. Unbefriedigend. Irgendwann will sie darum ihre eigenen Taschen kreieren. Unter eigenem Namen. Um das nagende Gefühl mangelnder Anerkennung zum Schweigen zu bringen.

Es ist Wytse. Sie zögert.

Sie arbeitet lange genug in der Firma, um großzügig mit den Vorschriften umgehen zu können.

Violet steht auf und verlässt den Raum. Vor den Fahrstühlen bleibt sie stehen.

Sie trägt goldfarbene Schuhe. Sie findet, wer Mode entwirft, sollte auch ein wenig so aussehen. Auch wenn die Kunden einen nie zu Gesicht bekommen, es steigert das Selbstwertgefühl.

Sie starrt auf die Fahrstuhltüren. »Ich dachte, ich ruf kurz mal an«, sagt Wytse.

»Ich bin an der Arbeit«, antwortet Violet.

Als er am Samstagmorgen gegangen war – er musste einem Freund beim Umziehen helfen –, hatte sie erst einmal geduscht. Sie war erleichtert gewesen. So, das hätten wir. Wie man sich fühlt, wenn man die ganze Wohnung geputzt hat, nachdem man es wochenlang vor sich hergeschoben hat.

Sie hatte das Bett abgezogen, Spannbettlaken, Bett- und Kissenbezüge, und alles in die Waschmaschine gestopft. Dann hatte Niedergeschlagenheit sie übermannt, stärker als alles, was sie jemals erlebt oder wovon sie gelesen hatte. Leichte Panik erfasste sie. Sie rief eine Freundin an und sagte: »Du errätst nie, was heute Nacht passiert ist.«

»Wie geht's?«, fragt Wytse.

»Gut«, sagt Violet, »aber ich bin an der Arbeit.«

Wytse ist kahlköpfig und handelt mit Satellitentelefonen. Wie er Violet erklärt hat, hat er keine Vollglatze, sondern rasiert sich den Kopf, weil ratzekahl besser aussieht als fast kahl. Er rasiert sich alle zwei Tage unter der Dusche. Violet fand das lustig und musste laut lachen. Eine schöne Glatze hat schließlich auch was.

»Und was machst du beruflich?«, hatte sie ihn gefragt.

»Ich handle mit Satellitentelefonen«, hatte Wytse geantwortet. »Schon heute bin ich Marktführer in den Niederlanden, und ich will Marktführer in Europa werden.«

Wenn sie an ihn denkt, sieht sie ihn unter der Dusche, einen Rasierer in der Hand, mit dem er behutsam, doch routiniert seine Kopfhaut entlangfährt.

Die Fahrstuhltüren gehen auf. Zwei Männer im Anzug starren sie an.

Sie schüttelt den Kopf. Sie will nicht mitfahren.

»Ich bin auch an der Arbeit«, sagt Wytse. »Wollen wir uns noch mal treffen?«

Die Fahrstuhltüren schließen sich wieder.

Mit einem Anruf hat sie nicht gerechnet. Zwar hat sie gedacht, dass er sich noch mal melden würde, doch eher per SMS. Und nicht so schnell. Erst nach einer Woche oder zehn Tagen. Anrufen ist aufdringlich.

»Mal sehen«, sagt Violet. Es klingt, als blättere sie in ihrem Terminkalender.

»Vielleicht könnten wir zusammen ins Kino«, schlägt Wytse vor, »oder Kaffee trinken. Oder beides. Kino und Kaffee. Oder Kino und Wein. Oder Kino, Kaffee und Wein.«

»Ich weiß nicht«, sagt Violet. »Ich hab so viel zu tun.«

Normalerweise ist sie direkt. Sie sieht sich als eine Frau, die weiß, was sie will. Ihre Freundinnen können das bestätigen.

»Ich hab doch gesagt, dass ich einen Freund habe.«

Der Fahrstuhl öffnet sich wieder. Das hatte sie tatsächlich gesagt. Morgens, gleich nach dem Aufstehen. Erst hatte sie gefragt: »Hast du eigentlich eine Freundin?«, und als er den Kopf schüttelte, hinzugefügt: »Ich hab einen Freund, nur dass du's weißt.«

Die Frau des Chefs kommt aus dem Fahrstuhl. Sie hat etwas zum Lunch eingekauft. Das tut sie manchmal, wenn sie gute Laune hat. Dann besorgt sie etwas Besonderes. Kabeljaunuggets zum Beispiel. Oder Aal. Manchmal Prosciutto, dann wieder was Fleischloses. Zwei Kollegen sind Vegetarier.

»Hallo«, sagt Violet zu ihrer Chefin, die sie nur zerstreut anblickt und weitergeht, als herrsche bei den Fahrstühlen ein übler Geruch.

»Kannst du mich nicht hören?«, fragt Wytse.

»Doch, da kam grad wer vorbei.«

»Ach so – ja, das hast du gesagt, aber das macht mir nichts aus. Ich hab kein Problem damit. Du? Es bringt niemanden um. Oder? Treffen wir uns doch noch mal. Es war doch so schön?«

Sie kann sich vorstellen, dass er im selben Ton Satellitentelefone verkauft: freundlich, aber zielstrebig. Violet muss an seinen Kopf denken. So ein kahler Schädel fühlt sich gut an.

»Es wird mir zu kompliziert«, sagt sie leise, um zu verhindern, dass andere mithören. »Ich mag keine Komplikationen. Es ging eigentlich nicht so sehr um dich. Tut mir leid, wenn das jetzt etwas hart klingt. Aber ich will dich nicht in meine Beziehung hineinziehen. Das wäre nicht fair, du hast damit nichts zu tun. Weißt du, was darin fehlt? Liebe. Aber dafür kannst du nichts. Damit will ich dir nicht die Ohren volljammern. Beachtung und Fürsorge sind noch keine Liebe. 'tschuldigung, dass ich mich gehenlasse. Vergiss es. Ich hab nichts gesagt. Es bringt niemanden um, nein, aber das ist noch kein Grund weiterzumachen.«

Violet lacht, weil ihr jetzt so richtig aufgeht, was es heißt, mit allem weitermachen zu müssen, was einen nicht umbringt – als wäre das ein Grund.

Sie drückt Wytse weg, geht zur Damentoilette, klappt den WC-Deckel herunter und setzt sich darauf. Sie lehnt ihren Kopf an die Fliesen und schließt die Augen.

Vielleicht war es wirklich etwas zu hart, was sie da eben gesagt hat.

Sie hat ihn auf einer Party kennengelernt, er hatte gemeint: »Ich geh jetzt nach Hause.«

Sie hatte ihn angesehen und gefragt: »Jetzt schon?«

So fangen Geschichten an.

Einen Moment lang würde sie ihn am liebsten zurückrufen und fragen: »Bist du mit mir gegangen, weil das dich nicht umbringt?«

Ihre Augen sind immer noch zu. Das macht sie öfter: ein kleines Nickerchen auf der Toilette.

7

»Jetzt beeil dich doch bitte«, sagt Jonathans Mutter. »Oder willst du den Bus verpassen? Willst du nicht mit auf den Ausflug? Willst du zu Hause bleiben?«

Jonathan schaut sie an. Er trägt nur Socken und Unterhose. Die Unterhose hat er sich selbst aussuchen dürfen. Sie hat ein Fledermausmuster. Er ist gerade dabei, sein viel zu teures Hemd zuzuknöpfen, es geht quälend langsam. Er hat es von seinem Vater bekommen. Ein großzügiger Vater, das muss man ihm lassen.

»Soll ich's für dich machen?«, fragt seine Mutter.

»Nein!«, ruft er. Er dreht sich um und stapft ans andere Ende des Zimmers. »Du bist blöd!«, ruft er von dort aus, Sylvie den Rücken zugekehrt. »Ich werd nie mehr mit dir spielen!«

Jonathan ist fast fünf. Seine Mutter hätte lieber einen anderen Namen für ihn gewollt, etwas Exotisches, aber sein Vater hatte gemeint, mit so einem Namen wäre er für den Rest seines Lebens gezeichnet.

Sie bewohnen zwei Stockwerke eines renovierten Lagerhauses auf Prinseneiland in Amsterdam. Ein Teil des Mobiliars ist eine Sonderanfertigung von einem Schreiner, den Sylvie bei sich in der Praxis behandelt.

»Zieh dich an, Jonathan!«, ruft sie. »Du trödelst schon den ganzen Morgen herum, du hast nichts gegessen und fast nichts getrunken, nur getrödelt.«

»Du bist blöd!«, ruft Jonathan wieder.

»Jetzt hör mir mal zu«, sagt Sylvie. Sie packt ihr Kind bei den Schultern. »So redest du nicht mit mir. Ich bin deine Mutter. Ich bin hier der Chef. Weißt du, wie spät es ist? Vor eurer Schule wartet ein Bus, ihr macht einen Ausflug, und ich will nicht, dass der Bus warten muss, weil du zu spät kommst. Das ist nicht schön für die anderen Kinder, nicht für die Eltern und auch nicht für die Lehrerin. Hörst du, Jonathan? Immer und überall kommen wir zu spät. Zu spät zum Geigenunterricht, zu spät zum Kung-Fu, zu spät zur Schule, immer zu spät, weil du trödelst. Weil du dich nicht anziehst, weil du dich querstellst, ich halt das nicht mehr aus. Wir hatten verabredet, dass wir nicht mehr zu spät kommen.«

Sylvie will nicht schreien. Sie hatte sich vorgenommen, Jonathan niemals anzubrüllen, und jetzt merkt sie, dass sie doch wieder die Kontrolle verliert.

Sylvie Arouch ist mittelgroß, hat grüne Augen und einen durchdringenden Blick. Seit vier Monaten braucht sie eine Lesebrille.

Jonathan weiß nicht, wie spät es ist, es scheint ihn auch nicht zu interessieren. Er wiederholt, was er gerade gesagt hat: »Du bist blöd.« Doch jetzt nicht mehr trotzig, eher müde, wie eine alte, selbstverständliche Wahrheit.

»Ich halt das nicht aus, Jonathan«, sagt seine Mutter. Sie

setzt sich auf den Boden. »Wenn das nicht aufhört, können wir nicht mehr unter einem Dach leben. Dann musst du irgendwo anders hin. So geht das nicht weiter. Wo willst du wohnen? Soll ich den Makler anrufen?«

Sie weiß, dass das nicht ihr Ernst ist. Doch Erziehung besteht zu einem Großteil aus rhetorischen Fragen.

»Ich will zu Papa«, sagt Jonathan.

»Papa ist im Ausland«, erwidert Sylvie ganz ruhig, doch innerlich tut es jedes Mal weh, wenn er das sagt. Zum Glück sagt er es nicht oft. »Ich weiß nicht, wo er jetzt ist. Auf einer Konferenz, irgendwo. Über die europäische Identität und noch irgendwas. In den Ferien kannst du ihn wieder besuchen. Er hat nur eine kleine Wohnung. Da ist kein Platz für dich. Und wo er wohnt, sind die Schulen sehr teuer. Du kannst nicht zu Papa. Später vielleicht, wenn du groß bist. Willst du ihn anrufen? Willst du ihn sprechen?«

Jonathan nickt.

»Versprichst du, dass du dich anziehst, wenn du mit ihm gesprochen hast? Nicht mehr querschießt? Mir das Leben nicht mehr so schwermachst? Dass wir zusammenarbeiten?«

Jonathan nickt noch einmal.

»Ich will, dass du es sagst«, beharrt seine Mutter, »nicht bloß ein bisschen mit dem Kopf nickst! Ich will, dass du mich ansiehst und es mir versprichst. Dass du zuhören lernst.«

»Ich versprech's«, sagt Jonathan. Er sieht sie kurz an, dann geht sein Blick wieder suchend durchs Zimmer.

Sie hofft, dass sein Vater abnimmt, dass er sein Handy hört und nicht wie so oft eine SMS mit dem Text schreibt: »Hatte keine Zeit. Rufe zurück.«

Ihre Eltern haben sie Sylvie genannt. Sie waren frankophil, aber haben immer geleugnet, dass das der Grund ihrer Namensgebung war. Noch mit fünfzehn hat Sylvie sich manchmal gefragt, warum sie so hieß, als sei ihr Name noch immer nicht mit ihr verwachsen gewesen. Als gähne ein Abgrund zwischen ihr und ihrem Namen.

»Hallo«, sagt Jonathans Vater.

»Wo bist du?«

»Im Taxi. Unterwegs zum Flughafen. Ist es dringend?«

»Dein Sohn will dich sprechen.«

»Ich fragte: Ist es dringend?«

»Er will sich nicht anziehen, solange er nicht mit dir gesprochen hat. Das nenne ich dringend.«

»Wie spät ist es? Warum ist er noch nicht in der Schule?«

»Sie machen einen Ausflug, auf einen Abenteuerspielplatz. Roland, so geht das nicht weiter.«

»Was geht so nicht weiter?«

Immer noch sitzt sie auf dem Boden, neben ihrem Sohn, doch der scheint sich für das Gespräch nicht zu interessieren. Er spielt mit einem Piratenboot von Playmobil, das er zum Geburtstag bekommen hat.

»Er ist immer so bockig. Ich kann nicht mehr.«

»Das ist sein Alter.«

»Hast du neuerdings Kinderpädagogik studiert?« Mit der Rechten streichelt sie Jonathan übers Haar. Offenbar ist er zur Ruhe gekommen. Als hätte er vergessen, dass er sie eben noch blöd fand und nie mehr mit ihr spielen wollte.

»Hab ich irgendwo gelesen. In einem bestimmten Alter sind Kinder immer bockig, danach wird es besser.«

»Er will mit dir sprechen«, sagt sie. »Erzähl ihm, was du gelesen hast. Dass es bald besser wird.«

Sie wartet nicht auf Antwort und gibt das Handy direkt an Jonathan weiter.

»Papa«, sagt Jonathan.

Der Junge hält das Handy fest in der Hand. Er konnte kaum sprechen, da musste er schon telefonieren. Er sitzt neben seiner Mutter, das Hemd schief geknöpft, in Unterhose und Socken.

»Wo bist du?«, fragt Jonathan.

Für einen Moment ist es still.

»Was machst du gerade?«, fragt er.

Noch längere Pause. Sylvie betrachtet das Spielzeug auf dem Boden.

»Ist Violet auch da?«, fragt Jonathan.

Auf dem Boden liegen die Reste eines Memory-Spiels, das sie am Vorabend nach dem Essen gespielt haben. Sie starrt ihr Kind an. »Wo ist sie denn?«, will ihr Sohn wissen.

Sylvie streichelt ihm über den Kopf.

»Hier«, sagt Jonathan kurz darauf. »Ich bin hier.«

Sie schaut auf die Uhr.

»Mit Mama«, sagt er.

Sie fängt an, ein wenig Spielzeug zusammenzuräumen.

»Ich bin böse auf Mama«, sagt er.

Auf dem Gesicht ihres Sohns ist keine Erregung zu erkennen. Er schaut nur etwas verträumt. Als hätte er etwas sehr Schönes gesagt, als sei es ein spannendes Abenteuer, auf Mama böse zu sein.

»Ja, tschüs«, sagt er plötzlich.

Er gibt ihr das Handy zurück. »Jetzt kannst du mit ihm reden«, sagt er.

Doch die Verbindung ist schon unterbrochen.

Hastig und schweigend zieht sie ihn an. Er sträubt sich nicht mehr.

In der Küche packt sie eine geschälte Birne in einen Frühstücksbeutel und diesen in einen kleinen Rucksack. Auf dem Rucksack ist ein Kaninchen zu sehen. Nicht gemalt, sondern als Patchwork aus Stoff.

Am Boden des Rucksacks findet sie einen Beutel mit Weintrauben.

»Von wann sind die Trauben?«, fragt sie.

Jonathan zuckt mit den Schultern.

Sie hält die Tüte hoch.

»Magst du keine Trauben mehr?«, fragt sie. »Die mochtest du doch immer so gern.«

»Ich hatte keine Zeit zum Essen«, sagt er. Es klingt, als schäme er sich dafür, doch vielleicht kommt ihr das nur so vor.

Sie riecht an der Tüte.

»Ich kaufe die Weintrauben extra für dich, weil sie dir schmecken und damit du sie in der Schule isst.«

Die Tüte mit den vergammelten Weintrauben baumelt an ihrer Hand.

Ihre Augen werden feucht. Sie hasst es, wenn ihr das in solchen Momenten passiert, aber sie kann es nicht ändern, sie hat sich nicht mehr im Griff. Sie denkt an die Trauben, den Rucksack, die Lehrerin, die anderen Eltern, ihr Kind. An den Sandkasten, sie sieht sich daneben, auf einer Bank, in ihrer grünen Jacke, und einen Moment glaubt sie, verrückt zu werden. Nicht sehr, nicht völlig verrückt, nur ein ganz kleines bisschen, für die Außenwelt kaum bemerkbar.

Immer noch baumelt die Tüte mit den vergammelten Trauben an ihrer Hand.

»Warum isst du dein Obst nicht?«, fragt sie.

Jonathan kommt näher. Er streichelt seiner Mutter über den Oberschenkel. »Entschuldigung, Mama«, sagt er.

Sie hebt ihn hoch. »Kurz mal drücken«, sagt sie, die Trauben immer noch in der Hand. Sie hält ihren Sohn auf dem Arm und drückt ihn ganz fest.

»Nicht in die Brust kneifen!«, ruft sie. »Wie oft hab ich dir das schon gesagt? Du darfst mir nicht in die Brust kneifen, das darfst du bei niemandem, auch nicht bei mir.«

Sie setzt ihn wieder auf dem Boden ab.

Vielleicht sollte sie einmal ausführlicher mit jemandem darüber reden. Dass er sich so für ihre Brüste interessiert. Einmal hat sie eine andere Mutter gefragt: »Fummelt dein Sohn auch immer an deinen Brüsten herum?« Die sah sie erstaunt an. »Nein, nur mein Mann«, hatte sie geantwortet, »und auch der eigentlich kaum noch.«

Einen Moment lang bleibt sie unschlüssig stehen, dann wirft sie den Beutel in den Mülleimer.

Sie hilft ihm, den Rucksack überzuziehen. »Isst du dann aber die Birne?«, fragt sie. »Iss die mal, die ist so lecker.«

Einen Augenblick später rennen sie die Straße entlang. Sie zieht ihren Sohn wie ein Esel den Karren. »Du tust mir weh!«, ruft er.

Doch sie hat es eilig. »Ich tu dir nicht weh«, sagt sie. »Heute Abend essen wir bei Lysander. Das wird nett, meinst du nicht?« Sie geht noch etwas schneller.

»Schau, da auf dem Fahrrad, Martijn und seine Mutter!«, ruft sie keuchend. »Zum Glück sind nicht nur wir zu spät.«

An einer Ampel bleibt sie stehen. Sie hält ihren Sohn fest an der Hand. »Es ist nicht schön, dass wir immer zu spät kommen, Schatz«, sagt sie. »Gar nicht schön.«

8

Lufthansaflug 402 von Frankfurt am Main nach New York hat keine Verspätung. Ein junger Mann am Abfertigungsschalter sagt zu Roland: »Ihr Gepäck hat fünf Kilo Übergewicht.«

»Ich bin Frequent Traveller«, antwortet der. Er zeigt ihm sein Flugticket.

»Das gibt Ihnen nicht das Recht, fünf Kilo zu viel mitzunehmen.« Der Mann wendet sich an Lea: »Sie reisen zusammen?«

»Ja«, antwortet sie. Es klingt selbstverständlich, als seien sie seit Jahren ein festes Team.

»Dann legen Sie Ihr Gepäck bitte dazu.«

Sie legt ihren Rucksack auf die Waage.

»Für dieses Mal lass ich es durchgehen«, sagt der junge Mann. »Aber nächstes Mal gleichmäßiger packen.«

Er gibt Lea und Roland die Boardingkarten. Sie sitzen nebeneinander.

»Was hast du nur alles im Koffer?«, fragt sie. »Für die paar Tage?«

»Vor allem Bücher. Ich dachte, ich hätte vielleicht Zeit, sie zu lesen.«

»So viele?«

»Ein paar hab ich noch gekauft und auch noch ein paar geschenkt bekommen. *Nächstes Mal gleichmäßiger packen.* Was ist das für ein Ton?«

Sie antwortet nicht. Sie denkt an ihren Vortrag auf der Konferenz, sie spricht nicht gern vor großem Publikum. Roland hat kaum etwas zu dem Vortrag gesagt, ja, interessant sei es gewesen, aber das kann alles bedeuten. »Es war interessant« – oft soll das nichts anderes heißen als: »Es war stinklangweilig, nach fünf Minuten bin ich eingeschlafen.«

Nachdem sie den Sicherheitscheck hinter sich haben, gehen sie Richtung Passkontrolle.

»Du hast mich nicht erinnert«, sagt sie.

»Woran?«

»Du solltest mich doch dran erinnern, dass ich noch ein Geschenk kaufen muss.«

»Oh ja, Entschuldigung«, sagt Roland. »Für deine Tochter hast du ein Buch über den Tod gekauft, vielleicht könntest du deinem Sohn was Normales mitbringen. Etwas, das nichts mit dem Tod zu tun hat. Ein Spielzeugauto vielleicht?«

»Es ist ein Buch *über eine Ente* und den Tod. Hat es dir nicht gefallen? Du darfst dich da, bei ›EU-Bürger‹, anstellen.«

»Ich bleibe hier«, sagt er. »Die Schlangen sind fast gleich lang. Es macht keinen Unterschied. Ich bleibe bei dir.«

Es klingt wie ein Spaß, und Lea muss lächeln.

»Hat es dir nicht gefallen?«, fragt sie nochmals.

»Was?«

»Das Buch über die Ente und den Tod.« Was soll sie

sonst gemeint haben? Das Flughafengebäude? Das Hotel?

»Um ehrlich zu sein, Enten interessieren mich nicht so. Ich bin einer der vierzig wichtigsten Adam-Smith-Spezialisten.«

Lea kramt in ihrer Tasche und sucht ihren Pass. Roland schaut auf sein Handy. Noch mindestens fünfzehn Leute stehen vor ihnen, doch er hat seinen Pass schon in der Hand.

»Schön für dich. Aber das Buch handelt nicht vom Tod, sondern davon, dass man mit dem Tod Freundschaft schließen kann, oder interessiert dich das auch nicht so?«

Mit zwanzig, zweiundzwanzig hatte sie bescheidene Erwartungen an die Zukunft. Einen Mann, ein bis zwei Kinder, arbeiten für eine Zeitschrift, einen Verlag, ein Museum oder eine Tageszeitung. Jetzt träumt sie manchmal davon, sich ein Haus mit einem Babysitter zu teilen. Sie arbeitet an ihrem Buch, der Babysitter spielt mit Ava und Gabe. Es ist ein Tagtraum, aber manchmal wird er zur Obsession.

»Willst du eine ehrliche Antwort?«, fragt Roland. »Ich kann mit Freundschaft nicht so viel anfangen. Und Kinderbücher habe ich auch schon lange nicht mehr gelesen.«

»Laut Derrida folgt die Organisation des Lebens letztlich einer Ökonomie des Todes.«

»Ich glaube nicht, dass Derrida viel von Wirtschaft versteht.«

Er wirkt gereizt.

Gestern Abend im Bett, nach dem Sex, hat Sven Durano ausführlich von seinem Fachgebiet gesprochen, mit einer Begeisterung, die fast ansteckend war. Das ist also Fremdgehen, hatte sie gedacht: Man liegt mit jemandem im Bett und hört Vorträge über Ökonomie.

»Er interessiert sich wahnsinnig für Vulkane«, sagt Lea, während sie weiter in ihrer Tasche herumwühlt. Zwei Äpfel kommen zum Vorschein. Ihren Pass hat sie immer noch nicht gefunden.

»Wer? Derrida?«

»Mein Sohn. Zu seinem Geburtstag musste ich ihm eine Vulkantorte backen.«

»Ich wusste gar nicht, dass es so was gibt«, sagt er, »Vulkantorten«, und steckt sein Handy wieder ein.

»Gibt es auch nicht. Ich hab improvisiert. Ich hab mir die Torte selbst ausgedacht. Weil er so versessen auf Vulkane ist, er will alles darüber wissen. Ich war ziemlich stolz auf mich. Es gab sogar einen richtigen Ausbruch. Auf der Torte. Kannst du das mal kurz halten?« Sie streut ihm ein Häufchen Pistazienschalen auf die Hand und legt ein paar zerknickte Visitenkarten dazu.

»Eine Torte mit einem Vulkanausbruch? Das hab ich noch nie gehört. Klingt nicht wie etwas, das man hinterher noch essen möchte. Kannst du gut backen? – Was suchst du eigentlich?«

»Meinen Pass. Manchmal kann er so arrogant Fragen stellen, dass ich fast denke, er findet mich dumm. Gabe, meine ich. Wenn ich mal keine Antwort parat habe. Wenn er zum Beispiel fragt: ›Mama, was ist ein schwarzes Loch?‹, und ich dann sage: ›Das müssen wir zu Haus nachschauen‹, dann sieht er mich an, als ob ich bekloppt wäre. Dann fragt er: ›Weißt du das wirklich nicht, Mama?‹, in so einem Ton wie: ›Meine Güte, womit hab ich nur so eine Mutter verdient.‹«

»Gerade eben hattest du ihn noch«, sagt Roland. »Du hast ihn dem Mann beim Einchecken gezeigt. – Leute reden immer von Eltern, die zu hohe Erwartungen an ihre Kinder haben, aber das Umgekehrte kommt ebenfalls vor: Kinder, die zu hohe Erwartungen an ihre Eltern haben. Ich zum Beispiel, ich leide unter den Erwartungen von meinem. Und dir geht es ähnlich, hab ich den Eindruck.«

Sie kramt weiter in ihrer Tasche.

»Interessiert dein Sohn sich für irgendetwas? Es ist doch ein Junge, nicht wahr?«

»Ja, ein Junge. Aber nicht für Vulkane. Er ist bockig. Vielleicht ist das seine Passion. Er findet es spannend, bockig zu sein. Fasziniert von der Revolte. Ein geborener Revolutionär, *Berufs*revolutionär.«

Roland lacht, aber sie findet es nicht lustig. Das einzig Lustige daran ist seine sichtliche Fähigkeit zur Selbstironie.

»Und wie alt ist er?«

»Fast fünf. – Haben die Pistazienschalen hier für dich irgendeine tiefere emotionale Bedeutung? Oder darf ich sie wegwerfen?«

»Schmeiß sie ruhig weg«, sagt sie.

»Und die Visitenkarten?«

Eine nach der anderen nimmt sie ihm die Karten aus der Hand, studiert sie und steckt sie dann zurück in die Tasche.

Er geht ein paar Schritte beiseite und wirft die Pistazienschalen in einen Mülleimer.

»Das dauert aber«, sagt er. »Falsche Schlange erwischt.«

Sie weiß nicht mehr, warum sie geheiratet hat, nur noch, dass alle sie dazu drängten. Ihr zukünftiger Mann, die Eltern, die Schwiegereltern, auch ein paar Freundinnen. »Nun mach's doch«, sagten sie. »Worauf wartest du noch?«

Und auch: »Denkst du, dass noch was Besseres kommt?«

Sie findet den Pass in der Gesäßtasche ihrer Jeans.

Sie schaut Roland an, der auf sie zukommt. Ihm ist warm. Er hat Schweißperlen auf der Stirn.

»War das eben dein Sohn, mit dem du im Taxi telefoniert hast? – Ich hab meinen Pass wiedergefunden. Du hast mich nervös gemacht.«

»Ich?«

»Du hast mich so verärgert angesehen.«

»So schau ich nun mal. Aber es kann nicht schaden, ein bisschen organisiert zu sein, wenn man verreist. – Ja, das war mein Sohn.«

»Und wie heißt er?«

»Jonathan.«

»Schöner Name.«

»Danke.«

»Aber die Mutter ist nicht die Freundin mit den Liebesabenteuren?«

»Die Mutter ist meine Exfrau.«

Er scheint sein Gegenüber gern mit Fakten einzudecken, zumindest, wenn man ihn danach fragt. Mehr als Fakteninformationen will er vorläufig nicht preisgeben. Aber er ist interessiert. Zumindest könnte er es sein. Er kann gut zuhören.

»Ich hab darüber nachgedacht, ihn mir wegmachen zu lassen.«

»Wen?«

»Gabe. Das schockiert dich vielleicht.«

»Nein, überhaupt nicht.«

»Oder bist du das gewöhnt?«

Sie schaut ihn lächelnd an, doch er starrt geradeaus, ans vordere Ende der Schlange, wo der Beamte die Pässe kontrolliert.

»Was?«

»Bekenntnisse.«

»Ich bin Menschen gewöhnt. Ich bin Dozent an der Uni, da zieht – besonders im ersten Jahr – ein ziemlich repräsentativer Querschnitt der Bevölkerung an einem vorbei. – Warum wolltest du ihn dir wegmachen lassen?«

»Ich hatte mich in einen anderen Mann verliebt. Ich war im dritten Monat, und auf einmal verliebte ich mich. Ich dachte: Das ist kein gutes Zeichen.«

»Ein Zeichen auf jeden Fall. Und dann?«

»Nichts. Ich blieb monogam, bin es noch, sehr lang gewesen, eigentlich immer, mein Sohn kam zur Welt, und versteh mich nicht falsch: Ich bin verrückt nach ihm, und mein Mann noch mehr. Nicht, dass ich immer noch denke: Hätte ich ihn damals nur wegmachen lassen. Überhaupt nicht.«

Sie betrachtet ihre Fingernägel.

»Lackierst du die selbst?«, fragt er und zeigt auf ihre Hände.

»Meine Fingernägel? Meistens schon. Wenn ich auf eine Hochzeit muss oder mit meinem Mann auf einen wichtigen Empfang, geh ich zur Maniküre. – Bereust du die Scheidung?«

»Gefühle, die einem nichts bringen, sind Zeitverschwendung.« Roland zögert einen Moment. »Aber wenn du's genau wissen willst: Nein. Jetzt habe ich mehr Zeit zum Arbeiten, für meine Forschung. Es war ein guter Entschluss. Ich sehe meinen Sohn selten, aber dank der modernen Technik ist das kein Problem: Wir skypen, wir ichatten, wir telefonieren ...«

Sie glaubt ihm nicht. Vielleicht ist es das, was sie von ihm will: Sie will seine Maske durchdringen, ihm die Unerschütterlichkeit nehmen.

»Du hast deine Gefühle also immer unter Kontrolle? Dann bist du eine Ausnahme.«

»Nicht immer. Eben zum Beispiel: Da habe ich eine SMS gesucht, die meine Freundin mir an dem Abend geschickt hat, als sie bei dem anderen war. Plötzlich kam mir die SMS unheimlich wichtig vor. Natürlich ist das irrational, im Grunde hat die SMS ja nichts zu bedeuten. Aber ich bin kein Übermensch, wenn du das meinst. Alles andere als das.«

Wieder lacht er. Und wieder findet sie es nicht witzig. An diesem Lachen über die eigenen Witze erkennt sie seine Verwundbarkeit. Es zeigt, dass er mehr sein will als immer nur unnahbar.

»Was hat sie dir geschrieben?«

»Schlaf gut, Liebling, xxx.«

»Kleine Details haben große Bedeutung.«

»Nicht alle Details.«

»Ich bin so müde«, sagt sie. »Am liebsten würde ich meinen Kopf auf deine Schulter legen. – Wie klingt die SMS auf Niederländisch?«

Er liest ihr die Nachricht im Original vor. Aber er bietet ihr nicht an, den Kopf auf seine Schulter zu legen. Er berührt nur kurz ihren Rücken, als wolle er ein Insekt verscheuchen. Mehr nicht. Als wäre er blind für die Tatsache, dass die Welt aus Wesen besteht, die gerettet werden müssen.

»Niederländisch klingt ein bisschen wie Deutsch«, sagt Lea verträumt.

»Es *ist* eine Art Deutsch. Nur anders. Plattdeutsch.«

»Ich konnte ein bisschen verstehen von dem, was du zu deinem Sohn gesagt hast. Eben im Taxi. Warum ist er bockig?«

»Warum?« Roland nimmt seine Tasche von der rechten auf die linke Schulter. »Braucht man dafür heutzutage noch Gründe? Seine *Mutter* sagt, er sei bockig. Manchmal sind sie wie Hund und Katze, aber eigentlich sind sie verrückt nacheinander. Ich weiß es nicht. So oft sehe ich ihn nicht. Unser Kontakt läuft per Telefon. Manchmal machen wir eine Videokonferenz.«

»Eine Videokonferenz mit einem Kind?«

»Wir ichatten. Dann kann er mich sehen und hören, und ich ihn. Aber das Bild scheint ihn nervös zu machen. Er spielt lieber am Computer. So ist das nun mal. Ich nehme es nicht persönlich. Er kann wählen zwischen mir – seinem Vater – und seinem Nintendo. Oft entscheidet er sich für sein Nintendo.«

Offenbar redet er über alles genau so: sachlich, informiert, darauf bedacht, keine falschen Informationen zu geben. Wenn sich in seiner Stimme oder Wortwahl überhaupt ein Gefühl verrät, dann in der Zurückhaltung, mit der er formuliert. Als wüsste er trotz allem, dass Worte verletzen können.

»Vielleicht liegt das an seinem Vater«, sagt Lea.

»Oder an dem Nintendo.«

»Meine Kinder sind völlig fixiert auf mich. Nicht nur mein Sohn. Auch meine Tochter, seltsamerweise. Am liebsten sitzen sie auf mir.«

»Auf dir? Sie sitzen auf dir?«

»Ja, sie hängen an mir. Buchstäblich. Sie sitzen auf mir, klettern auf mich, zu Hause komme ich nicht zum Arbeiten. – Ach, das hier bringt nichts: Stell dich in die Schlange für EU-Bürger. Dann kannst du ein Geschenk für meinen Sohn kaufen. Ich geb dir das Geld. Oder verlange ich jetzt was zu Intimes von dir?«

»Ein Spielzeugauto ist nicht intim. Ich tu dir gern den Gefallen. – Aber du bist doch kein Baum, du bist ihre Mutter. Ich würde mir das verbitten, wenn ich du wäre. Ich würde sagen: Auf mir wird nicht geklettert.«

Sie weiß nicht, ob er es ernst meint. Kinder wollen sich binden. Man muss ihnen die Möglichkeit geben, der Mutter nahe zu sein.

»Was soll ich kaufen?«, fragt er.

»Ein Spielzeugauto«, sagt Lea. »Das hast du doch vorgeschlagen? Ein hübsches, typisch deutsches Auto. Mein Sohn spielt gern mit Autos, aber er kann nicht gut allein sein.«

»Ein schönes Auto«, wiederholt Roland. »Und deine Tochter?«

»Die hat das weniger. Die kann besser allein sein. Ich denke, es ist eine Phase. – Riechst du das auch?«

»Was?«

»An mir. Riechst du was? Was Seltsames, meine ich?«, fragt Lea. »Ich hab vergessen, mein Deodorant aufzutragen.«

»Nein, überhaupt nichts, nichts Unangenehmes.« Oberstein stellt sich in die Schlange für EU-Bürger.

Er lächelt zu Lea hinüber.

Ein dicker Mann stößt von hinten gegen ihn.

»Und nicht zu teuer«, ruft Lea noch.

9

In einer idealen Welt trifft der informierte Kunde eine objektive Entscheidung. Je informierter der Kunde, desto besser die Entscheidung. Aber in Wirklichkeit weiß der Kunde natürlich nie alles. Ein Kunde ist jemand, der verführt werden will, und es ist schwer zu sagen, wo die Verführung aufhört und die Irreführung beginnt.

Roland Oberstein steht mit einem Doppeldeckerbus im Duty-free-Shop. Von der Krise ist hier wenig zu spüren, die Leute rempeln ihn an, und sie drängeln. Ein Doppeldecker ist vielleicht ein etwas merkwürdiges Reisemitbringsel aus Deutschland. So was bringt man eher aus London mit. In Frankfurt fahren keine Doppeldeckerbusse, aber in Berlin schon, und die anderen Autos sind so klein, so armselig; da hat man mit einem Doppeldeckerbus doch wenigstens was Substantielles.

Das Handy in seiner Hosentasche vibriert. Ohne den Bus loszulassen, holt er es hervor und macht einen Schritt beiseite, denn eine Frau mit drei Einkaufstüten möchte ebenfalls ans Regal.

Es ist Violet. Eigentlich will er nicht rangehen und ihr nachher eine SMS schicken, dass er schon im Flugzeug sitzt und sie anruft, sobald er gelandet ist. Doch seine Neugier siegt.

»Hallo, Schatz«, sagt er. »Wo bist du? Habt ihr in der Firma schon Mittagspause?«

»Ich sitze auf der Toilette«, sagt sie. »Ich hab kurz geschlafen.«

Immer noch steht er in der Spielzeugabteilung, den Doppeldeckerbus in der Hand. Er tut so, als interessiere er sich für einen lebensgroßen Pinguin etwas weiter links. So macht er der Frau mit den drei Einkaufstüten diskret Platz.

»Wenn ich du wäre, wäre ich auch müde, aber seit wann schläfst du auf der Toilette.«

»Das mache ich öfter«, sagt sie. »Hab ich dir doch schon mal erzählt.«

»Vergessen.«

Langsam geht er Richtung Kasse. Jemand tippt ihm auf die Schulter. Er dreht sich um, eine Dame zeigt auf den Boden. Er hat seine Boardingcard fallen lassen. Er bückt sich.

»Hast du gut geschlafen?«, fragt sie.

»Es geht«, antwortet er. »Und du?«

Nur kein Drama. Das ist immer sein Grundsatz gewesen, schon seit er an der Universität ist, vielleicht sogar eher. Die Leute mochten es theatralisch, ohne zu wissen, worauf das hinauslief, ohne die eigene Tragik dabei zu erkennen. Er würde sich vorsehen.

»Du klingst so distanziert.«

»Ich stehe in einem Duty-free-Shop.«

Doch trotz seiner guten Vorsätze, seiner Gelassenheit, steht ihm nun ein anderes Bild von Violet vor Augen: Er sieht, wie sie von einem fremden Mann gevögelt wird, der von nichts anderem besessen ist, keinen anderen Ehrgeiz kennt als sein sexuelles Vergnügen. Einem Mann, für den Freiheit die Freiheit des Fleisches ist. Er muss an Violets SMS denken. Seltsamerweise erscheint ihm die jetzt wirklich wichtig. Als stünde darin etwas zwischen den Zeilen, was er bisher übersehen hat. Kindisch natürlich. Und albern. »Schlaf gut, Liebling, xxx.« Die Worte scheinen ihre Bedeutung geändert zu haben. Sie bedeuten nicht mehr bloß »Schlaf gut«. Sie haben etwas Höhnisches bekommen: »Schlaf du nur schön weiter!«

»Ist es dir peinlich?«, will Violet wissen.

»Was?«

»Dass die Leute dich hören können. Du schämst dich für die albernsten Dinge.«

»Nein, zufällig schäme ich mich nicht. Hier spricht niemand Niederländisch. Aber um mich herum sind überall Leute. Es ist Hochbetrieb, und ich kann es nicht leiden, die Aufmerksamkeit auf mich zu ziehen. Ich möchte nicht brüllen müssen am Telefon.«

Er ist in der Kassenschlange gelandet, dreht sich um, als hätte er etwas vergessen, geht in Richtung Whisky-Regal. Beim Alkohol drängeln sich weniger Leute.

»Meinst du, wir sollten eine Auszeit nehmen?«, fragt sie.

»Auszeit? Wovon?«

»Voneinander.«

»Wieso?«, sagt er. »Warum jetzt? Warum die Eile? Eine Auszeit können wir immer noch nehmen.«

»Manchmal bist du irgendwie so weit weg, ich kann dich nicht spüren. Dann kommst du mir vor wie ein Gespenst.«

»Ein Gespenst? Bloß weil wir nicht in derselben Stadt wohnen?«

»Du bist so ungreifbar, ich kann dich nicht fassen, wie ein Gespenst.«

Er geht langsam am Whisky-Regal entlang, zum Wodka, zum Gin und wieder zurück.

»Ich möchte dich was fragen«, sagt er. »Eine etwas komische Frage vielleicht. Aber an dem Abend…«

»Welchem Abend?«

»Dem Abend, als du mit diesem Mann im Bett warst.«

»Ja. Müssen wir immer noch darüber reden?«

»Na ja, immer noch… An dem Abend hast du mir eine sms geschickt.«

»Ja.«

»Lagt ihr da schon zusammen im Bett?«

Roland sieht Lea in den Duty-free-Shop hereinkommen. Er winkt ihr, aber sie scheint ihn nicht zu bemerken.

»Nein, natürlich nicht. Das wär doch ein bisschen schizophren, oder?«

»Schizophren?«

Schizophren. Was ist das eigentlich? Er hat noch nie darüber nachgedacht.

»Du warst so ungreifbar, so weit weg. Darum ist es geschehen. Manchmal spüre ich dich, aber dann wieder tagelang nicht.«

Er winkt Lea noch einmal. Jetzt sieht sie ihn. Sie kommt auf ihn zu.

»Wie ist es eigentlich passiert?«

»Was meinst du?«

»Wie es passiert ist. Wie habt ihr euch kennengelernt? Und alles andere.«

»Auf einer Party. Warum willst du das wissen?«

Lea zeigt auf den Doppeldeckerbus. Sie schüttelt den Kopf.

»Weil ich dich liebe. Darum«, antwortet Roland.

Der Frage, ob das wirklich so ist, müsste er einmal nachgehen. Kann Wissensdurst aus Liebe entstehen? Oder ist Liebe vielmehr ein Zustand, in dem man sich ungestört seiner Phantasie hingibt?

»Ich sage, dass ich dich nicht spüre, und du fragst: ›Wie ist es passiert?‹ Das ist genau, was ich meine.«

Er streckt den Daumen in die Höhe zum Zeichen, dass er den Bus ein hervorragendes Geschenk für Leas Sohn findet.

»Was ist auf der Party passiert? Das ist doch keine abwegige Frage. Ich will es wissen. Ich war nicht dabei, und ich wüsste gern mehr.«

Lea schüttelt den Kopf. Sie zieht sanft an dem Bus, den er in der Hand hält.

»Wie's auf Partys eben so zugeht. Es wurde getanzt, geredet, getrunken. Ich bin in der Firma, auf der Toilette. Muss das wirklich jetzt sein? Ist dir das nicht peinlich?«

»Und ich, ich stehe in einem Duty-free-Shop. Ob das peinlich ist, ist mir egal. Und dann? Nach dem Trinken, dem Tanzen und Reden?«

Er ist vielleicht kein Spezialist für Spielzeugautos, aber er ist ein Mann und weiß daher: Der Bus ist ein hervorragendes Geschenk. Früher hatte er selbst mal so einen. Er lässt den Doppeldecker nicht los.

»Wir haben uns geküsst. Ich wusste seit langem: Es muss was geschehen. Und mit Worten kommt man bei dir ja nicht weiter, die sind völlig wirkungslos.«

»Er hat schon so einen Bus«, flüstert Lea Roland ins freie Ohr. »Zwei wären zu viel, meinst du nicht?«

Roland macht einen Schritt beiseite.

»Mit Worten kommt man bei mir nicht weiter? Bist du dir sicher?«

»Ja«, sagt Violet. »Ja, Roland. Mit Worten hab ich schon alles versucht.«

»Deine Worte bewirken bei mir immer etwas. Du darfst nur nicht auf mich einreden, wenn ich gerade an etwas arbeite. – Und dann? Was hattest du an? Eine Hose oder ein Kleid? Einen Rock?«

»Muss das jetzt sein? Ich bin auf der Toilette. Du bist auf dem Flughafen. Ich hatte das Kleid an, das du mir zum Examen geschenkt hast.«

Da ist wieder Lea. Sie will ihm den Bus abnehmen, doch Roland hält ihn mit eisernem Griff fest.

Er macht ein paar Schritte Richtung Gin. Lea braucht nicht alles zu hören. Sie versteht kein Niederländisch, aber trotzdem.

»Hat er's dir mit der Hand gemacht?«

»Das geht dich nichts an, aber wenn du's unbedingt wissen willst: Ja.«

»Wo?«

»Was meinst du mit ›Wo?‹? Auf der Party. Beim Küssen. Ich möchte jetzt nicht darüber sprechen.«

»Ich will's aber wissen.«

Roland steht jetzt zwischen Alkohol und Zigaretten. Er dreht sich um und sieht Lea immer noch beim Wodka stehen. Sie wirft ihm einen hilflosen Blick zu.

»Hat er's gut gemacht?«, fragt er.

»Roland, ich sitze auf der Toilette! Du bist auf dem Flughafen. Ich finde das peinlich.«

»Hat er's dir besser gemacht als ich?«

»Er hat's mir gemacht, Roland. Ich weiß nicht mehr, ob er es besser gemacht hat als du. Tut mir leid, ich kann nichts darüber sagen. Und wenn ich es könnte, würde ich's nicht tun.«

»Aber wie hat er es gemacht?«

»Mit der Hand.«

»Und langsam? Zärtlich? Oder war er mit ein paar Fingern auf einmal drin, wie ein Klempner?«

»Nein, nicht mit ein paar Fingern auf einmal. Ist das ein Gespräch für Leute in einer Beziehung? ›War er mit ein paar Fingern auf einmal drin?‹ Hörst du, Roland? Eine Beziehung ist etwas anderes als eine Untersuchung beim Arzt.« Ihre Stimme klingt schrill.

»Auf jeden Fall bin ich nicht gleichgültig, wie du gemeint hast. Wenn ich frage ›War er mit ein paar Fingern auf einmal drin?‹, ist das Interesse. Etwas, das Menschen füreinander aufbringen sollten, vor allem in einer Beziehung. Findest du mich immer noch gleichgültig?«

»Nein. Das nicht. Ich hatte übrigens auch nicht von Gleichgültigkeit gesprochen. Ich sagte, du wärst so weit weg.«

Lea macht ihm unverständliche Zeichen. Wenn sie ihn

bittet, ein Geschenk für ihren Sohn auszusuchen, muss sie seine Wahl auch akzeptieren.

»Hast du seine Erektion gespürt?«

»Ja.«

»Und hat dich das angemacht?«

»Ja. Aber können wir das nicht besprechen, wenn wir uns sehen? Ich finde das peinlich.«

»Es kann mir nicht peinlich genug sein. Wenn wir uns sehen, hast du die Details längst vergessen.«

»Roland, ich weiß nicht, ob ich dir das alles erzählen will. Es ist was Intimes.«

Lea dreht sich um.

»Erzählen? Was Intimes? Wir haben etwas zusammen. Dann erzählt man einander so was.«

»Tut dir das nicht weh? Ist das nicht quälend für dich?«

»Ich interessiere mich für die Wahrheit. Das ist meine Passion. Mein Beruf.«

»Jetzt sei doch nicht so pathetisch.«

Es klingt, als würde sie aufseufzen, vielleicht ist es aber auch nur die schlechte Verbindung.

»Alle Leidenschaft ist pathetisch.«

»Es ist keine Leidenschaft bei dir dahinter, das macht es ja so pathetisch.«

Lea steht wieder neben ihm, mit einem mickrigen Taxi. Ein popliges Ding. Er hält den Bus entschlossen umklammert.

»Jedenfalls will ich keine offene Beziehung«, sagt Violet.

Er hält das Handy von sich weg und flüstert Lea ins Ohr: »Es ist das beste Auto, was sie hier haben. Glaub mir. Das einzig Richtige für deinen Sohn.«

Es klingt ungewollt aggressiv.

Roland hält das Handy wieder ans Ohr.

»Was hast du gesagt?«, fragt Violet.

»Was zu jemandem hier im Laden. Ich will auch keine offene Beziehung.«

»Sonst bleibt nichts davon übrig. Eine offene Beziehung auf zigtausend Kilometer Distanz ist keine Beziehung.«

Lea schüttelt weiter den Kopf. Er gibt nach, er lässt sich den Doppeldeckerbus aus der Hand ziehen.

Er streckt den Zeigefinger in die Höhe zum Zeichen, dass das Gespräch gleich zu Ende ist. Nur noch eine Minute.

»Und dann? Wie ging es dann weiter?«

Lea geht in die Spielzeugabteilung zurück.

»Und dann? Dann sagte er: ›Wollen wir zusammen nach Hause gehen?‹ – Ist das schon irgendwie bei dir angekommen: Ich bin in der Firma, auf der Toilette. Ich muss zurück an die Arbeit. Das ist kein Ort hier für so ein Gespräch, ich weiß nicht mal, ob ich es überhaupt führen will. Manche Dinge darf man nicht teilen.«

Er läuft aufgebracht hin und her. Jahrelang glaubte er zu wissen, wer Violet ist, doch jetzt ist sie auf einmal nicht mehr wiederzuerkennen. Keine Fremde, aber doch ziemlich anders, als er gedacht hatte. Man nennt so etwas für gewöhnlich »eine unangenehme Überraschung«, er aber empfindet Genugtuung, weil er einen Systemfehler entdeckt hat, in seinem eigenen System. Jetzt, wo der Fehler entdeckt ist, kann er ihn beheben.

Es ist eine getrübte Freude, das muss er zugeben. Weil ihm klar wird, dass ihre sogenannte Provokation dem Wunsch entspringt, ihm weh zu tun, ihn zu schwächen.

Er selbst will niemandem weh tun, und wenn es doch mal passiert – er will das nicht leugnen –, ist es höchstens ein unbeabsichtigter Nebeneffekt. Doch hier war der Schmerz kein Nebeneffekt, sondern das Ziel. Das erschreckt und beunruhigt ihn, fasziniert ihn aber auch. Es weckt sein Interesse.

»Liebling, wir reden ein andermal weiter. Mein Flugzeug geht gleich. Wir vertagen uns.«

Ein Riesengedränge. Lea bahnt sich nur mit Mühe einen Weg zum Regal mit den Doppeldeckerbussen.

»Hast du noch Hoffnung?«, fragt Violet. »Hoffnung für uns?«

Lea dreht sich um, schaut ihn an. Als erwarte sie Hilfe.

»Hoffnungslos bin ich selten. Ich weiß nicht, ob das was ist, worauf man stolz sein sollte. Ich gebe die Hoffnung nicht auf. Ich rufe dich an, wenn ich gelandet bin.«

»Okay.«

»Kuss.«

»Kuss zurück.«

Er steckt das Handy ein, während er zu den Spielzeugen geht. Lea steht dort mit dem kleinen Taxi in der Hand. Offenbar hat sie sich immer noch nicht entschieden.

»Der Doppeldecker wäre wirklich das schönere Geschenk«, sagt Roland.

»Aber er hat doch schon einen.«

»Dann schenkst du ihm eben noch einen.«

»Einer ist genug. Man darf Kinder nicht zu sehr verwöhnen.«

Sie geht mit dem Taxi zur Kasse.

Ein paar Sekunden bleibt er bei den Spielsachen stehen,

das Wort »Hoffnung« geht ihm nicht aus dem Kopf, er kaut darauf herum wie auf einem Stück faserigem Fleisch, das ihm zwischen den Zähnen hängengeblieben ist. Dann folgt er Lea.

10

Lysander ist depressiv. Schon seit langem. Wer ihn kennt, kann sich nicht erinnern, dass es irgendwann einmal anders war. Er scheint es auch selbst kaum noch zu können.

Depressivsein ist für ihn tagesfüllend. Obwohl man bisweilen wochenlang nichts davon bemerkt. Dann nimmt er am sozialen Leben teil, steht zur selben Zeit auf wie andere Leute, geht aus dem Haus, kauft ein und ist ausgesprochen gewinnend, zuvorkommend, ja, regelrecht charmant.

Sylvie muss ihm in einem guten Moment begegnet sein. Natürlich, ohne es zu ahnen. Man lernt niemanden kennen und denkt: Ob er heute bloß einen guten Tag hat? Oder: Wie führt er sich wohl auf, wenn er das Leben nicht mehr aushält? Man nimmt die Leute so, wie sie sind, und denkt, sie blieben immer gleich.

Sylvie steht mit der Einkaufstüte vor dem Haus in Amsterdam Oud-West, in dem Lysander ein Zweizimmer-Apartment bewohnt. Seit vierundzwanzig Stunden ist er nicht mehr ans Telefon gegangen, ein sicheres Zeichen, dass er wieder Depressionen hat. Das Abbrechen aller Kommunikation gehört zum Krankheitsbild, zumindest zu seinem.

Wenn »Krankheitsbild« das richtige Wort ist; es klingt so beladen, so definitiv, sie benutzt es nicht gern. Worte beeinflussen die Wirklichkeit, darum muss man aufpassen, was man sagt.

Wegen seiner Depressionen hat er schon seine Arbeit verloren, in einem Labor, wo er nach Dingen forschte, die die Menschheit hätten voranbringen sollen. Doch wenn Lysander seine Depressionen hat, kann die Menschheit ihm gestohlen bleiben, und er kommt nicht aus dem Bett.

Die Laborleitung hat eine Weile zugesehen, dann suchten sie sich einen anderen. Lysanders Probevertrag wurde nicht verlängert, was ihn noch depressiver machte als eh schon.

Die meisten Leute können das nicht verstehen, er kommt aus guter Familie, ist hochintelligent und sieht ansprechend aus, doch Depressionen kann man auch nicht verstehen.

Freundinnen sagen ab und an zu Sylvie: »Was hast du bei ihm noch verloren?«

Das fragt sie sich selbst auch immer wieder. Dann nimmt sie sich vor, an einem seiner guten Tage mit ihm Schluss zu machen. An solch einem Tag möchte sie zu ihm sagen: »So kann das nicht weitergehen. Wir müssen uns trennen. Das bringt keinem mehr etwas.« Doch an den guten Tagen ist es schön mit Lysander. Friedlich, geradezu kuschlig, fast heimelig, angenehm. Wie jedermann es sich wünscht. Rundum gemütlich. Die Kunst besteht natürlich darin, die Bedürfnisse, die über die reine Gemütlichkeit hinausgehen, auch noch zu befriedigen.

Jonathan hat sich an Lysander gewöhnt, manchmal glaubt sie sogar, er ist regelrecht in ihn vernarrt.

An solchen Tagen, den guten, kommt ihr Entschluss ins Wanken. Sie lässt die Gelegenheit verstreichen, und ehe sie sich's versieht, brechen die schlechten Tage wieder an. Dann mit ihm Schluss zu machen, bringt sie nicht fertig. Damit er sich nicht womöglich was antut. Jemandem, der schon seit Tagen nicht mehr spricht, der nicht aus dem Bett kommt und in einem halbdunklen Zimmer an die Decke starrt, dem ist alles zuzutrauen. Briefe der Krankenkasse, vom Arbeitsamt, Bewerbungsaufforderungen, ihm ist alles egal, er starrt an die Decke. Das Apartment, das er bewohnt, gehört seinem Vater, Miete braucht er nicht zu bezahlen. Da starrt es sich ein gutes Stück sorgloser.

Sylvie öffnet die Tür. Sie hebt Reklame und Zeitungen auf. Während sie die Treppe hochgeht, fällt ihr Blick auf einen Zettel, auf dem in kindlicher Handschrift steht: »Wer hat unsere Katze Mimi gesehen?« Darunter ein Foto. Eine schlechte Kopie, unscharf, schwarzweiß. Sie öffnet die Wohnungstür.

Schon am ersten Abend hat er ihr die Hausschlüssel gegeben. »Nimm sie ruhig mit«, sagte er. »Vielleicht möchtest du noch mal wiederkommen.«

Sie hatte das rührend gefunden. Auch witzig. Ganz anders als Roland.

Es ist das andere, das einen anzieht, das Unbekannte, das Fremde. Bis das Unbekannte bekannt wird. Obwohl die Routine ihr nie viel ausgemacht hat. Der Alltag ist ihr aufregend genug.

Sie zögert einen Moment, dann legt sie den Suchaufruf nach Mimi auf den Esstisch. Sie nimmt eine Vase mit welken Blumen vom Tisch und bringt sie in die Küche.

Nirgends ein Laut. Niemand ruft: »Liebling, bist du's?«
Oder »Hallo, mein Schatz.« Doch sie weiß, dass er da ist.

Sein Schweigen verrät ihn.

Sie wirft die welken Blumen in den Mülleimer, er ist fast
voll. Wenn sie heute Abend hier kocht, wird sie ihn leeren.

Sie schaut auf die Uhr. Sie hat nicht viel Zeit, aber für
einen kurzen Abwasch müsste es noch reichen. Irgendjemand muss die Wohnung ja sauber halten.

Sylvie ist noch nicht im Schlafzimmer gewesen, wo
Lysander die Decke anstarrt. Er schläft bestimmt nicht.
Wie viele Stunden pro Tag kann ein Mensch schlafen? Sie
braucht nicht nachzusehen, sie weiß, dass er dort liegt und
vor sich hin starrt. Sie dreht den Hahn auf und wartet, bis
das Wasser heiß wird. Abwaschen mit lauwarmem Wasser
bringt nichts. Es ist ein alter Durchlauferhitzer, es dauert
ein Weilchen. Sie hat ihre Jacke angelassen.

Während sie einen Teller mit Reisresten unter den Was-
serhahn hält, überdenkt sie ihr Leben. Sie hat ein Kind, einen Freund, der manchmal wochenlang schweigt, der Vater
des Kindes ist am anderen Ende der Welt, sie hat Arbeit. Es
könnte ihr schlechter gehen. Alle sind gesund. Selbst der
schweigende Freund ist im Grunde gesund, bis auf die Depressionen, aber daran stirbt man nicht gleich.

Als sie mit dem Abwasch fertig ist, holt sie einen Strauß
frischer Rosen aus der Einkaufstüte. Sie schneidet die Blumen an und spült eine Vase aus. So ein Strauß Rosen ist kein
Antidepressivum, doch immerhin. Ein erster Schritt, etwas
mehr Farbe im Leben.

Nachdem sie den Rosenstrauß auf den Esstisch gestellt
hat, neben ein paar Bankauszüge und die Vermisstmeldung,

schaut sie sich um, ob sie auch nichts vergessen hat. Sie könnte jetzt genauso gut gehen, aber weil sie vorhat, heute Abend hier zu kochen, und es doch merkwürdig wäre, nicht zumindest den Versuch unternommen zu haben, mit Lysander zu sprechen, betritt sie das Schlafzimmer.

Die Vorhänge sind zugezogen. Es riecht nach Pfadfinderlager, Kinderferienheim, Schlafsälen aus längst vergangenen Zeiten.

Als Bett liegt eine Matratze auf dem Boden.

Eigentlich bin ich zu alt für so was, denkt sie. Wie lange kann man wie ein Student leben?

Seine Augen sind offen, doch er schaut sie nicht an.

Andererseits, warum nur nach dem einen streben: ein bisschen armseliger Luxus, Komfort. Dreimal pro Jahr in den Urlaub. Kino und Literatur, um beim Abendessen was zu erzählen zu haben. Wohlmeinende Gespräche über Politik zum Kaffee und zum Dessert.

Sie kniet sich neben das Kopfkissen.

»Heute Abend komme ich kochen«, sagt sie. »Heute Abend essen Jonathan und ich bei dir.«

Keinerlei Reaktion.

»Soll ich die Vorhänge aufziehen?«

Er hat Medikamente verschrieben bekommen, doch sie hat den Verdacht, dass er die nicht nimmt.

»Ich muss gleich los. In die Praxis.«

An Schweigen gewöhnt man sich nie ganz. Selbst wenn man sich darauf eingestellt hat, trifft es einen doch jedes Mal neu.

So geht es nicht weiter. Doch was soll man machen? Es gibt keinen Notausgang, das hier ist ihr Leben. Ein schweigender Freund oder gar keiner. Dann ist ein schweigender Freund vielleicht doch besser, denn ab und zu spricht er ja.

Sie will aufstehen, sonst kommt sie zu spät, sie möchte niemanden warten lassen.

»Die Post liegt auf dem Tisch«, sagt sie. »Und da hat jemand einen Zettel unter der Tür durchgeschoben, er sucht seine Katze. Ein Weibchen. Mimi. Ich hab den Zettel dazugelegt, wer weiß … Vielleicht hast du Mimi gesehen.«

Sie wirft einen Blick auf die Vorhänge. Sie riecht nichts mehr, nicht das Pfadfinderlager, nicht sich selbst, nicht ihn. Leichte Übelkeit überkommt sie. Als hätte sie am Morgen etwas Falsches gegessen, doch das hat sie nicht, nur etwas Tee getrunken.

»Du hast Mimi also nicht gesehen?«, fragt sie. »Du weißt von gar nichts.«

II

In derselben Buchhandlung, wo sie das Geschenk für ihre Tochter gekauft hat, hat Lea den Briefwechsel zwischen Paul Celan und Ingeborg Bachmann entdeckt. Ein Geschenk an sich selbst. Ein kleines Bonbon. Obwohl das Buch über den Tod und die Ente eigentlich auch schon für sie war. Der Gedanke, es sei für ihre Tochter, war, nachträglich betrachtet, wohl eher ein Vorwand.

Vor dem Abflug nach Frankfurt hatte sie sich geschworen, auf dieser Reise nicht mehr als hundert Euro für Bücher auszugeben.

Den Briefwechsel von Celan und Bachmann in Händen, lauscht sie der Begrüßung des Piloten.

Der Flug führt über das Ruhrgebiet, Amsterdam und Großbritannien nach Irland und dann weiter über den Atlantik.

Über Manchester holt sie eine Tüte getrockneter Aprikosen aus ihrer Handtasche. Sie schaut Roland an. Er hat eine Zeitschrift vor sich, *The Journal of Economic Methodology*, doch Lea hat den Eindruck, er schläft mit offenen Augen. Schon über eine halbe Stunde starrt er vor sich hin.

»Magst du eine getrocknete Aprikose?«, fragt sie.

Er schaut auf die Tüte. Er schläft also doch nicht. Es sind Bio-Aprikosen. Nicht, dass ihr »bio« besonders wichtig wäre.

»Nein danke«, sagt er.

»Bist du sicher?«, fragt sie.

Er scheint zu zögern, lacht schüchtern, als hätte sie ihn etwas Unanständiges und doch Verlockendes gefragt. Nach einem Weilchen sagt er: »Na gut, aber nur eine.«

Der Briefwechsel hat sie melancholisch gestimmt. Die leichte Euphorie der vergangenen Tage ist verschwunden. Sie ist wieder allein mit ihrer Familie und Rudolf Höß.

Während er eine getrocknete Aprikose aus der Tüte nimmt, fragt sie: »Hast du eigentlich mal etwas von Celan gelesen?«

»Nein«, sagt er. »Nimmst du immer was zu essen ins Flugzeug mit? Hast du Angst, du könntest verhungern?«

»Ich habe Angst«, sagt sie mit Nachdruck, »vor dem Es-

sen hier. Das ist doch besser als der übliche Flugzeugfraß?«
Sie zeigt auf die getrockneten Aprikosen. »Nimm ruhig
noch eine.«

Roland schüttelt den Kopf. Er vertieft sich wieder in
seine Zeitschrift. Sie schaut ihm über die Schulter und liest
ein paar Zeilen.

»Mein Gott«, erklärt sie, ohne zu wissen, ob sie zu ihm
spricht oder einfach laut denkt, »diese akademische Prosa!
Bin ich froh, dass ich keine Unikarriere angestrebt habe.
Über so einen Stil kann man nur lachen.«

»Willst du mich beleidigen?«, fragt er und nimmt noch
eine getrocknete Aprikose aus ihrer Tüte. »Über den Holocaust ist doch auch akademische Prosa erschienen?«

»Manchmal muss ich auch über die lachen. Ich hab meinem Mann von dir erzählt.«

»Warum das?«

Er schaut sie verdutzt an, man könnte meinen, er zieht
ein Gesicht. Sei es wegen ihres Mannes oder wegen der
Aprikosen.

»Ich möchte gern, dass er merkt, wer ich bin.«

»Aha. Und was hast du ihm erzählt?«

Er schlägt die Zeitschrift zu.

Sie denkt an ihre Kinder, die Wohnung, im Flur ist ein
Wasserschaden, sie hat schon vor Wochen versprochen,
die Maler zu rufen, aber es immer wieder verschoben. Sie
müsste auch die Versicherung anrufen, hat aber auch das
nicht getan. Sie brachte es einfach nicht fertig. Sie hatte
das Telefon schon in der Hand, die Nummern der Ver-
sicherungsgesellschaft und der Maler notiert, und dann
doch wieder aufgelegt. Höß war dringender.

Lea fragt sich, warum sie Oberstein anziehend findet. Sie weiß es selbst nicht recht. Sie spürt eine gewisse Vertrautheit, schon seit dem ersten Abend in der Buffetschlange. Er vermittelt ihr ein Gefühl von innerer Ruhe. Natürlich ist erotische Anziehung etwas anderes, geradezu das Gegenteil.

Sven Durano war aufregend, durch sein Aussehen, seine Direktheit, doch letztlich empfand sie nichts dabei oder jedenfalls zu wenig. Nicht so viel, wie sie sich all die Jahre erträumt hatte.

»Was hast du ihm erzählt?«, fragt Roland noch einmal. »Es ist doch nichts passiert?«

Er klingt leicht erregt, aber vielleicht bildet sie sich das nur ein.

»Muss etwas passiert sein, wenn man jemandem etwas erzählt?«, will sie wissen. »Ich habe gesagt, dass ich jemanden kennengelernt habe, der ein Freund werden könnte.«

»Und was hat er gesagt?«

»Ich weiß nicht, ob er richtig zugehört hat, er hatte zu tun, er war mit den Kindern beschäftigt und hatte seine Arbeit im Kopf. Aber er hat wörtlich gesagt: ›Ich freu mich für dich.‹«

»Sympathische Reaktion.«

»Das sagt er öfter, wenn er nur mit halbem Ohr zuhört.«

Roland schlägt seine Zeitschrift wieder auf, aus der Hosentasche holt er einen Bleistiftstummel und streicht etwas an.

»Hast du gerade gelesen?«, fragt sie. »Hab ich dich gestört?«

»Halb gelesen, halb geschlafen«, sagt er. »Gestört hast du mich jedenfalls nicht.«

Etwas weiter im Gang beginnen die Stewardessen, das Essen auszugeben.

»Hast du noch einmal mit deiner Freundin gesprochen?« Den Bleistift in der Hand, schaut er sie an. »Warum?«

»Wegen der Liebesaventüren.«

Er blättert um und streicht einen Absatz an.

»Ein bisschen.«

»Möchtest du nicht darüber reden? Noch eine Aprikose?«

Sie schaut den Stewardessen bei der Essensausgabe zu. Die Routine, mit der sie arbeiten, fasziniert sie. Als seien sie dazu geboren, hätten im Leben nie etwas anderes getan und auch nichts anderes mehr vor. Es gibt wenig, das sie selbst routiniert tut. Haare waschen vielleicht. Oder lesen.

Sie denkt an den Mann, mit dem sie ihren Gatten betrogen hat. Sie ist fremdgegangen, wie andere Leute sich entjungfern lassen, weil sie fand, dass es höchste Zeit wurde.

»Ach«, sagt Roland, »muss man das immer durchkauen? Es gibt nicht viel darüber zu sagen. Ich wüsste gern, wie es abgelaufen ist. Das schon.«

»Wie was abgelaufen ist?«, fragt Lea.

»Mit dem anderen Mann. Wie es abgelaufen ist.«

»Was? Der Sex?«

»Das Kennenlernen, der erste Kuss, der Sex, die ganze Aktion bis zum Abschied. Solche Dinge sind doch interessant, wenn es um deine Freundin geht?«

»Die *Aktion*?«

Die Tüte ist jetzt fast leer. Aus einem unbestimmten

Schuldgefühl heraus friemelt sie zwei verklebte Aprikosen auseinander und legt eine zurück in die Tüte. »Ist das nicht seltsam? Tut es dir nicht weh? Macht es dich nicht eifersüchtig?«

Er schaut sie missbilligend an. »Ich bin Wissenschaftler«, sagt er. »Auf jeden Fall sage ich mir das immer. Wahrheit ist wichtiger als Schmerz.«

»Masochist«, sagt sie. »Wenn mein Mann fremdgehen würde – ich kann mir nicht vorstellen, dass er es tut, aber wenn: Ich würde es nicht wissen wollen.«

Eine Stewardess beugt sich über Roland. Sie schaut Lea an, sagt etwas, doch die reagiert nicht. Sie hat gesehen, wie sich die Lippen der Frau bewegten, aber kein Wort verstanden.

»Was fragt sie?«, will sie von Roland wissen.

»Rindfleisch oder vegetarische Ravioli.«

»Was ist in den Ravioli?«

»Was Vegetarisches eben. Soll *ich* sie das fragen? Du sprichst doch selbst Deutsch?« Roland lächelt freundlich. Doch es klingt, als schäme er sich, solche Fragen zu stellen. Als sei es ihm irgendwie peinlich.

»Ricotta«, antwortet die Stewardess.

»Dann nehme ich die vegetarischen Ravioli«, sagt Lea. Roland nimmt das Rindfleisch.

Beide starren auf ihr Essen.

»Mein Gott«, sagt Lea. »Ich hätte mehr Aprikosen mitnehmen sollen.«

»Ich finde, es sieht wunderbar aus«, sagt Roland. »Manchmal frage ich mich, wie du in einem Lager überlebt hättest. Hättest du die SS auch gefragt: ›Womit sind die vegetarischen Ravioli heute gefüllt?‹«

Sie bestreicht ein Brötchen mit etwas Butter.

»Gibt es eigentlich irgendetwas, das dir noch mehr Spaß macht, als Leute zu ärgern?«, möchte sie wissen.

»Nein, eigentlich nicht«, meint Roland nach einer kurzen Pause. »Die Leute sind dazu da, geärgert zu werden, und zur Fortpflanzung. Ich necke jeden in meiner Umgebung, außer meine Studenten. Auch meine Kollegen. So gut ich kann. Die Universität ist ein Ort, an dem Dozenten einander nach Herzenslust triezen und Studenten relativ leicht Sexpartner finden. Was das Triezen anbelangt, sind Professoren natürlich ein wenig im Vorteil.«

»Du bist doch gar kein Professor?«

»Darum meine Bemerkung.«

Er lächelt arrogant, während er mühsam sein Rindfleisch schneidet.

»Ich bin froh, dass ich dich nicht als Dozenten gehabt habe. Was genau machst du eigentlich?«

»Ich lass es mir schmecken«, sagt er.

»Mit dem Holocaust, meine ich. Was ist dein Ansatz?«

»Mein Ansatz? Liebe Güte!«

Ein scheußliches Wort, sie muss es zugeben. Es muss an der Konferenz liegen. Dort fallen solche Begriffe andauernd.

Sie hat ihre Ravioli noch immer nicht angerührt. Die Pasta ist grün. Eklig grün.

Mit vollem Mund sagt er: »Ich bin Wirtschaftswissenschaftler, also betrachte ich Völkermord aus dieser Perspektive. Der Holocaust ist, wie gesagt, mehr ein Hobby von mir, das sich verselbständigt hat. Ich kann dir ein Buch geben, an dem ich mitgearbeitet habe: *Economic Origins of Dicta-*

torship and Genocide. Ich habe noch mindestens zwanzig davon in einem Karton.«

»Und Sven Durano?«

»Sven Durano?« Er wischt sich den Mund ab. »Keine Ahnung. Ich wusste nicht, dass der sich auch für Völkermord interessiert. Ein Kollege.«

»Kennst du ihn gut?«

»Seine Arbeit?« Oberstein nimmt noch einen Bissen Rindfleisch. »Nicht ernst zu nehmen. Wie ich schon sagte. Beschämend schlecht eigentlich. Er ist einer der Leute, die unsere Wissenschaft in Verruf bringen. Wir begegnen uns ab und zu, netter Kerl, das schon. Immer freundlich. Doch in der Wissenschaft sind angenehme Manieren nicht genug. Wissenschaft ist mehr als Händeschütteln und Visitenkarten verteilen.«

Oberstein schüttelt wie angeekelt den Kopf, er wischt sich mit der Serviette über Mund und Kinn.

Lea will etwas sagen, doch Oberstein kommt ihr zuvor.

»Wenn es dich interessiert: Mein eigentliches Fachgebiet sind Spekulationsblasen. Die Geschichte der ökonomischen Blasenbildung.« Zum ersten Mal, seit sie ihn kennt, sieht sie in seinen Augen ein eigenartiges Glitzern, ein Feuer, tiefe Begeisterung. Eine Raserei, in der Glück und Abscheu miteinander vereint scheinen. »Oder wenn du so willst: die Geschichte des Betrugs, wie Menschen alles daransetzen, betrogen zu werden.«

Er legt seine Serviette zurück auf den Schoß. Er hat sich wieder beruhigt und schneidet weiter sein Fleisch.

Es ist das erste Mal, dass Lea ihn so enthusiastisch erlebt hat, doch auch das erste Mal, dass sie sich ein wenig vor ihm fürchtet. Nicht sehr, nur ein bisschen. Es ist eigentlich auch keine richtige Angst, eher ein Anflug von Unruhe. Einerseits fühlt sie sich bei ihm geborgen, doch zugleich ist er ihr auch unheimlich. Nicht mal die schlechteste Kombination.

12

Sylvie ist Kinderzahnärztin, aber manchmal kommen auch Erwachsene zu ihr. Jetzt liegt eine ältere Dame im Behandlungsstuhl, die sich ärgert, weil Sylvie zu spät gekommen ist.

»Ich hatte einen Termin für zehn Uhr«, empört sich die Dame, »und wissen Sie, wie spät es jetzt ist, Frau Doktor?«

Sylvie hat eine neue Helferin. Die vorige hatte beschlossen, selbst Zahnmedizin zu studieren. Sylvie begrüßte diesen Entschluss, obwohl sie sich eine neue Assistentin suchen musste, was nicht eben einfach war. Momentan hat sie eine gewisse Mechteld aus Kerkrade, die mittlerweile recht ordentlich Niederländisch spricht, nicht einfach für jemanden so weit aus dem Süden. In den ersten Wochen konnte sie die junge Frau kaum verstehen.

Sylvie war geradewegs in den Aufenthaltsraum gegangen, hatte ihre Jacke ausgezogen, sich die Hände gewaschen und die Tür zur Terrasse geöffnet. Die Praxis geht auf einen Garten hinaus, in dem sie manchmal bei schönem Wetter mit ihrer Helferin einen Tee trinkt.

Zu der Patientin hat Sylvie noch kein Wort gesagt. Als

Zahnärztin darf man nicht zu viel reden. Nicht im Behandlungszimmer auf jeden Fall.

»Ist das nur mein Eindruck«, hatte sie beim Reinkommen ihre Helferin gefragt, »oder ist es hier so schwül?«

Mechteld hatte die Schultern gezuckt. Sie war ins Wartezimmer gegangen und hatte die Dame hereingerufen.

Sylvies Eltern wäre es lieber gewesen, sie hätte etwas anderes studiert, Wirtschaftswissenschaften zum Beispiel oder BWL, doch von klein auf übten Zähne eine magische Anziehungskraft auf sie aus.

Nicht nur die Zähne von Menschen, auch die von Tieren, von Hunden etwa. Sie hatte einmal einen Hamster, der von einem Hund zerrissen wurde. Seitdem faszinierten sie Beißwerkzeuge. Ob die Geschichte sich wirklich so zugetragen hat, weiß sie nicht mehr. Manchmal ist eine Anekdote bequemer als eine vage Erinnerung. Vor allem, wenn Leute einen ständig fragen: »Warum eigentlich Zahnmedizin?«

Nicht, dass viele diese Frage noch stellen. Wenn man erst einmal Zahnärztin ist, hört die Fragerei auf.

Wie auch immer, sie hatte ihren Berufswunsch durchgesetzt.

Die Zähne der Menschen führen ein eigenes Leben. Todkranke können ein völlig gesundes Gebiss haben und Gesunde ein völlig marodes.

Sylvie beginnt die Untersuchung und denkt dabei an ihren depressiven Freund. Vielleicht geht es einem ohne Mann besser. Mit »einem« meint sie eigentlich sich selbst, doch wenn man es allgemeiner ausdrückt, klingt es eher wie eine unverrückbare Wahrheit, die niemanden vor den Kopf stößt.

Die Dame macht ihr ein Zeichen, sie möchte sich aufsetzen.

Sylvie nimmt die Instrumente aus ihrem Mund.

»Spülen«, sagt die Dame. Es klingt wie ein Fluch. Der Becher zittert in ihrer Hand. Die meisten Patienten sind ruhig und freundlich, mit Kindern kann Sylvie gut umgehen, wenn die Eltern mithelfen zumindest. Doch auch an aggressive Patienten hat sie sich gewöhnt. Querulanten, Heulsusen, halb Verrückte.

Die Dame sitzt aufrecht da, den Becher in der Hand. Sylvie wartet geduldig. Man darf Patienten nicht hetzen.

Den Blick auf das Gesicht und die Frisur ihres Gegenübers gerichtet, muss Sylvie an Jonathan denken, doch dann lenkt sie die Aufmerksamkeit wieder auf die Patientin. »Ich schieb Sie dazwischen«, hatte sie zu der Dame gesagt, als die gestern – am Sonntag! – angerufen hatte. Es hatte dringend geklungen.

Ein Zahnarzt ist kein Schweizer Schnellzug. Es ist nicht schlimm, wenn Patienten einmal zwanzig Minuten lang warten müssen. Für kleinere Kinder hat sie Spielzeug im Wartezimmer, alte Spielsachen von Jonathan, für Ältere liegen populärwissenschaftliche Zeitschriften aus. Für Erwachsene hält sie anspruchsvolle Magazine bereit. Klatsch- und Schundblätter kommen ihr nicht in die Praxis.

Seit einigen Tagen schaut sie abends, bevor sie nach Hause geht, schnell noch im Wartezimmer nach, ob auch niemand etwas liegengelassen hat. In diesen Momenten vergisst sie alles und hat nur noch den Wunsch, hier sitzen zu bleiben, bis jemand sie hereinruft, obwohl sie keine Ahnung hat, wer das tun sollte.

Die Patientin trinkt das Wasser, das eigentlich zum Spülen gedacht ist. Egal. Soll sie's eben trinken.

Sylvie wirft einen flüchtigen Blick in die Patientenakte.

Die Scheidung verlief problemlos, soweit das bei Scheidungen möglich ist. Roland hatte in den USA eine Stelle angeboten bekommen, und sie wollte ihre Praxis nicht aufgeben. Eins kam zum anderen. Hinterher hat sie sich manchmal gefragt, warum sie so sehr auf ihrer Praxis beharrte, es ihr als ein Alptraum erschienen war, allein mit dem Kind in einer amerikanischen Universitätsstadt zu hocken. Warum sie nicht versucht hatte, dort Arbeit zu finden. Doch irgendwie war eine Last von ihr genommen, und sie hatte heimlich an eine neue Beziehung gedacht. Sie hat nie verstanden, warum Roland unbedingt in die USA wollte. Er hatte es ihr erklärt, doch die Details hat sie vergessen. Letztlich lief es auf Ehrgeiz hinaus, das war die Quintessenz seines Vortrags gewesen. Sie kann sich noch gut erinnern, wie sie seinen Mund angestarrt hatte, während der sich beim Sprechen bewegte. Und dass sie an einen Delphin denken musste, als sie den Mund zum ersten Mal gesehen hatte.

Nicht lange darauf, als unumstößlich feststand, dass er in den USA Karriere machen wollte, war ihr klargeworden, dass ihre Ehe so etwas wie ein fauler Zahn war. Man hatte Karies festgestellt; was zu tun war, lag auf der Hand. Man musste eingreifen; je länger man wartete, desto mehr würde es weh tun. Außer der Ehe gab es ein weiteres Problem, das gelöst werden musste, der gemeinsame Sohn, aber auch das war nicht unlösbar. Nicht heutzutage. Man kann ein Kind auch allein erziehen. So viel hatte ihr Mann ohnehin nicht zur Erziehung beigetragen. Der Beitrag hatte sich aufs Bezahlen beschränkt, und das würde er auch weiterhin tun. So hatte sie gedacht und es auch ihren Freundinnen erklärt und ihrer damaligen Helferin.

»Mir ist schlecht«, sagt die Dame.

»Wir sind gleich fertig«, erwidert Sylvie. »Ich habe nichts gefunden. Alles tadellos!«

Viele Leute halten Sylvie für eine starke Frau, und auch sie selbst hat das lange geglaubt. Die Kraft, die man ihr zuschrieb, gehörte ebenso zu ihrem Selbstbild wie die Sorge um die Schneide- und Backenzähne ihrer Patienten.

Seit kurzem jedoch ist sie sich dieser Eigenschaft nicht mehr so sicher.

»Frau Doktor, es tut immer noch weh«, sagt die Patientin. Der Ton lässt keinen Zweifel, wer ihrer Meinung nach die Schuld daran trägt. Manche Patienten beschuldigen gern.

Es begann mit Rückenbeschwerden. Sylvie kaufte sich eine neue Matratze. Die Schmerzen blieben, unverändert. Sie ging zum Physiotherapeuten, doch das half nicht viel. Der Physiotherapeut hatte sie angesehen und gesagt: »Es kommt vom Stress.«

»Ich hab keinen Stress«, hatte sie geantwortet. »Ich führe ein ruhiges, geordnetes Leben.«

Am nächsten Wochenende hatte sie in der Nachbarschaft am Sandkasten gesessen, ihrem Sohn zugeschaut und den anderen Kindern, wie sie es öfter tat, ein bisschen verträumt und doch wachsam – glücklich, so meinte sie, ohne sagen zu können, warum. »Dann spielst du eben mal kurz nicht mit deinem Eimer«, hatte sie gerade gerufen, daran kann sie sich noch erinnern.

Da hatte eine Freundin – die vielleicht doch eher nur die Mutter einer von Jonathans Spielkameradinnen war – sich neben sie gesetzt und gefragt: »Stimmt es, dass Jonathan immer noch bei dir mit im Bett schläft?«

»Ja«, hatte sie geantwortet. »Warum?«

»Einfach so. Ist das nicht komisch? Ist das normal?«

Sylvie hatte die Achseln gezuckt. »In manchen Kulturen schlafen Kinder bis zum zwölften Lebensjahr bei ihren Eltern.«

Ihr fiel gerade nicht ein, in welchen.

An ihren Erziehungsmethoden duldet sie keinen Zweifel.

»Kriegt er davon später mal keine Probleme?«, hatte die Frau weitergefragt, und Sylvie hatte den Kopf geschüttelt, mehr nicht. Nur den Kopf geschüttelt. Doch an dem Tag hatte es angefangen. Etwas in ihr war zerbrochen. Sie konnte es nicht richtig in Worte fassen.

Einmal hatte sie es versucht: »Manchmal kommt es mir vor, als lebte ich in einem Glashaus«, hatte sie einer Freundin erklärt.

»Was soll das bedeuten?«, hatte die zurückgefragt. »›In einem Glashaus‹?«

Doch obwohl Sylvie das Wort selbst benutzt hatte, wusste sie plötzlich nicht mehr, was sie damit meinte. Sie hätte sagen können, dass ihr die Patienten manchmal vor den Augen verschwammen, sie in ihre offenen Münder blickte und zu träumen begann. Doch das sprach sie lieber nicht aus.

Die Welt wollte sie und Jonathan auseinanderreißen – und das war ein unerträgliches Unrecht, das sie nicht hinnehmen konnte.

13

Wie jeder Mensch hat auch Mevrouw Oberstein ihre Geheimnisse, ihr größtes ist ihr Alter. Niemand darf es erfahren. Früher nicht mal ihr Sohn, und ihre Freunde schon gar nicht, obwohl die es sich ausrechnen konnten. Heute glaubt sie manchmal, es ist ihr einziges verbliebenes Geheimnis, alle anderen haben sich in Luft aufgelöst. Sie hat alle Geheimnisse überlebt.

Mevrouw Oberstein steht an der Kasse eines großen Drogeriemarkts. In der Linken hält sie einen Stock, in der Rechten ein Notizbuch. Bevor sie ein Produkt nimmt und es in den Einkaufskorb legt, schreibt sie den Preis auf, um sicherzugehen, dass die Frau an der Kasse nachher auch ja den richtigen Betrag eintippt.

»Alte Leute«, sagt sie oft, »zählen nicht mehr mit.« Sie jedoch lebte schon lange, bevor sie wirklich alt wurde, in der beängstigenden und zugleich beruhigenden Gewissheit, dass die Welt es darauf anlegte, sie zu betrügen. Die Welt ist kein leeres und sinnloses Universum, wie sie es manchmal im Fernsehen hört – dann schaltet sie sofort um, so einen Unsinn will sie nicht hören –, die Welt hat einen ureigenen Zweck, nämlich den, sie, Mevrouw Oberstein, zu betrügen, und sei es nur um ein paar Cent.

»Das macht dann zweiundzwanzig achtzig«, sagt die Kassiererin.

Mevrouw Oberstein schaut in ihr Notizbuch.

»Ich komme auf zweiundzwanzig sechzig«, erklärt sie.

»Der Computer macht keine Fehler«, erwidert die Frau.

Jetzt wird Mevrouw Oberstein laut. »Wollen Sie etwa behaupten, ich könnte nicht mehr rechnen?«, fragt sie. »Bloß weil ich alt bin, darum denken Sie, so ein bisschen Zusammenzählen wäre mir zu hoch. Letztens fragte mich ein Arzt, welchen Monat wir hätten! Was sind das für Fragen? Ihr seid doch alle gleich!«

Mevrouw Oberstein ist von kleiner Statur, trotzdem hat sie der Kassiererin Angst eingejagt. Sie fuchtelt mit ihrem Stock herum. Das tut ihr gut. Die Kassiererin trägt ein Kopftuch. Mevrouw Oberstein hasst Ausländer. Sie kann es nicht ändern.

Manchmal sagt sie zu ihrer Nachbarin: »Ich kann sie nicht ausstehen. Das wird man doch wohl noch sagen dürfen? Wir leben doch in einer Demokratie?«

Es gibt auch ein paar gute Ausländer. Ali, der Ägypter, zum Beispiel, der sie herumfährt, wenn ihr fester Taxifahrer nicht kann. Sie gibt ihm immer ein Trinkgeld. Die Übrigen aber führen nur eines im Schilde: das Land kaputtmachen und die ganze Welt.

Doch weil das für die meisten zu hoch gegriffen ist, haben die Ausländer sich vorläufig ein anderes, bescheideneres Ziel gewählt: Mevrouw Oberstein. Wenn sie die Welt schon nicht kleinkriegen können, dann wenigstens sie. Doch das wird sie nicht zulassen, sie wird sich wehren, mit allen erdenklichen Mitteln. Solange es geht.

»Sollen wir's noch mal versuchen?«, fragt die Kassiererin. Die Schlange hinter Mevrouw Oberstein wächst. Man hört Seufzen und Stöhnen.

»Ja, machen Sie das«, sagt Mevrouw Oberstein. »Es geht mir nicht um das Geld, es geht ums Prinzip.«

Langsam zieht die Kassiererin die Produkte zum zweiten Mal über den Scanner, und Mevrouw Oberstein – ihr Notizbuch fest in der Hand – lässt sie nicht aus den Augen. Wie ein Raubvogel. Ein Raubvogel, der auf Beute lauert.

14

Der Pilot hat schon zur Landung angesetzt, als Roland fragt: »Warum hast du eigentlich Deutsch gelernt?«

»Um den Holocaust besser verstehen zu können«, antwortet Lea.

Roland nickt. »Das ist ein Grund.«

»Darf ich deine Hand halten, bis wir am Boden sind?«, fragt sie.

»Es ist ein bisschen turbulent, aber du hast doch keine Angst?«

»Um ehrlich zu sein, schon. Wenn ich mit meinem Mann fliege, nehme ich auch immer seine Hand.«

Er lässt sie seine Hand halten, obwohl die verschwitzt ist. Sie sitzen schweigend nebeneinander, bis das Flugzeug am Terminal andockt.

Dann wischt er sich die Hand diskret an der Hose ab.

»Denk daran«, sagt er schließlich, »die Äpfel, die du dabeihast, dürfen in die USA nicht eingeführt werden.«

Sie sieht ihn enttäuscht an, nimmt die zwei Äpfel heraus und bietet ihm einen an, doch er möchte keinen, worauf sie beide verschlingt. Die Äpfel sind klein. Er schaut verdutzt zu. Anziehend wirkt das auf ihn nicht. Es erinnert ihn an seine Mutter. An der Gepäckausgabe sagt Lea: »Mein Mann holt mich ab, mit den Kindern.«

»Wie nett«, sagt Roland. Doch es klingt düster, als finde er es überhaupt nicht nett. In Wahrheit ist es ihm egal. Er will zurück an den Schreibtisch, seine Forschung fortsetzen, er will arbeiten, die Geschichte der Spekulationsblasen wartet auf ihn.

An seiner letzten Universität sagten Kollegen manchmal zu ihm: »Wie trostlos du heute wieder klingst.«

Worauf er jedes Mal erwiderte: »Wissenschaft ohne Trostlosigkeit ist nicht möglich.«

Er würde dieses »Wie nett« gern noch einmal sagen, mit mehr Nachdruck. Er würde gern netter wirken. Was genau er von Lea will, weiß er noch nicht, doch als Einwanderer betrachtet er es als seine Pflicht, Kontakt zur ortsansässigen Bevölkerung aufzunehmen. Außer mit ein paar Wissenschaftlern ist ihm das noch bei sehr wenigen gelungen.

»Wollen wir uns hier verabschieden?«, fragt Lea.

Ihr Rucksack ist schon gekommen, er wartet noch auf seinen Koffer.

»Möchtest du mich deinem Mann nicht vorstellen, und deiner Familie?«

»Äh, eigentlich nicht, nicht jetzt. Wenn's dir nichts ausmacht zumindest.«

»Ausmacht? Es ist doch gar nichts passiert?«

Es klingt, als wollte er sie necken, doch er meint es ernst. Der Sinn dieser Geheimniskrämerei leuchtet ihm nicht ein. Plötzlich muss er an Violet denken. Sein Vorgänger bei ihr war einer seiner Studenten. Eine verrückte Geschichte damals, doch die behält er jetzt lieber für sich. Eine gewisse Prüderie gehört zum Charme der hiesigen Mittelklasse. Dabei hatte er den Verhaltenskodex seiner damaligen Uni überhaupt nicht verletzt.

Für einen Moment beherrscht ihn der quälende Gedanke – eine Phantasie, mehr ist es nicht –, Violet könnte ihn mit einem Kollegen betrogen haben, einem, den er verachtet. Einem drittklassigen Wissenschaftler mit viel Ehrgeiz, wenig Intelligenz und einer gewaltigen Latte.

Dann denkt er wieder an Lea. Immer noch steht sie mit dem Rucksack neben ihm. Vielleicht ist sie unschlüssig, ob sie sie nicht doch miteinander bekannt machen soll.

Er sieht seinen Koffer und nimmt ihn vom Band.

»Es ist nichts passiert«, sagt Lea. »Aber du bist nicht sein Typ. Vielleicht ein andermal.«

»Sein Typ? Wie meinst du das?«

»Wie ich es sage.«

»Was für ein Typ bin ich denn?«

»Er redet gern über Politik.«

»Und woher willst du wissen, dass ich mich nicht dafür interessiere?«

Sie gehen zur Passkontrolle. »Soll ich dir tragen helfen?«, fragt er.

»Nein«, antwortet sie.

In der Schlange sagt sie auf einmal: »Du hast die vergangenen drei Tage kein einziges Mal davon angefangen.«

»Von Politik? Nein. Aber das heißt doch nicht, dass ich mich nicht dafür interessiere. Dürfen dein Mann und ich bitte selber entscheiden, ob wir einander liegen?«

Er überreicht dem Grenzbeamten das Formular, auf dem

er angekreuzt hat, dass er nichts zu verzollen hat und dass der Grund seines Aufenthalts in den USA geschäftlicher Natur ist. Der Beamte wirft einen kurzen Blick darauf und bedeutet Roland dann mit einem Nicken, dass er weitergehen kann.

»Ich schick dir eine SMS«, sagt Lea. »Ich sehe ihn schon.«

»Wer ist es?«, fragt Roland.

»Red jetzt bitte nicht mehr mit mir.«

»Ich sehe ihn auch«, sagt Roland. »Netter Mann. Soweit ich's von hier aus beurteilen kann.«

»Ich schick dir 'ne SMS«, wiederholt Lea.

Sie beschleunigt ihren Schritt.

Er geht langsamer; kniet sich hin, löst seine Schnürsenkel und bindet sie neu.

Heute Abend, wenn er zu Hause ist, wird er eine Pizza bestellen und noch etwas arbeiten. Mögen manche auch anders darüber denken, für ihn ist es das beste Leben, das es gibt. Roland stellt seine Berufung nicht in Frage. Obwohl andere ihm in der Vergangenheit dringend geraten haben, das doch einmal zu tun. Die Mutter seines Sohnes zum Beispiel.

Er sieht, wie Lea eins ihrer Kinder hochhebt, dem Aussehen nach das jüngste. Ihre Haltung dabei wirkt irgendwie merkwürdig, geistesabwesend. Als gehörte die Kleine gar nicht zu ihr, ja als sei sie kein Kind, sondern ein Laib Brot. Ganz nah ist Lea dem Mädchen und doch ganz weit weg.

Dicht neben ihrem Mann geht er zum Ausgang. In der Schlange vor den Taxis schaltet er sein Mobiltelefon ein.

III

Diversifikation

I

Als Roland Oberstein vor einigen Jahren das Angebot erreichte, an die George Mason University in Fairfax zu gehen, nahm er das wie selbstverständlich hin. Er hatte sich auch ausführlich um diese Stelle beworben.

Als ginge es um die Buchung eines Hotels für ein verlängertes Wochenende, teilte er der Universitätsleitung nur kurz förmlich mit, dass er ihr Angebot akzeptiere; er kündigte seine Stelle in den Niederlanden, beschloss, seine Frau zu informieren, erzählte es seinem kaum einjährigen Sohn – von dieser Seite hatte er wenig Widerstand zu befürchten: »Papa geht für eine Weile weg, aber er kommt wieder« – und begann, Vorbereitungen für seine Abreise zu treffen. Vielleicht hätte er diese Schritte besser in umgekehrter Reihenfolge gemacht, erst seine Frau und seinen Arbeitgeber informiert, die Sache zuvor eventuell noch mit ihnen besprochen, bevor er die Stelle in den USA definitiv annahm, doch er hatte sich von seiner Begeisterung hinreißen lassen. Enthusiasmus und Ehrgeiz sind nur schwer auseinanderzuhalten.

Eines Montags morgens, während er im Zug von Amsterdam nach Rotterdam aus dem Fenster schaute – er saß öfter im Zug, nicht nur montagmorgens – und auf dem Bahnhof von Hoofddorp leicht zerstreut die Pendler beobachtete, soweit das aus einem fahrenden Zug überhaupt möglich ist, hatte er gedacht: Wenn ich jetzt nicht gehe, bleib ich für immer hier hängen, dann sitze ich in zehn Jahren noch in solchen Zügen, bis zur Pensionierung, vielleicht sogar noch länger.

Die Idee hatte ihn mit Schaudern erfüllt.

Dort, im Zug nach Rotterdam, hatte er innerlich seinen Abschied genommen. Noch am selben Abend hatte er die ersten vier Bewerbungen losgeschickt. Er hatte sich nicht die Mühe gemacht, mit jemandem darüber zu sprechen. Der Entschluss war ihm nicht schwergefallen, leichter jedenfalls, als er gedacht hatte. Weggehen war wie eine Kneipe verlassen. Man zahlte die Rechnung, nahm die Jacke vom Haken und ging. Die Fakultät, an der er seit Jahren unterrichtete, kam ihm ohnehin wie ein sinkendes Schiff vor. Das Schiff rechtzeitig zu verlassen war eine Frage des Selbstrespekts.

Als er das Angebot der George Mason University akzeptiert hatte, musste er nur noch seine Frau informieren. Er beschloss, das bei einem Essen im Restaurant zu tun. Erst sprach er in allgemeinen Worten vom Ehrgeiz, nicht einmal seinem eigenen, dem Ehrgeiz von anderen, von Kollegen und Studenten, der Jugend und dem seiner Eltern, und dann machte er noch ein paar Bemerkungen zum verschlechterten universitären Klima in den Niederlanden. »Und das Schlimmste steht uns noch bevor«, hatte er hinzugefügt.

So weit war er bis zum Ende der Vorspeise gekommen.

Beim Hauptgericht war er nach und nach persönlicher geworden, hatte von seiner Fakultät gesprochen, seinen unmittelbaren Kollegen, den Professoren, den Umstrukturierungen, die in Wirklichkeit nichts anderes als Einsparungen waren, den Studenten, der Engstirnigkeit, die sich wie Mehltau über die gesamte Universitätslandschaft legte, und vor allem von seiner Forschung, mit den Worten: »Für die schlägt mein Herz.«

Sylvie hatte nur genickt und geantwortet, dass die Jakobsmuscheln heute sehr gut seien. Sie wusste natürlich seit langem, wofür sein Herz schlug.

Erstsemesterstudenten sagte er immer: »Viele von euch denken, Wirtschaftswissenschaftler arbeiten für Banken oder gehen in die Politik. Aber das sind bloß Manager.« Er sprach das Wort aus wie manche Leute, wenn sie vom »Antichristen« reden. »Wenn ihr vorhabt, Manager zu werden, seid ihr hier falsch. Wirtschaftswissenschaftler arbeiten in der Forschung, Wissenschaftler bleiben an der Universität. Sie entwerfen Modelle der Wirklichkeit. Was ist das denn, die Realität? Ihr!« Er richtete den Finger auf die drei- oder vierhundert Studenten, die auf den Bänken vor ihm saßen. »Ihr alle, ihr seid Konsumenten. Und wir Ökonomen entwerfen Modelle von euch, um euer Verhalten besser zu verstehen, besser zu prognostizieren. Nicht um euch zu behüten. Das können wir nicht und wollen wir nicht, das dürfen wir auch gar nicht wollen. Das müsst ihr selbst tun. Denn ob ihr's glaubt oder nicht: Ihr habt einen freien Willen.«

Mehr und mehr hatte er akzeptiert, dass Wissensvermittlung eine Form von Theater ist. Eine Meinung, die ihn nicht überall gleichermaßen beliebt machte, doch das interessierte ihn wenig. Prinzipielle Bedenken minderten nur den Erfolg. Und was von weitem wie prinzipielle Bedenken aussah, war bei näherer Betrachtung nichts als Aberglaube.

Was nicht heißen sollte, dass ihm sein eigenes Theater im Laufe der Zeit nicht selbst immer mehr gegen den Strich ging. Und nicht nur ihm.

Einmal, nach einer Vorlesung, hatte ein Student ihn abgepasst und zu ihm gesagt: »Meneer Oberstein, ich will Ihnen keine Vorschriften machen, aber diesmal haben Sie endgültig übertrieben.«

Seither wollte er die Lehrverpflichtung loswerden wie andere Leute die Krätze.

Seine Frau wusste das – vermutete er. Sie lebte mit ihm zusammen, sie sollte wissen, was ihn beschäftigte. Er brauchte es ihr nicht lang und breit zu erklären. Sie kannte seine Meinungen und Vorlieben, die Namen von Kollegen, die er nicht leiden konnte. Trotzdem fasste er alles an dem Abend im Restaurant noch einmal zusammen, und als er fertig war, dramatisch seinen Ekel gegen den real existierenden Lehrbetrieb in Worte gefasst hatte – im Grunde war auch das Gespräch mit seiner Frau eine Art Wissensvermittlung –, eröffnete er ihr, dass er ein Angebot von der George Mason University in Fairfax, USA, bekommen hatte. Ein Angebot, das er nicht ablehnen konnte, weil er sich dort nicht mehr so in der Lehre aufreiben müsse, zwei Vorlesungen pro Semester, kleine Gruppen, keine Einführungsveranstaltungen.

In diesem Moment schob sie den Teller von sich weg, obwohl sie überhaupt noch nicht zu Ende gegessen hatte.

Die Verzweiflung, die ihn manchmal am Anfang des Studienjahrs überfiel, wenn er vor ein paar hundert Erstsemestern stand, behielt er für sich. Eine Verzweiflung, die manchmal für ihn schon bedenklich an Geistesverwirrung grenzte.

Und wo er ihr schon so viel enthüllt hatte – sein halbes Leben in einem Sermon von kaum zwanzig Minuten –, erschien es ihm als das Beste, auch gleich zu erzählen, dass er das Angebot schon akzeptiert hatte. Warum es noch länger verschweigen?

»Hättest du das nicht erst mit mir besprechen können?«, hatte Sylvie gefragt.

Doch besprechen war nie seine Stärke gewesen. Er glaubte nicht daran: Besprechungen waren Treffen, deren Teilnehmer vorgaben, sich für die Meinung des anderen zu interessieren. Doch wie sehr man auch so tat, die eigene Meinung würde man darum nicht ändern und den anderen letztlich nur verübeln, dass sie einen zwangen, sich Meinungen anzuhören, die man für unsinnig hielt. An der Universität hatte er darum die Besprechungen auf ein Minimum zu beschränken versucht. Doch mit der Zeit musste er zu immer neuen Konferenzen erscheinen, ein weiterer Grund, warum er dort nur noch wegwollte.

»Und außerdem«, hatte er schließlich hinzugefügt, »wenn ich hier an der Uni eine Chance haben will, müsste ich jetzt anfangen, mir ein Netzwerk aufzubauen, bloß um irgendwann Mitte fünfzig an irgendeinem Lehrstuhl Professor zu werden – wenn alles gutgeht! Auf diese Ochsentour habe ich keine Lust!«

»Ich komme nicht mit.« So sagte sie es. Aber vielleicht täuscht ihn auch seine Erinnerung, und sie hatte gesagt: »Wenn du denkst, dass wir mitkommen, hast du dich geirrt.« Das war eher ihre Sprache. Und diese Sprache war klar. »Wir«, das verstand er.

Er hatte leise erwidert: »Mit einem Kind kann man nicht

so leicht fortgehen.« Und ebenso leise: dass er überhaupt nicht erwartet hatte, dass sie mitkämen. Er verschwieg, dass es ihm eigentlich sogar lieber war: allein, in Ruhe seiner Forschung zu leben. Wer ein taugliches Modell der Wirklichkeit aufstellen will, muss dafür sorgen, dass die Wirklichkeit selbst, jedenfalls manche Teile davon, ihm nicht allzu nahe kommen.

»Wir finden schon eine Lösung«, hatte er gesagt.

So hatte er es ihr in dem italienischen Restaurant erklärt, während eine Babysitterin, eine nette, siebzehnjährige Gymnasiastin, auf ihren Sohn von elf Monaten aufpasste.

Es gab für alles eine Lösung. Dass manchen Leuten diese Lösungen nicht gefielen, stand auf einem anderen Blatt.

»Und Jonathan?«, hatte seine Frau gefragt. »Hast du auch an ihn gedacht?«

»Natürlich«, hatte er geantwortet. »Ich denke die ganze Zeit nur an ihn. Schau, forschen kann man überall. Forschung ist heutzutage mobil. Wo ich bin, ist die Forschung. Bücher kann man überallhin mitnehmen. Du und Jonathan, ihr seid leider nicht so mobil. Aber die George Mason University bietet mir das, was sie mir in Rotterdam schon seit Jahren verweigern: Zeit zum Forschen.«

Sie hatte ihn angesehen. Nicht voller Abscheu, eher wie jemand, vor dessen Augen etwas Hässliches geschieht. Ein Unfall zum Beispiel. »Du entziehst dich also deiner Familie?«, hatte sie erwidert. »Du fliehst?«

Darauf er: »Ein Wirtschaftswissenschaftler mit Ehrgeiz hat andere Prioritäten. – Wollen wir noch ein Dessert nehmen?«

Sie hatte geistesabwesend genickt.

Wirtschaftswissenschaft war keine Flucht, Wirtschaftswissenschaft war die Konfrontation mit der Realität, etwas, das man vom größten Teil des Familienlebens nicht sagen konnte. Da verwöhnte man einander, sang Schlaflieder und las Märchen vor, da backte man Pfannkuchen.

Doch irgendwie hatte der bohrende Zweifel an dem Abend begonnen. Wie oft er sich auch sagte, ein Mensch müsse sich für sein eigenes Leben und seine Pläne entscheiden, man dürfe von niemandem verlangen, diesen Ehrgeiz seinen Eltern oder Kindern zu opfern – er bekam das Gefühl, nicht zu genügen.

Von Liebe hatte er auch noch gesprochen, die nicht erstickend sein durfte, von Webfehlern in der Kultur, Besitzansprüchen, die zwischen ihnen keine Rolle spielten, doch Sylvie hatte ihm kaum noch zugehört.

»Und Verantwortung, spielt die bei uns auch keine Rolle?«

»Doch, natürlich«, hatte er geantwortet, »aber Verantwortung ist genauso mobil wie Rohstoffe und Geld. In den USA hört meine Verantwortung nicht auf. Durch die Distanz werde ich sie nur umso genauer erkennen und meiner Pflicht noch besser gerecht werden. Außerdem widme ich mich, wie kaltschnäuzig sich das möglicherweise auch anhört, lieber voll und ganz meiner Forschung. Schon als Kind war mir klar, dass wir die Wirklichkeit nicht sich selbst überlassen dürfen. Es muss Menschen geben, die sich um sie kümmern. Du kümmerst dich um unser Kind und die Zähne deiner Patienten, ich kümmere mich um die real existierende Welt. Ohne euch zu vergessen, natürlich. Das kann ich sowieso nicht. Das will ich auch nicht.«

Das Dessert war inzwischen gekommen.

Ihr Handy vibrierte.

»Was ist?«, fragte er.

»Die Babysitterin. Eine SMS von ihr. Sie möchte nach Hause. Sie schreibt morgen eine Arbeit.«

Auf dem Nachhauseweg hatte Sylvie erst aufbegehrt, aber nicht sehr. Ein paar Tränen hatte es auch noch gegeben, aber nicht viele. Für einen Moment hatte er sogar den Eindruck, dass sie seinen Weggang hatte kommen sehen und er sie vielleicht sogar erleichterte. Womöglich hatte sie schon jemand anderen im Auge. So was kam vor. Und er dachte: Es kommt ihr zupass. Die Leichtigkeit, mit der sie nachgab, machte ihn misstrauisch, es war verdächtig, dass sie kein Drama hinlegte, doch auch diesen Gedanken behielt er für sich.

Er machte lieber einen auf gut Wetter.

In den Wochen danach hatte sie noch ein paarmal geweint, doch das befürchtete große Drama war ausgeblieben.

Die Scheidung war blitzschnell geregelt. Bei Geld machte er nie Schwierigkeiten.

Ohne viel Aufhebens ließ sie ihn gehen. Und er war nicht unglücklich darüber. Ein wenig enttäuscht vielleicht, dass es so reibungslos ablief, doch das war Eitelkeit, die man überwinden musste.

Wie merkwürdig: Jeder Anleger wusste, oder sollte wenigstens wissen, dass Risikodiversifikation notwendig ist. Setz nie alles auf eine Karte. Eine Binsenweisheit, die nach wie vor galt. Doch in der Welt menschlicher Beziehungen war dies auf einmal tabu. Da sollte man plötzlich nicht mehr diversifizieren. Dabei waren Affären nur ein anderes Wort für Risikostreuung.

Nicht dass er eine Affäre hatte oder gehabt hätte, höchstens mit seiner Arbeit. Mit diesem Gedanken verscheuchte er das Gefühl seiner Schuld.

»Bin ich ein schrecklicher Ehemann?«, hatte er noch gefragt, bevor sie ins Haus gingen.

»Nein«, hatte Sylvie geantwortet und ihm über die Wange gestrichen, »mach dir keine Sorgen. ›Schrecklich‹ ist nicht das richtige Wort.«

Sorgen machte er sich eigentlich auch keine. Schrecklich war höchstens ein Ehemann, der seine Frau krankenhausreif schlug. Das Schlimmste, was sich über ihn sagen ließ, war, dass er oft nicht zu Hause war: auf Tagungen, an der Universität, in seinem Arbeitszimmer unter dem Dach. Heutzutage war der Wissenschaftler verpflichtet, in einer Tour zu publizieren.

So erstickte er sein Schuldgefühl im Keim. Er war kein schrecklicher Ehemann. Höchstens öfter geistig und körperlich abwesend, doch das war etwas anderes.

Zu Hause hatten sie noch kurz mit der Babysitterin gesprochen, der Tochter von Freunden, die an Abenden, wenn niemand sonst konnte, bereit war, auf Jonathan aufzupassen. Oberstein hatte gefragt, wie es in der Schule lief. Und seine Frau, ob das Mädchen noch einen Tee wolle.

Der Teenager hatte geantwortet: »Nein, wirklich nicht, ich muss schnell nach Hause, zum Lernen.«

Dann waren sie beide nach oben gegangen und hatten nach ihrem schlafenden Sohn gesehen, wie er in seinem Kinderbett lag. Er hatte sich freigestrampelt.

Die Augen noch immer auf den Kleinen gerichtet, sagte seine Frau: »Ich glaub nicht, dass unsere Beziehung das aushält, wenn du nach Amerika gehst und ich hier weiter meine Patienten behandle. Aber natürlich haben wir Jonathan, durch ihn bleiben wir miteinander verbunden.«

So sieht also das Glück aus, hatte Roland damals gedacht, oder vielmehr sein Ende. Er war ein Mann, der im Begriff stand, seinem Ehrgeiz die Familie zu opfern, und dieses Opfer brachte ihn nicht um den Schlaf. Er erwachte nicht schweißgebadet mit dem Gedanken: »Was habe ich getan?« – es erschien ihm als ein durchaus vertretbares Opfer.

Auch in den Tagen und Wochen danach änderte sich Sylvies Verhalten nicht. Sie schickte sich klaglos in seinen Weggang, mit einer Ergebung, die ihn erstaunte. Er hatte ein paar Sachen gepackt, das meiste jedoch ließ er zurück. Er wusste noch nicht, wo er wohnen würde. Zunächst mal in einem Hotel.

Nur der Universität musste er es noch persönlich mitteilen. Ein bloßer Brief war in diesem Fall nicht genug. Er vereinbarte ein Treffen mit dem Leiter der Fakultät, und während er durch den Flur zu dessen Büro ging, dachte er an seine Frau.

Sie hatte sich ein Kind gewünscht, und sie hatte eins bekommen. Ein schönes Kind, ein nettes Kind, dem sie die Brust gegeben hatte. Die Entbindung, die für sie ein Alptraum gewesen war, hatte sie überlebt, er wiederum hatte für alles bezahlt. Im vorliegenden Fall aber war kein Kompromiss möglich, wie sollte der auch aussehen? Dass er nur die halbe Geschichte der Spekulationsblasen schrieb? Mitten im achtzehnten Jahrhundert einfach aufhörte? Er musste gehen. Und das tat er. Doch der Gedanke, versagt zu haben, ließ ihn nicht los.

Am Ende des Flurs hatte der Professor, mit dem er all die Jahre in bewaffnetem Frieden lebte, sein Büro. Ihr Verhältnis war von gegenseitiger Verachtung geprägt, erst nur für die Veröffentlichungen des anderen, später auch für dessen Person. Wo hört die Arbeit auf und fängt das Persönliche an? Schwierig zu sagen. Sie brachten es jedenfalls nicht zur Sprache. Von den pädagogischen Fähigkeiten des anderen hielten sie ebenfalls wenig, doch auch dieses Thema wurde diskret gemieden.

Am liebsten sprachen sie über die japanische Wirtschaftspolitik der neunziger Jahre und über die Niederländische Bahn. Beides unerschöpfliche Themen.

Vor zwei Jahren war Oberstein von einem Kurzurlaub an seine Arbeit zurückgekehrt. Er wollte die Tür zu seinem Büro aufschließen, doch ohne Erfolg. Erst da sah er, dass sein Schreibtisch samt Büchern und Akten auf dem Flur stand. Eine Sekretärin kam hastig zu ihm. »Der Professor hat Ihre Sachen auf den Flur stellen lassen«, flüsterte sie. »Aber wir finden schon ein anderes Plätzchen für Sie.«

Von einem Kollegen erfuhr er, warum sein Schreibtisch hier auf dem Flur stand: »Er hat allen erzählt, dass deine wissenschaftlichen Methoden ein Witz sind.«

Der Professor hatte gehofft, dass Oberstein seine Kündigung einreichen würde, doch das tat er nicht, zwei Monate arbeitete er auf dem Flur, bis er dort ein so großes Hindernis wurde, dass die Fakultät ihm einen winzigen Raum frei machte, in dem zuvor Putzmittel, Toner und Ähnliches gestanden hatten.

Und während er an die Tür des Professors klopfte, wieder an seine Frau denkend, überkam ihn unerwartete Wehmut – Wehmut, ganz sicher kein Schuldgefühl, eine unbestimmte Melancholie, die vielleicht nicht nur mit seiner Frau zu tun hatte. Dass er den Mann, der ihm das Leben schwergemacht hatte und den er innerhalb der subtilen Grenzen akademischer Sitten bis aufs Messer bekämpft hatte, jetzt nie mehr sehen würde, stimmte ihn ebenso wehmütig wie der Abschied von ihr. Er war im Begriff, sich zu befreien, doch jetzt, vor der Tür des Professors, wurde er den Eindruck nicht los, dass diese Befreiung zugleich ein Verlust war.

Vielleicht stand er nicht über den Parteien, wie er immer gedacht hatte, sondern vielmehr daneben, und kurz war ihm, als sollte all das, was er als Ehrgeiz in sich brennen spürte, nur überdecken, dass er zu keiner Partei richtig gehörte.

Einmal hatte er seinen Studenten den Auftrag gegeben, in einem Vortrag den Wert Gottes in Geld auszudrücken. Und dazu noch einen Essay zu schreiben, der auf die Aussage hinauslaufen sollte, dass etwas, dessen Wert sich nicht in Geld ausdrücken ließ, nicht existierte.

Es hatte zwei Beschwerden gegeben.

Dieses sentimentale Getue verursachte ihm Alpträume. Er streifte die Wehmut resolut ab, wie einen Pullover, der einem bei näherem Hinsehen doch nicht recht steht.

Oberstein klopfte an die Tür, und während er das Büro des Mannes betrat, dessen wissenschaftliche Auffassungen er für lächerlich und überholt hielt, wurde ihm klar, dass sein brennender Ehrgeiz keine Kompensation für einen Mangel, keine schäbige Krücke war, sondern ein unabhängiges Streben: Seine Leidenschaft galt der Geschichte der Spekulationsblasen und – in geringerem Maße, denn das war nun mal eher sein Hobby – dem Völkermord, oder besser, der wirtschaftswissenschaftlichen Perspektive darauf. Man sagt, das Leben sei teuer. Dem Wirtschaftswissenschaftler jedoch ist bewusst, dass auch der Tod etwas kostet. »Bald sind wir voneinander erlöst«, hatte er zu dem Professor gesagt. Das schien ihm ein guter Eröffnungssatz für ein fruchtbares und kultiviertes Gespräch zu sein.

Im Zug von Newark nach Washington D.C. muss er einmal mehr an dieses Gespräch denken.

Heute Abend in Fairfax will er noch arbeiten. Wenn er irgendwas hasst, sind es Leute, die seine Arbeitsplanung durchkreuzen – manchmal sogar die Kranken und Sterbenden, doch dann ruft er sich immer zur Ordnung und macht sich klar, dass sie ein Recht auf Mitgefühl haben. Dass sie nicht absichtlich krank werden und sterben, es vielmehr auch für sie kein Zuckerschlecken ist.

Wenn sein Sohn ihn besucht, gilt der Ausnahmezustand: Erst kommt der Junge, dann kommt die Forschung. Doch auch dann sagt er hin und wieder: »Jetzt muss Papa arbeiten. Weißt du, was eine Spekulationsblase ist? Das ist, wenn zum Beispiel alle Leute denken, dass Tulpenzwiebeln nächstes Jahr zwanzigmal so teuer sind wie in diesem, und darum wie verrückt Tulpenzwiebeln kaufen, weil sie alle schnell reich werden wollen, und die Tulpenzwiebeln darum auch wirklich immer teurer werden, bis irgendetwas geschieht, oft etwas Kleines, wodurch die Leute aufhören zu kaufen. Das ist, was Papa untersucht, und darum musst du jetzt einen Moment fernsehen.«

Dann setzt er seinen Sohn vor den Bildschirm. Er schaut ihn kurz an und fügt dann hinzu, als wolle er zeigen, dass ihm sein kleines Versagen bewusst und er in der Lage ist, sich auch durch die Augen des Kindes zu sehen: »Irgendjemand muss doch die Brötchen verdienen!«

Er lacht und ahnt gleichzeitig das Urteil, das der Junge einmal über ihn fällen wird: Er weiß, dass alle Kinder ihre Eltern zu guter Letzt richten.

2

Nach der Heirat hatte Lea den Namen ihres Mannes angenommen. Ranzenhofer, worüber ihre Mutter zutiefst verbittert war. »Schämst du dich für deinen eigenen Namen?«, hatte die Mutter ausgerufen. »Ist deine Herkunft dir eine Last?«

»Ranzenhofer ist auch kein völlig unbelasteter Name«, hatte Lea geantwortet. »Wenn ich mich schämen will, kann ich mich genauso gut für Ranzenhofer schämen.«

Ihre Mutter machte es einem nicht einfach. Ihr einziges Kind konnte ihre Erwartungen kaum je erfüllen.

Doch vielleicht war es tatsächlich eine heimliche oder nicht einmal gar zu heimliche Rache, dass Lea ihren Mädchennamen aufgab, wie andere ihren Glauben ablegen und vom einen Tag auf den anderen keinen Fuß mehr in ein Gotteshaus setzen.

Sie selbst fand es vor allem praktisch und wollte, jetzt,

wo sie es einmal beschlossen hatte, auch dabei bleiben. Sie publizierte unter diesem Namen, war auf Facebook darunter zu finden, und auch ihr Buch über Höß würde sie als »Lea Ranzenhofer« veröffentlichen.

So hatte sie es beschlossen, und so würde es geschehen.

Die Kinder liegen im Bett. Lea sitzt am Esstisch mit ihrem Mann, der an einer Ansprache arbeitet. Jason hat mindestens vier Notebooks und zwei PCs, doch seine Reden schreibt er immer noch am liebsten mit Kuli.

Eine halbvolle Flasche Rotwein steht auf dem Tisch und ein Teller mit zwei Sorten Käse: Ziegenkäse und eine Art Gorgonzola, dessen Namen sie vergessen hat.

Nach ihrer Ankunft in der Wohnung war sie zu müde zum Kochen gewesen, die Konferenz und der Flug hatten sie zu sehr erschöpft. Sie hatte Sushi bestellt, die Kinder, denen die Geschenke offenbar gefallen hatten, zu Bett gebracht, sie hatte ihnen vorgelesen – und auf einmal Hunger bekommen.

Ihr Appetit, der sie wochenlang im Stich gelassen hatte, meldete sich urplötzlich erstaunlich heftig zurück. Im Kühlschrank hatte sie die zwei Käse gefunden, die sie vor ihrer Abreise nach Deutschland gekauft hatte und die noch gut aussahen. Sie hatte ein Brot aufgeschnitten und mit dem Käse zusammen auf den Tisch gestellt.

Ihr Mann hatte kaum aufgesehen. Er muss morgen eine Kindertagesstätte eröffnen.

Sie hatte gedacht: Ob er es wohl merkt? Ob sie noch ein wenig nach Sven Durano roch, trotz des Flugs und obwohl sie nach dem Sex zweimal geduscht hatte?

Doch ihr Mann redete nur über die Kinder, über die Babysitterin und seine Arbeit. Er roch nichts.

Sie hatten sich auf der Universität kennengelernt. Er war ein paar Jahre älter als sie, und sie hatten eine lockere Beziehung gehabt, doch nicht für lange. Ihr künftiger Mann war in eine andere Stadt gegangen, dem richtigen Leben entgegen, und sie hatte sich in einen Clown verliebt, oder besser gesagt, in einen Mitstudenten, der Clown werden wollte und diesen Berufswunsch sehr ernst nahm. Er wollte nach Europa gehen und dort eine Clownschule besuchen. Er hatte sie sogar aufgefordert, mit ihm zu kommen, und eine Weile hatte sie auch wirklich mit dem Gedanken gespielt, nur um bei ihm zu bleiben. Ein paar Tage lang hatte sie überlegt und sich vorgestellt, wie es wohl wäre, irgendwo weit weg in einem Land mit ihm zu leben, dessen Sprache sie noch nicht sprach, doch die würde sie lernen, wo ihr das Essen nicht schmeckte, doch auch daran würde sie sich gewöhnen, und wie sie sich als Ehefrau eines Clowns fühlen würde. Es waren schöne Tage: Weil sie die Entscheidung in einem fort hinauszögerte, standen ihr alle Möglichkeiten offen. Doch dann hatte sie an die Reaktion ihrer Mutter und ihres Vaters gedacht – ihre Eltern waren damals schon geschieden – und die ihrer Großeltern, soweit die noch reagieren konnten, und eines Nachmittags hatte sie zu dem künftigen Clown gesagt: »Ich komme doch nicht mit.« Er war enttäuscht, hatte geweint, doch nicht versucht, sie umzustimmen. Er hatte nicht gefleht, nicht gebettelt, sie nicht aufgelöst mitten in der Nacht angerufen, war vielmehr in aller Stille zu seiner Clownschule im alten Europa abgereist. Die Leichtigkeit, mit der er sie aufgab, hatte sie enttäuscht, und so hatte die Trennung ihr unerwartet doch mehr weh getan als gedacht. Nicht der Abschied selbst, eher die Ergebung, mit der ihr Geliebter sich dareinschickte. Als sei eine Clownschule in Ungarn wichtiger als sie. Wie man einen Badeort verlässt, wo man eine schöne Zeit verbracht hat, mit einer gewissen Melancholie, doch auch der ruhigen Gewissheit, dass es noch mehr schöne Badeorte auf der Welt gibt, so war er nach Ungarn geflogen. Sie hatte heimlich gehofft, er würde um sie trauern, doch schließlich war sie es, die trauerte.

Ein paar Jahre später war Lea Jason Ranzenhofer wiederbegegnet, und sie hatten ihre Beziehung wiederaufgenommen, als sei nie etwas gewesen. Kurz darauf beschlossen sie zu heiraten. Ihr Mann hatte darauf gedrungen, und das hatte ihr gefallen; ein angenehmes Gefühl war es gewesen.

Hier ging es nicht um Nachtrauern, man wollte sie. Und alles, was sie zu tun brauchte, war lächeln und zustimmen.

Er schaut von seinem Papier auf. »Du wirkst so geistesabwesend«, sagt er. Doch er hat selbst dabei einen geistesabwesenden Blick.

Ob er es jetzt riecht?

Ihr Mann hatte sich auf internationale Beziehungen spezialisiert, um in der Politik Karriere zu machen. Das war ihm gelungen, wenn auch auf anderer Ebene als ursprünglich erhofft. Er war Bezirksbürgermeister von Brooklyn geworden. Oft sagte er: »Warum soll ich vom Abgeordnetenhaus oder vom Senat in Washington träumen? Ich habe den schönsten Beruf der Welt. Ich bin die Nummer eins in Brooklyn. Und außerdem noch sehr jung.«

Seltsamerweise verkündete er das nicht nur öffentlich,

sondern auch regelmäßig daheim, und als Lea ihn einmal darauf ansprach, hatte er ihr erklärt: »Schau, auch du bist Stimmvolk. Wähler gibt es nicht nur auf der Straße, in ihren Wohnungen, in Krankenhäusern, auf dem Postamt oder der Polizeistation, sie befinden sich auch hier, in unserem Zuhause.«

Er hatte gelacht wie über einen guten Witz, doch insgeheim wusste sie: Er meinte es ernst.

»Geistesabwesend, wieso?«, fragt Lea und schneidet sich noch ein Stück Ziegenkäse ab.

Sie hört seinen Stift über das Papier gleiten, hört ihn atmen. Als sie ihn kennenlernte, war er schlank und hatte üppiges Haupthaar. Jetzt bekommt er einen Bauch, und sein Haar dünnt sich aus. Er würde gern regelmäßig ins Sportstudio gehen, doch seine Arbeit ist äußerst fordernd. Die Wähler sind anspruchsvoll, sagt er immer, wie kleine Kinder. »Ich muss an meine Wähler denken« ist eins seiner geflügelten Worte, und soweit Lea es sehen kann, ist das keine Phrase. Ihr Mann denkt ständig an seine Wähler. Und an seine Kinder. Fürs Sportstudio bleibt da wenig Zeit.

»Möchtest du noch etwas Käse?«, fragt sie. Er schüttelt den Kopf, ohne aufzusehen. Wenn er einmal gut drin ist, schreibt er an einem einzigen Abend eine Rede von zwanzig Minuten.

Doch es gibt auch Phasen, wo er keine Ideen hat, und dann schreibt jemand anders die Reden für ihn. Ein junger Mann, noch Student, der den Bezirksbürgermeister maßlos bewundert und in allerlei Angelegenheiten um Rat fragt, selbst solchen des Herzens.

Ein paar Tage vor ihrer Abreise zur Holocaustkonferenz hatte Lea sich zu einem Frontalangriff entschlossen. Mit Vorsicht und Takt hatte sie nichts erreicht, die behutsame Herangehensweise keine Früchte getragen, wahrscheinlich, weil er völlig von seiner Arbeit absorbiert war. Darum entschloss sie sich zu einer neuen Taktik. Hier an diesem Tisch hatte sie ihn gefragt: »Wissen deine Wähler eigentlich, dass du Erektionsprobleme hast?«

Er hatte sie angesehen, nicht wütend, nicht niedergeschlagen, nur erstaunt. »Was haben meine Wähler damit zu tun?«, hatte er gefragt. »Was gehen die Wähler meine Erektionen an?«

Er hatte nicht geschrien, aber doch laut gesprochen, und sie hatte gesagt: »Die Kinder, Jason! Sie schlafen endlich. Sprich nicht so laut.«

»Wie meinst du das?«, hatte er weitergefragt, jetzt etwas leiser. »Was willst du damit sagen? Mit meinen Wählern?«

»Das war ein Witz«, begütigte sie. Beide tranken sie Tee. Sie hatte für ihn gekocht, sich richtig ins Zeug gelegt. Forelle mit Mandeln. Das Rezept stammte aus einem Kochbuch ihrer Großmutter. Es gab Weißwein dazu, den ein Verkäufer in einem Weingeschäft ihr empfohlen hatte. Meist gab sie sich nicht so viel Mühe, doch wo sie sich einmal entschlossen hatte, die Potenz ihres Mannes zur Sprache zu bringen, schien es ihr eine gute Idee, ihn erst mit einem leckeren Essen zu verwöhnen.

»Ich habe Bedürfnisse«, sagte sie und verbesserte sich sofort: »Auch ich habe Bedürfnisse.«

Dieses Gespräch war ihr unangenehm, aber sie litt, sie konnte es nicht länger leugnen, und es wurde immer schlimmer. Lächerlich natürlich, fast sündig, wegen so was zu leiden, und doch war es so.

»Ja«, sagte er. »Natürlich. Wir alle haben Bedürfnisse.«

Der Teller, auf dem sie die Forelle mit Mandeln serviert hatte, stand noch auf dem Tisch. Für die Kinder hatte sie Pasta gemacht, mit Olivenöl und Käse, die Kinder aßen nichts lieber. Fisch mochten sie nicht. Fleisch eigentlich auch nicht.

»Du wolltest zu einem Arzt gehen«, sagte sie. »Das hast du mir vor Monaten versprochen.«

»Ich bin beim Arzt gewesen«, erwiderte Jason. Er sah sie mit festem Blick an, wie wenn er bei einer Rede oder auf einer Beerdigung Ernst oder Schmerz zu mimen versuchte. Er sagte ihr immer, dass er die auch wirklich empfinde, doch sie nahm es ihm nicht ab, hatte aber beschlossen, sein Spiel für die Wahrheit zu nehmen. Vor allem, weil er selber gesagt hatte, dass es der beste Beweis war, wenn die Wähler ihm glaubten. »Nur in Diktaturen wird am gesunden Menschenverstand der Bürger gezweifelt«, hatte er erklärt. »In einer Demokratie nicht. Was der Wähler glaubt, ist die Wahrheit.«

Mit einem Löffel fischte sie ein paar Mandelplättchen vom Servierteller.

»Und was hat der Arzt gesagt?«

»Wenig. Er hat mir Tabletten verschrieben.«

»Und?« Sie sah ihn an. »Hast du die Tabletten genommen?«

»Die Tabletten wirken nicht«, sagte er leise. Er schaute sie hilflos an, wie ein Kind, das befürchtet, etwas falsch gemacht zu haben.

»Was soll das heißen, sie wirken nicht?« Sie legte den Löffel zurück auf den Teller.

»Wie ich es sage. Sie wirken nicht. Es passiert nichts. Sie scheinen bei jedem zu wirken, nur nicht bei mir.«

Er sagte es mit Nachdruck, als halte er eine Rede.

Noch einmal nahm sie den Löffel und fischte die letzten Mandelplättchen vom Teller. Hunger hatte sie keinen gehabt, die Hälfte ihrer Forelle hatte sie liegen gelassen, doch die Mandeln schmeckten ihr.

»Vielleicht solltest du etwas andres probieren?«, schlug sie vor und nahm noch einen Schluck Tee. »Vielleicht solltest du Pornos gucken.«

Es fiel ihr schwer, das Wort auszusprechen, doch wo sie einmal dabei war, kam es darauf nicht mehr an.

»Mir ist dieses Gespräch unangenehm«, sagte ihr Mann. »Pornos? Ich bin Bezirksbürgermeister von Brooklyn, was meinst du, was meine Wähler sagen würden, wenn die dahinterkämen, dass ich mich an Pornographie vergreife? Stell dir nur die Schlagzeilen vor. Nein, kommt nicht in die Tüte. Pornos, Lea! Ich meine, was denkst du von mir? Und wie wäre das für die Kinder?«

»Aber es braucht doch niemand zu wissen«, antwortete Lea. »Deine Wähler brauchen doch nicht alles auf die Nase gebunden zu kriegen? Und die Kinder auch nicht. Es brauchen auch keine harten Pornos zu sein. Ein Magazin mit ein paar nackten Frauen vielleicht. Softporno.«

»Softporno?«

Softporno schien ihn noch mehr zu beleidigen als die härteren Varianten.

»Ich versuche nur mitzudenken, das ist alles.«

»Mitdenken? Lea, ich weiß besser als du, was an die Öffentlichkeit durchsickern kann, bei den Überwachungskameras überall, wir werden Tag und Nacht beobachtet, wenn die Regierung will, kann sie fast alles über uns erfahren, auch was wir in unserem Schlafzimmer tun, und das ist auch gut so. Sonst müssten die Guten für die Schlechten büßen. Wir müssen die Spreu vom Weizen trennen. Aber es geht mir gar nicht in erster Linie um die Regierung. Ich finde es eine geschmacklose Vorstellung, mir irgendwo Pornos anzugucken, wo Ava und Gabe spielen.«

»Aber du brauchst es doch nicht auf ihrem Zimmer zu tun.«

»Das hier ist ihr Zuhause, Lea. Wir haben keine Geheimnisse vor unseren Kindern. Ich finde es wichtig, dass, wenn sie mich einmal fragen: ›Papa, guckst du Pornos?‹, ich antworten kann: ›Nein, ich nicht, ich bin nicht degeneriert.‹«

»Es war nur eine Idee«, sagte sie. »Ich versuch dir zu helfen.«

Ihr Mann blickte nachdenklich an ihr vorbei, als gingen die Überwachungskameras ihm immer noch nicht aus dem Kopf, als wolle er sichergehen, dass in seiner Wohnung keine solchen Kameras hingen, dann sagte er: »Starr mich nicht so herablassend an. Ich weiß, dass du meine Arbeit verachtest. Ich weiß, dass du mich für einen ordinären Dorfbürgermeister hältst, denn alles, was nichts mit dem Holocaust zu tun hat, ist unter deiner Würde. Was kein Völkermord ist, zählt nicht für dich. Aber ich sage dir, Lea, es gibt ein Leben jenseits des Völkermords. Das Leben geht weiter, es ist weitergegangen, und das tut es noch immer, und ich bin kein Dorfbürgermeister, ich bin ein fähiger Politiker.

Dank meiner Anstrengungen kannst du dich den lieben langen Tag mit Völkermord abgeben. Wenn von deinem Buch irgendwann mal fünftausend Exemplare verkauft werden, ist das ein Wunder. Nur weil meine Karriere auf einem gesunden Fundament steht – weil meine Wahlkampfmaschine dafür gesorgt hat, dass ich gewählt worden bin, und dafür sorgen wird, dass ich wiedergewählt werde –, kannst du dich tagein, tagaus mit deinem Höß beschäftigen. Wenn wir von Höß leben müssten, wären wir arm wie Kirchenmäuse, wir müssten die Kinder zum Betteln schicken. Weil ich so hart arbeite, für dich und die Kinder, kann ich vielleicht nicht jeden Abend eine Erektion produzieren, aber muss man daraus gleich ein Problem machen? Ist das nicht normal? Wir haben Ava und Gabe. Ich muss mich um meine politische Karriere kümmern, und du nervst mich mit Erektionen, ich finde das nicht nur unangenehm und undankbar, sondern auch ein bisschen pervers.«

»Ich finde das nicht unangenehm und undankbar«, erwiderte Lea entschieden. »Und eigentlich auch nicht pervers. Ich habe nun einmal Bedürfnisse. Und du solltest auch welche haben. Menschliche Bedürfnisse.«

Doch Letzteres kam nur noch zögernd heraus. Als sei sie sich selbst nicht so sicher, was menschliche Bedürfnisse waren und was nicht.

»Woher willst du das wissen?« Die Stimme ihres Mannes klang scharf, doch auch ein wenig ängstlich. »Was verstehst du schon von Dankbarkeit? Oder davon, was normal ist? Woher weißt du, was deine Bedürfnisse sind und dass du ihnen nachgeben musst? Vielleicht ist es viel besser, das nicht zu tun. Schreib lieber noch ein Kapitel über den Holocaust, statt dich auf deine Bedürfnisse zu stürzen, wär das keine gute Idee? Lass uns mehr mit den Kindern machen. Ich unternehme lieber was mit den Kindern, als Erektionen zu produzieren, ich sag's dir ganz ehrlich.«

Seine Worte taten ihr weh. Er wusste, dass es ihr schwacher Punkt war – ihre Angst, eine schlechte Mutter zu sein, doch er vermied nicht etwa diskret dieses Thema, aus Zuneigung oder Respekt, nein: Er steuerte direkt darauf zu.

»Ich hab meine Freundinnen gefragt.«

»Deine Freundinnen. Welche Freundinnen?«

»Valeria.«

»Wer ist das?«

»Eine meiner besten Freundinnen. Sie hat vor kurzem mit ihrem Mann hier gegessen.«

»Ach, die. Und was hat sie gesagt?«

»Sie hat gesagt, es sei nicht nur eine Frage von Medikamenten, sondern auch von Experimentierfreude.«

Leas Stimme klang wieder fest, doch sie war traurig, dass er von ihrer Arbeit anfing, wo sie nun endlich seine Potenzprobleme anzusprechen wagte. Sie fand es unanständig. Ein Sakrileg.

Das Gesicht ihres Mannes erstarrte.

»Besprichst du unser Sexualleben mit deinen Freundinnen? Willst du, dass die Wähler über mein Sexualleben reden statt über meine Politik? Ich stehe im Licht der Öffentlichkeit. Ich muss mein Privatleben schützen. Was wir im Bett tun oder nicht, geht niemanden was an. Auch deine Freundinnen nicht. Experimentierfreude, Experimentierfreude! Sex ist keine moderne Erfindung, es gibt ihn schon seit zigtausend Jahren, zu aller Zufriedenheit. Man braucht daran nicht mehr herumzudoktern.«

Ihr Mann starrte auf den Teller, auf dem sie die Forelle serviert hatte. Er hatte die Stimme erhoben, beinahe geschrien.

»Ich hab ganz allgemein mit Valeria darüber geredet. Ohne Namen zu nennen.«

Jason schnaubte. »Was soll das heißen, ohne Namen zu nennen? ›Mein Mann kriegt keinen mehr hoch, aber ich sag nicht, wer es ist?‹ Wie viele Männer hast du? Impotenz ist ein heikles Thema für einen Politiker. Du bringst es fertig, meine politische Karriere zu ruinieren, nur weil ich dich nicht jeden Abend bespringe. Vielleicht hat deine Mutter ja doch recht. Sie hat mich vor dir gewarnt. Vor unserer Trauung hat sie zu mir gesagt: ›Jason, meine Tochter kennt keine Skrupel.‹ Damals hab ich nur freundlich gelacht, aber sie hatte recht.«

»Denk an die Kinder!«, antwortete Lea. »Du redest so laut. Und nicht jeden Abend, das verlange ich gar nicht von dir. Aber schon seit vier Monaten! Seit über vier Monaten nicht. Fast fünf. Noch ein bisschen, und es ist ein halbes Jahr.«

»Führst du darüber Buch?« Er sah sie voll Abscheu an.

»Ich führe nicht Buch, ich hab ein Gedächtnis.«

»Vier Monate!« Er schüttelte den Kopf.

»Fast fünf!«

»Vielleicht liegt es an dir«, sagte er nachdenklich. »Daran, wie du mich ansiehst – die Verachtung in deinem Blick würde jedem Mann den letzten Mut rauben. Ich weiß, dass du mich nicht intelligent findest, dass du auf mich herabblickst, auf mich und alles, wofür ich stehe, aber die Wähler von Brooklyn wissen, was sie tun, und die schauen nicht auf mich herab. Du kastrierst mich mit deinem Blick. Wenn ich die Wähler nicht hätte, wäre mein Selbstvertrauen schon ganz ruiniert.«

»Aber wie schaue ich denn?«, fragte sie.

Sie überlegte, ob sie ihn vielleicht wirklich liebevoller anschauen müsste. Sie liebte ihren Mann, ganz bestimmt, doch den ganzen Tag lieb zu gucken, schaffte sie nicht. Auf jeden Fall wollte sie nicht mit ihm streiten, sie wollte das Problem lösen.

»Kastrierend«, sagte ihr Mann. »Wie ich schon sagte. Du bist ein kastrierendes Wesen.«

»Ich versuche grad, lieb zu gucken.«

»Das nennst du lieb? Du guckst wie ein Henker.«

Einen Moment lang wusste sie nicht, was sie antworten sollte. Sie starrte auf ihre Fingernägel, die sie erst kürzlich anlässlich einer Hochzeit hatte maniküren lassen. Vielleicht war die Starre im Gesicht ihres Mannes keine Wut, sondern Schmerz. Ein Schmerz, den sie nicht begriff – sie hatte ihm doch gar nichts getan? Ein Henker. Das Wort war gefallen, es war wie ein Peitschenhieb.

»Ich finde dich intelligent«, sagte sie. »Manchmal bist du ein bisschen oberflächlich. Aber vielleicht ist das unvermeidlich in deinem Beruf. Du liest weniger als früher, aber vielleicht ist auch das unvermeidlich. Du hast dich verändert, aber auch das nehme ich dir nicht übel.«

»Genau das meine ich«, sagte ihr Mann. »›Ein bisschen oberflächlich.‹ Das denkst du, wenn du mich siehst: Mein Mann ist ein bisschen oberflächlich, aber das nehme ich ihm nicht übel. So krieg ich nie eine Erektion. Kein Mann würde eine Erektion kriegen, wenn seine Frau ihn ›ein bisschen oberflächlich‹ findet. Ich hätte gern das Gefühl, dass ich was zustande bringe, vor allem in meinem eigenen Bett. Mir ist die Idee wichtig, dass ich jemand bin. Und weißt du, was das Verrückte ist? Meine Arbeit *gibt* mir das Gefühl, und meine Kinder auch, nur meine Frau weigert sich, es anzuerkennen. Tut mir leid, dass ich dir das so unverblümt sagen muss, aber wo du aufkreuzt, sinkt jede Erektion verschreckt in sich zusammen.«

Sie senkte den Blick auf ihren Teller, räumte ihn weg, wie auch den ihres Mannes, brachte das Geschirr in die Küche und weinte, ohne recht zu wissen, warum. Nicht, weil Jason gesagt hatte, dass jede Erektion vor ihr verschreckt in sich zusammensinke. Das war es nicht, aber warum sie dann weinte, war ihr ein Rätsel. Vielleicht, weil er das mit dem Henker gesagt hatte. Mit einem Geschirrtuch trocknete sie sich die Tränen.

Was er auch gesagt hatte – egal, es war nicht schlimm; er würde sich beruhigen. Es war ihm herausgerutscht, im Eifer des Gefechts. Sie durfte es sich nicht so zu Herzen nehmen.

»Möchtest du Kaffee?«, rief sie aus der offenen Küche hinüber, nachdem sie in den Spiegel geschaut und sich vergewissert hatte, dass an ihren Augen nichts mehr zu sehen war. »Oder lieber Tee?«

Es kam keine Antwort. Sie ging an den Esstisch zurück und setzte sich neben ihren Mann. Einen Moment lang blieben sie so sitzen. Schweigend. Der Servierteller stand immer noch auf dem Tisch. Ohne ihren Mann anzusehen, legte sie ihm die Hand in den Schritt. Sie knetete und knetete. Doch keinerlei Regung. Sie warf ihm einen kurzen Seitenblick zu. Er starrte immer noch vor sich hin, in Gedanken versunken, nicht richtig entspannt, doch auch nicht mehr verkrampft.

Sie kniete sich neben seinen Stuhl, öffnete den Reißverschluss seiner Hose, holte sein schlaffes Glied heraus und steckte es sich in den Mund. Das einzige männliche Geschlechtsteil, das sie in all den Jahren ihrer Ehe berührt, das einzige, das sie von nahem gesehen hatte, bis auf die paar Mal, als sie im Internet nach frauenfreundlichen Pornos gesucht hatte.

Lea merkte, dass ihr noch ein Mandelplättchen zwischen den Zähnen hing. Mit der Zunge entfernte sie es und schluckte es hinunter. Dann begann sie, am Glied ihres Mannes zu saugen, sie saugte und saugte, dachte an ihre Kinder, an die Universität, wo sie ihren Mann kennengelernt hatte, an den Clown, an ihr Buch, ihre Freundinnen, doch es regte sich nichts. Sie saugte fester, gab sich die größte Mühe. Sie hörte nicht auf. Bis ihr Mann plötzlich rief: »Aua! Du tust mir weh.«

Sie nahm das schlaffe Glied aus dem Mund.

»Mit den Zähnen!«, sagte Jason. »Hast du niemals gelernt, dass man dabei nicht die Zähne nehmen darf?«

Er stand auf, stopfte sein Glied zurück in die Hose und brachte seine Kleidung in Ordnung.

Dann setzte er sich wieder.

Sie stand neben ihm, wischte sich den Mund ab.

»Möchtest du Tee oder Kaffee?«, wiederholte sie ihre Frage vom Anfang.

»Nein danke«, sagte er.

Er nahm ihre Hand. »Es geht um Ava und Gabe«, sagte er leise. »Allein schon ihnen zuliebe sollten wir darauf achtgeben, dass unsere Ehe intakt bleibt. Ein bisschen weniger Sex ist nicht schlimm.«

Im Bad hatte sie ihre Kontaktlinsen herausgenommen und ihre Brille aufgesetzt. Dann hörte sie Ava schreien. Die Kleine hatte regelmäßig Alpträume.

Während sie ihrem Mann gegenübersitzt, am Tisch mit der Flasche Wein und dem Käseteller, muss sie an dieses Gespräch denken. Sie hat es probiert, doch es hat nichts genutzt. Sie wird die Sache noch einmal ansprechen, sosehr es ihr auch gegen den Strich geht. Wenn sie ihre Ehe retten will, bleibt ihr nichts anderes übrig.

»Ich hab in Frankfurt einen netten Wirtschaftswissenschaftler kennengelernt«, sagt sie. »Hab ich dir schon erzählt, nicht wahr?«

»Wo wohnt er?«, fragt ihr Mann.

»In Fairfax, wenn ich mich nicht irre«, sagt sie.

»Fairfax, sieh an, ist es dort auszuhalten?«, fragt ihr Mann. Er wartet ihre Antwort nicht ab, sondern vertieft sich wieder in seine Rede. Jetzt müsste sie etwas sagen, jetzt etwas tun. »Lass uns miteinander schlafen«, müsste sie sagen, »es ist schon so lange her.« Und während er in sie eindränge, würde sie an Sven Durano denken, den hochgewachsenen Schweizer, der sowohl Wirtschaftswissenschaftler als auch Historiker ist. Oder vielleicht doch lieber an Roland, sie fragt sich, wie er wohl ohne Kleidung aussieht, ob er auch nackt die freundliche Distanz wahren würde, hinter der sie eine negative Lebenseinstellung vermutet, bei der es sie eiskalt anweht. Und trotzdem, so unlogisch es sich auch anhört, wo Eis ist, muss es auch Feuer geben.

»Fairfax«, sagt Jason Ranzenhofer. »Tja, da wohnen auch Menschen.« Er wirft ihr einen kurzen Blick zu, in dem fast eine Art Zärtlichkeit liegt.

3

Es ist ein warmer Abend für die Jahreszeit. Violet hatte schon in der Jacke auf dem Bürgersteig gestanden, hat sie dann aber doch zu Hause gelassen.

Jetzt sitzt sie auf der Terrasse von De Ijsbreker. Sie schlendert gern abends durch die Stadt, gegen zehn Uhr, nach dem Essen. Manchmal nimmt sie ein Buch mit und setzt sich in ein Lokal. Heute Abend hat sie sich im Ijs-breker mit Mirjam verabredet. Sie hatte das Bedürfnis nach einem Gespräch. Auf Murakami konnte sie sich nicht konzentrieren.

Es gibt Tage, an denen Mirjam ihr auf die Nerven geht, weil sie so viel redet. Heute Abend jedoch war das für sie eine beruhigende Aussicht. Ein Strom von Worten, den auch das Schweigen des Gesprächspartners nicht zum Versiegen bringt. Man wartet in aller Ruhe ab, bis man Gelegenheit bekommt, etwas zu sagen.

Jeder zweite Tisch auf der Terrasse ist noch frei.

Mirjam liest massenhaft Selbsthilfebücher. Manchmal

fragt Violet sich, wie eine studierte Frau nur solche Bücher lesen kann, und dann noch in diesen Mengen, aber sie hat gemerkt, dass viele studierte Leute das tun. Studieren reduziert das Bedürfnis nach Hilfe offenbar nicht.

Sie sieht, wie Mirjam angefahren kommt, und schaut zu, wie sie ihr Rad anschließt. Sie wirkt ungepflegt, doch das ist nur Show, ein Look, wie um zu zeigen, dass sie Kosmetik nicht nötig hat. Violet weiß es besser.

»Wie geht's deinem Liebhaber?«, fragt sie, als Mirjam sich neben sie gesetzt und ein Glas Wein bestellt hat. Eigentlich möchte sie selbst etwas erzählen, aber sie findet es unhöflich, sofort davon anzufangen. Sie will eine gute Freundin sein.

Mirjam greift in eine Schale mit Nüssen. Sie kaut rhythmisch und konzentriert. »Gut«, sagt sie mit halbvollem Mund. »Grad hat er wieder eine Nachuntersuchung gehabt, und sie haben nichts mehr gefunden. Da ist er zu mir gekommen, und wir haben das gefeiert.«

»Toll!«, sagt Violet.

»Toll« ist vielleicht nicht die angemessenste Bemerkung zum Verschwinden von Krebs, doch im Moment fällt ihr nichts Besseres ein. »Das freut mich aber« ist womöglich noch schlimmer.

Sie selbst hat Mirjams Liebhaber auch als Dozenten gehabt. Er gab Kunstgeschichte. Soweit sie weiß, tut er das noch immer, trotz seiner Krankheit. Die Kunstgeschichte ist sein Leben, Frau und Geliebte sind Nebensache. Wenn sie sich richtig an Mirjams Geschichten erinnert, betrachtet er seine zwei Kinder als unwürdige Untersuchungsgegenstände, weshalb sie mit wenig Beachtung zufrieden sein müssen.

»Wie alt ist er jetzt eigentlich?«, fragt sie. »Neunund-fünfzig? Sechzig?« Sie denkt an seine Seminare, die waren interessant. Er war einer der besseren Dozenten, doch das ist noch kein Grund, gleich mit jemandem in die Kiste zu springen.

»Einundsechzig«, sagt Mirjam. »Weißt du, es hört sich vielleicht komisch an, aber sein einziges Problem ist der Hintern.«

»Was ist denn so komisch an seinem Hintern?«

Violet nimmt auch ein paar Nüsse. Sie weiß nicht, ob sie den Hintern von Mirjams Geliebtem diskutieren will, doch das ist eben Freundschaft: Manchmal bespricht man auch den Hintern des Geliebten der Freundin.

»Na, davon ist nicht mehr viel übrig«, sagt Mirjam. »Er hängt, er ist total eingefallen, wenn du's genau wissen willst. Aber von vorn ist er noch prima in Schuss.«

»Eigentlich will ich's nicht so genau wissen«, antwortet Violet.

Offensichtlich hört Mirjam nicht zu. »Manchmal fragen mich Leute: ›Wie ist es eigentlich, mit so einem alten Mann zusammen zu sein?‹, und dann sage ich immer: ›Von vorn ist er noch prima in Schuss.‹ Ja, er hat einen kleinen Bauch, aber wer hat das nicht? Der Hintern, das ist 'ne andre Geschichte. Das Verrückte ist, wenn man ihn einmal nackt gesehen hat, sieht man's auch durch die Hose, den Hintern meine ich: der schlaffe, hängende Hintern von einem alten Mann.«

Mirjam arbeitet für die Stadt. Sie entwirft Spielplätze, kleine Parks und andere Grünanlagen.

»Dann schaust du ihm eben nicht auf den Hintern«, schlägt Violet vor.

»Das tu ich auch so wenig wie möglich. Aber dann sag ich mir: Der Mann hat Krebs gehabt. Der Mann war fast tot. Dann kann man ja schlecht zu ihm sagen: ›Tu mal was für deinen Hintern.‹ Er konnte fast nichts mehr, kaum noch Sex haben, so jemanden kann man nicht ins Fitnessstudio schicken. Also zwinge ich mich, seinen Hintern anzusehen, und sage mir: Er sieht gut aus.«

Violet lässt den Blick über die Amstel schweifen. Zwei Ruderboote gleiten vorbei. Sie hat auch mal gerudert, aber das ist lange her. Sie hat keine Zeit mehr dazu.

»Aber bloß, weil jemand hätte sterben können, muss man doch nicht alles schön an ihm finden?«

»Doch«, sagt Mirjam. »Du hast noch nie mit wem im Bett gelegen, der dachte, dass er nur noch ein paar Tage zu leben hat, der in dich eindrang, auf einmal völlig erstarrte und zu dir sagte: ›Vielleicht ist das heute das letzte Mal, vielleicht bin ich nächste Woche hinüber.‹«

»Nein, das hab ich noch nie erlebt«, sagt Violet. »Gott sei Dank nicht.«

Das Schälchen mit Nüssen ist fast leer.

»Es stimmt schon«, meint Mirjam, »dass ein Mann in seinem Alter im Bett manchmal mehr verspricht, als er halten kann. Aber das wird durch andere Dinge wettgemacht.«

»Wodurch denn?«, fragt Violet.

»Durch Rührung zum Beispiel.«

Mirjam sagt das, als sei Violet dumm, dass sie nicht von selbst darauf gekommen ist. Rührung. Natürlich! Als liege es auf der Hand: Wo Sex in die langsamere Gangart wechselt, lugt hinterm Bettpfosten Rührung hervor.

»Letztes Mal zum Beispiel, als er bei mir war, hat er gesagt: ›Weißt du, Mirjam, du hast mein Sexualleben gerettet.‹ Das fand ich so rührend. Davon musste ich weinen.«

»Oh«, sagt Violet. »Weil sein Sexualleben wieder in Ordnung war oder weil du das gemacht hast?«

»Und dann sagte er noch, ich hätte ihm über den Krebs hinweggeholfen.«

»Jemandem über den Krebs hinweghelfen finde ich eine größere Leistung als sein Sexualleben retten. Ohne Sex kann man prima leben, mit Krebs ist das einigermaßen schwierig.«

Violet merkt, dass sie schlechte Laune bekommt. Warum kann sie nicht großzügiger sein? Warum nicht denken: So ist Mirjam nun mal. Sie hat viele gute Eigenschaften. Im Moment fällt Violet zwar keine ein, aber das liegt daran, dass ihr andere Gedanken durch den Kopf gehen.

Mirjam erwidert: »Die zwei Sachen kannst du nicht miteinander vergleichen. Natürlich hat seine Frau ihn während der Krankheit auch unterstützt. Das will ich nicht leugnen. Aber einmal hat er gesagt, dass er erst durch mich wieder mit seiner Frau ins Bett gehen konnte. Zwischen den beiden lief schon seit Jahren nichts mehr.«

»Und wie fandest du das?« Mirjam macht sie immer ein bisschen kribbelig, aber heute ist es schlimmer als sonst.

»Dass er durch mich wieder mit seiner Frau schlafen kann?«, fragt Mirjam. »Ja, zuerst war das natürlich kein so angenehmer Gedanke. Ich hab die Frau mal kennengelernt.«

»Ich auch«, sagt Violet. Fast automatisch greift sie in die Schale mit Nüssen, als würden Nüsse beruhigen. Doch die Schale ist leer.

»Seine Frau ist ziemlich alt. Ich meine: *echt* alt, so Typ Rentnerin. Erst dachte ich, Herrgott, dass er's mit der noch kann! Was bin ich dann für ihn, wenn's mit ihr auch geht? Verstehst du? Aber dann hat er mir erklärt, dass er immer an mich denkt, wenn er mit seiner Frau schläft. Und seitdem fand ich es nicht mehr so schlimm. Dann ist es doch, als ob er's mit mir machen würde? Im Bett mit ihr, das ist für ihn nur mechanisch, weil er sich wegen seines Glaubens nicht von ihr scheiden lassen kann.«

Es ist wirklich ein schöner Abend. Wahrscheinlich der letzte des Jahres, an dem man noch ohne Jacke draußen sitzen kann, der letzte, an dem die Wirte überhaupt noch Stühle hinausstellen.

»Ich wollte dir auch was erzählen«, sagt Violet.

»Wie man's auch dreht und wendet, ich hab sein Sexualleben gerettet, und das macht mich stolz«, sagt Mirjam nachdenklich.

Violet nickt.

»Und weißt du«, fährt Mirjam fort, »oft bleibt er nach dem Sex noch einen Moment liegen, und dann korrigiert er Examensarbeiten. Das find ich so romantisch. Dann kraul ich ihm immer ein bisschen den Rücken, während er seine Arbeiten korrigiert.«

»Romantisch«, sagt Violet. Sie will noch ein Glas Wein bestellen, aber der Kellner lässt sich nicht blicken. Zum ersten Mal, seit sie Mirjam kennt, fragt sie sich, ob ihre Freundin noch völlig normal ist.

»Und er kriegt einen Enkel.«

»Er wird Opa?«

»Er kriegt einen Enkel.«

»Du hast eine Beziehung mit einem Mann, der drauf und dran ist, Opa zu werden?«

»›Drauf und dran‹, das klingt, als bastele er sich seinen Enkel zusammen – wie in einer Fabrik. Nein, es geht ganz von allein. Seine älteste Tochter ist schwanger. Herrgott noch mal, Violet, warum musst du alles immer so negativ sehen? Ein Mensch darf doch einen Enkel bekommen? So merkwürdig ist das nicht.«

Violet zuckt mit den Schultern.

»Ich bin mit einem anderen Mann im Bett gewesen«, sagt sie.

»Womit?«

»Mit einem anderen Mann«, sagt Violet mit Nachdruck.

»Nur so drin rumgelegen?«

Mirjam redet so laut, dass die halbe Terrasse es hört.

»Nein, nicht nur drin rumgelegen«, sagt Violet. »Natürlich nicht.«

»Und warum erzählst du mir das erst jetzt?«

Weil du Trulla mir keine Gelegenheit dazu gegeben hast, würde sie gerne sagen, doch stattdessen antwortet sie freundlich: »Es ist eine neuere Entwicklung.«

»Neuere Entwicklung. Aha, und jetzt?«, fragt Mirjam.

»Keine Ahnung«, sagt Violet. »Aber ich glaube nicht, dass ich weitermache.«

»Womit?«

»Mit dem anderen Mann. Mit ihm ins Bett zu gehen.«

Mirjam beginnt zu flüstern. »Alle Spuren verwischen! Das sagt er auch immer zu mir: ›Unser Geheimnis lebt vom Spurenverwischen. Für einen Dozenten der Kunstgeschichte hört sich das vielleicht komisch an, aber ich will meiner Frau nicht weh tun.‹ Und dann sag ich zu ihm: ›Das kann ich verstehen. Ich will deiner Frau auch nicht weh tun, ich hab nichts gegen sie.‹ Das musst du jetzt auch machen, Violet, Spuren verwischen, glaub mir.«

»Ich hab es ihm schon erzählt.«

»Roland?«

»Ja.«

»Und was hat er gesagt?«

»Nicht viel.«

»Nicht viel?«

»Nein. Er wollte die Details wissen. Er wollte wissen, wie der andere es mir mit der Hand gemacht hat.«

»Ist er nicht völlig ausgerastet?«

»Nein, ich glaub nicht, er war so wie immer. Nicht ausgerastet.«

»Also ich würde ausrasten«, sagt Mirjam.

»Es hat ihn angemacht.«

»Angemacht?«

»Ich glaube, er fand es erregend.« Violet sieht den Kellner. »Möchtest du noch einen Wein?«, fragt sie ihre Freundin.

Mirjam versinkt in Gedanken. »Das würde ich eigentlich auch gern mal, mit einem anderen Mann. Aber dann denke ich mir: Mein Leben ist so schon kompliziert genug. Und ich will ihm nicht weh tun. Ich tu schon so vielen Leuten weh, ohne es zu wollen – wenn die wüssten! Seiner Frau, seinen Kindern, und jetzt bald seinem Enkel. Ich will nicht noch mehr Leuten weh tun.«

»Möchtest du noch einen Wein«, fragt Violet zum zweiten Mal.

»Okay, aber nur noch einen. Bei mir an der Arbeit ist momentan die Hölle los. Ich will nicht zu spät ins Bett.«

Violet bestellt zwei Gläser Wein.

»Ich hab die Austauschbarkeit nicht mehr ertragen, das hohle Gefühl, das Roland mir immer vermittelt«, sagt Violet. »Wenn ich da war, war's gut, aber wenn ich nicht da war, war es auch in Ordnung.«

Mirjam schaut sie verdutzt an. Sie weiß offenbar nicht, was sie sagen soll.

»Wie fandest du eigentlich das Buch von Murakami, das ich dir geschenkt habe?«

»Ich lese es gerade. Es ist ziemlich dick. Mirjam, ich rede davon, dass ich mich austauschbar fühle. Dass es egal ist, ob ich da bin oder nicht.«

Sie möchte nach Hause. Verzweiflung überkommt sie. Beide folgen mit dem Blick einer Frau, die mit einem schlafenden Kind auf dem Arm vorbeiläuft.

Sie will ihren Wein nicht mehr trinken. Sie möchte nach Hause, sich aufs Bett werfen und lang und laut heulen.

»Wie auch immer«, sagt Violet, »an Sex kommt man überall ran. Nützlich zu wissen.« Wie ein Bauer, der sagt: »Voriges Jahr war die Ernte verregnet, aber dieses Jahr wird sie reichlich.«

4

Sylvie hat den Tisch gedeckt, ein altes Modell von Ikea, das schon seit Jahren nicht mehr verkauft wird. Sie hat die Rosen nachgeschnitten und in frisches Wasser gestellt. In Lysanders kleiner Küche hat sie gekocht, Brathähnchen mit Reis, vor allem, weil Jonathan Hähnchen gern mag.

Ihr Sohn hat ihr beim Schneiden der Tomaten geholfen. Das kann er schon gut. Vor ein paar Wochen hat sie seinem Vater stolz erzählt, wie hilfreich Jonathan in der Küche ist. Sowie er die Tomaten fertiggeschnitten hatte, spielte er mit seinen Playmobil-Figuren weiter, die er von zu Haus mitgebracht hatte.

Lysander liegt immer noch auf dem Bett im abgedunkelten Schlafzimmer. Sie ist zu ihm gegangen, hat ihn angesprochen, doch keinerlei Reaktion. Sie hat ihm gedroht, doch als auch das keinen Erfolg brachte, hat sie in der Küche angefangen zu kochen.

Auch Jonathan war bei Lysander und muss gefragt haben: »Willst du mit mir spielen?« Vermutlich war Schweigen die Antwort. Er kam zu ihr in die Küche und sagte: »In Lysanders Zimmer stinkt's, Mama!«

Wenn sie bei Lysander kocht, bringt sie die Utensilien meist von zu Hause mit, denn Lysander hat nur das Allernötigste. Keine Reibe zum Beispiel, keine Knoblauchpresse.

Sie holt die Presse aus ihrer Tasche und beginnt, Knoblauch für den Salat zu zerquetschen.

Neben ihr auf dem Boden steht Jonathans Kaninchenrucksack. Eben hat sie hineingeschaut. Ihr Sohn hat die Birne nicht angerührt.

»Warum hast du die Birne nicht gegessen?«, fragt sie.

Sie versteht nicht, warum die Lehrerin auf so was nicht achtet.

Keinerlei Reaktion.

»Antworte mir«, sagt sie, während sie weiter den Knoblauch zerquetscht, »du bist nicht Lysander.«

Sie bringt die Servierplatte mit dem Hähnchen ins Esszimmer, dann den Topf mit dem Reis. Dann tut sie das Essen auf die Teller, setzt sich und sagt: »Jonathan, hol Lysander.«

Das Kind geht in Lysanders Zimmer, sie wartet. Sie schaut auf die Teller, denkt an die Patienten, die sie heute behandelt hat, sieht deren Zähne vor sich.

Jonathan ist aus dem Schlafzimmer zurück. »Er kommt nicht«, sagt er. »Er will schlafen.«

»Gut«, sagt Sylvie, »dann essen wir eben allein.«

Sie führt die Gabel zum Mund. Sie schmeckt nichts, doch sie isst weiter.

»Setz dich«, ruft sie Jonathan zu. »Und iss!«

Ihr Sohn steht vor dem Tisch und träumt, wie heute Morgen. So wie fast jeden Morgen, sollte sie sagen. Wenn es nach ihm ginge, bräuchte die Schule erst um elf Uhr anzufangen.

Endlich setzt er sich hin, sie hat das Hähnchen für ihn geschnitten, doch sie schaut das Kind nicht an, ihr Blick schweift über den Reis, die knusprige Haut ihres Hähnchens und den Salat mit dem Knoblauch, und bei diesem Anblick beginnt sie zu weinen. Sie isst weiter, doch die Tränen hören nicht auf.

Auf einem Stück Hähnchen kauend, wendet sie den Kopf ab. Sie versucht, sich auf den Geschmack des Essens zu konzentrieren, doch ohne Erfolg.

»Warum weinst du, Mama?«, fragt Jonathan.

Mit vollem Mund steht sie auf, geht Richtung Schlafzimmer, öffnet die Tür und ruft: »Du kommst jetzt zum Essen! Raus aus dem Bett! Ich hab gearbeitet und gekocht. Und du machst nichts. Alles hat seine Grenzen. Depressionen sind keine Entschuldigung. Hörst du? Depressionen sind keine Entschuldigung!«

Doch der Mann im Bett rührt sich nicht, und weil es so dunkel im Zimmer ist, sieht es einen Moment lang so aus, als sei das Bett leer.

»Ich gebe dir eine letzte Chance!«, ruft sie. »Du kommst jetzt an den Tisch – oder ich gehe. So läuft das nicht, das kannst du nicht machen, schon wegen Jonathan.«

Sie eilt ins Wohnzimmer zurück und hebt ihren Sohn vom Stuhl. »Komm, los, wir gehen«, sagt sie.

In der Küche steckt sie den Kaninchenrucksack und die Knoblauchpresse in ihre Einkaufstasche. Sie sucht die Playmobil-Figuren zusammen, die überall auf dem Boden herumliegen.

»Und das Essen, Mama?«, fragt Jonathan.

»Nimm dir eine Hähnchenkeule mit«, sagt sie.

Den Rest des Essens lässt sie auf dem Tisch. Soll er sich drum kümmern. Oder die Mäuse.

Sie laufen die Grachten entlang. Jonathan schweigt, die eine Hand fest in der seiner Mutter, die andere umklammert die Hähnchenkeule.

Es dauert mindestens zehn Minuten, bis sie ein Taxi bekommen. Wie in Trance nennt Sylvie die Adresse ihrer Praxis in Buitenveldert. Sie will sich noch berichtigen, doch es ist schon zu spät. Macht nichts, auch gut.

Jonathan sagt nichts. Er schaut aus dem Fenster. Einen Moment meint man, er sei eingeschlafen, doch kurz vor der Ankunft öffnet er die Augen und fragt: »Und was machen wir jetzt?«

Auf dem Fußabtreter vor der Praxis liegt Reklame. Morgen wird die Helferin sie aufheben und wegwerfen.

Um diese Uhrzeit war sie schon lange nicht mehr hier. Vor einigen Jahren hat ein Patient ihr die Praxis zu einem Freundschaftspreis gemalert. Abends war sie mit ein paar Dosen Bier zur Erfrischung vorbeigekommen und natürlich auch, um die Fortschritte zu begutachten.

Es fühlt sich merkwürdig an, so spät am Abend noch einmal herzukommen.

Ohne das Licht anzuschalten, setzt sie sich mit Jonathan ins Wartezimmer.

Sie starrt auf den Tisch mit den Zeitschriften.

Sylvie rasen Gedanken durch den Kopf, doch schon im nächsten Moment sind sie wieder vergessen. So wie man träumen kann, ohne sich zu erinnern, und nach dem Erwachen nur noch weiß, dass man geträumt hat.

Durch das Fenster scheint das Licht einer Straßenlaterne herein.

In der Einkaufstasche sucht Sylvie nach ihrem Terminkalender, findet aber nur die Knoblauchpresse und die Playmobil-Figuren.

Mechanisch beginnt sie, die Presse zu öffnen und wieder zu schließen, als wollte sie Knoblauch zerquetschen.

»Das ist doch dein Wartezimmer, Mama?«, fragt Jonathan.

»Ja«, sagt sie.

Immer noch macht ihre Hand die Presse auf und zu. Das beruhigt sie.

»Warum warten wir hier?«, fragt Jonathan. Er hat seine Hand auf ihren Oberschenkel gelegt. In der anderen hält er noch immer die Keule.

Sie weiß nicht, was sie antworten soll. Warum warteten sie hier? Warum dies? Warum das? Alles muss man immer erklären, alles wird ständig in Frage gestellt.

»Weil wir dabei sind, verrückt zu werden«, sagt Sylvie.

»Okay, Mama«, meint Jonathan.

5

Von Newark hat Roland den Zug nach Washington D.C. genommen. Ab Union Station muss er mit der U-Bahn weiter Richtung Fairfax. In DC haben die U-Bahnen Farben, keine Buchstaben oder Nummern. Erst muss er die rote Linie nehmen, dann auf Orange umsteigen, bis zur Endhaltestelle Vienna. Jedes Mal, wenn er diese Strecke fährt, denkt er: Endstation Wien. Es hat etwas Romantisches und Beruhigendes. Als sei Europa um die Ecke.

Ab Vienna muss er ein Taxi nehmen. Ein Auto hat er nicht, einen Führerschein ebenso wenig.

Obwohl er schon gut drei Jahre an der George Mason

University lehrt, wohnt er noch immer in einem Best Western Hotel, was einige seiner Kollegen stark an ihm zweifeln lässt. An seinem gesunden Menschenverstand. Doch das ist nur freundschaftliches Gefrotzel, das im Kollegium, an der Fakultät für Wirtschaftswissenschaften zumindest, gang und gäbe ist.

Ein Apartment wäre natürlich billiger, und er hätte auch Zeit gehabt, eines zu suchen, doch hatte er einfach keine Lust.

»Das ist ein Best Western, nicht *das* Best Western«, hatte ein Kollege bemerkt, als er Roland Oberstein einmal vor seinem Hotel absetzte.

Nicht *das* Best Western, nein, aber für ihn gut genug. Vielleicht hatte er die Pointe nicht verstanden, oder vielleicht war es auch kein Witz.

Am Wochenende fährt er immer nach New York, wo er ein kleines möbliertes Apartment gemietet hat, an der Upper West Side, von einer Dame, die die Wohnung über sich ursprünglich für ihren Sohn gedacht hatte, der aber nach Singapur versetzt worden war.

Die ersten Wochen in Fairfax hatten ihn entgegen aller Erwartungen deprimiert. Eine Schlafstadt. Wo die Studenten sich abends herumtrieben, wusste niemand. Auf dem Campus, vermutete er. Doch danach zu fragen schien ihm keine gute Idee.

Abends las und arbeitete er auf seinem Hotelzimmer, das alles zu bieten hatte, was ein Hotelzimmer ausmacht. Ein Bad, ein Bett, einen Schreibtisch, einen Bürostuhl, einen Schrank.

Er hatte gehofft, dass der Mangel an Zerstreuung seine

Forschung vorantreiben würde und er nun endlich sein Buch über die Geschichte der Blasenbildung abschließen könnte. Doch nach circa drei Monaten merkte er, dass auch ein schlichtes Hotelzimmer seine Versuchungen hat. Immer früher legte er sich abends in die Wanne und blieb immer länger darin liegen. Er war gezwungen, die Bodylotion zu benutzen, die ein Zimmermädchen jeden Morgen in einem kleinen Fläschchen auf den Waschbeckenrand stellte, so sehr trocknete das Wasser seine Haut aus.

Er las in der Wanne, doch manchmal fielen ihm die Augen zu, dann legte er die Zeitschrift oder das Buch beiseite und gönnte sich ein Schläfchen.

Eine Zeitlang suchte er, wenn auch nicht gerade mit Hochdruck, eine Wohnung im nahe gelegenen Washington, bis es ihm schließlich besser erschien, die Wochenenden in New York zu verbringen und unter der Woche im Best Western zu bleiben. Nach zähen Verhandlungen mit dem Hotelmanagement hatte er 25 % Skonto auf den Zimmerpreis herausschlagen können und 5 % auf das Frühstück, obwohl das ohnehin wenig taugte. Dünner Kaffee, trockene Muffins, altes Brot, das man selbst toasten konnte – wenn der Toaster funktionierte zumindest. Vielleicht wäre ein Apartment auch jetzt noch billiger gewesen, doch diese Lösung war komfortabler. Er lebte wie ein Student, oder besser gesagt: wie jemand, der ständig mit seiner Ausweisung rechnet. In Fairfax hatte er sich freiwillig ins Exil begeben. Ein Unistandort in Gestalt einer Vorstadt. In der Nähe von Washington D.C. und doch am Ende der Welt. Im Frühling, im Sommer und im Herbst machte die Hügellandschaft einen freundlichen Eindruck, zumindest an sonnigen Tagen. Allmählich hatte er sich an seine neuen Kollegen gewöhnt, an die Weite, die Stille, seine nur langsam vorangehende Forschung, das Best Western. Ohne dass es viel Anlass dazu gegeben hätte, war er hier zufrieden. Für jemanden, der wusste, dass man sich nur wünschen darf, was man bekommen kann, war die Umgebung hier wie geschaffen. Ein Exil, zumal ein selbstgewähltes, durfte man nicht romantisieren. Und doch: Wenn das Leben eine Vorbereitung auf den Tod sein sollte, war ein Aufenthalt in Fairfax geradezu ideal.

An den Wochenenden hatte er New York, wo er ab und zu ins Theater ging oder ins Kino und in der Wohnung seiner freundlichen, aber etwas aufdringlichen Vermieterin seine Arbeit fortsetzte. Manchmal störte sie ihn und kam auf ein Schwätzchen herein. Das Alter habe sie einsam gemacht, erklärte sie, doch Oberstein hatte die stille Vermutung, dass sie eigentlich schon immer einsam gewesen war und nur eine bequeme Entschuldigung suchte.

Die Orange Line fährt das letzte Stück über der Erde. Oberstein sieht, dass Violet ihm eine Nachricht geschickt hat. Die Mitteilung »Schläfst du schon? xx« ist kein Grund, sofort zurückzurufen, aber vielleicht wäre es trotzdem nett.

Er möchte immer gern nett sein, wie er auch seinen Studenten gegenüber seine Pflicht nicht gern versäumt. Ohne sich dabei Gewalt anzutun, strebt er danach, ein angenehmer Zeitgenosse zu sein.

Kurz muss er an Bergstrom denken, Paul Bergstrom, einen Kollegen von der George Mason, der bei jedem Wetter am liebsten in kurzen Hosen herumläuft. Einmal hat er Bergstrom gefragt, was die Studenten von seinen nackten

Beinen hielten, worauf der ihn fixierte und sagte: »Wissen verleiht Autorität, nicht die Kleidung.« Offenbar hielt Kollege Bergstrom ihn für einen ordinären Blender, weil er stets lange Hosen und an der Uni oft ein Oberhemd trug.

Kurz vor Vienna beschließt Oberstein, Violet anzurufen. In den Niederlanden ist es halb zwei. Vielleicht ist sie noch wach.

Violet nimmt ab. Sie sagt, sie könne nicht schlafen.

»Wo bist du?«, fragt sie.

»In der U-Bahn«, antwortet er. »Fast zu Hause.«

»Zu Hause!« Er hört ein verächtliches Schnalzen. »In deinem Hotel, meinst du.«

»Das Best Western in Fairfax *ist* mein Zuhause. Ob es dir passt oder nicht, es ist nun mal so: Ich wohne in einem Best Western.«

Violet hatte er über ihren Exfreund kennengelernt, dessen Diplomarbeit er in Rotterdam betreute. Seinen Weggang in die USA hatte er damals schon angekündigt, er war noch mit der Mutter seines Sohnes zusammen, doch um den Weggang weniger schmerzhaft zu machen – oder gerade definitiv –, hatte er sich in die Freundin seines Studenten verliebt.

Und sie sich in ihn.

Zum Glück war die Beziehung zwischen Violet und dem Studenten ohnehin bereits lose. Er hatte sie nicht auseinandergebracht.

In den ersten Wochen hatte er mit niemandem darüber geredet. Obwohl er formell nichts falsch gemacht hatte – den Verhaltenskodex der Universität kannte er aus dem Effeff –, fand er es doch eine heikle Angelegenheit. Zunächst hatte er als Einziger Linde davon erzählt. Linde befand sich schon länger im Bann des deutschen Theaters, wirklich ernst nehmen konnte er sie seitdem nicht mehr, doch sie hielten noch immer Kontakt.

Als er Linde in einer lauten Kneipe ausführlich alles geschildert hatte, hatte die ihn mitleidig angesehen. Wie einen kranken Hund.

Sie trug eine große, für seinen Geschmack etwas exzentrische Kette, wie es sich für eine Theaterwissenschaftlerin offensichtlich gehörte. Sie hatte gesagt: »Es geht mich nichts an, Roland, aber wie habt ihr euch eigentlich kennengelernt?«

»Auf einer Party. Der Abschlussparty meines Studenten. Ich fühlte mich verpflichtet zu kommen. Ich hatte seine Diplomarbeit betreut, ziemlich intensiv. Ich mag keine Partys.«

»Und darum bist du mit seiner Freundin durchgebrannt?«

»Durchgebrannt ist nicht das richtige Wort. Sie waren schon so gut wie auseinander. Aus Versehen hatte sie ihm Rotwein über sein weißes Hemd geschüttet. Und er ist völlig ausgerastet. Darum klagte sie mir ihr Leid, und ich habe versucht, sie zu beruhigen. Ich denke, ich brauche mir keine Vorwürfe zu machen. Ich habe das Ende der Beziehung höchstens etwas beschleunigt, aber dafür werden mir alle mal dankbar sein. Wir sahen uns, da auf der Party, wir kamen ins Gespräch. Wir verabredeten, uns wiederzusehen. Es funkte. Doch das kam alles später. Damals hatte ich nur versucht, sie zu beruhigen.«

Er fragte sich, ob er sich selbst Glauben schenkte, und

kam zu dem Schluss, dass dem so war. Auch sein ehemaliger Student würde ihm einmal danken. Vielleicht würden sie eines Tages einen Wein zusammen trinken und Neuigkeiten über ihr Fach und Violet austauschen.

»Es funkte?«, fragte Linde.

»Es funkte«, bestätigte Roland. »Auch wenn sie Partys mag und ich, wie du weißt, nicht.«

»Und jetzt willst du wissen, was ich davon halte?«

»Nein, ich wollte's dir nur erzählen.«

»Und deine Frau und dein Kind?«

»Meine Ehe ist so gut wie bankrott. Wie es aussieht, unterliegt auch die Ehe Konjunkturzyklen.«

Wieder hatte Linde ihn angesehen, auf dieselbe Art wie eben: wie einen kranken Hund kurz vor dem Einschläfern. Tiere erlöst man schneller aus ihrem Leiden als Menschen. Fleischfresser betrachten dies womöglich als einen Akt der Barmherzigkeit.

»Bist du unglücklich, Roland? Muss ich mir Sorgen machen?«

»Wenn ich mich wie du mit dem Bild der Frau in der deutschen Nachkriegsdramatik hätte beschäftigen müssen, würde ich mich elend fühlen, aber mein Beruf ist die Wissenschaft, und schon allein darum bin ich glücklich.«

Als er in die USA gezogen war, hatte sie ihm weiter mit ziemlicher Regelmäßigkeit Bücher geschickt. Benjamin, Botho Strauß, Friedell. Bücher, die er nicht las – oder nur aus Höflichkeit, weil auch Höflichkeit eine Frage der Disziplin ist.

Kurze Zeit nach dem Gespräch mit Linde hatte er seinen Schreibtisch daheim leer geräumt, war über seinen Schatten gesprungen und hatte seiner Frau gestanden, dass sein Aufbruch in die USA für ihn mit einer neuen Beziehung einherging.

»Aber es hat nichts weiter zu bedeuten«, hatte er noch hinzugefügt, um Sylvie zu beruhigen.

Mit seinem Rollkoffer geht er den U-Bahnsteig der Endstation Vienna entlang, nimmt den Fahrstuhl nach oben und biegt am Parkhaus rechts ab. Kein Taxi zu sehen. Er wird sich per Handy eins rufen müssen. Das ist der große Nachteil von Fairfax: Ohne Auto kommt man nirgendwo hin.

»Violet«, sagt er, »bist du noch dran?«

»Ja«, sagt sie, »ich bin noch dran, ich liege im Bett.«

»Und mit wem?«

»Mit Meneer Bär. Muss ich mich jetzt für den Rest meines Lebens damit aufziehen lassen?«

Fairfax ist wie ausgestorben. Die paar Leute, die zusammen mit ihm in der U-Bahn gesessen haben, sind längst in ihre Autos gestiegen und weg.

Er steht als Einziger noch am Eingang zur U-Bahn.

Sie fragt: »Macht es dir etwas aus?«

»Was passiert ist? Nein.«

Stört es ihn? Er weiß es nicht. In manchen Momenten schon, in anderen nicht, also wird seine Antwort wohl stimmen.

»Überhaupt nicht?«

»Mich stört nur, dass du ein Geheimnis vor mir gehabt hast.«

Um ihn herum ist es so still, dass seine Stimme unangenehm laut klingt. Im Hintergrund hört man das Rauschen der Autobahn nach D.C.

»Hätte ich es dir etwa vorher erzählen sollen?«

»Ja.«

Sie lacht. Aber offenbar nicht, weil sie es lustig findet. Es ist ein höhnisches Lachen.

Er hört Schritte, dreht sich um, doch er sieht niemanden. Nicht, dass er sich hier nicht sicher fühlen würde, aber trotzdem. Nach Einbruch der Dunkelheit kriechen die Verbrecher aus ihren Löchern. In diesen Krisenzeiten ist die Versuchung größer denn je. Vom Standpunkt des Räubers aus ist er nicht mehr als ein Hindernis zwischen ihm und dem begehrten Objekt. Wenn dieses Hindernis sich wehrt, muss man es niederprügeln, und davor hat Roland Oberstein Angst.

»Vielleicht solltest du es noch einmal tun«, sagt er, »und es mir diesmal vorher erzählen.«

»Vorher?«

»Ja.«

»Ich soll dir also ankündigen, wenn ich fremdgehen will?«

»Ja, kurz vorher. Du rufst mich an und sagst: ›Da steht er. Ich denke, der wird es werden. So und so sieht er aus. Das hat er an. Ich werd ihn verführen.‹«

Er ist von der Idee hingerissen, für einen Moment vergisst er darüber die Bedrohung durch den Verbrecher, obwohl er immer noch Schritte hört, wenn er auch niemanden sieht. Ihre Beziehung ist langweilig geworden, wie alle Beziehungen es irgendwann werden. Er weiß, dass Ereignislosigkeit auch ungeahnte Vorteile bietet, er ist nicht dumm, er ist Wissenschaftler, aber für Langeweile braucht er keine Beziehung.

Am anderen Ende der Leitung ist es still.

Die Schritte könnten auch von einem Serienmörder stammen. Einem Serienmörder, dem es um die Lust am Töten geht. Mit so einem kann man nicht verhandeln.

»Willst du noch mehr auf Distanz gehen?«, fragt Violet.

»Nein. Wieso?«

»Weil du mich zum Fremdgehen aufforderst.«

Er hört die Schritte nicht mehr. Natürlich könnte er die Beziehung beenden, aber das traut er sich nicht. Wovor genau er Angst hat, kann er nicht sagen. Eine Beziehung beenden kostet Zeit und Energie. Falls er es richtig einschätzt, liebt er Violet trotz der Langeweile. Vielleicht ja gerade deswegen. Das ist es, was Leute als »Vertrautheit« bezeichnen: angenehme Ereignislosigkeit. Wenn sein Buch über die Geschichte der Spekulationsblasen fertig ist, kann er die Beziehung immer noch beenden. Außerdem ist da natürlich auch noch der Schmerz der anderen, in diesem Fall der von Violet. Eigener Schmerz ist leicht zu ertragen, bei anderen ist er ihm unerträglich.

»Du musst nicht, aber wenn du es mir vorher erzählst, ist es etwas zwischen uns beiden, etwas, das uns verbindet.«

»Ich begreif das nicht. Du müsstest es schrecklich finden. Es müsste dich zur Verzweiflung bringen, dich zerreißen.«

»Nein, nicht, wenn du's mir vorher erzählst. Wenn du mir sagst: Er ist siebenunddreißig Jahre, er hat eine Freundin in London, trägt eine rote Krawatte und hat gerade zu mir gesagt: ›Ich liebe dich.‹«

»Aber ist das nicht herzlos?«

»Nein, das ist…«

Er sucht einen passenden Ausdruck. Im Grunde ist es eine erotische Phantasie. Eine zivilisierte Form der Rache vielleicht. Er ist ein zivilisierter Mann mit zivilisierten Passionen.

»Das ist intim«, sagt er. »Es ist ein Spiel. Alles, was wir haben: ein Spiel.«

Herzlos ist höchstens die Wahrheit, und das kann man der Wahrheit nicht einmal übelnehmen.

Er wartet, dass sie etwas sagt, doch es kommt keine Antwort.

Ein aufregendes Spiel ist das Höchste, was der Mensch im Leben erreichen kann. Das ist nicht zu verachten, nichts, was man achtlos vom Tisch wischen könnte.

»Ich werde es mir überlegen«, sagt sie. »Wenn du es so gerne möchtest.«

»Wird er dir auf einer Party wieder die Hand zwischen die Beine schieben?«, fragt er.

»Wer?«

»Der Mann mit der roten Krawatte und der Freundin in London.«

»Ich denk schon«, antwortet sie.

Er wartet, aber es kommen keine neuen Details.

»Ich muss jetzt ein Taxi rufen«, sagt er. »Ich muss nach Hause.«

»In dein Hotel. Dein Zuhause im Best Western. Du bist einundvierzig und wohnst im Hotel!«

»Es ist ein prima Hotel. Warum sollte ich nicht dort wohnen? Mein Zuhause ist die Universität. Meine Forschung. Schlaf schön, Liebste. Wann wirst du dir den Mann zum Fremdgehen suchen, oder triffst du dich noch mal mit dem letzten?«

»Ich werd mir einen neuen suchen. Gibt's eine Deadline?«

»Weihnachten?«

»Weihnachten, okay«, sagt sie. »Schlaf schön.«

Es klingt provozierend. Er weiß nicht recht, ob sie es ernst meint. Doch ein Spiel wird erst dann interessant, wenn man wirklich darauf einsteigt oder wenn es unmöglich geworden ist, das Spiel *nicht* ernst zu nehmen.

»Und grüß Meneer Bär von mir«, sagt er noch. Dann drückt er sie weg.

6

Um halb drei in der Nacht ist Mevrouw Oberstein aufgestanden. Sie konnte nicht schlafen. Um halb eins hatte sie ihre erste halbe Schlaftablette genommen, sie nimmt immer erst eine halbe, doch die hat nicht gewirkt.

Um halb zwei hat sie die zweite Hälfte genommen. Doch auch die ohne Erfolg.

Jetzt steht sie auf. Sich unaufhörlich im Bett hin und her wälzen ist sinnlos.

Sie trägt einen löchrigen rosa Pyjama, darüber zieht sie ihren roten Bademantel. Sowohl den Pyjama als auch den Morgenrock besitzt sie seit über zwanzig Jahren.

Langsam geht sie die Treppe hinunter.

Seit sie das Licht ausgemacht hat, gehen Mevrouw Oberstein die neuen Nachbarn nicht aus dem Kopf. Sie haben vor das Seitenfenster von Mevrouw Obersteins Garage eine Pflanze gestellt.

Die Pflanze nimmt ihr das Licht.

Fenster sind dazu da, Licht einzulassen. Dass sie selten bis nie in die Garage kommt und diese hauptsächlich als Rumpelkammer benutzt, spielt keine Rolle. Die Nachbarn stehlen ihr Licht. Wohl weil sie denken, sie könnten sich mit alten Leuten alles erlauben. Leider lässt sich das Fenster nicht öffnen, sonst hätte sie mit der Pflanze längst kurzen Prozess gemacht.

Sie nimmt ihren Stock und öffnet die Haustür.

Langsam geht sie zum Garten der Nachbarn, der sich zwischen ihrem Grundstück und deren Haus befindet. Die Garage steht auf der Grenze.

Die Lichter der Nachbarn sind aus. Alle schlafen.

Über den Rasen geht sie zur Seitenwand ihrer Garage.

Sie betrachtet die große Topfpflanze. Ein hässliches Ding, ein Friedhofsgewächs! Im Haus der Nachbarn ist immer noch alles dunkel.

Mit dem Stock schiebt sie die Pflanze beiseite. Die Fensterbank gehört ihr, die Leute sollen ihre Finger davon lassen. Juristisch ein klarer Fall. Sie hat sich beim Katasteramt erkundigt.

Immer mehr schiebt sie den Topf an den Rand. Die Pflanze fällt auf den Boden, der Topf bricht entzwei.

Sie erschrickt von dem Krach, linst zu den Fenstern der Nachbarn hinüber. Alles bleibt dunkel. Eigentlich ist sie aus dem Alter für solche Streiche heraus. Aber sie hat sich oft genug vergebens beschwert. Dann kommt sie ihnen eben anders. Die Nachbarn ließen ihr keine andere Wahl. Alte Leute müssen sich unkonventioneller Mittel bedienen, damit die Welt nicht mit ihnen macht, was sie will.

Mevrouw Oberstein betrachtet den zerbrochenen Blumentopf. Tiefe Genugtuung überkommt sie, und Ausgelassenheit, ein Verlangen nach Schabernack. In ihrer Jugend gab es dazu keine Gelegenheit. Sie hat etwas nachzuholen.

Am liebsten würde sie jetzt mit dem Stock an die Haustür der Nachbarn hämmern. Lange und laut.

Sie beginnt zu kichern. Schon allein die Idee, mit dem Stock an die frisch gestrichene Tür dieser Leute zu pochen! Im Garten der Nachbarn kichert Mevrouw Oberstein wie ein junges Mädchen.

7

Auf Sylvies Schoß ist Jonathan eingeschlafen. Sie selbst muss ebenfalls eingenickt sein, obwohl sie nicht sagen könnte, für wie lange. Die Knoblauchpresse ist ihr aus der Hand gefallen. Sie liegt auf dem Boden neben der kaum angeknabberten Hähnchenkeule ihres Sohns.

Sie versucht, sich zu erinnern, warum sie unbedingt in ihre Praxis wollte. Ein paar Sekunden lang kann sie kaum glauben, dass sie wirklich in ihrem Wartezimmer sitzt, mit ihrem Kind, mitten in der Nacht.

Sie schaut auf die Uhr. Es ist zwanzig nach drei.

Hier kann sie nicht bleiben, sie muss nach Hause, ihr Kind ins Bett bringen, ihm vorher noch das Gesicht waschen, aber sie kann sich nicht rühren. Jonathans Kopf ruht in ihrem Schoß, seine Beine liegen auf einem Stuhl. Sie wundert sich, wie sehr er gewachsen, wie alt er schon ist.

Sie hebt die Knoblauchpresse und die Hähnchenkeule vom Boden auf.

In der Handtasche sucht sie ihr Handy. Von Lysander weder ein Anruf noch eine Nachricht. Die Depressionen machen ihn unnahbar und verstockt.

Einen Moment bleibt sie so sitzen, Handy und Knoblauchpresse umklammert, in ihrem Wartezimmer, das sie vor knapp zehn Jahren zur Praxiseröffnung eingerichtet hat. Sie muss etwas unternehmen. Vom Hier-Sitzen-Bleiben wird das Ganze nur schlimmer.

Sie beschließt, Roland anzurufen.

Wenn sie nicht weiß, was sie tun soll, ruft sie ihren Ex an. Ein Reflex aus der Zeit ihrer Ehe.

Mechanisch streicht sie ihrem Sohn übers Haar. Er schläft tief, er kann überall schlafen.

Roland klingt nicht gereizt. Wenn er es eilig hat oder an etwas arbeitet, raunzt er meist nur ein »Hallo«. Als könne er nicht verstehen, wie jemand es in diesem Moment wagen kann, ihn zu stören. Jetzt hört er sich anders an. Gelassen, fast freundlich.

»Wo bist du?«, fragt sie.

»Zu Hause«, antwortet er.

»In deinem Hotel. Bist du gut angekommen?«

Heute Morgen ist er von Deutschland zurück in die USA geflogen. Er war auf einer Konferenz. Er hatte keine Zeit, auf dem Rückweg in Amsterdam vorbeizukommen, weil er Lehrverpflichtungen hat. So hatte er es formuliert. Sie hat Schwierigkeiten, sich immer alles richtig zu merken; wo er ist, was er macht. Es geht sie auch gar nichts mehr an, nur noch im Zusammenhang mit ihrem Sohn.

»Zu Hause«, beharrt er. »Was gibt's?«

»Nichts.«

»Bei euch ist es mitten in der Nacht. Es ist… Wie spät ist es bei euch?«

»Ja, es ist spät.«

»Warum schläfst du nicht?«

»Ich sitze in meinem Wartezimmer.«

»Und Jonathan?«

»Der schläft neben mir.«

Sie versucht, sich Roland vorzustellen, in seinem Hotelzimmer in Fairfax. Zweimal hat sie ihn dort besucht. Sie fand, dass er etwas Verlorenes hatte, als hätte er sich dorthin verirrt; bei näherer Betrachtung jedoch kam sie zu dem Schluss, dass er schon immer so gewesen war, es zu ihm gehörte wie eine Narbe.

»Darf ich dich fragen, was los ist?«

»Es ist alles so schwierig«, sagt sie.

»Was?«

Sie hört die Anspannung in seiner Stimme. Er mag keine Probleme. Als sei alles Unvorhergesehene eine Verletzung seiner Intimsphäre, selbst Katastrophen. Wenn es Krieg gäbe, wäre seine größte Sorge, dass er deswegen sein Forschungsprojekt nicht fortsetzen könnte.

»Mit Lysander. Mit mir. Hier bei uns.«

»Was ist es genau?«

Sie will etwas sagen, doch kein Laut kommt über ihre Lippen. Sie hustet.

»Ich wollte dich damit nicht belästigen«, sagt sie, »aber du bist nun mal Jonathans Vater.«

»Ich bin Jonathans Vater«, hört sie ihn sagen. Es klingt wie: »Tokyo ist die Hauptstadt von Japan.« Dann fährt er im gleichen Ton fort: »Du hustest. Bist du erkältet?«

Immer noch streichelt sie ihrem Sohn geistesabwesend über den Kopf, wie sie ein paar Stunden zuvor die Knoblauchpresse öffnete und schloss.

»Ich schaffe es nicht mehr allein«, sagt sie schließlich.

»Was?«

»Die Erziehung.«

»Möchtest du einen Babysitter?«, fragt er.

»Ich habe schon einen«, antwortet sie.

»Möchtest du einen zweiten? Geld ist nicht das Problem. Ein Au-pair-Mädchen vielleicht, das rund um die Uhr da ist?«

»Nein«, sagt sie entschieden, »ich will keinen zweiten Babysitter. Und schon gar kein Au-pair-Mädchen, das rund um die Uhr da ist.«

»Vielleicht wäre ein zweiter Babysitter aber ganz gut. Dann hättest du mehr Zeit für dich. Ich könnte den Babysitter bezahlen.«

»Ich will nicht, dass du wieder bezahlst. Ich will, dass du zurückkommst.«

Schweigen am anderen Ende. Sie hört nichts, nicht einmal ein Atmen, doch das kann an der Verbindung liegen.

»Ich habe hier meine Stelle«, sagt er schließlich.

»Vielleicht nicht das ganze Jahr, nur jedes Jahr ein Semester. Es gibt doch noch mehr Professoren, die das so machen, ein Semester hier, eins dort.«

»Ich bin kein Professor. Ich bin Hochschuldozent.«

»Das weiß ich. Aber könntest du nicht darüber nachdenken?«

»Ich denke nach.«

»Ich meine, richtig darüber nachdenken.«

»Das tue ich, ich denke richtig darüber nach.«

Sie setzt sich anders hin, einen Moment scheint es, als würde Jonathan wach, er öffnet die Augen, schaut sie an und schläft sofort weiter.

»Kommt zuerst her«, sagt Roland schließlich. »Kommt in den Herbstferien, dann können wir alles besprechen. In aller Ruhe. Vielleicht ist es nur eine Aufwallung.«

»Eine Aufwallung? Was?«

»Das Gefühl, dass du es alleine nicht schaffst.«

»Und muss ich dann wieder in deinem Best Western absteigen, in Fairfax? Weißt du überhaupt, wo du da gelandet bist? In einem gottverlassenen Nest! Was soll ich mit Jonathan dort anstellen?«

»Nicht weit vom Hotel gibt es einen Spielplatz.«

»Ach!«

»Und mit der U-Bahn bist du im Nu in Washington.«

»Ich hab kein Interesse an Washington.«

»Dann geht eben in meine Wohnung, nach New York.«

»Das ist keine Wohnung, das sind anderthalb Zimmer!«

»Es sind große Zimmer.«

»Ich werd drüber nachdenken«, sagt sie. »Auf jeden Fall wäre es für Jonathan wichtig, dich wiederzusehen. Du fehlst ihm, hab ich den Eindruck. – Hörst du mir überhaupt zu?«

»Er fehlt mir auch«, antwortet Roland.

»Manchmal frage ich ihn: ›Vermisst du Papa?‹ Dann sagt er: ›Nein.‹ Aber das glaube ich ihm nicht.«

»Manche Leute haben zum Vermissen kein Talent.«

Sie wirft einen Blick auf ihr Kind. Im Grunde redet er wenig über seinen Vater. Ganz selten, wenn ein Flugzeug über sie hinwegfliegt, sagt er mal: »Da drin sitzt Papa!«

»Und wenn du wieder hierherkämst, wärst du auch näher bei Violet. Das wäre doch schön für dich. Für euch. Näher zusammen.«

»Das wäre schon schön«, antwortet er. »Näher zusammen. Ich weiß nur nicht, ob es auch machbar ist. Ich habe hier eine Stelle, einen Vertrag, ich stecke mitten in meinem Forschungsprojekt. Dieses Projekt ist mein Leben.«

»Und wir?«

»Ihr seid der Rest.«

»Ich muss Schluss machen. Ich rufe ein Taxi. Ich muss nach Hause.«

»Ja«, sagt er. »Das musst du. Knuddel Jonathan von mir.«

Sylvie beendet das Gespräch und ruft bei der Taxizentrale an.

Sie nimmt ihre Tasche, hebt ihren Sohn auf den Arm und geht aus dem Haus, um auf das Taxi zu warten.

Das Gefühl, langsam verrückt zu werden, ist immer noch da, doch jetzt hat sie die Hoffnung, dass alles bald wieder unter Kontrolle ist, alles gut werden wird, wenn sie nur ihren Ex so weit kriegt, zurück in die Niederlande zu kommen, und sei es nur für ein paar Monate im Jahr. Diese Schlacht wird sie gewinnen.

8

Roland Oberstein macht sich bereit für sein Bad. Es ist eine kleine Wanne, baden zu zweit wäre darin nicht möglich, doch Gäste hat er hier ohnehin selten.

Er hat vor, einen Artikel zu lesen, mit dem Titel ›Land Relations under Unbearable Stress. Rwanda Caught in the Malthusian Trap‹ von Catherine André und Jean-Philippe Platteau. Der Artikel im *Journal of Economic Behavior* stammt aus dem Jahr 1998. Er hat ihn kopieren lassen.

Menschen haben die Neigung, das Unmoralische mit dem Irrationalen zu verwechseln und jeden Völkermord als irrational abzutun, während Völkermord oft durchaus eine rationale, wenn auch unmoralische Antwort auf ein als bedrohend empfundenes wirtschaftliches Problem ist.

Er gießt Schaumbad ins Wasser, zieht sich aus und legt die Kleidung aufs Bett. Mit seinem Taschenmesser schneidet er einen Bleistift durch. Er mag halbe Bleistifte, die problemlos in die Hosentasche passen. Auf den Wannenrand legt er Bleistift und Handy, dann gießt er sich ein Glas Wasser ein. Endlich kann er in die Wanne, und einmal drin, versucht er, sich auf Ruanda zu konzentrieren, doch seine Gedanken schweifen ab zur Mutter seines Sohns, die sich bemüßigt fühlt, mitten in der Nacht in ihrem eigenen Wartezimmer zu sitzen. Er würde sie gern liebevoll ermahnen: »Lass das doch besser in Zukunft«, doch jetzt ist es zu spät, sie noch mal zu stören. In ein paar Wochen ist sie ja hier, nein, schon in zehn Tagen, und dann wird er die Zukunft mit ihr besprechen. Er wird dafür sorgen, dass sie sich beruhigt.

Er ist der große Beruhiger. Studenten, Geliebte, die Mutter seines Sohns, manchmal den Sohn, ab und zu einen Kollegen, seine Verwandten (soweit er mit ihnen noch Kontakt hat zumindest) – alle beruhigt er. Nicht durch leere Versprechungen oder Sentimentalitäten, sondern, indem er ihnen erklärt, dass das, was sie befürchten, so schlimm gar nicht ist.

Zu Lysander hat er sich nie geäußert, er hat ihn nur ein- oder zweimal gesehen. Er kennt ihn vor allem aus Sylvies Erzählungen. Und das reicht ihm.

Sylvie und Violet sind sich schon öfter begegnet, und Jonathan und Violet scheinen sich gut zu verstehen, ja, von Jonathans Seite aus geradezu ausgezeichnet.

Seine Kollegen an der Uni stellen ihm selten Fragen zu seinem Privatleben, er selbst spricht dieses Thema auch lieber nicht an. Ab und zu bekommt man einen zufälligen Einblick beim einen oder anderen Kollegen, doch danach zu fragen scheint an der George Mason tabu, und dieses Tabu will er nicht brechen. Das Privatleben stellt nur eine Fußnote in der Bio-Bibliographie seiner Kollegen dar, ein Hindernis, bestenfalls eine angenehme Zerstreuung. Recht haben sie: Was ist schon ein Privatleben, wenn man seine Studenten hat und seine Forschung?

Er schiebt die Gedanken an seinen Sohn und dessen Mutter beiseite und fängt an zu lesen.

Er ist gerade bis zum dritten Absatz gekommen, da vibriert sein Handy.

Er greift danach, vorsichtig, um das Glas Wasser daneben nicht umzustoßen.

Es ist Lea. Er zögert einen Moment, dann geht er ran.

Sein Bedürfnis, die Menschen nicht zu enttäuschen, behindert den Fortgang seiner Forschung. Doch er ist diszipliniert. Er ist wie die USA: Er kann mehrere Kriege gleichzeitig führen.

Leas Stimme klingt leise und gehetzt. Nur mit Mühe kann er sie verstehen.

»Hallo?«, sagt er. »Ist die Verbindung so schlecht, oder flüsterst du wieder?«

Erst als sie ihren ersten Satz wiederholt, hört er: »Wie geht's? Bist du zu Hause?«

»Ja, ich bin in Fairfax. Und du? Sind die Geschenke bei den Kindern gut angekommen?«

»Die Kinder schlafen. Sie haben sich über die Geschenke gefreut.«

Sie murmelt noch etwas.

»Könntest du etwas lauter und langsamer sprechen?«, bittet er. »Entschuldige, ich liege in der Wanne, ich arbeite.«

»In der Wanne?«

»Ich lese. Lesen ist auch arbeiten.«

»Die Kinder schlafen«, sagt sie. »Störe ich?«

»Nein. Und dein Mann?«

»Der schläft nicht. Der arbeitet auch. Wie du. Was machst du gerade?«

»Ich lese. Sagte ich doch.«

»Was?«

»Was über Ruanda. Und ich liege in der Wanne.«

»Wann können wir uns sehen?«

Er legt den kopierten Artikel auf den Boden. Zwei gegensätzliche Kräfte kämpfen in ihm. Wünsche, könnte man sagen, doch »Kräfte« findet er zutreffender. Einerseits das

198

Bedürfnis, Leute von sich wegzustoßen, sie als überflüssigen Ballast über Bord zu werfen, andererseits die Sehnsucht, sie für immer an sich zu binden, nie mehr loszulassen.

»Am Wochenende bin ich in New York«, sagt er.

»Wochenenden sind schwierig für mich«, antwortet Lea, »dann belagert mich meine Familie.«

»Meistens fahre ich Montagabend nach Fairfax zurück, aber ich könnte auch einen Frühzug am Dienstag nehmen.«

Am liebsten würde er kontern: »Unter der Woche ist schwierig für mich, dann belagern mich meine Studenten«, doch er schluckt die Bemerkung hinunter.

»Montagabend ginge, da könnten wir zum Essen ausgehen. Dann ist mein Mann nicht zu Hause. Er muss nach Albany.«

Eigentlich weiß er nicht recht, ob er Montagabend überhaupt mit ihr essen will, aber er findet, dass er ein solches Angebot nicht ausschlagen darf. Er ist bereitwillig derjenige, den andere in ihm sehen. Bis es ihm zu viel wird. Vielleicht ist das der Grund, warum es mit Sylvie schiefging. Sie hatte in ihm den Familienvater gesehen, und er hatte die Rolle mit Eifer gespielt, bis sie ihn beengte. Doch einmal aus der Rolle gefallen, konnte er nicht mehr zurück. Was sich einmal als Maske entpuppt hat, ist für immer entlarvt.

»Okay, Montagabend«, sagt er. »Es gibt ein Bistro nicht weit von meinem Apartment. Nice Matin.«

Er ist noch nie da gewesen, aber er hat Gutes darüber gehört. Seine Vermieterin geht ab und zu mit Freunden dort essen, bisweilen auch allein, und immer wieder hat sie ihm auf der Treppe von dem Steak mit Pommes frites vorgeschwärmt, vor allem vom Steak Tartare. »In meinem Alter ist rohes Fleisch natürlich gefährlich«, hat sie gesagt, »aber ich esse es nun mal für mein Leben gern, und wenn ich schon sterben muss, dann mit einem Stück Steak Tartare zwischen den Kiemen.«

Roland hatte freundlich genickt. Hätte er ihr nachdrücklicher beigepflichtet, so fürchtete er, hätte er sie am Ende noch in das Restaurant begleiten müssen.

»In Ordnung«, sagt Lea. »Ich kümmere mich um einen Babysitter. Aber die Upper West Side ist ziemlich weit für mich. Bist du sicher, dass du dich nicht irgendwo *downtown* mit mir treffen willst?«

»Da bin ich fast nie. Macht es dir etwas aus?«

»Nein, schon in Ordnung. Nice Matin. Schön, mal was Neues kennenzulernen.«

»Okay«, sagt er, »ich freue mich.«

Das sagt er öfter: »Ich freue mich.« Auch zu Studenten, wenn sie ihm für den nächsten Tag ihr Paper ankündigen.

Vielleicht freut er sich genauso auf eine Frau wie auf ein Paper.

Seinen Mangel an Leidenschaft fand er nie ein Problem, doch zu seinem Erstaunen hat er gemerkt, dass gerade deren Abwesenheit manche Leute, vor allem Frauen, fasziniert.

Nur auf Violet wirkt das nicht. Schon ein paarmal hat sie zu ihm gesagt: »Unsere Beziehung könnte ein bisschen mehr Leidenschaft gut vertragen.«

Sie belagert ihn so sehr mit Vorwürfen, dass er allmählich glaubt, es ist etwas dran. Offenbar ist er wirklich ein Mann mit einem Mangel an großen Gefühlen.

Schade, dass Violet nicht sieht, wie leidenschaftlich er an seinem Forschungsprojekt arbeitet.

»Ja ist in Ordnung, Nein ist auch gut«, so ist oft seine Haltung den Mitmenschen gegenüber und seiner Meinung nach der Weg zum größtmöglichen Glück. Doch es gibt Frauen, die etwas Mysteriöses dahinter vermuten, einen Vulkan – wenn schon nicht einen kurz vor dem Ausbruch, dann wenigstens einen schlafenden.

»Was wird das Gesprächsthema?«, fragt er. Er sagt es im Scherz, ist aber gleichzeitig neugierig, was sie von dem Abend im Nice Matin erwartet.

»Der Holocaust«, antwortet sie. »Das war doch dein Hobby?«

Er schnaubt. Ein Nasenloch ist verstopft. Das Wort »Hobby« bereut er jetzt. »Ja ist in Ordnung, Nein ist auch gut« gilt nicht für seine Forschung. Einmal hat eine Fachzeitschrift einen Artikel von ihm über die IG Farben zurückgewiesen mit der Begründung, er sei nicht wissenschaftlich genug. Das wurmt ihn noch heute. Seine Freundin darf fremdgehen, solange nur die Fachblätter seine Artikel nicht ablehnen.

»Nun ja«, antwortet er, »es ist ein Nebengebiet meiner Arbeit, sagen wir's so.«

»Und hast du selbst noch Programmpunkte?«

»Nein. Dann sehen wir uns im Nice Matin, nächsten Montag – sieben, halb acht?«

»Acht. Ich muss die Kinder ins Bett bringen. Ich muss ihnen vorlesen. Bei uns ein ganz wichtiges Ritual.«

»Deine Kinder sollen wegen unserem Essen nicht zu kurz kommen. Halb neun.«

Er legt das Handy zurück auf den Wannenrand, nimmt seinen Bleistift und den Artikel, doch noch immer kann er sich nicht konzentrieren. Er denkt an einen Mann mit roter Krawatte und einer Freundin in London, einen Mann, der, kurz bevor er drei Finger in Violets Vagina schiebt, zu ihr sagt: »Ich lebe für Lust-, nicht für Gewinnmaximierung.«

9

Als Jason seine Rede zu Ende geschrieben hat, findet er seine Frau in der Küche vor. Diese ist zum Wohnzimmer hin offen, beide trennt eine Bar mit Anrichte, zu der auch drei Hocker gehören. Sie sitzen selten auf diesen Barhockern.

In Brooklyn leben gut achtzig verschiedene Bevölkerungsgruppen, und als Bezirksbürgermeister ist es seine Aufgabe, all diese Bevölkerungsgruppen bei Laune zu halten. Kein Fest, auf dem er nicht anwesend wäre. Wer das nicht tut, wird nicht gewählt und schon gar nicht wiedergewählt. Morgen muss er auch wieder zu einer feierlichen Eröffnung. In seinem Terminkalender hat er es notiert: 823 feierliche Eröffnungen hat er als Bürgermeister von Brooklyn schon vorgenommen. Das ist sein Job.

»Mit wem hast du telefoniert?«, will er wissen.

Dreimal pro Jahr schenkt er seiner Frau einen Strauß Blumen. Zu ihrem Geburtstag, zum Muttertag und zum Hochzeitstag. Meistens Rosen, denn die liebt sie. Andere

Männer lassen den Strauß von ihrer Sekretärin besorgen, er nicht. Er geht selbst in den Blumenladen. Aus Respekt vor seiner Frau und vor der Institution Ehe.

»Mit dem Wirtschaftswissenschaftler«, sagt sie. Ihr Blick wirkt erwartungsvoll.

Ein Wirtschaftswissenschaftler? Ihm war gar nicht bewusst, dass sie so einen kennt. Er selbst hat in seiner Funktion diverse Wirtschaftswissenschaftler kennengelernt, aber keinen von ihnen würde er als Freund bezeichnen.

»Welchem Wirtschaftswissenschaftler?«

»Dem, den ich in Frankfurt kennengelernt habe.«

»Ach, natürlich.« Er lächelt. »*Der* Wirtschaftswissenschaftler!«

Er schaut seine Frau an. Sie tut, was sie kann. Das muss man zugeben, sie gibt sich Mühe.

»Lad diesen Wirtschaftswissenschaftler doch mal zum Essen ein«, sagt er. »Wenn du denkst, das wird nett.«

Sie schaut anders als sonst. Kecker. Herausfordernder.

»Du hast doch kein Verhältnis mit ihm?«

Brooklyn ist die viertgrößte Stadt der USA, das vergessen die Leute. Er hat eine repräsentative Funktion, und dazu gehört, dass man offen auf die Leute zugeht. Sie sehen ihn und werden ein bisschen verlegen, denn er ist nun mal Mr. Brooklyn. Er ist, obwohl er gar keinen Wert darauf legt, eine Autorität.

Ein herzlicher Umgang mit den Bürgern ist wichtig. Einem Mann auf die Schulter klopfen, einem Kind in die Wange kneifen. Früher war er zurückhaltender, steifer, zum Beispiel älteren Frauen gegenüber, doch er hat gemerkt, dass die es eigentlich auch angenehm finden, wenn ihre

Begegnung mit ihm aus mehr besteht als bloß einem Händedruck und ein paar freundlichen Worten. Der moderne Wähler weiß körperliche Nähe zu schätzen.

»Nein, natürlich hab ich kein Verhältnis mit ihm«, sagt Lea und schaut nicht mehr frech, eher niedergeschlagen.

Er darf nicht so argwöhnisch sein. Früher ist er das nie gewesen. Es liegt nicht in seiner Natur. Seine Arbeit frisst Zeit, und Argwohn frisst Energie. Das ist mehr was für Arbeitslose.

Wie auch immer, auch in der Ehe ist Herzlichkeit ein entscheidender Punkt. Deine Freunde sind meine Freunde. So eine Einstellung hält die Ehe lebendig.

Er hat eine tolle Frau, eine liebe. Als sie mit ihrem ersten Kind schwanger war, bekam sie plötzlich Depressionen, was er merkwürdig fand, denn er hatte immer gedacht, dass die erst nach der Geburt kommen. Doch bei ihr nicht, bei ihr kamen sie vorher. Na ja, es hat sich ja alles schnell wieder eingependelt.

»Das würde ich dir auch verbieten«, antwortet Jason. »Eine außereheliche Beziehung! Das könnte ich nicht dulden. Es wäre schlecht für meine Karriere. Und für die Kinder eine glatte Katastrophe.«

Ein Bekannter, ebenfalls Politiker, der sich in eine Wahlkampfmitarbeiterin verliebte, hatte Jason geraten: »Geh fremd, aber halt darüber den Mund. Eine Scheidung ist schlecht für die Karriere. Wenn du erst mal getrennt bist, sehen die Wähler in dir nie mehr den Politiker, nur noch den geschiedenen Mann.«

Doch Lea ist keine Politikerin, sie muss aus einer Affäre kein Geheimnis machen.

»Findest du mich eigentlich schön?«, fragt seine Frau.

Sie steht in der Küche, die Teller und das Besteck müssen in den Geschirrspüler geräumt werden. Er versteht nicht, worauf sie noch wartet. Sie hält das Mobiltelefon in der Hand, als wolle sie schon wieder telefonieren.

Er fühlt sich von der Frage überrumpelt. Schön. Er ist mit ihr verheiratet. Zwei Kinder, Karriere. Blumen, Geschenke und Reisen. Begegnungen mit Prominenten. Dank ihm hat sie vor ein paar Jahren Edward Kennedy die Hand schütteln dürfen. Okay, Kennedy hat nicht viel zu ihr gesagt, aber das lag auch an ihr. Sie hätte sich bemühen können, mit ihm ins Gespräch zu kommen, doch sie brachte es nicht fertig, sie war natürlich nervös. Wenn sie zu offiziellen Anlässen eins der Abendkleider trägt, die er für sie gekauft hat – auf Kosten der Steuerzahler von Brooklyn, sollte er eigentlich sagen, aber das braucht sie nicht zu wissen –, ruft er immer: »Baby, du siehst wieder toll aus!«

»Ja«, sagt Jason darum. »Du bist schön.«

»Noch genauso wie damals, als du mich auf der Universität kennengelernt hast?«

»Natürlich«, sagt er. »Und du hast schöne Kinder bekommen. *Wir* haben schöne Kinder bekommen. Und jetzt gehen wir schlafen.«

Er will schon ins Bad gehen, doch auf einmal überlegt er es sich anders. Leas Frage bringt ihn ins Grübeln. Sie zweifelt, ist sich nicht mehr so sicher, ob sie ihm gefällt.

»Vielleicht sollten wir mehr zusammen unternehmen«, sagt er.

Ihm fällt wieder ein, dass sie sich darüber beschwert hat, dass er sich nicht für ihre Arbeit interessiert.

»Wie meinst du das?«, fragt sie.

Sie steht regungslos in der Küche. Wie versteinert.

»Früher«, sagt er, »habe ich immer gelesen, was du geschrieben hast und was dich beschäftigte, aber jetzt habe ich andere Verpflichtungen. Und ehrlich gesagt: Völkermord deprimiert mich. Du kannst dich von morgens bis abends damit beschäftigen, aber ich lese zehn Minuten etwas darüber und bin noch stundenlang fix und fertig. Das musst du verstehen. Verzeih mir.«

Er streichelt ihr über die Wange, und als das erledigt ist, nimmt er sich ihr Ohr vor. Sie hat süße Ohren, findet er.

Sie ist blass, immer käsig gewesen. Früher fand er das elegant, doch auf einmal wird er den Gedanken nicht los, dass ihre ewig bleiche Haut mit ihrem Interesse für Völkermord zu tun haben könnte.

Manchmal macht diese Blässe ihn rasend. Dann würde er ihr am liebsten zwei Ohrfeigen geben, um etwas Farbe auf ihre Wangen zu bringen.

Seine Eltern waren Mitglieder der unitarischen Kirche, aber dass er eine Jüdin heiratete, fanden sie kein Problem. Sein Sohn ist beschnitten. Zu Chanukka gehen sie in die jüdische Gemeinde, zu Weihnachten geht er mit den Kindern in die Kirche. Das ist gut für die Familie und gut für die Wähler.

»Lass uns mehr zusammen unternehmen«, sagt er. »Lad diesen Wirtschaftswissenschaftler doch einfach mal ein. Deine Freunde sind meine Freunde. Wir müssen einander wieder mehr in unser Leben einbeziehen.« Er lässt ihr Ohr los und streichelt ihr Kinn. Das gefällt ihr. »Ich werde versuchen, mehr über den Holocaust zu lesen.«

»Mal sehen«, sagt sie.

»Was?«

»Ob wir den Wirtschaftswissenschaftler einladen.«

»Ist er eigentlich verheiratet?«

»Ich glaub schon.«

»Weißt du noch«, sagt Jason, »wie du mich mal ›Mr. Brooklyn‹ genannt hast? Abends im Bett?«

»Ja«, sagt sie. »Wie könnte ich das je vergessen?«

Sie geht ins Bad. Er folgt ihr. Sie cremt sich die Hände ein. Die sind immer trocken. Vor allem im Winter. Bis zum Winter ist es noch weit, doch die Trockenheit hat offenbar schon begonnen.

10

Bei schönem Wetter geht Roland Oberstein zu Fuß vom Best Western zur Fakultät. Es ist ein Weg von gut dreißig Minuten, wenn man sich nicht aufhalten lässt. Wenn Kollegen im Auto vorbeikommen, bieten sie ihm meist an mitzufahren, was er stets freundlich, doch wie er fürchtet, auch eine Spur hochmütig ablehnt.

Nicht nur, um ihm einen Gefallen zu tun, wollen sie ihn mitnehmen, sondern auch, wie Oberstein vermutet, weil sie seine Fußgängerei anstößig finden. Nur Obdachlose gehen in Fairfax zu Fuß, Verrückte oder Leute, die vielleicht nicht völlig gestört, aber doch stark verwirrt sind.

Die Verwaltung und die Büroräume der wirtschaftswissenschaftlichen Fakultät sind in einem ehemaligen Kirchengebäude untergebracht; das Institut selbst trägt den Namen Center for the Study of Public Choice, eine Anspielung auf den großen Buchanan, der 1986 den Nobelpreis für Wirtschaft erhielt und ebenfalls an der George Mason University lehrte.

Wenn man das Center betritt, muss man erst ein paar Stufen hinaufgehen, bis man an einer Sekretärin vorbeikommt, Larissa. Dann geht es nach links zu den Dozentenbüros. Rechts liegt eine kleine Kaffeeküche, eigentlich mehr ein Abstellraum, wo unter anderem auch der Kopierer steht. Das Gebäude hat seine geweihte Ausstrahlung nie ganz abgelegt, doch das stört Oberstein nicht. Eine Universität hat etwas Sakrales.

Larissa will ihre Stelle bald aufgeben, um ein Studium in *creative writing* zu beginnen. Erst muss man sie allerdings noch irgendwo nehmen.

Das erste Büro rechts gehört Bergstrom. Es ist voller Papiere und Bücher, die bis auf den Flur hinausreichen. Soweit Oberstein weiß, hat sich noch nie jemand darüber beschwert, und darum tut er es auch nicht, obwohl er manchmal fast über die Bücher- und Papierstapel stolpert. Bergstrom hat ein Stück Flur annektiert.

Wenn Oberstein lange genug an der George Mason bleibt, darf er vielleicht ebenfalls ein Stück Flur annektieren.

Sein eigenes Büro liegt am Ende des Gangs, rechts. Dort befinden sich ein universitätseigener Computer, ein Teil seiner Bücher, diverse Ausdrucke seiner Arbeit über die Geschichte der Blasenbildung – zumindest die ersten

Kapitel –, ein Schreibtisch, zwei Stühle und ein paar Kleidungsstücke, die er nach dem Reinigen vorübergehend hier aufgehängt hat, statt sie gleich in sein Hotel zu bringen. Jeden Tag nimmt er sich vor, sie mitzunehmen, und jedes Mal vergisst er es wieder.

Am Dienstag ist seine erste Vorlesung um elf, doch anders als die meisten Kollegen versucht er trotzdem, gegen neun im Center zu sein.

Er ist hierhergekommen, um seine Arbeit abzuschließen, nicht zum Ausschlafen.

Die Zusicherung, er brauche kaum zu unterrichten und könne alle Zeit seiner Forschung widmen, hat sich in der Praxis als leicht übertrieben erwiesen, aber man hat ihm baldige Abhilfe versprochen.

Bis auf weiteres arbeitet er morgens meist zwei Stunden konzentriert an seinem Kapitel über die Tulpenmanie im siebzehnten Jahrhundert, doch heute kann er sich nicht konzentrieren.

Seine Ex hat Probleme. Sich mitten in der Nacht mit dem Kind ins Wartezimmer der eigenen Zahnarztpraxis zu setzen ist kein kleines Problem, das ist eine akute Gefährdung. Schlecht für die Mutter und schlecht für das Kind.

Oberstein fragt sich vergeblich, was er unternehmen könnte. Der Gedanke erfüllt ihn mit Melancholie sowie dem vertrauten Gefühl, wieder nicht zu genügen. Einem Schuldgefühl, das sich offenbar nicht tilgen lässt.

Ehrgeiz hat seinen Preis. Man muss nun mal Prioritäten setzen. Wer sich aufs eine spezialisiert, muss das andere vernachlässigen.

Die Geschichte der Blasenbildung ist seine berechtigte

Priorität, sein Spezialgebiet: Wo immer man handelt, wird spekuliert, wo man spekuliert, wird geblufft, und es wird stets Leute geben, die auf den Bluff reinfallen. So gesehen ist die Spekulationsblase kein Auswuchs, sondern unvermeidlicher Bestandteil des Wirtschaftsgeschehens. Solange es Menschen gibt, wird es Spekulationsblasen geben.

Er holt sich einen Espresso, hält ein Schwätzchen mit Larissa, die aus der Dominikanischen Republik stammt und gerade zurück ist von fünf Tagen Familienbesuch. Sie hat ein paar köstliche Anekdoten aus ihrer Jugend auf Lager. Dann beantwortet er E-Mails und googelt ein paar Kollegen, die er verabscheut, weil sie sein Fachgebiet in Verruf bringen.

Sein Sohn geht ihm nicht aus dem Kopf, immer wieder sieht er ihn mitten in der Nacht in einem Wartezimmer sitzen.

Er beginnt eine E-Mail an Jonathans Mutter, bricht aber mittendrin ab. Er versucht, sich auf seine Forschung zu konzentrieren, und kehrt dann doch zu der E-Mail zurück. Die Nachricht, die er schließlich verschickt, besteht nur aus wenigen Sätzen: »Pass gut auf Dich auf, auf Dich und auf Jonathan. Für fast jedes Problem gibt es eine Lösung. Sich nachts in ein Wartezimmer zu setzen ist allerdings keine, vor allem, wenn es das eigene Wartezimmer ist. Alles Liebe, RO PS Denk über mein Angebot bezüglich des Au-pair-Mädchens nach.«

Theoretisch ist er nicht der einzige Ausländer am Institut. Außer ihm gibt es noch einen Russen, den viele für ein Genie halten, sehr jung, guter Schachspieler und schon so lange hier, dass er mehr Amerikaner ist als Russe. Und einen Franzosen, der zuvor Dozent an einer Universität in Arizona war und sich in den letzen Monaten auf die Selbstregulierung der Pornoindustrie spezialisiert hat. In seinem neuesten Artikel hat er behauptet, dass Aids sich in der Pornoindustrie nur minimal ausbreite, weil der Sektor sich selbst reguliert habe. Der Franzose ist selten am Platz, und welche Stelle er in der fakultätseigenen Hackordnung einnimmt, ist Oberstein immer noch nicht richtig klar.

Einmal kam der Franzose unangekündigt in sein Büro gestürmt: »Oberstein, wusstest du, dass die Pornoindustrie die einzige Branche ist, in der Frauen deutlich mehr verdienen als Männer?«

»Und was sollen wir nun daraus schließen?«, hatte Oberstein ihm erwidert.

»Das gilt es herauszufinden!«, hatte der Franzose geantwortet und war wieder verschwunden.

Tatsächlich fühlt Oberstein sich fremder als der Franzose und der Russe. Als Außenseiter, müsste er vielleicht sagen.

Er hat kein Auto, und er wohnt in einem Hotel, doch daran kann sein Außenseiterstatus in Fairfax nicht liegen. In Rotterdam hatte er manchmal dasselbe Gefühl, doch dort lag das seiner Meinung nach daran, dass er für die Erasmus-Universität einfach zu gut war.

Die meisten Dozenten am Center würden im normalen Leben, wenn das der richtige Ausdruck für die Welt außerhalb der Universität ist, als Außenseiter oder zumindest als Sonderlinge gelten: allesamt Leute, die Exzentrik für ein Zeichen von Genialität halten. Er selbst hält sich nicht für exzentrisch, eher für zurückhaltend, vorsichtig, wenig geneigt, mit seinem Ehrgeiz hausieren zu gehen, ab und zu, selten, vielleicht etwas undiplomatisch.

Nachdem ihr Verhältnis sich nicht mehr verheimlichen ließ, hatte er Violets Exfreund einen freundlichen Brief geschrieben. Immerhin war der Junge ein Student von ihm, und nicht einfach nur ein Student, Roland hatte seine Diplomarbeit betreut. Oberstein erledigt die Dinge gern auf seine Weise, innerhalb der Grenzen des Anstands, versteht sich.

Erst hatte seine Exfrau gemuckt, dann ihn verachtet und ihn zuletzt als Vater ihres Sohns akzeptiert. Traurig war sie auch gewesen, doch nicht in seiner Anwesenheit. Das Leiden anderer kann er nicht ertragen. Er erträgt den Anblick nicht, so wie manche Leute den Anblick von Blut.

Violet will, dass es öfter nach ihr geht. Sie will mehr Nähe. Dabei hatte er schon gleich beim Kennenlernen gesagt: »Violet, denk daran, bald gehe ich in die Vereinigten Staaten.« Sie hatte das kein Problem gefunden und nur gemeint: »Wenn man sich dann wiedersieht, ist es jedes Mal richtig spannend.«

Er weiß nicht, was für eine Rolle sie in seinem Leben spielt, welche Rolle Menschen überhaupt darin spielen. Eine wichtige, zweifellos, doch was für eine genau, ist ihm noch nicht recht klar. Letztlich trifft der Mensch rationale Entscheidungen, nicht nur beim Kaufen, auch wenn er sich bindet. Auf dieser Prämisse beruht die gesamte Wirtschaftswissenschaft. Von gewissen Ausnahmen einmal abgesehen, streben Menschen nach Lustmaximierung.

Wenn er Violet vor sich sieht, sieht er sie in den Armen eines anderen. Nicht erst, seit sie ihm von ihrem Seitensprung erzählte, schon lange zuvor sah er sie so. Er weiß nicht, ob das Eifersucht ist, er ist sich nicht einmal sicher, ob es ihn stört.

Oberstein macht sich an die Lektüre seines zuletzt fertiggestellten Kapitels.

Die meisten seiner Kollegen kennen Obersteins Veröffentlichungen – oder geben es zumindest vor – und wissen sie offenbar auch zu schätzen, sonst hätte man ihn am Center nicht eingestellt. Trotzdem fühlt Oberstein sich hier nur als Gast.

Vielleicht versucht er darum – viel mehr als in Rotterdam –, sich hier einzuordnen. Zu einer erfolgreichen Karriere gehört eine realistische Einschätzung der Lage. Und anders als in Rotterdam ist die Konkurrenz, wie er weiß, hier sehr groß. Am Center wimmelt es nur so von genialen Kollegen.

Meist lunchen die Dozenten zusammen, und stets ist Oberstein mit von der Partie. Nur Andrew Weinert schließt sich ihnen nie an. Weinert ist ein freundlicher, etwas steif wirkender Kollege – immer im Anzug, am liebsten mit Weste –, der offenbar von nichts anderem als gedünstetem Broccoli lebt und von Kaffee.

Oberstein holt sich noch einen Espresso. Seit kurzem hat das Center for the Study of Public Choice eine Espressomaschine. Der geniale Russe und er haben dafür gesorgt. Der geniale Russe trägt Sandalen, was Oberstein nicht weiter stört. Doch er trägt Socken dazu, und das treibt Oberstein um, nicht nur aus ästhetischen Gründen: Wissensvermittlung ist eine heikle Angelegenheit; der Vermittler sollte die Aufmerksamkeit weder durch Kleidung und Schuhwerk noch durch übertriebenen Schmuck allzu sehr auf sich selbst lenken. Auch als Oberstein die Wissensvermittlung noch als Theater betrieb, kleidete er selbst sich stets äußerst schlicht.

Natürlich hat er nichts gegen Genialität, sehr wohl aber gegen den Irrglauben, zu Genialität gehöre ein asoziales Verhalten.

Mit dem Espresso schlendert Oberstein noch mal zu Larissa. Er ist noch immer beunruhigt. Wie fast jeden Dienstagvormittag sind er und die Fakultätssekretärin die einzigen Menschen im ganzen Gebäude. Die anderen Dozenten kommen immer erst später.

»Was machen deine literarischen Ambitionen?«, fragt er sie.

Larissas Ergüsse interessieren ihn genauso wenig wie jegliche schöngeistige Literatur, doch an diesem Hort gelebter Exzentrik fühlt er sich als Außenstehender verpflichtet, die Rolle des liebenswürdigen Europäers zu spielen, und mittlerweile geht er völlig in dieser Rolle auf. Hilfsbereit, soweit es sich mit seiner Zurückhaltung vereinbaren lässt, freundlich, stets interessiert.

Sie erzählt weitschweifig von einer Geschichte über ihre Großmutter, an der sie gerade arbeitet. Er hört nur mit halbem Ohr zu, stellt aber im richtigen Moment die richtigen Fragen.

Während Oberstein mit dem Espresso in sein Büro zurückgeht, sieht er, dass Andrew Weinert gekommen ist.

Als er an der Fakultät neu war, hat Weinert sich um ihn gekümmert. Schon allein darum mag Oberstein ihn recht gern. Beide interessieren sie sich für Wirtschaftsgeschichte.

An einem von Rolands ersten Tagen in Fairfax nahm Weinert ihn beiseite und grummelte: »Wissen Sie, Oberstein, manche Kollegen hier am Center hoffen immer noch auf den Nobelpreis.«

Und dann trumpfte Weinert auf: »Wissen Sie, worauf ich hoffe? Dass ich irgendwann wieder in meine Anzüge von 2000 und 2001 hineinpasse. Darum mache ich diese Broccoli-Diät.«

»Das ist gesund«, hatte Oberstein leichthin erwidert, doch war er auch beunruhigt durch Weinerts Enthüllung.

»Wundern Sie sich also nicht, wenn ich zu den gemeinsamen Lunchtreffen nicht mitkomme«, hatte der andere hinzugefügt. »Außerdem habe ich in Fachzeitschriften zu oft Veröffentlichungen von Kollegen rezensiert, und das hat man mir übelgenommen. Dabei war ich noch milde, denn es bleiben Kollegen. Ich finde, Animositäten sollte man in einer Fachzeitschrift austragen, nicht beim Lunch, darum werden Sie mich dort nicht finden. Gehen Sie selber ruhig hin. Und wenn Sie sich einsam fühlen oder Fragen haben, kommen Sie zu mir.«

Nach ein paar Wochen am Center machte Oberstein von diesem Angebot Gebrauch.

An der George Mason kamen die Studenten herein, er hielt seine Vorlesung, und sie verließen den Raum wieder. In Rotterdam wechselte man ab und zu noch ein persönliches Wort – nicht, dass er mit den Studenten fraternisiert hätte, aber nach einiger Zeit war manchmal doch so etwas wie ein freundschaftlicher Umgang entstanden, eine gewisse Vertrautheit. Hier nicht. Man kam, hörte zu, und man ging. Er fragte sich, ob er etwas falsch machte.

»Wie ist das hier mit den Studenten?«, hatte er Weinert gefragt. »Wie geht ihr mit ihnen um, als was seht ihr sie?«

Weinert hatte Oberstein die Hand auf die Schulter gelegt und gesagt: »Wir hier am Center sehen keine Studenten. Wir sehen nur Ideen.«

11

An der Arbeit herrscht Hochdruck. Die Taschenentwürfe für den Herbst nächsten Jahres müssen nach China geschickt werden, sonst werden sie dort nicht mehr rechtzeitig fertig.

Wie gewohnt hat Violet ihre Entwürfe längst vor der Zeit abgegeben, doch eine Kollegin, die in den letzten Wochen Burn-out-Probleme hatte, ist jeden Tag brav ins Büro gekommen, hat aber wenig zustande gebracht, und jetzt muss Violet dafür sorgen, dass auch diese Entwürfe noch termingerecht nach China abgehen.

Violet hilft Kollegen gern aus der Patsche, aber hätte diese Kollegin nicht etwas früher ihre Burn-out-Probleme ansprechen können, statt wie ein Sack Kartoffeln all die Wochen unproduktiv an ihrem Schreibtisch herumzuhängen? Es macht ihr nichts aus, abends drei, vier Stunden länger zu arbeiten, sie hat keine Familie und auch keine Haustiere (wenn sie auch gern eine Katze hätte), doch heute Abend ist sie mit Wytse verabredet. Sie wollte sich noch einmal mit ihm treffen, um ihm die Situation zu erklären. Man kann ja

mit Leuten nicht intim werden und sie dann einfach ignorieren. Intimität hat Konsequenzen, und sei es nur die, dem
anderen zu erklären, warum keine weiteren Intimitäten
stattfinden, warum das Aufflammen der Gefühle ein Inter-
mezzo war und etwas Einmaliges bleiben wird.

Ihr Fahrrad ist in Reparatur, wodurch sie noch früher
aus dem Büro muss, um pünktlich zu ihrer Verabredung
zu kommen.

Sie muss an die erste Begegnung mit Roland denken.
Ihr Freund hatte seine Studienabschlussparty gegeben.
Exfreund vielmehr, aber das klingt so offiziell. »Früherer
Freund« klingt schon besser, einfach nur »Ex« vielleicht
noch am besten. Viel war zwischen ihnen eh nicht mehr
gelaufen. Eigentlich war die WG-Wohnung, wo das Fest
ihres Freunds stattfand, für all die Gäste zu klein. Schon
ein paarmal hatte sie sich gefragt, wer dieser Mann war, der
mit seiner Zeitung unter dem Arm in der Ecke herumstand,
bis ihr einfiel, dass es der Diplombetreuer ihres Freunds
sein musste, und weil sie hier doch ein wenig die Rolle der
Gastgeberin spielte, hatte sie sich verpflichtet gefühlt, zu
ihm hinüberzugehen. »Ich verstehe nichts von Wirtschaft«,
hatte sie strahlend zu ihm gesagt, »aber ich habe gehört,
dass Sie meinen Freund gut betreut haben.«

Sie lächelt oft, wenn sie auf Leute zugeht, mit einem
freundlichen Lächeln erreicht man mehr.

Auch die Chinesen, die zu Besprechungen wegen der
Taschen nach Amsterdam kommen, lächelt sie immer an,
obwohl die selten zurücklächeln. Sie kann sich nicht vorstellen, mit einem Chinesen ins Bett zu gehen.

Ihr Kompliment hatte Roland Oberstein ignoriert, bloß

geantwortet: »Warum verstehst du nichts von Wirtschaft?« Mit einem leisen Zucken um die Mundwinkel. – »Weil es wichtigere Dinge im Leben gibt«, hatte sie geantwortet. Doch irgendetwas hatte sie fasziniert: die Mischung von freundlicher Herablassung, Verlegenheit und Liebenswürdigkeit.

Später am Abend hatte sie ihrem Freund Wein übers Hemd geschüttet. Nicht mit Absicht natürlich, aus Ungestüm und Ausgelassenheit. Roland hatte danebengestanden. Aus unerklärlichen Gründen war ihr Freund total explodiert, und Oberstein hatte zu ihm gesagt: »Früher hatte ich das auch: Wenn ich irgendwo einen Fleck hatte, dachte ich, die Leute würden nichts andres mehr sehen als den Fleck. Bis ich irgendwann merkte, dass die Leute viel zu viel mit ihren eigenen Flecken zu tun haben. – Ich muss jetzt gehen. Nochmals herzlichen Glückwunsch zu deinem Diplom und alles Gute im weiteren Leben.« Und dann, an Violet gewandt: »Vielen Dank für die Einladung.«

Einen freundlichen, aber auch etwas unterkühlten Eindruck hatte er auf sie gemacht.

Sie hatte ihn zum Ausgang begleitet. Ihr Freund war auf sein Zimmer gegangen, um sich ein anderes Hemd anzuziehen.

Im Treppenhaus hatte Roland ihr zum zweiten Mal die Hand gegeben. »Wenn dir irgendwann mal jemand was über Ökonomie erklären soll«, hatte er gesagt, »ruf mich ruhig an.«

Da war sie schon betrunken. »Ruf du bei mir an«, hatte sie geantwortet. »Ich glaube, dass ich dir auch was beibringen könnte.« Sie hatte ihm ihre Nummer gegeben. Ihrer Erinnerung zufolge hatte er darum gebeten, doch er beharrt noch heute darauf, dass die Initiative von ihr kam.

Die Geschichte ihres Kennenlernens war eine Anekdote geworden, die sie Freunden und Bekannten schon zigmal erzählt hatte. Die Anekdote hat sich vor die Wirklichkeit geschoben. Eine lustige Geschichte, von der es sowohl eine Kurzfassung von dreißig Sekunden als auch eine lange Version von gut fünf Minuten gab. Fassungen irgendwo dazwischen waren auch möglich.

Ein paar Wochen später hatte Roland in der Tat bei ihr angerufen. »Interessierst du dich immer noch für Ökonomie?«, hatte er gefragt. »Eigentlich dreht sich alles um Mangel.«

Sie hatten sich getroffen und waren miteinander ins Bett gegangen. Lange wird es sowieso nicht dauern, hatte sie gedacht, doch es war eine schöne Romanze. Und ging es nicht vor allem darum im Leben, um schöne Geschichten? Die man einander im Winter vor dem Kamin erzählen konnte, gemütlich in einem Schaukelstuhl sitzend?

Es war anders gekommen, ihre Beziehung dauerte länger, und je länger sie dauerte, desto mehr verlor ihre Geschichte an Glanz.

Pünktlich um fünf verlässt sie an diesem Tag das Büro. Sie verabschiedet sich von ihren Kollegen, und während sie zum Fahrstuhl geht, muss sie an die Frage ihres Chefs heute Mittag beim Lunch denken: »Meinst du, dass Frauen wegen der Krise bald weniger Handtaschen kaufen?«

Die Frage hatte eine Diskussion ausgelöst, und der zweite Geschäftsführer hatte behauptet, Damenhandtaschen seien vor allem Geschenke von Männern an ihre Frauen.

Geistesabwesend geht sie zum Radständer. Erst als sie davorsteht, fällt ihr ein, dass ihr Rad in Reparatur ist.

Sie denkt an ihr erstes Telefongespräch mit Roland, wie er sich über den Mangel ausließ. Vielleicht hat er es damals anders gemeint, und sie versteht die wahre Bedeutung erst jetzt. Mangel herrscht an ihm, er macht sich rar, seine Beachtung und Wärme sind knapp bemessen. Hingabe ist das Gegenteil von Mangel. Hingabe ist Überfluss.

Violet geht über die Brücke zur Endhaltestelle der Straßenbahn Nr. 25. Sie hat sich in der Innenstadt verabredet, in einer Kneipe nicht weit vom Hauptbahnhof.

Sie war noch einmal mit Roland ins Bett gegangen, und noch einmal, und nach und nach war aus diesen Begegnungen unleugbar eine Beziehung geworden. Zu guter Letzt hatte sie es ihrem Freund erzählt, der damals eigentlich sowieso schon mehr oder weniger ihr Ex war, und er war überraschend ruhig geblieben. Er hatte gesagt, dass es ihm eigentlich ähnlich ging, es gab eine andere, noch nichts Ernstes, aber sie waren ein paarmal zusammen im Bett gewesen, und dass er es natürlich nicht so toll finde, wenn sie jetzt mit seinem Diplombetreuer was hatte, aber er den Mann ja nie mehr zu sehen brauchte und ihn von Anfang an nicht besonders mochte. Dann hatte er einen Brief von Oberstein aus der Tasche gezogen, und sie hatten ihn gemeinsam gelesen und laut darüber gelacht, aus unterschiedlichen Gründen. Er schien wirklich belustigt, und sie hatte mitgelacht, um sich keine Blöße zu geben.

In der Tasche sucht sie nach ihrer Streifenkarte. Sie ist sich nicht sicher, ob sie Roland eine SMS schicken soll, dass sie sich gleich mit Wytse trifft, um ihm die Sache noch mal zu erklären. Den Namen hat sie bisher verschwiegen. Keine Namen in solchen Situationen, nicht gegenüber dem Freund und auch nicht gegenüber Freundinnen. »Ein Mann«, das ist genug. Mehr wäre indiskret. Ein Name gibt der einmaligen Aufwallung ein Gewicht, das sie nicht verdient.

In der Straßenbahn holt sie *Mister Aufziehvogel* aus ihrer Tasche hervor. Sie hat das Buch hineinquetschen müssen. Ihr Lesezeichen ist eine Fahrkarte.

Violet weiß ungefähr, was sie gleich sagen wird. »Es hatte eigentlich nicht viel mit dir zu tun. Bezieh die Sache nicht so auf dich persönlich.«

Und wenn er dann fragt: »Was?«, wird sie sagen: »Meine Hingabe, meine Leidenschaft.«

12

Wie er darauf gekommen ist, wer ihn auf die Idee gebracht hat, weiß Sylvie nicht, aber es war nun mal Jonathans Wunsch: Er wollte Geige spielen lernen.

Über eine Patientin hatte sie die Telefonnummer eines Mannes bekommen, der Kindern Privatunterricht gibt. Privatstunden erschienen ihr als das Beste.

Der Lehrer war ein sympathischer Mann, der in einer etwas unordentlichen Erdgeschosswohnung in der Innenstadt unterrichtete. »Kaufen Sie noch keine Geige«, hatte er zu ihr gesagt, »leihen Sie sich lieber vorläufig eine.«

Dabei hatte er sie besorgt und doch liebevoll angeblickt,

als sehe er in Gedanken schon eine sündhaft teure Geige vor sich, die unbenutzt in einem Kleiderschrank lag.

Sie hatte eine Geige gemietet, die kleinste, die es gab. Seither bringt sie Jonathan jeden Dienstag zu seinem Lehrer, der unbedingt Hans genannt werden will. Sie allerdings bleibt hartnäckig bei Meneer van Neste, vielleicht, weil er so etwas Väterliches hat, und vielleicht auch, weil sie Patienten in fortgeschrittenem Alter ebenso wenig duzt. Trotz seiner jugendlichen Ausstrahlung ist Meneer van Neste schließlich unverkennbar ein älterer Mann.

Zu Hause übt Jonathan selten.

»Macht es dir überhaupt noch Spaß?«, fragt sie ihn oft, und er antwortet jedes Mal überzeugend mit Ja, spielt aber trotzdem nicht. Sie hat die Regel eingeführt, dass Jonathan übt, während sie morgens den Brei zubereitet, doch meist läuft es darauf hinaus, dass er mit seiner Geige am Fenster steht und die Vögel beobachtet.

In der Nacht hat sie kaum geschlafen. Als sie endlich zu Hause waren und sie Jonathan ins Bett gebracht hatte, war sie auf einmal hellwach, wieder einmal. Eine durchwachte Nacht kommt bei ihr häufiger vor. Sie lag im Bett, Jonathan schlafend daneben, und fragte sich, ob sie Lysander nicht doch noch mal anrufen sollte – bei depressiven Menschen weiß man ja nie – und ob sie ihm nicht vielleicht eine letzte Chance geben sollte. Doch als sie die Idee in die Tat umsetzte, früh am Morgen, nahm niemand ab.

Eine gute Freundin hat zu ihr gesagt: »Du musst ihn loslassen.« Doch wie lässt man jemanden los ohne bleibenden Schaden?

Sie verscheucht den Gedanken. Zusammen mit Jona-

than ist sie unterwegs zum nachmittäglichen Geigenunterricht.

»Jonathan«, ruft sie. »Stoß mit dem Geigenkasten nicht
überall an, das ist schlecht für das Instrument.«

Meneer van Neste öffnet die Tür, begrüßt hocherfreut
Mutter und Kind und geht dann sofort nach hinten, wo
sein Unterrichtszimmer liegt. Sylvie folgt ihm, Jonathan an
der Hand, setzt sich auf einen Stuhl und schaut zu, wie ihr
Sohn seine Geige auspackt.

Ob Meneer van Neste in diesen Räumen wirklich wohnt?
Sie kann es sich kaum vorstellen, hinter dem Zimmer hat sie
einmal so etwas wie eine Küche gesehen, aber die machte
ihr nicht den Eindruck, als könne man sie benutzen.

»Was wollen wir spielen?«, fragt Meneer van Neste.
›Fuchs, du hast die Gans gestohlen‹?«

Jonathan schüttelt den Kopf.

»Nicht immer bocken«, sagt Sylvie.

Jonathans Dickköpfigkeit ärgert sie, doch sie will sich
nicht einmischen, um die Autorität von Meneer van Neste
nicht zu untergraben.

»Lass es uns doch mal mit dem Lied probieren«, sagt
Meneer van Neste. »Und dann klatschen wir.«

Durch das Klatschen soll Jonathan ein Gefühl für Rhyth-
mus entwickeln.

Meneer van Neste beginnt zu spielen, während Jonathan
auf dem Instrument Geräusche hervorbringt, die entfernt
an Geigentöne erinnern. Während sie zusieht, fragt Sylvie
sich, was sie nachher kochen soll. Eingekauft hat sie schon.
Vielleicht wäre es nett, jemanden einzuladen. Gut für sie,
gut für Jonathan: etwas Zerstreuung, Gesellschaft.

Immer noch kratzt Jonathan auf der Geige herum. »Es geht zunächst einmal darum, sich an das Instrument zu gewöhnen«, hat Meneer van Neste gesagt. »Wenn er zu Hause nicht übt, ist das am Anfang nicht schlimm.«

Nie verliert der Geigenlehrer die Geduld.

Vielleicht könnte sie einen Freund oder eine Freundin von Jonathan einladen, doch dafür ist es zu spät. Bestimmt haben deren Eltern schon gekocht. Sie könnte Violet fragen.

Violet hat schon ein paarmal Interesse an mehr Kontakt mit Sylvie bekundet, ihr Freund hat ein Kind, schön ist das nicht, aber es lässt sich nun mal nicht ändern, und bei einem Freund mit Kind gehört Kontakt zu dem Kind und vielleicht auch zur Mutter des Kindes mit dazu.

Einmal hat Rolands Freundin zu ihr gesagt: »Ich finde dich immer so frostig – was willst du nun eigentlich von mir? Kontakt oder keinen Kontakt? Oder willst du mich auf Distanz halten?« Doch das war keine echte Offenheit, vermutet Sylvie, vielmehr Wut. Wut, dass ihr Freund eine Vergangenheit hat, die sich nicht einfach auslöschen lässt, dass zum Kind ihres Freundes auch eine Mutter gehört.

»Meinetwegen Kontakt«, hatte sie geantwortet, »aber müssen wir gleich Busenfreundinnen werden?«

Sie hatte sich vorgenommen, alle unnötige Wut zu ignorieren, so wie in der Praxis die Wut mancher Patienten. Als Konkurrentin hatte sie Violet sowieso nie gesehen, nie sehen wollen. Ihr Mann hatte eine Stelle an der George Mason University angenommen und sich auf dem Absprung nach Fairfax in die Freundin eines seiner Studenten verliebt. Nicht, dass ihr das nicht weh getan hätte, doch

Schmerz war dazu da, überwunden, nicht zelebriert und mit so vielen Leuten wie möglich geteilt zu werden. Als Mutter musste man ohnehin pragmatisch sein. Man musste vergeben. Vergebung war der Weg zur Genesung, hatte sie irgendwo mal gelesen.

Dies ist eine gute Gelegenheit, Violet einzuladen, ihr zu zeigen, dass sie nicht frostig ist, dass es keinen Grund gibt, sie als Konkurrentin zu sehen. Freundinnen brauchen sie nicht zu werden, aber freundschaftlich miteinander umgehen können sie. Ein kleiner, aber entscheidender Unterschied. Und Jonathan kommt sehr gut mit Violet zurecht, das ist viel wert. Ja, sie wird Violet einladen. Dann kann sie ihr auch gleich erzählen, dass sie Roland vorgeschlagen hat, ein Semester pro Jahr in den Niederlanden zu unterrichten, um so näher bei seinem Kind zu sein, und damit auch bei Violet. Sie kann sich vorstellen, dass es für die ebenfalls schön wäre, Roland öfter in der Nähe zu haben. Vielleicht sollte sie es einfach so sagen: »Ich kann dafür sorgen, dass ihr, du und Roland, euch öfter seht, wenn dir das recht ist zumindest.«

Es ist nicht gut für ein Kind, immer nur mit seiner Mutter zusammenzuhocken.

So hatte sie es eines Abends auch Jonathan erklärt: »Wir streiten uns so oft, weil wir niemand anderen zum Streiten dahaben. Wir haben nur uns.« Und Jonathan hatte genickt, bedächtig wie ein alter Mann, schien es ihr. Wie jemand, der alles versteht und es auch selbst schon gedacht, doch es aus Höflichkeit und Weisheit für sich behalten hat.

Leise geht sie in den Flur und wählt Violets Nummer.

Auch hier herrscht ein ziemliches Durcheinander. Kartons, aufgeklappte Notenständer, Geigenkästen, eine Gitarre ohne Saiten.

Frostig, das hat noch niemand zu ihr gesagt. Damals stand sie darüber, und das tut sie noch immer.

»Hallo, hier Sylvie. Störe ich?«, fragt sie.

»Ich sitz gerade bei einem Glas Wein mit wem in der Kneipe, aber nein, du störst nicht.«

Sie hört Violet lachen. Das tut sie oft. Jemandem, der so viel lacht, kann man nicht trauen, aber das hat sie Roland gegenüber immer für sich behalten.

Ohne lange Vorreden fragt sie, ob Violet nachher zum Essen bei ihr vorbeikommen möchte. Am anderen Ende ist es still. Violet scheint zu zögern. Die Frage hat sie offenbar überrumpelt. »Ich weiß, das ist jetzt ein bisschen auf den letzten Drücker, aber wir essen nicht so früh«, fügte Sylvie schnell hinzu. »Jonathan hat gerade Geigenunterricht, und ich muss noch kochen.«

»Okay, schön!«, sagt Violet. Sie scheint nochmals zu zögern. »Soll ich einen Nachtisch mitbringen?«

Einen Nachtisch. Sylvie überlegt. Das Geigenspiel ist verstummt. Sie hört Meneer van Nestes Stimme, kann aber nichts verstehen.

»Vielleicht könnt ihr zusammen Pfannkuchen backen«, schlägt sie vor. »Das hat Jonathan letztes Mal so viel Spaß gemacht. Weißt du noch? Und der Teig ist im Nu fertig.«

»Ja, in Ordnung, machen wir Pfannkuchen.«

Sylvie will das Gespräch beenden, doch da fällt ihr ein, dass sie für Pfannkuchen gar nichts im Haus hat. »Könntest du Teigmix mitbringen und vielleicht etwas Puderzucker? Wenn das nicht zu viel verlangt ist?«

Violet sagt, das sei kein Problem, aber jetzt müsse sie wirklich Schluss machen, weil sie sich gerade mit wem unterhalte und ihn nicht so lange warten lassen könne.

Sylvie geht wieder ins Unterrichtszimmer zurück und schaut Meneer van Neste zu, wie er in die Hände klatscht.

Jetzt ist sie beruhigt.

13

Vom Center for the Study of Public Choice bis zu dem Gebäude, wo Roland dienstags morgens seine Vorlesung hält, ist es eine knappe Viertelstunde zu Fuß. Ein Spaziergang, um den auch seine Kollegen nicht herumkommen. Für sie ist Spazierengehen eine Ergänzung zum Sportstudio. Von Sportstudios hält Roland Oberstein nichts.

In den ersten Monaten an seiner neuen Stelle versuchte er, immer schon fünf oder zehn Minuten vor Beginn seiner Veranstaltung anwesend zu sein, doch weil die Studenten immer erst in letzter Minute zur Vorlesung kommen und auch keiner seiner Kollegen je früher erscheint, hat er damit aufgehört. Punkt elf betritt er den Hörsaal, und zehn Sekunden später beginnt die Vorlesung. Bei Regen zwanzig Sekunden später; das Zusammenklappen eines nassen Regenschirms kostet Zeit.

Die Gewohnheit, während der Seminare eine Anwesenheitsliste zu führen, hat er auch abgelegt. »Wichtig ist, dass die Eltern die Studiengebühren bezahlen, dass die Studenten ihre Arbeiten rechtzeitig abliefern und ihre Prüfungen bestehen, der Rest hat uns nicht zu interessieren«, hat Bergstrom einmal zu ihm gesagt.

Er hat sich nie als jemanden mit Schulmeistermethoden betrachtet, doch an der George Mason University wurde er eines Besseren belehrt.

Er betritt den Vorlesungsraum, nimmt die Bücher aus seiner Plastiktüte und wirft einen Blick in die Runde.

Ungefähr drei Viertel der Studenten, die eigentlich anwesend sein müssten, sind da. Zu einem Studenten, der links vorn in der ersten Reihe sitzt, sagt er: »Könnten Sie bitte die Tür zumachen?«

Er wartet so lange. Es bleibt eine Form von Theater, die Wissensvermittlung. Keine Opera buffa mehr, eher minimalistisch.

»Beim letzten Mal haben wir angefangen, die Theorien von Smith und Hume zu besprechen. Wenn ich mich nicht irre, solltet ihr selbständig weiterlesen. Beginnen wir mit Hume.«

Er versucht, den Zauber, den Hume und Smith seinerzeit auf ihn ausübten, auf seine Studenten zu übertragen, doch er weiß, dass es eine Gratwanderung ist, zwischen »sich lächerlich machen« und »jemanden zu begeistern versuchen«, vor allem hier, wo seine Position eine fragilere ist als in Rotterdam. Er ist zurückhaltender in seinen Lehrmethoden geworden. Vorsichtiger.

Oberstein muss an seine erste Vorlesung denken. Er hatte vor den Studenten gestanden, manche kaum jünger als er, und gedacht: Wie komme ich bloß durch die nächsten neunzig Minuten? Die Panik, die ihn packte, ließ sich in einem einzigen Satz zusammenfassen: Wenn sie nur ja nichts bemerken von meiner Panik.

Im Laufe der Jahre war diese Panik verschwunden, und er hatte den Standpunkt entwickelt, dass Aufmerksamkeit erkämpft werden muss. Man kann nicht erwarten, dass Studenten den Vorlesungssaal schon hochmotiviert betreten. Eine Methode, ihre Aufmerksamkeit zu erzwingen, bestand darin, mit den Augen überall zu sein und sie mit dem eigenen Wissen zu beeindrucken.

Eine Zeitlang hatte er verbissen seinen Stoff runtergebetet wie manch ein Schauspieler seine Rolle, doch anders als der Schauspieler sah er sein Publikum, und dessen Aufmerksamkeit war es, worum er so verbissen kämpfte. Hingerissen, verführt, notfalls hypnotisiert musste es werden. Er musste ihnen ein Idealbild vermitteln, es selbst verkörpern, und sie mit seiner Darbietung überzeugen, dass die Mühe sich lohnte, dass die Suche nach der Wahrheit um ihrer Schönheit willen auch unabhängig von praktischen und vielleicht sogar finanziellen Vorteilen die Anstrengung wert war.

Im Vergleich zu Rotterdam wirken manche Studenten hier nicht sehr gepflegt. Bisweilen sind sie klug, sehr klug sogar, aber ungepflegt. Das ist keine Bewertung, er stellt es nur fest.

Rechts vor ihm sitzt ein Junge mit auffälligen Piercings, der nie etwas sagt. Ein paarmal hat Roland versucht, ihn in die Diskussion einzubeziehen, doch mittlerweile hat er es aufgegeben. Sein Theater der Wissensvermittlung hat eine Stilmetamorphose durchlaufen. Schweigen ist jetzt erlaubt. Keine Piercings sehen, nur noch Ideen. Das ist seine Aufgabe hier.

In der dritten Reihe, auf der Türseite, sitzt eine besonders attraktive Studentin, mit der er zweimal ins Gespräch zu kommen versuchte, doch beide Male dauerte das Gespräch nicht länger als zwanzig Sekunden.

Ein Gaukler braucht er in Fairfax nicht mehr zu sein, nur noch ein akzeptabler Dozent. Das schillernde Trugbild ist nun seine Forschung.

Während er erst über Hume und dann über Smith redet und einige Fragen beantwortet – er hat dieses Seminar schon zigmal gegeben –, schweifen seine Gedanken ab zu seiner Ex, seinem Sohn, seiner Freundin und seiner Mutter, die er jeden Dienstagnachmittag anruft, wenn es in Fairfax halb drei ist.

Normalerweise schweift er nie so weit mit den Gedanken ab. Normalerweise ist er voll konzentriert.

Was erwartet seine Exfrau von ihm? Er kann einen Kredit aufnehmen und ein Au-pair-Mädchen für sie bezahlen. Ist das nicht besser, als ein Semester in den Niederlanden Vorlesungen zu geben und Vater zu spielen, eine Rolle, die ihm nie besonders gelegen hat?

In Harmonie mit seiner Umgebung zu leben bedeutet, sich von der Umgebung unabhängig zu machen. Hysterisches Aufmerksamkeitheischen stört ihn. Erwachsene denken oft zu Unrecht, einen Anspruch auf Beachtung zu haben oder Rechte daraus ableiten zu können, dass sie in der Vergangenheit einmal Beachtung erhielten. Weil sie im Jahr 2008 soundso viel Aufmerksamkeit bekommen haben, meinen sie, im Jahr 2009 ebenso viel beanspruchen zu können oder noch mehr. Warum nur? Welche stillschweigende Abmachung liegt dieser Annahme zugrunde?

Natürlich haben Studenten ein Recht auf eine gewisse Aufmerksamkeit. Doch diese Aufmerksamkeit ist genau definiert, für sie gibt es Regeln, an die beide Parteien sich halten müssen.

»Wir machen mit Adam Smith weiter«, sagt Oberstein. »*Theorie der ethischen Gefühle*, ich zitiere: ›Ja, wir empfinden Sympathie sogar mit den Toten, und, ohne dass wir auf das achten würden, was in ihrer Lage wirklich wichtig ist, nämlich die furchtbare Zukunft, die ihrer wartet, machen auf uns vielmehr jene Umstände besonderen Eindruck, die zwar uns in die Augen fallen, die aber auf ihre Glückseligkeit keinen Einfluss haben können. Es ist bejammernswert, denken wir, des Sonnenlichtes beraubt zu sein; ausgeschlossen zu sein vom Leben und vom Umgang mit Menschen; ins kalte Grab gelegt zu werden als eine Beute der Verwesung und des Gewürms der Erde. Der Tote ist bejammernswert, denken wir, weil niemand mehr in dieser Welt seiner gedenkt und er in kurzer Zeit aus der Liebe und fast sogar aus dem Gedächtnis seiner liebsten Freunde und Verwandten verstoßen sein wird.‹ Was sollen wir uns unter dieser ›Sympathie‹ – oder vielmehr: dem Mitgefühl – mit den Toten vorstellen? Wo wir doch ihr Glück oder Unglück kaum mehr beeinflussen können? Und was bedeutet das für die Lebenden? Was beeinflusst ihr Unglück? Und warum sind diese Fragen für den Wirtschaftswissenschaftler so wichtig? Welchen Platz nehmen sie im relativ kleinen Œuvre von Adam Smith ein? Bitte denkt bis zum nächsten Mal darüber nach, und denkt nicht nur nach, sondern bringt auch etwas Zusammenhängendes zu Papier, ausgehend von den Texten, die wir bisher gelesen haben. Bezieht dabei in eure Überlegungen auch ein, was Smith etwas weiter unten im Text über den Tod sagt: ›…das stärkste Gift für jedes Glück, aber auch die gewaltigste Schranke für die Ungerechtigkeit der Menschen, die, während sie den Einzelnen bedrückt und ihn quält, doch die Gesellschaft hütet und beschützt‹.«

Pünktlich auf die Minute schließt er mit der Bemerkung: »Das war's für heute. Wir sehen uns wieder nächsten Dienstag um elf.«

Er wartet, bis der Student links vorn die Tür aufgemacht hat, dann schiebt er seine Bücher in die Plastiktüte. Niemand kommt zu ihm, niemand stellt eine Frage. Die attraktive Studentin geht als Erste schweigend hinaus. Ein akzeptabler Dozent ist offenbar vor allem ein unsichtbarer Dozent.

Er wartet, bis die ersten Studenten den Raum verlassen haben, dann geht auch er. Die Zurückbleibenden, die ihre Jacken noch anziehen und immer noch ihre Taschen packen, werden die Tür schon hinter sich schließen.

Durch die hüglige Landschaft des Campus geht er zurück zum Center. Es ist sonnig, aber sehr frisch. Unterwegs begegnet er zwei seiner Studenten. Er erkennt sie, ihre Namen allerdings sind ihm entfallen, doch sie grüßen ohnehin nicht.

Auf dem Rückweg von seiner Dienstagvormittagsvorlesung bleibt er an einer bestimmten Stelle auf halber Strecke oft stehen, um Violet eine SMS zu schreiben; ein herrlicher Fleck zum Verweilen, man überblickt die gesamte Umgebung, außer es regnet und die Wolken hängen tief. Doch meist hindert ihn auch das nicht an seiner Gewohnheit.

Auch am heutigen Dienstag bricht er die Tradition nicht. Er schreibt: »Liebste, alles in Ordnung bei dir?« Als er sein Handy wieder einstecken will, sieht er, dass Lea ihm eine SMS geschickt hat.

»Ich sehne mich nach dir«, lässt sie ihn wissen.

Er hält inne, Mobiltelefon in der Hand, und stellt seine Büchertüte wieder auf den Boden.

Was sehen sie nur alle in ihm? Nicht, dass er sich für komplett unattraktiv hält, doch er hat stark das Gefühl, dass Frauen, die sich für ihn interessieren, einen anderen sehen, dass ihr Interesse auf einem Irrtum beruht.

Er zögert, lächelt, dann schreibt er zurück: »Ich mich auch nach dir.«

Auch Sehnsucht kann eine Frage der Höflichkeit sein. Er ist neugierig auf sie. Der Unterschied zwischen Verlangen und Neugier ist vielleicht weniger groß, als man gemeinhin annimmt.

Was ist Verlangen? Ob Menschen oder Produkte – es folgt alles der Ökonomie des Begehrens.

Er nimmt seine Plastiktüte und geht weiter zum Center, wo er gleich mit seinen Kollegen zum Lunch fahren wird. Danach wird er sich an seinen Computer setzen, um sein allwöchentliches Telefonat mit seiner Mutter zu führen.

14

»Erinnere mich dran, dass ich gleich noch Pfannkuchenmix kaufen muss«, sagt Violet, während sie ihr Handy in die Handtasche steckt.

»Pfannkuchen«, wiederholt Wytse. Er spricht das Wort mit hörbarem Appetit aus.

»Und Puderzucker. Aber den hab ich selbst noch zu Hause«, fügt sie hinzu. Obwohl es Wytse im Grunde nichts angeht, was sie noch zu Hause hat und was nicht.

Sie sitzen in Violets Lieblingskneipe an der Lindengracht.

Wytse hat auch eine Tasche dabei, eine Aktentasche für Herren. Sie fragt sich, was wohl darin ist. Werbung für Satellitentelefone? Kundenverträge? Eine Banane, die er eigentlich zum Lunch essen wollte?

Sie hat von dem Mix angefangen, um ihr Handygespräch wiedergutzumachen, aber auch, um schon mal anzukündigen, dass sie gleich wegmuss. Damit er versteht, dass er weiter nichts zu erwarten hat. Einmal ist keinmal. Aber jetzt ist es genug.

Wytse erzählt von Afrika, von Hilfsorganisationen, die Satellitentelefone brauchen. Ab und zu nickt sie und nimmt zwischendurch einen Schluck Wein, der ihr heute nicht richtig schmeckt. Billiger Fusel, der nach Spülmittel riecht. Meist riecht der Wein hier nach Wein.

Sie hat studiert, ist nach Amsterdam gegangen und entwirft Taschen, sie hat eine Beziehung mit dem Diplombetreuer ihres Ex, sie macht Yoga, und mit sechsundzwanzig hat sie die Einsamkeit kennengelernt. Sie weiß noch genau, wann das war, sie fuhr mit dem Fahrrad nach Hause, nachdem sie tagsüber eine dreieckige Tasche entworfen hatte, und plötzlich ging es ihr auf: Ich bin einsam. Sie rief Roland an, und der sagte: »Das mag höchst unangenehm für dich sein, aber im Grunde ist es nicht übel. Ohne Einsamkeit keine wahre Produktivität. Du musst lernen, sie zu lieben, wie Ingwer.«

»Fährst du oft nach Afrika?«, fragt sie Wytse.

»Nicht oft«, antwortet der, »aber manchmal muss man vor Ort sein, um die Situation mit eigenen Augen zu sehen. Wo werden die Satellitentelefone benutzt und wofür? Mit was für Problemen hat der Kunde zu kämpfen?«

»Natürlich«, sagt sie leichthin. Sie denkt nicht an die Vor-Ort-Situation in Afrika, sie denkt an den Morgen, als Wytse neben ihr wach wurde und sie noch einmal mit ihm Sex hatte, weil sie dachte: Wo er schon hier ist, kann ich das gleich noch mal ausnutzen. Hinterher hatte sie mit ihm das Gespräch über seine Karriere geführt. Der Sex war gut gewesen, vielleicht mehr als das, und sei es nur darum, weil es spannend ist, wenn einen ein Unbekannter berührt, sie hatte vergessen, wie aufregend das war. In so einem Moment, bei der ersten Berührung, elektrisieren die Hände des anderen. »Ich war mit einem andern im Bett«, hatte sie später in ihrem Tagebuch notiert. Mehr nicht. Zu mehr hatte sie keine Ruhe gehabt.

Auf ihrem Schreibtisch stehen mindestens zwanzig Notizbücher, alle schwarz und von ihr vollgeschrieben. Nicht für die Nachwelt, nicht in der Hoffnung, dass nach ihrem Tod jemand etwas Besonderes darin entdeckt. In der Schulzeit hat sie damit angefangen. Von ihr aus können die Bücher einmal zusammen mit ihr und Meneer Bär begraben werden.

Das Gespräch über Wytses Karriere war eine kalte Dusche. Es tötete jede Erotik. Was sie allerdings nicht aufgeschrieben hat. Warum auch? Sie hatte Wytse plötzlich unsicher gefunden. In einer Tour hatte er rhetorische Fragen gestellt und sie erwartungsvoll angesehen, zweifellos in der Hoffnung, sie würde sagen: »Ja, so sehe ich das auch.«

Am frühen Morgen im Bett möchte sie keine Sätze hören wie: »Ich will europäischer Marktführer für Satellitentelefone werden. Das werd ich doch schaffen, denkst du nicht?«

Es ist nicht ihre Aufgabe, Männern Selbstsicherheitstraining zu geben. Selbstsicher müssen sie schon von alleine sein.

Doch der Sex davor war überraschend gut gewesen, und das war das Wichtigste. Darum hatte sie sich in ihren Notizen auf die nackte Tatsache beschränkt.

»Und wie lang bleibst du so in Afrika?«, fragt sie, während sie immer noch den Spülmittelgeruch in der Nase hat.

»Meistens drei, vier Wochen. Die Teams von den Hilfsorganisationen sind dort, wo Leute sterben, wo Krieg ist, Hungersnot, und ohne ein Satellitentelefon sind sie aufgeschmissen. Da komme ich ins Spiel. Mit einem Satellitentelefon kann man überall arbeiten, auch zwischen Leichen, denn man hat seine Verbindung zur Welt. Und es hat doch was, wenn man mitten in der Nacht sein Satellitentelefon rausholt, sein Notebook aufklappt und unter freiem Himmel seine Buchhaltung macht. Das ist einfach klasse.«

Sie wirft einen Blick auf seine Aktentasche. Eine Berufsdeformation. Alles, was mit Taschen zu tun hat, fasziniert sie.

An dem Abend hatte sie das Gefühl, wichtig für Wytse zu sein, wichtiger als seine Eltern, seine Familie, sein Beruf, als alle Satellitentelefone der Welt. So hatte es sich angefühlt, als er sie auf der Party küsste, als seine Hand zwischen ihre Beine glitt, und später zu Hause, in ihrem Bett.

Jeder will sich ab und zu wichtig fühlen. Ein verständlicher und eigentlich auch ziemlich bescheidener Wunsch, vor allem, wenn man es nur alle Jubeljahre verlangt.

Immer noch redet Wytse von Afrika. Er gestikuliert wild mit den Händen. Sein Enthusiasmus ist ansteckend.

»Und hast du nicht manchmal Angst?«, fragt sie. Sie muss gleich weg, aber sie will das Gespräch hier mit Anstand zu Ende bringen.

Er zuckt mit den Schultern. »Eigentlich nicht. Ja, Angst, dass ich es nicht schaffe. Angst, dass der Markt für Satellitentelefone plötzlich zusammenbricht, aber weißt du, was das Verrückte ist? Trotz der Krise wächst dieses Segment ständig weiter. Durch die Krise leiden immer mehr Menschen an Hunger, und das bedeutet, dass immer mehr Helfer mit Satellitentelefonen nötig sind. Es klingt vielleicht seltsam, aber für mich ist die Krise ein richtiger Boom.«

»Ein Boom«, sagt sie leise.

Anders als mit Roland war es gewesen. Der Sex mit Roland ist auch gut, keine Frage, aber Roland gibt ihr oft das Gefühl, dass Sex ihn eigentlich mehr aus dem Konzept bringt, eine Ablenkung von etwas viel Wichtigerem ist, der Geschichte der Spekulationsblase und der ökonomischen Perspektive auf den Völkermord. Ein Zeitverlust, den er sich eigentlich gar nicht leisten kann. Dass sie, Violet, in seinem Leben insgesamt eine Störung darstellt, diesen Eindruck vermittelt er ihr manchmal.

Hinterher bleibt er immer noch fünf Minuten in ihren Armen liegen, doch wieder hat sie das Gefühl, dass er sich eher dazu zwingt. Jemand muss ihm einmal gesagt haben, das gehöre sich so, oder er hat es irgendwo gelesen und wartet darum, bis die fünf Minuten vorbei sind, um dann schnell zurück an sein Notebook zu gehen. Wenn es spät ist, dreht er sich sofort um und schläft ein.

Und morgens will er überhaupt nie mit ihr schlafen, er steht auf und flitzt zu seinem Notebook, als sei das aufregender als jede Frau. »Was gibt's denn schon wieder so Dringendes?«, hat sie einmal gefragt.

Er murmelte nur irgendwas Unverständliches von: »E-Mails… Studenten… Forschung… Fachzeitschriften… Artikel… Deadlines… Konferenzen.«

»Trinkst du noch ein Glas Wein?«, fragt Wytse. »Ich nehm noch ein Bier.«

Sie war Wytse zum ersten Mal auf einer Hochzeit begegnet. Er trug einen schicken Anzug, italienisch wahrscheinlich. Das zweite Mal sah sie ihn auf der Party. Da hatte er eine Jeans an und ein weißes Hemd mit Fliegenmotiv, sehr cool. Sie dachte: Der ist es, der ist für heute der Mann meiner Wahl.

Man darf, das wusste sie noch von früher, nicht bis zum Ende des Abends warten und dann denken: Na, dann gehe ich eben mit dem. Sonst gibt's nur noch die Ladenhüter, den versprengten Rest, der von allein niemanden abgekriegt hat. Man muss sich ein Ziel setzen, sofort beim Hereinkommen: Der wird es. Der oder keiner.

Sie wusste nicht, dass Wytse mit Satellitentelefonen handelt.

Verrückt, dass sie nicht mehr weiß, was Roland bei ihrer ersten Begegnung anhatte.

Wytse redet immer noch angeregt von seiner Arbeit. Mit faszinierender Lebenslust. Immerhin weiß sie jetzt wieder, warum sie an dem Abend auf seine Ankündigung »Ich gehe nach Hause« zu ihm gesagt hat: »Jetzt schon?«

Er verstummt. Das Thema Afrika ist erschöpft. »Was hast du da eigentlich gelesen?«, fragt er.

Sie dreht das Buch mit dem Cover nach oben.

»Ach, Murakami!«, sagt er, als hätte er dem Autor erst kürzlich ein Satellitentelefon verkauft. »Viel von gehört. Nie was gelesen. Er hat doch auch ein Buch übers Laufen geschrieben?«

»Kann sein«, sagt Violet.

Sie betrachtet die Rückseite des Buchs, kann aber keinen Hinweis entdecken.

»Ich laufe auch«, sagt Wytse. »Ich bereite mich auf den Marathon vor. Auch in Afrika. Man muss ständig trainieren. Die Leute dort fassen sich an den Kopf, sie sind am Verhungern, und dann rennt so ein Weißer in Turnschuhen vorbei, aber so ist das Leben. Manchmal laufe ich mit ein paar Leuten vom Hilfsteam, die stehen im Allgemeinen genauso auf Joggen. Was ein anständiger Helfer ist, hält seinen Körper topfit und pflegt sich, auch in Afrika, und das find ich schon stark.«

»Ich mache Yoga«, sagt Violet.

»Das entspannt auch. Yoga. Aber das sieht man in Afrika selten. Da machen sie mehr Krafttraining.«

»Es baut Stress ab«, sagt Violet.

»Sex ist eigentlich auch eine Art Yoga«, ergänzt Wytse fröhlich.

»So hatte ich es noch gar nicht betrachtet.«

»Wenn man viel reist, sieht man viele Dinge plötzlich ganz anders. Tod, Leben, Sex, Yoga, das ist alles *ein* großes Ganzes.«

Einen Moment ist es still. Sie hält den Blick auf ihr Buch gerichtet. »Wie gesagt, ich hab einen Freund«, beginnt sie, als rede sie mit dem Buch.

»Ich weiß.« Wytse schaut freundlich. Es scheint ihn nicht weiter zu stören. Hungersnot in Afrika, Berge von Leichen – er hat schlimmere Dinge erlebt als ein bisschen Fremdgehen.

Er hebt sein Glas an und dreht den Bierdeckel um. »Ich hatte bis vor kurzem eine Freundin«, sagt er.

Bis vor kurzem. Sie schaut ihn an, lacht unwillkürlich, aus Gewohnheit, aber auch, weil sie seine Gedanken-sprünge wirklich lustig findet, seine chaotische Art zu er-zählen.

»Zwei Jahre lief es ganz gut. Bis letzten Sommer. Da wollte sie wieder campen, auf so einem Campingplatz mit Kreativangebot. Ich hab nichts gegen campen, aber dieses kreative Getue ging mir auf den Geist. Ich meine, ich kenne Afrika.«

»Was macht man da eigentlich?«, fragt Violet. Ein Cam-pingplatz mit Kreativangebot. Sie wusste gerade mal, dass es so was gibt.

»Auf so einem Campingplatz? Sie hat einen Kurs ge-macht, wie man Kolumnen schreibt, in Frankreich – der

Kurs war in Frankreich, meine ich. Dabei hatte sie 2007 schon mal so einen gemacht, da war ich mitgekommen – ungern! –, und noch mal wollte ich da nicht hin. Sie sagte: ›Du kannst dir doch auch einen interessanten Kurs suchen.‹ Aber ich wollte keinen interessanten Kurs. Und ich hab auch nicht verstanden, warum sie dieses Kolumnending unbedingt zum zweiten Mal machen wollte, sie hat überhaupt kein Talent dazu. Ich dachte, ein paar Stunden mit dem Flugzeug von hier verhungern die Leute, und du sitzt vor deinem Klapptisch und schreibst Kolumnen über deine Waschmaschine – da stimmt doch was nicht! Also hab ich gesagt: ›Du musst wählen, der Kreativcampingplatz oder ich.‹ Ich war mir eigentlich sicher, dass sie sich für mich entscheiden würde, wir wohnten ja schon zusammen. Aber sie ist bei ihrem Kreativzelten geblieben.«

Er scheint sich darüber noch immer zu ärgern, als sei ihr Mangel an Talent der Todesstoß für ihre Beziehung gewesen.

Er schaut Violet an, Zustimmung heischend, dass man nicht richtig im Kopf sein kann, wenn man sich fürs Kreativzelten und gegen ihn entscheidet. Doch sie sagt nichts. Violet hat nichts gegen campen, aber wenn, dann auch richtig. Irgendwo in der Wildnis. Ohne Kurse. Ohne Kolumnen. Wilden Tieren ausgesetzt. Bären zum Beispiel.

»Sie machte auch Yoga«, fährt Wytse fort.

Jetzt muss sie es sagen. Darum ist sie gekommen, um die Sache ordentlich zu Ende zu bringen, damit er ihr später nichts vorwerfen kann. Um ihr Gewissen zu beruhigen, das vielleicht auch.

»Was passiert ist, darfst du nicht so auf dich beziehen.

Es hatte mehr mit meiner Beziehung zu tun als mit dir. Tut mir leid.«

Sie erwartet Betroffenheit, doch er schaut nicht erstaunt.

»So was hast du auch schon am Telefon gesagt.«

Das stimmt. Sie hat es auch da schon gesagt, aber es ist doch etwas anderes, wenn man sich extra die Mühe macht, jemanden noch mal zu treffen, um es ihm persönlich zu sagen, behutsam, aber entschieden. Das ist, was man mit dem Wort »nett« bezeichnet, das ist Menschlichkeit. Dass man alles noch einmal freundlich erklärt.

Mühsam quetscht sie das Buch von Murakami in ihre Tasche.

»Ich hab eine Verabredung zum Essen«, sagt sie. »Ich muss noch Pfannkuchenmix kaufen.«

»Dann komm ich noch mit in den Supermarkt.«

Offenbar redet er genauso gern über Pfannkuchen wie über Afrika. Sein Absatzmarkt bereitet ihm Kopfzerbrechen, aber für einen Pfannkuchenmix lässt sich vieles vertagen.

Mit einer Entschiedenheit, die sie überrascht, verlangt er die Rechnung.

15

Ursprünglich war Roland Oberstein schüchtern. Nicht krankhaft, aber doch schüchtern genug, um während der ersten zwanzig Jahre seines Lebens die Anwesenheit anderer Menschen als unangenehm zu empfinden. Auf der Universität hatte er versucht, diese innere Einstellung, soweit man es als solche bezeichnen kann, zu ändern. Mehr und mehr betrachtete er seine Schüchternheit als ein Handicap, das man loswerden musste. Wie jemand mit einem künstlichen Bein sich trotz der Behinderung fürs Langstreckenlaufen entscheidet, so beschloss er, seine sozialen Fähigkeiten zu schulen. Schüchternheit hemmte die Karriere. Ideen musste man nicht nur haben, man musste sie auch verkaufen können. Genialität allein war nicht genug.

Er wurde Mitglied einer Studentenvereinigung, bot an, eine Konferenz mitzuorganisieren, unternahm ein paar Gruppenreisen und arbeitete an sich. Angst war dazu da, überwunden zu werden. Wie ein Soldat den Feind und seine Angst vor ihm überwindet, so musste er seine Angst und seine Gegenüber bezwingen. Er ließ sich nach Hause zum Essen einladen, nahm Blumen oder Pralinen für die Gastgeber mit, alles lief glatt, und er gewann an Sicherheit, immer geschickter ging er mit seiner sozialen Beinprothese um. Bis niemand mehr etwas bemerkte.

Allmählich begann er, sich mehr für die Leute zu interessieren. Ob diese Neugier aus seiner Schüchternheit herrührt, könnte er nicht sagen. Sicher ist nur: Er hat nie gern über sich geredet. »Sein Herz ausschütten« – er wüsste nicht, was er sich darunter vorstellen sollte. Was gibt es da auszuschütten? Er hört den Leuten lieber zu, solange sie mit einem gewissen Sachverstand reden. Die »wahre Leidenschaft« ist ihm zu wild – und obendrein verlogen. Er kann nicht daran glauben.

Zum Lunch gehen die Dozenten – außer Weinert – in ein

chinesisches Restaurant. Das Essen dort ist gut, für Fairfax zumindest, die Portionen sind riesig. Meist fahren sie mit dem Jeep von Eliot Hegel. So auch heute. Hegel ist nicht verwandt mit dem Philosophen, er ist ein vielfältig interessierter Wissenschaftler, der in einem Blog neben Fragen der Ökonomie auch solche der Kochkunst behandelt. Die chinesische Küche ist sein Hobby. Vielleicht mehr als das. Oberstein isst lieber französisch oder italienisch, aber er passt sich an.

Wie meistens sitzt Oberstein auch heute auf dem Rücksitz, eingeklemmt zwischen Kollegen.

»Alles in Ordnung?«, fragt Hegel.

»Ja«, antwortet Oberstein.

Er macht nie Scherereien.

An manchen Mittagen mischt er sich aktiv ins Gespräch und versucht, genauso schlagfertig zu parieren wie die meisten Kollegen, immer wieder aber fällt er in seine alte Verschlossenheit zurück. Die Kollegen, über die geredet wird, kennt er meist nicht persönlich, und er findet, ein bisschen Schüchternheit passt ganz gut zu der Rolle des liebenswürdigen Europäers, die er hier in den USA spielt.

Sie steigen aus und gehen zu dem chinesischen Restaurant, das sich in einer Shopping Mall befindet. Eine Gruppe von Männern, der jüngste Anfang dreißig, der älteste Ende fünfzig. Oberstein mit seinen einundvierzig Jahren liegt so ziemlich in der Mitte.

Von seinem wissenschaftlichen Ehrgeiz redet er nicht. Wenn sein Buch fertig ist, sollen sie es lesen. Fragen danach beantwortet er knapp, geradezu ängstlich. Ehrgeiz ist Energie, die aus der Überwindung von Angst entsteht.

Heute belastet Oberstein einiges mehr als an anderen Tagen. Er macht die Menschen nicht glücklich. Vielleicht sollte er es doch einmal versuchen.

Die Ökonomen haben einen Stammplatz in dem Restaurant, wo selten mehr als drei Tische besetzt sind. Hegel bestellt für alle. Jede Gruppe braucht jemanden, der bestimmt. Das Essen kommt schnell. Sie wissen hier, dass Ökonomen wenig Zeit haben und hungrige Leute sind.

Hegel drückt Oberstein eine Schüssel frittierter Riesengarnelen in die Hand. »Was meinst du, wird Obama es schaffen?«, fragt er. Das Gespräch ist verstummt. Alle schauen Oberstein erwartungsvoll an. Als habe der liebenswürdige Europäer das entscheidende Wort in dieser Angelegenheit.

Er nimmt drei Garnelen und stellt die Schüssel auf den Tisch zurück.

Wenn er die Menschen unglücklich macht, muss er sie sich vielleicht noch mehr vom Leib halten. Nicht alle natürlich, nur diejenigen, die ihm zu nah kommen.

Er nimmt die Platte mit gegrilltem Fisch in Bananenblättern. Den Namen des Fisches hat er nicht verstanden.

»Meinungsumfragen sind weniger unzuverlässig, als man immer denkt«, sagt er. »Wie viele Wochen sind es noch bis zur Wahl? Drei, vier. Ich meine, wir sollten den Meinungsumfragen glauben.«

Eine nichtssagende Phrase. Er könnte noch mehr sagen, aber er führt ungern politische Gespräche. Schon gar nicht hier. Seit seinem zwanzigsten Lebensjahr hat er nicht mehr gewählt. Damals, wenn er sich recht erinnert, stimmte er sozialdemokratisch, weil er fand, dass das zu dem Wirtschaftswissenschaftler mit Anstand, der er zu werden hoffte, am besten passte. Allmählich jedoch entwickelten sich seine Ideen in eine andere Richtung. Vielleicht können Menschen tatsächlich der Neigung zum Machtmissbrauch nicht widerstehen, aber ein Dschungel von Regulierungen und Gesetzen ist auch keine vernünftige Lösung.

»Ich weiß nicht«, sagt Bergstrom. »Wir nehmen allzu leicht an, dass Leute den Meinungsforschern am Telefon die Wahrheit sagen. Aber vielleicht schämen sie sich.«

»Wofür sollten sie sich denn schämen?«, ruft Hegel und verschlingt mit zwei Bissen drei ziemlich dicke Garnelen.

Eliot Hegels Vater hatte eine Reparaturwerkstatt in einer kleinen Stadt in Ohio. Auf dem Schild der Werkstatt stand »Hegel«, aber niemand dachte an den Philosophen, alle dachten an Autos. So hatte Hegel es ihnen erzählt, als lustige Anekdote. Nur Oberstein hatte nicht darüber gelacht.

»Für ihren Rassismus«, antwortet Bergstrom. »Den behalten sie lieber für sich.«

»Unsinn«, sagt Hegel, während er ein großes Stück gedünsteten Fisch verdrückt, »Rassisten sind stolz auf ihren Rassismus.«

»Nein«, sagt Bergstrom und kratzt sich am Bein. »Das ist eine kleine Minderheit, die schweigende Mehrheit dagegen schämt sich dafür – diese Leute neigen vielleicht genauso dazu, sie haben die Veranlagung, die Prädestinierung, wenn du so willst, aber sie haben ihre rassistischen Neigungen unterdrückt, weil die verpönt sind.«

Hegel schüttelt den Kopf. »Und wie darf ich mir das vorstellen?«, fragt er, während etwas in seinem Mund verschwindet, das aussieht wie sauer eingelegtes Schweineohr. Er kaut darauf herum. Alle sind still. »Wie darf ich mir das vorstellen?«, wiederholt er. »Deine Freundin, Oberstein, die wohnt doch in Amsterdam? Wie kommst du damit zurecht?«

Für Hegel gehört Schlagfertigkeit unverzichtbar zu jeder Diskussion, und dazu gehört Wendigkeit. Nur nicht zu lange bei einem Thema verweilen.

»Sie wohnt in Amsterdam«, beginnt Oberstein zögernd und sieht einen Mann im Anzug vor sich, mit einer Freundin in London, der aus fingerfertiger Befriedigung anderer offenbar seinen Beruf gemacht hat. Ein Banker vielleicht, ein Devisenhändler. Woher kommt plötzlich diese Wahnvorstellung?

»Und das funktioniert?«, will der geniale Russe wissen.

»Hier«, sagt Hegel, bevor Oberstein etwas antworten kann, »du hast nichts von dem Schweineohr genommen.« Er schiebt ihm etwas Schweineohr auf den Teller.

Pflichtschuldig beginnt Oberstein auf der Stelle zu essen.

Der süßsaure Geschmack ist nicht schlecht, doch die Textur des Fleisches missfällt ihm.

»Und ihr seid monogam?«, fragt Hegel weiter.

Normalerweise werden solche Themen vermieden, doch wenn Hegel gute Laune hat, spricht er beim Chinesen auch gern mal über Privates. Bevor Oberstein antworten kann, den Mund noch voll Schweineohr, reißt der Russe das Gespräch an sich: »Es wäre mal interessant, zu untersuchen, was Fremdgehen zur Volkswirtschaft beiträgt. Denkt nur an all die Geschenke, die für Geliebte gekauft werden.«

»Und die vermieteten Hotelzimmer«, fügt Hegel hinzu, während er sich über eine Portion gekochtes Gemüse in Austernsoße hermacht.

Jetzt kann Oberstein nicht zurückstehen. »Es wäre auch interessant, einmal herauszufinden, wer produktiver ist, der Monogamist oder der, der eine Affäre hat. Wenn der mit der Affäre sich als produktiver herausstellt, würde viel dafür sprechen, dass Ehebruch einen nicht zu unterschätzenden Beitrag zur Volkswirtschaft liefert.«

Bergstrom schüttelt den Kopf. »Dass die massive Zerrüttung von Familien der Wirtschaft zuträglich sein soll, halte ich für eine bedenkliche These.«

Der Russe unterbricht ihn. »Zerrüttung?«, ruft er. »Wer spricht von Zerrüttung? In Frankreich betrachtet man die Affäre als die unentbehrliche Stütze jeden Familienlebens: die Möglichkeit, Dampf abzulassen. Wer es in die Ehe geschafft hat, signalisiert mit dem Trauring im Grunde, dass er vertrauenswürdig ist, nicht völlig debil und verwirrt, und dass seine sexuellen Leistungen auf einem zumindest akzeptablen Niveau liegen, aber vor allem, dass er verfügbar ist. Okay, vielleicht nicht mehr für Familie und Reproduktion, aber fürs reine Vergnügen. Der Trauring sagt: Bei mir könnt ihr Dampf ablassen.«

Es wird gelacht. Der Russe ist nicht verheiratet, und soweit Oberstein weiß, hat er auch keine Freundin.

»Moment«, sagt Hegel und nimmt abermals von den Garnelen, »dann müssten wir eigentlich Mandeville recht geben, der, wie ihr wisst, den Bordellbesuch fördern wollte, weil die Leute dann kürzere Mittagspausen bräuchten, schließlich sei der Bordellbesuch weniger zeitraubend als das Finden einer Geliebten.« Nowak, ein älterer, eher stiller Kollege, der eigentlich mehr Mathematiker ist als Wirtschaftswissenschaftler, bemerkt daraufhin: »Das kann sich Jahre hinziehen. Die meisten Männer finden leichter irgendwo eine Stelle als eine Geliebte, selbst jetzt in der Krise.«

Wieder wird gelacht.

Nowak zupft sich an seinem Bart, dann trinkt er mit einem Strohhalm seinen Eistee aus.

Solche Gespräche führte Oberstein in Rotterdam selten, doch schon am ersten Tag in Fairfax hatte Weinert zu ihm gesagt: »Wir hier am Center for the Study of Public Choice sind keine Durchschnittsökonomen, das überlassen wir anderen Kollegen.«

Hegel verlangt die Rechnung. Jeder gibt zwanzig Dollar.

Unsicherheit legt sich in der Regel im Laufe der Jahre, sein eigenes Unbehagen dagegen nimmt immer mehr zu, das erstaunt Oberstein. Manchmal betritt er den Hörsaal und fühlt sich neuerdings wie ein Betrüger. Früher glaubte er immer, dass nur die dummen Studenten zwischen ihm und seiner Wissenschaft stünden. Jetzt zweifelt er manchmal daran, ob er überhaupt der richtige Mann ist, jungen Menschen etwas beizubringen.

Gegen dieses Unbehagen ist kein Kraut gewachsen, das einzige Mittel ist Ehrgeiz. Der Wille, sein Forschungsprojekt zu beenden, koste es, was es wolle.

Die Wirtschaftswissenschaftler stehen auf.

Obersteins Blick bleibt an Bergstroms nackten Beinen hängen, die von Mückenstichen übersät sind.

16

Die Treppe ist steil. »Halt dich fest«, sagt Violet. Seit dem ersten Studienjahr hat sie immer mit Leuten zusammengewohnt, und obwohl sie sich mittlerweile vermutlich eine eigene Wohnung leisten könnte, findet sie es immer noch viel gemütlicher so. Dass sie morgens ab und zu warten muss, bis die Dusche frei wird, macht ihr nichts aus, und wenn Leute von Privatsphäre anfangen, sagt sie immer: »Ich hab doch ein eigenes Zimmer! Meine Tür kann ich jederzeit hinter mir zuziehen.«

In der Küche, die sie mit drei Mitbewohnern teilt, macht sie sich auf die Suche nach Puderzucker, den Pfannkuchenmix in der Hand. Im Supermarkt hat sie keine Plastiktüte gewollt. Blödsinn, wegen eines einzigen Artikels eine Tüte zu nehmen, als dürfte bloß niemand sehen, was man gekauft hat. So ist Roland. Übertrieben diskret, immer besorgt, andere könnten was mitkriegen, was sie nichts angeht. Im Restaurant sagt er oft: »Jetzt red doch nicht so laut!«

Wytse hat sich gegen den Kühlschrank gelehnt. Seine Aktentasche steht auf dem Tisch, neben einer leeren Springform. Jetzt erst bemerkt Violet, wie sehr die Tasche glänzt. An dem Blech kleben noch Kuchenreste. Vor ein paar Tagen haben sie zusammen Apfelkuchen gebacken. Es war lustig. Der Kuchen war noch nicht fertiggebacken, da waren sie schon alle betrunken.

»Vielleicht hat einer von den anderen ihn aufgebraucht«, sagt sie, mehr zu sich als zu Wytse.

Die Glatze des Satellitentelefonhändlers leuchtet, und

sie muss daran denken, wie er seinen Kopf alle zwei Tage unter der Dusche rasiert. »Es dauert nicht lange«, hatte er ihr erklärt. »Man fährt sich ein paarmal mit dem Rasierer darüber, und fertig. Hauptsache, man macht es regelmäßig. Auch in Afrika.«

Eben in der Kneipe hat er in einem fort geredet, jetzt schaut er ihr schweigend zu beim Suchen.

»So ein Mist«, sagt sie, »das mit dem Puderzucker. Jetzt muss ich noch mal in den Supermarkt! Und ich kann dir nichts anbieten, ich muss sofort weg, zu meiner Verabredung.«

In der Linken hält sie immer noch den Pfannkuchenmix, mit der Rechten reibt sie sich über den Rock. Die Hand juckt. Vielleicht von der Maus am Computer oder der Tastatur.

Sie schaut den Satellitentelefonhändler an. Er nimmt seine Aktentasche vom Tisch.

Make-up benutzt sie fast gar nicht. Ein bisschen Wimperntusche, Lippenstift, sonst nichts.

»Dann geh ich mal«, sagt Wytse. »War schön, dich wiederzusehen.«

Ihr Rock ist mindestens zehn Jahre alt. Sie hat ihn am Anfang ihres Studiums gekauft, aber er passt ihr noch immer.

Ihr Kleiderschrank ist nach Farben geordnet.

»Ja«, sagt sie. » Vielleicht sehen wir uns noch mal wieder.«

Sie schaut sich um, ob sie vielleicht doch etwas übersehen hat, aber vom Puderzucker fehlt jede Spur.

Wytse kommt auf sie zu, legt seine Hand auf ihre Schulter.

Sie denkt an Afrika, an die Leichen, stellt ihn sich vor,

wie er mitten dazwischen das Notebook aus seiner glänzenden Aktentasche holt.

Violet will ihn auf die Wange küssen, doch er küsst sie auf den Mund.

Wegschieben ist unhöflich. Das tut man nicht, nach allem, was passiert ist.

Sie erwidert den Kuss.

Er presst sie an sich. Seine Aktentasche fällt auf den Boden. Seine Rechte gleitet über ihren Rock, über ihre Strumpfhose.

Sie denkt an den Satz, den sie in ihrem Tagebuch notiert hat. Er schiebt seine Hand in ihre Strumpfhose. Er reibt über ihren Hintern.

Seine Hände sind kalt wie im Winter, aber nicht unangenehm.

Roland hat immer warme Hände, warm und verschwitzt.

Violet trägt einen weißen String, den sie sich einmal für ein helles Kleid gekauft hat. Das Kleid hat sie nicht mehr, den String schon.

Sie hat die Arme um ihn gelegt, den Pfannkuchenmix immer noch in der Hand.

Mit einem Ruck zieht er ihr Strumpfhose und String herunter, bis knapp über die Knie. Alle Unsicherheit, alle Zweifel an seiner Karriere sind plötzlich verschwunden. Hier weiß er, was zu tun ist.

Er reibt über ihr Schamhaar. Er fummelt herum, ein bisschen ruppig, aber nicht unangenehm.

Er führt einen Finger bei ihr ein.

»Nicht hier«, sagt sie. »Jeden Moment kann wer kommen.«

Er lässt sie los.

Sie stolpert zur Treppe, die zu ihrem Zimmer führt, erst vor den Stufen zieht sie sich mühsam Strumpfhose und String wieder hoch. Sie führt ihn die Treppe hinauf. An ihrer Tür hängt ein Poster von einer Luc-Tuymans-Ausstellung.

Im Zimmer herrscht riesiges Chaos. Sie verliert kein Wort darüber. Er kennt Afrika.

Er fängt an, sich auszuziehen. Schnell und konzentriert, wie Leute beim Arzt. Dabei berührt er sie kurz, als wolle er sich vergewissern, dass sie noch da ist, dass er sich nicht umsonst auszieht.

Noch immer hält sie den Pfannkuchenmix in der Hand. Etwas unentschlossen steht sie da, doch nicht wirklich. Die Entscheidung ist längst schon gefallen. Sie stellt den Mix auf den Tisch, neben zwei Kerzenständer, eine leere Vase und eine Schale mit Mandarinen. Sie zieht ihren Rock aus. Dann ihre goldfarbenen Schuhe, mit einem zärtlichen Blick. Sie ist eine kleine Schuhfetischistin. Dann legt sie Strumpfhose und String ab und zuletzt den Pullover. Den BH darf er lösen.

Er sagt nichts, macht auch keine Anstalten, besonders aktiv zu werden. Sie berührt seinen Steifen, wie man beiläufig eine Hand drückt. »Du brauchst ein Kondom«, sagt sie.

»Ich hab keine bei mir. Hast du noch eins?«, fragt Wytse.

Sie geht zum Schrank, wo ihr Kulturbeutel steht. Ganz unten drin findet sie eins und überreicht es Wytse. Die Verpackung kann er selber aufreißen.

»Gleich muss ich zu meiner Verabredung«, sagt sie noch einmal, während er sich das Kondom überstülpt. Das hier wird nicht stundenlang dauern. Oder will sie überflüssigerweise deutlich machen, dass es dabei bleiben wird, dies und nicht mehr: eine schnelle Nummer vor dem Abendessen?

Er beginnt sie zu küssen, mit einer Gier, dass sie denkt: Das hier ist seine Antwort auf die Krise. Seine Antwort auf die Sorge, es könnte vom einen Tag auf den anderen mit den Satellitentelefonen vorbei sein. Egal, wie viele Tote es in Afrika gibt, eines Tages werden die Hilfsorganisationen keine Satellitentelefone mehr brauchen, und dann gibt es nur noch das hier.

Diesen Kuss, diese Zunge, diese Hände.

Sie schiebt Meneer Bär beiseite, und sie legen sich aufs Bett.

Als sie merkt, dass er kommt, kommt auch sie.

Ein paar Sekunden lang bleibt sie so liegen, dann steht sie auf und zieht sich an. Er geht zum Papierkorb und nimmt sein Kondom ab.

»Ich werf es hier rein«, sagt er, »ist das okay?«

»Du hast's schon getan«, erwidert sie freundlich. »Aber egal.«

Sie braucht ein paar Sekunden, Strumpfhose und String auseinanderzudröseln, aber sie hat keine Lust, im Schrank einen frischen Slip zu suchen.

Sie schaut in den Spiegel, trägt etwas Lippenstift auf und bringt die Haare in Ordnung.

»Möchtest du eine Mandarine?«, fragt sie.

»Nein danke. Hab ich meine Tasche in der Küche vergessen?«

Auch Wytse ist schon wieder angezogen.

»Ich glaub schon«, sagt sie.

»Das war gut«, sagt er. »Es wird immer besser.«

Sie weiß nicht, was sie darauf antworten soll, und küsst ihn vorsichtig auf den Mund, wie eine Mutter ihren Sohn. Sie nimmt den Pfannkuchenmix.

Wytse geht ihr voran die steile Treppe hinunter. Zurück in der Küche, umklammert er seine Aktentasche wie ein Schuljunge. Das macht ihn noch attraktiver. Als Schuljunge ist er noch aufregender.

Noch eine steile Treppe hinunter, dann stehen sie vor dem Haus.

Er schließt sein Rad auf. Er hat sich nicht die Mühe gemacht, sich das Hemd in die Hose zu stecken. Die obersten drei Knöpfe stehen offen. Er sieht verwuselt aus, aber nicht unattraktiv aus. »Kann ich dich noch irgendwo hinbringen?«, fragt er.

»Ist dir nicht kalt?«, fragt sie zurück.

Er schüttelt den Kopf. »Ich bin gleich zu Hause. Kann ich dich noch irgendwo hinbringen?«

Sie nickt langsam, wie in Gedanken. »Ja«, sagt sie. »Ich brauche unbedingt noch Puderzucker.«

17

Sylvie hat die Bratpfanne schon auf den Herd gestellt, auf der Anrichte steht eine rote Schüssel für den Teig. Sie hat Jonathan eine Schürze umgebunden, die ihm bis auf den Boden reicht.

Auf einem Regalbrett stehen zwei Gläser mit selbstge-machter Marmelade, die sie von einer Patientin bekommen hat.

Schon ein paarmal hat Jonathan gefragt: »Mah-ma, wann kommt sie denn?«

»Sie kommt gleich«, hat Sylvie jedes Mal geantwortet.

Sie hat Reis gekocht, im Ofen brutzelt ein Hähnchen. Nicht sehr originell, aber auch unoriginelles Essen kann gut schmecken.

»Aber wann denn?«, fragt Jonathan noch einmal.

Bereut hat sie es nie, dass sie mit Roland ein Kind ge-zeugt hat. Mit wem sonst? So viele Männer standen nun auch wieder nicht zur Auswahl.

Als Roland angekündigt hatte, dass er in die USA gehen würde, hatte sie ein paar schwierige Gespräche mit ihm über die Zukunft geführt. Um Jonathans willen hatte sie sich vorgenommen, nicht wütend zu werden, sich nicht in sinnlose Emotionen zu verstricken, die Diskussionen nicht endlos in die Länge zu ziehen, und beide Vorhaben waren ihr – zumindest teilweise – geglückt. Die Gespräche über die gemeinsame Zukunft hatten aufgehört, als sich heraus-stellte, dass er, um seinen Weggang an die amerikanische Universität gebührend zu feiern, ein Verhältnis mit der Freundin eines seiner Studenten angefangen hatte. »Und was sagt die Universität dazu?«, hatte sie ihn gefragt, und Roland hatte erwidert: »Nichts. Was soll die Universität dazu sagen?« Als er ihr so antwortete, wurde ihr klar, dass es keinen Sinn hatte, noch groß zu diskutieren. Nicht über die Zukunft und auch nicht über das Geschehene. Irgend-wie eine Erlösung.

Roland schien auch kein Bedürfnis nach langen Diskussionen zu haben. Er war ganz auf seine Forschung konzentriert; wenn ihn irgendetwas beschäftigte, dann seine Arbeit.

Erst war sie enttäuscht, dann empört gewesen, hatte ihre Wut aber heruntergeschluckt. Sie musste Lysander kennenlernen, damit der Zorn sich richtig legte. Roland beglich seine Schuld, soweit »Schuld« das richtige Wort dafür ist, durch monatliche Überweisungen. Geld kompensierte seine Abwesenheit. Er hatte sich freigekauft.

Viel Zeit für Selbstmitleid blieb ihr ohnehin nicht, denn ihre Beziehung zu Lysander brachte neue Probleme mit sich, neue Abgründe, neue Fallstricke, aber auch Glücksmomente. Und wenn unerwünschte Gefühle sie übermannten, sagte sie sich immer: Es geht nicht um mich, es geht um das Kind.

Und das stimmte, darum ging es: allein um Jonathan, um das Kind.

Im Wohnzimmer hat sie mit einiger Mühe den Tisch freigeräumt, er war voller Papiere, Spielzeug, Hörbücher, Magazine und alter Zeitungen. Meist essen sie in der Küche. Als der Tisch leer war, hatte sie Lysander noch einmal angerufen, doch ohne Erfolg. Manchen Leuten kann man nicht helfen. Vielleicht ist es das, was sie gemeinsam haben, Lysander und Roland: Vielleicht hat sie eine Schwäche für Männer, denen, jedem auf seine Weise, nicht zu helfen ist.

In der Küche wirbelt ihr Sohn eifrig herum. Alles ist fertig, fehlt nur noch Violet.

»Jonathan, das ist eklig«, sagt sie. »Wasch dir die Hände, bevor du die Bratpfanne anfasst.«

»Wann kommt sie denn, Mama?«, ist die einzige Antwort.

Roland liebt die Distanz, und wenn die für seinen Geschmack nicht groß genug ist, schafft er sie sich. Egal, was für eine, Hauptsache Distanz, Distanz ist seine Passion. Zu allem, außer zu seinem Fachgebiet. Vielleicht war es absehbar gewesen, dass ein Kind sein Distanzbedürfnis auf den Plan rufen und er verstört die Flucht ergreifen würde. Denn das hat er getan: Er ist geflüchtet, nicht vor der Verantwortung, sondern vor der Nähe. Doch immerhin hat sie, indem sie die Flucht zuließ, Jonathan seinen Vater erhalten. Einen etwas nebulösen Vater zwar, aber besser als gar keinen. Papa ist eine Stimme am Telefon.

Freundinnen haben zu ihr gesagt: »Wir haben es immer gewusst, Roland taugt nicht zum Vater, er interessiert sich nur für seinen Beruf, für seine Karriere.« Doch mehr noch als an seiner Unfähigkeit lag es an seiner inneren Verweigerung. Denkt sie jedenfalls. Er *wollte* unfähig sein.

Sie stellt den Backofen aus. »Das Hähnchen ist fertig«, sagt sie. »Violet wird gleich kommen.«

Sie betrachtet ihren Sohn.

»Wollen wir Papa kurz anrufen?«, fragt sie auf einmal. »Hast du Lust, mit Papa zu reden? Vielleicht hat er Zeit für uns.«

Jonathan schüttelt den Kopf. Er will nicht mit Papa reden. Manchmal vergehen Wochen, ohne dass er richtig mit ihm spricht. Dann hält er das Telefon an sein Ohr, ohne etwas zu sagen.

»Aber ich will ihn kurz sprechen«, sagt sie.

Sie wählt die Nummer.

Und während sie Jonathan ansieht, der wieder die Bratpfanne anfasst, sagt sie zu ihrem Exmann: »Du rätst nie, wer heute Abend zum Essen hierherkommt!«

18

Dienstags nachmittags braucht er keine Vorlesung zu halten. Auch diesen Nachmittag hat er für sein Buch reserviert. Der Untertitel lautete ursprünglich: *Die Geschichte des Vertrauens*, doch das Wort »Vertrauen« weckt unliebsame, moralische Assoziationen. Außerdem drückt es nicht aus, worum es ihm geht. Ehe man es sich versieht, denken die Leute an »enttäuschtes Vertrauen«, und das ist in diesem Zusammenhang womöglich kein adäquater Begriff. Wer investiert – oder gar spekuliert –, weiß, dass seine Investition im Wert sinken kann. Die Gefahr, alles zu verlieren, ist real. Spekulanten wiegen sich gern in dem Glauben, einen noch unbekannten, aber desto schnelleren Weg zum Reichtum gefunden zu haben. Wer unbedingt glauben will, dem ist nicht zu helfen. Glaube macht blind. Eine andere Lehre kann man daraus nicht ziehen. Er siegt über jede Vernunft.

Als er Linde von seiner Beziehung zu Violet erzählte und dass sie die Freundin eines seiner Studenten war, hatte Linde erwidert: »Selbst wenn du den Kodex deiner Universität nicht verletzt hast, gibt es doch trotzdem noch moralische Verpflichtungen.«

»Manche Leute machen daraus vielleicht ihr Hobby«,

hatte er entgegnet. »Ich nicht, ich hab andere Dinge zu tun.«

Weinert klopft an Obersteins Tür, die wie immer offen steht.

»Magst du mitkommen? Ich fahre ins Saks, mich nach einem neuen Jackett umsehen, und dann zu Ikea.«

Weil Oberstein keinen Führerschein hat, glauben manche Kollegen, ihm einen Gefallen zu tun, wenn sie ihn irgendwohin mitnehmen, selbst wenn er überhaupt nicht von A nach B muss. Als sei Autofahren etwas, das wie das Essen ein paarmal pro Tag unerlässlich ist.

»Oder bist du beschäftigt?«, fragt Weinert.

»Kein Problem«, antwortet Oberstein. »Nichts, was nicht bis heute Abend oder morgen Zeit hätte.«

Er fährt den Computer herunter und folgt Weinert nach draußen. Er fühlt sich dem Kollegen verpflichtet, schließlich hat sich der Mann in seinen ersten Wochen in Fairfax um ihn gekümmert.

Es ist ein herrlicher Herbsttag.

»Früher kriegten britische Diplomaten, die in Washington D.C. akkreditiert waren, Tropenzuschlag, und das ganz zu Recht. Die Sommer hier sind die Hölle. Aber jetzt ist es fast paradiesisch«, sagt Weinert.

Er hält Oberstein die Autotür auf. Weinert fährt einen Sportwagen. Irgendwie findet Roland, dass so ein Schlitten nicht zu ihm passt, hat das aber nie angesprochen.

Einmal, als er am Center noch neu war, hatte Weinert ihn zu sich nach Haus eingeladen, auf einen Drink nach dem Abendessen. Weinert wohnt mit seinem sechsundzwanzig-jährigen Sohn zusammen. Der Sohn hat einen Abschluss an einem Liberal Arts College gemacht, doch dann eine Sinnkrise bekommen und steht jetzt bei Taco Bell hinter der Theke. »Er krempelt die Ärmel hoch«, hatte Weinert gesagt, »das ist das Wichtigste.«

Wo die Mutter des Sohns beziehungsweise Weinerts Frau abgeblieben ist, hat Oberstein nie gefragt. Die Frau ist auch nie zur Sprache gekommen, als habe sie sich in Luft aufgelöst.

Die Wohnung von Vater und Sohn machte auf Oberstein einen überraschend kargen Eindruck, karger, als Weinerts Anzüge und Auto vermuten ließen. In der Spüle stand mindestens zwei Wochen alter Abwasch. Der Esstisch – jedenfalls vermutete Oberstein, dass dieses Möbel der Esstisch sein sollte – war mit Tassen, Zeitschriften und Büchern übersät. Und selbst als Weinert alle Lichter angemacht hatte, blieb das Zimmer in vages Halbdunkel gehüllt.

Gegen neun kam der Sohn nach Hause, ein freundlicher, dicklicher junger Mann. Ein unangenehmes Schweigen hing zwischen Vater und Sohn, ein Schweigen, das Weinert zu guter Letzt mit der Bemerkung gebrochen hatte: »Das ist Roland Oberstein, er ist neu in Fairfax. – Im Kühlschrank liegt noch ein Hamburger, den kannst du dir warm machen. Wir haben schon gegessen.«

Oberstein fragte sich, warum ein Vater, der selbst von gedünstetem Broccoli lebte, seinen Sohn mit Hamburgern fütterte.

»Du möchtest doch bei uns an der Fakultät bleiben?«, hatte Weinert Oberstein schließlich gefragt. »Ich nehme an, du willst deine *Tenure* bekommen.« Ein begehrter Status in der Karriere eines Hochschuldozenten: Eine Tenure kam einer Festanstellung gleich und machte es der jeweiligen Universität schwierig, ja so gut wie unmöglich, den Betreffenden noch irgendwie loszuwerden, obwohl ältere Kollegen klagten, dass die Tenure auch nicht mehr dasselbe war wie früher.

Der Sohn ging auf sein Zimmer, der Vater nahm zwei schmutzige Tassen vom Tisch, spülte sie aus und begann, Kaffee zu kochen.

»Du kennst niemanden hier«, sagte er plötzlich.

Die Feststellung stimmte, doch Oberstein wartete vergebens auf eine Schlussfolgerung.

Während Oberstein sich umsah, beschlich ihn die Vermutung, dass Weinert selbst, obwohl seit mehr als zehn Jahren Dozent an der George Mason, ebenfalls niemanden kannte. Höchstens seinen Sohn.

Sie fahren zu dem Luxuskaufhaus. Weinert schweigt, er fährt gern Auto.

Nach einer Weile klingelt Obersteins Handy. »Entschuldigung«, sagt er, »die Mutter meines Sohns, ich muss rangehen.«

Weinert nickt.

»Du rätst nie, wer heute Abend zum Essen hierherkommt«, hört er.

»Ich sitze mit einem Kollegen im Auto«, antwortet Roland. »Ist es dringend?«

»Violet kommt zum Essen«, sagt seine Exfrau.

»Wie schön, aber ich sitze mit einem Kollegen im Auto.«

»Sie will mit Jonathan Pfannkuchen backen.«

»Schön.«

Das findet er wirklich. Es freut ihn, dass Jonathan und Violet etwas zusammen unternehmen. Zwar hat Violet ein paarmal gemeint: »Ich will keinen Familienanschluss, an deine vorige Familie, meine ich. Wenn ich irgendwann mal eine will, dann eine eigene.« Das versteht er. Man fängt eine Beziehung mit einem Mann an, nicht mit seiner Familie. Zumindest, wenn man so jung ist wie Violet. Mit zunehmendem Alter steigt die Tendenz, ganze Familien samt Anhang und Haustieren zu adoptieren. Nicht, wenn man jung und ehrgeizig ist. Dann denkt man: Ich gründe meine eigene Familie.

Umso schöner findet er, dass Violet sich offenbar Mühe gibt, ein gutes Verhältnis zu Jonathan aufzubauen. Das macht es für alle Beteiligten leichter. Ein gutes Verhältnis zwischen Violet und Sylvie wäre seiner Meinung nach ideal, denn das würde bedeuten, dass er in den Niederlanden zugleich mit Exfrau, Sohn und jetziger Freundin essen gehen könnte, und das spart Zeit, wodurch er Luft für seine Forschung gewänne.

»Jonathan will nicht mit dir reden.«

»Macht nichts. Wir reden ein andermal miteinander.«

»Er hat eine Schürze um«, sagt Sylvie. »Für die Pfannkuchen.«

»Jetzt muss ich wirklich Schluss machen. Ich sitze hier mit einem Kollegen.«

Er beendet das Gespräch, steckt sein Handy in die Tasche und sagt zu Weinert: »Entschuldigung, das war die Mutter meines Sohns. Mein Sohn will Pfannkuchen backen, bei uns in den Niederlanden heißen die ›Poffertjes‹ und sind nur *so* groß.« Mit Daumen und Zeigefinger macht er ein O.

Weinert wirft ihm einen kurzen Blick zu. Misstrauisch, kommt es Oberstein vor.

»Schmecken kleine Pfannkuchen denn anders als große?«

»Ich glaub schon«, erwidert er.

»Dann hat es also Sinn, kleine Pfannkuchen zu backen?«

Oberstein denkt nach. Die Frage befremdet ihn. »Ja«, antwortet er. »Ich denke wohl.« Darauf sagt er, ohne zu wissen, warum, gegen seine Gewohnheit und seine Prinzipien: »Meine Exfrau will, dass ich für ein Semester in die Niederlande zurückkomme. Die Erziehung wächst ihr über den Kopf.«

Weinert hat die Bemerkung offenbar überhört. Er schweigt, tritt nur stärker aufs Gaspedal.

Bei Saks geht Weinert konzentriert die Kleiderständer entlang, mustert einige Jacketts, kauft aber nichts. Oberstein läuft hinter ihm her.

Bei den Oberhemden bleibt Weinert kurz stehen, mit einem violetten Hemd in der Hand schaut er Oberstein an und meint plötzlich: »Was wir hier tun, ist etwas Heiliges. Wir shoppen.«

Oberstein versteht, was der Kollege meint, aus ökonomischer Sicht, aber er glaubt nicht, dass er selbst derlei zu einem Kollegen sagen würde. Oder meint Weinert etwa, sie seien dabei, Freunde zu werden?

Eine etwas ungeschickte Art, das auszudrücken, doch ein großes Talent zur Freundschaft und deren Verbalisierung kann man ihnen beiden nicht nachsagen. Noch deutlicher als beim Lunch wird Oberstein klar, dass er das Glück der Menschen um sich herum nicht vermehrt, er muss vorsichtig sein, sich auf das konzentrieren, was er bisher gut gemacht hat: seine Forschung – und, um leben zu können, sich wohl weiter auch um die Lehre kümmern.

»Ja«, sagt er, »wir tun etwas Heiliges.«

Mit dem violetten Oberhemd in der Hand geht Weinert zielstrebig zur Kasse. Er nimmt nichts mehr wahr, nicht die Kleidung auf den Ständern, nicht die anderen Kunden, nicht die Verkäuferin, die ihn ansprechen will, selbst Oberstein sieht er nicht mehr, nur noch die Kasse. Die ganze Welt scheint für ihn auf diesen einen Ort zusammenzuschrumpfen: den, wo bezahlt wird.

19

»Wie nett«, sagt Sylvie an der Tür. Sie nimmt die Blumen entgegen. Sie fragt sich, warum Violet ausgerechnet Nelken mitbringt. Nelken aus dem Supermarkt. Doch was zählt, ist die Geste.

»'tschuldigung, dass ich etwas spät dran bin«, meint Violet. »Ich konnte nirgendwo Puderzucker finden.«

Sylvie legt die Blumen in die Küche. »Macht nichts«, sagt sie beruhigend.

Es macht schon etwas, denkt sie. Eine Dreiviertelstunde zu spät. Jonathan muss ins Bett. Ihr macht es nichts aus, aber ein Kind von knapp fünf kann man nicht so lange warten lassen.

»Alles ist fertig«, sagt sie. »Wir können gleich anfangen.«

»Wo warst du so lange?«, fragt Jonathan.

Violet hebt ihn hoch. »Ich hab für dich Puderzucker gekauft, kleiner Meckerfritz«, sagt sie.

»Für mich?«

Sie setzen sich an den Tisch. Sylvie schneidet das Hähnchen für ihren Sohn. Ihr gegenüber sitzt Violet, dazwischen Jonathan. Er trägt ein T-Shirt, das sein Vater in den USA für ihn gekauft hat. WAR IS OVER. IF YOU WANT IT, steht darauf.

Sein Vater kauft ihm gern teure Sachen, obwohl Sylvie ihm immer wieder zu erklären versucht hat, dass teure Kleidung bei einem Kind Verschwendung ist: Es ist im Nu herausgewachsen. Er scheint nicht zu begreifen, wie schnell Kinder in die Höhe schießen.

Sylvie findet, Violet sieht zerzaust aus. Ihr Gesicht ist gerötet. Kein Ausschlag, eher, als wäre sie schnell Fahrrad gefahren oder käme direkt aus dem Sportstudio. Doch vielleicht wirkt sie selber genauso. Die Haare in Unordnung, kurz vor ungepflegt.

»Wie geht's?«, fragt sie.

»Gut«, antwortet Violet. »Viel zu tun. Und du?«

»Ja, auch viel zu tun. Aber gut.«

»Zahnärzte brauchen sich in der Krise bestimmt keine Sorgen zu machen?«

»Löcher in den Zähnen gibt's immer. Oder schiefe Zahnstände, bei Erwachsenen genauso wie bei Kindern. – Ist genug Salz am Hähnchen? Ich koche immer fast salzlos.«

Sie betrachtet ihren Sohn und dann Violet. Beide essen. Sie sieht, dass Violets Tönung schon etwas herauswächst, und überlegt, sie freundlich darauf hinzuweisen. Ihr selbst geht es nicht viel anders, aber sie ist auch älter. Bei ihr macht es nichts mehr. Violet färbt ihre dunkelblonden Haare hellblond. Hat Roland ihr einmal erzählt. Sylvies Haare sind grau. Die Haarfarbe, die sie ursprünglich hatte, rot, fast karottenrot, kann sie nirgends bekommen. Selbst wenn die Verpackung oder der Friseur etwas Karottenrotes versprechen, das Resultat ist doch jedes Mal anders.

»Hast du was von Roland gehört?«, fragt Violet zwischen zwei Bissen.

Mit Violet spricht Sylvie nicht gern über Roland, sie findet, dass sie Jonathans Vater Loyalität schuldet, und hat Angst, Geheimnisse auszuplaudern, obwohl sie keine Vorstellung hat, was für welche das sein sollten. Aber man weiß nie – was heute harmlos ist oder so scheint, ist es in ein paar Monaten vielleicht nicht mehr.

Sie findet jedoch: Ihrem Sohn ist sie es schuldig, ein möglichst gutes Verhältnis zur Freundin ihres Ex aufzubauen. Jonathan zuliebe sollte alles so unkompliziert sein wie möglich.

»Ab und zu höre ich was«, sagt sie. Das klingt ziemlich abweisend, aber vielleicht will Violet sie nur aushorchen.

»Darf ich *Pippi in Taka-Tuka-Land* hören?«, fragt Jonathan.

Niemand antwortet. Sylvie überlegt, ob sie Lysander doch noch mal anrufen soll.

»Das ist ein Hörbuch«, erklärt sie. »Das hört er immer beim Essen.«

Das also ist aus ihr geworden, eine Mutter mit Kind, die Abend für Abend *Pippi in Taka-Tuka-Land* hört. Denn er will immer dieselbe CD. Die Wiederholung ist Teil des Vergnügens.

»Nicht, wenn Gäste da sind«, sagt Sylvie ungewollt streng.

»Mir macht es nichts aus«, sagt Violet. »Lass ihn seine *Pippi Langstrumpf* ruhig hören. Das Essen ist köstlich. Und Salz ist genug drin.«

»Es ist ein einfaches Gericht. Nichts Besonderes, tut mir leid.«

Vielleicht wirkt sie darum frostig auf Violet, weil die andere spürt, dass ihre Loyalität immer noch beim Vater ihres Sohns liegt. Sylvie wird nie frei heraus mit Violet sprechen.

»Kommst du gerade vom Sport?«, will sie von Violet wissen.

»Nein. Wieso?«

»Du siehst erhitzt aus. Als hättest du dich angestrengt.«

»Ich musste mich so beeilen. Ich dachte, ich hätte noch Puderzucker zu Hause.«

Eigentlich findet Sylvie, dass vielmehr Violet frostig ist. Eine eiskalte Frau. Ihr Exmann scheint eine Vorliebe für eiskalte Frauen zu haben. Sie selbst, findet sie jedenfalls, war eine Ausnahme.

»Und wann siehst *du* Roland wieder? Hörst du ab und zu was von ihm?«

»Bald«, sagt Violet. »Bald fahre ich hin. Ich will mir im November ein paar Tage freinehmen. Vielleicht können wir zusammen verreisen. Ich bin noch nie in Georgia gewesen. South Carolina soll auch schön sein. Vielleicht können wir ein Auto mieten. In Fairfax gibt's wenig zu sehen.«

»Ja«, sagt Sylvie, »in Fairfax ist kaum etwas los. Wir fahren in den Herbstferien hin.«

Ein paar Herzschläge lang ist es still, plötzlich sagt Jonathan: »Mein Vater macht Witze.«

»Was meinst du damit?«, fragt Sylvie.

Jonathan antwortet nicht. Er spielt mit dem Reis und dem kleingeschnittenen Hähnchen.

»Warum macht dein Vater Witze?«, will jetzt auch Violet wissen.

»Das sag ich manchmal zu ihm«, erklärt Sylvie, ihren Sohn eilig in Schutz nehmend. »Zum Beispiel sagt Roland: ›Gleich fress ich dich auf!‹ Natürlich weiß Jonathan, das ist aus Liebe, aber manchmal bekommt er doch Angst, und dann sag ich zu ihm: ›Papa macht Spaß, Papa macht Witze. Du brauchst keine Angst vor ihm zu haben.‹«

»Ach so«, sagt Violet. Und nach einer kurzen Pause: »Er *macht* auch immer Witze. Das ist seine Rettung.«

»Seine Rettung?«

»Seine Witze sind seine Rettung«, sagt Violet.

»Seine Arbeit ist seine Rettung«, erwidert Sylvie.

Aus Violets Mund klingt das Wort »Rettung« beinahe albern. Macht er ihr auch Angst?, fragt sich Sylvie. Und sagt sich Violet dann, um seinen Worten das Bedrohliche zu nehmen, genau wie sie immer: »Er macht nur Witze. Er meint es nicht bös.«

»Darf ich jetzt endlich *Pippi in Taka-Tuka-Land* hören?«

Jonathan läuft zum CD-Spieler und drückt auf Start.

»Du wolltest doch Pfannkuchen mit Violet backen?«

Pippi in Taka-Tuka-Land schallt durchs Zimmer. Jonathan mag es laut.

»Ganz vergessen«, sagt er.

Er geht mit Violet in die Küche. Sylvie bleibt am Tisch sitzen und hört *Pippi Langstrumpf*. Jonathan hat sein Hähnchen stehenlassen.

Ab und zu dringt seine Stimme bis zu ihr.

Sie weiß, dass sie jetzt abräumen müsste, rührt sich aber nicht vom Fleck. Ihr dröhnt der Kopf, sie will den CD-Spieler ausstellen, sie will *Pippi in Taka-Tuka-Land* nicht mehr hören, doch sie rührt keinen Finger.

»Soll ich schnell abräumen?«, fragt Violet.

Sylvie hat sie gar nicht hereinkommen hören.

»Ich mach das schon«, sagt sie. Sie steht sofort auf und stapelt die Teller übereinander.

»Er ist gewachsen«, sagt Violet. »Richtig groß geworden.«

Sylvie nickt. »Würde dir das gefallen, ein Kind?«

»Irgendwann vielleicht. Zwei, denke ich.«

Zusammen gehen sie in die Küche.

Jonathan wartet schon, eine große Gabel im Anschlag. Der Teig ist bereit.

Sie essen die Pfannkuchen im Wohnzimmer. Diesmal ohne Jonathans Hörbuch. Sein Teller ist noch halb voll, da schläft er auf dem Schoß seiner Mutter ein.

Obwohl Sylvie eigentlich keinen Appetit mehr hat, isst sie pflichtbewusst auf, was Jonathan übriggelassen hat.

Violet macht keine Anstalten zu gehen.

Es ist noch Wein da. Weil Violet sich nicht rührt, schenkt Sylvie ihr nach. Ab und zu streicht sie mit dem Finger über ihren Teller und leckt dann den Puderzucker ab. Ihr Sohn schläft tief. »Muss er nicht ins Bett?«, fragt Violet.

»Ich bring ihn gleich hoch.«

»Soll ich dir helfen?«

Sylvie schüttelt den Kopf.

»Roland ist manchmal echt schwierig.«

»Wie meinst du das?«, fragt Sylvie. Sie wirft einen Blick

auf Violets Zähne. Die Zähne sind gelb. Ihr ist das schon früher aufgefallen, aber mangels Gelegenheit hat sie nie ein Wort darüber verloren.

Sie denkt an den Hund, der ihren Hamster zerfleischte.

»Manchmal frage ich mich, was ich an ihm finde.«

»Ja, was findest du an ihm?«, fragt Sylvie.

Violet spielt mit ihrer Kette. Ein Geschenk von Roland, weiß Sylvie.

»Er kann gut zuhören. Er hat ein gutes Gedächtnis. Er hat eine lustige Sicht auf die Dinge.«

»Auf die Dinge«, echot Sylvie.

»Aber seine Arbeit kommt immer an erster Stelle. Und dann kommt ewig lang nichts. Manchmal denke ich sogar, er würde es nicht schlimm finden, wenn ich ihn verlassen würde, oder es wäre ihm egal.«

»Ach nein, das denke ich nicht«, sagt Sylvie.

Sylvie streicht noch einmal mit dem Finger über ihren Teller.

»Darf ich dich mal was fragen? Hast du früher geraucht?«

»Nein, wieso?«

»Deine Vorderzähne sind ein bisschen vergilbt. Vor allem bei roten Lippen fällt das auf.«

Violet schaut verdutzt.

»Ich hab nie geraucht«, sagt sie. »Ein paar Zigaretten, wenn ich ausgegangen bin. Aber nie richtig.«

»Ich kann sie dir bleichen«, sagt Sylvie. »Gratis natürlich. Als Freundschaftsdienst.«

Violet starrt auf ihren fast leeren Teller. Ein kleines Stück Pfannkuchen liegt noch darauf. Sie sieht müde aus.

»Ich finde das nicht so nett.«

»Was?«

»Was du über meine Zähne gesagt hast.«

»Es war nett gemeint.«

»Ich kritisiere dich doch auch nicht.«

Sylvie holt tief Luft. »Es war freundlich gemeint. Nicht als Kritik. Wenn du möchtest, kann ich dir die Zähne bleichen. Wenn nicht, ist es auch gut.«

Ob sie mich jetzt wieder für kalt hält, denkt Sylvie. Dabei ist es doch großherzig, der neuen Freundin seines Mannes anzubieten, dass man ihr die Zähne bleicht. So wird sie noch schöner, gepflegter. Und außerdem gratis. Doch das empfindet Violet offenbar als Bevormundung.

»Okay«, sagt Violet schließlich. »Wenn du denkst, es ist nötig, bleich sie mir mal. Du bist die Zahnärztin.« Sie steht auf und will die Pfannkuchenteller abräumen.

»Lass sie ruhig stehen. Das mache ich nachher«, sagt Sylvie.

»Ich finde es schwierig.« Mit zwei Tellern steht Violet regungslos da.

»Was?«

»Die ganze Situation.«

Sylvies Arm ist eingeschlafen. Jonathans Kopf liegt darauf. Sie fürchtet, ihn zu wecken, wenn sie sich zu stark bewegt.

»Welche Situation?«

»Die mit Roland.«

Sylvie weiß nicht, was sie darauf antworten soll. »Ich glaube, es wird dir gut stehen«, sagt sie darum. »Es ist schade, dieses Gelb. Roland wird sich freuen.«

»Wenn es ihm auffällt.«

»Es wird ihm schon auffallen. Du wirst ihn verführen mit deinen weißen Zähnen.«

Was hat sie jetzt wieder gesagt? Liegt es am Wein oder an der Müdigkeit? Es geht sie nichts an, ob Violet den Vater ihres Kindes verführt oder nicht. Sie hätte nicht davon anfangen sollen.

»Kennst du ihn als Mann, der auf Zähne viel Wert legt?«, fragt Violet.

»Auf Zähne? Ich kenne ihn als Mann, der auf Vorsicht viel Wert legt, als praktischen Mann. Einen Mann, der immer einen Plan B parat hat und einen Plan C und oft noch einen Plan D. So war er jedenfalls, als wir noch zusammen waren.«

Violet stellt die Teller verwirrt zurück auf den Tisch. Sie geht in den Flur und holt ihre Jacke. »Ich muss jetzt nach Hause. Die Entwürfe müssen nach China. Schaffst du's allein?«

»Ich komm schon zurecht«, sagt Sylvie und streichelt ihrem Sohn mechanisch über den Kopf.

»Was ich noch sagen wollte: Wenn es mal nötig ist, will ich gern einen Abend auf Jonathan aufpassen.«

»Das ist lieb«, flüstert Sylvie und sieht eine Entführung vor sich: Violet, die Jonathan als Geisel nimmt, weil sie wütend auf Roland ist. Was für eine paranoide Idee!

Violet gibt Sylvie einen Kuss. »Bleib ruhig sitzen«, sagt sie. Dann geht sie zur Tür.

»Ruf mich an wegen einem Termin, zum Bleichen«, murmelt Sylvie noch, während sie ihren Sohn unausgesetzt streichelt.

Doch sie kann den Gedanken nicht loswerden: Violet will Jonathan entführen.

IV

Gewinnmitnahme

Noch bevor Lea ihre Wohnung in Brooklyn verlassen hat, weiß sie, dass sie zu spät kommen wird. Ihre Unpünktlichkeit ist notorisch, Freunde kennen es nicht anders, doch Roland Oberstein hat bisher keine Erfahrung mit ihr. Sie trägt ein Kleid, das sie einmal zur Hochzeit einer Freundin gekauft hat. Die Hochzeit war eine Enttäuschung, doch das Kleid gefällt ihr noch immer.

Als sie sich eben im Bad herrichtete, rief plötzlich ihr Mann an. Er wollte mit den Kindern sprechen, aber sie erklärte, dass die schon schliefen. Sie könne nicht lange reden, weil sie gleich wegmüsse, fügte sie noch hinzu, und er fragte: »Wo gehst du eigentlich hin?«

»Das hab ich dir schon dreimal erzählt. Ich hab eine Verabredung mit dem Wirtschaftswissenschaftler.«

»Warum lädst du ihn nicht ein, wenn ich wieder zu Hause bin?«, erwiderte ihr Mann. »Familienleben bedeutet, dass man etwas gemeinsam unternimmt.«

»Familienleben bedeutet aber auch, dass man ab und an etwas allein tut.«

»Und wer bleibt bei den Kindern?«

»Nancy.«

»Wer ist Nancy?«

»Die Babysitterin von nebenan.«

Sie hat einen Deal mit ein paar Nachbarn und Bekannten: Manchmal babysittet sie bei ihnen, manchmal kommen die andern zu ihr, und wenn die selbst nicht können, überlassen sie ihr vorübergehend ihre eigenen Babysitter. Nancy sitzt im Wohnzimmer auf dem Sofa und spielt mit der Katze. Sie stammt aus Kalifornien.

»Wie ist es in Albany?«, versuchte Lea schließlich, das Gespräch mit etwas Unverfänglichem zu beenden.

»So wie's in Albany immer ist«, antwortete Jason.

Sie kämmte sich die Haare, trug Lippenstift auf und gab Nancy sicherheitshalber noch ihre Handynummer.

Lea findet ihren Aufzug verführerisch. Schick, und doch ein klein wenig verrucht.

Sie rennt Richtung U-Bahn, an einer roten Ampel schreibt sie Roland schnell eine SMS: »Bin gleich da, es wird zehn Minuten später.«

Lange war sie Ehefrau, Mutter, Kunsthistorikerin, Tochter – eine schlechte, undankbare, ihrer Mutter zufolge –, doch jetzt will sie mehr.

In der U-Bahn merkt sie, dass »zwanzig Minuten später« die realistischere Einschätzung gewesen wäre, doch sie geht davon aus, dass sich Roland in dem Bistro wohl fühlt – schließlich war es seine Wahl – und er an der Bar in aller Ruhe ein Glas Wein trinkt, bis sie kommt.

An der Upper West Side stellt sich heraus, dass sie sich die Straße falsch gemerkt hat, sie muss sich durchfragen. Beim Namen »Nice Matin« schauen zwei Passanten sie an, als wäre sie übergeschnappt. Unterdessen schickt sie Roland eine weitere Nachricht: »Noch drei Minuten.«

Als sie mit sechzehn zum ersten Mal eine Nacht außer Haus verbrachte, öffnete am nächsten Morgen, noch bevor

Lea den Schlüssel ins Schloss stecken konnte, ihre Mutter die Tür. »Du Schlampe«, schleuderte sie ihr entgegen, wandte sich ab und verschwand in der Küche.

Roland Oberstein antwortet: »Wollte schon mein Essen bestellen, nun warte ich noch einen Moment.«

Fast vierzig Minuten nach dem vereinbarten Zeitpunkt betritt Lea das Bistro. Als das Mädchen am Eingang sie fragt: »Kann ich Ihnen helfen?«, merkt Lea, dass sie nicht mehr weiß, wer reservieren sollte und ob überhaupt reserviert ist. »Ich habe eine Verabredung mit Roland Oberstein«, sagt sie.

Das Mädchen geht eine Liste mit Reservierungen durch und zeigt auf einen Mann an der Bar. »Ist es der Herr dort?«

»Nein«, antwortet Lea.

Sie macht ein paar Schritte ins Restaurant. Das Mädchen folgt ihr auf dem Fuß, wie um sie zu beaufsichtigen. Endlich entdeckt sie ihn, an einem etwas ungünstigen Platz: halb versteckt hinter einer großen Pflanze.

Lea geht zu ihm, entschuldigt sich, küsst ihn auf beide Wangen und fragt: »Oder ist es bei euch dreimal?«

Sie nimmt Platz, und er antwortet: »Willst du mich betrunken machen? Das ist schon mein drittes Glas Wein.«

»Die Babysitterin war unpünktlich, dann rief mein Mann an, und außerdem komme ich immer zu spät.«

Zwei Wahrheiten und eine Notlüge. Kein schlechter Schnitt.

»Du kommst immer zu spät? Warst du deswegen in Therapie?«

Sie schüttelt den Kopf. Hier sitzt sie, bereit, sich wegzuwerfen. Mit einer Gewissheit, die sie selbst überrascht, wird ihr in dem Moment klar: Dazu ist das Leben da – dass man es vergeudet. Verschwendet.

»Ich hab den Brotkorb fast leer gegessen, ich hatte Hunger. Möchtest du etwas trinken?«, fragt Roland.

»Was trinkst du?«

»Sancerre.«

»Ich mag lieber Roten. Ich denke, ich komme immer zu spät, weil ich unbewusst keine Bindung eingehen will. Glaube ich zumindest. Vielleicht eine etwas merkwürdige Theorie, aber es hat mich auch noch niemand vom Gegenteil überzeugt.«

»Sehr merkwürdig, in der Tat. Außerdem bist du verheiratet. Du bist schon gebunden.«

Sie nimmt das letzte Stück Brot aus dem Korb. Die Butter ist alle. Sie steckt sich das Brot trocken in den Mund.

Oberstein trägt ein hellblaues Hemd, das sie in Frankfurt schon an ihm gesehen hat.

»Man kann heiraten und sich trotzdem nicht binden. Das eine schließt das andere nicht aus. – Wie geht es dir?«

»Gut. War übrigens gar nicht so schlimm, auf dich zu warten. Endlich konnte ich die Zeitung mal wieder von A bis Z durchlesen.«

Eine junge Kellnerin bringt ihnen die Karte.

Lea schaut kurz hinein. Die üblichen Standardgerichte. Sie hätte sich dieses Restaurant nicht ausgesucht. Sie findet es hier zu laut, die Speisekarte ist phantasielos und die Bedienung eine Spur hochnäsig.

Sie versucht sich vorzustellen, wie es wohl wäre, wenn sie sich mit Sven Durano verabredet hätte. Er hätte bestimmt ein anderes Restaurant gewählt. Durano hat ihr noch einmal gemailt. Eine freundliche, unverbindliche Nachricht. Er würde sie gern noch mal sehen, schrieb er, aber sie war sich nicht sicher, ob das ernst gemeint war oder nur eine höfliche Floskel.

»Und wie geht es den Kindern?«, fragt Oberstein.

Von Durano hat sie keine Rettung erwartet, er hat ihr einen praktischen, notwendigen Dienst erwiesen, wie ein Klempner, der eine Verstopfung beseitigt, einen sehr wichtigen Dienst vielleicht, aber wer würde schon den Klempner mit einem Retter verwechseln?

»Gut. – Verstehst du was von Wein?«

»Nein, aber wenn ich Roten bestelle, nehme ich meistens Pinot Noir, damit hab ich gute Erfahrungen gemacht. Mit Merlot eher schlechte. Ist dir das Weinkenntnis genug?«

Auf dem Tisch steht eine Flasche Mineralwasser. Sie will sich und ihm einschenken, doch er kommt ihr zuvor. »Hast du diesen Film gesehen«, fragt er, »mit den zwei Männern auf Weintour in Kalifornien?«

»Nein.«

»Da haben sie doch auch immer Pinot Noir getrunken?«

»Ich habe den Film nicht gesehen.«

Er lacht, wirkt gelöst. Für einen Moment geht ihr durch den Kopf, dass er vielleicht nur aus Höflichkeit gekommen ist. Oder aus Interesse am Holocaust. Wie hatte er es doch gleich wieder gesagt? Der Völkermord aus wirtschaftswissenschaftlicher Sicht war sein Hobby.

Sie bestellen ihren Wein bei der arroganten Bedienung, und die fragt, ob sie den Rest der Bestellung auch gleich aufgeben möchten.

Lea schwankt zwischen Lachs und dem Steak, entscheidet sich dann aber für das Steak. Fleisch wird ihr heute Abend guttun.

»Medium, bitte.«

Roland nimmt das Steak Tartare mit Pommes frites.

Er hebt sein Glas. »Worauf wollen wir trinken?«, fragt er.

»Auf Völkermord jedenfalls nicht«, sagt Lea. »Das wäre geschmacklos.«

»Was sagst du? Ich kann dich nicht hören.«

»Auf Völkermord kann man nicht trinken. Es ist laut hier.«

»Du sprichst leise. Darum verstehe ich dich nicht. Auf die Erforschung von Völkermord kann man sehr wohl trinken.«

»Dann trinken wir darauf«, sagt Lea.

Sie schaut sich um. »Kommst du oft her?«, fragt sie.

»Meine Vermieterin hat mir das Restaurant empfohlen. Eine nette Frau. Ein bisschen einsam. Meistens nimmt sie das Steak Tartare.«

Ein neuer Korb Brot und Butter werden gebracht. Lea nimmt eine Scheibe Baguette, bestreicht sie mit Butter und überlegt, ob sie für Roland auch eine Scheibe zurechtmachen soll, entscheidet sich dann aber dagegen. Das wirkt zu mütterlich.

»Fehlen dir deine Frau und dein Sohn nicht? Die meisten meiner Bekannten haben schon seit Jahren Familie. Du hingegen lebst wie ein Junggeselle.«

»Ich hatte Familie«, sagt Roland. »Und ich habe eine Freundin.«

Es klingt nicht bedauernd, auch nicht triumphierend, eher trocken.

Sie kaut auf einem Stück Brot, das Schweigen gefällt ihr nicht, schnell schluckt sie den Bissen hinunter.

»Aber die ist nicht da.«

»Nein, die ist nicht da«, bestätigt er.

»Und fehlt es dir nicht?«

»Das Familienleben?« Er schüttelt den Kopf. »Nein. Dinge oder Menschen fehlen mir selten. Das hat man mir schon oft verübelt. Aber ich hab dazu kein Talent. Vielleicht ist das mein Fehler.«

Ein großer Brotkrümel klebt an seiner Oberlippe. Er scheint ihn nicht zu bemerken.

»Vielleicht redest du dir das alles nur ein«, sagt sie. »Vielleicht fehlen sie dir enorm. Und dein Sohn?«

»Der fehlt mir manchmal. Aber nicht immer. Nicht grundsätzlich. Wie ich schon sagte: Ich hab dazu kein Talent. Nicht mal bei ihm. Ich denke an ihn. Aber an jemanden denken ist nicht dasselbe wie ihn vermissen. Ich hab keine Begabung zum Leiden. Und ein leichtes Schuldgefühl jemandem gegenüber ist etwas anderes als ihn vermissen.«

Mit dem Zeigefinger berührt sie seine Oberlippe. Sie muss sich dazu über den Tisch beugen. Zum Glück ist der nicht so breit. Der Krümel ist weg.

»War da was?«, fragt er.

»Ich hab einen Krümel weggewischt. Tut mir leid, ich hätte erst fragen sollen.«

»Macht nichts. Du hättest mir auch ruhig wieder in die Nase kneifen können. – Ist jemanden vermissen dasselbe wie Hunger haben? Wenn einem wer fehlt, hungert man dann nach ihm? Dann habe ich nie Hunger. Höchstens Appetit.«

Einen Moment lang weiß sie nichts mehr zu sagen, und sie nimmt einen Schluck Wein, doch er schmeckt schal.

»Soll ich mal was für dich kochen?«, fragt sie dann.

»Ist das deine Art, mir zu sagen, dass dir das Restaurant nicht gefällt?«

»Es ist meine Art, dir zu sagen: Kommst du mal zum Essen?«

»Und dein Mann?«

»Mein Mann hält nicht viel von neuen Rezepten. Er bleibt beim Altbewährten, du aber siehst mir wie jemand aus, für den selten gekocht wird.«

Es klingt mitleidig, doch so ist es nicht gemeint. Schnell fügt sie hinzu: »Wie jemand, der neue Rezepte zu schätzen weiß.«

»Wolltest du dich darum mit mir treffen, um mich als Versuchskaninchen für neue Rezepte anzuwerben?«

Sie weiß nicht, ob er Spaß macht oder es ernst meint. Auf jeden Fall lächelt er freundlich.

»Ich wollte mit dir über Völkermord reden. Darum sitzen wir hier. Trotzdem würde ich auch gern mal was für dich kochen.«

Natürlich wollte sie über etwas ganz anderes reden. Sie wollte ihm sagen: Wie der Henker nach Mord, so sehne ich mich nach Sex. Sex ist Intimität. Und danach sehne ich mich. Liegt es an dem jahrhundertelangen Einfluss der Kirchen auf unsere Kultur, dass man nicht mal religiös erzogen zu sein braucht, um mit der Idee aufzuwachsen, dass Sex keine Rettung sein kann? Neugierig war sie gewesen, was er dazu gesagt hätte. Wo er angefangen hätte, bei der Religion, der Indoktrination oder beim Sex.

Er holt ein Buch unter dem Tisch hervor, schmucklos verpackt in braunes Papier.

»Hier«, sagt er. »Das Buch, das ich dir versprochen hatte.«

Sie reißt das Packpapier auf.

Economic Origins of Dictatorship and Genocide liest sie.

»Danke, sehr aufmerksam.«

Sie verstaut den Band in ihrer Tasche.

»Drei Beiträge stammen von mir, und die Idee zu dem Buch eigentlich auch.«

»Deine Beiträge werde ich zuerst lesen.« Sie versucht, dabei ein schelmisches Gesicht aufzusetzen, damit das Thema die Stimmung nicht komplett überschattet.

»Dann leg mal los«, sagt er. »Ich bin bereit. Du wolltest mich doch ein paar Dinge fragen?«

Sie nimmt noch einen Schluck von dem Wein, der ihr nicht schmeckt.

»Warum hast du Wirtschaftswissenschaften studiert? Wenn ich damit anfangen darf. Wenn du dich für Völkermord interessierst, ist Wirtschaftswissenschaft doch nicht die nächstliegende Wahl?«

»Ich wollte die Wirklichkeit untersuchen. Geschichte reizte mich nicht. Soziologie auch nicht. Ich weiß nicht, womit Soziologen sich beschäftigen, die Wirklichkeit ist es jedenfalls nicht oder nur selten. Anthropologie? Zu verquast. Gynäkologie? Da untersucht man nur ein sehr kleines Stück Welt. Darum Wirtschaft.«

»Und warum interessiert sich ein Wirtschaftswissenschaftler für Völkermord?«

Sie spielt mit einem Stück Brot.

»Wenn es um Völkermord geht, werden die Leute vor Pietät blind, man darf an das Thema kaum analytisch herangehen. Völkermord hat irrational zu sein und unter dieser Prämisse betrachtet zu werden. Als unbegreiflicher, irrwitziger Betriebsunfall der Geschichte. Doch wie wir wissen, kann Völkermord sich zu einer regelrechten Industrie auswachsen. Doch ist es wirklich so, dass diese Industrie den Tätern nichts bringt? Ist Genozid so irrational, wie wir im Allgemeinen vermuten? Solche Fragen werden viel zu selten gestellt, fand ich.«

»Eiskalt.«

»Was?«

»Wie du da redest. Eiskalt. Steigen dir nie Tränen in die Augen, wenn du zum Beispiel an den Holocaust denkst?«

»Selten.« Er lächelt wieder. Verschränkt die Arme. »Wer sich vorgenommen hat, die Wirklichkeit zu untersuchen, kann sich die Kuscheldecke des Sentiments nicht erlauben. Und das sage ich nicht erst seit heute, ich hab das schon früher zu meinen Studenten gesagt. So ist das nun mal. All unsere Gespräche bestehen aus Versatzstücken, die wir zuvor schon in anderen Gesprächen benutzt haben.«

Sie kann sich vorstellen, wie er unterrichtet: in höflichem Ton und doch arrogant. Wenn auch diese Arroganz vielleicht nichts anderes ist als ein Selbstschutz.

Warum dieser Mann? Warum glaubt sie, etwas von ihm bekommen zu können? Ein ehrgeiziger Wirtschaftswissenschaftler mit einem merkwürdigen Hobby. Warum nicht Durano? Ebenfalls Wirtschaftswissenschaftler, auch mit einem Hobby womöglich, aber wenigstens praktisch veranlagt. Ein Mann aus Fleisch und Blut, mit körperlichen

Bedürfnissen. Bei dem hier ist alles nur Worte, Worte, Worte, und dazwischen ab und zu ein Lächeln. Gut, sie teilen ein paar Interessen, doch darauf kommt es ihr nicht an – gerettet will sie von ihm werden. Er scheint sich für ihre Ansichten zu interessieren. Doch sie retten – warum sollte er das tun?

»Und deine Eltern?«

»Was ist mit meinen Eltern?«

»Wie stehen sie zu dem Thema?«

Er rückt seinen Stuhl vom Tisch ab. »Oh nein«, sagt er. »Dafür bist du bei mir an der falschen Adresse. Wenn du psychologisieren willst, reim dir selbst eine Geschichte zusammen. Ich bin kein Schriftsteller, der seine Hirngespinste als persönliche Erlebnisse verkauft und so zu legitimieren versucht. Alles, was ich dir sagen kann, ist: Ich habe mich abgekoppelt.«

»Abgekoppelt?«

»Wie einen Waggon.«

»Du bist ein abgekoppelter Waggon?«

Sie versucht, höhnisch zu klingen, doch das scheint er nicht zu bemerken.

»Ich bin ein Waggon, der sich abgekoppelt hat.«

»Wovon?«

»Vom Rest des Zuges. Unter anderem auch von meinen Eltern. Ich reklamiere kein Leiden, das ich nicht erlebt habe. Ich halte sowieso nichts vom Leiden. Wahrscheinlich bin ich darum auch nicht gläubig.«

Sie beschließt, diese Spitze zu ignorieren. Ihr gegenüber sitzt ein abgekoppelter Mann. Seine Eltern interessieren sie nicht, seine Ansichten findet sie bestenfalls unterhaltsam.

Sie will etwas anderes von ihm, wenn schon keine Rettung, dann wenigstens Lust.

»Und du stehst auf dem Abstellgleis?«

»Das hast du gesagt.«

Er nimmt einen großen Schluck Wein.

»Ärgere ich dich?«, fragt er.

»Nein. Legst du es darauf an?«

Sie fragt sich, warum sie so fest überzeugt ist, dass dieser Mann letztendlich gefühlvoll ist. Worauf gründet ihr Glaube? Vielleicht auf etwas, das in Frankfurt passiert ist oder gesagt wurde, einer Geste, einem Blick, aber jetzt wüsste sie beim besten Willen nicht mehr, was es war. Auf Hoffnung. Das könnte auch sein. Verzweifelte Hoffnung.

»Darf ich die Frage zurückgeben? Warum Höß?«

Sie wiegt bedächtig den Kopf. »Warum Höß? Du hast recht, es gibt keinen Grund, ein Buchprojekt, das mich schon seit Jahren beschäftigt, auf banale, persönliche Erlebnisse zurückzuführen, die allerdings weniger banal sind, als du vielleicht denkst. Darum lass es mich so sagen: In einem Vorwort zur amerikanischen Ausgabe der Höß-Memoiren erwähnt Primo Levi eine Affäre, die Höß mit einer Lagerinsassin gehabt haben soll. Höß rettete seine Haut, indem er die Gefangene ermorden ließ.«

»Ich kenne diese Ausgabe. Auch interessant, dass Levi in seinem Vorwort betont, die Memoiren hätten keinen literarischen Wert. Als sei erst dies das wahrhaft Ungeheuerliche: ein Massenmörder, der Literatur hervorbringt.«

Sie ignoriert die Bemerkung.

»Wie auch immer«, sagt sie. »Die Geschichte ließ mich nicht los. Ich schrieb einen Artikel darüber, und als der erschienen war, fragte mich ein Literaturagent: ›Möchten Sie darüber nicht noch mehr schreiben?‹«

»Und du hast ja gesagt?«

»Ich habe ja gesagt.«

Langsam zerkrümelt sie ein Stück Brot zwischen den Fingern.

»Und so wird ein reizendes Mädchen aus guter Familie Expertin für einen Massenmörder?«

»So wird man Expertin«, sagt sie. »Worin, das ergibt sich erst später. In erster Linie ging es mir darum, Expertin zu werden. Über die ›gute Familie‹ darfst du dir übrigens auch nicht zu viele Illusionen machen. Meine Eltern sind geschieden.«

Während sie das sagt, erscheint ihr Buch ihr als Unsinn, ja, schlimmer noch, als ein Irrtum. »Irrtum« ist eigentlich auch noch freundlich ausgedrückt. Schlecht, nicht im Sinn von »missglückt«, aber abseitig, moralisch verwerflich.

Sie schüttelt den deprimierenden Gedanken ab. Leute, denen sie ein paar erste Kapitel aus ihrem Buch zu lesen gab, nannten es »kenntnisreich«, »mutig«, und sogar »wichtig«. Diese Leute können sich nicht alle irren.

»Auch geschiedene Eltern gehen heutzutage als ›gute Familie‹ durch«, sagt Oberstein. »Die lassen sich aber Zeit hier.«

»Womit?«

»Mit dem Essen.«

»Langweile ich dich?«, fragt sie.

»Nein, ganz und gar nicht«, sagt er, »aber man wird ja noch Hunger haben dürfen?«

Sie spielt mit ihrem Glas. »Es war Zufall«, sagt sie.

»Irgendwann las ich die Memoiren von Höß, und vorn, in dem Vorwort von Levi, fiel eine Bemerkung über Höß und seine Affäre. Mehr nicht. Höß selbst verlor darüber kein einziges Wort. Das ließ mich nicht los. Klingt das unverständlich? Oder merkwürdig? Krank?«

Er schaut sie an. Zum ersten Mal heute Abend wirkt er fröhlich, fast glücklich.

»Du sagst, du hast die Memoiren von Höß *zufällig* gelesen?«

Es klingt höhnisch, doch irgendwie auch liebevoll. Oder redet sie sich das nur ein? Macht sie sich etwas vor?

»Er liebte Pferde«, sagt sie. »Höß. Mit sieben bekam er ein Pony. Es hieß Hans. In seinen Memoiren schreibt er, er sei darüber fast außer sich gewesen vor Freude.«

Oberstein winkt der Kellnerin.

Er holt sein Handy aus der Hosentasche, wirft einen Blick darauf.

»Eine Freundin«, sagt er.

»Dann geh doch ran«, meint Lea.

Roland schüttelt den Kopf.

»Eine Freundin oder deine Freundin?«

»Meine Freundin.«

»Warum bist du nicht rangegangen?«

Roland nimmt noch ein Stück Brot aus dem Korb. »Völkermord geht vor.«

2

Violet war aus dem Kino gekommen, aus einem Film, in dem sie – am Anfang, in der Mitte? – irgendwann eingeschlafen war, obwohl sie ihn gar nicht so schlecht fand. *Casanova* von Fellini. Er lief im Filmmuseum.

Vermutlich war es Wytse gar nicht aufgefallen, jedenfalls hatte er kein Wort darüber verloren. Über den Film ebenso wenig, der war wohl nicht ganz nach seinem Geschmack. Oder vielleicht war er selbst eingeschlafen.

Violet trug ein meergrünes Kleid, das sie zusammen mit Mirjam einmal in Antwerpen gekauft hatte. Es war sehr teuer, aber Roland hatte ihr das Geld dazu gegeben. Er bezahlt gern. Eines der wenigen Dinge, die er wirklich mit Leidenschaft tut. Manchmal hat sie den Eindruck, er ist nur Wirtschaftswissenschaftler geworden, weil er so gerne bezahlt. Eines Morgens hat er ihr einmal erklärt, warum er sein Fach gewählt hat, aber schon kurz darauf hatte sie die Gründe wieder vergessen, so wenig hatten sie sie überzeugt. Was einem einleuchtet, kann man sich auch merken.

»Gehen wir noch etwas trinken?«, hatte Wytse gefragt.

Nach längerem Drängen hatte Violet seinen Bitten, mit ihm ins Kino zu gehen, endlich nachgegeben. »Flehentlich« will sie die Bitten nicht nennen, und vielleicht ist »nachgegeben« auch übertrieben – sie hatte einfach gedacht: Warum eigentlich nicht? Mein Freund ist in Fairfax. Warum sollte ich abends zu Hause sitzen, allein durch die Stadt laufen oder mir Mirjams Geschichten über ihren Liebhaber anhören, darüber, wie sie sein Sexualleben gerettet hat?

Vielleicht konnte man durchaus Freundschaft schließen mit jemandem, mit dem man einmal – nun ja, zweimal – im Bett gewesen war. Gut möglich – obwohl sie immer anders darüber gedacht hatte –, dass solch ein Einstieg einer Freundschaft nicht im Weg stand. Letztlich ist die körperliche Liebe doch nur ein Detail. Gemessen an der Zeit, die man insgesamt mit einem Menschen verbringt, eine Kleinigkeit.

Sie standen vor dem Filmmuseum.

»Oder hättest du Lust zu sehen, wo ich wohne?«, hatte Wytse weitergefragt. »Es stehen noch ein paar Sachen von meiner Ex herum, aber ansonsten ist es eine ganz schöne Wohnung.«

Er hatte lausbübisch gekichert.

»Was steht von deiner Ex denn noch da?«, hatte sie gefragt.

»Eine Lampe.«

»Und warum wirfst du die nicht weg?«

»Wär schade drum. Sie hat nicht so viel Geld. Vielleicht kommt sie die irgendwann noch mal holen.«

Am Tag zuvor hatte Violet sich die Zähne bleichen lassen. Es war schmerzhafter gewesen, als sie gedacht hatte, und sie durfte nach der Behandlung für ein paar Stunden nichts essen. Es war ein ungewohntes Gefühl gewesen, Sylvie als Zahnärztin zu erleben, doch das hatte sich gelegt, und während Violet im Behandlungsstuhl lag, hatte sie gedacht, sie und Sylvie könnten vielleicht doch Freundinnen werden. »Das ist Sylvie, eine Freundin von mir«, würde sie zu den Leuten sagen. Es ist gut, mit der Mutter des Sohns seines Freundes befreundet zu sein. Das vereinfachte vieles. So würde sie mehr an Rolands Leben teilhaben.

»Siehst du was?«, fragte sie Wytse und sperrte den Mund auf.

Wytse schaute hinein und verneinte.

»Schau noch mal genau hin.«

Sie öffnete den Mund noch einmal. Sperrangelweit.

»Ich kann wirklich nichts erkennen. Es ist ziemlich dunkel, vielleicht sollte ich mir deinen Mund zu Hause noch mal genauer ansehen. Hast du da ein Bläschen?«

»Ich hab mir die Zähne bleichen lassen. Für meinen Freund.«

Violet hatte eine rote Handtasche dabei, von ihr selbst entworfen.

»Wollte dein Freund das von dir?«

»Das Bleichen? Nein, es ist eine Überraschung, ein Geschenk. Er will nichts von mir. Wenn er mich wiedersieht, sind meine Zähne gebleicht.«

Violet lachte. Sie hatte das Thema angeschnitten, um Wytse zu provozieren. Doch auf einmal konnte sie nicht mehr an sich halten, weil sie Wytse mit Zähnen provozierte, die sie für ihren Freund hatte bleichen lassen, von dessen Ex.

»Ich bin mit dem Fahrrad gekommen«, sagte sie. »Ich hab es hier irgendwo angeschlossen.«

Sie musste kurz suchen und machte das Rad los.

»Mag dein Freund weiße Zähne?«

»Nicht, dass ich wüsste. Jedenfalls hat er nie was in der Richtung gesagt. Eigentlich weiß ich nicht, was er mag, ja, seine Arbeit – oder besser: er *liebt* sie –, aber wer mag schon keine weißen Zähne? Seine Ex hat sie gebleicht. Oder bist du mehr für gelbe?«

»Ich bin mehr für deine. Egal, was für eine Farbe sie haben.«

Wytse sprang bei ihr auf den Gepäckträger. Er war schwerer, als sie gedacht hatte. Vielleicht lag es an der Müdigkeit, oder sie hatte zu wenig gegessen. Die Zeit hatte nur für einen Salat gereicht.

»Verstehst du dich gut mit seiner Ex?«, fragte Wytse.

»Er hat einen Sohn«, antwortete sie. Als würde das alles erklären.

Ohne größere Probleme gelangte sie nach Wytses Anweisungen zu seiner Wohnung, in einer Gegend von Amsterdam, wo sie sonst so gut wie nie hinkam. »Da wohne ich«, sagte er, »über dem Thai-Restaurant.«

Im Restaurant saß niemand. Ein junger Asiate stand vor dem Schaufenster und schaute Violet traurig an.

Kurz darauf durchquerte Violet Wytses Wohnzimmer, das offensichtlich zur Hälfte als Arbeitszimmer diente. Sie fand es aufregend, Wytses Wohnung zu sehen.

Alle Zimmer waren ordentlich eingerichtet. Erst recht, wenn man bedachte, dass er allein wohnte. In verschiedenen Studenten-WGs hat sie einschlägige Erfahrungen gemacht: der Mann in seiner privaten Umgebung. Ihr Bild vom Mann ist davon nicht rosiger geworden, ihr Bild vom Wohnen auch nicht gerade.

»Ich hol uns mal was zu trinken«, hatte Wytse gesagt.

Er nahm ihr die Jacke ab und wandte sich Richtung Schlafzimmer.

»Ich hab noch keine Garderobe«, erklärte er. »Tut mir leid. Hat meine Ex mitgenommen.«

Sie legte ihre Handtasche auf den Sessel, warf einen prüfenden Blick in die Runde, als könne das Wohnzimmer jeden Moment ein Geheimnis preisgeben – doch es geschah nichts.

Wytse schenkte ihr einen Rotwein ein und bemerkte dann: »Ich hab dich gar nicht gefragt, was du trinken wolltest. Hattest du überhaupt Lust auf Rotwein?«

Schweigend griff sie nach dem Glas. Sie nahm Wytses Geruch wahr. Er roch nach Marzipan und starrte sie so hartnäckig an, dass sie verlegen einen Schritt beiseite machte.

Ihr Blick fiel auf eine Sammlung Kunstbände, die streng alphabetisch in einem kleinen Bücherschrank standen.

Wytse streichelte ihr sanft über den Rücken. »In deinem Beruf bist du bestimmt gut, kann ich mir vorstellen.«

Schlechte Komplimente, manche Männer sind Weltmeister darin. Aber auch ein schlechtes Kompliment ist besser als gar keins.

»Ich entwerfe Taschen«, hatte sie gesagt, obwohl er das schon längst wusste. »Damenhandtaschen, die in China hergestellt werden, manchmal auch etwas für Herren. Einen Gürtel. Oder eine Brieftasche.«

Unehrliche Komplimente sind meist welche, die sich auf den Körper beziehen. Was für schöne Haare du hast. Was für einen knackigen Hintern. Was für ein entzückendes Näschen. Von einer Nase sagt man nie, sie sehe appetitlich aus, von einem Hintern schon. Auch Frauen haben schon mal zu ihr gesagt, dass sie einen hübschen Hintern hat. »Mein Gott, dein Hintern, ich werd nicht mehr!« Das war als Kompliment gemeint, und so hatte sie es auch aufgefasst.

»Und wo steht nun die Lampe von deiner Ex?«

Er hatte ihre Hand genommen und sie hinter sich herge-
zogen. Sie fand ihn unverfroren, aber sie musste zugeben,
dass seine Unverfrorenheit etwas Prickelndes hatte. Mit
allzu schüchternen Männern konnte sie nichts anfangen.

»Da«, sagte er.

Sie betrachtete die Lampe. Nichts Auffälliges an ihr zu
sehen. Weder besonders hässlich noch besonders schön. Sie
selbst hätte so etwas nie gekauft. Von wegen Kreativcampingplatz!

»Wir machen eine kleine Führung«, sagte Wytse, der sie
immer noch bei der Hand hielt. »Das ist die Küche.«

Wie das Wohnzimmer war auch die Küche ordentlich
aufgeräumt und mit allem Komfort ausgestattet. Nagelneue
Zitruspresse, funkelnde Espressomaschine, ein Stabmixer,
offenbar auch neu, eine Brotbackmaschine, darüber ein
kleines Gemälde, vermutlich eine afrikanische Landschaft.

Er zog sie weiter. »Mein Studierzimmer«, sagte er, ohne
ihre Hand loszulassen. »Auch als Gästezimmer zu gebrauchen. Eventuell auch als Kinderzimmer.«

»Schön«, sagte Violet. »Ein Kinderzimmer. Hattet ihr
Pläne?«

»Das Schlafzimmer. Ja, sie wollte gern Kinder. Aber als
sie sich gegen mich und für den Campingplatz entschieden
hat, hab ich ihr hinterhergerufen: ›Such dir für dein Kind
doch einen anderen Dummen, du Kreativtussi!‹«

Er ließ ihre Hand los, plumpste aufs Bett und federte
sofort wieder hoch.

»Eine neue Matratze hab ich mir auch gekauft«, sagte er.
»Ich dachte: Aus mit der Freundin, weg mit der alten Matratze. Und einen Stabmixer und eine Brotbackmaschine

hab ich auch gleich angeschafft. Ich bin ein spiritueller Typ. Ich folge meinen Assoziationen. Ab und zu meditiere ich. So geht es mir am besten.«

Sie selbst fand es nicht entscheidend, ob man mit dem Freund zusammenwohnt oder nicht, aber während sie die neue Matratze musterte, wurde ihr klar, dass für Roland kein Drandenken war. Wie lange sie sich auch kennen mögen. Sie darf ihn in seinem Best Western besuchen, mit ihr zusammenziehen hingegen würde er nie.

»Könnte ich dich mit einem Satellitentelefon beglücken?«, fragte Wytse auf einmal. »Ich weiß, es ist ein etwas seltsames Geschenk, und eigentlich brauchst du hier ja auch gar keins, aber vielleicht, wenn du irgendwann mal eine Fernreise buchst … Ich bekomme immer ein paar als Werbegeschenke.«

Er streichelte ihr über den Rücken. Sie hätte jetzt gehen können, aber sie fragte sich, ob Roland es schlimm fände, wenn sie bliebe. Fände sie es selbst schlimm?

»Na«, antwortete sie, »wenn ich mal eins brauche, lass ich es dich wissen.«

Wytse küsste sie, und sie erwiderte seine Küsse. Wie die beiden letzten Male kam er in Schwung, sobald er einmal anfing zu küssen, er entwickelte eine Energie und eine Zielstrebigkeit, die ihm im Alltag bisweilen zu fehlen schienen.

Aufrecht an der Wand stehend, vögelte er sie, als gebe es nichts anderes oder Schöneres auf der Welt, als sei das die Essenz, sei der Rest Zeitvertreib, selbst die Satellitentelefone.

Hinterher legten sie sich auf das frisch bezogene Bett. Sie öffnete den Mund. »Siehst du's jetzt?«, fragte sie.

»Was?«

»Siehst du den Unterschied?«

»Oh, deine Zähne.« Er starrte ihren Mund an wie Leute im Museum bisweilen ein Gemälde. »Ja, schön.«

Sie machte den Mund wieder zu, und er streichelte ihr liebevoll und verträumt über die Wange. Seine Seele war irgendwo anders, seine Seele vögelte noch immer.

Dann stand er auf und nahm das Kondom ab. »Macht es dir was aus, wenn ich mich nicht mehr anziehe?«, fragte er.

»Natürlich nicht. Schließlich ist es schon spät.«

Er ging ins Bad und kam mit einem Frotteemantel zurück, in dem er komisch aussah, vielleicht weil der Mantel ihm etwas zu klein war.

Ihrer Erfahrung nach sorgt höchstes Glück stets für Verwirrung. Verwirrt war sie nicht, und wenn, merkte sie nichts davon, doch sie war fröhlich, als wäre ihr soeben ein kniffliger Taschenentwurf gelungen. Das Lösen gestalterischer Probleme befriedigt sie.

»Du kannst auch hier schlafen«, bot Wytse ihr an.

»Ich muss morgen früh aufstehen«, erwiderte sie, während sie sich wieder anzog.

Er begleitete sie ins Wohnzimmer. »Eigentlich finde ich es prima so«, sagte er, neben der Lampe seiner Ex.

»Was?«

»Keine Beziehung. Freiheit. Kein Gemecker. Keine Unterdrückung. Soll sie ihr Kind doch auf diesem Kreativcampingplatz kriegen.«

»Keine Unterdrückung?«, echote sie in fragendem Ton, doch es kam keine Antwort.

Im Flur umarmte er sie stürmisch. Umarmungen lügen nicht, genau wie Musik.

»Ich hoffe, Obama gewinnt«, sagte er.

Sie nickte und wandte sich schon zur Tür, da umarmte er sie noch mal. Er küsste sie, auf den Hals, auf den Mund, und noch mal auf den Hals, noch mal auf den Mund. »Ich will dich«, flüsterte er, im selben Ton, wie er eben gesagt hatte: »Ich hoffe, Obama gewinnt.«

Jetzt vor der Tür fühlt sie sich versucht, sofort Roland anzurufen. Sie weiß, sie wird es nicht tun, aber am liebsten würde sie ihn fragen: »Willst du mich immer noch?«, oder: »Wann willst du mich?« Oder auch: »Wie soll ich sein, dass du mich willst?« Vielleicht sogar: »Sollen wir aufhören, einander zu wollen?« Als sie schon auf dem Rad sitzt, zückt sie ihr Handy.

3

Jason Ranzenhofer sitzt auf dem Bett in seinem Hotelzimmer in Albany. Er findet Albany eine scheußliche Stadt. Vier Jahre lang war er hier im Senat des Staates New York, bevor er Bezirksbürgermeister von Brooklyn wurde. Bezirksbürgermeister ist besser als *State Senator*. Den ganzen Tag hat er Gespräche geführt: mit Senatoren, Assistenten von Senatoren und ihren Praktikanten. Wähler sind anstrengend, aber alles in allem sind Politiker womöglich noch anstrengender.

Er hat mit ehemaligen Kollegen zu Abend gegessen und nebenbei einige seiner Ideen zur Sprache gebracht. Er hat keine Ideen, das weiß er, jedenfalls keine guten, aber das braucht man auch nicht, um sie trotzdem zur Sprache zu bringen. Das ist die Kunst des Machbaren. Er ist ein Self-mademan. Hart arbeitende Eltern und Großeltern, die eine Druckerei gründeten und zu einem bis vor kurzem florierenden Familienbetrieb ausbauten.

Vor einiger Zeit spielte er noch mit dem Gedanken, zu den Bürgermeisterwahlen von New York anzutreten, doch die Idee ließ er fallen. Bloomberg drückte die Möglichkeit zu einer zweiten Wiederwahl durch, und gegen Bloomberg wird er nicht kandidieren. Er ist zufrieden mit dem, was er hat: Bezirksbürgermeister. Brooklyn ist genau seine Kragenweite.

Jason Ranzenhofer hat sein Jackett ausgezogen und in den Schrank gehängt, seine Krawatte auf den Fernseher gelegt. Morgen muss er ein Stadtteilfest in Brooklyn eröffnen, für seine Rede will er noch ein paar Stichpunkte festhalten. Wer den Wähler ernst nimmt, muss seine Feste ernst nehmen, seine religiösen Feier- und Trauertage.

Am liebsten wäre er mit dem Zug zurückgefahren, er fliegt nicht besonders gerne, doch seine Sekretärin hatte ihn davon überzeugt, dass der Bürgermeister von Brooklyn das Flugzeug nehmen sollte.

Er sitzt mit seinem Notizbuch auf dem Bett und macht sich Stichpunkte. Morgen im Flugzeug wird er sie am Notebook zu einer ordentlichen Rede ausarbeiten.

Ranzenhofer klappt das Notizbuch zu und nimmt sein Handy. Wenn er allein ist, ohne Frau und Kinder, was nicht oft vorkommt, ruft er Lea vor dem Schlafengehen an. Um zu hören, wie es den Kindern geht. Er ist vielleicht ein Mann ohne Ideen, doch wer seine Kinder liebt, ist auf keine Ideen angewiesen.

Seine Schuhe hat er ausgezogen, jetzt entledigt er sich noch mühsam und seufzend der Socken.

Er ist kurz davor, Leas Nummer zu wählen, überlegt es sich aber anders. Gute Frau, prima Frau, auch ganz lieb, aber labil, findet er. Zu depressiv. Er ist mit ihr verheiratet und wird das auch bleiben. Für die Öffentlichkeit ist sie genau, was er braucht. Wenn sie die richtigen Kleider anzieht und sich ein bisschen schminkt, wirkt sie ausgesprochen repräsentativ, und sie ist intelligent. Doch er kennt sie, er weiß, was viele andere nicht wissen: Sie ist labil. Nun ja, ein jeder hat so seine Fehler, keine Rose ohne Dornen.

Oft steht ihm die Vision einer glücklichen Familie vor Augen. Der Mensch muss das Rad nicht neu erfinden, er muss auf dem schon Erfundenen aufbauen. Auch darum wird er mit Lea verheiratet bleiben. Seine Vision ist mächtig. Doch im Moment hat er keine Lust, seine Frau anzurufen, das Letzte, was er jetzt möchte, ist, ihre Stimme zu hören.

Seine Eltern schlafen schon. Die Krise macht ihnen zu schaffen. Die Banken haben die Kredite storniert, Kunden haben aufgehört zu bezahlen. Nein, seine Eltern darf er auch nicht stören.

Er könnte Enrique anrufen. Das hat er seit ein paar Tagen nicht mehr getan.

Enrique arbeitet für UPS.

Jason spielte gerade ein wenig an seinem PC, als Enrique

hereinkam, vor Wochen, Monaten schon, es kommt ihm vor wie eine Ewigkeit. Das ist das Schöne am Rathaus von Brooklyn: keine übertriebenen Sicherheitsmaßnahmen, informelle Atmosphäre, eigentlich kann jeder hereinspazieren. Er hat keinen Personenschutz, er ist ein Bürgermeister zum Anfassen. Alle Brooklyner sollen ihn erreichen können.

Doch auch der Bezirksbürgermeister muss hin und wieder entspannen.

Seiner Karriere und seinen Kindern hat Jason immer die erste Priorität eingeräumt. Karriere und Kinder gemeinsam an erster Stelle. Er wollte nicht der Typ Vater sein, der seine Kinder vernachlässigt. Und er wusste, wie das System funktioniert, dass, wer im System überleben will, sich zuallererst anpassen muss. Veränderungen bewirkt man von innen.

Ohne anzuklopfen, war Enrique in sein Büro geplatzt.

Er bekommt jeden Tag Päckchen, manchmal gleich im Dutzend. Den Inhalt bekommt er meist nicht zu sehen. Die Sekretärin nimmt alles entgegen. Ungefähr die Hälfte landet sofort im Müll. Nun, vielleicht nicht ganz die Hälfte, sagen wir: ein Viertel.

Die Sekretärin war gerade nicht da. Er hat insgesamt drei, aber alle drei waren weg, und so stand auf einmal der UPS-Bote vor ihm.

»Was machst du hier?«, hatte er fragen wollen.

Doch er war zu überrascht, er saß da in Strümpfen, hatte es sich gemütlich gemacht. Unter dem Schreibtisch lagen irgendwo seine Schuhe, er angelte mit den Füßen danach, aber ohne Erfolg.

Die Bewegungen des Boten waren geschmeidig wie bei einer Katze. Er hatte das Päckchen auf den Schreibtisch gelegt. Der Bürgermeister von Brooklyn mag ja ein Bürgermeister zum Anfassen sein, aber wie lange kann es gutgehen, wenn jeder ihm ungeprüft Päckchen auf den Schreibtisch legen kann und man ihn mit Dingen zuschüttet, die er gar nicht verlangt hat?

»Ist das für mich?«, hatte er gerufen, während er mit den Füßen unter dem Tisch weiter nach seinen Schuhen angelte. Die Schuhe waren neu und drückten. Darum hatte er sie ausgezogen.

Eine dumme Frage natürlich, aber er hatte sich ertappt gefühlt, in Socken an seinem Schreibtisch, während auf dem Bildschirm ein Computerspiel lief.

Der Bote hatte ihm nur einen Stift zum Unterschreiben hingehalten und den elektronischen Quittungsblock.

Er sah den Boten an. Er hatte ein sanftes Gesicht.

Normalerweise haben Boten graue Gesichter. Er mag sanfte Gesichter, Lea ist eine gepflegte Frau, vielleicht sogar schön, nach so vielen Jahren Ehe hat man keinen so richtigen Blick mehr dafür, aber sanft würde er ihr Gesicht nicht nennen. Sie hat einen reichlich kastrierenden Blick.

Die Schönheit des Boten hatte ihn getroffen. Die braune UPS-Uniform tat dem keinen Abbruch, sie unterstrich diese Schönheit nur noch, auch wenn die Kluft ihm zu groß war, ihm ganz offensichtlich nicht passte.

Er unterschrieb, während er den jungen Mann unverwandt anblickte. Nie zuvor hatte er gespürt, dass Schönheit einen überwältigenden Schmerz bedeuten konnte. Vielleicht war es nicht die Schönheit des Boten, die ihn fertigmachte, sondern sein eigenes, brennendes Verlangen. Er erlag ihr vollkommen, und zurück blieb ein tiefer, alles durchdringender Schmerz.

Er holte ein Taschentuch hervor und knetete es in der Hand, während er tat, als studierte er das Päckchen. Das Angeln nach seinen Schuhen hatte er aufgegeben.

Schon wandte sich der Bote zum Gehen. »Einen Moment, bitte«, sagte Ranzenhofer.

Seine Haut, seine Augen, sein Haar, seine Behaarung oder besser: deren Abwesenheit. Er hatte keinen Bart, keinen Schnauzer – keine Behaarung, wo andere Männer behaart sind. Alles traf ihn ins Mark, brannte sich ihm ein, alles durchbohrte den Bürgermeister von Brooklyn.

»Wie heißt du?«, fragte Ranzenhofer.

»Enrique«, sagte der Bote. »Alles in Ordnung?«

»Alles in Ordnung«, bestätigte der Bezirksbürgermeister.

Selbst der Akzent des Boten rührte ihn, als machte er den jungen Burschen noch schöner, trüge auf rätselhafte Weise zu seiner Unwiderstehlichkeit bei.

Der ups-Bote verschwand wieder, und Jason Ranzenhofer blieb allein in seinem Büro zurück. Nicht imstande, sein Spiel am Computer wiederaufzunehmen und dann eine Rede zu schreiben, mit der er eigentlich schon längst hätte anfangen sollen. Die Belanglosigkeit dieser Reden war ihm bewusst, er hatte damit zu leben gelernt – ja mehr als das: gelernt, sie zu lieben –, doch für einen Moment verlor alles seinen Sinn. Die Gewissheit, dass sie doch zu irgendwas gut waren, und sei es nur als beruhigendes Ritual, hatte ihn verlassen.

Zehn Minuten lang blieb er so sitzen, gelähmt von einem ungekannten Schmerz, da schloss er die Tür zum Vorzimmer. Er rief UPS an und sagte: »Ich muss mich beschweren, aber bitte behandeln Sie die Sache vertraulich. Verstehen Sie, ich hänge das nicht gern an die große Glocke, ich bekleide ein öffentliches Amt, ich bin Jason Ranzenhofer, der Bezirksbürgermeister von Brooklyn.«

Er zittert, wenn er auf dem Bett in seinem Hotel in Albany an dieses Gespräch denkt.

Jason kann seine eigene Unbesonnenheit noch immer nicht fassen.

Wahrscheinlich bekommt er Enriques Frau an den Apparat, wenn er jetzt anruft. Egal. Etwas in ihm ist stärker als seine angeborene Vorsicht, etwas in ihm sehnt sich nach Ruchlosigkeit.

4

»*Would you like to have a look at the stars?*«, fragt Lea.

»*Stars?*« Sie sind doch nicht in Hollywood.

»*Stars*«, wiederholt sie und zeigt nach oben.

Sie sind die letzten Gäste im Restaurant. Den Nachtisch haben sie ausfallen lassen. Als Roland Mayonnaise zu seinen Pommes frites verlangte, hatte Lea gesagt: »Interessant! Kein Amerikaner würde das machen, nur wenn er, aus was für Gründen auch immer, sich als Europäer ausgeben will.«

»Du hältst also«, hatte Roland erwidert, »die Mayonnaise

für einen kulturrelevanten Unterschied? Für ein Symbol des alten Europa?« Kurz darauf hatte er das Mayonnaiseglas in die Höhe gehalten und gefragt: »Dies hier unterscheidet also meine Kultur von der deinen?«, und hatte lauthals gelacht.

Sie hatte genickt, worauf er erwiderte: »In Südfrankreich essen sie keine Mayonnaise zu ihren Pommes frites. Du beleidigst die Leute in Nizza, wenn du sagst, das hier sei europäisch.«

Er hatte noch vorgeschlagen, die junge Bedienung zu fragen, wie viele Amerikaner in diesem Restaurant Mayonnaise zu ihren Pommes frites verlangten, aber Lea hatte ihn beschworen, es zu lassen. »Sie ist hochnäsig«, hatte sie gesagt. »Sie wird nicht verstehen, worauf du hinauswillst.«

Auch wenn er an der George Mason den liebenswürdigen Europäer mimt, möchte er trotz seines Akzents immer am liebsten für einen Amerikaner gehalten, oder besser gesagt: außerhalb der Universität lieber nicht als Europäer erkannt werden, als der Ausländer, der noch etwas mehr Fremder ist als die übrigen Immigranten hier.

Er bezahlt. Sie hat ihr Portemonnaie schon gezückt, doch er sagt: »Lass nur, das geht auf meine Rechnung.« Wenn er bezahlt, fühlt er sich unabhängig. Wenn er bezahlt, ist er niemandem etwas schuldig.

Sie verlassen das Restaurant und stehen auf der Amsterdam Avenue. Im Hinausgehen hat er noch schnell ein Kärtchen mitgenommen.

Es ist eine fast wolkenlose Nacht.

»Ich dachte, wegen der Luftverschmutzung könne man die Sterne gar nicht mehr sehen?«, meint Roland. Man sieht in der Tat welche, aber eigentlich interessieren sie ihn nicht.

»Ich habe nicht viel Zeit«, sagt Lea. »Der Babysitter muss nach Hause, aber wenn du möchtest, können wir in den Riverside Park gehen.«

Er zögert. Morgen früh muss er nach Fairfax zurück. Es war ein amüsanter Abend, er hat ein paarmal gelacht, Lea ist eine einnehmende, intelligente Frau, schöner, als er sie in Erinnerung hatte. Doch ein Spaziergang durch den Riverside Park? Muss das sein? Eigentlich möchte er lieber nach Hause. Er möchte noch etwas lesen und arbeiten.

Roland schaut auf sein Handy. Violet hat ihm eine SMS geschickt.

»Die Sterne«, sagt er, »ich weiß nicht, ich hab sie mir seit Jahren nicht mehr angesehen. Hab ich was versäumt?«

Sie nimmt seine Hand. »Sie sind schön«, sagt sie. »Die Sterne, aber auch deine Hände.«

»Lieb, dass du das sagst. Aber ich muss eigentlich an meinen Schreibtisch zurück, mein Forschungsprojekt wartet. Weißt du, was das Interessante an der Krise ist, daran, dass jetzt alles durchdreht? Fast alle wirtschaftswissenschaftlichen Modelle haben sich als unzutreffend erwiesen. Als hätte die Wirklichkeit sich von ihnen losgerissen, wie ein durchgehendes Pferd, das seinem Herrn den Dienst verweigert. Ich weiß, das klingt nicht sehr romantisch, aber das bin ich nun mal nicht.«

Lea sagt nichts. Schweigend gehen sie Richtung Park.

Menschen kosten Zeit. Wie kann er das den Leuten nur klarmachen, ohne unhöflich zu sein? »Ihr seid lieb und nett, aber ihr fresst zu viel Zeit«? Das geht nicht. Trotzdem spaziert er nicht bloß aus Höflichkeit an Leas Hand Richtung Riverside Park.

»Ich denke, du bist ziemlich romantisch«, sagt sie. »Und langweilen tue ich mich mit dir auch nicht.«

Er hat durchaus einen Sinn fürs Ästhetische, aber der Eindruck geht meist nicht sehr tief; er kann sich nur schwer vorstellen, wie Sterne irgendjemanden rühren können. In der Regel misstraut er solchem Gefühlsüberschwang. Ihn selbst rühren höchstens ökonomische Modelle, seine Forschungsergebnisse, aber er weiß, wie persönlich das ist, wie subjektiv. Noch knapp keine geistige Störung, aber doch merkwürdig.

Sie setzen sich auf eine Bank. Der Wind kommt von Süden, es ist warm für die Jahreszeit.

Menschen. Er freut sich nicht, wenn sie da sind, ist fast erleichtert, wenn sie wieder gehen. Das wirft man ihm regelmäßig vor: einen Mangel an Fröhlichkeit, an Liebe zum Menschen, eine Zurückhaltung, die sich bei näherem Hinsehen als Kälte entpuppt.

Lea schaut zum Himmel, immer noch hält sie seine Hand. Er schaut auf ihre Beine, meint, sehen zu können, dass sie sich beim Epilieren verletzt hat. Schwer zu sagen, bei diesem Licht. Ist Neugier kein triftiger Grund? Geht Neugier nicht den meisten Erfahrungen voraus, wenn ihnen überhaupt irgendetwas vorausgeht?

Ich bin nicht romantisch, aber ich bin neugierig. Ich liebe dich nicht, aber ich will wissen, wer du bist. So könnte man es sagen.

Außerdem fühlt er sich verpflichtet – wie immer, wieder einmal. Er sitzt hier im Park, um halb zwölf in der Nacht. Wenn er jetzt keinen Vorstoß macht, wird er enttäuschen.

Die unzähmbare Lust, von der andere oft sprechen, vor allem die Männer, hat er kaum je erlebt. Zwei-, dreimal im

Leben vielleicht hat ein solches Gefühl ihn angesprungen. Und noch ein paarmal allein, ohne Gesellschaft, in der Einsamkeit seines Studierzimmers, beim Denken.

Diese Lust, von manchen schamlos einfach Liebe genannt, würde er zwar gern einmal kennenlernen, aber nur, wenn seine Forschung nicht darunter leidet.

Roland küsst sie. Er schmeckt so etwas wie Kamillentee, doch das kann auch Einbildung sein, er weiß ja, dass sie keinen getrunken hat.

Sie löst sich von seinem Mund.

»Ist es das, was du wolltest?«, fragt sie.

Die Frage verwirrt ihn. Was soll er jetzt sagen? Was erwartet sie? Führt sie hier ein Stück auf, und er ist nur eine Figur? Vielleicht hat sie sich ihren Text schon vorher zurechtgelegt, für den Fall, dass es zum Küssen käme.

Und er antwortet: »Ja, das wollte ich.«

Sie küssen sich wieder, kurz denkt er an die Vorlesung, die er morgen halten muss. Die Veranstaltung wurde auf den Nachmittag verlegt, wegen einer Konferenz, die einige Mitglieder der Fakultät organisiert haben. Er nimmt nicht aktiv daran teil, möchte aber ein paar Vorträge hören, aus Interesse, und auch aus Pflichtgefühl.

»Legen wir uns ins Gras.«

»Das ist nass«, sagt er.

»Es hat seit Tagen nicht geregnet.«

Sie steht auf, zieht ihn mit auf den Rasen, sie legen sich hin. Das Gras ist nicht nass, aber kalt. Kurz schauen sie zum Himmel, und er denkt an all die ästhetischen Genüsse, die er sich bislang hat entgehen lassen. Wirkliches Bedauern kann er nicht dabei empfinden.

Wieder küssen sie sich, seine Hand gleitet über ihre Schenkel, er schiebt ihr Kleid hoch, betastet ihren Slip.

Das hier ist Lust. Hier wird nicht überlegt, der Autopilot muss übernehmen, ein Instinkt, der nichts mit dem Denkvermögen zu tun hat. Ein Automatismus, von Verstand und Forschung getrennt. Er schiebt seine Hand in ihren Slip.

»Lass es uns nicht hier machen«, sagt sie.

»Nicht hier. Und wo dann?«

»Bei mir zu Hause. Ich muss sowieso gehen, die Babysitterin wartet.«

Er steht langsam auf; auch Lea rappelt sich hoch und richtet ihr Kleid.

»Und dein Mann?«

»Mein Mann ist in Albany.«

»Vielleicht kommt er früher zurück.«

»Er ist in Albany. Ich habe heute Abend noch mit ihm telefoniert.«

»Das ist zig Stunden her. Vielleicht hat er es sich anders überlegt, vielleicht dachte er, ich will meine Frau überraschen, und dann kommt er herein mit einem großen Strauß Blumen, und ich bin da, nackt, oder halbnackt – das ist keine gute Idee, das ist schlecht für alle Beteiligten.«

»Er wird mich nicht überraschen. Er hat mich seit Jahren nicht mehr überrascht.«

»Das ist kein Beweis, auch vom empirischen Standpunkt aus wenig überzeugend. Der Mensch ist ein wetterwendisches Wesen. Ich weiß, wie Männer sind. Sie mögen es nicht, wenn andere Männer halbnackt durch ihre Wohnung laufen. Und sie scheinen einen sechsten Sinn dafür zu haben. Dann sagen sie, heute überrasche ich meine Frau mit einem Strauß Blumen, aber in Wirklichkeit wollen sie nur nachsehen, ob nicht irgendwer halbnackt durch ihre Wohnung rennt.«

Sie gehen zum Parkausgang, Hand in Hand.

»Soll ich ihn anrufen?«, fragt Lea. »Würde dich das beruhigen?«

»Ja, ruf ihn an. Bitte. Mir ist sonst nicht wohl bei der Sache. Ich kenne die Männer.«

Beim Parkausgang nimmt sie ihr Handy.

»Er geht nicht ran«, sagt sie. »Ich denke, er schläft. Bist du jetzt beruhigt?«

»Eigentlich nicht.«

Sie gehen weiter. Er ist neugierig, wie ihre Wohnung, ihr Schlafzimmer aussieht. Wer ein verlässliches Modell der Wirklichkeit aufstellen will, muss hin und wieder zu den Leuten nach Hause. Man kann so eine Theorie nicht ausschließlich auf Logarithmen und mathematischen Gleichungen aufbauen.

»Sollen wir die U-Bahn nach Brooklyn nehmen?«, fragt sie.

»Bist du verrückt? Um diese Uhrzeit? Ein Taxi!«

Sie bleibt stehen. Fährt ihm über die Nase.

Sie sagt: »Du musst wissen, in Autos wird mir schnell schlecht.«

In seinem Hotelzimmer in Albany hat er sich ausgezogen bis auf die Unterhose. Seine Kleidung liegt auf einem Stuhl neben dem Bett. Jason Ranzenhofer hält das Mobiltelefon in der Hand, der Fernseher läuft ohne Ton. Baseball.

Enrique war nicht zu Hause. Seine Frau meinte: »Später anrufen.«

Jetzt ist es später. Ranzenhofer sitzt auf dem Bettrand, wartet noch etwas, verrückt die Fernbedienung auf dem Nachttisch.

Der Kundenservice von UPS hatte äußerst verständnisvoll reagiert. Ranzenhofer hatte gesagt: »Ein Bote, der gerade hier war, hat sich mir gegenüber unmöglich benommen, aber ich will keinen großen Wind um die Sache machen, er soll keine Schwierigkeiten bekommen, ich möchte nur, dass er sich persönlich bei mir entschuldigt. Ich will es aus seinem eigenen Mund hören, verstehen Sie? Verlange ich zu viel? Ist das ein unbilliger Wunsch?«

Die Frau im Call-Center hatte ihn zu einem Manager weiterverbunden, und der fand, dass Ranzenhofers Wunsch alles andere als unbillig war, in Anbetracht der Umstände geradezu ein freundliches Entgegenkommen.

Am nächsten Morgen war Enrique erneut bei ihm erschienen, selbe Uniform, selbes Gesicht. Diesmal jedoch ohne Päckchen.

Jason Ranzenhofer hatte zu den Sekretärinnen gesagt: »Ich bin kurz beschäftigt«, und hatte die Tür zwischen seinem und ihrem Büro zugemacht.

Der Mann hatte vor seinem Schreibtisch gestanden, zögernd, so schien es, unsicher, was ihn erwartete, und wieder fühlte Ranzenhofer sich von der Schönheit des UPS-Boten getroffen. Seine Schönheit wirkte nicht belebend auf ihn, nicht begeisternd, war kein Vergnügen; sie bewirkte keine Versöhnung mit dem Leben, sondern nur einen krampfhaften Schmerz.

Eher ein Junge war er als ein Mann.

Seine Haare waren glatt, dunkelbraun oder vielmehr schwarz, mit einem bläulichen Schimmer. Die Augen. Der Körper. Alles peinigte Ranzenhofer.

»Hat Probleme?«, fragte der Bote.

Wie bei seinem ersten Besuch verzauberte Ranzenhofer Enriques Akzent. Es war, als würden die Stimme, die Intonation, das den Mund umspielende Lächeln seinen Körper und sein Gesicht erst vervollkommnen. Alles an ihm war rein, rein und unversehrt. Jemand hatte sich bei der Erschaffung des Jungen, der hier vor ihm stand, selbst übertroffen.

Für ihre Begegnung hatte Ranzenhofer die Krawatte abgelegt und die obersten Knöpfe seines Hemdes geöffnet.

»Ich bin der Bürgermeister von Brooklyn«, hatte er gesagt und war mit der flachen Hand über den Schreibtisch gefahren. »Ich bin da für die Bürger. Für meine Familie. Und auch für dich.«

»Wohne in Queens«, sagte der Bote.

»Egal, wo du wohnst. Jetzt bist du hier. Hier ist Brooklyn.«

Jason war hinter seinem Schreibtisch hervorgekommen und langsam auf den anderen zugegangen. »Enrique, nicht wahr?«, hatte er gefragt. »Enrique?« Er hatte den Namen ausgesprochen wie den einer Fee oder eines Märchenprinzen.

Der Bote hatte genickt.

»Hast du Familie?«, fragte Jason Ranzenhofer.

»Frau und Kind. Kleines Kind. Baby. Elf Monate.« Mit den Händen machte der Bote vor, wie klein das Baby noch war.

»Ich bin ein Familienmensch«, sagte der Bezirksbürgermeister. Er stand jetzt direkt neben dem Boten. »Ich glaube an die Familie. Die Familie ist der Grundpfeiler der Gesellschaft. Die Familie hält das Individuum im Zaum.«

»Das Individuum«, wiederholte der Bote, offenbar völlig verständnislos.

»Was ich jetzt sage, klingt vielleicht seltsam«, sagte Ranzenhofer, »und vielleicht haben schon viele Leute das zu dir gesagt, aber ich möchte dir helfen. Das tue ich nämlich am liebsten, Menschen helfen.«

»Aber komme aus Queens.«

»Egal«, sagte Ranzenhofer noch einmal und begann, den Boten langsam zu umkreisen. Von welcher Seite er ihn auch betrachtete, überall war er schön. Der Hintern, die Beine. Fast zu schön.

Der Körper des Jungen erfüllte Ranzenhofer mit Wehmut, er zeigte ihm, dass sein eigenes Leben eigentlich schon gelaufen war.

»Woher kommst du ursprünglich?«, fragte er und berührte kurz den rechten Arm des Boten.

»Guatemala.«

»Und wie lange bist du schon hier?«

»Fünf.«

»Fünf was? Monate? Jahre?«

»Jahre.«

Ranzenhofer setzte sich an den Schreibtisch. Das Telefon läutete, er nahm ab und sagte: »Ich bin in einem Gespräch.« Dann legte er wieder auf.

Vielleicht war das hier der tiefere Grund, warum er Bürgermeister geworden war: um diesem Boten zu begegnen, ihn wie ein Fuchs zu umschleichen. Um ihm zu helfen. Endlich jemandem wirklich zu helfen.

»Ich will dir ein besseres Leben ermöglichen«, sagte er und nahm einen Stift.

»Nicht nötig. Leben ist gut.«

»Du kannst mehr. Mehr als das hier.« Er zeigte auf die Botenuniform. Sein eigenes Leben stand fest, keine Veränderung mehr möglich, Überraschungen ausgeschlossen.

»Kunden zufrieden, ich zufrieden.«

»Zufrieden«, murmelte Ranzenhofer, »zufrieden! Wenn alle sich immer zufriedengegeben hätten, würden wir jetzt noch den wilden Tieren hinterherlaufen.« Und während er das murmelte, fühlte er sich alt. Er war ein Mann mit Bauchansatz, schütteren Haaren, einer geröteten Nase mit geplatzten Äderchen. Die öffentlichen Verpflichtungen. Trinken, essen, noch mehr trinken, noch mehr essen. War er je attraktiv gewesen, jetzt war er es nicht mehr, eigentlich war er mehr tot als lebendig. Mit nur einer einzigen Rettungsboje in Sicht: dieser Schreibtisch, sein Job.

»Wie heißt du?«

»Enrique.«

»Mit Nachnamen, meine ich.«

»Martínez.«

»Wo wohnst du?«

»Queens.«

»Aber wo? Deine Adresse?«

»Ist wichtig?«

»Ja, Enrique, das ist sehr wichtig.«

»Nicht nötig.«

Ranzenhofer stand wieder auf. Er stellte sich neben den Boten, legte ihm den Arm um die Schulter. Auch die Berührung folterte ihn. Quälend war das hier, quälend und peinlich. Seine Fragen, der Körper des Boten. Warum hatten sie ihm keinen andern geschickt? Einen hässlichen, so wie die meisten, mit schlechter Haut, ruiniertem Gebiss und erloschenem Blick?

»Mr. Brooklyn wird dir helfen«, sagte Ranzenhofer. »Amerika wird dir helfen. Ich werde persönlich dafür sorgen, dass Amerika dir hilft.«

Er setzte sich wieder. Statt Schmerz erfüllte ihn jetzt Energie, wie im Wahlkampf, als sei dieser Mann ein Wähler, der überzeugt werden musste. Ein ganz besonderer Wähler.

»Also, wo wohnst du?«, fragte Ranzenhofer. »Keine Adresse, keine Hilfe.«

»204th Street«, hatte Enrique erwidert.

Ranzenhofer hatte sich die exakte Anschrift notiert. »Ich helfe Neuankömmlingen gern«, hatte er gesagt. »Ich geb zu, ich hab dich hierhergelockt, aber in bester Absicht. So wie man Wähler anlockt, manchmal mit plumpen Mitteln, sie wollen es nicht anders, aber immer in bester Absicht.« Dann war der Bote wieder gegangen. Ranzenhofer war zu seiner Sekretärin geschlendert, hatte freundlich gelächelt und zu ihr gesagt: »So eine Hitze, jetzt könnte ich einen Eistee gebrauchen.«

Nun sitzt er auf seinem Bett in Albany, hält sein Handy ans Ohr, den Blick auf die Krampfadern an seinen Beinen gerichtet und sagt: »Hier noch mal Jason Ranzenhofer. Ich möchte Enrique sprechen.«

6

Auf dem Sofa sitzt Nancy. Sie sieht fern. Lea sagt: »Das hier ist Roland«, und zückt das Portemonnaie, um zu bezahlen.

Roland gibt dem Mädchen die Hand. Er bleibt stehen, verkrampft, wie von der Situation überfordert, als schäme er sich für seine familiäre Geste dem Babysitter gegenüber.

»Danke«, sagt Lea, nachdem sie Nancy das Geld überreicht hat. »Bis bald.«

Das Mädchen zieht seine Jacke an und geht.

Erst als sie die Tür ins Schloss fallen hört, seufzt Lea erleichtert auf und erklärt: »So, hier wohne ich.« Sie stellt den Fernseher aus.

Roland betrachtet das Bücherregal. »Viel Völkermord«, sagt er, mit deutlicher Anerkennung.

»Die ganze Wand hier ist Holocaust, und im Schlafzimmer steht noch mehr. Möchtest du etwas trinken?«

»Wein. Wenn du welchen hast.« Er nimmt ein Buch aus dem Regal.

Er hat es in fragendem Ton gesagt, als wisse er selbst nicht, was er trinken möchte.

Sie geht auf ihn zu, legt ihm den Arm um die Schulter, schaut auf das Buch, in dem er blättert. »Ah, die Celan-Biographie. Von Celan müsstest du auch mal was lesen.«

Er stellt das Buch zurück. »Da steht, er war Dichter. Dichter sind nichts für mich«, antwortet er.

Sie schenkt zwei Gläser Rotwein ein und zeigt auf den hohen Küchentisch, der auch als Bar benutzt werden kann.

»Dein Mann wohnt auch hier, nicht wahr?«

»Ja, natürlich. Wieso?«

»Weil du eben gesagt hast: Hier wohne ich. *Ich.*«

»Hier wohnen wir. So besser? Wir, mein Mann, meine Kinder und ich.«

Er scheint darauf aus zu sein, ihre Lust abzutöten, doch das wird ihm nicht gelingen. Ihr Verlangen ist größer als seine Zerstörungswut.

»Und du weißt ganz bestimmt, dass er nicht jeden Moment hereinkommen kann?«, fragt Roland. Er stellt sich vor sie, als hätte er Angst, sich zu setzen, weil er dann die Wohnung nicht mehr verlassen wird.

»Ganz bestimmt.«

Endlich ist er hier, in ihrer Wohnung. Die Kinder schlafen, der Babysitter ist weg. In ihrem Kopf hatte sie ein Drehbuch erstellt, vielleicht korrekter: Es hatte sich eines entwickelt, aber jetzt weiß sie nicht mehr, wie es weitergehen soll. In ihrer Phantasie war alles so einfach gewesen, die Realität aber ist unübersichtlich.

»Prost«, sagt sie. »Hast du was gegen Dichter?«

Vorsichtig setzt Oberstein sich auf einen der Barhocker,

stützt sich auf den Tresen und bemerkt plötzlich eine Katze, die durchs Wohnzimmer läuft.

»Er ist dick«, sagt sie.

»Wer?«

»Der Kater – zu dick. Aber ich hatte dir eine Frage gestellt.«

Solange sie redet, geht er nicht weg, solange Wein vor ihm steht, wird er bleiben.

»Gedichte bringen mir nichts über die Wirklichkeit bei. Höchstens über den Dichter, aber Dichter interessieren mich nicht. Gedichte sagen mir genauso wenig wie Hip-Hop, die Schönheit von Piercings oder irgendwelche Sternchen.«

»Fandest du sie nicht schön?« Lea denkt an den Park.

»Ich meine Hollywoodstars.« Er lacht. »Mit wem sie ins Bett gehen, was für Drogen sie nehmen, an welche Götter sie glauben, es interessiert mich nicht. Manchmal nennen meine Studenten einen Namen, den ich noch nie gehört habe. Dann fühle ich mich alt. Oder als ein Fremder. Oder vielmehr: als ein in die Jahre gekommener Fremder. – Was ist?«

»Ich musste gerade an meinen Großvater denken.«

»Was ist mit deinem Großvater?«

»Er ist krank. Er hat eine aggressive Form von Demenz.«

»Das ist traurig.«

Lea geht zum Bücherregal. Sie nimmt den Band mit den Celan-Gedichten und setzt sich wieder neben Roland.

»Die Leute sind so borniert«, murmelt sie, während sie blättert, »nichts als Vorurteile.«

Sie schiebt ihm das Buch hinüber. »Hier, Roland. Lies.«

Er beginnt zu lesen.

»Laut«, sagt sie. »Ich will deine Stimme hören.«

Einen Moment lang schaut er sie verdutzt an, als wolle er sagen: Aber du hörst meine Stimme doch. Die ganze Zeit schon.

»In welcher Sprache?«, fragt er. »Die Ausgabe ist Deutsch-Englisch.«

»Darfst du dir aussuchen.«

»Es war Erde in ihnen, und / sie gruben«, liest er auf Deutsch.

Er wartet und schaut sie an, als habe er schon wieder genug.

»Weiter«, sagt sie.

»Sie gruben und gruben, so ging / ihr Tag dahin, ihre Nacht. Und sie lobten nicht Gott, / der, so hörten sie, alles dies wollte, / der, so hörten sie, alles dies wußte.«

Sie hat ihre Hand auf seinen Oberschenkel gelegt. Er schaut sie an, schiebt das Buch ein paar Zentimeter von sich weg.

»Und?«, fragt sie.

»Interessant«, antwortet er nach einer kleinen Pause und nimmt noch einen Schluck Wein. Der Wein färbt seine Lippen rot.

»Ich finde es erregend«, sagt sie. »Du und Celan. Celan und du hier am Tisch. Verstehst du, was ich meine?«

»Nein, um ehrlich zu sein, nicht. Nicht wirklich. Ich bin nicht unempfänglich für Schönheit, aber ich bin auf der Hut vor Betrug. Und Celan ist nicht hier. Celan ist tot. Ich habe gerade gelesen, er ist in die Seine gesprungen.«

Sie lässt sein Bein los. Betrug? Meint er sie? Meint er, dass sie ihn täuscht?

»Erkennst du die Schönheit nicht?«

»Erkennen?« Er spielt mit seinem Glas. »›Hören‹ vielleicht. Erkennen kann ich Schönheit zum Beispiel bei Adam Smith oder in einer mathematischen Gleichung, einem Logarithmus, einem verlässlichen Modell der Wirklichkeit, das sich überprüfen und korrigieren lässt, und dieser Schönheit traue ich, während die Schönheit von Celan mir unglaubwürdig erscheint. Sie lässt mich außen vor. Ich kann nichts in ihr erkennen.«

Sie sieht ihn an. Perplex. Sprachlos. Sie versteht nicht, wie Leute, denen sie mehr zugetraut hätte, unempfänglich für Dinge sein können, die sie tief berühren.

»Du hast eine schöne Stimme«, sagt sie. »Vor allem, wenn du Deutsch liest. Dann wird sie noch schöner. Findest du es unangenehm, dass ich das sage?« Dann muss sie ihn eben so verführen. Um seine Stimme geht es eigentlich nicht, aber ein Kompliment hat in einer Situation wie dieser noch niemals geschadet.

Er schüttelt schweigend den Kopf.

Lea sagt: »Mein Mann hat nie Deutsch gelernt.«

»Kein Mensch ist vollkommen«, antwortet Roland.

Dann beginnt sie, ihn zu küssen. Sie wirft sich auf ihn, wie eine Mutter auf ihr todkrankes Kind. Sie muss ihn wachrütteln, er scheint nicht wahrhaben zu wollen, dass er lebt, ja alle Lebenslust scheint ihm zu fehlen.

7

Jason Ranzenhofer zittert. Vielleicht hätte er doch etwas anziehen sollen. Immer noch sitzt er in Unterhose auf dem Bettrand in seinem komfortablen Hotel in Albany und wartet, dass Enrique ans Telefon kommt. Es dauert eine Ewigkeit, er betrachtet seine Zehen und die darauf wuchernden Haare.

Er hätte nie gedacht, dass es ihm im Leben noch einmal so ergehen würde: zittern, an nichts anderes mehr denken als an einen Paketboten. Mitten in der Nacht die Stimme des Jungen herbeisehnen, die ihm das Leben erst schön macht. Das ist es. So hat er es zu ihm gesagt: »Du machst mein Leben erst schön.«

So würde er es wieder sagen. Für sich behalten würde er: »Du quälst mich. Deine Unerreichbarkeit ist wie ein Schmerz.« Das würde er niemals aussprechen.

Stärker als alle Familienpflichten ist diese Leidenschaft, stärker als die Relikte seiner langsam, aber sicher verkümmernden Ambitionen, womöglich fast so groß wie die Liebe zu seinen Kindern.

Enriques Frau hat gesagt, sie würde ihn holen. So groß kann die Wohnung in Queens doch nicht sein.

Endlich hört er seine Stimme.

»Enrique«, sagt Jason.

»Warum mich anrufst zu Hause?«, fragt Enrique. »Kind schläft. Nicht zu Hause anrufen, habe gesagt.«

»Es war ein Notfall«, sagt Jason. »Ein Notfall, Enrique. Und dein Handy war aus.«

Er hatte ein Detektivbüro eingeschaltet, dessen Dienste er bereits früher einmal in Anspruch genommen hatte. Als Politiker braucht man manchmal Informationen, die die Leute einem nicht freiwillig geben. Man muss verhindern, dass sie zum Feind überlaufen, indem man sie daran erinnert, was man alles über sie weiß. Enrique war kein Feind, und er würde das auch nie werden, aber trotzdem. Ein paar Informationen konnten nie schaden.

Das Detektivbüro arbeitete schnell und diskret. Innerhalb einer Woche berichteten sie ihm, dass alles, was Enrique ihm gesagt hatte, stimmte. Nur hatte Enrique vergessen zu erwähnen, dass seine Sozialversicherungsnummer nicht stimmte. Die Nummer stammte wahrscheinlich von jemand anderem.

Die zwei Detektive saßen in einem Auto ein paar Straßen von Ranzenhofers Wohnung entfernt; Ranzenhofer selbst saß auf dem Rücksitz.

»Wie, ›sie stimmt nicht‹?«, hatte er gefragt. »Wie meinen Sie das?«

Er hatte nervös an einem seiner Manschettenknöpfe gedreht, doch die Detektive hatten geschwiegen.

»Meinen Sie, er ist illegal?«

»Das erscheint uns als logische Konsequenz«, hatte der Detektiv am Steuer gesagt. Dann hatten sie ihm eine Liste mit jenen Daten überreicht, die sie bis jetzt herausgefunden hatten: Telefon- und Kontonummern, seine Adresse, Anschriften von Verwandten und Freunden, Name und Adresse der Bar, in der er ab und zu einen trinken ging.

»Illegal«, hatte Ranzenhofer mit kaum verhohlenem Entzücken gesagt, so wie andere die Namen »Picasso«, »Monet«

oder »Warhol« aussprachen. Er merkte es selbst; hoffentlich hatten die Detektive es nicht gehört.

Doch sie sagten nichts, saßen nur regungslos da, schauten ihn nicht einmal an.

Verwirrt war er darauf nach Hause gegangen, wo er seine Frau in Gedanken versunken auf den Mund geküsst hatte. Im Bad hatte er sich auf der Toilette niedergelassen, das Gesicht in den Händen vergraben, und war eine endlose Weile so sitzen geblieben.

Am nächsten Nachmittag hatte er Enrique angerufen.

»Hier Ranzenhofer«, sagte er.

»Was?«

»Jason Ranzenhofer. Weißt du nicht mehr? Der Bezirksbürgermeister von Brooklyn.«

»Bin an Arbeit.«

»Ich bin auch an der Arbeit, Enrique«, sagte der Bürgermeister. »Aber ich habe dir Hilfe versprochen. Weißt du noch? Und ich halte meine Versprechen. Ich werde dir jeden Wunsch von den Lippen ablesen. Darauf kannst du dich verlassen.«

Er kicherte über sein Wortspiel. Er war so nervös. Ab und zu kam es vor, dass er bei einer Rede einen selbst ausgedachten Witz vorlesen wollte, aber schon vorher loslachen musste.

»Woher diese Nummer?«

»Gefunden. Hast du heute Nachmittag Zeit? Wollen wir uns treffen? Im Boulevard Motor Inn. Das ist ein idealer Ort. Auf dem Queens Boulevard. Nie viele Gäste. Da können wir in aller Ruhe reden.«

Ein befreundeter Politiker hatte ihm einmal erzählt, dass

man sich im Boulevard Motor Inn diskret und zu erträglichen Preisen verabreden konnte.

Ranzenhofer war es besser erschienen, sich nicht in Brooklyn zu treffen. Zwar gibt es auch dort genug Leute, die ihn immer noch nicht erkennen, aber zunehmend häufiger wird er auf der Straße auch schon von Wildfremden gegrüßt.

In Queens wird die Stadtteilzeitung von Brooklyn nicht verteilt, in der er immer mit Foto firmiert, und so kann er sich dort etwas freier bewegen. Das Blättchen erscheint auf seine Initiative und wird gratis jedem Brooklyner Haushalt zugestellt; darin hat er eine feste Kolumne, und über dem Beitrag ist stets sein Foto. Es macht ihm Vergnügen, so einen Beitrag zu schreiben. Er hat im Grunde nur eine repräsentative Funktion, aber Demokratie lebt nun mal von Symbolen.

»Keine Zeit«, hatte Enrique gesagt. »Hilfe nicht nötig. Sehr nett. Aber nicht nötig. Nicht treffen.«

»Aber Enrique«, hatte Jason in dem pastoralen Tonfall erwidert, den Politiker und manche Lehrer von Zeit zu Zeit anschlagen müssen, um ihre Schäfchen in die richtige Richtung zu treiben. Er machte sich keine Illusionen. Er wusste, wie das System funktionierte. »Leute wie du können immer Hilfe gebrauchen. Und das Boulevard Motor Inn liegt am Queens Boulevard, nicht weit von deiner Wohnung.«

Jetzt musste er dranbleiben. Er würde es sich niemals verzeihen, wenn er jetzt aufgäbe.

Für einen Moment blieb es still am anderen Ende.

»Weiß nicht, was Sie meinen.«

Jason hatte gelacht. Doch kein Gekicher diesmal. Gespieltes Gelächter. »Das weißt du genau. Sollen wir dem Kind einen Namen geben, ›Leute wie du‹, Enrique?«

Er hasste sich selbst, verachtete sich, aber er musste es tun, es ging nicht anders. So waren die Menschen. Manchmal musste man sie mit unkonventionellen Mitteln zum Zuhören bringen. Das war Politik. In einer wahren Demokratie ist alles politisch.

»›Leute wie ich‹?«

Ranzenhofer bemerkte Enriques Anspannung. Sein Interesse. Er hatte angebissen. So dachte er oft auch nach einem Treffen mit Wählern: ›Diese Stimmen hätte ich auch wieder im Sack.‹

Das Verlangen, den UPS-Boten wiederzusehen, trieb ihn. Sein Angebot, ihm zu helfen, war aufrichtig gemeint. Doch er fürchtete, dass Enrique die Hilfe nicht einfach so annehmen würde. Darum musste er, Jason, sich zu Methoden herablassen, die er eigentlich verabscheute.

»Du weißt genau, was ich meine. Ich will das Wort hier nicht nennen. Es ist ein hässliches Wort. Es darf nicht zwischen uns stehen. Für mich sind alle Menschen legal. Alle Brooklyner. Alle New Yorker. Jeder Mensch, der hier lebt. Le-gal, hörst du?«

Manchmal muss man Freundschaft erzwingen.

Unter dem erstbesten Namen, der ihm eingefallen war, hatte Ranzenhofer zu reservieren versucht. Jones, Peter Jones, doch die Rezeptionistin hatte nur gemeint: »Kommen Sie einfach vorbei, wir haben genug Zimmer frei.«

»76-02 Queens Boulevard«, sagte er und wiederholte sicherheitshalber: »76-02 Queens Boulevard. Nicht weit von da, wo du wohnst. Wie du siehst: Ich denke an dich.«

Jetzt sitzt er auf seinem Bett in Albany, und sein Blick bleibt an seinem Bauch hängen. Zu dick. Speckrollen. Haare um den Nabel, die ihn deprimieren. Aber er sagt: »Du machst mein Leben erst schön. Dafür will ich dir danken.«

»Kann jetzt nicht«, sagt Enrique.

»Ich möchte dich sehen. Morgen ist ein Fest der türkischen Gemeinde. Danach hätte ich Zeit. Boulevard Motor Inn? Um vier Uhr?«

Es bleibt still.

»Vier Uhr«, insistiert Ranzenhofer. »Enrique, bitte. Du weißt, was du mir bedeutest.«

Manchmal wissen Leute nicht, wie glücklich sie einen machen, dann muss man sie daran erinnern.

»Du hast mir die Augen geöffnet«, sagt Ranzenhofer, während er sich über den Bauch reibt. »Jetzt kann ich nicht wieder wegsehen.«

Jahrelang hatte er so gelebt, als gäbe es nichts Höheres als ein gebügeltes Hemd, als sei der Gipfel der Lust ein reichhaltiges Essen. Als brauche man nur seine Kinder zu lieben und niemanden sonst. Jahrelang hatte seinem Leben Schönheit gefehlt. Dann war die Schönheit erschienen, in Gestalt eines ups-Boten. Wenn Gott existiert, und daran zweifelt er nicht, muss er damit eine Absicht verfolgen.

Es kommt keine Antwort. Ranzenhofer legt auf, keine Antwort ist gut. Enrique wird dort sein.

Jason zittert noch immer, selbst kurz darauf unter der Decke. An ihm ist nichts Berechnendes mehr.

8

In Leas Schlafzimmer stehen ein Bett, zwei Nachttische, ein großer Kleiderschrank sowie ein Bücherregal, das zur Hälfte mit Literatur über Völkermord gefüllt ist.

Sie zieht sich schnell aus.

Auf dem rechten Nachttisch steht ein gerahmtes Hochzeitsfoto.

Lea zieht ihren Ehering ab und legt ihn auf das Nachtschränkchen links.

»Das ist nicht nötig«, sagt Roland. Er trägt nur noch seine Unterhose.

»Was?«

»Dass du wegen mir deinen Ehering ablegst. Der Ring stört mich nicht.«

»Ich lege ihn immer ab, wenn ich Sex habe. Dann will ich vollkommen nackt sein, auch ohne Schmuck.«

Lea liegt auf dem Bett und schaut ihn lächelnd an.

Bevor er sich ganz auszieht, beugt er sich vor, um das Hochzeitsfoto näher in Augenschein zu nehmen. »Auf dem Bild seht ihr glücklich aus«, sagt er.

»Es war ein schöner Tag. Soll ich das Foto wegstellen? Stört es dich?«

»Ach was, überhaupt nicht.«

Er legt sich neben sie, streichelt ihr über den Bauch, über die Brüste. Er küsst sie, betastet ihr Geschlecht, doch er wagt aus irgendeinem Grund nicht, es anzusehen. Obwohl er sonst immer gern alles erforscht, er ist nicht umsonst Wissenschaftler.

Die Lust, die Maschine, die, einmal in Gang, alle anderen Antriebe macht, regt sich nun endlich doch. Erst wie zuvor noch als Neugier verkleidet, dann als die Lust selbst, soweit sich diese von Neugier überhaupt unterscheiden lässt.

Er legt sich auf sie, schaut noch einmal auf das Foto der Hochzeit, Symbol des Eheglücks, eines Mysteriums, das, wie ein Mönch ihm einmal erklärte, eines der größten überhaupt ist, und dringt dann fast mühelos in sie ein. Plötzlich hört er: »Geh weg.«

Die Maschine hält inne.

Er schaut ihr ins Gesicht.

»Dich hab ich nicht gemeint«, sagt sie. »Der Kater ist aufs Bett gesprungen. Das fette Monster.«

Roland dreht sich um. Am Fußende sitzt das fette Monster und schaut ihn an.

Er geht von Lea herunter, und sie versucht, erst nur mit dem Fuß, dann auch mit den Händen, den Kater vom Bett zu vertreiben. Endlich gelingt es. Dann legt sie sich wieder hin.

Und plötzlich überkommt ihn Zuneigung, zu ihr, ihrem mageren Körper, ihrem langen Haar, ihren Brüsten, die zu groß wirken für ihre Statur, Zärtlichkeit, weil sie den Kater so ungeschickt vom Bett verjagte, wegen des Hochzeitsfotos, des Dufts, der hier im Schlafzimmer hängt, ein ganz spezieller Geruch nach Familie, ihn rührt ihre extrem bleiche Haut. Er stellt sie sich am Rand eines Massengrabs vor.

Roland zieht sie an sich, doch was ihn erregt, ist nicht so sehr seine Zuneigung und schon gar nicht das Massengrab – warum ihm dieses Bild auf einmal vor Augen steht, ist ihm selber ein Rätsel. Größere Ausbrüche von Phantasie hat er bisher kaum an sich feststellen können. Was ihn erregt, ist das Hochzeitsfoto, ihr Mann, der abwesend und doch irgendwie anwesend ist, eine Krawatte, auf dem Nachttisch liegengeblieben, Pantoffeln neben dem Bett, ein vager Duft nach Aftershave, das nicht seines ist – er bildet sich ein, dass ihr Mann in der Tür steht und zuschaut, nichts sagt, einfach nur zuschaut, und während er sich das vorstellt, gleitet er wieder in sie hinein und vögelt sie, nicht sanft, aber auch nicht besessen, höchstens von dem Gedanken, dass hinter ihm in der Türöffnung ihr Mann steht und zuschaut und dass er, Roland, nur ein wenig nach rechts zu blicken braucht, um diesen Mann wiederzusehen, in einer jüngeren, glücklicheren Version, im Hochzeitsanzug, den er seither vermutlich nie wieder getragen hat. Was ihn vor allem erregt, ist das Foto des Mannes, der anwesend und doch wieder nicht anwesend ist.

Während er spürt, dass er gleich kommt, und sie sagt: »Warte noch einen Moment«, während die Maschine der Lust vor sich hin stampft, schwer arbeitet und keucht, hört er hinter sich plötzlich ein »Mama!«. Er spürt, wie sie erstarrt, die Frau, die unter ihm liegt, wie sie sich verkrampft. Er schaut sich um. In der Türöffnung steht ein Mädchen, rotes Haar, karottenrote Locken, sie schaut ihn an, ohne Erstaunen, ohne die geringste Regung, er geht von Lea herunter, deckt sich zu.

Und Lea tritt in Aktion. Sie steigt aus dem Bett, schlängelt sich in ihren Morgenmantel, als sei der ihre richtige Haut, als sei die ihre so bleich, dass sie ihr als Hülle nicht mehr dient, und noch bevor sie bei ihrer Tochter ist, fängt die an zu heulen, weder hysterisch noch leise, eher so wie

Kinder heulen, die schlecht geträumt haben, und dann bringt Lea sie weg. Die Schlafzimmertür wird geschlossen.

Er ist allein und fragt sich, ob er jetzt aufstehen soll, sich blitzschnell anziehen und geräuschlos verschwinden, er kennt sich mit der Etikette nicht so genau aus.

Nein, doch nicht allein. Der Kater springt auf das Bett. Er ist nicht allergisch gegen Katzen, aber auch kein besonderer Katzenliebhaber, er spricht ihre Sprache nicht. Zwischen Tieren und ihm hat es nie recht funktioniert. Ein paarmal war er mit seinem Sohn auf dem Kinderbauernhof gewesen. Aus Pflichtgefühl hatte er die Tiere gestreichelt, das eine etwas lieber als das andre, doch einen wirklichen Draht zu ihnen hat er nie gefunden. Die tiefe Verbundenheit, die er zwischen seinem Sohn und den Ziegen gespürt hatte, den Lämmchen und Ponys, hat er nie nachvollziehen können oder wollen.

Mit dem Knie schiebt Roland den Kater vom Bett.

Vielleicht wäre aufstehen besser, doch er wagt das Schlafzimmer jetzt nicht zu verlassen, bleibt darum lieber unter der Decke. Nicht gelähmt, aber unschlüssig.

Auf dem linken Nachttisch liegt ein Stapel Bücher. Er nimmt eins. Kertész, den Namen hat er schon mal gehört. Er schlägt das Buch an einer willkürlichen Stelle auf und fängt an zu lesen, kann sich aber nicht konzentrieren. Er hört Geräusche, eine Toilettenspülung, die leise Stimme von Lea. Offenbar hat ihre Tochter sich wieder beruhigt. Der Kater springt auf das Bett. »Weg!«, ruft er, »gsch!« Er schlägt dem Tier mit dem Buch auf den Kopf. Der Kater schießt davon und bricht unter dem Bett in klägliches Miauen aus.

Nicht genug, dass ich seine Frau ficke, denkt Oberstein, jetzt misshandle ich auch noch seine Katze. Das geht zu weit.

Er schämt sich, aber nicht für das Vögeln der Frau des anderen. Lea hat ihn hierhergelockt, ihn in diese Situation manövriert; ihm könnte man höchstens vorwerfen, dass er aus lauter Höflichkeit wieder mal zu beflissen war, den Erwartungen der anderen zu genügen. Für die Misshandlung der Katze, dafür schämt er sich. Er mag ja kein großer Tierfreund sein, aber ein Sadist ist er nicht.

Aus Scham versucht er, sich in das Buch zu vertiefen, das er immer noch in der Hand hält.

Endlich ist sie wieder da. Sie schließt die Schlafzimmertür, noch bleicher als sonst. Sie wirkt auf ihn ein wenig wie eine kranke Fee, nicht hässlich, vielleicht sogar schön, aber doch schön auf irgendwie unheimliche Art. Ein Engel des Todes, der sich schämt für seinen Beruf. Darum spricht sie so leise, weil sie sich schämt.

»Sie schläft«, sagt sie kaum hörbar, aber mit einer Selbstverständlichkeit, als sei die Kleine auch sein Kind und als hätte er das hier schon öfter erlebt.

Sie setzt sich ans Fußende des Betts.

»So eine Katastrophe«, sagt sie, mehr zu sich als zu ihm. »Davon wird sie ein Trauma bekommen. Darüber kommt sie nie mehr hinweg. Wir haben ihr Leben verpfuscht. Das ist schlimmer als Holocaust.«

»Ach was«, sagt Oberstein. »Sieh die Sache doch mal nüchtern. Was hat deine Tochter gesehen? Einen Mann bei dir im Bett, oder? Morgen hat sie das längst wieder vergessen.«

»Einen nackten Mann.«

»Okay, einen nackten. Wenn sie fragt, was hat der Mann da im Bett gemacht, dann sagst du, er war krank, er hatte was Schlechtes gegessen. Durchfall, Brechen, das volle Programm, und dann hat er sich bei mir hingelegt.«

Er sieht, dass ihre Augen feucht sind, und würde gern den Arm um sie legen, doch das scheint ihm unpassend. Wer weiß, wer gleich noch alles hereinkommt.

»Es geht nicht um meinen Mann«, sagt Lea. »Es geht mir um Ava. Was wird sie denken?«

»Kinder vergessen schnell. Neulich war ich mit meinem Sohn in der Stadt, und ich sagte zu ihm: ›Das ist das Kino, wo wir gestern Abend waren‹, und meinst du, er hätte sich noch erinnert? – Was hat sie denn gemeint, deine Tochter?«

»Nichts. Sie fragte: ›Wer war das?‹ Ich sagte: ›Ein Freund.‹ Und dann fragte sie: ›Bist du krank, Mama?‹ Ich sagte: ›Nein, nur müde. Mama ist müde.‹ Dann bin ich mit ihr auf die Toilette gegangen und hab ihr noch eine Milch warm gemacht. Die hat sie getrunken, und ich hab sie ins Bett gebracht. Sag mir, dass ich keine schlechte Mutter bin.«

Sie setzt sich neben ihn. Ist das ihr Ernst? Soll er jetzt wirklich sagen: »Lea, du bist keine schlechte Mutter«? Oder will sie geküsst werden?

Sie streichelt ihm über den Oberschenkel und schaut ihn erwartungsvoll an. Sicherheitshalber sagt er darum: »Lea, du bist keine schlechte Mutter.«

»Machen wir weiter, wo wir aufgehört haben«, antwortet sie. »Was hast du da?«

Sie nimmt ihm das Buch aus der Hand. »Kertész«, sagt sie. »Nicht jetzt.« Sie legt das Buch auf den Nachttisch, zieht den Morgenmantel aus, drückt Roland aufs Bett, fängt an, ihn zu küssen, erst auf den Mund, und dann auf die Brust, auf den Bauch, auf die Oberschenkel. Ein Engel des Todes, denkt er noch mal. Aber einer, der nichts dafür kann.

Normalerweise plagen solche Gedanken ihn nicht. An bestimmte Logarithmen denkt er schon mal, wenn er mit einer Frau im Bett ist, aber das findet er nicht erstaunlich, schließlich sind Wirtschaftsmodelle seine Welt.

»Brauchen wir kein Kondom?«, fragt er, vielleicht etwas spät.

»Ich trage eine Spirale«, antwortet sie. »Zweimal ungewollt schwanger fand ich genug.«

Und Geschlechtskrankheiten, will er noch fragen, was ist damit?

Doch sie nimmt sein Glied in den Mund, bläst ihm einen, ein bisschen zu ruppig, ein bisschen zu fest, aber unangenehm ist es nicht.

Einen Moment denkt er noch an das Buch, das er eben in Händen hielt, und an den Kater. Dann gibt er sich hin.

Kurz darauf legt sie sich neben ihn, und weil er ein Kavalier ist, sich zumindest so sieht und auch weiter so sehen will, beginnt er jetzt seinerseits, sie zu lecken: Zwischen ihren Beinen liegend, die Nase an, fast in ihrem Geschlecht, riecht er seltsamerweise das Aftershave ihres Mannes noch stärker.

Nach ein paar Minuten legt er sich auf sie, und wieder stellt er sich vor, dass ihr Mann in der Türöffnung steht, den Koffer, mit dem er in Albany war, in der Hand. Er tut nichts, starrt sie beide nur an.

Roland wischt sich ihren Schleim von Kinn und Lippen.

In Gedanken sagt Roland zu dem Foto, zu dem ihm unbekannten Mann im Hochzeitsanzug: Schau, so vögle ich deine Frau, so fick ich sie. Siehst du's? Kannst du's gut sehen?

Dann kommt er. Er vermutet, dass auch sie gekommen ist, wagt es aber nicht zu fragen.

Kurz liegen sie sich in den Armen. »Soll ich hierbleiben oder nach Hause gehen?«

»Bleib hier«, sagt sie. »Das willst du doch auch?«

»Ja«, sagt er, »das will ich auch.«

Sie schaltet das Licht aus. »Auf welcher Seite liege ich jetzt eigentlich?«, fragt Roland.

»Auf meiner«, sagt sie. »Ich liege auf seiner.«

9

Ranzenhofer schläft schlecht in Hotels. Schon zum dritten Mal ist er aufgewacht. Er schaltet das Licht an und schaut auf die Uhr. Halb vier. Er schleppt sich zur Minibar, nimmt eine Dose Eistee und trinkt sie zur Hälfte.

Er überlegt, Lea anzurufen. Wenn er mit ihr gesprochen hat, kommt er leichter zur Ruhe. Ihre Stimme hat etwas angenehm Leierndes, das auf ihn einschläfernd wirkt, aber um diese Uhrzeit will er sie nicht stören.

Er streichelt sich über den Bauch, er muss abnehmen. Seit er Enrique kennt, ist er sich seiner eigenen Unzulänglichkeiten bewusst, mehr als zuvor. Im Angesicht der Schönheit fällt ein Mangel an ihr umso mehr auf. Versonnen streichelt er sich über sein Glied, seine Hoden. Er muss an das erste Treffen mit Enrique im Boulevard Motor Inn denken. Ranzenhofer wartete in der Lobby auf ihn. Er hatte schon eingecheckt. »Mein Name ist Jones«, hatte er mit heiserer Stimme und leicht abgewandtem Gesicht zu der Rezeptionistin gesagt. Doch die, eine Frau mittleren Alters mit Brille, die in einem Glaskasten saß, vermutlich zum Schutz gegen Raubüberfälle, schien sein Name gar nicht zu kümmern. »Bleiben Sie die ganze Nacht oder nur ein paar Stunden?«, hatte sie bloß gefragt.

Die Lobby des Hotels war ausgestattet mit einem großen Spiegel, einem schwarzen Kunstledersofa nebst Sessel und einer Südamerikanerin, die Ranzenhofer für eine Prostituierte hielt, sowie einem Getränkeautomaten.

Zu Ranzenhofers Erstaunen hatte die Prostituierte ihn nicht im Geringsten beachtet. Sie saß einfach nur da, und nach ein paar Minuten fielen ihr die Augen zu.

Nach circa einer Viertelstunde war Enrique in seiner UPS-Uniform erschienen.

Unmenschlich, es gibt eine Schönheit, die unmenschlich ist.

»Setz dich«, sagte Ranzenhofer zu dem immer noch stehenden Enrique.

»Noch nicht alles in Ordnung?«, fragte der.

Er hatte Enriques Hand genommen und ihn sanft auf das Sofa gezogen.

Außer der Prostituierten und der Frau hinter Glas war niemand sonst in der Lobby.

Ranzenhofer ließ Enriques Hand los, und mit weicher,

aber eindringlicher Stimme sagte er: »Es geht nicht um eine Beschwerde, es geht um Hilfe.«

»Hilfe nicht nötig«, sagte Enrique. »Wirklich nicht.«

Ranzenhofer nahm wieder die Hand des Paketboten. Er näherte sich einem Mysterium, kein Zweifel, etwas Ehrfurchtgebietendem, das er nicht verstand und auch nicht verstehen wollte.

»Ich bin in die Politik gegangen, um Menschen zu helfen, aber die Politik ist abstrakt, man sieht die Menschen nicht, denen man hilft. Verstehst du?«

Er sah den Paketboten an, doch der schien ihn nicht zu verstehen. So viel jugendliche Schönheit war eigentlich Sünde. Verbrechen.

»Gehen wir nach oben, da können wir ungestört reden.«

Er warf einen Blick auf die Frau hinter Glas, doch die beachtete ihn nicht. Sie telefonierte.

Die Augen der Prostituierten waren noch immer geschlossen.

»Wie, nach oben?«

»Nach oben, hier«, sagte Ranzenhofer. »An einen Ort, wo wir ungestört reden können. Nur wir zwei.«

»Nicht reden«, sagte der Bote. Er riss seine Hand los.

»Jetzt hör mir mal zu«, sagte Ranzenhofer mit noch weicherer Stimme als vorher. »Ich kenne deine Geschichte, sie ist uralt. Du bist ein Mann ohne Papiere. Das ist nun mal so.«

Ranzenhofer stand auf, ebenso der Junge. Sanft schob der Bürgermeister ihn in die Richtung, wo er den Aufzug vermutete. Nach einigem Suchen fand er ihn.

Als die Fahrstuhltüren endlich aufgingen, standen im

Lift ein Mann im Anzug und eine Frau in Jeans, die für ihr Alter zu eng anliegend waren. Die beiden stiegen nicht aus.

Sanft schob Ranzenhofer Enrique vor sich in die Fahrstuhlkabine.

Jason starrte zu Boden. Zärtlichkeit war wichtig. Nicht, dass er sich für einen besonders zärtlichen Mann hielt, aber vielleicht war das als Mann auch nicht nötig, ein guter Mensch aber war er bestimmt. Gut zu seinen Kindern, gut zu seiner Frau, gut zu den Wählern. Innerhalb der Grenzen des Machbaren natürlich. Die Gleichgültigkeit der Welt war gigantisch, aber man durfte nicht aufhören, sie zu bekämpfen.

Der Mann sagte etwas auf Spanisch zu der Frau, Ranzenhofer konnte es nicht verstehen. Er schaute zu Boden. Hier in Queens war er anonym.

Im ersten Stock stiegen alle vier aus. Ranzenhofer wartete, bis das Pärchen in einem Zimmer verschwunden war.

Wieder schob er den Paketboten sanft vor sich her, wie ein unwilliges Kind, bis sie ihr Zimmer erreichten.

Viele Spiegel, ein kleiner Schreibtisch. Ein großes Bett, ein Nachtschränkchen. Der Geruch von Putzmitteln.

Ranzenhofer zog sein Jackett aus und hängte es über einen Stuhl. Zwei weitere Stühle standen im Zimmer.

Er setzte sich aufs Bett, Enrique blieb stehen.

»Glaubst du an Gott?«, fragte Ranzenhofer.

Der UPS-Bote nickte.

»Ich auch«, sagte der Bürgermeister. »Meine Frau ist Jüdin, ich bin – wie meine Eltern – Mitglied der unitarischen Kirche, aber ich gehe überallhin, Synagogen, Moscheen, katholische Kirchen. Denn ich liebe die Menschen und jede

Erscheinungsform Gottes, gleich welcher Gestalt. Wie auch immer er sich verkleidet. Er ist mir überall gleich lieb.«

»Ich liebe mein Frau und mein Kind«, erklärte Enrique.

»Natürlich«, sagte Ranzenhofer. »Aber du hast keine Papiere. Und was ist Liebe ohne Papiere? Ein gefährliches Spiel. Setz dich doch neben mich. Dann können wir reden.«

Ranzenhofer klopfte mit der Hand auf die Bettdecke.

Er hatte einen natürlichen Charme. So hieß es immer. Natürlichen Charme und eine natürliche Autorität.

Er operierte im Schatten, er brauchte keinen Personenschutz. Er twitterte nicht, war kaum auf Facebook zu finden, er glaubte noch an Privatsphäre. Er konnte sich frei bewegen, unbemerkt leben. Hohe Bäume fangen viel Wind, er war mit seinem Status als mittelhoher Baum sehr zufrieden. Klein im Vergleich zu den Großen, groß im Vergleich zu den Kleinen.

»Was reden?«

Der Bote stand an der Tür, als sei er nur hier, um ein Paket abzugeben.

»Setz dich doch neben mich, habe ich gesagt. – Ich glaube an Gott. Schon immer. Niemals gezweifelt. Woran sollte man zweifeln? Was soll die Alternative sein? Kein Gott?«

Der Paketbote stand immer noch an der Tür, doch intuitiv wusste Ranzenhofer: Er würde nicht gehen. Als Politiker hatte er Menschenkenntnis, ein Politiker brauchte nur die Schwächen der Menschen zu kennen.

»Gehe jetzt«, sagte Enrique.

Ranzenhofer stützte den Kopf auf die Hände, und immer noch sitzend, mehr zu sich als zu dem Boten: »›Gibst du mir, geb ich dir‹ ist die Moral der Mittelklasse. Kratz ich dir den Rücken, kratzt du mir den Rücken. Viele Leute sind mir was schuldig. Ich wiederum bin andern was schuldig. Ich kenne mächtige Leute, hab ab und zu mal was für sie getan, kleine Gefallen sozusagen, und ich habe bei ihnen was gut. Jetzt ist der Moment, wo sie mir einen Gefallen tun können. Enrique, ich will, dass deine Papiere in Ordnung gebracht werden. Für mich bist du kein UPS-Bote, kein Illegaler. Illegale gibt es zu Tausenden, Zehntausenden, aber du bist anders, du bist eine Erscheinungsform Gottes.«

Ranzenhofer stand auf.

Er machte einen Schritt auf den anderen zu, und schon stand er quasi Brust an Brust mit dem Jungen, so klein war das Zimmer.

»Ich will dir Einblick in meine Seele gewähren«, sagte er sanft und mit Nachdruck, als habe der Bote Probleme, ihn zu verstehen. »Du gefällst mir, ich finde dich schön. Seit ich dich zum ersten Mal sah, habe ich davon geträumt, dich zu küssen, wie es wohl wäre, wenn deine Lippen meine berührten.«

Er legte seinen rechten Zeigefinger auf den Mund des Paketboten und tippte ihm sanft auf die Unterlippe. Dann holte der Bürgermeister einen Fettstift aus der Hosentasche und tat sich etwas Creme auf die eigenen Lippen.

Seit er Enrique zum ersten Mal gesehen hatte, war er sich sicher, dass seine Lippen brennen würden. Ohne sagen zu können, warum, er wusste es einfach. Sie würden brennen.

»Hast du schon mal einen Mann geküsst?«, fragte Ranzenhofer.

Der Paketbote schüttelte den Kopf.

»Als ich noch auf der Universität war, hat mich ein Freund mal gefragt: ›Ranzenhofer, liebst du jetzt eigentlich Männer, oder liebst du Frauen?‹ Und ich hab ihm geantwortet: ›Ich liebe Menschen.‹ Darum bin ich Politiker geworden.«

Er cremte sich die Lippen noch einmal ein.

»Ich dränge mich nicht gern auf«, sagte Ranzenhofer, »ich mag es nicht, andere zu belästigen. Aber etwas in mir ist stärker als meine Grundsätze, stärker als meine Moral.«

Manchmal beim Redenschreiben fühlte er sich genau so wie jetzt. Der Geist kam dann über ihn, so nannte er das, kam über ihn und riss ihn mit.

Der Junge schaute verlegen zu Boden. Ja, er war mehr Junge als Mann, vor allem von nahem.

»Was ist gerecht?«, flüsterte Ranzenhofer. »Gibt es Gerechtigkeit ohne eine Form von Gewalt? Wie soll die Gerechtigkeit siegen, wie sich je anders durchsetzen? Deine Papiere sind falsch. Dein Leben ist auf Lügen gebaut. Ist das fair?«

Und während er das sagte, zweifelte er nicht mehr daran: Er war ein guter Mensch. Er half jemandem. Dass er dafür eine kleine Gegenleistung verlangte, war in dieser Welt mehr als normal.

Er flüsterte dem Boten ins Ohr: »Du weißt, was Leuten mit falschen Papieren blüht? Gefängnis. Ausweisung.«

Und obwohl Jason dem Jungen so nah war, spürte er keine Freude, sondern nur Schmerz.

Behutsam presste er seinen Mund auf die Lippen des Boten.

10

Sie hat Mühe, ihn wach zu bekommen, schon zweimal hat sie seinen Namen geflüstert, aber Roland schläft weiter. Sanft rüttelt sie ihn an der Schulter, da öffnet er endlich die Augen.

»Was ist?«, fragt er. »Wie spät ist es?«

Er schaut besorgt, als hätte er verschlafen, als warteten in Fairfax jetzt Studenten auf ihn.

»Es ist sechs Uhr«, flüstert sie, »vielleicht solltest du langsam gehen, zwischen halb sieben und sieben werden die Kinder wach, und ich glaube, das ist kein guter Moment, sie zu treffen.«

Sie ist schon im Morgenmantel.

Er setzt sich auf. »Nein«, sagt er, »du hast recht. Das ist kein guter Moment.«

»Möchtest du vielleicht einen Tee oder Kaffee?«

»Mach dir keine Umstände.«

Er steht auf. Sucht etwas auf dem Boden. Schaut unters Bett. Ein Spürhund, denkt sie. Sie muss grinsen von dieser Vorstellung. Der Spürhund hat seine Unterhose gefunden. Schnell und ohne merkbare Scham zieht er sich an.

»Möchtest du Joghurt mit Früchten?«, fragt sie.

Immer noch spricht sie leise, aus Angst, die Kinder zu wecken.

Er schlüpft in Socken und Schuhe.

»Ich esse morgens immer Joghurt mit Früchten. Kann ich dir auch empfehlen, schmeckt sehr gut. Selbstgemacht. Nicht der Joghurt, aber die kleingeschnittenen Früchte.«

Er steht auf. Kurz streichelt sie ihm mit zwei Fingern über die Wange. Sie hätte gedacht, dass sie sich glücklicher fühlen würde. Nach dem Seitensprung mit Durano hatte sie sich erleichtert gefühlt. Zwar mehr wegen der Tatsache, dass es nun endlich geschehen war, doch auch eine solche Erleichterung ist ein schönes Gefühl.

»Ich esse mit dir«, sagt sie, wie um ihn zu überreden.

»Wenn's dir wirklich keine Umstände macht.«

Sie geht in die Küche, öffnet den Kühlschrank, holt Joghurt heraus und zwei Pfirsiche, die sie in kleine Stücke schneidet.

»Wann kommt dein Mann eigentlich wieder?«, fragt er.

»Am späten Vormittag.«

Sie gießt den Joghurt in zwei Schälchen. Eigentlich hat sie keinen Grund zu klagen. Es war angenehm. Vielleicht hatte sie gehofft, dass Roland endlich aufgehen würde, ein besseres Wort hat sie nicht dafür. Aufgehen wie ein Theatervorhang, doch selbst als er nackt durch ihr Schlafzimmer spazierte, hatte sie noch den Eindruck, er könne jeden Moment vor einem vielköpfigen Auditorium einen Vortrag über illegale Preisabsprachen vom Stapel lassen.

Er setzt sich auf denselben Barhocker wie am Abend zuvor, als er ihr Paul Celan vorlas.

Sie gibt die kleingeschnittenen Pfirsiche in den Joghurt und schiebt ihm ein Schälchen hin.

»Ich werd dir ein Taxi bestellen«, sagt sie.

Er isst aufmerksam, sie sieht, wie er ein Stück Pfirsich auf seinem Löffel ein paar Sekunden betrachtet, und starrt ihn ihrerseits an, als wolle sie sein Essverhalten studieren. Sie selbst isst kaum etwas.

»Hast du heut viel zu tun?«, fragt sie.

»Heute Nachmittag halte ich eine Vorlesung«, sagt er. »Adam Smith. Kannst du dir vorstellen, dass es an meinem Institut mittlerweile Studenten gibt, die nicht mal mehr wissen, wer Adam Smith war? Sie glauben, unsere ganze Wissenschaft erschöpft sich in ein paar mathematischen Formeln.«

Er wischt sich den Mund mit einer Papierserviette ab. Er scheint keine Antwort zu erwarten, auch nicht zu wissen, wohin mit der Serviette. Er knüllt sie zusammen und steckt sie sich in die Tasche.

Sie ruft ihm ein Taxi.

Unterdessen bleibt Roland auf seinem Barhocker sitzen, äußerlich ruhig, und doch wirkt er nicht entspannt. »Und was machst du heute?«, fragt er, als sie zu Ende telefoniert hat. »Wie weit bist du mit deinem Buch?«

»Zu drei Vierteln fertig. – Bist du satt?«

Er nickt.

Sie stellt das leere Schälchen in die Spüle und geht mit ihm in den Flur.

»Hast du *Sophie's Choice* gelesen?«, fragt sie.

»Nein, nur den Film gesehen. Warum?«

»Ich frage mich, ob Styron die Memoiren von Höß kannte.«

Er öffnet die Wohnungstür. Die *New York Times* liegt auf der Fußmatte. Er bückt sich und gibt ihr die Zeitung.

»Du weißt doch, dass ich kaum Belletristik lese?«

»Ich liebe dich«, sagt sie in der Hoffnung, dass er ihr Bekenntnis erwidert.

»Es war schön«, sagt er. Er drückt sie an sich und schiebt sie gleich wieder weg. Sie schaut ihm hinterher, wie er durch die Eingangshalle des Apartmentgebäudes flaniert. Flanieren, ja, das ist das Wort: Er flaniert.

Dann geht sie in die Küche zurück und setzt sich auf ihren Barhocker. Sie legt die Zeitung neben ihren Frühstücksjoghurt und schlägt sie auf. Sie wartet, dass die Kinder wach werden.

II

In einem Café an der Brouwersgracht sind kurz nach Mittag ein paar Mütter und zwei Väter zusammengekommen, um über die WCs an der Schule zu sprechen, den Gestank auf den Toiletten.

Sylvie gehört zu den Initiatoren dieses Gesprächs, eine förmliche Elternversammlung kann man es nicht nennen. Ihr Kind soll auf keine stinkende Toilette gehen. Wenn die Schule kein Geld für eine vernünftige Putzfrau hat, müssen die Eltern eben was unternehmen.

Doch das Gespräch, für das sie die Praxis extra früher zugemacht hat, führt zu keiner Einigung.

Einer der Väter sagt: »Glaub mir, auch ich bin für saubere Toiletten, sowohl bei uns zu Hause als auch für mein Kind in der Schule. Aber mir geht's ums Prinzip. Es ist Aufgabe der Schule, die Toiletten sauber zu halten. Und wenn's nur einen Euro pro Woche kostet, dafür geb ich kein Geld. Als Nächstes sollen wir noch die Fensterputzer und die Klempner bezahlen! Wo soll das hinführen?«

Damit starrt er in seine fast leere Cappuccinotasse.

»Wenn wir keine finanzielle Lösung finden, müssen wir die Toiletten vielleicht selber putzen«, schlägt Sylvie vor.

»Ich denk gar nicht dran«, ruft der Vater. »Bin ich irgend so'n Marokkaner, den sie zum Toilettenschrubben abkommandieren können?«

Kurz darauf sagt eine Mutter: »Tut mir leid, aber ich muss los, ich sehe grad, wie spät es schon ist.«

Zehn Minuten später ist Sylvie allein und macht sich auf den Weg nach Hause. Alle sind sich darüber einig, dass die Toiletten stinken, alle finden, es muss was geschehen, aber mal einen Entschluss fassen – von wegen! Also werden die Toiletten weiter vor sich hin stinken.

Sie fühlt sich erschöpft, kaum noch imstande, morgen früh in die Praxis zu gehen und zu bohren.

Lysander hat sich nicht mehr gemeldet, sie wird ihn auch nicht mehr anrufen. Es ist sinnlos. Ein Satz, der ihr nicht aus dem Kopf geht und sich in ihr festsetzt wie der durchdringende Geschmack einer exotischen Frucht. Es ist sinnlos.

Während sie ihr Rad sucht, ruft sie Roland an.

»Was sind das für Hintergrundgeräusche?«, fragt sie. »Wo bist du?«

»In einem Auto in Brooklyn.«

»Was machst du so früh in Brooklyn?«

»Ich hatte da was zu tun.«

»Um diese Uhrzeit?«

»Ich hatte da was zu tun.«

Sie bleibt stehen. »Hast du nachgedacht?«, fragt sie.

»Worüber?«

»Darüber, wieder für ein Semester pro Jahr in die Niederlande zu kommen. Um deinem Sohn ein Vater zu sein, nicht bloß eine Stimme am Telefon. Oder am Computer. Ein Vater aus Fleisch und Blut.«

»Ich hab doch gesagt, lass uns in Fairfax darüber reden«, sagt Roland. »Und ich *bin* aus Fleisch und Blut, auch wenn meine Stimme aus dem Telefon kommt.«

»Es ist dringend, Roland. Ich bitte dich doch nicht bloß zum Spaß.« Während sie mit ihm spricht, versucht sie, sich zu erinnern, wo sie ihr Rad angeschlossen hat.

»Aber du kannst mich nicht einfach zu dir nach Hause bestellen, ich bin keine Pizza. Warum nimmst du dir keine Au-pair-Hilfe? Eine, die rund um die Uhr da ist. Ich will gern einen Kredit dafür aufnehmen.«

»Was soll ich noch machen, dass du mich endlich verstehst?«

Sie streicht sich die Haare aus dem Gesicht. Es weht ein rauher Wind.

»Ich verstehe dich«, sagt Roland. »Sehr gut sogar. Aber ich hab eine Stelle. Verpflichtungen. Einen Vertrag. Mein Forschungsprojekt. Die Spekulationsblase. Verstehst du *mich* eigentlich?«

Vor einem Käseladen bemerkt sie plötzlich Meneer van Neste. Er hat sie auch gesehen. Er winkt.

»Ich rufe später noch mal an«, sagt sie. »Ich seh hier grad jemanden.«

»Meneer van Neste!«, ruft sie, obwohl das nicht nötig ist. Sie ist nur ein paar Schritte von ihm entfernt. Sie braucht nicht zu schreien.

Er trägt eine Einkaufstüte. Zum ersten Mal sieht sie, dass

er etwas Schlaksiges an sich hat. Und die Hose ist ihm auch zu kurz. Dass ihr das nicht schon früher aufgefallen ist.

»Wie geht's, Sylvie?«, fragt er.

Sie steckt das Handy ein. »Nicht so besonders.« Sie schaut dem Geigenlehrer direkt ins Gesicht. »Um die Wahrheit zu sagen, gar nicht so gut. Ist schon mal bessergegangen.« Sie zögert, ob sie es ihm erzählen oder vielleicht lieber sagen soll: »Meneer van Neste, ich könnte Ihre Hose richten. Vielleicht können wir den Saum ein bisschen herauslassen. Mit einer Nähmaschine ist das im Nu erledigt.«

Sie ist ein Mensch, der gerne mit anpackt, die Dinge verbessert, vor allem, wenn es gar keine große Mühe kostet.

»Was ist denn passiert?«, fragt der Geigenlehrer.

»Die Toiletten stinken«, sagt Sylvie, als wollte sie das schon immer mal jemandem erzählen und müsste sich jetzt endlich Luft machen. »Sie stinken, und es passiert nichts. Überhaupt nichts.«

»Entschuldigung, aber welche Toiletten?«

»Ach so, ja, die in der Schule. Die Kinder an dieser Schule gehen ja noch, aber mit den Eltern dort ist echt nichts anzufangen. So neunmalklug, so arrogant. Prinzipien sind wichtiger als ein sauberes Klo für ihre Kinder.«

Der Geigenlehrer zögert, scheint eigentlich in den Käseladen zu wollen, mit seiner Einkaufstüte und der zu kurzen Hose, aber er geht nicht hinein, er zeigt auf eine altmodische Kneipe auf der anderen Seite der Gracht. »Darf ich dich zu einer Tasse Tee einladen?«

Es heißt, die Mafia habe in der Kneipe einmal jemanden liquidieren lassen. Aber deswegen kann man dort trotzdem einen Tee trinken.

Sie schaut auf die Uhr. Noch vierzig Minuten, dann muss sie Jonathan abholen.

»Oder zu einem Klaren«, sagt Meneer van Neste. »Mein nächster Schüler kommt erst in anderthalb Stunden.«

Sie setzen sich an den Tresen und bestellen zwei junge Genever. Sylvies Untersetzer – ein Bierdeckel – ist voller Kakaoflecken. Sie dreht den Bierdeckel um, doch die Rückseite ist noch voller.

Sie bestellen einen zweiten Genever. Eine Frau mit grell gefärbten Locken, nicht mehr die Jüngste, schenkt ihnen nach.

Und noch einen dritten. Dann legt Sylvie Meneer van Neste die Hand auf die Schulter und meint: »Was ich jetzt sage, dürfen Sie nicht persönlich nehmen.«

Der Geigenlehrer sieht sie traurig an, trauriger noch als zuvor. Auch er legt ihr die Hand auf die Schulter. »Ich kann mir schon denken, was du sagen willst. Ich hab in all den Jahren, die ich Unterricht gebe, schon alles Mögliche erlebt. Eltern halten ihre Kinder für Geigengenies, und wenn die Erfolge ausbleiben, liegt es am Lehrer. Aber Jonathan kann sich noch in alle Richtungen entwickeln.«

Immer noch liegt ihre Hand auf seiner Schulter. Sie schüttelt den Kopf. »Ihre Hose«, sagt sie, »sie ist zu kurz. Ich könnte sie ändern. Ich denke, wir könnten den Saum etwas herauslassen.«

12

Der Flug von Albany nach New York dauert höchstens eine Stunde, doch über JFK geraten sie in eine Warteschleife, zusammen mit anderen Flugzeugen müssen sie Ehrenrunden über dem Flughafen drehen. *»Sorry folks«*, sagt der Pilot, »es dauert noch mindestens zwanzig Minuten, vielleicht sogar eine halbe Stunde. Das ist New York!«

Ranzenhofer schaut auf die Uhr. Er fürchtet, zu spät zu dem Stadtteilfest zu kommen, das macht keinen guten Eindruck. Er überlegt, die Stewardess zu rufen und ihr zu sagen: »Ich bin Jason Ranzenhofer, der Bürgermeister von Brooklyn, ich habe dringende Termine, können wir keine bevorzugte Landeerlaubnis anfordern?«

Doch das tut er nicht. Er findet es peinlich, sich den Leuten so penetrant vorstellen zu müssen. Wenn sie ihn nicht von selber erkennen, kann er es auch nicht ändern.

Heute Nachmittag wird er wieder ins Boulevard Motor Inn gehen. Er freut sich schon darauf.

Aus seiner Tasche holt er *The War Within* von Bob Woodward. »Ein aufschlussreicher Blick hinter die Kulissen der Bush-Regierung während des Irakkriegs.« So steht es im Klappentext. Solche Bücher verschlingt er. Sein Lesezeichen ist ein Foto von Ava und Gabe. Doch statt zu lesen, starrt er nur auf das Foto.

Wieder muss Jason an sein erstes Treffen mit Enrique im Boulevard Motor Inn denken. Irgendwann hatte der Junge nachgegeben, sich entgegenkommend gezeigt. Die Leute beklagen sich manchmal, dass Worte keine Macht mehr besitzen, aber sie irren sich. Auf seine Initiative sponsert der Bezirk Brooklyn ein Literaturfestival. Kultur ist Bildung, und die darf etwas kosten. Auf so einem Festival hört man ab und zu interessante Dinge, wie zum Beispiel die These, dass Worte keine Macht mehr besitzen. Es sind vor allem Schriftsteller, die das behaupten. Dabei ist das Entscheidende nur, aus wessen Mund diese Worte kommen.

Noch immer kreisen sie über JFK. Er sitzt mit dem Foto von Ava und Gabe in der Hand da, ohne irgendetwas von Bob Woodwards Ausführungen über den Irakkrieg aufzunehmen.

»Zieh bitte die Schuhe aus«, hatte er zu Enrique gesagt.

Der UPS-Bote hatte ihn angesehen. Erst erstaunt und dann wütend. Doch das kannte Jason aus der Kindererziehung, man will nur das Beste, und sie werden wütend. Man darf nicht mit Dankbarkeit rechnen, muss sich vielmehr auf Wut einstellen und darf dann nicht nachgeben.

So hatte er es auch bei dem Boten gemacht.

Und schließlich hatte Enrique die Schuhe doch ausgezogen. Schweigend.

Einfache schwarze Schuhe. Nicht teurer als vierzig Dollar. Vielleicht sogar billiger. Sie mussten dringend geputzt werden.

Der Bote trug Sportsocken.

Jason hätte sie am liebsten geküsst, ihren Schweißgeruch einsaugen wollen, doch er beherrschte sich.

Oft wollte er Gabe und Ava umarmen, obwohl sie wegen einer Erziehungsmaßnahme eigentlich mit ihm schmollten, doch auch da wusste er: Ich muss mich beherrschen.

»Und jetzt bitte die Hose«, hatte Jason gesagt.

Er war mal in einem Stripclub gewesen, wo halbnackte Männer ein Kleidungsstück nach dem anderen ablegten. Abstoßend hatte er das gefunden. Ein anrüchiger Laden voll schmieriger Typen. Nach einer halben Stunde war er angewidert nach Hause gegangen.

»Und jetzt deine Hose«, sagte Jason noch einmal.

Der Junge, der da in Sportsocken und Botenuniform vor ihm stand, schüttelte den Kopf.

»Nicht Hose«, sagte der Bote. »Nicht nötig.«

Jason saß auf dem Bett. Liebe zur Schönheit hieß letztlich Liebe zu einer Person – und umgekehrt. Wer würde schon sagen: Meine Frau ist potthässlich, aber sie hat ein gutes Herz, darum liebe ich sie? Das war keine Liebe, das war Mitleid. Auch eine schöne Empfindung, ganz ohne Frage, aber keine Liebe.

»Das ist sehr wohl nötig, Enrique«, sagte Jason. »Sehr wohl ist das nötig. Was ich jetzt sage, klingt vielleicht pathetisch, aber darum ist es nicht weniger wahr. Durch deinen Anblick weiß ich erst, wozu ich lebe. Schönheit und Gerechtigkeit sind eins.«

Und weil der Bote sich noch immer nicht rührte, fügte Jason flüsternd hinzu: »Es wäre schrecklich, wenn wir dich zurückschicken müssten, mir würde es das Herz brechen, wenn du aus den USA ausgewiesen würdest.«

So fiel auch die Arbeitskleidung des Boten.

Worüber beklagen die Schriftsteller auf Festivals sich eigentlich immer? Über die Bildkultur, die das Wort an den Rand drängen würde. Doch die Wahrheit ist: Sie schreiben einfach nicht gut genug.

Man nehme nur Jason: Er redet freundlich, versucht, dem

Jungen mit Argumenten beizubringen, worin das Gute im Leben besteht. Und seine Worte haben Erfolg.

Darum schrieb Jason Ranzenhofer auch so gern Reden und trug sie gern vor, selbst wenn sie nicht von ihm stammten. Er liebte Rhetorik. War alles die Wahrheit, was er in diesen Ansprachen sagte? Wer solche Fragen stellte, hatte von Demokratie nichts begriffen. Es war wahr, weil es wirkte. Wirkung ist gleichbedeutend mit Wahrheit.

In einer weißen Unterhose stand der Bote vor Jason.

»Keine Ausweisung?«, fragte Enrique.

»Nein«, erwiderte Jason und ließ seine Hände über Enriques Beine gleiten, die schönen Beine, so weich, so glatt, so gebräunt. »Nein – Legalisierung. Ich habe Freunde, die deine Papiere in Ordnung bringen können. Ein Anruf genügt. Dreh dich bitte um.«

Nicht nur von vorn waren Menschen schön, auch von hinten. Die Schönheit hatte auch eine Rückseite, so wie die Politik.

Jetzt hatte die Erregung Ranzenhofer gepackt. Es war noch keine Ekstase, aber beinahe.

»Kann also in USA bleiben?«, hatte der Bote noch einmal gefragt. Mit einer Angst in der Stimme, die Jason noch nicht von ihm kannte und die ihn rührte. Er spürte seine Zärtlichkeit wachsen, wurde weich in den Händen des Boten.

»Du bleibst hier. Das hier ist dein Land, aber jetzt dreh dich um, denn auch von hinten bist du schön.«

Der Bote drehte sich um. Jason saß noch immer auf dem Bett. Er bewunderte den Hintern in der weißen Unterhose. Er dachte an Gott. Und an Schmerz, an das Leben, das Schmerz war.

Mit der Linken streichelte er zärtlich über die Unterhose des Boten.

Ohne sich umzudrehen, schob Enrique Jasons Hand weg. Die zärtliche Hand.

Jason liebte den Boten. Sein Gefühl trog ihn nicht. Was er bisher im Leben gekannt hatte, war Mitleid gewesen, tätige Nächstenliebe und nichts sonst, vermischt hier und da womöglich mit etwas Lust, aber das hier war anders. Wie viel Mitleidspoesie war im Lauf der Geschichte nicht schon geschrieben worden? Wie viele Kriege geführt worden, weil einen König Mitleid mit einer Prinzessin plagte?

Seine Kinder liebte er auch, doch das war etwas anderes.

Sanft streichelte er über die weiße Unterhose des Boten. »Ich werde dich weiter ausziehen«, sagte er. »Bleib so stehen. Ich will nicht, dass sie dich nach Guatemala zurückschicken, darum werde ich dich jetzt weiter ausziehen. Verstanden?«

Der Bote rührte sich nicht, stand nur stocksteif da.

Langsam zog Jason ihm die Unterhose herunter. »Ich will, dass du Amerikaner wirst«, sagte er, während er die Pobacken des Jungen leicht auseinanderzog. »Meine Urgroßeltern waren auch Emigranten. Zur einen Hälfte habe ich deutsche, zur anderen norwegische Vorfahren, ein bisschen schottisches Blut ist auch noch dabei. Sie sind alle genauso hergekommen wie du. Weil dies das Gelobte Land ist. Hier ist es egal, wer du bist und woher du kommst.«

Jason küsste den Hintern des Boten.

»Ich will dir nicht weh tun«, sagte Jason. »Ich will dich glücklich machen. Dein Gesicht ist zu schön, darum schaue ich auf deinen Hintern. Ich könnte ihn stundenlang ansehen.«

Langsam erhob Jason sich. Er knöpfte seinen Hosenschlitz auf, aus der Tasche zog er ein Kondom, schob sich das Oberhemd hoch und rollte das Präservativ über sein steifes Glied.

Der Junge stützte sich an der Tür ab.

»Ich werde dir eine Green Card besorgen«, flüsterte Jason, während er mit seinem Riemen über den Hintern des Paketboten strich.

»Und meine Frau?«, fragte der Bote mit seltsam hoher, krächzender Stimme.

»Auch deiner Frau und deinem Kind. Deiner ganzen Familie. Willst du Amerikaner werden?«, flüsterte Jason dem Jungen ins Ohr, den er jetzt lieben wollte, wie er noch keinen Menschen im Leben geliebt hatte.

Seine eigenen Worte erregten ihn. Auch das war die Macht der Rhetorik: Ihre Wirkung war Wahrheit. Ihre Wahrheit war Lust.

Er versuchte, sein Glied in den After des Boten zu schieben, doch es ging nicht.

»Geh auf«, rief Jason, »geh auf! Wenn du willst, dass Amerika sich dir öffnet, dann öffne deinen Hintern für mich!«

Mit einer Begeisterung, die sich kaum noch von Wut unterschied, stieß er ihm den Riemen hinein.

Enrique tat keinen Mucks. Totenstill war der Junge.

Wie der nackte Bote die Verkörperung des Worts ›illegal‹ war, so wurde das Wort ›Liebe‹ in diesem Akt Fleisch. Jason liebte den Jungen und diese Wahrheit. Behutsam bewegte er sich ein paarmal vor und zurück, es war ziemlich schwergängig da drin. Er zog sein Glied aus dem Hintern des Boten, entschlossen, gleich wieder zuzustoßen, und da sah er es. Scheiße. Nicht nur auf dem Kondom und in seinem Schamhaar, auch auf den Schuhen und auf dem Teppich.

»Da, schau!«, rief er. »Was du gemacht hast!«

Der Bote drehte sich um.

»Schau dir das an!«, rief Jason noch einmal.

Mühsam, die Hose heruntergelassen, und vorsichtig, um sich nicht noch mehr zu beschmutzen, stakste Jason ins Bad. Mit einem Stück Klopapier zog er sich das Kondom ab. Mit einem weiteren Blatt entfernte er den Kot aus seinem Schamhaar. Er zog sich die Hose hoch, steckte sein Hemd hinein und schloss den Hosenschlitz wieder. Mit Klopapier wischte er sich, so gut es ging, den Kot von den Schuhen. Auch auf seiner Hose war noch ein wenig. Auch den wischte er weg. Zum Glück war die Hose dunkel.

Dann nahm er zwei Handtücher.

Als er ins Zimmer zurückkam, stand der Bote wieder in der Unterhose da, ansonsten immer noch nackt. Neben dem Bett, wie in Trance.

Jason warf ein Handtuch über die Scheiße am Boden, über den Teppich.

Flecken wollte Ranzenhofer nicht hinterlassen. Flecken fallen auf, zum Anonymsein gehört Unauffälligkeit.

Er kniete sich hin und begann, mit dem Handtuch über den Teppich zu reiben.

»Hier, mach auch was«, sagte er und hielt dem Boten das andere Handtuch hin.

Der Paketbote nahm es, kniete sich ebenfalls auf den Boden und begann nun tatsächlich, die Scheiße aus dem Teppich zu rubbeln. Noch immer betäubt, wie es schien.

Jason betrachtete den Jungen. Er legte das Handtuch beiseite, packte mit beiden Händen Enriques Gesicht und sagte: »Macht nichts. Kann mal passieren. Aber bereite dich nächstes Mal besser vor.«

Auf dem Boden kniend, zog Jason mit einiger Mühe den Fettstift aus seiner Tasche, cremte sich nochmals die Lippen ein und presste sie auf die des Boten.

Dann flüsterte er: »Du bleibst hier. Amerika ist dein Zuhause. Amerika ist dein Freund.«

Wieder presste er seine Lippen auf die des Boten.

Das war, was die Heiligen mit dem Begriff »Gott« meinten. Es gab keinen anderen Gott neben diesem.

13

Ein Handtuch um die Hüften, sitzt Meneer van Neste auf Sylvies Sofa. Sie hat ihre Nähmaschine aus dem Schrank geholt und näht den um etwa zwei Zentimeter herausgelassenen Saum wieder um.

Erst hatte er sich gesträubt, doch sie hatte gesagt: »Es macht keine Umstände. Ich tue es gern. Und wer tut es sonst, wenn nicht ich?«

Er war mit zu ihr gekommen, und sie hatte ihm ein Handtuch gegeben: »Legen Sie sich das bitte um, während ich mich um die Hose kümmere.«

Im Badezimmer hatte er sich umgezogen.

Trotz der drei jungen Genever gelang es ihr mühelos, das linke Hosenbein zu verlängern.

Jetzt noch das rechte, dann ist es erledigt.

»Wenn Sie noch mehr Hosen haben, die Ihnen zu kurz sind, können Sie sie mir gerne mal vorbeibringen«, sagt sie.

Ihr Handy klingelt.

Sie kramt es aus ihrer Tasche. Sie entschuldigt sich bei Meneer van Neste.

Es ist Jonathans Lehrerin. Seit einer Viertelstunde ist die Schule vorbei.

»Ich komme sofort«, sagt Sylvie.

Sie springt auf.

»Tut mir leid«, sagt sie zu Meneer van Neste. »Ich hab Jonathan vergessen. Bleiben Sie sitzen. Ich bin in zehn Minuten zurück. Dann nähen wir die Hose zu Ende. Nicht bewegen. Rühren Sie sich nicht von der Stelle. Hier ist was zu lesen!«

Sie wirft ihm eine *Vrij Nederland* zu. Zu spät fällt ihr ein, dass es nicht sehr höflich ist, dem Geigenlehrer die Wochenzeitschrift einfach so vor die Füße zu schmeißen – aber nicht mehr zu ändern. Sie rennt die Treppe hinunter.

Sie hat ihren Sohn noch nie vergessen. Noch nie ist ihr das passiert. Das ist nicht gut. Das darf nicht wieder vorkommen.

Als sie die Schule erreicht, liegt der Vorplatz verlassen da.

Jonathan sitzt in der Klasse an seinem Tisch, er blättert in einem Buch. Die Lehrerin sitzt vorn am Pult.

»Entschuldigung«, sagt Sylvie. »Tut mir sehr leid. Ein Notfall. Ein Patient. Eine Wurzelbehandlung.«

Die Lehrerin schweigt.

Sylvie nimmt Jonathan bei der Hand. »Komm«, sagt sie.

Sie zieht ihm die Jacke an, hilft ihm, den Rucksack aufzuziehen.

Auf der Straße sagt sie: »Wenn wir gleich nach Hause kommen, darfst du dich nicht erschrecken. Meneer van Neste sitzt auf dem Sofa und hat ein Handtuch um.«

Jonathan hält ihre Hand fest. Er sagt nichts.

14

Im Zug von New York nach Washington schickt Roland Lea eine SMS: »Vergiss bitte nicht, die Bettwäsche zu wechseln. Ich will nicht, dass mich dein Mann riecht. X.«

V

Der Preis des Fleisches

I

»Mach es bitte für alle Beteiligten so einfach wie möglich«, schreibt Lea eine SMS an Roland.

Sie hatte ihrem Mann ausführlich von dem Wirtschaftswissenschaftler erzählt, musste seitdem erklären, wo sie abends ab und zu hinging, und mochte es sowieso nicht, zu lügen. So wenig lügen wie möglich, war immer ihre Devise gewesen. Und wieder hatte ihr Mann gesagt: »Lad ihn doch mal zum Essen ein. Ich würde auch gern mal sehen, mit wem du fast deine gesamte Freizeit verbringst. Frag ihn, ob er seine Frau mitbringen möchte. Wir sind doch eine Familie?«

Lea hatte nicht gewagt, ihm zu erzählen, dass der Wirtschaftswissenschaftler gar nicht verheiratet war. Er war verheiratet gewesen, doch das zählte nicht, und bei ihrem nächsten Treffen hatte sie Roland gesagt, dass ihr Mann ihn gern kennenlernen wolle, doch dass es vielleicht eine gute Idee wäre, wenn er, Roland, nicht allein kommen würde, sondern jemanden dabeihätte, am besten eine Frau. Weil ihr Mann davon ausginge, er sei verheiratet. Leas Freundschaft zu ihm wäre für Jason viel leichter zu ertragen, wenn Roland auch seinerseits gesetzlich mit einer Frau verbunden sei, hatte Lea ihm auseinandergesetzt.

Roland hatte erwidert, dass seine Ex mit seinem Sohn ohnehin bald zu Besuch komme und er sie bestimmt überreden könne, ihn zu begleiten, und dass er seinen Sohn dann vielleicht auch mitbringen würde.

»Das ist noch besser«, hatte Lea gemeint, »dann kann er gleich meine Kinder kennenlernen. Die werden sich freuen. Mit anderen Kindern sind sie ganz unkompliziert.«

Jetzt steht sie in der Küche. Als Hauptgericht hat sie sich für Penne mit selbstgemachtem Pesto entschieden, als Vorspeise für einen Thunfischsalat und als Nachtisch für ihre Spezialität: selbstgemachtes Kokoseis.

Lea trägt ein einfaches schwarzes Kleid, das ihr gut steht und das doch nicht zu aufreizend wirkt.

Gabe und Ava spielen im Wohnzimmer, und während sie alles für die Pasta bereitstellt – der Pesto steht schon fertig zubereitet daneben –, überkommt sie eine alles durchdringende Melancholie.

Eine Stunde zuvor hat sie ihre E-Mails gecheckt. Eine davon war von Durano. »Bin eingeladen, meine letzte Veröffentlichung in Harvard zu präsentieren. Bin auf dem Rückweg noch kurz in New York. Würde dich gern treffen. Lunch?«

Sie hatte den Computer ausgeschaltet und weiter den Pesto vorbereitet, bis die Melancholie sie überkam, so wie bei anderen Gelegenheiten Übelkeit sich meldet.

»Bin um sieben zu Hause«, hatte ihr Mann per SMS mitgeteilt.

Sie hatte zurückgeschrieben: »Der Ökonom und seine Frau kommen um halb sieben.«

In der Küche hatte sie nach ihren Kindern gehorcht und kurz wieder ihrem alten Tagtraum nachgehangen, dass sie mit ihnen in den Park ginge, um Schwäne zu füttern, sie langsam in den Teich liefen, bis sie gänzlich verschwunden wären, und sie, Lea, dann mit dem Buggy und der Tüte altem Brot nach Hause zurückginge, um an ihrem Buch weiterzuarbeiten, bis ihr Mann nach Hause käme und fragte: »Wo sind eigentlich die Kinder?«, und sie dann von ihrem Buch aufblicken und sagen würde: »Ach, sind sie denn nicht hier?«

Sie nimmt ihr Handy von der Anrichte, um nachzusehen, ob Roland schon geantwortet hat, doch keine Meldung auf dem Display.

Viermal hat sie mittlerweile mit ihm geschlafen. Inzwischen ist er dabei etwas entspannter, manchmal nimmt er eine Haarsträhne von ihr und lässt sie durch seine Finger gleiten. Das ist Zuneigung – seine Art, Zuneigung zu zeigen. Doch bei ihrem letzten Lunch hat sie gefragt: »Was magst du eigentlich lieber, mit mir reden oder mit mir ins Bett gehen?«

Denn sie war sich nicht mehr so sicher, hatte irgendwie das Gefühl, dass er Gespräche über Völkermord der physischen Intimität vorzog.

»Beides«, hatte er geantwortet. »Beides gleich gern.«

Danach hatte sie ihn in seine Anderthalbzimmerwohnung an der Upper West Side begleitet, und er hatte mit ihr auf dem Fußboden Sex machen wollen.

»Warum auf dem Fußboden?«, hatte sie gefragt.

»Das ist Leidenschaft«, hatte er erwidert. Als habe er etwas gutzumachen.

»Nein«, hatte sie geantwortet. »Das ist keine Leidenschaft. Das gibt eine Lungenentzündung, das spür ich jetzt schon. Der Boden ist eiskalt. Außerdem krieg ich davon Rückenschmerzen.«

Und sie hatten sich auf sein Bett gelegt.

Jetzt geht sie ins Wohnzimmer. Ihre Kinder spielen mit Bauklötzen.

»Wisst ihr, wer gleich kommt?«, fragt sie, ein Schälchen Oliven in der Hand. » Ein kleiner Junge. Ein kleiner Junge aus Europa, aus der Stadt Amsterdam. Gabe, weißt du, wo Amsterdam liegt?«

Ihr Sohn schaut sie mit großen Augen und halboffenem Mund an.

2

In seinem Apartment an der Upper West Side steht Roland vor dem Spiegel und überlegt, ob er zu diesem Anlass ein Jackett anziehen soll.

Seine Exfrau sitzt auf dem Bett, noch in der Jacke. Zusammen mit seinem Sohn ist sie für ein paar Tage in einem nahe gelegenen Hotel mit Aussicht auf den Central Park abgestiegen.

»Findest du es nicht nervig, nach all den Jahren immer noch in einer möblierten Anderthalbzimmerwohnung zu wohnen?«, fragt Sylvie.

Er schüttelt den Kopf. »Ich bin Wissenschaftler. Meine Forschung ist meine Wohnung. – Soll ich heute Abend ein Jackett anziehen?«

»Wenn du es besser findest. Du kennst die Leute.«

Er probiert ein Jackett an und stellt sich damit vor den

Spiegel. »Ihr Mann ist Bezirksbürgermeister, da weiß er förmliche Kleidung wahrscheinlich zu schätzen.«

Schon vor ihrer Abreise nach New York hatte Roland seiner Ex von dem Essen bei Lea erzählt und sie gefragt, ob sie eventuell bereit wäre, ihn zu begleiten, alles in völlig harmlosem Ton. Er hatte sich nicht die Mühe gemacht zu lügen. Schließlich sollte seine Ex so tun, als wären sie noch verheiratet. Ein Schauspieler, der weiß, was er spielt, bringt bessere Leistung, außerdem war das Schöne an Exen, dass man ihnen im Prinzip alles erzählen konnte. Erst *nach* einer Beziehung waren die Leute bereit, einen so zu nehmen, wie man war. Vorausgesetzt, dass sie einen dann noch sehen wollten.

»Roland, versteh ich dich richtig?«, hatte sie am Telefon gefragt, nachdem er ihr die Sache erklärt hatte: »Du hast ein Verhältnis mit einer Rudolf-Höß-Spezialistin?!«

»So darfst du das nicht sehen. Ich denke nicht an Höß, wenn ich mit ihr im Bett liege.«

»Woran denn dann?«

»An ihren Mann. Ab und zu. An sie. Herrgott noch mal, Sylvie, woran denken die Leute, wenn sie Sex haben? An das Ende, dass sie gleich fertig sind und dann endlich wieder an die Arbeit können.«

»Und Violet?«

»Violet weiß nichts davon. Das schien mir überflüssig. Es würde ihr nur weh tun und die Sache unnötig komplizieren.«

»Und jetzt soll ich mitkommen und den anderen vorspielen, wir wären noch verheiratet.«

»Ja«, hatte Roland gesagt. »Um ihren Mann zu beruhigen. Er macht sich offenbar Sorgen. Er fragt Lea: ›Wo gehst du jetzt wieder hin? Warum triffst du dich so oft mit diesem Ökonomen?‹ Er möchte mich kennenlernen, mich und meine Familie, zu seiner Beruhigung, und ich betrachte es als meine Pflicht, ihm den Gefallen zu tun. Ich bin ein verantwortungsvoller Mensch, und ich bitte dich freundlich, als die Mutter meines Kinds, mir bei der Ausführung dieses Vorhabens behilflich zu sein.«

Für einen Moment blieb es still.

»Ich will das gern machen«, sagte sie dann. »Unter einer Bedingung: Für ein Semester pro Jahr kommst du ab jetzt regelmäßig in die Niederlande zurück. Wenn du mir das versprichst, werde ich dir helfen.«

»Hältst du mich für bestechlich?«

»Bestechlich? Ich mache dir ein Angebot.«

»Du versuchst, mich zu erpressen. Was soll Jonathan davon denken? Dass sein Vater käuflich ist?«

»Vielleicht kann er hiervon was lernen.«

Nicht dass das Essen bei Lea und ihrem Mann so wichtig war, doch er tat Lea gern den Gefallen, und vielleicht würde es ein aufregendes Spiel; zugleich aber waren es vier, wenn nicht gar fünf Stunden, in denen er die Geschichte der Spekulationsblase vernachlässigen musste. Was ihn allerdings wirklich beunruhigte, war Sylvies Bereitwilligkeit, bei diesem Spiel mitzumachen. So war sie sonst nicht. Sie musste verzweifelt sein. Je größer ihre Verzweiflung, desto gewaltiger seine Schuld.

»Bereden wir das doch ein andermal. Ich hab dir versprochen, darüber nachzudenken.«

Doch sie hatte geantwortet: »Was denkst du dir, Roland?

Nicht, dass es mich noch was anginge, aber warum bist du überhaupt mit ihr ins Bett gegangen? Warum hast du dich auf diese Affäre eingelassen?«

»Warum? Aus Höflichkeit. Sie wollte so gern. Und ich fand sie sympathisch. Ich bin ein höflicher Mensch. Es hat auch Spaß gemacht, versteh mich nicht falsch. Insgesamt war es ganz nett.«

»Sex ist keine Frage der Höflichkeit.«

»Sex ist eine Variante davon. Eine Fortsetzung, eine Ergänzung.«

Damit hatte er das Gespräch beendet. Mit einer Ex kann man über alles reden, nur nicht über Sex.

Jonathan sitzt auf dem Boden vor einer Riesenkiste voll Spielzeug, das Roland für ihn gekauft hat.

»In fünf Minuten kommt das Taxi«, sagt Roland. »Wir brauchen eine Dreiviertelstunde bis Brooklyn, mindestens.«

Langsam erhebt Sylvie sich vom Bett. Sie wirkt müde, alt ist sie geworden, doch er hat beschlossen, darüber keine Bemerkung zu machen. »Hast du gesehen, was Jonathan anhat?«, fragt sie. »Das Hemd, das du ihm gekauft hast!«

»Na klar«, sagt Roland. Er hebt seinen Sohn hoch. »Wunderschön siehst du aus«, flüstert er ihm ins Ohr, »toll! Du bist der hübscheste, netteste und tollste Junge, den ich kenne, aber jetzt fahren wir nach Brooklyn.«

Er holt einen großen Strauß Blumen aus dem Badezimmer, wo er ihn in der Wanne deponiert hat. Um dem Bezirksbürgermeister gegenüber keinen Fauxpas zu begehen, hat er ein Bukett für hundert Dollar gekauft. Er vögelt Ranzenhofers Frau, da kann er wenigstens mit vernünftigen Geschenken ankommen. Sylvie hat auch noch etwas für Leas Kinder dabei.

Sie gehen die Treppe hinunter. Das Taxi wartet schon vor dem Haus.

Als sie auf dem Rücksitz Platz genommen haben, sagt Sylvie: »Der Mann einer Patientin von mir ist Juraprofessor in Leiden. Sie sagt, dass es da vielleicht eine Möglichkeit für dich gibt.«

»Leiden hat keinen Fachbereich Wirtschaftswissenschaften.«

»Das nicht, aber die juristische Fakultät hat eine Abteilung für Fiskal- und Finanzwissenschaften, und sie suchen eine Schwangerschaftsvertretung.«

»Ich mache keine Schwangerschaftsvertretung! Lass uns einfach öfter telefonieren. Vielleicht ist das die Lösung. Man kann die Kinder auch fernmündlich erziehen. – Das geht mir einfach gegen den Strich: Zurück in die Niederlande, das wäre gleichbedeutend mit einer Niederlage! Alte Leute, die's nicht mehr bis in die Kirche schaffen, können den Gottesdienst doch auch am Telefon mitverfolgen, warum soll das bei Kindern nicht auch irgendwie gehen?«

Er nimmt sein Handy und sieht, dass Lea ihm eine SMS geschickt hat.

»Sie bittet mich, es für alle Beteiligten so einfach wie möglich zu machen«, sagt Roland.

»Wer?«

»Lea.«

Er streichelt seinem Sohn über den Kopf. »Wir werden Leas Mann beruhigen, das ist unsere Pflicht, das machen wir jetzt, alle drei. Wir werden ihn beruhigen, abgemacht, Jonathan? Du wirst uns doch helfen?«

In seiner Hosentasche vibriert das Handy.

»Ich weiß nicht, ob es dir aufgefallen ist«, flüstert Sylvie, »aber wir haben Probleme, ich will jetzt nicht davon anfangen, kleine Mäuschen haben große Ohren, aber ich sag das nicht bloß zum Spaß, Roland. Dein Forschungsprojekt wird zur Abwechslung mal ein bisschen warten müssen.«

Violet hat ihm eine SMS geschickt.

»Bist du nicht eifersüchtig, wenn ich mit anderen Männern ins Bett gehe?«, fragt sie.

Roland starrt auf sein Handy. Der Verkehr stockt, es geht weder vor noch zurück. Er hat eine Untersuchung gelesen, wonach die Durchschnittsgeschwindigkeit der Autos in New York in den letzten fünfzig Jahren stetig abgenommen hat. Sein Sohn sagt etwas, doch er hört ihm nicht zu.

»Wie viele sind es genau?«, simst er zurück.

»Einer«, lautet die schnelle Antwort.

»Ja, sehr eifersüchtig«, tippt er zurück, und unterdessen hat er das Gefühl, ja geradezu die Offenbarung, dass dem wirklich so ist. Es ist wahr – seine Wahrheit.

»Hörst du mir überhaupt zu?«, fragt Sylvie. »Ich sagte, ich kenne vielleicht jemanden, der in Leiden was für dich tun kann. Ein Semester pro Jahr.«

Violet antwortet.

»Willst du mich nicht bestrafen für das, was ich dir antue?«, fragt sie.

»Natürlich«, schreibt Roland zurück. »Dafür musst du bestraft werden. Kuss.«

Er stellt das Handy aus.

»So«, sagt er und knuddelt seinen Sohn. »Jetzt konzentrieren wir uns auf Leas Mann. Jonathan, denk daran: Wir wohnen noch alle zusammen!«

»Hätten wir ihn nicht besser im Hotel bei einem Babysitter gelassen?«, fragt Sylvie.

»Nein, Lea fand es eine schöne Idee, wenn auch die Kinder sich kennenlernen. Sie wollte eine richtige Familie. – Heute Abend sind wir eine glückliche Familie, kannst du dir das merken, Jonathan?«

Jonathan nickt.

»Schön, dass wir das wieder mal sein können«, sagt Sylvie.

»Durch unsere bloße Anwesenheit«, fährt Roland fort, »werden wir dem Bezirksbürgermeister sagen: Wir sind keine Bedrohung für Ihre Ehe. Und das stimmt. Ich hab keine Zeit, eine Bedrohung für seine Ehe zu sein. Wenn etwas sich bedroht fühlen muss, dann meine Forschung.«

»Ist das nicht pervers«, fragt Sylvie, »auch Jonathan in dieses Spiel hineinzuziehen?«

»Das härtet ihn ab. Er muss spielen lernen.«

»Papa, was ist ›beruhigen‹?«, fragt Jonathan.

»Eine Art Trost«, antwortet Roland. »Die Leute können wählen zwischen Wahrheit und Trost, manche entscheiden sich lieber für Trost. Diese Leute haben auch Rechte.«

3

Seit geschlagenen zehn Minuten versucht Mevrouw Oberstein, ihren Sohn zu erreichen, doch es gelingt ihr nicht.
Sie hat einen Wasserschaden im Bad und will mit ihm besprechen, was zu tun ist. Als alles nichts nutzt, ruft sie ihre
Schwiegertochter an, die seit einer Weile nicht mehr ihre
Schwiegertochter ist. Sie hat sich nie mit ihr verstanden,
war gegen die Heirat gewesen, doch die Scheidung fand sie
auch keine gute Idee. Wenn man einmal mit dem Falschen
verheiratet ist, muss man es auch bleiben. So hat sie's selbst
auch gehalten.

Bei seinem letzten Besuch ist ihr Enkel auf dem Sofa her-
umgehüpft und hat es ruiniert. Sie hatte sofort zum Hörer gegriffen, ihre Schwiegertochter angerufen, die damals
schon nicht mehr ihre Schwiegertochter war, und zu ihr gesagt: »Wenn der Bengel noch einmal einen Fuß bei mir über
die Schwelle setzt, bring ich ihn um.«

Nicht sehr nett vielleicht, aber die Worte waren nun einmal in ihr so emporgesprudelt, und wenn Worte in ihr em-
porsprudeln, dann müssen sie auch hinaus.

Oder dürfen alte Leute gar nichts mehr sagen?

Über vierhundert Euro hat es gekostet, das Sofa zu
reparieren.

Doch auch ihre Schwiegertochter nimmt nicht ab.

»Schlecht«, murmelt sie, »ganz schlecht.«

Sie zieht ihren Wintermantel an, den sie im Jahr 1972 gekauft hat. Er ist reichlich verschlissen, tut aber noch seinen
Dienst. Ein neuer Mantel wäre Verschwendung – oder kann

man Wintermäntel ins Paradies mitnehmen? Geld ausgeben darf man nur im äußersten Notfall.

Oben im Badezimmer hört sie es immer noch tropfen.

Es hat geregnet, auf der Straße liegen Blätter. Sie will nicht ausrutschen, das fehlte ihr gerade noch. Sie nimmt ihren Stock.

Langsam geht sie zu den Nachbarn und klingelt. Die werden schon wissen, wo man um diese Uhrzeit einen vertrauenswürdigen Klempner herkriegt.

Die Nachbarn machen nicht auf. Sie schaut auf die Uhr. Viertel vor zwölf. Ob sie schon schlafen?

Sie verfolgt die Gewohnheiten der Nachbarn genau. Meist gehen die Lichter erst um halb eins aus.

Sie klingelt noch einmal, und als auch das ohne Erfolg bleibt, beginnt sie, leise, aber hartnäckig mit dem Stock an die Tür zu pochen.

4

Im Boulevard Motor Inn zerrt Jason sicherheitshalber den nackten Boten ins Bad. Dort ist alles gefliest, und von Fliesen lassen Flecken sich leicht wieder abwaschen. Von Lust übermannt, zieht er ihn an den Haaren, die relativ lang sind. Nicht, um ihm weh zu tun, sondern weil er außer sich ist, nicht mehr er selbst, kein Bürgermeister, kein Ehemann, kein Familienmensch, nur noch der Mann, der einen anderen zähmen muss, denn wahre Schönheit muss gezähmt werden, und er hat Schönheit an einem unvermuteten Ort gefunden.

Im Bad muss sich der Bote am Waschbecken festhalten, während Jason ihm den Rücken mit Küssen bedeckt.

Ein Liebhaber ist er, zärtlich und grausam zugleich, wie jeder wahre Liebhaber.

Jason ist ebenfalls nackt. Auch ein Bad ist nicht das Ideale, lieber wäre ihm ein Bett, doch man darf die Realität nicht verkennen. Ein Mensch kann noch so sehr von Lust übermannt sein, Flecken auf Teppich und Laken bleiben Flecken, da gibt es nichts dran zu deuten.

Jason nimmt ein Fläschchen Bodylotion vom Waschbecken und spritzt es in den Anus des Boten. Er weiß nicht, ob jemand die Creme hat stehen lassen oder ob es zum Service des Hauses gehört – was eher unwahrscheinlich ist. Doch ihn beherrscht vor allem der Gedanke: Je mehr Bodylotion er hineinspritzt, desto weniger Scheiße kommt nachher heraus.

Als er das Fläschchen leer gedrückt hat, kehrt die Zärtlichkeit wieder. Jason küsst und liebkost den Boten, als würde nach ihm kein anderer mehr kommen, als habe er all die Jahre seine Liebkosungen für diesen Paketboten aufgespart.

»Herr im Himmel«, flüstert Jason. »Was bin ich ohne dich? Ein Niemand. Ein Nichts. Ein gottverlassener Mensch. Aber ich werde dir etwas schenken. Es ist fast so weit. Bald habt ihr, du und deine Familie, eure Green Card. Das Verfahren läuft schon. Es kann nichts mehr schiefgehen, mein Lieber.«

Unterstützt von der Bodylotion, bahnt er sich mit den

Fingern einen Weg nach innen. Erst einer, dann zwei, schließlich drei, zu guter Letzt dann sein Glied.

Der Kopf des Boten hängt über dem Waschbecken.

Während Jason tief in ihm ist und eigentlich ganz von der heiligen Handlung in Anspruch genommen sein müsste, fällt ihm plötzlich etwas Prosaisches ein: Der Wirtschaftswissenschaftler und seine Familie kommen zum Essen. Er muss nach Hause, wieder der Familienmensch werden, der er im tiefsten Inneren geblieben ist. Jason zieht sein Geschlecht aus dem Anus des Boten, rollt das Kondom herunter, wickelt es sorgfältig in Toilettenpapier, wirft es weg und fährt mit dem Finger noch mal über den jetzt geschmeidigen After, an dem noch etwas Bodylotion klebt. Unwillkürlich steckt er den Finger in den Mund. Selbst die Bodylotion schmeckt nach dem Boten. Herrlich findet er diesen Geschmack.

Im Zimmer wischt er sich die Hand an seinem Taschentuch ab, das er vorsichtig aus der Hose auf dem Bett hervorgeholt hat. Dann zieht er sich eilig an und legt die Krawatte um, ohne in den Spiegel zu schauen.

Im Bad hängt der Bote noch immer über dem Waschbecken.

Der Bürgermeister lehnt am Türpfosten und schneuzt sich die Nase. Und wieder durchzuckt ihn der Schmerz. Kurz überlegt er, sich dem Jungen zu Füßen zu werfen, ihn um Verzeihung zu bitten, ihn anzuflehen, Frau und Kind zu verlassen, und mit ihm ein neues Leben, in Kanada etwa, zu beginnen. Gehen wir fort, würde er am liebsten sagen, aus dieser eitlen, unvollkommenen und grausamen Welt.

Doch da sind noch die Kinder.

Gabe und Ava gehen vor.

»Wenn ich jünger wäre«, fragt Jason, »und keinen Bauch hätte, könntest du mich dann lieben? Enrique?«

5

Violet schaut amüsiert zu, wie Mirjam die steile Treppe zu ihrem Zimmer hinaufgerannt kommt. Mirjam gibt ihr nur einen flüchtigen Kuss und lässt sich sofort auf das Bett fallen, ohne auch nur die Jacke auszuziehen.

Eine Dreiviertelstunde zuvor hat sie angerufen. »Darf ich vorbeikommen?« Trotz der späten Stunde hatte Violet nicht den Mut, nein zu sagen.

»Es ist nicht zu glauben«, sagt Mirjam.

Ihr Haar liegt besser, ist kürzer, nicht so zerzaust. »Warst du beim Friseur?«, fragt Violet.

»Es ist nicht zu glauben«, wiederholt Mirjam.

Am Nachmittag hat Violet eingekauft. »Magst du einen Keks?«, fragt sie. »Oder eine Clementine? Ein Bonbon vielleicht?«

»Am Freitagnachmittag kommt er doch immer?«

»Dein Geliebter?«, fragt Violet sicherheitshalber. Sie nimmt sich eine Clementine.

»Ja, genau. Wie heute Nachmittag auch. Mit einem Stapel Hausarbeiten, die er noch lesen muss. Nun gut, alles läuft so wie immer. Er geht mit mir ins Bett, korrigiert ein paar Seiten, während ich neben ihm liege, und auf einmal sagt er: ›So geht das nicht weiter. Meine Frau ist nicht blind.‹ – Nach all den Jahren, kannst du dir das vorstellen? Also sag ich: ›Was meinst du – nicht blind? Wieso soll es nicht so weitergehen? Was soll das?‹ – ›Na ja‹, sagt er, ›bald werde ich Großvater. Da habe ich Verpflichtungen. Jetzt muss ich zuerst an meine Familie denken, und für dich wird's auch langsam Zeit, dass du über eine Familie nachdenkst.‹ Ist das denn zu glauben?«

Die Werbung im Supermarkt hatte versprochen, die Clementinen seien kernlos, doch der Supermarkt hat gelogen.

»Ich weiß nicht«, sagt Violet. »Ich hab den Mann seit Jahren nicht mehr gesehen. Er war ein guter Dozent, das weiß ich noch, aber ansonsten kenne ich ihn nur aus deinen Erzählungen. Ehrlich gesagt, denke ich, er hat was Jüngeres gefunden, jünger und frischer als du. Mein Gott, Mirjam, wir sind auch nicht mehr die Allerjüngsten.«

Einen Moment lang ist Mirjam still, dann beginnt sie, erbärmlich zu heulen. Ihr Körper zittert und bebt.

Violet bereut, was sie gerade gesagt hat. Jetzt hat sie Mirjam bestimmt zwei Stunden am Hals. Wenn Mirjam einmal am Heulen ist, hört sie so schnell nicht mehr auf.

Violet setzt sich neben sie und legt ihr den Arm um die Schulter.

»Vielleicht täusche ich mich ja. Er bekommt einen Enkel, das verändert die Leute. Er wird Opa, er will nicht mit dem Kleinen auf dem Schoß dasitzen und dabei nach einer Frau riechen, die vierzig Jahre jünger ist als er. Wenn es wenigstens die eigene Frau wäre – aber nein! Das ist doch verständlich?«

»Vierunddreißig Jahre. Keine vierzig. Glaubst du, es liegt an dem Enkel? Der ist doch noch gar nicht geboren!?«

»Nein«, sagt Violet, »geboren ist er noch nicht, aber für ihn ist er schon da.«

Kein Wort meint sie ernst von dem, was sie sagt. Sie hofft nur, dass Mirjam nicht bis zwei Uhr am Morgen bei ihr klebenbleibt.

»Und du? Du hattest doch diese komplizierte Geschichte?«

»Ach«, sagt Violet und nimmt das letzte Stück Clementine, »ich hab Roland eine SMS geschickt und gefragt, ob er mir das einfach so durchgehen lässt, was ich ihm antue.«

»Tust du ihm denn was an?«

»Wenn ich ihm nichts damit antue, läuft etwas falsch. Nach menschlichem Ermessen müsste ich ihm etwas antun. Und ob!«

6

Der Portier des Apartmentgebäudes antwortet: »Ranzenhofer? Da entlang! Einfach geradeaus, Erdgeschoss!«

Roland merkt, dass auch Sylvie ein bisschen nervös ist. Jonathan ist unruhig.

Als er klingelt, öffnet zu seiner Überraschung nicht Lea die Tür, sondern eine dunkelhäutige Dame im weißen Kittel, die versucht, einen alten zittrigen Mann über die Schwelle zu schieben.

»Ist das hier bei Ranzenhofer?«, fragt Roland noch, da packt der Alte ihn mit beiden Händen und ruft etwas in einer Sprache, die Roland nicht versteht.

»Lass den Herrn los«, sagt die dunkelhäutige Dame.

Dann ruft der Alte auf Englisch, mit starkem Akzent: »Ich habe Hunger.«

Die Dunkelhäutige packt die Arme des Mannes von hinten und schiebt ihn ein paar Meter vor sich her. »Komm, Lenny«, sagt sie, »wir gehen nach Hause. Das Essen steht bestimmt schon auf deinem Zimmer.«

In dem Moment kommt Lea dazu. »Ach, ihr seid's«, ruft sie, »Entschuldigung. Das ist mein Großvater. Er ist ein bisschen verwirrt, aber er meint es nicht böse.«

Sie schaut ihrem Großvater und der dunkelhäutigen Dame hinterher, als erwarte sie, dass jeden Moment etwas schiefgeht.

7

Lea hat die Blumen auf zwei Vasen verteilt. »So ein großer Strauß«, hat sie gesagt, »das ist wirklich zu viel.«

Roland und seine Ex sitzen auf dem Sofa, die Kinder spielen auf dem Boden. Alle warten auf Leas Mann.

Auf dem Wohnzimmertisch stehen zwei Schälchen mit Oliven. »Die im linken«, sagt Lea, »sind mit Ziegenkäse gefüllt.«

Roland beugt sich vor und nimmt eine mit Ziegenkäse.

Lea hatte sich seine Ex anders vorgestellt. Eine seltsame Mischung von Kindlichkeit und Beharrungsvermögen strahlt diese aus.

Lea selbst setzt sich nicht, als müsse sie jeden Moment in die Küche zurück, als sei dies ein Stehempfang und sie auf dem Sprung.

Ava fängt an zu weinen. »Gabe«, sagt Lea, »lass Ava doch mitspielen! Gib ihr das Spielzeug!« Sie bückt sich, reißt Gabe ein kleines Rennauto aus der Hand und gibt es der Kleinen. Das Weinen hört auf.

Lea schaut sich um; nichts mehr zu richten. Der Tisch ist gedeckt, alles bereit, gleich wird sie den kleinen Tisch für die Kinder decken.

»Ich habe gehört«, sagt sie, »dass Jonathan Geige spielt?«

Sylvie nickt. »Er versucht es zumindest. Spielen kann man es noch nicht nennen.«

»Wie schön«, sagt Lea. »Gabe will Cello spielen lernen. Ich habe mich für die Suzuki-Methode entschieden.«

»Suzuki?«, fragt Roland. Er nimmt noch eine Olive mit Ziegenkäse.

Er wagt sie kaum anzusehen, bemerkt Lea.

»Suzuki«, sagt sie. »Eine japanische Methode. Dabei lernt ein Elternteil das Instrument mit. Ich lerne also auch Cello.«

»Hast du denn ein Cello?«, fragt Roland.

In dem Moment hört Lea, wie sich der Schlüssel in der Wohnungstür dreht.

Sie erstarrt, wie offenbar die ganze Gesellschaft. Selbst die Kinder sind einen Moment still.

Sie zögert, ob sie ihrem Mann entgegenfliegen oder lieber warten soll, bis er das Wohnzimmer betritt. Zur Wohnungstür eilen ist besser, beschließt sie. Schließlich tut sie das sonst auch. Es gehört zu den Pflichten einer guten, ergebenen Ehefrau. Das Ritual mag zu einem trostlosen Theater verkommen sein, doch was zählt, ist der gute Wille: Als gute Ehefrau eile ich, ich fliege, wenn der Gatte nach Hause kommt, um ihn zu begrüßen.

Jason küsst sie auf die Wange und geht schnurstracks an ihr vorbei, den Aktenkoffer noch in der Hand.

Zur Abwechslung macht ihr Mann mal einen glücklichen Eindruck. Manchmal geht er vor dem Nachhausekommen noch kurz ins Sportstudio, obwohl die Zeit selten reicht.

Sylvie und Roland stehen auf. Leas Mann bückt sich, um seine Kinder zu küssen. Leas Mann. Ihre Kinder. Vor allem Gabe ist verrückt nach seinem Vater.

»Sehr erfreut, Sie kennenzulernen, Mister Ranzenhofer«, sagt Roland, als die Begrüßung zwischen Vater und Kindern endlich zu Ende ist.

Nur der Wohnzimmertisch mit den Oliven steht jetzt noch zwischen ihrem Mann und ihrem Geliebten.

»Ganz meinerseits, wirklich. Sagen wir doch du zueinander. Seit meine Frau in Frankfurt war, hat sie mir viel von dir vorgeschwärmt. Sie hat fast kein anderes Thema mehr. Ein wahres Wunder von Wirtschaftswissenschaftler habe sie kennengelernt. Na, jetzt in der Krise können wir Wirtschaftswissenschaftler gebrauchen. Vor allem gute. Die sind nämlich selten.«

Ihr Mann lacht und mustert Oberstein eindringlich.

Lea bekommt eine Gänsehaut. Nie zuvor ist ihr die Lache ihres Mannes so übel aufgestoßen.

Dann schüttelt er auch der Exfrau von Roland die Hand.

»Und du bist die Frau von ...«

»Roland, Roland Oberstein«, sagt Lea schnell.

»Roland«, sagt Jason. »Rolands Frau. Schön, dich kennenzulernen. Machst du auch was mit Wirtschaftswissenschaft?«

»Nein, ich bin Zahnärztin«, sagt Sylvie.

»Ich sag immer: Ein Freundeskreis ohne Zahnarzt ist wie ein Auto mit drei Rädern. Wen soll man anrufen, wenn einem zu Thanksgiving eine Krone herausfällt?« Wieder lacht er, und wieder graust es Lea. Ihr Mann schaut zu den Kindern am Boden. »Und das ist die Kleine?«, fragt er. »Wie heißt sie denn?«

»Ein Junge«, sagt Sylvie. »Und er heißt Jonathan.«

»Die schönsten Jungen sehen aus wie Mädchen«, erklärt Jason.

Er legt Jonathan die Hand auf den Kopf. Der Junge schaut ihn an.

»Lea«, sagt ihr Mann, »hast du unseren Gästen die Wohnung schon gezeigt? Hattet ihr schon eine Führung? Nicht, dass es viel zu sehen gäbe. Ein Studier- und ein Kinderzimmer. Ein winziges Gästezimmer, momentan eher unsere Abstellkammer. Das Schlafzimmer überspringen wir mal, da ist zu viel Chaos.«

Und wieder lacht er. So viel lacht er sonst nie. Er scheint wirklich glücklich zu sein.

»Lea, hörst du?«, fragt ihr Mann. »Hast du unseren Gästen schon die Wohnung gezeigt?«

»Noch nicht«, sagt sie. Jason geht auf den Flur, um sei-

383

nen Mantel aufzuhängen und den Aktenkoffer abzustellen, so wie immer. Er ist ein Gewohnheitstier. Sie weiß genau, was er tut, auch wenn sie ihn nicht sieht.

Als er wieder zurückkommt, steht Lea noch immer unschlüssig da. Sie fragt sich, ob dieses Dinner wirklich eine gute Idee war, aber vor allem, und das ist jetzt die dringendste Frage, ob sie noch einen Moment weiter Oliven knabbern oder gleich zum Essen übergehen sollen.

In Gedanken versunken, geht sie in die Küche und holt aus dem Schrank das Plastikgeschirr für die Kinder.

Ihr Handy liegt auf der Anrichte. Flüchtig schaut sie auf das Display. Eine SMS von Durano: »Hast du meine E-Mail bekommen?«, will er wissen.

8

»Wie findest du sie?«, fragt Roland Sylvie flüsternd.

Sie haben zu Ende gegessen, Lea liest den Kindern auf ihrem Zimmer die Gutenachtgeschichte vor, und Jonathan hat sich neben sie aufs Bett gesetzt, obwohl er kein Englisch versteht und also auch nicht mitbekommt, was Lea vorliest. Vielleicht macht es ihm einfach nur Spaß, sich mit den anderen zusammen die Bilder anzusehen.

Sylvie hat ins Kinderzimmer gespäht und Roland für alle Fälle beruhigt: »Jonathan hält sich hervorragend.«

Jetzt sitzen sie allein am Esstisch und mustern die Einrichtung.

Vor dem Essen haben sie noch eine kleine Führung durch die Wohnung bekommen, bei der Jason Ranzenhofer von seiner Karriere erzählte.

Jason ist in der Küche. Was er dort tut, ist Roland nicht klar.

Die Glasschälchen, in denen Lea das selbstgemachte Kokoseis serviert hat, stehen noch auf dem Tisch.

»Ich weiß nicht«, antwortet Sylvie ebenso flüsternd. »Sie erinnert mich an eine Freundin. Chaotisch. Keine klaren Konturen, als könnte man durch sie hindurchsehen.«

»Aber die Kinder sind nett, nicht?«

Seine Ex antwortet nicht. Er selbst mochte vor allem das Mädchen, der Junge erinnerte ihn sehr an den Vater. Das gleiche Gesicht, der gleiche prüfende Blick.

Leas Mann kommt mit zwei Flaschen aus der Küche zurück.

»Normalerweise trinke ich nicht«, sagt er, »aber wenn Gäste da sind, finde ich einen kleinen Cognac ganz lecker. Wir haben auch was Italienisches da. Grappa.«

Er lacht jovial.

Die Flaschen werden auf den Tisch gestellt. Höflichkeitshalber studiert Roland die Etiketten. Kurz denkt er an Violet. Ob gerade ein anderer Mann in ihr ist?

Aus dem Kinderzimmer kommt Lea, Jonathan hinter ihr drein. Ohne etwas zu sagen, setzt sie sich neben ihren Mann und legt den Arm um ihn. Jonathan kriecht bei Sylvie auf den Schoß.

»Lea, ich sagte gerade, wenn Gäste da sind, lassen wir uns ganz gern zu einem Verdauungsschnäpschen verführen, nicht wahr?« Ohne eine Antwort abzuwarten, wendet er sich an Sylvie, während er die Cognacflasche öffnet: »Lea beschäftigt sich von morgens bis abends mit Völkermord, ein Wunder, dass sie dabei so gute Laune behält.«

Jason steht auf und holt Cognacgläser aus der Küche, in einem fort weitererzählend. »Ich kann von Völkermord nicht schlafen, ich sehe die Bilder die ganze Zeit vor mir. Kriegsfilme sind auch nichts für mich.«

Die Gläser werden auf den Tisch gestellt, der Cognac eingeschenkt. Als er Roland sein Glas überreicht, legt Jason ihm kurz die Hand auf die Schulter.

»Für mich bitte nicht«, sagt Lea.

»Das Kokoseis war köstlich«, bemerkt Roland, »machst du das öfter?«

»Nur ab und zu, wenn ich in Stimmung bin.« Lea hält sich an ihrem Mann fest, als würde sie von ihrem Stuhl fallen, sobald sie ihn loslässt.

»Und du, Roland«, fragt Jason, während er die Krawatte lockert, »was treibst du noch so mit meiner Frau, außer lunchen?«

»Hauptsächlich lunchen«, antwortet Roland, »und hin und wieder zu Abend essen.«

Er wird aus Jason Ranzenhofer nicht schlau. Ein netter Ehemann, aber undefinierbar. Er findet, dass er nicht richtig zu Lea passt, doch von sich selbst findet er das auch. Er wüsste nicht, wer überhaupt zu Lea passen sollte.

»Lunchen ist wichtig. Ich selbst muss auch oft Leute zum Lunch ausführen. Einmal war ich sogar auf einem Empfang von eurer Königin«, fährt Leas Mann fort. »Ich bin nur Bezirksbürgermeister, aber manchmal darf ich auch auf Staatsbesuch. Ich war mal in Wien, zur Eröffnung einer jüdischen Schule, weil Bürger von hier die finanziert hatten, und dann muss der Bürgermeister von Brooklyn antanzen. In der Türkei bin ich auch mal gewesen, Brooklyn hat ja eine der größten türkischen Gemeinden der USA. Und in den Niederlanden, wegen der Gedenkfeierlichkeiten zu vierhundert Jahren Erforschung des Hudson River. Euer Land hat mit der Sache offenbar auch was zu tun. Lea wollte nicht mit. Sie wollte lieber bei den Kindern bleiben. Und da hab ich eure Königin kennengelernt. Nette Frau, gar nicht steif, ganz anders als die englische Königin. Eure ist herrlich spontan, aber völlig verrunzelt. Und da dachte ich, wenn wir eine Königin hätten, also die USA meine ich – es ist gut, dass wir keine haben, sag ich gleich dazu, aber wenn –, dann würden wir an ihren Runzeln was machen, würden wir sie liften lassen. Auch die Brüste übrigens. Aber ansonsten: sehr angenehm. Gar keine Frage.«

Leas Mann nimmt einen großen Schluck Cognac.

»Und eure Prinzessin hab ich auch kennengelernt«, fährt er fort. »Wie heißt sie doch gleich?«

»Máxima«, sagt Sylvie.

»Genau. Máxima. Auch ein sehr nettes Ding. Aber sie hat Akne. Man konnte die Pickel durch den Puder hindurch sehen. Und da dachte ich, wenn wir eine Prinzessin hätten – es ist gut, dass die USA kein Königshaus haben, dass wir uns da richtig verstehen, wir haben's mit einem Präsidenten schon schwer genug, aber wenn –, dann hätten wir ihren Pickeln den Krieg erklärt, mit allen uns zur Verfügung stehenden Mitteln.«

Wieder lacht Leas Mann, lang und laut, doch er ist der Einzige.

»Wo war ich stehengeblieben? Ach ja, bei der Prinzessin: Also wenn wir eine hätten, würden wir weder Kosten noch Mühen scheuen, die Akne bis zum letzten Pickel und Mitesser auszurotten. Wir würden sie bekämpfen, genau wie den Terrorismus. Sind das sozialistische Bräuche? Dass man Pickel nicht behandelt?«

»Die Niederlande sind nicht sozialistisch«, sagt Roland. »Nicht mal mehr die Sozialisten. Letzteres ist aber kein typisch niederländisches Phänomen.«

»Und du, Roland«, fragt Jason, mit einem seltsamen Unterton, »bist du Sozialist?«

»Wie die meisten Ökonomen glaube ich an den freien Markt.«

»Wovon redet ihr, Jason?«, fragt Lea. »Ich war einen Moment abgelenkt.«

Sie lehnt ihren Kopf an seine Schulter.

»Jetzt sind wir beim freien Markt, und davor haben wir von Pickeln gesprochen. Eine Laserbehandlung bewirkt heutzutage wahre Wunder. Natürlich ist so eine Behandlung nicht billig, aber eine Prinzessin muss doch nicht sparen? Oder ist eure Prinzessin vergeizt? Ist ihr das Geld zu schade für eine Schönheitsbehandlung? Will sie nicht zu einem Gesichtsspezialisten?«

Wieder lacht Leas Mann, nicht mal unfreundlich. Er wirkt aufrichtig erstaunt über so viel Sparsamkeit, die er sich nicht erklären kann.

»Normalerweise trinken wir nicht«, fängt er wieder an, »aber wenn Gäste da sind, nehmen wir gern ein kleines Verdauungsschnäpschen. Du bist Wirtschaftswissenschaftler, du kannst das besser beurteilen als ich, aber die Krise war für uns bisher gar nicht so schlecht. Wenn Obama es schafft, und davon gehe ich jetzt doch mal aus, müssen wir der Krise eigentlich auf Knien danken. Was meinst du, Roland?«

Jonathan ist eingeschlafen.

»Mein Forschungsgebiet ist Wirtschaftsgeschichte. An der Ökonomischen Fakultät der Universität Chicago wird Studenten abgeraten, irgendetwas zu lesen, das älter ist als fünf Jahre. Adam Smith kommt ihnen noch vage bekannt vor, wie sie den Namen Keynes aussprechen sollen, wissen sie nicht, und wenn man ihnen sagt, Friedrich von Hayek sei ein berühmter Hockeyspieler, glauben sie einem das aufs Wort. An vielen Universitäten ist meine Wissenschaft zu einer Unterabteilung der Mathematik verkommen. Mit anderen Worten, ich weiß nicht so recht, was ich dir auf diese Frage antworten soll. Ich beschäftige mich vor allem mit der Vergangenheit. Wenn nicht gar ausschließlich.« Es klingt bissiger, als es gemeint war. Er hatte sich vorgenommen, zu Leas Mann freundlich zu sein.

Roland trinkt noch einen Schluck Cognac. Das Zeug muss weg.

»Genau«, sagt Leas Mann, »gut gesagt. Ich verstehe nichts von Wirtschaft, dafür hab ich meine Leute, aber ich frage mich – nicht dass mich das Thema langweilt, ich könnte stundenlang darüber reden, aber: Wie macht ihr das nun – du wohnst in den USA und deine Frau in den Niederlanden, nicht wahr?«

»Wir führen eine Fernbeziehung«, sagt Sylvie.

»Und das geht mit dem Kind?«

»Wir ichatten«, sagt Roland. »So kann er mich sehen und hören.«

Er lächelt gewinnend, um die abweisende Antwort von eben wiedergutzumachen.

»Ich wollte schon immer Kinder«, sagt Ranzenhofer. »Aber nicht zum iChatten. Meine Frau hätte damals gern noch ein wenig gewartet, aber ich hab zu ihr gesagt: ›Jetzt oder nie! Musst du den Völkermord eben eine Weile ruhen lassen.‹ Ich finde Kinder herrlich. Ich lebe für sie. Am liebsten hätte ich noch eins.«

Leas Kopf lehnt noch immer an seiner Schulter. Sie scheint das Gespräch nicht mitzuverfolgen.

»Bist du eigentlich schon amerikanischer Staatsbürger?«, fragt Jason Ranzenhofer Oberstein plötzlich.

»Ich bin mit einem Visum im Land.«

»Aber du möchtest doch hierbleiben?«

»Die George Mason gefällt mir, ja.«

»Immer noch keine Green Card?«

»Ich bin mit einem Visum hier.«

Ranzenhofer steht auf und kommt mit einer Visitenkarte zurück, die er auf den Tisch legt. Auf die Rückseite schreibt er eine Telefonnummer, dann legt er Roland erneut seine große, warme Hand auf die Schulter.

»Solltest du irgendwann mal eine Green Card brauchen, musst du mich anrufen. Ich habe Kontakte. Denn seien wir ehrlich, Europa ist schön, aber doch eher ein Museum. Schön im Sommer. Paris, Rom, Venedig, Mailand zum Einkaufen. Sarajewo für die Geschichte. Auschwitz für den Völkermord. Die Niederlande für verpickelte Prinzessinnen. Politischen Experten zufolge gehört China die Zukunft, ich bin kein Experte, aber meine Meinung ist: Die Zukunft liegt hier, hier in den USA.«

Roland dankt freundlich für das Angebot und steckt die Visitenkarte ein.

Jason setzt sich wieder an den Tisch neben Lea.

Ohne jemanden anzusehen, erklärt sie: »Das sagt er, weil Völkermord ihn immer so mitnimmt: reiner Selbstschutz.«

Dann schaut sie ihren Mann an und sagt: »Dein Hemd ist schief geknöpft.«

Er blickt auf die Knopfleiste. »Du hast recht.« Er lächelt einnehmend. »Einem Präsidenten würde man so was nicht durchgehen lassen, aber bei einem Bürgermeister macht es nichts aus. Das ist das Schöne an meinem Beruf. Ich stehe nicht im Rampenlicht, ich arbeite im Schatten der Macht, von da aus kann man auch viel erreichen.«

9

Um fünf Uhr am Morgen wird Mevrouw Oberstein wach. In ihrem Bad tropft es noch immer.

Sie zieht ihren Bademantel an, geht zum Telefon hinunter, und zum siebten Mal in der Nacht spricht sie ihrem Sohn auf die Mobilbox: »Ich sitze im Schlamassel«, sagt sie, »aber an dir hab ich wieder mal keine Hilfe. Von dir aus kann ich verrecken. Du lässt mich im Stich. Das hast du schon immer getan, schon als kleiner Junge, und jetzt ist da noch dein verdammter Bengel. Es ist nicht schön, das über den eigenen Enkel sagen zu müssen, aber er ist kein richtiger Junge, er hat was Weibisches.«

Damit legt sie auf und bleibt am Telefon sitzen, darauf wartend, dass jemand zurückruft.

10

Jason sitzt am Tisch und blättert in seinem Terminkalender.

»Wie fandest du sie?«, fragt Lea.

»Komisches Pärchen«, sagt er. »Eine Fernehe, so was gibt es doch gar nicht, das kann nicht funktionieren. – Das Kokoseis war übrigens köstlich, ist noch was da?«

»Ja«, sagt Lea, »aber ich wollte es eigentlich für morgen aufheben, für die Kinder.«

Die Schälchen stehen immer noch auf dem Tisch. Eine tüchtige Hausfrau war Lea noch nie. Ab und zu kann sie sich für eine Geburtstagstorte ins Zeug legen oder Kokoseis machen, aber für die alltäglichen Verrichtungen war sie sich immer zu gut.

Jason schaut von seinem Terminkalender auf.

»Warum räumst du nicht ab?«, fragt er.

»Ich denke nach«, antwortet Lea.

»Worüber?«

»Über uns.«

»Und was denkst du? Wenn du über uns nachdenkst?«

»Ich denke, dass es so nicht weitergehen kann.«

»Was kann so nicht weitergehen?«

»Wir. Unsere Ehe.«

»Denkst du etwa an Scheidung?«, ruft Jason. Sie hat das Wort schon früher einmal in den Mund genommen, als sie verwirrt war.

»Reg dich ab, Jason.«

Ranzenhofer steht auf. Er geht auf sie zu.

»Was läuft denn nicht gut?«

»Na«, sagt Lea, »zum Beispiel haben wir keinen Sex.«

»Keinen Sex«, flüstert er und denkt an das Motel. Beim Wort »Sex« wird er immer an das Motel denken. »Willst du noch ein Kind?«

Sie schaut ihn verdutzt an.

»Möchtest du noch ein Kind?«, flüstert er. »Ist es das?«

Wahrscheinlich würde es ihr guttun, denkt er. Ein drittes. Drei sind ideal. Wenn er früher an Kinder dachte, stellte er sich immer drei vor.

»Möchtest du noch ein Kind?«, ruft er.

Vielleicht hat der Cognac ihn übermütig gemacht, normalerweise trinkt er nur wenig, doch andererseits, warum nicht? Noch eins dazu. Er sieht schon das Wahlplakat von sich: Er mit einem Baby auf dem Arm. Und Lea kann Kinder bekommen. So viel ist sicher. Seine Frau mag sich tagein, tagaus mit dem Tod beschäftigen, ihre Fruchtbarkeit hat nicht darunter gelitten.

Jason beginnt, sich das Hemd aufzuknöpfen.

»Ich werd's nachholen«, sagt er, »all diese Wochen ohne Sex, dafür wirst du entschädigt. Ich werd dir noch ein Kind machen.«

»Monate waren es!«

Er wirft sein Hemd auf den Boden. »Wochen, Monate – egal!«

Er packt seine Frau bei den Schultern und drückt sie gegen das Bücherregal. Ein Buch fällt herunter.

Jason beginnt, seine Frau zu küssen. Normalerweise ekelt er sich vor ihrem Geschmack, aber heute schmeckt er nur guten französischen Cognac. Rémy Martin.

»Wie sollen wir ihn nennen?«, flüstert er ihr ins Ohr. »Oder sie? Hast du schon Namen?«

Und während er das sagt, muss er an seinen Geliebten denken.

Enrique muss ihm diese Untreue verzeihen, Jason wird ihn um Entschuldigung bitten. Er wird zu ihm sagen, es hatte nichts zu bedeuten, es war reine Fortpflanzung, der wir alle von Zeit zu Zeit dienen müssen. Dass nur das, was sie zwei, Enrique und Jason, gemeinsam erleben, die heiligste aller heiligen Handlungen ist. Selbstlose Liebe, ein Gebet aus Fleisch und Kot.

Vorsichtig schiebt Lea ihren Mann von sich weg.

»Was soll das?«, fragt sie. »Du weißt doch, dass ich eine Spirale trage?«

II

Vor ihrem Hotel am Central Park West setzt Roland seine Ex ab und seinen Sohn. Er steigt aus und umarmt Sylvie. »Danke«, sagt er. »Man hat nichts gemerkt, glaube ich. Jetzt ist Leas Mann beruhigt. Seine Ehe ist nicht bedroht. Nicht im Geringsten. Jetzt weiß er das auch. Danke, Sylvie.«

Er hebt Jonathan hoch und flüstert dem schlafenden Jungen ins Ohr: »Du warst der beste Schauspieler aller Zeiten.«

Er küsst ihn. »Soll ich ihn noch nach oben tragen, aufs Zimmer?«, fragt er.

»Gern«, antwortet sie. »Warum kommst du nicht einfach in die Niederlande zurück? Für unseren Jungen?«

Sie holt etwas aus ihrer Tasche.

»Vielleicht gefällt dir das hier«, sagt sie. »Vielleicht macht es dir Freude.«

Es ist ein Klassenbild seines Sohns im Passbildformat. Das Foto steckt in einer Hülle. »Schön«, sagt er.

Sie schiebt ihm das Ganze vorsichtig in die Brusttasche, und dabei wird ihm klar, dass er in der Falle sitzt. Er ist ein Gefangener seines Sohns. Er wird in die Niederlande zurückkehren müssen. Aber höchstens ein Semester pro Jahr. Er hat auch ein eigenes Leben.

12

Lea steht im Nachthemd am Tisch. Die Cognacgläser und Eisschälchen bringt sie morgen in die Küche. Sie hebt Jasons Hemd vom Boden auf und hängt es über einen Stuhl, dann nimmt sie das heruntergefallene Buch – einer der drei Teile von Hilbergs *Die Vernichtung der europäischen Juden* – und stellt es zurück ins Regal. Sie müsste die Bücher wieder mal ordnen.

Seltsam, dass ihr ein drittes Kind für einen Moment als gar keine schlechte Idee erschien. Obwohl sie schon die ersten zwei lieber nicht bekommen hätte – als sie noch nicht da waren zumindest, jetzt liebt sie sie über alles –, kam ein drittes ihr wie die Rettung vor. Als würden ihre Tagträume dann aufhören, von dem Teich im Park, in dem die Kinder ertrinken, als müsste sie dann nicht mehr an Roland und an andere Männer denken.

Ihr Mann kommt aus dem Bad, die Zahnbürste im Mund. Er trägt nur noch seine Unterhose.

Wie fett er ist! Warum unternimmt er nichts dagegen?

Er sagt etwas zu ihr, aber sie kann ihn nicht verstehen.

»Was sagst du?«, fragt sie.

Er nimmt die Zahnbürste aus dem Mund.

»Lass dir die Spirale herausnehmen«, sagt er, während ihm Zahnpastaschaum aus dem Mund quillt.

»Wie meinst du das?«

Jason wischt sich den Mund am Arm ab, er legt die Zahnbürste auf den Tisch.

»Lass uns ein drittes Kind machen. Los, worauf warten wir noch? Bald bist du zu alt. Dann geht es nicht mehr. Oder das Risiko ist zu groß. Bringst du ein mongoloides zur Welt. Das will doch niemand, schon gar nicht der Wähler. Schau dir Sarah Palin an, ihr kleiner Mongo wird ihr nichts nutzen. Lass dir die Spirale herausnehmen, sag ich.«

Jason riecht nach Cognac.

Er beginnt, roh, aber gierig über ihre Brüste zu reiben.

»Jason!«, ruft sie.

Sie riecht seinen Schweiß, doch vor allem den Alkohol.

Er reibt über ihren Slip, schiebt ihn beiseite und steckt ihr zwei Finger gleichzeitig hinein.

»Weg mit der Spirale«, wispert er ihr ins Ohr.

Es ist, als wolle er die Spirale selber herausholen. Tief in ihr zerrt er an etwas.

»Du kannst sie nicht herausnehmen, Jason. Dafür muss ich zum Arzt. Und wenn du da noch so lange herumwühlst.«

Sie versucht, ihn wegzustoßen, doch ohne Erfolg. Er ist schwer, er wird immer schwerer.

»Wir hatten doch zu wenig Sex, hast du gesagt?«

Sie hat die Augen geschlossen.

»Nie, meinst du wohl, aber jetzt bin ich nicht in der Stimmung. Jetzt zufällig mal nicht.«

Er geht in die Knie und beginnt, an ihrem Slip zu zerren, hält ihre Beine umklammert.

»Jason, ich find das nicht lustig«, sagt sie.

»Ich hab dich vernachlässigt, sagtest du doch? Jetzt hört das auf. Ich werd meine Pflichten erfüllen. Ab jetzt wirst du nicht mehr vernachlässigt.«

Ihr Slip hängt auf Höhe der Knöchel. Er ist hautfarben. Sie würde sich gern einmal aufregendere Unterwäsche kaufen, aber sie kommt nicht dazu. Sie fragt sich auch, wer es merken würde. Er presst seinen Kopf an ihr Geschlecht, während er noch immer ihre Beine festhält und ihre Oberschenkel abschleckt wie Eis am Stiel.

»Jason, das macht mir echt keinen Spaß. Und du weckst die Kinder.«

Er rappelt sich hoch. Küsst sie überall, sie lässt ihn gewähren, wie die Katze, wenn sie auf das Bett springt. Lea denkt an ihr drittes Kind. Sie fragt sich, wie sie es nennen soll. Vielleicht nach ihrem Großvater. Sie steigt geistesabwesend aus ihrem Slip. Sie hat Angst, er könnte zerreißen.

Jason schiebt sie Richtung Sofa. Er kneift ihr in die Schultern.

»Du tust mir weh«, sagt sie.

Er zwingt sie aufs Sofa. Mit seinem ganzen Gewicht legt er sich auf sie. Jetzt riecht sie den Cognac noch stärker. Sie mag keinen Cognac.

Wie kommt es, dass er auf einmal eine Erektion hat? Liegt es an dem Cognac, den er sonst fast nie trinkt? Oder fangen die Tabletten endlich an zu wirken?

Rechts von ihr auf dem niedrigen Tisch sieht sie das Plastikgeschirr der Kinder: drei verschiedene Farben – Blau, Grün und Gelb.

»Jason, ich will nicht«, sagt sie. Sie versucht, ihn an den Haaren zu ziehen, doch es sind zu wenige da, und die sind zu kurz.

Mit beiden Händen packt sie seinen linken Oberarm und gräbt ihre Fingernägel hinein, doch das scheint ihn nur noch mehr anzustacheln.

Mit Gewalt dringt er in sie ein.

»Das würde dieser Wirtschaftstyp bei dir bestimmt auch gerne machen«, keucht er ihr ins Ohr.

Sie schaut zu den bunten Plastiktellern, während ihr Mann sie gegen ihren Willen nimmt, auf dem Sofa, auf dem eben noch Roland und dessen Frau saßen.

Doch dank Oberstein hat ihr Mann endlich wieder eine Erektion, und was spielt es schon für eine Rolle, wo eine Erektion herkommt?

»Na«, fragt er, »würde dieser Nationalökonom das nicht auch gerne machen? Diese europäische Schwuchtel. Wär er nicht gern an meiner Stelle? Hier auf dem Sofa?«

Er kneift ihr ins Kinn.

»Lass mich los«, ruft sie.

Immer tiefer schlägt sie ihre Fingernägel in seinen Oberarm.

»Er will es«, keucht ihr Mann. »Er tut so, als wollte er beim Lunch ein bisschen über Völkermord mit dir plaudern, aber in Wirklichkeit will er dich ficken.«

»Wir reden über unsere Arbeit und sonst nichts. Er ist asexuell.«

»Asexuell!«, flüstert ihr Mann. »Ich hab ihn beobachtet. Wie er dich angestarrt hat. Seine Wissenschaft ist ihm egal, so wie alles, Völkermord kann ihm gestohlen bleiben, das Einzige, was ihn interessiert, ist, seinen beschissenen Samen in dich zu spritzen. Dieser Mann ist nichts andres als eine dreckige europäische Spermaschleuder, darum ist er nach Amerika gekommen, um uns mit seinem kranken Samen zu infizieren. Gib's zu. Hast du seinen Pimmel schon mal gesehen? Seinen hochwissenschaftlichen Penis schon mal aus der Nähe studiert?«

Sie sagt nichts mehr. Sie spürt, wie er kommt.

Er geht von ihr herunter, zieht sich die Unterhose hoch, nimmt die Bürste vom Tisch und putzt sich im Bad weiter die Zähne.

Kurz bleibt sie auf dem Sofa liegen. Dann steht sie auf. Sie sucht ihren Slip, er liegt neben dem Bücherregal. Sie zieht ihn an, bringt ihr Nachthemd in Ordnung und geht in die Küche, wo sie das Gefrierfach aufmacht.

Eigentlich wollte sie das Kokoseis für morgen aufheben, aber eine Kugel kann sie essen. Für die Kinder bleibt schon genug übrig.

Sie tut das Eis in ein Schälchen, nimmt einen Löffel und setzt sich an den Bartisch.

Ihr Mann kommt aus dem Bad. Er legt ihr die Hand auf die Schulter. »Hab ich dir weh getan?«

Sie schüttelt den Kopf.

»Schau mal, was du gemacht hast: Ich blute.« Er zeigt auf seinen Oberarm.

Auf seinem Arm klebt ein Pflaster.

»Ich leg mich ins Bett, kommst du auch?«, fragt er.

Sie nickt, isst noch ein paar Löffel Eis, dann nimmt sie ihr Handy und schickt Roland eine SMS.

»Ich hoffe, es hat euch gefallen«, schreibt sie. »Ich weiß nicht, wie ich es anders ausdrücken soll, aber als ihr weg wart, hat mein Mann mich vergewaltigt.«

Sie legt das Handy auf die Bar und isst ihr Eis zu Ende. Dann geht sie zum Gefrierfach und nimmt noch eine Kugel.

»Sollen wir die Polizei rufen? X«, schreibt Roland zurück.

Sie wartet einen Moment, ob vielleicht noch ein Anruf von Roland kommt, dann antwortet sie. »Nein, keine Polizei, bitte! Vielleicht hätte ich dir das gar nicht schreiben sollen; lass gut sein.«

»Entschuldige, dass ich nicht angemessen reagiere«, schreibt Roland. »Muss ich mir Sorgen machen?«

In Ruhe isst sie ihre zweite Eiskugel zu Ende, dann schreibt sie zurück: »Mach dich nicht verrückt. Grüß deine Familie von mir. Schlaf schön.«

Aus dem Gefrierfach holt sie den Rest Eis und vertilgt ihn. Kriegen die Kinder morgen eben was anderes.

Sie schickt eine sms an Durano. »Deine Mail habe ich bekommen. Lass uns zusammen lunchen. Lea.«

Noch eine Viertelstunde wartet sie in der Küche, ob eine Antwort oder irgendeine andere sms für sie kommt, doch es passiert nichts. Dann geht sie zu Bett.

13

In ihrem kleinen, stickigen Zimmer am Central Park West ist Sylvie schon eingeschlafen, als plötzlich ihr Handy klingelt. Einen Moment denkt sie, es wäre Lysander, doch es ist Roland. »Hallo«, flüstert sie.

Sie wirft einen prüfenden Blick auf Jonathan, der neben ihr liegt, doch der schläft tief und fest.

»Entschuldigung, dass ich so spät noch anrufe«, sagt Roland, »aber ich hab gerade eine sms von Lea bekommen. Wie es aussieht, hat ihr Mann sie vergewaltigt.«

»Wie meinst du das?« Sylvie sitzt jetzt kerzengerade im Bett. »Wann?«

»Jetzt, gerade als wir weg waren.«

»Mein Gott!«

»Denkst du, es liegt an uns? Haben wir was falsch gemacht?«

»Nein«, sagt Sylvie, »was sollen wir falsch gemacht haben? Bestimmt nicht.«

»Ich weiß nicht, wie ich reagieren soll. Darum rufe ich an. Was sagt man zu einer Frau, die gerade vergewaltigt worden ist? Per SMS meine ich. Ich wollte ja anrufen, aber …«

»Du musst dich in sie hineinversetzen«, sagt Sylvie, »stell zur Abwechslung mal Einfühlungsvermögen unter Beweis: Stell dir vor, du wärst gerade von Jason Ranzenhofer vergewaltigt worden.«

»Mach keine Witze.«

»Ich meine es ernst«, sagt Sylvie. »Ich kann nicht lange sprechen, ich hab Angst, dass Jonathan wach wird.«

»Aber was soll ich machen?«, will Roland wissen. »Ich fühle mich schuldig. Ich hatte mir vorgenommen, ihren Mann sympathisch zu finden, und ab und zu ist mir das auch ganz gut gelungen. Aber wie soll ich ihn sympathisch finden, wenn er sie vergewaltigt?«

»Ich fand ihn erbärmlich.«

»Vielleicht finden wir erbärmliche Leute ja sympathisch.«

»Er sah mir nicht aus wie ein Vergewaltiger.«

»Nein, überhaupt nicht«, stimmt Roland ihr zu. »Er redete ein bisschen viel, war ein bisschen verlegen, aber ein Vergewaltiger, nein. Was soll ich machen?«

»Wenn ihr euch das nächste Mal seht, kannst du mit ihr darüber sprechen, aber jetzt mach besser nichts. Vielleicht hat sie übertrieben, vielleicht war er auch nur ein bisschen aufdringlich. Vielleicht will sie sich bei dir interessant machen. Roland, Lea ist eine erwachsene Frau, sie ist nicht dumm, sie weiß, was sie tut. Sie hat studiert, arbeitet an einem Buch über Höß, sie ist schon eine Weile mit diesem Typen zusammen. Es wird sich schon alles wieder einrenken. Wir sprechen uns morgen. Schlaf schön, Roland.«

Sylvie beendet das Gespräch, wirft einen Blick auf ihren Sohn, doch sie kann nicht mehr einschlafen. Sie nimmt ein Buch und beginnt zu lesen. Sie hat es von der Patientin bekommen, die ihr jedes Jahr die selbstgemachte Marmelade schenkt, es ist von Irvine D. Yalom und heißt *Momma and the Meaning of Life*.

14

Sicherheitshalber schickt Roland Lea doch noch eine SMS: »Kokoseis war köstlich, das leckerste, das ich jemals gegessen habe. Hoffe, wir sehen uns bald wieder. XXX.«

15

Im Terminal 1 des John-F.-Kennedy-Flughafens nehmen Sylvie und Jonathan Abschied von Roland. Sie fliegen mit Air France, sie müssen in Paris umsteigen.

»Du hast mich geschubst«, sagt Jonathan, während sie zum Check-in-Schalter gehen. »Du bist blöd. Blöder Papa!«

Er schlägt die Hand seines Vaters weg.

»Du kannst nicht gleichzeitig hier herumlaufen und mit deinem Nintendo spielen, und ich hab dich geschubst, weil du weitergehen sollst. Wir sind auf einem Flughafen, da muss man sich manchmal beeilen.«

»Du weißt, dass er Abschiednehmen nicht mag«, flüstert Sylvie Roland zu. »Dann ist er immer so. Reg dich nicht auf.«

»Ich reg mich nicht auf«, antwortet Roland. »Sagen kann er zu mir, was er will. Aber nicht die ganze Zeit Nintendo spielen. Nimm ihm das Ding weg.« Er schaut auf die Uhr.

»Hast du es eilig?«, fragt Sylvie.

»Eigentlich nicht.«

»Wollen wir noch einen Kaffee trinken?«

»In Ordnung.«

In einem Starbucks bestellen sie einen Espresso, einen Cappuccino und einen Orangensaft für den Jungen. Die meisten Tische sind besetzt, der einzige freie ist dreckig. Mit einer Papierserviette wischt Sylvie die Tischplatte sauber.

Jonathan spielt immer noch mit seinem Nintendo.

»Wir haben nicht oft darüber gesprochen«, sagt sie, »aber das heißt nicht, dass ich es vergessen habe.«

»Was denn?«

Rolands Espresso ist bereits alle. Es war nicht viel in dem Becher.

»Die Niederlande. Du wolltest darüber nachdenken. Wo ich jemanden kenne, der in Leiden was für dich tun kann. Der Mann einer Patientin.«

Er tut das leere Zuckertütchen in seinen Becher.

»Ich muss an meine Karriere denken«, sagt er. Doch es klingt nicht mehr so selbstsicher wie früher.

»Deine Karriere läuft dir nicht davon.«

»Das sagt du.«

»Vielleicht ist es dir noch nicht aufgefallen, vielleicht hast du's noch nicht kapiert, oder es ist nicht bei dir angekommen, Roland, aber ich weiß nicht mehr weiter.«

»Was weißt du, Mama?«

Ihr Sohn schaut von seinem Nintendo auf.

»Ach, nichts.«

Roland steht auf. »Ihr müsst jetzt los«, sagt er, »sonst verpasst ihr noch euer Flugzeug. Ein Semester pro Jahr in den Niederlanden, ich werd drüber nachdenken, versprochen. Und ich werd öfter anrufen.«

»Du kannst nicht alle für deine Karriere büßen lassen. Das ist unser Untergang. Aber ich bin froh, dass du wenigstens an deinen Sohn zu denken beginnst.«

Roland hilft Jonathan mit seinem Rucksack. »Das klingt, als wäre meine wissenschaftliche Karriere ein Frevel. Als würde ich alle in den Untergang reißen.« Er lacht, doch an seinem Gesichtsausdruck sieht sie, dass ihre Bemerkung ihn getroffen hat.

Sie fahren mit der Rolltreppe nach unten zur Sicherheitskontrolle.

»Hast du noch was von Lea gehört?«, fragt sie.

»Nein, sie hat sich nicht mehr gemeldet, sie wird schon wieder anrufen.«

Vor der Sicherheitskontrolle nehmen sie Abschied. Roland will seinen Sohn hochheben, doch Jonathan reißt sich los.

»Er mag keine Abschiede«, sagt Sylvie. »Das hab ich dir doch schon zigmal erklärt.«

»Dann küsse ich eben nur dich.«

Er tut es. »Bis bald«, sagt er.

»Tschüs, Jonathan«, ruft er, »ichatten wir bald mal wieder zusammen?«

Der Junge dreht sich nicht um. Er stapft auf den Sicherheitsbeamten zu.

»Was ist wichtiger«, fragt Sylvie, Pass und Boardingcard schon in der Hand, »ein Kind oder deine wissenschaftliche Karriere?«

Roland schweigt. Sein Gesicht verrät keine Regung.

Nachdem sie ihre Schuhe ausgezogen sowie ihre Handtasche und einen großen Plastikbeutel mit Jonathans Spielzeug auf das Band gelegt hat, dreht sie sich noch einmal um. Roland steht immer noch da.

<h2 style="text-align:center">16</h2>

»Sollen wir schon mal einen Prosecco trinken?«, fragt Lea. »Auf Obama?«

»Ein bisschen voreilig, findest du nicht? Oder verlässt du dich auf die Umfragen? Hast du mir übrigens nicht mal erzählt, dass Hillary dir lieber gewesen wäre?« Gegen den Prosecco jedoch hat er nichts einzuwenden. Das Wahlergebnis wird erst am späten Abend verkündet werden, doch bis dahin möchte Lea nicht warten. Außerdem geht es ihr nicht um die Wahl, sie hat einfach Lust, ein wenig zu feiern. Ein paar Tage lang hat sie mit Grippe im Bett gelegen.

Sie sitzen in einem Restaurant am West Broadway. Lea

hatte Roland gefragt, ob sie sich *downtown* verabreden könnten, das spare ihr Fahrzeit. ›The Odeon‹ heißt das Lokal. Eigentlich hätte sie lieber in der Blauen Gans geluncht, sie hatte viel Gutes darüber gehört, doch da hätten sie nur noch an der Bar essen können, und das wollte sie nicht.

»Müsstest du nicht in Fairfax sein?«, will sie wissen, nachdem sie angestoßen haben.

Sie versucht, so heiter wie möglich zu wirken. Außerhalb seines Fachs ist die Welt Rolands Meinung nach heiter, und darin möchte sie ihn nicht gern enttäuschen.

»Die Vorlesungen von heute sind auf morgen verlegt, ich hatte ein langes Wochenende in New York, und außerdem muss ich heute Abend meine Freundin abholen. Sie kommt für ein paar Tage.«

Er schaut Lea einen Moment unsicher an, ob er womöglich ein stillschweigendes Abkommen gebrochen hat. Was dürfen sie einander erzählen, was nicht? Was verschweigen sie besser? Was ist tabu?

Lea beugt sich über die Speisekarte.

»Hast du dich schon entschieden? Ich glaube, ich nehm den Salat.«

»Ich den Lachs«, sagt Roland. »Wie ist das jetzt mit dir und deinem Mann?«

»Er will noch ein Kind.«

Roland verschluckt sich an seinem Prosecco. Ihr fällt auf, dass er unrasiert ist.

»Du hast mir doch erzählt, er hätte dich vergewaltigt? Sei mir nicht böse, wenn ich das so sage, aber …«

»Wie sagst du es denn?«

»Brutal. Ungeschminkt. Vielleicht hätte ich es etwas

indirekter ausdrücken sollen, das wäre zartfühlender gewesen, empathischer. Das ist doch Einfühlungsvermögen,
wenn man andere Worte benutzt?«

»Für mich ist Einfühlungsvermögen was anderes, aber
egal. Übrigens schließt das eine das andere nicht aus: Er hat
mich vergewaltigt, weil er gern noch ein Kind will. Sagt er
zumindest. Tut mir leid, dass ich dich damit belästigt habe.
Danach ist es nicht mehr vorgekommen. Keine Vergewaltigung, auch kein Sex.«

Sie geben ihre Bestellung auf.

»Können wir nicht das Thema wechseln?«, fragt sie, als
der Kellner gegangen ist. »Ich möchte jetzt eigentlich nicht
über Vergewaltigung reden und auch nicht über Jason. Ich
wollte dich fragen, ob du mein Buch gegenlesen könntest.«

»Ich?«

Er wirkt aufrichtig erstaunt.

»Ja, du«, sagt sie.

»Ich bin kein Historiker.« Er nimmt ein Stück dunkles
Brot. »Ich bin Ökonom. Ich betrachte das Ganze aus wirtschaftswissenschaftlicher Sicht.«

»›Das Ganze‹? – Mein Buch? Das Leben? Dein Kind?«
Sie nimmt einen Stapel Papier aus ihrer Tasche und legt ihn
auf den Tisch. »Das erste Kapitel, ich hab dir einen Ausdruck gemacht. So liest es sich leichter.«

Er blättert durch die ersten Seiten, während er auf seinem Stück Brot kaut.

»Das ist es doch, was uns verbindet«, sagt sie, »oder
nicht?«

Sie hofft, dass er widerspricht: »Uns verbindet etwas anderes«, doch sie erkennt, dass sie die harte Wahrheit ausgesprochen hat.

Roland nickt geistesabwesend. »Ja, das verbindet uns. Ich werde es lesen, aber lass mir etwas Zeit.«

Sie nimmt noch einen Schluck Prosecco. Sie betrachtet die anderen Gäste, ihr Glas, an dem Lippenstift klebt. Sie denkt an das dritte Kind.

»Würde es dir etwas ausmachen, wenn ich mit einem anderen Mann ins Bett ginge – wärst du dann eifersüchtig?«, fragt sie. »Stört's dich, dass ich verheiratet bin? Dass mein Mann und ich manchmal noch Sex haben, nicht oft, aber manchmal? Fast nie.«

Roland reibt sich die Hände. Salbungsvoll wie ein Priester, denkt sie. In Filmen jedenfalls tun sie das immer, viel Erfahrung mit Priestern hat sie ja nicht.

»Ich glaube an das freie Spiel der Kräfte«, antwortet er. »Menschen gedeihen am besten, wenn sie ihre Freiheit optimal nutzen dürfen. So ist es zum Beispiel gar nicht so sicher, dass Mindestlöhne immer eine sinnvolle Maßnahme sind.«

»Was hat denn der Mindestlohn mit meiner Frage zu tun?«

»Meine Eifersucht könnte als Intervention aufgefasst werden, als Regulierungsversuch, mit langfristig katastrophalen Folgen. Außerdem…«, er beugt sich vor, »hast du schon eine monogame Beziehung: mit dem Holocaust. Einmal Monogamie ist genug. Wenn du dem Holocaust treu bleibst, kann ich ruhig schlafen. Das ist meine Pflicht: dafür zu sorgen, dass du deinem Thema die Treue hältst«, sagt er und tippt auf den Tisch.

Sie bekommt ihren Salat, er seinen Lachs.

»Noch einen Prosecco?«, fragt der Kellner.

»Lieber Wein«, sagt Roland. »Weißwein. Möchtest du auch?«

Sie schüttelt den Kopf und schneidet ihren Salat klein. Sie nimmt ein paar Bissen. Das Dressing ist ziemlich enttäuschend.

»Und du?«, fragt sie. »Hast du auch eine monogame Beziehung?«

»Mit meinem Forschungsprojekt«, antwortet Roland. »Und mit dem Völkermord, die Beziehung könnte man auch monogam nennen.«

Sie nimmt noch einen Bissen Salat. Sie will es noch einmal versuchen, das ist sie sich schuldig: an ihn heranzukommen, seine Unerschütterlichkeit zu zerstören. Sie möchte ihn in Panik und Verzweiflung versetzen. Sie möchte ihm weh tun, sehen, wie er leidet, um die Gewissheit zu haben, endlich an sein Inneres herangekommen zu sein.

»Hast du nie das Bedürfnis verspürt, dir auf den Grund zu gehen«, sagt sie, »nie gedacht: Diese monogame Beziehung zum Völkermord ist doch ein bisschen bizarr? Nicht gerade alltäglich: Monogamie mit einem Forschungsprojekt und dem Völkermord. Monogame Beziehungen zu anderen Objekten kommen wirklich häufiger vor.«

Er legt das Besteck neben den Teller.

»Dieses Gespräch haben wir schon mal geführt«, sagt er. »Damals habe ich dir geantwortet: Ich habe mich abgekoppelt und nicht das geringste Bedürfnis, mich in autobiographischen Banalitäten zu vergraben. Ich bin Wissenschaftler, meine Biographie spielt keine Rolle. Das Interesse der Leute an dieser ominösen ›Identität‹, wie verständlich es vom psychologischen oder soziologischen Standpunkt auch sein mag, ist reine Zeitverschwendung. Humanistisch verbrämtes Sektierertum. Ich publiziere in historischen und ökonomischen Fachzeitschriften, und da bin ich heilfroh. Mir schaudert bei dem Gedanken, die Masse könnte meine Artikel über Völkermord lesen. Die Universität ist ein geschlossenes System und muss das auch bleiben. Wissenschaft à la Wallraff und Dian Fossey ist höchstens was für Anthropologen, und das bin ich nicht. Ich wüsste nicht – entschuldige bitte die Abschweifung –, wie ich über Völkermord anders schreiben sollte als in der Sprache der Ökonomie, ohne sentimentale Floskeln, ohne mich in den Dienst irgendeiner Ideologie zu stellen. Leiden ist heutzutage ein gefragter Rohstoff – verständlich, aber fatal. Bei diesem Betroffenheitszirkus mach ich nicht mit. Ich will dein Buch gerne lesen und, soweit ich das kann, auch gern etwas dazu sagen. Aber mehr nicht. Wenn dich meine Veröffentlichungen interessieren – bitte, nur zu: Ich hab dir den Sammelband gegeben, und wenn du willst, kann ich dir auch noch Kopien von Artikeln zuschicken. Es kommt nicht viel Mathematik darin vor, sie sind also nicht allzu schwierig zu lesen, und wenn du Fragen dazu hast, will ich sie dir gerne beantworten, aber ich hab kein Bedürfnis nach...«

»Wonach?«

»Gefühlskitsch.«

Er schiebt seinen Teller von sich.

»Was ist hier kitschig? Findest du mich kitschig?«

»Das Persönliche wird allzu leicht kitschig. – Nehmen wir noch einen Kaffee?«

»Findest du Familie was Kitschiges?«

»Zum Thema Familie fällt mir nichts ein. Einmal pro Woche telefoniere ich mit meiner Mutter, ich hab einen netten Sohn, eine Freundin, eine Geliebte …«, er lacht, »und eine Ex, was soll ich zu dem Thema sonst sagen? Und dann kommt schon meine Forschung. Und danach meine Studenten. – Kaffee?«

Sie nickt. Er bestellt zwei Espressi.

»Tut mir leid, wenn ich dich geärgert habe«, sagt Lea.

»Du hast mich nicht geärgert. Du willst also noch ein Kind?«

»Ich fand den Gedanken verlockend. Für einen Moment. Willst du jetzt mit mir über Kinder reden?«

»Ich dachte, du fändest zwei schon zu viel.«

Sie legt ihre Hand auf seine. »Man kann deine Adern ganz genau sehen«, sagt sie. »Ganz deutlich, wie Tintenkleckse.«

Sie liebt seine Hände.

»Das hat auch Vorteile. So kann man sie leichter durchschneiden. Wenn das mal erforderlich sein sollte.«

»Ich hab dir ein Geschenk mitgebracht.«

Sie holt ein Buch hervor. Am Morgen hat sie es eingewickelt, trotz ihrer Bedenken, ob das eine gute Idee war. Ihr erster Impuls hatte gesiegt. Das Geschenkpapier ist grün mit lila Streifen.

Er packt es aus, nicht hastig, behutsam. Er scheint Angst zu haben, das Papier zu zerreißen, er friemelt die Klebestreifen los.

»*Ente, Tod und Tulpe* – für meinen Sohn?«, fragt er.

»Es ist für dich«, sagt sie. »Wir haben in Frankfurt schon

mal darüber gesprochen, weißt du noch? Damals hast du gesagt, ein Buch über eine Ente, die sich mit dem Tod anfreundet, sei nichts für Kinder, aber ich dachte: Vielleicht ist es was für dich.«

»Vielen Dank«, sagt er. Er beugt sich vor und küsst sie vorsichtig. »Sehr aufmerksam. War das hier das Buch deiner Tochter?«

»Nein«, sagt sie, »ich hab übers Internet ein neues bestellt.«

17

Über Neufundland wird Violet wach. Der Murakami liegt auf ihrem Schoß. Sie muss erst wieder hineinkommen. Eine Weile hatte sie keine Ruhe zum Lesen. Wenn sie abends nicht einschlafen konnte, sah sie fern übers Internet, auch wenn es sie oft kaum interessierte.

Neben ihr sitzt ein dicker Mitreisender, der in einem fort Kekse isst. Sie zwängt sich an ihm und seiner Frau vorbei und geht auf die Toilette.

Sie fragt sich, was sie sagen soll, wenn sie auf dem Flughafen Roland wiedersieht. Sie hat ein kleines Geschenk für ihn, belgische Pralinen, mit einer Karte dazu. Auf die Karte hat sie etwas Liebes geschrieben. Soll sie ihm die Pralinen gleich bei der Ankunft geben oder erst, wenn sie bei ihm zu Hause sind?

Und wann soll sie ihm alles erzählen – alles, was sie ihm angetan hat?

Auf der Toilette muss sie plötzlich weinen. Es muss an der Müdigkeit liegen. Sie hat hart gearbeitet in den vergangenen Tagen, um vor der Abreise alles noch fertigzukriegen.

In ihrem Handgepäck steckt Meneer Bär. Eine Beruhigung.

18

Roland und Lea verlassen das Odeon. Das Buch, das sie ihm geschenkt hat, hält er in der einen, die Plastiktüte mit dem Ausdruck ihres ersten Kapitels in der anderen Hand.

Auf der Straße bleibt Lea stehen, wie unschlüssig, wohin sie jetzt gehen soll.

»In welche Richtung musst du?«, fragt Roland.

Sie schaut ihn verdutzt an. »Soll ich nicht noch kurz mitkommen?«, fragt sie.

»In meine Wohnung?«

»Ja, in deine kleine möblierte Wohnung. Die mit der Einrichtung, die schon 1974 nicht mehr modern war.«

Sie kichert.

»Ich muss gleich zum Flughafen. Vielleicht ein andermal.« Sie können doch auch bloß einmal lunchen, ohne gleich Sex miteinander zu haben? Kann man heutzutage nicht mehr mit einer Frau zu Mittag essen, ohne sich hinterher dafür ausziehen zu müssen?

»Willst du nicht mit mir schlafen?«, fragt sie.

Sie trägt denselben Mantel wie damals in Frankfurt, den mit dem Pelzkragen.

»Natürlich möchte ich das, aber ich muss zum Flughafen.«

»So viele Gelegenheiten haben wir nicht.«

»Da hast du recht«, antwortet Roland, »so viele Gelegenheiten haben wir nicht.«

»Ich finde es nervig, dass die Initiative immer von mir ausgehen muss, dass es immer so wirkt, als wolltest du gar nicht.« Sie schaut ihn streng an.

Er streichelt ihren Pelzkragen. »Ich möchte ja gern, aber ich habe Verpflichtungen. Arbeit, Studenten. Dabei möchte ich nichts lieber, das musst du mir glauben.«

»Na also. Wenn du gern möchtest, wo ist dann das Problem?«

»Zeit. Sex kostet Zeit, und die habe ich nicht. Meine Freundin kommt. Sie sitzt schon im Flugzeug. Vielleicht landet sie schon. Das ist das Problem.«

»Aber wie viel Zeit brauchen wir denn? Sonst lassen wir nächstes Mal den Lunch einfach weg.«

Roland schaut auf die Uhr. Man kann die Wünsche der Leute nicht einfach ignorieren, schon gar nicht, wenn man sie in der Vergangenheit schon ein paarmal erfüllt hat.

»Wir nehmen ein Taxi«, sagt er.

»Mit der U-Bahn sind wir schneller.«

»Ich nehme lieber ein Taxi, so trage ich etwas zur Erholung der Wirtschaft bei.«

Im Taxi schweigt er, wie sie. Doch sie hält seine Hand.

Als sie die 59. Straße queren, sagt sie: »Ich lese gerade noch mal *Sophie's Choice*. Es ist interessant, Styron kannte in der Tat die Memoiren von Höß – oder besser: Levis Vorwort dazu; auch er behauptet, dass Höß ein Verhältnis mit einer Lagerinsassin hatte. Du kennst nur den Film?«

»Ich komme kaum mehr zum Lesen. In letzter Zeit nicht mal mehr ins Kino. Meine Forschung frisst alles auf.«

»Hätte ja sein können, dass du früher mehr Literatur gelesen hast. Auf dem Buch steht außerdem nichts von ›Roman‹. Manchmal liest es sich wie ein Essay. Aber wie fandest du den Film?«

»Die Puristen nannten ihn damals, glaub ich, eine Schmonzette, doch soweit ich mich erinnere, ist das übertrieben. Ich bin aber auch kein Purist.«

Neben ihm liegt das Buch, das Lea ihm geschenkt hat, lose eingewickelt in das bunte Papier. Er wollte das Papier nicht vor ihren Augen wegschmeißen. Das fand er unhöflich. Sie hatte das Buch mit Sorgfalt verpackt.

»Ich verstehe immer noch nicht ganz, warum du dich so für Höß interessierst«, sagt er, während sie weiter seine Hand hält.

»Auch mit den Henkern muss sich jemand beschäftigen. Vielleicht gerade mit ihnen.«

»Was ist an ihnen denn so interessant?«

Sie lässt seine Hand los.

»Der Feind fasziniert mich. Findest du das so seltsam?«

Ihm liegt auf der Zunge, dass er nicht gesagt hat, er finde es seltsam, sondern dass er es nicht versteht, doch er lässt die Sache auf sich beruhen. Er nimmt ihre Hand und sagt nichts mehr.

Auf der Treppe zu seinem möblierten Apartment begegnen sie Rolands Vermieterin, die eine Etage über ihm wohnt und mit einem Einkaufstrolli aus dem Haus will. »Ah, Mister Oberstein«, sagt sie. »Endlich sehe ich Sie mal. Alles in Ordnung?«

»Alles in Ordnung, nur viel zu tun«, erklärt Roland höflich, aber bestimmt.

»Immer viel zu tun«, sagt die Vermieterin, »immer so viel zu tun.« Sie wirft Lea einen vielsagenden Blick zu.

In der Wohnung hilft Roland Lea aus dem Mantel, die Plastiktüte mit dem Ausdruck legt er irgendwo in die Ecke, ihr Geschenk auf den Tisch. Er schaltet sein Notebook ein.

»Was soll das?«, fragt Lea. »Ich dachte, du wolltest mit mir ins Bett? Was willst du auf einmal im Internet?«

»Ich *will* ja mit dir ins Bett«, antwortet er, »aber ich muss erst noch kurz nachsehen, wo sie jetzt ist.«

Er gibt die Flugdaten ein.

»Das Flugzeug ist schon über Maine«, sagt er. »Wir müssen uns beeilen.«

Er zieht sich aus.

»Du bist nicht an der Arbeit«, sagt Lea. »Sex ist keine Arbeit.«

Roland steht in Boxershorts neben dem Bett.

»Da hast du recht, aber Violet ist schon über Maine. Irgendwo über Boston fangen sie an mit der Landung. Und außerdem: Wenn ich die Wahl hätte zwischen Sex und meiner Forschung, wäre meine Forschung mir lieber, für sie würde ich allen Sex opfern. Ich bin nämlich Wissenschaftler, kein lebender Dildo.«

Er ist ziemlich verärgert und schämt sich gleichzeitig dafür, dass er sich so sehr hat gehenlassen.

Lea hat gerade ihren BH ausgezogen und über den Stuhl

gehängt. Verblüfft schaut sie drein. Sie zieht ihren BH wieder an.

»Ich gehe«, sagt sie.

Roland stellt sich vor sie.

»Entschuldigung, es tut mir leid. Ich will dich ja. Nicht an allen Tagen gleich viel, aber ich will dich. Spürst du das nicht?«

»Nein«, sagt sie.

»Es würde mir weh tun, wenn du jetzt gehst.«

Sie schaut ihn unschlüssig an.

»Was ist Violet für dich? Warum hast du was mit ihr?«

Er seufzt. »Das ist schwer zu erklären. Warum hast du was mit deinem Mann?«

»Wir haben zwei Kinder, er ist ein guter Vater. Und er ist zuverlässig. Aber dein Verhältnis zu Violet verstehe ich nicht. Was bekommst du von ihr? Was gibt sie?«

»Lea, ich weiß nicht, ob das jetzt der richtige Zeitpunkt ist für so ein Gespräch. In nicht mal einer Stunde landet Violet auf JFK, und wir stehen hier in der Unterwäsche. Ich weiß nicht, was sie mir gibt. Sie hat nicht verdient, dass man ihr weh tut, sie verdient Liebe.«

»Aber sie betrügt dich.«

»Lass uns jetzt Sex machen, sonst schaffen wir's zeitlich wirklich nicht mehr. Tut mir leid, dass das jetzt grob klingt.« Er schlüpft aus den Shorts. »Ja, sie betrügt mich. Aber das ist ein Schrei um Aufmerksamkeit.«

»Betrug ist also immer ein Schrei um Aufmerksamkeit?«

Sie legt sich unter die Decke.

»Ja, wenn du es analysierst, näher betrachtest, dekonstruierst – ja, natürlich.«

Er legt sich neben sie. Er löst ihren BH.

»Findest du, dass ich dich wie einen lebenden Dildo behandle?«, fragt sie.

»Ich hab übertrieben. Das war nur ein Witz.«

Er legt sich nackt neben sie, küsst sie, streichelt ihr sanft über Brüste und Bauch und dann genauso sanft übers Geschlecht. Er legt sich auf sie.

»Langsam«, sagt sie, »nicht so schnell.«

Er nimmt das Vorspiel wieder auf, jetzt bedächtiger. Er sieht sich als lebender Dildo. Er kann es nicht ändern. Darauf läuft sein Leben hinaus, so wird er enden, als lebender Dildo. Er dringt vorsichtig in sie ein. Plötzlich beginnt sein Notebook zu piepen.

Roland erstarrt.

»Was ist denn jetzt wieder los?«, fragt Lea.

»Mein Sohn«, antwortet er. »Entschuldige, ich hatte mich mit ihm zum iChat verabredet. Völlig vergessen. Es ist Jonathan. Sei mir nicht böse, bleib so liegen, ich bin gleich wieder da. Es dauert nicht lang, bleib einfach so liegen. Sorry. Sorry. Sorry.«

19

»Leg dein Nintendo weg!« Sylvie hat es jetzt fünf Mal gesagt. Endlich legt Jonathan das Spiel mit demonstrativem Stöhnen beiseite.

Jonathan ist geduscht, trägt seinen dunkelblauen Pyjama

und die Pantoffeln, die sie letztes Jahr auf einem deutschen Weihnachtsmarkt für ihn gekauft hat.

Sie hat ihren Sohn an ihr Notebook gesetzt und gesagt: »So, jetzt reden wir mit Papa. Das ist wichtig. Wir werden ihn auch sehen. Das magst du doch, Jonathan, oder?«

Manchmal kann er sich nicht auf seinen Vater konzentrieren und nimmt mitten im Gespräch sein Nintendo, um weiter *Mario Bros* zu spielen.

Während die Verbindung sich allmählich aufbaut und sie darauf wartet, Rolands Stimme zu hören, mahnt Sylvie ihren Sohn: »Jetzt sag aber auch mal was zu Papa. Nicht immer nur gucken, auch reden, was erzählen.«

Endlich hört sie die Stimme ihres Ex.

»Hallo, Papa«, sagt Jonathan.

Die Verbindung ist relativ gut, vor allem der Ton. Manchmal hinkt das Bild etwas hinterher und ruckelt, aber das ist nicht weiter schlimm.

»Hallo, mein Lieber«, hört sie.

»Warum hast du nichts an?«, fragt ihr Sohn.

Sie beugt sich vor, um besser sehen zu können. Ihr Ex, obwohl sie ihn nur bis zu den Brustwarzen sieht, scheint in der Tat nackt zu sein.

»Mir ist warm«, sagt Roland.

»Papa«, fragt Jonathan, »magst du nackte Mädchen?«

Bevor ihr Ex etwas erwidern kann, reißt sie ihren Sohn vom Bildschirm weg und setzt sich selber davor.

»Roland«, sagt sie, »was soll das? Warum bist du nackt? Bist du krank? Bei euch ist es mitten am Tag!«

»Ich habe Besuch«, sagt er, »soll ich mir ein Handtuch umhängen?«

»Nicht nötig, jetzt ist es zu spät. Wer ist da bei dir zu Besuch?«

»Lea. Ein Notfall. Sie braucht mich.«

»Roland«, sagt Sylvie, »wir waren verabredet! Wann nimmst du dir endlich Zeit für deinen Sohn? Er braucht dich. Er ist auch ein Notfall, verdammt noch mal.«

Sie sieht, wie Roland nah an den Bildschirm herankommt, er flüstert: »Ich hab ihr gesagt, ich bin kein lebender Dildo, aber sie wollte nicht hören. Zum Glück versteht sie uns nicht. Ich will die Leute glücklich machen. Jedenfalls manche, das ist das mindeste, was ich versuchen kann.«

»Aber du machst die Leute nicht glücklich!«, ruft Sylvie. »Du machst sie unglücklich. Mich hast du auch unglücklich gemacht.«

»Nein«, sagt Roland. »Das stimmt nicht. Das ist nur der zweite Teil der Geschichte. Erst hab ich dich glücklich gemacht. Und dann vielleicht unglücklich. Warum musst du immer mit dem Ende anfangen? Warum machst du immer alles so schlecht? Konzentrier dich doch mal auf Teil eins, den, in dem ich dich glücklich gemacht habe.«

»Roland«, sagt Sylvie, »hast du nun Zeit, mit deinem Sohn zu reden oder nicht? Ich hab keine Lust auf diese Art Diskussionen.«

»Können wir's nicht auf morgen verschieben? Morgen früh habe ich eine Vorlesung, Adam Smith, und am Nachmittag noch eine, wir können in der Mittagspause zusammen sprechen, dann lass ich den Lunch einfach mal ausfallen. Sagen wir, bei euch um halb sieben? Okay?«

»Ich hab ja wohl keine Wahl, oder? Wie ist die Stimmung bei euch?«

»Die Stimmung?«

Sie sieht, wie Roland ratlos um sich blickt.

»Es sind doch Wahlen?!«

»Ach so, natürlich, die Wahlen. Die Leute sind prächtiger Stimmung, völlig elektrisiert. Gib mir kurz noch mal Jonathan.«

Sie nimmt ihren Sohn, der sich mit seinem Nintendo aufs Sofa verzogen hat, und setzt ihn wieder an den Bildschirm.

»Hallo, Jonathan«, sagt sein Vater, »morgen reden wir länger, versprochen! Du bist der schönste, liebste, intelligenteste Junge, den ich kenne. Und pass schön auf in der Schule. Lernen, lernen und nochmals lernen, sonst bringst du's zu nichts. Nur die Wissenschaft hat Zukunft, das ist das wahre Leben.«

Der Junge reagiert nicht. Er starrt auf sein Nintendo, völlig gebannt von *Mario Bros.*

20

Lea sieht, wie Roland hinter seinem Notebook hervorkommt und nackt auf sie zugeht. Er legt sich wieder auf sie und flüstert: »Entschuldigung.«

Lea will sagen, dass man eine Frau nicht nackt im Bett warten lässt, um ein Gespräch mit der Ex zu führen, doch sie lässt sich von seinen Küssen und Liebkosungen davontragen. Was macht das noch? Darauf kommt es jetzt auch nicht mehr an.

Sie sagt: »Du machst es gut, es ist schön mit dir«, ohne zu wissen, ob sie das sagt, um ihm einen Gefallen zu tun oder weil sie es ernst meint.

Er hat fast keinen Körpergeruch. Sie riecht nur sein Deodorant.

Nach zehn Minuten fragt sie: »Möchtest du noch von hinten?«

»Ja«, murmelt er, doch macht er keine Anstalten dazu, vögelt vielmehr noch ein paar Minuten unverändert so weiter, bis er schließlich kommt.

Manchmal braucht er schon ziemlich lang, findet sie.

Roland geht von ihr herunter und fragt: »Möchtest du Wasser?« Ohne auf Antwort zu warten, geht er zum Waschbecken und kommt mit einem vollen Glas wieder.

Sie nimmt einen Schluck und gibt es ihm schnell zurück. Mehr noch als ihres in Brooklyn schmeckt dieses Leitungswasser nach Chlor.

Vom Nachttisch nimmt er sein Handy, um auf die Uhr zu sehen.

»Wie lang habe ich noch?«, fragt sie.

»Zehn Minuten«, sagt er. Es klingt wie ein Scherz, aber sie weiß, er meint es ernst.

Sie schaut zur Decke – schöne alte Stuckaturen, wie sie heute nicht mehr gemacht werden. Dann wandert ihr Blick zu dem nackten Mann neben sich. Er mustert den Stapel Bücher auf seinem Nachttisch. Der Stapel ist ziemlich hoch. Er kann jeden Moment umfallen.

»Ich hab kürzlich Primo Levis eigenes Buch noch mal gelesen«, sagt er, während er den Stapel weiter durchsucht.

Sie betrachtet seinen Rücken. Sie kann die Muttermale zäh-

len. »Ich muss einen Artikel über Wirtschaft und Völkermord schreiben, und darin zitiere ich ihn. Kannst du dich
an die Figur Henri aus *Ist das ein Mensch?* erinnern?« Er
dreht sich zu ihr. »Eine der faszinierendsten Figuren in Levis Universum«, sagt er, »vielleicht der gesamten Lagerlite-
ratur überhaupt.«

Endlich hat Roland das Buch gefunden. Er nimmt es
zur Hand und beginnt vorzulesen: »Henris Theorie zufolge gibt es drei Methoden, der Vernichtung zu entgehen,
die der Mensch anwenden und dabei des Namens Mensch
würdig bleiben kann: organisieren, Mitleid erwecken und
stehlen. Er selbst praktiziert alle drei.«

Wenn er auf Deutsch vorliest, findet sie seine Stimme
schöner, sein Deutsch ist erregender.

»Warum liest du mir das vor?«, fragt sie. Sie zieht sich die
Decke etwas höher. »Warum jetzt?«

»Offensichtlich«, sagt Roland, »hat Henri das Lager genau analysiert und durchschaut, und doch kann Levi keine
Sympathie für ihn aufbringen, das verstehe ich nicht.« Er
schlägt das Buch wieder auf und liest weiter: »Mit Henri zu
sprechen, ist förderlich und reizvoll. Manchmal meint man
sogar, bei ihm etwas von Wärme und Nähe zu spüren, und
es scheint eine Gemeinsamkeit, vielleicht sogar eine Zuneigung möglich zu sein; man glaubt, den menschlichen,
leidenden und bewußten Untergrund seiner nicht alltäglichen Persönlichkeit wahrzunehmen. Aber schon im
nächsten Augenblick gefriert sein trauriges Lächeln zu einer eisigen, wie vor dem Spiegel einstudierten Grimasse.
Dann empfiehlt er sich höflich (›…j'ai quelque chose à
faire‹, ›j'ai quelqu'un à voir‹) und schon hat er sich wieder

ganz seiner Jagd und seinem Kampf verschrieben: hart und unnahbar, verschlossen in seinem Panzer, ein Feind aller« – soll heißen: alles Menschlichen, fügt Roland hinzu –, »unmenschlich schlau und unbegreiflich wie die Schlange in der Genesis. Nach allen Unterhaltungen mit Henri, auch nach den herzlichsten, empfand ich stets einen leichten Nachgeschmack von Niederlage; und den ungewissen Verdacht, daß auch ich in irgendeiner Weise und unbemerkt nicht ein Mensch vor ihm gewesen sei, sondern ein Werkzeug in seiner Hand. Heute weiß ich, daß Henri am Leben ist. Mir wäre viel daran gelegen, zu wissen, wie er als freier Mensch lebt, aber wiedersehen möchte ich ihn nicht.«

Sie steht auf und zieht ihren Slip an. Erst hatte er es so eilig und konnte absolut keinen Sex mit ihr machen – für Levi jedoch hat er plötzlich sehr wohl Zeit. Ein weiteres Mal wird ihr bewusst, wo seine Prioritäten liegen.

»Du kannst nicht verstehen«, fragt sie, »dass Levi keine Sympathie für den Feind der Menschlichkeit aufbringt?«

Sie zieht ihren BH an.

»Ich verstehe nicht, warum er Henri als einen Feind alles Menschlichen ansieht. Warum ihn? Ein Opfer, ein Gefangener wie er. Es gab doch bessere Kandidaten für diesen Titel? Meiner Meinung nach fällt Levi ein unnötig hartes Urteil.«

Sie schlüpft in ihre Jeans. »Wahrscheinlich weißt du«, sagt sie, »dass dieser Henri unter eigenem Namen, Paul Steinberg, glaube ich, selbst ein Buch geschrieben hat? Mir fällt grad der Titel nicht ein.«

»Das wusste ich nicht«, antwortet Roland. »Memoiren?«

Sie zieht ihren Pullover an. Jetzt steht auch er auf.

»Ich werd den Titel für dich heraussuchen«, sagt sie. »Kein Roman. Du musst es mal lesen. Ich wusste nicht, dass dieser Henri dich interessiert.«

Er zieht seine Shorts an, dann die Hose und zuletzt seine Socken. »Meiner Meinung nach hat Henri das Lager mit den Augen eines Ökonomen betrachtet«, sagt Roland.

»Ökonomen sind also die Feinde der Menschlichkeit?«, fragt sie, während sie sich jetzt auch die Socken anzieht. »Darf ich kurz deine Toilette benutzen?«

»Wie Henri haben auch Ökonomen mit Vorurteilen zu kämpfen«, ruft Roland ihr hinterher.

Im Bad betrachtet sie die Gegenstände auf der Spiegel-ablage. Aftershave, eine Nagelschere, Rasierschaum, Deo-dorant.

Als sie von der Toilette zurückkommt, steht Roland vollständig angezogen, sogar schon im Mantel da.

»Ich muss zum Flughafen«, sagt er. »Kann ich dich ir-gendwo absetzen?«

Sie schüttelt den Kopf. »Ich nehme die U-Bahn«, sagt sie. »Ich muss zu meinen Kindern.«

»Du siehst bedrückt aus«, sagt er.

»Meinem Großvater geht es nicht gut. Seine Demenz nimmt immer mehr zu. Ich mache mir Sorgen.«

Er lächelt, scheint sie kurz berühren zu wollen, lässt es aber dann sein.

Vor dem Haus küsst sie ihn vorsichtig auf den Mund, als sei das im Grunde verboten. Doch sie weiß nicht, ob sie ihn darum so vorsichtig küsst oder weil sie den Eindruck hat, dass er ihre Küsse unangenehm findet.

Jason Ranzenhofer beugt sich zu seiner Lieblingssekretärin hinunter und flüstert ihr ins Ohr: »Es gibt doch solche Mittel, die man sich in die Haare massiert, damit sie besser wachsen, nicht wahr?«

»Soviel ich weiß, ja«, antwortet sie.

»Wissen Sie von einem dieser Mittel den Namen?«

»Nein«, sagt sie, »aber ich kann es für Sie heraussuchen, Mister Ranzenhofer.«

»Vielen Dank«, sagt er, »das ist lieb von Ihnen«, und legt ihr kurz die Hand auf die Schulter. Im Weggehen ruft er ihr noch zu: »Heute Abend ist Party!«

Violet hat eine Weile auf ihren Koffer gewartet, und an der Passkontrolle war ebenfalls eine lange Schlange, doch endlich steht auch sie in der Ankunftshalle.

Erst kann sie Roland nirgends entdecken. Er stellt sich nie in die erste Reihe, bleibt immer ein wenig im Hintergrund, als sei Leute vom Flughafen abholen etwas Beschämendes.

Endlich entdeckt sie ihn. Er steht am Fenster, er liest ein Buch. Sie umarmt ihn.

Roland fragt das Übliche, wie der Flug war, ob sie schlafen konnte, wer neben ihr saß.

Sie gehen zu den Taxis.

»Ich hab Meneer Bär dabei«, sagt sie. »Er ist nicht mehr der Jüngste, durfte aber trotzdem mitkommen.«

Meneer Bärs Kopf schaut aus dem Handgepäck.

»Wie schön«, sagt Roland. Irgendwie findet er Meneer Bär eine angenehme Gesellschaft.

Mit dem Taxi brauchen sie fast eine Stunde zu seiner Wohnung. Gegen seine Schulter gelehnt, fallen ihr während der Fahrt für ein paar Minuten die Augen zu.

Er will den Koffer für sie die Treppe hinauftragen, aber sie meint: »Lass nur, das mach ich schon.« Oben angekommen, inspiziert sie, ohne die Jacke auszuziehen, als Erstes die Wohnung, wo sie längere Zeit nicht mehr war.

»Was ist das?«, fragt sie und hält ein Buch hoch. *Ente, Tod und Tulpe*, offensichtlich etwas für Kinder.

»Ein Geschenk von jemandem«, sagt Roland. »Möchtest du etwas trinken? Ehrlich gesagt gibt es nur Leitungswasser.«

»Leitungswasser ist prima, Liebling«, antwortet sie.

Er füllt ihr ein Glas.

»Was möchtest du machen?«, fragt er. »Schlafen, essen, spazieren gehen? Duschen vielleicht?«

»Reden«, sagt sie. »Und kurz mal knuddeln, bloß knuddeln. Ach so, Moment, ich hab was für dich.«

Im Handgepäck unter Meneer Bär findet sie die Pralinen.

Sie setzt sich auf einen Stuhl, während er die Karte an dem Geschenk liest. »Für den Liebsten der Lieben«, hat sie darauf geschrieben.

»Wie rührend«, sagt er. »Wirklich sehr lieb.«

Er küsst sie, nicht auf den Mund, sondern aufs Ohr.

Er öffnet die Schachtel. Sie essen beide eine Praline.

Überall auf dem Boden stehen Stapel von Büchern.

»Brauchst du nicht mal ein zusätzliches Bücherregal?«

»Irgendwann schon.«

»Soll ich dir eins aussuchen?«

»Mach keine Umstände, ich weiß genau, wo alles liegt. Vielleicht, wenn mein Forschungsprojekt fertig ist.«

Ihr Blick geht über die Stapel, es sind mindestens zwölf. Unwillkürlich muss sie dabei an eine Slalompiste denken. Während sie mit ihm redet, geht er zwischen den Stapeln herum, nicht nervös, eher bedächtig. Als tue er das öfter, als sei das hier seine wahre Beschäftigung, wenn er sich unbeobachtet wähnt: sich zwischen Stapeln von Büchern in seinem Apartment hindurchschlängeln.

»Ich möchte gern einen Platz einnehmen in deinem Leben«, sagt sie.

»Aber das tust du doch!«

Sie nimmt einen Schluck von dem lauwarmen Wasser.

»Willst du wissen, was ich dir alles angetan habe?«

Endlich setzt er sich. Er schlägt die Beine übereinander.

»Ja«, sagt er, »jetzt erzähl. Erzähl mir alles.«

23

Früher als sonst ist Jason Ranzenhofer im Boulevard Motor Inn. Heute Abend muss er zu einer offiziellen Wahlparty und wollte vorher seinen Liebsten noch einmal sehen. Wenn er den Boten länger als eine Woche nicht treffen kann, fühlt er sich leer und erschöpft. Selbst seinen Kindern, die ihn sonst immer schnell aufheitern können, gelingt das dann nicht.

Ohne Probleme hat seine Lieblingssekretärin den Namen des Mittels gefunden, Rogaine heißt es, und es in einer Drogerie für ihn besorgt. Auf seinem Zimmer im Boulevard Motor Inn hat er sein Jackett über einen Stuhl gehängt und seine Krawatte gelöst.

Jetzt steht er im Bad vor dem Spiegel, die Spraydose Rogaine in der Hand. Es ist eine Art Schaum, den man sich ins Haar einmassieren muss. Die Gebrauchsanweisung hat er sorgfältig gelesen.

Er sprüht sich den Schaum in die Hand, der sich dort leicht verflüssigt, worauf er ihn sich in die Haare massiert – die, die übrig sind. Während all seiner Ehejahre war ihm sein Haarwuchs egal. Jetzt, seit er Enrique kennt, ist das anders.

Rogaine riecht chemisch, aber nicht unangenehm. Es riecht nach Bordell.

Im Angesicht der Jugend darf man sich das Älterwerden nicht anmerken lassen. Wenn er Enrique vor dem Spiegel nimmt, dabei aufblickt und sich selbst und die kahlen Stellen auf seinem Kopf sieht, ertappt er sich manchmal bei dem Gedanken, dass der Tod sich auf seinem Kopf eingenistet hat.

Noch etwas mehr Rogaine. Er hat lange damit gewartet, doch jetzt gilt: Je mehr, desto besser.

Plötzlich hört er es klopfen. Schnell fährt er sich mit den Händen durchs Haar, um den Schaum zu verreiben, dann geht er zur Tür. Vor ihm steht der Bote in seiner braunen UPS-Uniform. Er zieht ihn ins Zimmer, kickt die Tür zu, küsst ihn auf den Mund, zwängt seine Zunge hinein, erst muss er immer ein wenig drücken, doch nach einer Weile geht es meist wie von selbst.

Der junge Mann macht sich los.

»Wie ist nun mit Green Card?«, fragt er.

»Erst ausziehen, dann über Green Card reden.«

Der Bote setzt sich aufs Bett, er schaut auf die Uhr und zieht dann seine Schuhe aus.

»Was ist das?« Er zeigt auf Ranzenhofers Kopf.

Jason schaut in den Spiegel. Über dem linken Ohr hängt noch ein wenig nicht einmassierter Schaum. Verärgert wischt er ihn weg, wie Taubendreck.

»Das tue ich für dich«, sagt er.

Er geht zu dem Boten, setzt sich vor ihm auf den Teppich und zieht ihm die Socken aus. Er presst sie sich an die Nase. Der Fußschweiß des Jungen erregt ihn. Manchmal denkt er, ganz Guatemala müsse so riechen. Er würde das Land gern einmal besuchen, obwohl er eigentlich ungern reist.

Ranzenhofer setzt sich neben den Jungen aufs Bett. Mit drei Fingern streicht er ihm sanft über die Wange. »Ich werd nie so schön werden wie du«, sagt er, »das weiß ich, aber ich kann doch mein Möglichstes tun. Darum nehme ich dieses Mittel. Du verjüngst mich auch so schon, aber manchmal muss man trotzdem noch ein wenig nachhelfen.«

Der Bote zieht sich aus.

Als er nackt ist, entkleidet sich auch Jason und zieht ihn ins Bad.

Das hier ist ihr Ritual, ihr Gebet. Mögen andere Leute

mit dem Mund beten, er, Jason Ranzenhofer, betet mit seinem Glied.

Da steht der Paketbote, aufs Waschbecken gestützt, im Spiegel sieht Jason, dass er vor sich hin starrt, den Blick weder auf sich noch auf Jason gerichtet, der hinter ihm steht und ihm den Rücken mit Küssen bedeckt. Immer mehr muss er ihn küssen, er kann nicht mehr aufhören.

»Heute Wahlen«, sagt der Bote. Normalerweise ist er totenstill, wenn sie zusammen ihr feuriges, verzweifeltes Gebet sprechen.

Jason will gerade die Bodylotion nehmen, um den Hintern seines Liebsten sanft damit einzucremen, da fällt sein Blick auf das Rogaine.

Im kleinen Badezimmer seines Motels begreift er, dass er sein bisheriges Leben verachtet. Auch wenn er Kinder zu Hause hat und eine noch ziemlich junge Frau, auch wenn er selbst noch gar nicht so alt ist, er verachtet sein Leben, hasst seinen Körper. Er muss an ihm arbeiten, der Körper muss neu erschaffen, verjüngt werden. Er hat ihn vernachlässigt.

Die Klarheit dieser Einsicht trifft ihn ins Mark, macht ihn fast selig – so viele klare Einsichten hat er nicht –, wenn sie nicht zugleich so tief tragisch wäre. Seine Entscheidungen im Leben – soweit dies das richtige Wort ist für sein armseliges, schnödes Lavieren – waren Irrtümer. Wie lebt man weiter, wenn die eigene Geschichte nur aus Irrtümern besteht und auf dem Kopf der Tod sich eingenistet hat?

Er sprüht das Rogaine in den After seines Geliebten und bekommt die Vision, lebendiger als die üblichen Phantasien, ein Tagtraum, dass aus dem Hintern des Jungen Haare sprießen, die Mähne eines Löwen, sie wachsen weiter und weiter, und er, der Bürgermeister von Brooklyn, muss sie mit einer Kinderschere abschneiden. Noch mehr Rogaine sprüht er in den Anus des Boten, dann fragt Enrique: »Wird Obama gewinnen?«

»Bestimmt«, flüstert Jason, »ganz bestimmt. Alles wird besser.«

Er presst sich an den Jungen, fasst ihn am linken Ohr und flüstert: »Aber vergessen wir nicht, Amerika hat Feinde. Erst müssen wir die alle besiegen. Erst dann kann alles besser werden.«

Und während er das sagt, denkt er wieder an sich, an den Tod auf seinem Kopf, der seinen ganzen Körper belauert, und während ihm dieser Gedanke durchs Hirn schießt, erschlafft seine Erektion. Er streichelt den Rücken des Boten und presst sich unwillkürlich an ihn: »Du bist mein Löwe, mein ewig junger guatemaltekischer Löwe. Ich will doch nur, dass du mich liebst. Ich will doch nur deine Liebe.«

Kurz legt er den Kopf auf die Schulter des Jungen und klammert sich an ihn, doch dann wird ihm klar, dass er seine Schwäche nicht zugeben darf.

Sein Penis wächst wieder. Er penetriert den Jungen und meint plötzlich zu spüren, wie sein Haarwuchsmittel dabei aus dessen Hintern gepresst wird. Noch ist nicht alles verloren. Das Rogaine, das aus dem After des Jungen tropft, gibt ihm Hoffnung, dass sein Gebet erhört werden wird.

24

Sie haben ein Taxi ins Village genommen und gehen durch die Christopher Street. Hier ist immer viel los, doch heute Abend, hat Roland den Eindruck, ist es noch voller als sonst. Auch ist es warm für die Jahreszeit.

Sonst schwitzt er nicht so, aber jetzt spürt er, wie ihm der Schweiß unter den Achseln hervorläuft.

Zu Hause in der Wohnung hat Violet ihm alles erzählt, jedenfalls behauptete sie das, und er hat keinen Grund, ihr nicht zu glauben. Anders als andere neigt Violet nicht zum Lügen.

Er saß ihr nur gegenüber und hörte ihr zu. Doch nicht emotionslos. Den Vorwurf kennt er, aber es gibt einen Unterschied zwischen dem Zeigen von Gefühlen und deren Empfinden.

Sie gehen Arm in Arm. »Möchtest du noch irgendwo Kaffee trinken?«, fragt er.

»Nachher«, sagt sie.

Auf ihrem Stuhl sitzend, immer noch in der Jacke, hatte sie ihm von der Affäre mit dem Satellitentelefonhändler erzählt, die sie schon früher einmal kurz erwähnt hatte, als er auf der Konferenz in Frankfurt war. Es war nicht bei dem einen Mal geblieben, wie er damals gedacht hatte, es war zur Gewohnheit geworden, zu einer Sucht. Sucht, dieses Wort stammte von Roland. Violet hatte es nicht so genannt.

Ab und zu hatte sie ihren Bericht mit der Frage unterbrochen: »Findest du das nicht schlimm? Tut es dir nicht weh?«

Und immer wieder hatte er so getan, als ob es ihm nichts ausmachte: »Lieb von dir, aber mach dir keine Gedanken.«

Ob das nun der Wahrheit entsprach oder nicht, war egal. Diesen Triumph gönnte er ihr nicht.

Er hatte ihre Erzählung mit der Frage unterbrochen: »Soll ich kurz ins Deli und dir Cranberrysaft oder was Ähnliches holen?«

Doch Wasser war ihr genug.

Zweimal hatte er sie unterbrochen, um sie nach Details der Begegnungen zu fragen, aber sie antwortete jedes Mal: »Manche Dinge sind wirklich privat. Ich bin kein Pornofilm, den man zurückspulen kann, um sich die guten Stellen noch mal anzusehen. Tut es dir wirklich nicht weh, das alles zu hören?«

Woraufhin er jedes Mal versichert hatte, nicht mal so weit von der Wahrheit entfernt: »Ganz und gar nicht, ich bekomme das Gefühl, dass ich lebe. Mehr als sonst.«

Kein Broker aus London, sondern ein Satellitentelefonhändler. Er hatte sein Bild korrigieren müssen. Jetzt war es der Telefonhändler, den er vor sich sah, der mit der Hand zwischen Violets Beinen verschwand und ihr drei Finger hineinschob.

Immer hatte er sich nach einem Feind gesehnt. Endlich hatte er einen. Ihm so nah, fast vertraut.

»Er ist zärtlich«, hatte sie gesagt. »Viel behutsamer als du.«

Als ihre Beichte zu Ende war, er das Gefühl hatte, den Telefonhändler persönlich zu kennen, ja bei ihm zu Hause gewesen zu sein, sagte Roland: »Du musst dir selber verzeihen.«

»Nein, das musst du tun.«

»Ich habe dir schon verziehen.« Er war aufgestanden, hatte ihr Glas genommen und es noch mal gefüllt.

»Zur Vergebung gehört Strafe.«

Kurz hatte er ihre Schulter berührt und dann *The Economy of Love and Fear* von Kenneth Boulding gesucht. »Zum Vergeben muss man verzeihen«, hatte er erwidert.

»Aber vor Vergebung kommt Strafe«, sagte sie. »Ohne Strafe keine Gerechtigkeit. Ohne Strafe kein Leben.«

Er konnte *The Economy of Love and Fear* nicht mehr finden. »Du willst also, dass ich dich bestrafe?«, fragte er, in Gedanken versunken. Er stand hinter ihr, legte ihr beide Hände auf die Schultern. »Zieh erst einmal deine Jacke aus. Und holen wir Meneer Bär aus der Tasche. Er steckt schon so lange da drin. Er erstickt fast.«

25

Lea lässt Anca herein. Zu guter Letzt musste sie auf sie zurückgreifen. Sonst war an diesem Abend niemand zu finden. Jason hatte sie zu einer Wahlparty mitnehmen wollen, aber sie hat eine Verabredung, und er hatte gesagt – was sie ein wenig erstaunte, denn so viele Wahlabende gibt es ja nicht –, dass er sie verstehe, dass sie sich keine Sorgen zu machen brauche, dass er auch alleine zurechtkomme.

»Ich bin vor Mitternacht zurück«, sagt sie zu Anca. »Und du hast doch meine Nummer für Notfälle?«

Wieder trägt die junge Frau einen grauen Pullover, diesmal jedoch mit V-Ausschnitt. Wenn sie sich vorbeugt, schaut man direkt in ihr beachtliches Dekolleté. Als wisse sie, dass sie nicht viel mehr zu bieten hat als ihre gigantischen Brüste.

Lea trägt dasselbe Kleid wie an dem Abend, als sie sich mit Roland zum ersten Mal verabredet hatte.

»Die Kinder haben schon gegessen«, sagt sie, »wenn sie noch mal Hunger bekommen, kannst du ihnen Joghurt geben. Er steht im Kühlschrank. Sie sind schon im Pyjama. Lies ihnen was vor, dann schlafen sie im Handumdrehen ein.«

Sie geht ins Kinderzimmer.

»Anca ist da«, sagt sie und muss dabei an deren osteuropäischen Akzent denken.

Die Kinder bauen einen Turm aus Bauklötzen.

»Wer ist Anca?«, fragt Gabe.

»Sie bleibt heute Abend bei euch«, sagt Lea.

Sie küsst erst ihren Sohn, dann ihre Tochter, streichelt ihr über die Locken, will sich eigentlich umdrehen und in ihrem schicken Kleid aus dem Haus gehen, streichelt dann aber mechanisch weiter. Ihr Großvater macht ihr immer größere Sorgen. Ihre Mutter scheint nichts unternehmen zu wollen, eins aber weiß Lea inzwischen ganz sicher: Sie muss ihren Großvater von seinem Leiden erlösen.

437

26

Der Laden in der Christopher Street ist einfach zu finden. In ihren neuen Schuhen – blaugrünen Stiefeln von United Nude – schlendert Violet neben Roland daher. Er hat im Internet nachgesehen und die Adresse auf der Rückseite einer Visitenkarte notiert. Er hatte reagiert, wie Violet es erwartet hatte: distanziert, ohne allzu große Gemütsregungen. Nur für einen kurzen Moment hatte er überrumpelt gewirkt. Er hatte gefasster gesprochen, als sie es sich im Flugzeug vorgestellt hatte. Fast sanft war er gewesen, gerührt, und hatte gesagt, sie müsse sich selber verzeihen. Doch sich selber verzeihen will sie nicht. Das muss er tun.

»Fragst du den Verkäufer?«, sagt er im Laden zu ihr.

Typisch. Selbst hier muss sie das wieder mal übernehmen. Männer wollen nie jemanden ansprechen; auch wenn sie sich verlaufen haben, suchen sie lieber drei Stunden lang selbst und starren in ihren Stadtplan.

Man schickt sie in den Keller. Die Auswahl ist groß, größer, als sie gedacht hatte.

»Hast du irgendeine Vorstellung?«, fragt Violet.

»Nein«, antwortet Roland. »Such du dir was aus. Ich versteh davon nichts.«

Sie nimmt eine Peitsche vom Haken und gibt sie ihm. Er lässt sie durch die Luft sausen.

»Es ist eine Reitpeitsche, kein Tennisschläger«, sagt sie.

»Ich bin nie geritten, aber ich hab Tennis gespielt.«

»Es muss aus dem Handgelenk kommen.«

»Ich bewege lieber den ganzen Arm«, sagt er.

Der Verkäufer folgt ihnen diskret.

»Möchtest du schwarzes oder lieber rotes Leder?«, will Roland wissen.

»Vielleicht ist Rot fröhlicher«, meint Violet. »Schwarz finde ich so klischeemäßig. Rot erinnert mich mehr an Weihnachten.«

»Das feiere ich selten. Hat eine Peitsche was mit Weihnachten zu tun?«

»Nicht direkt.« Sie muss lachen und berührt Rolands Nacken. Es kitzelt.

»Die hier hat auch einen stabileren Griff«, sagt er. »Ich meine, ich will mir ja keinen Tennisarm holen. Ich möchte schon gern gesund dabei bleiben.«

Er gibt ihr einen Kuss auf die Wange, und sie gehen zur Kasse.

»Es ist ein Geschenk«, sagt er. »Für dich. Weil ich dich glücklich machen will.«

Der Mann an der Kasse packt die Peitsche in eine Tüte, er sagt: »In ein paar Stunden haben wir das Ergebnis. Unser Laden bleibt geöffnet, aber ich lasse das Radio laufen.«

27

Lea hat sich in der Blauen Gans verabredet und es geschafft, mit nur zwanzig Minuten Verspätung zu kommen. Sven Durano sitzt schon an der Bar. Er küsst sie auf beide Wangen.

»Zwei- oder dreimal?«, fragt sie. »Ich weiß es nie bei euch Europäern.«

»Dreimal«, sagt Durano. Er riecht frisch, als hätte er sich gerade rasiert, und so fühlt er sich auch an. Es scheint ihn nicht zu stören, dass sie etwas zu spät ist.

Unbekümmert sieht er aus. Fröhlich. Sorglos.

»Hast du reserviert?«, fragt er.

Sie nickt und geht zu einer sehr jungen Frau mit schwarzen Schaftstiefeln, die die Gäste empfängt. »Ich habe reserviert«, sagt sie. »Lea Ranzenhofer.«

Sie bekommen einen Tisch im hinteren Drittel. Das Lokal ist nur halb voll.

Er ist, wie sie ihn in Erinnerung hat, groß gewachsen und freundlich.

»Schön, dass du dich freimachen konntest«, sagt er.

»Ich hatte Lust, dich wiederzusehen.«

»Ja, Frankfurt war ein …«, er macht eine Pause, »… Erlebnis.«

»Wie lief die Präsentation in Harvard?«

»Interessiert dich das wirklich?«

»Natürlich«, sagt sie.

Er bestellt Tafelspitz, sie die Forelle. Sie nehmen keine Vorspeise.

»Hast du extra für mich ein österreichisches Restaurant ausgesucht?«, will er wissen. »Die Schweizer Küche ist übrigens ganz anders.«

»Nein«, sagt sie, »nicht extra für dich. Ich hatte viel Gutes über das Restaurant gehört. Und nicht nur gehört, auch gelesen. Wo waren wir stehengeblieben?«

Sie fragt sich, ob er immer noch genauso zielstrebig ist

wie in Frankfurt. Oder ob seine Zielstrebigkeit einmalig war.

Er antwortet nicht.

»Harvard«, sagt sie. »Da waren wir stehengeblieben.«

»Interessiert dich das wirklich?«

»Ja«, sagt sie, »es interessiert mich wirklich.«

»Es lief gut, hatte aber nichts mit dem Holocaust zu tun – ich hoffe, das enttäuscht dich nicht.« Er lacht und schenkt ihr und sich Wasser ein. »Es ging um das Werk von Kahneman«, fährt er fort, »oder, genauer gesagt, darum, dass er ein guter Psychologe sein mag, aber kein Ökonom, und den Nobelpreis für Wirtschaft darum zu Unrecht bekommen hat, aber vor allem, dass er den Irrtum begeht zu denken, Menschen gehorchten der Statistik. Er macht Verhaltensexperimente mit Menschen und sagt: ›Schaut, wie verzerrt sie die Dinge wahrnehmen, hahaha.‹ Und in meinem Artikel versuche ich zu zeigen, vereinfacht gesagt, dass der Fehler nicht bei den Menschen liegt, sondern bei den Experimenten. – Das muss dich doch zu Tode langweilen!?«

»Der Fehler liegt bei den Experimenten«, wiederholt Lea. »Nicht bei den Menschen.«

Nach dem Essen nimmt er sie mit ins Soho Grand Hotel, wo er logiert.

Er vögelt sie frohgemut. Munter. Anders kann man es nicht nennen. – Allerdings will er den Fernseher dabei anlassen, um die Wahlergebnisse verfolgen zu können. Als bekannt wird, dass Obama in Florida gewonnen hat, kommt er.

Sie bleibt noch kurz liegen, während Sven auf der Bettkante weiter die Ergebnisse verfolgt.

Dann steht sie auf, nimmt ihre Kleider und zieht sich im Bad an. Zum Kämmen fährt sie sich mit der Hand durch die Haare, dann legt sie etwas Lippenstift auf. Heute Nachmittag war sie noch mit Roland im Bett. Sie ist ein Flittchen. Leise sagt sie zu ihrem Spiegelbild: »Du Flittchen.« Sie muss lächeln, doch ist es kein heiteres Lächeln, eher eine Grimasse. Sie denkt an ihr Buch, an die Kapitel, die sie noch schreiben muss.

Als sie aus dem Bad kommt, tanzt Sven auf dem Bett.

»Obama hat gewonnen«, ruft er, »jetzt ist es sicher! Sie können ihm den Sieg nicht mehr nehmen. Endlich ein schwarzer Präsident!«

Er zieht sie an sich. »Das ist der Beginn einer neuen Ära«, sagt er. »Das müssen wir feiern, machen wir noch eine Nummer! Und keine Sorge wegen meiner Freundin, wir haben Vereinbarungen: *Don't ask, don't tell.*«

Zum zweiten Mal an dem Abend zieht er sie aus.

So läuten Lea Ranzenhofer und Sven Durano die Ära Obama ein: mit sorglosem Vögeln in einem Hotelzimmer im Soho Grand Hotel.

Hinterher geht Lea zum Anziehen und Frischmachen wieder ins Bad. Als sie damit fertig ist, hat Obama in Chicago seine Siegesrede begonnen.

»Jetzt muss ich aber wirklich nach Hause zu meinen Kindern«, sagt Lea zu Sven Durano.

28

Roland und Violet kommen vom Einkauf in der Christopher Street, und wieder trifft Roland auf seine Vermieterin,
die vor dem Haus herumsteht, als hätte sie nichts anderes
zu tun.

»Ah, Mister Oberstein! Mal sehen wir uns wochenlang
gar nicht und dann plötzlich zweimal am Tag.« Sie schaut
Violet forschend an.

»Und was für eine hübsche Begleiterin«, fügt sie hinzu,
»so wunderbar blond!«

Roland möchte ins Haus, er fühlt sich nicht wohl wegen
der Peitsche, obwohl die in einer schwarzen Tüte steckt. Er
murmelt etwas Unverständliches und macht Anstalten wei-
terzugehen, doch die Vermieterin weicht nicht zur Seite.

»Er ist Araber«, sagt sie.

»Wer?«, fragt Roland.

»Obama. Ich hab nichts gegen Schwarze. Aber er ist Araber. Ich hab immer die Demokraten gewählt, aber ein Araber – das geht zu weit, das wird bös enden. Da liegt für mich
die Grenze. Ein verkappter Moslem! Ein trojanisches Pferd
haben wir uns mit dem ins Haus geholt, ich sag's Ihnen!«

Er grüßt sie freundlich und schiebt sich vorsichtig an ihr
vorbei.

»Eine komische Frau«, sagt Violet. »Wie hältst du's nur
mit der aus?«

Sie hängt ihre Jacke auf und streift sich die Stiefel ab.

»Ich sehe sie kaum«, antwortet Roland. »Ich habe keine
Probleme mit ihr.«

Er gibt Violet die schwarze Tüte. »Das ist für dich«, sagt er. »Dein Geschenk.«

»Es ist auch für dich«, antwortet sie. Sie gibt ihm die Tüte zurück.

»Möchtest du jetzt essen oder lieber noch warten? Willst du erst die Peitsche einweihen?«

»Ja«, sagt sie, »erst die Peitsche einweihen.«

»Morgen früh muss ich nach Fairfax, das weißt du, ich hab eine Vorlesung. Und heute Abend muss ich auch noch an meinem Forschungsprojekt arbeiten.«

»Natürlich«, antwortet sie. »An deinem Forschungsprojekt arbeitest du immer.«

Er wäscht sich die Hände und legt Tschaikowski auf. Irgendwie findet er das ganz passend. Die Peitsche und Tschaikowski. Tschaikowski und die Peitsche.

Sie zieht sich Pullover und T-Shirt aus, legt sich bäuchlings aufs Bett. Meneer Bär thront auf einem Kissen. Er sieht zufrieden aus.

»Stört dich die Musik auch nicht?«, fragt Roland.

Sie verneint.

Er holt die Peitsche aus der Tüte. Die Farbe der Weihnacht. Roland mag keine Feste mit Geselligkeitszwang. Während andere Leute mit ihren Familien zusammenkommen, sitzt er am liebsten in Ruhe an seiner Forschung. Sanft streicht er mit der geflochtenen Spitze über Violets nackten Rücken, ihre BH-Träger, den Blick auf seine Bücher gerichtet. »Was ist das hier?«, fragt er. »Was habe ich in der Hand?«

»Eine süße kleine Peitsche«, sagt Violet.

Die Worte treffen, rühren ihn, erregen ihn auch. Das ist

ihr Rollenspiel, alles, was sie haben. Freiheit ist die Möglichkeit, die Rolle zu wechseln, bald in die eine, bald in die andere zu schlüpfen. Jede andere Definition erscheint ihm haltlos. Immer eine neue Rolle, von einem Spiel zum nächsten, und dann ist das Spiel irgendwann aus.

»Und was werde ich gleich machen, mit dieser süßen kleinen Peitsche?«

»Du wirst mir den Hintern versohlen«, antwortet sie mit heiserer Stimme.

Immer noch streichelt er ihr mit dem roten Ende der Peitsche über den Rücken. Das feierliche Rot, das sie an Weihnachtsbaum und Geschenke erinnert – was gehört sonst noch dazu?

»Und warum tue ich das?«, fragt er. »Warum werde ich dir den Hintern versohlen? Warum hast du das verdient?«

»Weil ich ein loses Mädchen bin«, antwortet sie.

Auch dieses Wort elektrisiert ihn. Woher hat sie das? Aus welcher Zeit stammt das wohl? Und wer benutzt so einen Ausdruck heute noch?

»Keine Schlampe?«, fragt er.

»Nein«, sagt sie. »Schlampe ist gemein. Ein hartes Wort. Lieblos. Ein loses Mädchen.«

Ein Wort, für das der Himmel aufgehen müsste, geeignet, Götter zu verführen.

»Hat der Satellitentelefonhändler dich durchgefickt?«, fragt er.

Er sieht ihn vor sich. Kahlköpfig, wie sie ihn beschrieben hat, den Kerl mit seinen Satellitentelefonen. Er fühlt sich wie trunken, obwohl er keinen Tropfen Alkohol zu sich genommen hat.

»Ja«, sagt sie, »er hat mich durchgefickt.«

Er zieht ihren schwarzen Rock hoch. Der Rock ist neu. Ihr Slip ist grün, fast derselbe Ton wie ihre Stiefel. Ein neuer Slip.

Er zieht den Slip ein wenig herunter. Es ist schwierig mit einer Hand, sie muss ihm helfen.

Ein dahergelaufener Satellitentelefonhändler, ein erbärmlicher Wicht.

Das Geräusch der Peitschenhiebe auf nackter Haut fügt sich in Tschaikowskis Musik ein, geht völlig in ihr auf, ist jedenfalls eine wertvolle Zugabe.

»Nicht nur mit der Hand hat er's dir also gemacht, auch gefickt hat er dich?«

»Nicht nur mit der Hand hat er es mir gemacht, auch gefickt«, bestätigt sie mit heiserer Stimme, als geschehe es in diesem Moment, als sei er im Zimmer, der Satellitentelefonhändler, als sei er in Roland gefahren.

Das Geräusch der Peitsche und Tschaikowskis Musik verschmelzen in jagendem Tempo.

»Hat er dir seinen großen Schwanz reingesteckt?«

»Ja«, sagt sie. »Tief in mich rein.«

Die Musik peitscht ihn auf. In diesem Rollenspiel kann er sich völlig verlieren, genau wie in seinem Forschungsprojekt.

»Wie tief?«

»Sehr tief. So tief es nur ging.«

Ihre Haut rötet sich langsam. Noch immer kann er den wahnwitzigen Gedanken nicht abschütteln, dass hiervon der Himmel aufgehen müsste.

»Und das hat dir gefallen?«

»Ja«, antwortet sie, »sehr.«

»Dein Hintern«, sagt er, »er ist schön. So rot. Man müsste ihn malen.«

Doch sie antwortet nur: »Mach weiter.«

»Und was habt ihr sonst noch getrieben?«

»Ich hab seinen Schwanz in den Mund genommen«, sagt sie.

»Wie tief?«

»Sehr tief. So tief, dass ich würgen musste.«

Roland sieht den Schwanz des anderen vor sich. Allein, ohne Körper. Wie ein Tier, das auch ohne Besitzer prächtig überlebt. Der Schwanz des Satellitentelefonhändlers läuft durch sein Zimmer wie eine riesige Ratte.

Als das Ganze vorbei ist, nimmt Roland Violet in die Arme und hält sie fest.

»Schau, Meneer Bär!«, sagt er. »Meneer Bär hat alles gesehen.«

»Das ist nicht gut«, sagt sie und streicht mit der Hand sanft über sein Fell. »Solche Dinge sollte er nicht sehen.«

Jetzt streichelt auch Roland das Tier. »Meneer Bär sieht uns zu«, sagt er.

29

Anca schläft auf dem Sofa, Leas Mann ist immer noch nicht zurück.

»Wie ist es gelaufen?«, fragt Lea.

Die junge Frau antwortet nicht. »Anca«, sagt sie, »ich bin wieder da!«

Anca wird wach. Sie scheint sich nicht schuldig zu fühlen oder auch nur zu schämen, dass sie auf Leas Sofa eingeschlafen ist.

»Wie ist es gelaufen?«, fragt Lea noch einmal.

»Gut«, antwortet die junge Frau. »Nichts passiert.« Sie zieht sich die Schuhe an, abgetragene Turnschuhe.

Ob Sven Durano immer noch fernsieht? Oder endlich eingeschlafen ist? Und Roland Oberstein, was macht der jetzt, mit seiner Freundin? Sie passen nicht zusammen, die beiden.

Lea nimmt das Portemonnaie und bezahlt. »Ich rufe dich wieder an, wenn was ist«, sagt sie. »Abgemacht?«

Anca nickt.

Dann ist sie mit den Kindern allein. Sie schaut kurz nach ihnen, sie schlafen, ganz friedlich, jedes in seinem Bett. Leise zieht sie die Kinderzimmertür hinter sich zu.

In der Küche setzt sie Teewasser auf.

Sie schickt Roland eine SMS. »Du fehlst mir ein bisschen«, schreibt sie. »Du und deine Liebe.«

Dann schickt sie noch eine SMS an Durano. »Danke für den schönen Abend. Und guten Heimflug morgen, zurück in die Schweiz!«

Sie hängt ihre Jacke über einen der Barhocker. Aus dem Bücherregal nimmt sie die zweisprachige Celan-Ausgabe.

Sie liest das erste Gedicht der *Niemandsrose*.

Die letzte Strophe spricht sie laut; im Deutschen hat sie einen ziemlich starken Akzent. Sie würde gern besser Deutsch sprechen.

»O einer, o keiner, o niemand, o du: / Wohin ging's, da's nirgendhin ging? / O du gräbst und ich grab, und ich grab mich dir zu, / und am Finger erwacht uns der Ring.«

Das Wasser kocht. Sie nimmt einen Beutel Pfefferminztee, ihr Magen ist ein wenig durcheinander. Vielleicht, weil sie heute gleich dreimal Sex gehabt hat.

Auf der Anrichte vibriert ihr Handy. Roland hat ihr geschrieben. »Du hast deine Arbeit«, steht da, »und deinen Höß. Leute, die Höß haben, brauchen keine Liebe. X«

Es klingt ungewollt hart, doch nicht alles, was sich hart anhört, ist auch so gemeint.

Er will damit sagen, dass sie nicht nachlassen, ihre Höß-Biographie nicht vernachlässigen soll. Das sei seine Aufgabe im Leben, hat er gesagt: dafür zu sorgen, dass sie dem Völkermord treu bleibt.

»Warum weint der Mann da?«, fragt Violet.

Sie zeigt auf einen Mann an der Bar. Roland ist mit ihr ins Nice Matin gegangen. Sie war noch nie hier.

»Ich denke, er weint, weil Obama gewonnen hat.«

»Oh«, sagt sie.

Eben beim Essen dachte sie plötzlich: Roland ist eigentlich schon ein Netter. Auf seine eigene, etwas merkwürdige Art, aber doch nett. Jetzt schreibt er hier am Tisch jemand anderem eine SMS, und der Gedanke ist wieder verflogen.

»Wem simst du denn da?«, fragt sie. »Es gehört sich nicht, beim Essen anderen Leuten SMS zu schreiben. Das ist unhöflich.«

»Entschuldige, das wollte ich nicht.«

Er steckt sein Handy wieder ein.

»Möchtest du noch etwas von meinem Nachtisch?«

Sie schiebt ihm ihre Mousse au Chocolat hinüber.

»Dir zuliebe ess ich es auf«, sagt er.

Als sie auf dem Weg nach Hause sind, kommt ein Mann auf sie zu und umarmt Roland. Er riecht nach Zigaretten und Alkohol. Der Mann sagt etwas über Obama, doch weder Roland noch Violet können verstehen, was er meint.

»Das ist doch schön, was wir hier erleben«, sagt Violet. »Ein historischer Tag.«

»So kann man es sehen«, antwortet Roland. »Ich finde es auch nicht schlimm, auf der Straße von Wildfremden umarmt zu werden, aber der hier hat mir ins Gesicht gespuckt. Das finde ich unangenehm.«

Sie nimmt seinen Arm. Noch hundert Meter, dann sind sie zu Hause.

Er holt sein Handy hervor.

»Was ist denn jetzt schon wieder?«, fragt sie. »Was gibt es so Dringendes?«

»Meine Ex«, antwortet Roland. »Sie kann nicht schlafen. Sie will, dass ich mich um meinen Sohn kümmere und ein Semester pro Jahr in die Niederlande zurückkomme. Ein Kind sei wichtiger als die Wissenschaft, schreibt sie.«

»Und was wirst du ihr antworten?«

Er zuckt mit den Schultern.

»Ich muss an meine Verantwortung denken. Ich habe einen Sohn, und davon komme ich nicht los. Das nagt an mir wie ein bohrender Schmerz, der irgendwo in einem Arm oder Fuß beginnt und sich durch den ganzen Körper frisst.« Sie findet, dass er traurig dreinschaut bei diesen Worten. So kennt sie ihn nicht. Unsicher. »Und dann sehen wir uns auch öfter«, sagt er. »Dann wohnen wir nicht mehr so weit auseinander. Für ein Semester pro Jahr jedenfalls.«

»Aber du kommst nicht wegen mir. Du kommst wegen deinem Sohn.«

»So darfst du das nicht sehen.«

»Das hast du selbst gerade gesagt. Die Verantwortung für deinen Sohn nagt an dir. Nicht die für mich.«

»Sei froh, dass nicht du schuld bist. Ich bin der Gefangene meines Sohns. Ein Gefangener war ich schon immer. Erst der meiner Mutter, dann meiner Studenten, jetzt der meines Sohns. Sei froh, dass ich nicht dein Gefangener bin.«

»Du bist der Gefangene deiner Forschung.«

An einer Ampel bleiben sie stehen.

»Gefällt es dir nicht, dass ich in die Niederlande zurückkomme?«

»Du kommst nicht wegen mir. Letztendlich bin ich dir egal. Du freust dich, wenn es mir gutgeht, wie der Besitzer eines Meerschweinchens, wenn seinem kleinen Liebling nichts fehlt.«

»Die meisten Menschen gehen nicht mit ihrem Meerschweinchen ins Bett.«

Er nimmt ihre Hand.

»Was empfindest du für mich?«, fragt sie. »Dein Sohn ist dein Gefängniswärter, deine Forschung dein Leben. Aber was bin dann ich?«

»Wenn ich mit dir zusammen bin, fühle ich mich wie für eine Viertelstunde auf Freigang.«

»Ich bin also für dich der Auslauf auf dem Gefängnishof?«

»Du bist schön.«

»Das sagst du sonst nie.«

Sie stehen vor Rolands Haus.

»Was für ein Mann ist das eigentlich«, fragt er, »dieser Satellitentelefonhändler?«

Sie denkt einen Moment nach.

»Er ist spirituell«, sagt sie. »Er meditiert ab und zu. So geht es ihm am besten.«

»Mein Gott, wenn ich das Wort ›spirituell‹ nur schon höre, ziehe ich meinen Revolver.«

»Jetzt red doch nicht so komisch daher.«

»Mit wem hat es mehr Spaß gemacht«, fragt er, »mit ihm oder mit mir?«

»Tut mir leid«, sagt sie. »Darauf werde ich nicht antworten. Das ist Frauenzeitschriftenniveau. Dazu geb ich mich nicht her.« Dann sperrt sie den Mund auf und fragt: »Siehst du, wie weiß meine Zähne sind? Deine Frau hat sie mir gebleicht.«

»Meine Ex.«

Auf dem Bett liegt die süße kleine Peitsche. Wie eine Schlange.

31

Vier Tage nach Obamas Wahlsieg geht Lea mit Roland und den zwei Kindern im Central Park spazieren. Ihr Gesicht ist rissig vor Kälte.

»Ich fahre übermorgen nach Washington, ich muss im Archiv des Holocaustmuseums was recherchieren.«

»Oh, schön«, sagt Roland.

»Ich bin in der Nähe von Fairfax, aber ich glaube nicht, dass ich vorbeikommen kann.«

»Das macht nichts, in Fairfax ist doch nicht viel los.«

»Du bist da.«

»Ja«, erwidert Roland. »Aber Violet dann auch.«

»Wo ist sie jetzt eigentlich?«

»Im MoMa.«

Bei einem Spielplatz setzen sie sich auf eine Bank, obwohl es dazu eigentlich zu kalt ist.

»Was macht dein Buch?«, fragt er. »Was macht Höß?«

»Gut«, sagt sie, »nur noch ein paar Abschnitte. Und bei dir? Hast du schon Zeit gehabt, mein erstes Kapitel zu lesen?«

»Ich bin dabei. Ich lese langsam. Und meine eigene Forschung kostet auch sehr viel Zeit.«

Sie wirft einen Blick auf die Kinder.

»Ich hab Reiswaffeln dabei, möchtest du auch eine?«

»Nein danke.«

Sie nimmt eine Waffel und beginnt, sie zu knabbern.

»Hast du in den Niederlanden eigentlich noch einen Hausarzt?«, fragt sie plötzlich.

Ihre Kinder stehen an einer Rutschbahn Schlange.

»Ja«, sagt Roland. »Wieso?«

Sie beißt in ihre Waffel. Sie trägt rote Wollhandschuhe.

»Euthanasie ist bei euch doch erlaubt?«

»Ich glaub schon«, antwortet Roland. »Ich hab mich noch nie weiter damit beschäftigt. Zu Hause hab ich ein Buch über das Euthanasieprogramm der Nazis, aber das ist was anderes.«

Lea behält ihre Kinder auf der Rutschbahn im Auge. Gabe ist viel ängstlicher als seine jüngere Schwester. Er bremst ständig ab und rutscht dadurch kaum.

»Warum fragst du?«, will Roland wissen. »Willst du Schluss machen?«

Sie hat sich an seine Frotzeleien gewöhnt. Sie nimmt noch einen Bissen.

»Ich will nicht, dass mein Großvater noch länger leidet. So geht es nicht weiter. Und ich dachte, du könntest mir vielleicht helfen.«

»Der Vater deiner Mutter?«

»Ja.«

»Und deine Mutter? Was meint die dazu?«

»Meine Mutter und mein Großvater können sich nicht leiden. Sie hassen sich. Er ist dement, aber fürs Hassen reicht's immer noch. Sie meint also gar nichts. Sie ist eine schwierige Frau.«

Roland starrt vor sich hin.

»In der Schweiz ginge es auch«, sagt er.

»Was?«

»Sterben. Sterben auf Verlangen.«

»Aber da kenne ich niemanden. Und ich möchte gern, dass es ein bisschen persönlich abläuft. Die Euthanasie. Und sein Tod.«

Lea kennt Sven Durano in Zürich, aber dem will sie den Tod ihres Großvaters nicht aufbürden.

Roland nimmt ihre Hand, doch sie macht sich frei. Sie will nicht, dass die Kinder es sehen.

»Oh, dafür hältst du mich also«, meint er lachend.

»Was willst du sagen?«

»Ich bin kein lebender Dildo. Ich bin der Engel des Todes.«

VI

Der Markt

Slachter, Magister Artium, »nur mit ›S‹«, hatte er am Telefon gesagt, würde in der Fakultätscafeteria auf ihn warten und ihn ein wenig herumführen. Eine offizielle Vorstellung am Institut für Fiskal- und Finanzwissenschaften würde später erfolgen, doch da habe er nichts zu befürchten. Die Atmosphäre am Institut sei locker und freundlich, anders als an anderen Universitäten.

Am Morgen hatte er den Zug aus Amsterdam nach Leiden genommen, sich vorher auf einem Stadtplan den Weg vom Bahnhof zur Universität eingeprägt, war aber zuletzt trotzdem in die Irre gelaufen.

In einer Kneipe hatte Oberstein den Barmann gebeten, ihm ein Taxi zu rufen. In Amsterdam kannte er die Nummer der Zentrale auswendig, in Leiden nicht, hier war er seit Jahren nicht mehr gewesen.

Als das Taxi endlich kam und er die Adresse nannte, blaffte der Fahrer ihn an: »Und dafür lassen Sie mich extra kommen?!«

Diese Rückkehr war eine Niederlage, so empfand Oberstein es jedenfalls. Er tat es für Jonathan, als sein Gefangener, und trotzdem änderte das nichts an diesem Gefühl. Niederlande: Für ihn war das gleichbedeutend mit Niederlage.

Ohne größere Widerstände hatte die George Mason ihn

ziehen lassen. So leicht, dass es ihm beinahe weh tat. Und im Herbst könne er natürlich problemlos wieder zurückkehren. Wenn seine persönlichen Umstände es erforderten, dass er ein Semester pro Jahr in den Niederlanden verbringe, wolle die Universität das gerne ermöglichen. Selbst von einer »Rückkehrgarantie« war die Rede gewesen.

Eigentlich sollte es auch in der Liebe eine Rückkehrgarantie geben.

Roland Oberstein nähert sich dem Gebäude, wo man ihn erwartet. Davor sitzen Studenten auf einer Mauer. Dieses Herumhängen ist er nicht mehr gewöhnt. An der George Mason hängt niemand herum.

Zum Mann am Empfang sagt er: »Ich suche den Coffeeshop.«

»Sie meinen die Cafeteria?«

Oberstein schaut auf den Zettel, auf dem er sich alles notiert hat, doch darauf steht nur: »Coffeeshop, 11:00 Uhr, Treffen mit Slachter.«

»Den Coffeeshop«, wiederholt er.

»Sie meinen die Cafeteria«, erwidert der Pförtner. »Wir haben mehrere. Welche suchen Sie?«

»Ich schau mich selber mal um«, antwortet Roland.

In einer Plastiktüte hat er die *Economic Origins of Dictatorship and Genocide*. Allenfalls ein nettes Geschenk für den neuen Kollegen. Sie kennen sich nicht, aber vielleicht interessiert sich Slachter für Obersteins Werk.

Gleich in der ersten Cafeteria hat er Glück.

Ein Mann tippt ihm auf die Schulter. »Roland Oberstein?«

»Ja«, antwortet Roland, »der bin ich.«

»Erik Slachter«, stellt sich der Mann vor.

Er ist etwa im selben Alter wie Roland, vielleicht etwas älter, kurzes Haar, freundlicher Blick.

»Schön, Sie kennenzulernen«, beginnt Oberstein.

»Wollen wir uns nicht duzen?«

»In Ordnung.«

Slachter führt Oberstein an einen Tisch weiter hinten. Er holt ihm Kaffee, selbst trinkt er nichts.

»Möchtest du etwas essen?«, fragt er. »Die Croissants hier sind lecker.«

»Nein danke«, antwortet Oberstein. Er fragt sich, ob das der richtige Moment ist, dem anderen sein Buch zu verehren, und wartet lieber noch etwas.

Er schaut Slachter an, der ihm gegenüber Platz genommen hat. Er ist hergekommen, um den anderen kennenzulernen, doch nach seinem Dafürhalten liegt die Initiative jetzt nicht bei ihm.

»Schön, dass du uns verstärken kommst«, sagt der Kollege nach ein paar langen Sekunden. »Natürlich sind wir keine eigene Fakultät. Wie du weißt, gehören wir zu den Juristen. Die meisten Studenten belegen nur die Pflichtveranstaltungen. Sobald sie Wirtschaftswissenschaft nicht mehr brauchen, hören sie damit auf. Mach dir keine Illusionen.«

»Ich mache mir nie Illusionen«, antwortet Roland und nimmt einen Schluck Kaffee.

»Manchmal hab ich Studenten«, fährt Slachter unbekümmert fort, »die müssten eigentlich durchfallen, und denen sag ich dann immer: ›Wenn du mir versprichst, nie mehr im Leben irgendwas mit Wirtschaftswissenschaften zu machen, geb ich dir sechs Punkte.‹ Versuch, es ein bisschen so anzugehen. Wichtig ist die ›Bestanden‹-Statistik.«

»Oh«, sagt Roland verblüfft. Doch eigentlich betrachtet er ja die Lehre genauso: ein Nebenschauplatz. Was ihn wirklich interessiert, ist seine Forschung. Die Geschichte der Spekulationsblasen, die ihn jetzt seit circa zehn Jahren begleitet. Wohin er auch geht, wo er auch steht, sie folgt ihm auf Schritt und Tritt.

»Mein Spezialgebiet ist Fiskalpolitik, aber eigentlich macht jeder hier alles. Wir sind eine so kleine Fachgruppe. Natürlich gibt es auch Studenten, die sich wirklich für Wirtschaftswissenschaft interessieren, jedes Jahr wählen so ungefähr fünf oder sechs Rechtsökonomie, aber verlass dich nicht auf die paar Spezialisten. Die meisten sind hier, weil sie müssen. Verschwende keine Energie mit großen Begeisterungsversuchen, das frustriert nur. Schlepp sie irgendwie durch, damit sie ihren Schein kriegen. Denk an das Ergebnis.«

»Oh«, sagt Roland zum zweiten Mal.

»Du vertrittst Mevrouw Vermaes – Ilse Vermaes, nette Kollegin, schade, dass du sie nicht mehr getroffen hast. Jetzt sitzt sie zu Hause, hochschwanger. Am Anfang war sie sehr ehrgeizig, doch schließlich hat ihr Ehrgeiz in der Fortpflanzung ein natürliches Ventil gefunden. Na ja, eigentlich brauchst du einfach nur weiterzumachen, wo Ilse aufgehört hat.«

»Wo Mevrouw Vermaes aufgehört hat«, resümiert Roland.

Slachter nickt.

»Und auch sonst geht's hier in Leiden eher locker und gemütlich zu. Anders als in Rotterdam. Da warst du doch auch eine Zeitlang? Ich hab mal eine Geschichte von einem Professor gehört, der einen Dozenten nicht leiden konnte. Eines Tages kam der aus dem Urlaub und konnte nicht mehr in sein Büro. Sein Schreibtisch, die Bücher – all seine Sachen standen auf dem Flur. Er hat dann eine Weile auf dem Gang kampiert. Scheint ein unangenehmer Typ gewesen zu sein. Schwierig im Umgang. Selbstgefällig.«

»Ich kenne die Geschichte«, sagt Oberstein. »Der Dozent war ich.«

Er meint, den Kollegen erröten zu sehen, doch er ist sich nicht sicher.

»Na ja, wie auch immer«, fährt Slachter unerschütterlich fort, »bei uns kommt so was nicht vor. Hier gehen wir freundlich miteinander um. So eine Missgunst unter Kollegen wie in Rotterdam kennen wir hier nicht.«

»Gegenseitige Bewunderung ist an der Universität selten zu finden«, erklärt Oberstein trocken, »aber ich habe nicht vor, den Kollegen Schwierigkeiten zu machen. Von mir habt ihr keine Probleme zu erwarten. Ich erledige meine Arbeit, und fertig.«

»Selbstverständlich«, antwortet Slachter. Er scheint immer noch etwas verwirrt wegen seines Fauxpas. »Na ja, wie auch immer, weil du jetzt nur vorübergehend hier bist – obwohl du uns nächstes Jahr natürlich wieder für ein Semester verstärken sollst, wenn alles normal läuft –, hat dich die Fachgruppenleitung bei mir einquartiert. Ich hoffe, das macht dir nichts aus. Ich werd dir den Schlüssel geben. Das Büro von Ilse Vermaes wäre natürlich auch frei gewesen, aber das haben sie wem anders gegeben. Lange Geschichte. Ich will dich nicht damit langweilen. Raumnot, du kennst das.«

Slachter überreicht ihm den Schlüssel.

»Das hier ist dein Stundenplan. Morgen früh um elf Uhr geht's los. Gleich eine große Gruppe. Einführung in die Grundbegriffe der Ökonomie. Die einfachsten Grundlagen. Mehr Ehrgeiz darfst du nicht haben. Es sind Jurastudenten. Ihre mathematischen Kenntnisse sind minimal. Schlepp sie irgendwie durch. Die Hälfte bekommt keinen Schein – die Hälfte *muss* durchfallen –, aber wir sollten doch ein bisschen kulant bleiben, nicht wahr? Soll ich mit dir noch eine kleine Führung durchs Institut machen?«

»Nein danke«, sagt Roland, »das ergibt sich schon alles von selbst.«

»Hast du noch Fragen?«

Oberstein wirft einen Blick in die Runde. »Nein, keine Fragen.«

Er steht auf und schüttelt Kollege Slachter so herzlich wie möglich die Hand.

Die *Economic Origins* nimmt er wieder mit nach Amsterdam.

2

Sie lunchen in der Nähe der Schule, in einem italienischen Bistro auf dem Haarlemmer Dijk, wo Jonathan meist ein Panino mit Thunfischsalat isst und ein großes Glas kalten Kakao trinkt.

»Das Lädchen«, nennt Jonathan das Bistro immer.

»Mama«, sagt er oft, »gehen wir wieder ins Lädchen, du weißt schon?«

»Nachher kommt Papa dich abholen«, erinnert Sylvie ihn. »Nicht vergessen.«

Statt erfreut schaut Jonathan verdutzt drein.

»Aber kennt die Lehrerin Papa denn?«, fragt er.

Sylvie isst ein Emmentaler-Ciabatta.

»Natürlich«, antwortet sie. »Sonst sagst du's ihr. Das ist mein Papa, sagst du dann. Versprochen?«

Jonathan schaut in sein halbvolles Glas. Ihr Ex ist für ein paar Monate in die Niederlande gekommen, doch die Verzweiflung, die sich in bleierner Müdigkeit äußert, hat Sylvie noch immer im Griff.

»Komm«, sagt sie. »Ich bring dich in die Schule zurück.«

Sie schaut auf die Uhr. Sie muss zu Meneer van Neste. Er hat angerufen und sie schüchtern, fast stotternd gefragt, ob sie die Ärmel eines Oberhemds umnähen könne.

3

Die Universität von Leiden zahlt Oberstein ein minimales Gehalt, und wenn die George Mason auch bereit war, ihn für ein Semester ziehen zu lassen, so sind seine Bezüge so lange doch gleich null. Rolands Unterkunft wurde damit zum Problem. Zu Violet auf ihr Zimmer zu ziehen schien ihm keine gute Idee. Ein Bad mit drei anderen teilen – dann noch lieber unter einer Brücke schlafen! Nette möblierte

Apartments im Amsterdamer Zentrum waren für ihn nicht zu bezahlen, und in Leiden zu wohnen war auch keine Lösung, es ging ja darum, seinem Sohn näher zu sein. Dazu war er hier.

Bei einer von Sylvies Patientinnen – eine Dame mit Wohnsitz im Zentrum, an einer der Grachten – hat Roland zuletzt zu einem unschlagbaren Preis eine Unterkunft gefunden. Die Dame heißt Antoinette, ist um die fünfzig, äußerst gepflegt und außerdem hilfsbereit. Zu jeder Zahnkontrolle bringt sie Sylvie selbstgemachte Birnenmarmelade mit, offenbar aus eigenem Garten – nebst Haus in Frankreich. Sie sei eine sehr nette Frau, erklärte Sylvie, und die Marmelade auch ziemlich lecker.

Gleich bei der ersten Begegnung hatte Antoinette Roland vorgeschlagen: »Wenn's dir im Bad kalt ist, kann ich dir auch einen kleinen Radiator hineinstellen.«

Freundlich fand Oberstein das, fast mütterlich.

Antoinette verfügt nicht nur über einen Obstgarten in Frankreich, sondern auch über eine kulturelle Stiftung in den Niederlanden. Sie behauptet, jeden zu kennen, der im künstlerischen Leben der Hauptstadt Rang und Namen hat, und auch sonst in der Kulturszene von Amsterdam und Umgebung kräftig mitzumischen. Kaum wohnte Roland zwei Tage bei ihr, hatte sie ihn schon zum Essen eingeladen.

Im oberen Stockwerk hat er ein eigenes Zimmer mit Bad, aber sie teilen die Küche.

Beim Essen erzählte sie von ihrer Stiftung, wobei sie ihm selbstgemachte Lasagne servierte. »Lammlasagne«, erklärte sie mit bedeutungsvollem Unterton, als würde Roland keine andere als Lasagne vom Lamm essen.

Während sie das Gericht in vier gleiche Portionen teilte, sagte sie: »Wir organisieren auch wissenschaftliche Symposien, vielleicht kannst du ja mal was dazu beitragen, wenn es sich ergibt. Und wir vergeben Preise, jedenfalls richten wir die Preisverleihung aus. Literaturpreise, zum Beispiel den Vroom-&-Dreesmann-Literaturpreis für den besten Roman des Jahres. Liest du gern?«

»Ich lese viel, aber so gut wie gar keine Belletristik«, erwiderte Roland. »Ich versuche, vor allem in meinem Fachgebiet auf dem Laufenden zu bleiben.«

»Und das ist?«, fragte Antoinette, während sie Roland seine Portion Lasagne auftat.

Roland meinte, ihr das schon beim ersten Gespräch erzählt zu haben, doch er erklärte es ihr auch gern noch ein zweites Mal.

»Die Geschichte der Spekulationsblasen. Und Völkermord, aber das nur am Rande«, antwortete er.

»Faszinierend«, hatte Antoinette erwidert. »Ganz faszinierend.« Dabei sah sie ihn an, als meine sie es ernst.

Vom Bahnhof aus geht er gemächlich zu seinem neuen Zuhause an der Gracht, doch auf einmal fällt ihm ein, dass es fast schon drei Uhr ist und er keine Zeit mehr hat, noch in seiner Bleibe vorbeizugehen. Auch wenn es nur eine vorübergehende Unterkunft ist – er nennt diesen Ort »seine Bleibe«.

Ein bisschen nervös eilt er zur Schule seines Sohns. Ihm geht auf, dass er noch nie dort gewesen ist. Immerhin hat er Fotos der Schule gesehen, auch von Jonathans Klassenkameraden.

Vor dem Gebäude warten die Mütter und Väter, hier und da ein Jugendlicher, der die Kinder abholt. Sie unterhalten sich, scheinen einander fast alle zu kennen. In geziemendem Abstand stellt er sich dazu.

Als die Schultür sich öffnet, strömen die Väter und Mütter hinein. Roland lässt allen den Vortritt. Als er endlich auch hineingehen will, wird er von einer herausstürmenden Gruppe Kinder fast umgerannt.

In der Schule bemerkt er sofort den Geruch. Nicht nur nach Schweiß, auch nach Toiletten, die lange nicht saubergemacht worden sind. Vage erinnert er sich an die Beschreibung seiner Ex für den Weg zu Jonathans Klasse: Er müsse eine Treppe hinauf, doch in welches Stockwerk und worauf er dann achten soll, weiß er nicht mehr.

Er geht in den ersten Stock. Er muss sich gut festhalten, denn immer wieder stoßen Kinder in vollem Lauf mit ihm zusammen. Im ersten Stock ist der Geruch nach dreckigen Toiletten noch schlimmer.

Vor einer der Klassen bleibt er stehen. Er schaut sich um, ob er Jonathan sieht.

Überall Kinder. Sie springen, schreien und rennen. Weit und breit keine Lehrkraft, die er nach Jonathan fragen könnte.

Ein Junge mit halblangem blondem Haar hängt sich an Rolands Hosenbein und brüllt: »Du stinkst aus dem Arsch!«

Roland ignoriert ihn. Er ist sich nicht sicher, ob der Ausruf wirklich ihm gilt, doch selbst wenn, ist ignorieren das Beste. Noch ein paarmal ruft der Junge: »Du stinkst aus dem Arsch«, und zieht an Rolands Hosenbein.

Roland lässt sich nichts anmerken und sucht die Garderobenleiste ab, wo die Jacken der Kinder hängen.

Ein anderer Junge zerrt an der Tüte mit Rolands Buch. »Wer bist du?«, fragt er mit quengelnder Stimme. »Zu welchem Kind gehörst du?«

»Aufhören!«, hört Roland da eine Mutter rufen. »Hör auf mit dem Spruch. Das ist nicht mehr lustig.« Der Junge mit dem halblangen Haar hängt noch immer an Rolands Bein und wiederholt ziemlich fanatisch seine Meinung zu Rolands Hintern.

Die Hölle, denkt Roland. Vielleicht nicht gerade der innerste Kreis, aber weit davon entfernt sind wir nicht. Er reißt sich los, was ziemlich anstrengend wird, die Kleinen verfügen über ungeahnte Kräfte.

Im zweiten Stock ist es etwas ruhiger. Doch von Jonathan noch immer keine Spur.

»Wen suchst du?«, fragt eine Mutter in grellfarbener Regenjacke.

Du? Du? »Kennen wir uns?«, würde Roland am liebsten fragen, doch er antwortet: »Jonathan, Jonathan Oberstein. Meinen Sohn.«

»Und wie heißt die Lehrerin oder der Lehrer?«

»Seine Lehrerin heißt…« Roland stockt, zermartert sich das Hirn. Sylvie hat ihm den Namen genannt, doch er fällt ihm nicht ein. »Lehrerin, glaube ich«, sagt er leise.

Die Frau schaut ihn an wie einen arglistigen Päderasten, der in die Schule eingedrungen ist und nur eins will: so viele Kinder entführen wie möglich.

Er dreht sich um und geht unverrichteter Dinge wieder nach unten, als plötzlich sein Handy klingelt. Eine SMS von

Sylvie. »Vergiss bitte nicht, Jonathans Jacke und Tasche mitzunehmen«, schreibt sie. »Wenn du nicht dran denkst, vergisst er's. Frag ihn auch, ob man sie auf Läuse untersucht hat, sonst mach ich das heut Abend.«

Am liebsten würde er zurücksimsen: »Ich kann Jonathan nicht finden. Wo hat er sich versteckt? Und warum riecht es hier überall nach Scheiße? Wir sind doch nicht im KZ. Sie können die Latrinen doch putzen!« Aber er will Sylvie nicht unnötig beunruhigen.

Auf dem Schulhof findet er Jonathan. Er spielt Fußball. Roland hebt seinen Sohn hoch und gibt ihm drei Küsse.

»Du kannst mich wieder runterlassen«, sagt der Kleine.

Er zeigt auf eine junge Frau Anfang zwanzig.

»Das ist meine Lehrerin«, sagt er.

Schweigend schüttelt die Frau Jonathans Vater die Hand.

Oberstein würde gern etwas sagen, zum Beispiel: »Ich bin der Vater des Jungen, schön, Sie endlich mal kennenzulernen.« Doch nichts an der Haltung der Lehrerin lässt erkennen, dass sie an näherem Kontakt interessiert ist, darum belässt er es bei einem schweigenden Händedruck.

»Wir dürfen deine Jacke und deine Tasche nicht vergessen«, sagt Roland. »Wo sind die?«

»Weißt du das nicht?«, fragt Jonathan.

Roland schüttelt den Kopf. Er schaut die Lehrerin an. Sie hat etwas Nuttiges, findet er. Doch ihm ist klar, dass er diesen Gedanken seinem Sohn besser nicht anvertraut.

»Gib mir lieber die Hand«, sagt Jonathan. »Du kennst dich hier nicht so aus, was?«

»Nein«, sagt Roland. »Ich kenne mich hier nicht aus.«

Während sie auf dem Teppich ihre Fitnessübungen machte – jeden Nachmittag fährt sie auf dem Boden im Wohnzimmer in der Luft Fahrrad, um ein wenig in Form zu bleiben –, ist Mevrouw Oberstein eingeschlafen.

Sie rappelt sich hoch und schaut auf die Uhr. Fast halb vier. Gleich kommt ihre Lieblingssoap im Fernsehen, obwohl die auch nicht mehr ist, was sie mal war.

Langsam geht sie zum Telefon. Sie wählt Rolands Nummer, doch wieder einmal bekommt sie nur seine Mobilbox.

»Hier spricht deine Mutter«, sagt sie. »Seit drei Tagen bist du jetzt im Land und hast es immer noch nicht für nötig befunden, dich bei mir blicken zu lassen. Ich hab Himbeeren für dich gekauft, die sind mittlerweile verschimmelt. Deine alte Mutter ist dir offenbar piepegal. Am liebsten wäre dir, ich wär tot. Na, viel fehlt nicht. Übrigens warst du als Kind schon genauso ein Unmensch.«

Sie legt auf, nimmt einen roten Stift und schreibt in zittriger Handschrift auf die Rückseite eines Kassenbons das Wort »Unmensch«.

Dann tippelt sie langsam zum Fernseher.

Im »Café-Restaurant 1ste Klas« am Hauptbahnhof hat Roland Jonathan einen Apfelsaft bestellt und für sich selbst einen Espresso.

Neben ihnen sitzt eine Dame mit Hund. Schon ein paarmal ist der Hund zu Rolands Ärger an ihm hochgesprungen, doch er wagt sich nicht zu beschweren. Obwohl er in Amsterdam aufgewachsen ist und jahrelang hier gewohnt hat, fühlt er sich als ein Fremder.

»Jonathan«, sagt Roland, »ich soll dich von Mama fragen, ob sie dich in der Schule auf Läuse untersucht haben.«

Jonathan macht mit dem Strohhalm Blasen in den Apfelsaft.

»Was sind Läuse, Papa?«

»Läuse sind kleine Dinger auf deinem Kopf«, antwortet Roland.

Jonathan nickt. »Ach ja«, meint er, »die Lehrerin sagt, ich hätte da lauter kleine Tierchen, aber ich soll mir keine Sorgen machen, die Tierchen sind lieb.«

Roland merkt, dass die Hundebesitzerin mithört.

»Gut«, sagt er so leise wie möglich, »dann werden wir was dagegen unternehmen.«

»Hast du auch kleine Tierchen auf dem Kopf, Papa?«, will sein Sohn wissen. Seine helle Stimme dringt durch das ganze Café.

Roland legt die Plastiktüte mit seinem Buch auf den Tisch. Slachter schien keinen Wert darauf zu legen, er wird eine andere Verwendung dafür finden. »Sollen wir zu Oma gehen?«, fragt er.

Eine plötzliche Eingebung. Er hat sich ein wenig vor dem Besuch bei seiner Mutter gefürchtet, vielleicht hilft es, wenn sein Sohn mitkommt.

»Da darf ich doch nicht mehr hin?«, fragt Jonathan.

»Oma war ein bisschen gestresst. Darum durftest du nicht mehr hin. Sie war müde, aber jetzt geht es ihr besser.«

Der Junge nimmt das Buch aus der Tüte und schaut es sich an. »Was steht da?«, fragt er.

»Wirtschaftliche Ursachen von Diktatur und Völkermord«, übersetzt Roland.

»Was ist Völkermord?«

»Das ist, wenn ganz viele Leute umgebracht werden.«

»Wie die Fische.«

»Wie meinst du das?«

»Mama sagt, die Fische werden auch umgebracht. Vor allem die Thunfische.«

»Davon weiß ich nichts«, sagt Roland. »Aber es kann schon sein.«

Die Frau mit dem Hund steht auf. »Wie Sie mit dem Jungen reden!«, sagt sie empört.

Lange und ziemlich theatralisch schüttelt sie den Kopf. Dann verlässt sie das Restaurant.

»Was hat die Frau gesagt?«, will Jonathan wissen.

»Dass du ein wohlerzogener Junge bist.«

In einer Confiserie kauft Roland die teuersten Pralinen, die vorrätig sind, und nimmt dann ein Taxi zu seiner Mutter.

»Hier«, sagt er zu Jonathan, als sie vor der Tür stehen, »die kannst du Oma geben.«

Mevrouw Oberstein öffnet. Sie mustert erst ihren Sohn, dann ihren Enkel.

»Ach, ihr seid's«, sagt sie.

Roland setzt sich mit Jonathan auf ihr Sofa. Mevrouw Oberstein trägt eine Hose, die einmal ihm gehört hat, als er fünfzehn oder sechzehn war. Die Hose ist voller Flicken, denn die Zeit geht erbarmungslos mit Textilien um.

Sanft schiebt er seinen Sohn in Richtung der Großmutter.

»Jetzt kannst du sie ihr geben«, flüstert Roland.

»Für dich«, sagt der Junge.

Mevrouw Oberstein nimmt die Schachtel, öffnet sie, betrachtet die Pralinen und schüttelt den Kopf. »Davon wird mir speiübel«, sagt sie. »Das kann ich nicht essen.«

»Dann nehmen wir sie wieder mit«, erklärt Roland.

Mit der Pralinenschachtel setzt Jonathan sich neben seinen Vater.

»Die Himbeeren, die ich für dich gekauft habe, sind fast alle verschimmelt«, sagt Mevrouw Oberstein.

Sie geht in die Küche und kommt mit einem Geschirrtuch voller Himbeeren zurück. Sie breitet das Tuch auf dem Wohnzimmertisch aus und beginnt, die noch nicht verschimmelten Beeren herauszulesen. Wie es aussieht, sind kaum mehr essbare übrig.

Roland schaut sich um, er ist lange nicht mehr hier gewesen.

Immer noch unerbittlich mit dem Aussondern der Himbeeren beschäftigt, steht seine Mutter plötzlich auf und geht zum Telefon. »Ich hatte mir was für dich aufgeschrieben«, sagt sie.

Sie kramt in Papieren und alten Zeitschriften und kommt mit einem Kassenbon zurück.

»Hier steht's«, sagt sie, ohne sich hinzusetzen. »Ein Unmensch, das wollte ich dir sagen, ein Unmensch bist du. Ich hab es mir aufgeschrieben, damit ich's nicht vergesse.«

Ihr Ton ist unbeteiligt, nicht wütend oder beleidigt, eher wie bei einer sachlichen Feststellung, etwa: »Hier gibt es Ungeziefer.« Doch dabei schaut sie ihren Sohn triumphierend an, als hätte sie soeben eine Heldentat vollbracht.

Doch gleich darauf ändert sich der Gesichtsausdruck wieder. Sie schaut ihren Sohn voll Mitgefühl an, fast zärtlich, und sagt: »Na ja, du kannst ja auch nichts dafür. Es gibt noch Schlimmere als dich. Nicht sehr viele, aber es gibt sie.«

Sie setzt sich wieder, um die guten von den verschimmelten Himbeeren zu trennen. Nach gut zehn Minuten drückt sie Roland einen Teller mit ungefähr fünfzehn nicht oder nur ganz wenig verschimmelten Himbeeren in die Hand.

»Iss«, sagt sie. »In der Küche hab ich noch mehr. Genauso verschimmelt, aber auch da sind noch ein paar gute drunter.«

Während Roland die Früchte aufisst, fragt sie: »Und – bist du jetzt endlich Professor?«

Roland schüttelt den Kopf.

»Ich wusste es«, sagt sie, »so eine Blamage! Und ich hab es schon allen erzählt! Bis es wirklich mal so weit ist, kann ich nicht warten, bis dahin bin ich tot.«

Sie wendet sich an ihren Enkel. »Zu Tode schämen muss

ich mich für deinen Vater. Ich hoffe, du machst es mal besser und bist vor deinem einundvierzigsten Geburtstag Professor.«

Als die Himbeeren alle sind, sagt Roland: »Leider müssen wir weiter, aber wir kommen bald wieder.«

Er steht auf, sein Sohn fasst seine Hand.

»Viel gesagt hast du nicht, aber das macht nichts. Wahrscheinlich hattest du nichts zu erzählen«, meint Rolands Mutter. »Aber wenn du nächstes Mal kommst, wäre es schon nett, wenn du mal fragen würdest: ›Wie geht es dir eigentlich?‹«

Im Flur wird ihr Blick wieder milder. Sie schaut ihren Enkel an. »Ein lieber Junge«, sagt sie. »Wenn er nicht grad meine Möbel kaputtmacht.«

Sie zieht eine Kommode auf.

»Ich möcht ihm was geben«, sagt sie, »ein kleines Geschenk.«

Hier bewahrte sie früher immer Sachen auf, die sie von anderen bekommen hatte, aber selbst nicht behalten wollte.

Sie beginnt in der Kommode zu suchen. Doch Roland weiß, dass alle Geschenke längst weg sind.

6

Auf ihrem Zimmer packt Violet ihren Kulturbeutel, saubere Unterwäsche, die kleine Peitsche und nach einigem Zögern auch Meneer Bär in eine Tasche.

Sie hatte Roland den Vorschlag gemacht, für die paar Monate zu ihr zu ziehen, die er in den Niederlanden verbringen würde, aber die anderthalb Zimmer bei dieser Grachtentrulla waren ihm lieber.

Er lehnte ihr Angebot ab, obwohl ihr Zimmer nicht viel kleiner und unbequemer ist als seins dort. Sie hatte sich geärgert, aber nicht lange, denn das hat bei ihm keinen Zweck. Er hatte gesagt: »Schau, du bist unzufrieden mit mir, ich enttäusche. Aber Gott sei Dank ist die Liebe ein freier Markt. Du kannst mich jederzeit umtauschen. Stellen wir uns vor, ich wäre ein Supermarkt: Wenn das, was du suchst, bei mir nicht zu kriegen ist, gehst du eben woandershin. Allerdings hoffe ich, dass du das nicht tust, denn ich bin ein Qualitätssupermarkt und rund um die Uhr geöffnet.«

Wytse ist im Sudan. Das Satellitentelefongeschäft brummt. Ohne Satellitentelefone keine Hilfe vor Ort. Er hat ihr eine SMS geschickt: »Es ist hier ein einziges Abenteuer, aber ein noch größeres Abenteuer bist du. Die Leute sterben wie die Fliegen, aber...«

Erst fünf Minuten später war der zweite Teil seiner SMS angekommen. »Die Leute sterben wie die Fliegen, aber wir müssen leben und poppen.«

Das hatte ihr unangenehm in den Ohren geklungen: dass sie poppen sollte, während Menschen sterben wie Fliegen.

»Komm, Meneer Bär«, sagt sie. »Wir machen einen Ausflug.«

Im letzten Moment packt sie auch noch die anderen Tiere ein, die überall im Zimmer herumstehen: ein kleines Schwein, ein Eichhörnchen, einen zweiten, etwa handgroßen Bären und ein Schaf.

7

Als Roland am Abend nach Hause kommt – seinen Sohn hat er zusammen mit den Pralinen, die für seine Mutter bestimmt waren, bei Sylvie abgegeben und nicht versäumt, sie über die Läuse auf Jonathans Kopf zu informieren –, wird er auf der Treppe zu seinem Zimmer von Antoinette aufgehalten.

»Hast du Lust, einen Sherry oder ein Glas Wein mit mir zu trinken?«, fragt sie.

»Eigentlich erwarte ich Besuch«, antwortet er. Er will weitergehen, er ist todmüde. Nach seiner Mutter, nach Slachter, der Schule, seinem Sohn.

Doch er wagt ihr die Bitte nicht abzuschlagen. Nicht der Frau, die ihm zu einem Spottpreis anderthalb Zimmer im Zentrum von Amsterdam vermietet.

Sie führt ihn ins Wohnzimmer, das mit Designermöbeln vollgestopft ist. An der Wand hängen Gemälde, die, wie ihm scheint, keine Reproduktionen sind.

Sie muss seine Blicke bemerkt haben, denn sie sagt. »Das ist ein echter Verkade. Hab ich von meinem Vater geerbt.«

Er nimmt auf dem Sofa Platz und entscheidet sich für ein Glas Wein.

»Magst du ein paar Stückchen getrocknete Mango in Schokolade?«

An sich ist er Süßigkeiten nicht abgeneigt, aber nicht um diese Uhrzeit. Doch wieder wagt er nicht abzulehnen, sondern antwortet: »Ja, gern.«

Sie setzt sich ihm gegenüber, schiebt ihm den Teller mit den getrockneten Mangostücken hin und schaut ihn an.

»Ich hab was für dich«, sagt er.

Aus seiner Plastiktüte holt er das Buch, das für Slachter bestimmt war.

Sie nimmt es und liest laut den Titel.

»Schau einmal rein, wenn du nichts andres zu tun hast«, sagt Roland. »Es sind wissenschaftliche Texte, aber auch für den Laien verständlich.«

Antoinette blättert in dem Buch.

Sie nimmt ein Stück Mango, beißt hinein und fragt: »Bist du als Wirtschaftswissenschaftler berühmt?«

Die Frage verwirrt ihn. Berühmt, wie meint sie das? Worauf will sie hinaus?

Um Zeit zu gewinnen, nimmt auch er ein Stück Mango. Als er zu Ende gekaut hat, erklärt er: »Ich bin Wissenschaftler, verschiedene meiner Artikel fanden positive Resonanz bei Kollegen, oft renommierten Kollegen. Ich arbeite an einem Buch über die Geschichte der Blasenbildung, das, wenn es nach mir geht, ein Standardwerk werden soll. Beantwortet das deine Frage?«

Sie schaut ihn freundlich an. Doch gerade ihre Freundlichkeit macht ihn misstrauisch. Ohne recht zu wissen, warum, muss er an Kollege Slachter denken. Und an Ilse Vermaes, die jetzt hochschwanger bei sich zu Hause sitzt.

»Vielleicht kommt meine Demarche etwas verfrüht«, sagt Antoinette.

»Was für eine Demarche?«

Die getrockneten Mangos schmecken nicht schlecht, sind aber recht zäh.

»Ich hab dir doch erzählt, dass wir den Vroom & Drees-mann-Literaturpreis ausrichten. Das ist einer der wichtigs-ten Literaturpreise der Niederlande. Die Kaufhauskette möchte damit ihr literarisches Sortiment ins Rampenlicht rücken. Nun, im Kuratorium dieses Preises haben wir auch immer einen Wirtschaftswissenschaftler. Der letzte ist vor ein paar Monaten gestorben. Einfach so im Bad, Herzin-farkt, weg war er. Phantastischer Mann. Vielleicht hast du mal von ihm gehört, Sprengers hieß er, Harry Sprengers. Na, und jetzt fände ich's toll, wenn du Mitglied in unserem Kuratorium würdest.«

Sprengers. Der Name sagt ihm etwas, aber nicht viel. Wenn er nicht irrt, hatte der Mann eine Stelle an der Uni-versität Groningen. Bestimmt keine große Leuchte. Er kann sich nicht erinnern, ihn je kennengelernt zu haben.

»Vielleicht kommt meine Demarche etwas verfrüht, so gut kennen wir uns ja noch nicht, aber ich habe Vertrauen zu dir. Würdest du dir's überlegen?«

Sie spricht das Wort »Demarche« aus, als sei sie vor allem stolz darauf, dass sie es kennt.

Er schaut Antoinette an. Das Gehalt, das die Universität Leiden ihm zahlt, ist lächerlich niedrig, unter normalen Um-ständen hätte er die Stelle nie angenommen, doch die nagende Furcht, als Vater nicht zu genügen, hatte ihn übermannt. Um zu beweisen, dass er das Vatersein ernst nahm, wusste, was das Wort ›Verantwortung‹ bedeutet, war er in die Nie-derlande gekommen und hatte sich Antoinette ausgeliefert. Mehr noch als für das Gehalt, für das er offensichtlich bereit ist zu arbeiten, schämt er sich für die Tatsache, dass er sich fortgepflanzt hat. Fortpflanzung ist nichts für Leute wie ihn.

»Um was für ein Kuratorium geht es noch mal?«

»Das Kuratorium, das den Vroom-&-Dreesmann-Literaturpreis verleiht. Den Literaturpreis, von dem ich dir erzählt habe.«

Wer die Wirklichkeit objektiv erforschen will, darf sich persönlich nicht allzu sehr an diese Wirklichkeit binden. Interessenkonflikte sind zu vermeiden. Schon allein darum hätte er sich nie fortpflanzen dürfen.

»Ich habe ein eher gespanntes Verhältnis zur Literatur. Ich verstehe nichts davon. Ich hab meine Zweifel, ob ich der richtige Mann dafür bin.«

»Macht alles nichts«, sagt Antoinette. »Sprengers hat auch nie gelesen. Er bekam davon Kopfschmerzen, von Büchern jedenfalls, Zeitungen waren kein Problem für ihn, aber vor allem wusste er gutes Essen zu schätzen, und das ist für so ein Kuratorium viel wichtiger, verstehst du? Es kostet kaum Zeit. Wir kommen ein- bis zweimal pro Jahr zusammen, und dann gehen wir in ein leckeres Restaurant. Offiziell stellt das Kuratorium die Jury zusammen, aber in der Praxis mach einfach ich das, und ihr braucht das Ganze bloß noch abzunicken. Ich denke, es könnte auch deiner Karriere nicht schaden, wenn die Leute sehen, dass du im Kuratorium eines so renommierten Preises sitzt. Es geht dabei schon um was: Vroom & Dreesmann lässt sich den Preis jedes Jahr ein paar hunderttausend kosten.«

Sein Blick wandert von Antoinette zu dem Verkade-Gemälde. Ein paar hunderttausend! Sein eigenes Gehalt bedrückt ihn noch mehr. Er spürt, dass er nicht nein sagen kann.

»Wenn ich dir einen Gefallen damit tue und es wirklich

kaum Arbeit ist, will ich eurem Kuratorium gern beitreten.«

»Wundervoll!«, ruft sie. »So ein bedeutender Wirtschaftswissenschaftler im Kuratorium unseres renommierten Literaturpreises!«

Er steht auf. »Ich muss nach oben«, sagt er, »außer an meinem Buch arbeite ich noch an einem Artikel über Völkermord aus wirtschaftswissenschaftlicher Sicht, und der erfordert volle Konzentration.«

»Nimm dir noch ein paar Stückchen Mango mit«, sagt sie, »dann hast du dabei was zu knabbern.«

Er arbeitet ungefähr vierzig Minuten, rührt die Süßigkeiten aber nicht an.

Gegen halb acht kommt Violet.

Er küsst sie.

»Etwas mehr Begeisterung, bitte«, sagt sie.

In seinem kleinen Zimmer ist außer für Schreibtisch und Bett nicht sehr viel Platz.

Er bleibt auf seinem Bürostuhl, sie holt sich eine Sitzgelegenheit aus dem angrenzenden Zimmer, das wenig mehr ist als ein erweiterter Durchgang zum Bad.

»Was machen wir heute?«, will sie wissen.

»Wir gehen was essen. Denke ich.«

»Und sonst?«

Er zuckt mit den Schultern. »Ins Kino? Ein Peitschenspielchen vielleicht? Später am Abend muss ich allerdings noch etwas arbeiten.«

»Warum musst du immer nur arbeiten? Und warum erzählst du nie was? Warum bist du so verschlossen?«

»Wenn ich was zu erzählen habe, sag ich es schon.«

»Aber du bist doch keine Maschine?«

»Da bin ich mir nicht so sicher.« Er schaut sie an. Sie hat einen gequälten Gesichtsausdruck. »Der Biologe Richard Dawkins nennt Menschen Überlebensmaschinen. In meinem jüngsten Artikel zitiere ich ihn. Wirtschaftswissenschaftler sollten auch die Entwicklung in anderen Fachdisziplinen verfolgen. Und ich fürchte, Dawkins hat recht: Menschen sind in der Tat Überlebensmaschinen – und, wenn ihr Leben nicht direkt bedroht ist, Maschinen, die versuchen, ihre Lust zu maximieren. Das Problem dabei ist natürlich, dass Lust ein sehr dehnbarer Begriff ist und manche ihre ganz eigene Vorstellung davon haben. Vom rein ökonomischen Standpunkt aus macht das jedoch keinen Unterschied.«

Sie schaut ihm prüfend ins Gesicht.

»Aber du hast doch Gefühle?«, fragt sie.

»Natürlich«, antwortet er. »Aber warum sollte ich andere damit belästigen?«

»Ich bin deine Freundin.«

»Ich finde, auch meine Freundin sollte nicht mit flüchtigen Gefühlen belästigt werden.«

»Du bist genauso verkorkst wie deine Ex. Ihr hättet zusammenbleiben sollen. Ich versuche, auf sie zuzugehen, aber sie ruft nie an. Ich gebe mir Mühe, sie als Menschen zu behandeln, aber sie ignoriert mich. Nicht, dass ich auf ihren Anruf besonderen Wert lege. Überhaupt nicht. Ich brauch ihre Freundschaft nicht. Aber sie kann doch wenigstens nett zu mir sein?«

»Sylvie *ist* ein Mensch, du brauchst sie nicht erst so ›zu behandeln‹.«

»Schau dir nur meine Zähne an.«

Sie öffnet den Mund.

»Die sehen doch gut aus«, meint Roland.

»Sie sind wieder gelb.«

»Dann lässt du sie dir eben noch einmal bleichen. Es geht hier doch nicht um deine Zähne. Ich hab wichtigere Dinge zu tun.«

»Um meine Zähne geht es mir auch nicht. Aber ich hab das Gefühl, dass sie überall ist, wo wir auch sind, immer taucht sie irgendwo auf. Diese komische Bude, wo du unbedingt einziehen musstest, hast du doch auch über sie gefunden. Verstehst du mich jetzt?«

»Ehrlich gesagt, nein. Wenn du nicht willst, dass Sylvie dich anruft, und sie ruft nicht an – wo ist dann das Problem? Sie soll dich nicht anrufen – sie ruft dich nicht an! Dann ist doch alles paletti?«

Violet nimmt ihre Tasche und holt Meneer Bär und die anderen Tiere heraus.

»Ich dachte«, sagt sie, »vielleicht sollten wir uns jeder ein Tier aussuchen, und das spricht dann für uns, vielleicht verstehen wir uns dann besser. Direkt miteinander zu reden, kriegen wir ja nicht hin – das merkst du doch auch? Vielleicht können wir es über einen Umweg versuchen.«

Sie stellt die Tiere nebeneinander aufs Bett. Er sieht ein Eichhörnchen, ein kleines Schwein, eine Ente, Meneer Bär, noch einen Bären und ein Schaf. Violets Augen werden feucht.

»Wenn ich Meneer Bär bin«, sagt sie, »wer willst dann du sein?«

Er betrachtet die Tiere. Am liebsten würde er sagen:

»Liebling, ich bin Wirtschaftswissenschaftler, kein Tier, kein Ding zum Knuddeln – Wissenschaftler.« Doch er sieht ihre feuchten Augen, er kann nicht zurück. Das ist seine Aufgabe in den nächsten Minuten, vielleicht gar in den kommenden Stunden: ein Tier sein.

»Dann bin ich das Schwein«, antwortet er.

»Du musst es dir nehmen.«

Er nimmt das Plüschtier. Es ist klein, passt mit Leichtigkeit in seine Hand.

»Ich bin Meneer Bär«, sagt sie. Sie setzt Meneer Bär auf ihren Schoß.

Roland hofft nur, dass seine Zimmerwirtin dieses Gespräch nicht hört. »Hallo, Schweinchen«, sagt Violet. »Wie geht's? Wo kommst du her?«

»Es geht, Meneer Bär«, antwortet Roland. »Ich komme von nirgends. Sie haben mich unter einem Haufen Steine gefunden. Ich bin das Schwein ohne Vergangenheit.«

Er legt das Tier auf den Schreibtisch.

»Ich kann das nicht«, sagt er. »Ich bin Wissenschaftler, ein erwachsener Mann. Kein Schwein. Wir ignorieren die Realität.«

»Machen wir weiter«, sagt sie. »Wir sind grad so gut drin. Endlich reden wir miteinander.«

Er nimmt das Tier, das er neben sein Notebook gestellt hat, und legt es sich wieder auf den Schoß.

»Was möchtest du tun, Schweinchen, möchtest du mit mir spielen?«, fragt Violet.

»Ja«, lässt er Schweinchen antworten, »ich möcht dir mit der Peitsche den Hintern versohlen.«

»Und warum, Schwein?«

»Schmerz ist Intimität, Meneer Bär. Möchtest du ein Stück Mango?«

8

Über craigslist.com, Abteilung »Zwanglose Treffen«, hat sie Kontakt zu einem Pakistaner bekommen. Es ist Leas dritte derartige Begegnung. Sie hat es noch niemandem erzählt. Selbst ihrer Freundin Valeria nicht, obwohl auch die sich ab und zu auf Craigslist tummelt.

Sie trifft sich mit ihm in einem Starbucks in der Madison Avenue, nicht weit von der Bibliothek, wo sie etwas für ihr Buch recherchieren muss.

Der Pakistaner ist Rechtsanwalt, oder besser gesagt: war Rechtsanwalt in seiner Heimat. In New York ist er Taxifahrer. Für einen Taxifahrer sieht er gut aus, für einen Pakistaner übrigens auch.

»Warum machst du das hier?«, fragt sie, ihr Glas *Iced Coffee* in Händen.

»Ich will keine feste Beziehung«, antwortet er. »Ich habe Familie. In Pakistan. Große Familie, liebe Familie, aber manchmal braucht ein Mensch einen anderen Menschen. – Und du?«

Er riecht angenehm süß, nach Gewürzen. Ein Taxifahrer ist eigentlich unter ihrem Niveau; aber egal.

»Ich mag Sex«, antwortet sie.

Doch während sie das sagt, fragt sie sich, ob das stimmt.

Manchmal muss sie einfach jemanden sehen, jemand anderen als ihre Kinder und ihren Mann, und sie muss diesen anderen körperlich spüren. Sie kann nicht den ganzen Tag nur mit ihrem Buch und Rudolf Höß verbringen. Doch das kann sie niemandem anvertrauen. Darum sagt sie: »Ich mag Sex.«

Als der Pakistaner aufs Klo geht, schickt sie Roland eine sms.

»Habe fast alles geregelt. Komme Ende März mit Großvater und Kindern nach Amsterdam. Hast du schon mit deinem Hausarzt gesprochen?«

Der Pakistaner kommt von der Toilette zurück.

»Ab halb vier habe ich Dienst«, sagt er. »Wollen wir vorher noch ...?«

»Okay«, sagt sie. »Aber ich muss bald zu meinen Kindern zurück.«

»Ich kenne in der Nähe ein Hotel, nur ... Würde es dir etwas ausmachen, die Hälfte des Zimmers zu bezahlen? Es sind harte Zeiten, auch für Taxifahrer.«

Sie zögert einen Moment. »Wie viel kostet es?«, fragt sie.

»Das Zimmer? Siebzig Dollar pro Person. Irgendwas in der Richtung, plus Steuern.«

Sie fragt sich, ob sie genug Geld dabeihat, aber sie kann immer noch mit der Kreditkarte bezahlen.

»Okay«, sagt sie. »Dann mal los.«

Sie gehen zu dem Hotel. Es ist nicht weit.

»Was hast du da eigentlich in der Plastiktüte?«, fragt der Pakistaner auf einmal.

»Kopierte Artikel.«

»Was für Artikel?«

»Über Rudolf Höß.«

»Höß?«

Sie nickt.

Er fragt nicht weiter.

Das Hotel liegt an der 6th Avenue. Das Zimmer ist klein, parfümgeschwängert, die Vorhänge sind zugezogen.

Der Pakistaner entpuppt sich als kultivierter, doch ziemlich behaarter Mann.

Er fragt sie sehr freundlich, ob es ihr etwas ausmachen würde, sich auf ihn zu setzen.

Sie tut es, doch nach ein paar Minuten reiten hört sie abrupt auf. Sie packt seine Handgelenke.

»Sag mir, dass ich eine gute Mutter bin«, fleht sie.

Er schaut sie verdutzt an.

»Was?«, fragt er.

»Sag mir, dass ich eine gute Mutter bin. Sag's mir, sag's mir bitte.«

Die Tränen laufen ihr übers Gesicht, sie kann sie nicht mehr zurückhalten.

»Du bist eine gute Mutter«, sagt er.

Während sie weiter auf ihm reitet, trocknet sie sich die Tränen.

»Danke«, sagt sie. »Danke.«

Und dann vögelt sie den Pakistaner wie noch keinen anderen jemals zuvor.

9

Roland Oberstein sitzt im Büro von Kollege Slachter, der ausnahmsweise einmal nicht da ist. Ihm gegenüber sitzt ein Student. Der Junge heißt Samuel und besteht darauf, dass man seinen Namen englisch ausspricht. Er kommt aus Kenia, wohnt aber schon seit ein paar Jahren in den Niederlanden.

»Du wolltest mich sprechen?«, fragt Roland.

»Ja«, erwidert der Junge.

»Dann schieß mal los.«

»Es geht um meine Klausur.«

»Ja?«, fragt Roland.

»Sie haben mir vier Punkte gegeben.«

»Wenn du das sagst, wird es wohl stimmen.«

»Ich fragte mich, ob sich da nicht noch was dran ändern lässt.«

»Wenn ich nicht irre, gibt es am Ende des Semesters Wiederholungsprüfungen, dann kannst du was daran ändern.«

Der Junge verschränkt die Arme und sieht ihn herausfordernd an.

Es ist sein zweiter Monat in den Niederlanden, noch ein paar Wochen, dann darf er wieder zurück an die George Mason. Manchmal hat er das Gefühl, dass er seine Vaterpflichten am Telefon besser erfüllt. Seine Anwesenheit hier hat bisher wenig gebracht. Wenn er mit Jonathan spielt, ist er mit den Gedanken nicht bei der Sache. Immer wieder holt er ihn zu sich nach Hause und setzt ihn dann bei Antoinette vor den Fernseher, während er selbst arbeitet. Verbringt er Zeit mit ihm, fühlt er sich schuldig, weil er seine Studie über die Spekulationsblase vernachlässigt. Arbeitet er an seiner Studie, hat er das Gefühl, ein Versager zu sein, weil er sich nicht um seinen Sohn kümmert. Er hat versucht, Jonathan den Grundgedanken seines Buchs zu erklären: dass die Menschen nichts lieber wollen, als betrogen zu werden, dass der Wille zum Leben im Grunde nichts anderes ist als Sehnsucht nach Täuschung und dass er darüber ein Grundlagenwerk schreibt, aus wirtschaftswissenschaftlicher Sicht, doch sein Sohn wollte ihm nicht zuhören. Wenn sein Vater von der Spekulationsblase anfängt, hält Jonathan sich die Ohren zu.

Er hält Samuels Blick stand. Ein Student, einer von vielen.

Kollege Slachter kommt herein, begrüßt Oberstein mit einem Nicken und setzt sich an seinen Schreibtisch am Fenster.

Obersteins Schreibtisch steht an der Tür.

»Mein Vater tut viel für die Universität«, sagt Samuel.

»Das ist schon möglich«, antwortet Oberstein, »aber dein Vater interessiert mich nicht. Wenn du deine vier Punkte anfechten willst, kannst du einen Zweitkorrektor beantragen, dafür gibt es ein Verfahren, das dir zweifelsohne bekannt ist. Ich rate dir zur Wiederholungsklausur, aber wenn dir das nicht genügt, kannst du andere Wege beschreiten. Mit allen damit verbundenen Risiken.«

Der Student will noch etwas sagen, doch Oberstein streckt ihm die Hand entgegen. »Ich glaube, wir haben alles besprochen«, sagt er.

Ohne Rolands Hand zu schütteln, verlässt der Student das Büro.

Oberstein sieht, wie Slachter ihn anschaut; nach einer Weile sagt der Kollege: »Ich will mich nicht einmischen, aber dieser herablassende Ton, das geht wirklich nicht mehr. Wir demütigen unsere Studenten nicht, das sind Methoden von gestern. Studenten sind Kunden, wir müssen sie ein bisschen zuvorkommend behandeln, sonst studieren sie woanders.«

»Tut mir leid, Erik«, sagt Oberstein, »aber ich werde dafür bezahlt, Wissen zu vermitteln. Findet die Wissensvermittlung nicht statt, gehe ich angesichts meiner Erfahrung als Dozent davon aus, dass das an den betreffenden Studenten liegt. Ich werde nicht dafür bezahlt, ungenügende Leistungen irgendwie schönzureden oder gar zu verfälschen. Und Studenten sind Studenten, keine Kunden. Ich habe keine Kunden, ich bin keine Prostituierte.«

Kollege Slachter schaut ihn verblüfft, vielleicht sogar etwas pikiert an. Er zuckt mit den Schultern.

Roland schaltet seinen Computer ein.

Eine Studentin hat ihm eine E-Mail geschickt.

»Lieber Meneer Oberstein, leider muss ich Ihrer Vorlesung am kommenden Donnerstag fernbleiben. Mein Pferd muss nämlich zum Tierarzt. Ich bin nicht verpflichtet, mich abzumelden, aber es erschien mir korrekter, das trotzdem zu tun. Mit freundlichen Grüßen, Gwendolyne, Matrikelnummer 0812453.«

Oberstein starrt ein paar Sekunden unverwandt auf seinen Bildschirm, dann betrachtet er Slachter, der eine Zeitschrift für Steuerrecht liest.

Langsam, aber sicher wird er an dieser Uni verrückt. Wie ein sich hinziehender Krankenhausaufenthalt zu Hospitalismus führt, so stecken ihn der Mangel an Ehrgeiz und die Beschränktheit an diesem Hort akademischer Bildung, personifiziert in Kollege Slachter, allmählich an. Nicht nur Slachter, die ganze Universität ist lähmend. Heute Morgen erst hat er sich von einem Techniker am Kopierer eine Standpauke anhören müssen, weil er sein Kopierlimit überschritten hatte. Widerrede war zwecklos, der Mann hatte immer nur wiederholt: »Vorschriften sind Vorschriften, und die gelten für alle.«

Angesichts dieses Technikers, des Kollegen Slachter und der kleinlichen Angst seiner anderen Kollegen, nur ja nicht irgendwo anzuecken, überkommt ihn Sehnsucht nach der George Mason und den kurzen Hosen von Bergstrom.

Oberstein beantwortet die Mail: »Liebe Gwendolyne, ich stehe auf dem Standpunkt, dass Dein Pferd kein Grund zum Versäumen meiner Vorlesung ist. Solltest Du das Pferd wichtiger finden als Deine Lehrveranstaltungen, rate ich Dir, das Studium zu wechseln. Vielleicht kannst Du woanders Tiermedizin studieren, das würde es Dir zweifellos ermöglichen, mehr Zeit mit Deinem Pferd zu verbringen, ohne Dein Fach zu vernachlässigen. Ich bin nicht verpflichtet, Dir auf Deine beleidigende E-Mail zu antworten, aber es erschien mir korrekter, das trotzdem zu tun. Mit freundlichen Grüßen, RO.«

Er steht auf. Wahnsinn ist wie ein Virus.

Roland geht zum Kaffeeautomaten. Während er auf seinen Espresso wartet, ruft Lea an.

»Störe ich?«, fragt sie.

»Nein.«

»Ich habe den Flug gebucht. Ich komme mit meinen

Kindern und meinem Großvater. Meiner Mutter erzähle ich es erst, wenn alles vorbei ist, sonst wird nie was draus. Hast du endlich mit deinem Hausarzt gesprochen?«

»Hör mal, Lea«, sagt Roland, während er seinen Espresso aus dem Automaten nimmt, »ich weiß, dass du mich für einen Euthanasiespezialisten hältst, und mir ist auch klar, dass es nicht deine Schuld ist, dass sie in den USA an der Idee eines rachsüchtigen Gottes festhalten, der es nicht leiden kann, wenn Leute ihm ins Handwerk pfuschen, aber ich hab auch noch andere Dinge zu tun, als deinen Großvater um die Ecke zu bringen. Es ist nicht meine Schuld, dass die Nazis ihn nicht totgekriegt haben. – Es kommt alles in Ordnung, dein Großvater wird sanft entschlafen. Tut mir leid, dass ich gerade so grob war, ich will nur damit sagen, dass dein Großvater momentan nicht meine größte Sorge ist. Ich muss mich hier mit inkompetenten Kollegen herumschlagen, mit einer Bürokratie, gegen die der Kommunismus ein Wunder an Klarheit und Effizienz war, und mit Studenten, die ihre Pferde wichtiger finden als ihre Vorlesungen. Verstehst du, warum ich mit den Nerven runter bin?«

»Was?«, fragt Lea.

»Pferde, Lea, Pferde!«

»Ich habe von meinem Großvater gesprochen. Ich finde es nicht nett, wie du über ihn redest.«

»Lea, ich kann nichts dafür, dass ich nicht auf die Ermordung von Großvätern spezialisiert bin. Es ist bei mir angekommen, dass du ihn ins Jenseits befördern willst, und du wirst gute Gründe dafür haben, ja mehr noch: Ich werde dir sogar dabei helfen. Du hast mein Wort: Innerhalb von zwei Monaten nach seiner Ankunft hier ist dein Großvater hops. *Ich* bin zwei Monate nach meiner Ankunft fast tot, da muss das bei deinem Großvater doch irgendwie auch gehen. Hab ein bisschen Vertrauen zu mir. Lass dem Todesengel etwas Zeit.«

In seinem Büro wirft er den leeren Kaffeebecher in den Papierkorb. Es tut ihm leid, dass er sich so hat gehenlassen.

»Roland«, sagt Kollege Slachter, der immer noch mit der Zeitschrift über Steuerrecht dasitzt, »du darfst das mit der Wissensvermittlung nicht so persönlich nehmen.«

»Ich habe immer gedacht«, antwortet Oberstein, »es gebe einen Unterschied zwischen Wissensvermittlung an einer Universität und einem Kurs Sackhüpfen für Fortgeschrittene, aber ich merke, zumindest was die Uni Leiden betrifft, dass dieser Gedanke naiv war. Von jetzt an werde ich das hier offenbar gewünschte Niveau eines Kurses für Sackhüpfen nicht mehr überschreiten.«

10

In seinem Sportstudio hat Jason Ranzenhofer einen Personal Trainer engagiert, um etwas gegen seinen Bauch zu tun. Der Trainer kennt kein Erbarmen.

Auch behandelt der Bürgermeister seine Haare (oder was davon übrig ist) noch immer mit Rogaine, wenn auch mit dürftigem Ergebnis.

Seine Kontakte haben dafür gesorgt, dass die Green Card

für seinen Liebsten in Ordnung geht, doch das hat er ihm noch nicht verraten. Er befürchtet, Enrique könnte ihm davonlaufen, dass sie ihre verzweifelte und doch so erregende Anrufung Gottes dann nicht mehr würden zusammen vollziehen können.

Er kann sich ein Leben ohne Enrique nicht mehr vorstellen. Manchmal bringt der Gedanke an seinen Geliebten ihn nachts um den Schlaf. Er träumt von Enrique, doch es sind Alpträume.

Weil seine Besuche im Boulevard Motor Inn ihm zu umständlich wurden – immer wieder nach Queens, wie oft stand er dabei im Stau – und weil er seine aufrichtigen Gefühle für den Boten nicht in einem Stundenhotel ausleben wollte, hat er eine Etage in einem alten Lagerhaus unter der Manhattan Bridge gemietet, einem angesagten Viertel von Brooklyn. Dort können sie ihn eventuell als Bürgermeister erkennen, doch das ist ihm egal. Ohne Ruchlosigkeit ist wahres Leben unmöglich. Wenn die U-Bahn vorbeifährt, ist es, als rattere sie mitten durchs Zimmer, doch auch das stört Jason nicht. Endlich beginnt er zu leben.

Er träumt immer wieder dasselbe: Der Junge erklärt ihm, dass er nach Guatemala zurückgehe, Jason sagt, er wolle mitkommen, doch Enrique erwidert, das sei nicht möglich, in Guatemala sei es für ihn viel zu heiß. Jason bleibt allein auf dem Flughafen zurück.

Jetzt trainiert er seine Bauchmuskeln im Studio, nicht weit von seiner Wohnung.

»Nicht aufgeben, Jason«, sagt der Personal Trainer, ein einziges Muskelpaket. Und Jason macht weiter. Er kann nicht mehr, am liebsten würde er sich auf den Boden fallen lassen, doch er hält durch. Wenn Ranzenhofer keinen Bauch mehr hat und wieder mehr Haare, vielleicht wird Enrique ihn dann endlich erkennen. Vielleicht dann verstehen, dass Gewalt die Grundlage aller Gerechtigkeit ist und dass hinter dieser Gerechtigkeit Zärtlichkeit winkt. Die Zärtlichkeit des Jason Ranzenhofer.

II

»Ich hab dir eine Flasche Whisky mitgebracht«, sagt der Geigenlehrer in Sylvies Wohnzimmer und holt die Flasche zusammen mit einer Baumwollhose aus seiner Tasche.

»Vielleicht könntest du dir die Hose auch mal kurz vornehmen?«, fragt er. »Wenn's nicht zu viel Mühe macht?«

»Ich muss gleich in die Praxis, Meneer van Neste«, sagt Sylvie. »Es warten Patienten auf mich.«

Sie nimmt Hose und Flasche entgegen und legt sie auf den Esstisch, neben einen Stapel Hörbücher von Jonathan.

Sylvie erwartet, dass der Geigenlehrer nun geht. Er ist unangemeldet gekommen, sie hat ihm erklärt, dass sie in die Praxis muss, er sollte das verstehen. Doch er macht keinerlei Anstalten zu gehen.

Er trägt eine Hose, die sie umgenäht hat, auch den Bund hat sie enger gemacht. Er ist doch ein ganz neuer Mensch, jetzt, wo ihm die Hosen nicht mehr um die Beine schlackern wie Fähnchen im Wind.

»Ich muss jetzt wirklich zu meinen Patienten, aber heute

Abend schau ich mir Ihre Hose an. Oder wenn ich mit Jonathan nächstes Mal zu Ihnen komme, dann können Sie sie gleich anziehen, und ich stecke sie ab.«

Sie ist erstaunt über die Unmengen von Hosen und Hemden, die der Geigenlehrer in den vergangenen Monaten angeschleppt hat. Sie ist keine Schneiderin, aber sie tut es gern. Außerdem verlangt er kein Geld mehr für seine Stunden, eigentlich ist es also kein schlechtes Geschäft.

Doch immer noch rührt er sich nicht.

»Ich kann Sie kurz in den Arm nehmen«, sagt sie. »Aber dann muss ich wirklich zu meinen Patienten.«

Warum sagt sie das nur? Sie bereut es sofort, doch ein Wort ist ein Wort. Jetzt kann sie nicht mehr zurück.

»Gern«, antwortet er. »Wenn's nicht zu viel Mühe macht.«

Sie nimmt den Geigenlehrer in die Arme, spürt sein erigiertes Glied an ihrer Hüfte.

Doch auch seinen großen, warmen Körper spürt sie, einen Körper, der in ihren Armen zittert. Die Wärme rührt sie, die Hingabe, mit der er sich ihr in die Arme wirft.

»So«, sagt sie, »jetzt geh ich mal bohren.«

Sie lässt ihn vorsichtig los.

»Magst du eigentlich Whisky?«, fragt er, während sie ohne Not sein Oberhemd glattstreicht.

»Um ehrlich zu sein, nein.«

»Dann kannst du den Whisky auch zum Flambieren nehmen, für Pfannkuchen zum Beispiel.«

Der Geigenlehrer scheint seinen Mund auf ihren pressen zu wollen, doch im letzten Moment wechselt er die Richtung und küsst Sylvie auf die Stirn.

12

In zwanzig Minuten fängt seine Vorlesung an, doch Oberstein arbeitet noch an einem Vortrag. Wenn er einmal richtig in Fahrt ist, hält er es für Verschwendung, sich zu früh aus der Konzentration herausreißen zu lassen. Anders als seine anderthalb Zimmer in Amsterdam kann er das Büro hier in Leiden kaum als seines bezeichnen. Es ist ein Gefühl, als sei er hier nur zu Gast, der ungeliebte Kollege, den Slachter nie haben wollte.

Ihm gegenüber sitzt eine Studentin, die mit der Frage hereinkam: »Darf ich kurz stören?«

Der Vortrag, an dem er arbeitet, ist für eine Konferenz in Lyon zum Thema: »Vichy et l'économie politique«. Ein kleines, aber hochkarätiges Symposion solle es werden, hat man ihm schriftlich versichert.

»Ich habe eigentlich keine Zeit«, hat er der Studentin erwidert.

Als er nach fünf Minuten aufblickt, sitzt die Studentin immer noch da. Es ist offenbar dringend. Doch was die Studenten in Leiden als dringend bezeichnen, stimmt oft nicht mit seiner Auffassung von Dringlichkeit überein.

Er nickt, zum Zeichen, dass sie ihr Anliegen vorbringen soll.

Das Mädchen ist eher unscheinbar: dünner Schal, Weste, langes blondes Haar. »Ich wollte mit Ihnen über die E-Mail sprechen, die Sie mir vor ein paar Tagen geschickt haben.«

Er kann sich an keine E-Mail erinnern, er verschickt täglich so viele. Dutzende.

»Welche E-Mail?«, fragt er daher, während er seine Aufzeichnungen über die Wirtschaftspolitik von Vichy beiseiteschiebt.

»Die über mein Pferd.«

Jetzt erinnert er sich. Natürlich: das Pferd! Sollte man ihn irgendwann einmal auffordern, etwas von dieser Universität zu erzählen, wird er ihre E-Mail als Beispiel nehmen, als Beispiel für den Verfall. Ihre Pferde sind ihnen wichtiger als ihre Vorlesungen.

»Wie war dein Name gleich wieder?«

»Gwendolyne Koeleman«, sagt sie.

»Gwendolyne«, wiederholt er.

Wer nennt sein Kind Gwendolyne?

»Alle nennen mich Gwenny«, erklärt sie. »Sie dürfen mich auch Gwenny nennen.«

Er schiebt noch mehr Unterlagen für seinen Vortrag beiseite.

Die Studenten hier machen ihn zunehmend nervös. Mit ihren Wünschen, ihren Wehwehchen, ihren Ängsten und Bitten. Vor kurzem verfolgte einer ihn fast bis zum Bahnhof. Ein junger Mann. Mit einer verworrenen Geschichte über Pfeiffersches Drüsenfieber, wodurch er bisher fast alle von Obersteins Veranstaltungen versäumt habe. Als würde das Drüsenfieber Oberstein auch nur im Entferntesten interessieren.

»Du bist als Gwendolyne Koeleman eingeschrieben, wir sind nicht verwandt und auch keine Bekannten, ich bin dein Dozent. Bleiben wir also bei Gwendolyne.«

»Ich will Sie nicht lange stören«, sagt sie. »Ich habe meiner Tutorin Ihre E-Mail gezeigt, die ich unnötig verletzend finde. Ich will Ihnen mitteilen, dass ich darum beschlossen habe, Ihre Vorlesung nicht mehr zu besuchen.«

Oberstein ist froh, dass sein Kollege nicht im Büro ist. Er kann sich lebhaft vorstellen, wie Slachter seine Reaktion quittieren würde.

»Ich dachte, die Universität hätte Tutoren an allen Fachbereichen gestrichen.«

»Ich habe noch eine.«

»Dann bist du die glückliche Ausnahme.«

Er wartet darauf, dass sie noch etwas sagt. Als nichts kommt, beugt er sich wieder über seine Papiere.

In dem Moment fährt sie fort: »Ich wollte Ihnen mitteilen, dass mir das Vertrauen fehlt, Ihre Lehrveranstaltung noch länger zu besuchen. Ich wollte es Ihnen persönlich sagen. Das erschien mir korrekter.«

»Vertrauen?«, fragt er. »Gwendolyne, die Universität hat mich eingestellt, um hier zu unterrichten, die Universität hat offenbar Vertrauen zu mir. Wenn du der Universität nicht vertraust, musst du dir eine andere suchen.«

Er schaut auf die Uhr. In zehn Minuten beginnt seine Vorlesung.

Gwendolyne holt einen Ausdruck aus ihrer Tasche. Sie trägt eine schwarze Weste, an der sie nur die obersten zwei Knöpfe geschlossen hat. Darunter etwas Undefinierbares, er kann nicht erkennen, was für ein Kleidungsstück. Jedenfalls ziemlich lila.

Sie schiebt ihm das Blatt Papier hinüber.

Es ist seine eigene Mail mit Kommentaren in einer mädchenhaften Handschrift, die i-Punkte sind kleine Kringel. Die Sinnlosigkeit dieser Übung deprimiert ihn. »Was wissen Sie von meinem Pferd?«, liest er am Rand. Und auch: »Mit welchem Recht mischen Sie sich in meine Studienwahl ein?« Und daneben: »Wenn ich mich nicht abgemeldet hätte, hätten Sie es nicht mal gemerkt.«

Sie blickt ihn feindselig an.

»Meine Tutorin steht hinter meiner Entscheidung«, sagt sie.

Selbstbewusst sind sie, unheimlich selbstbewusst, selbständig und mündig, doch worauf ist dieses Selbstbewusstsein gegründet? Auf Treibsand, Halbwissen, Gerüchte, aus dem Zusammenhang gerissene Informationen, aufgehetzt von der Wahnidee, Selbstbewusstsein sei aller Glückseligkeit Anfang.

Er würde diese Tutorin gern einmal sprechen.

In acht Minuten beginnt seine Vorlesung. Er nimmt einen Stift, tut, als wolle er etwas aufschreiben.

»Wie alt bist du?«, fragt er.

»Neunzehn Jahre und vier Monate.«

»Und vier Monate, aha. Darf ich dir einen Rat geben? In ein paar Monaten bin ich hier weg. Wenn ich nächstes Jahr wiederkomme, wohlgemerkt: wenn, komme ich als Dozent für dich vermutlich nicht mehr in Frage. Es steht dir frei, deine eigene Meinung über meine Methoden zu haben, begründete Argumente dafür hast du wahrscheinlich nicht, aber sei's drum. Halt es diese paar Wochen noch mit mir aus. Das erscheint mir am besten.«

Er versucht, sarkastisch zu klingen, doch ganz zufrieden mit sich ist er nicht. Etwas stimmt nicht am Klang seiner Stimme. Der Ton macht die Musik. Er ist unzufrieden mit seiner Musik.

»Was für ein wohlmeinender Ratschlag – und so praktisch!«

»Ja«, erwidert Oberstein. »Zum Teil besteht Wissensvermittlung aus ganz praktischen Ratschlägen.«

»Mir geht's nicht darum, was praktisch ist, sondern darum, was ich für gerecht halte.«

Er steht auf, steckt ein paar Unterlagen in seine Plastiktüte. »Es gibt eine Gerechtigkeit, von der niemand was hat, Gwendolyne. Verrenn dich nicht in diese Idee. Nicht umsonst verheißen die meisten Religionen die wahre Gerechtigkeit erst fürs kommende Leben. Ihre weisen Männer wissen sehr gut, dass es mit der Gerechtigkeit auf Erden nicht so weit her ist.«

»Ich glaube aber doch, dass es so was wie Gerechtigkeit gibt.«

Nicht nur mündig und selbstbewusst, auch noch dickköpfig. Eine tödliche Mischung.

»Ich muss jetzt in meine Vorlesung. Wenn du dieses Gespräch fortsetzen möchtest, komm um halb vier zurück. Dann nehme ich mir fünf Minuten Zeit für dich, damit wir das hier abschließen können.«

13

Seit gut fünfzig Jahren wohnt ihr Großvater schon in den USA, spricht aber noch immer mit stark polnischem Akzent. Auch seine Wortwahl ist alles andere als perfekt. Will er zum Beispiel ausdrücken: »Das musst gerade du sagen«, ruft er: *look who's speaking*. Es ist eine seiner Lieblingswendungen, obwohl Lea ihm schon zigmal gesagt hat, dass es richtig *look who's talking* heißt. Jetzt, wo er dement ist, benutzt er den falschen Ausdruck noch öfter, vor allem in unpassenden Situationen.

Leas Großvater sitzt mit einem Lätzchen am Tisch. Sie beugt sich über ihn. »Du gehst bald auf die Reise«, sagt sie, »zusammen mit deinen Enkeln und mir. Nach Europa.« Sie streichelt ihm über den kahlen Schädel.

»Schon wieder?«, fragt er.

Zu ihrem Mann hat sie gesagt: »Vielleicht sollten wir uns scheiden lassen.« Um ihn zu provozieren. Zu sehen, wie er reagiert.

Valeria hatte gemeint: »Sprich's einfach an, so lockst du ihn aus der Reserve. Denn wie es jetzt läuft, geht es nicht weiter.«

Er hatte nicht abwehrend reagiert. »Ja, eine Scheidung, warum nicht. Für die Kinder finden wir schon eine Lösung.«

Und später im Bett hatte er ihr eröffnet, dass er sich schon eine kleine Wohnung ausgeguckt hätte, in die er sich zurückziehen könnte. Vielleicht sei das gut für sie beide, damit sie über ihre Sünden nachdenken könnten.

»Was denn für Sünden?«, hatte sie gefragt.

»Na ja«, hatte Jason geantwortet, »wer ist schon ohne Sünde?« Am nächsten Morgen jedoch hatte er gemeint: »Wir könnten immer noch zu einem Beziehungstherapeuten gehen.«

»Wohin fahren wir?«, fragt Leas Großvater.

»Nach Europa«, antwortet sie.

Er wendet sich ein Stück von ihr ab, als wisse er nicht mehr, wer mit ihm spricht. »*Look who's speaking*«, sagt er.

14

Nachdem seine Lehrveranstaltungen vorbei sind, räumt Oberstein seinen Schreibtisch auf. Das tut er wegen Slachter, der einmal gesagt hat, dass er im Chaos nicht arbeiten könne. Der Gast muss sich anpassen. Die Bücher, die er für die Arbeit am Abend zu Hause braucht, steckt er in die Plastiktüte.

Auf dem Schreibtisch findet er den Ausdruck seiner Mail mit den Kommentaren von Gwendolyne. Er zerknüllt das Papier und will es schon wegschmeißen, da streicht er es doch wieder glatt. Für sein Archiv. Auch Kuriositäten sollte man aufheben.

Er grüßt Slachter, der etwas zurückmurmelt, und verlässt das Büro.

Auf dem Flur steht Gwendolyne.

»Bin ich zu spät?«, fragt sie.

»Kommt darauf an, wofür«, antwortet er.

»Für das Gespräch. Sie wollten mir noch etwas erklären.«

»Ich wollte dir Gelegenheit geben, einen Irrtum zu korrigieren«, sagt er im Gehen. »Es gibt nicht viel zu erklären. Ich kann es in einem Satz sagen: Bleib in meiner Vorlesung, in ein paar Wochen bist du mich los.«

Gwendolyne schüttelt den Kopf. »Ich hab das mit meiner Tutorin besprochen. Ich bin nicht im Irrtum. Sie sind zu weit gegangen. Es gibt Grenzen, und die haben Sie überschritten. So einen verächtlichen Ton kann man nicht bringen. Und ich bin nicht die Einzige, die so denkt.«

Oberstein will das Gespräch beenden, dieses penetrante Gör irgendwie loswerden, doch die Kombination »verächtlicher Ton« und »Tutorin« beunruhigt ihn. Er kann nicht noch mehr Konflikte gebrauchen. Man darf nur die Kriege führen, die es auch wert sind. Man muss sparsam mit seinen Ressourcen umgehen. Und dann ist da auch noch ihr Blick. Er könnte schwören, dass eigentlich *der* verächtlich ist, auf jeden Fall spöttisch.

»Also was schlägst du vor?«, fragt er schließlich.

Sie begleitet ihn zur Treppe. Noch bevor sie antworten kann, weiß er, dass die Frage ein Irrtum war. Jetzt ist er in der Defensive. Er hat eingeräumt, dass es etwas zu verhandeln gibt. Er hätte sagen müssen: »Du willst nicht mehr in meine Vorlesung kommen? In Ordnung! Wenn du dich beschweren willst? Bitte!«

Er hat nicht adäquat reagiert. Er muss an den Abend mit Leas sms denken, als sie ihm schrieb, ihr Mann habe sie vergewaltigt, und er ihr zur Antwort nur Komplimente zu ihrem Kokoseis machte. Es war ein Versuch gewesen, sie zu trösten, aber ein sehr hilfloser Versuch.

»Sie könnten sich zum Beispiel entschuldigen«, sagt Gwendolyne. »Sie könnten es wiedergutmachen.«

Sie geht mit ihm die Treppe hinunter. Erneut dieser spöttische Blick.

»Wiedergutmachen?« Er versucht, seine Stimme höhnisch klingen zu lassen, doch ohne Erfolg. Seiner Stimme fehlt die natürliche Autorität.

»Sie haben die guten Umgangsformen verletzt.«

Der Vorwurf »Umgangsformen verletzt« trifft ihn. Ihm wird klar, dass seine Autorität bröckelt. Dass es hier keine Rolle spielt, ob er einer der vierzig bedeutendsten Smith-Experten der Welt ist oder weiß, wann die ersten Judentransporte aus Budapest Auschwitz erreichten. Seine früheren Leistungen sind hier wertlos.

Er verlässt das Gebäude. Sie geht weiter neben ihm her.

»Ich verstehe nicht recht, was du meinst«, sagt er, während er sich Richtung Bahnhof aufmacht.

»Sie sind zu weit gegangen«, antwortet sie, »das meine ich. Ich lasse mein Pferd nicht beleidigen. Und mich auch nicht. Sie könnten zum Beispiel sagen: Vielleicht kann ich dich zu irgendwas einladen, zu einem Essen zum Beispiel, um es wiedergutzumachen?«

»Warum sollte ich dich zum Essen einladen, Gwendolyne?«

Er beschleunigt seinen Schritt.

»Weil ich mir Ihre beleidigende Art nicht gefallen lasse. Andere Studenten können Sie einschüchtern. Mich nicht. Und außerdem heiße ich Gwenny, Meneer Oberstein, das habe ich Ihnen doch schon gesagt. Alle nennen mich Gwenny.«

»Wo ist dein Freund?«, fragt der Satellitentelefonhändler.

Gestern ist Wytse aus dem Sudan wiedergekommen. Jetzt liegt er in Violets Bett. Er konnte nicht warten.

»An seiner Arbeit«, antwortet sie.

»Hast du ihm von uns erzählt? Du hast das mal gesagt, aber hast du es wirklich gemacht? Weiß er von mir?«

»Mehr oder weniger«, antwortet sie. »Er weiß, dass es nicht bei einem Mal Sex geblieben ist, aber wie oft, habe ich ihm nicht gesagt. Deinen Namen kennt er auch nicht.«

Sie nimmt Meneer Bär, der auf der Nase liegt, und setzt ihn liebevoll auf.

»Das möchte ich nämlich auch nicht«, sagt der Satellitentelefonhändler. »Nicht, dass ich Angst vor ihm hätte. Aber es geht einfach keinen was an, wie oft wir uns sehen und was wir zusammen machen.«

»Er glaubt, das Feuer zwischen uns wäre so ziemlich erloschen«, sagt sie.

In Wahrheit reden Roland und sie über Wytses Pimmel wie über einen alten Bekannten. Sie erzählt ihm alles, nun ja, fast alles. Und es gibt fast nichts, was er nicht wissen möchte. Einmal hat er sogar gefragt, ob Wytse beim Sex schreit. Vielleicht ist das krank, aber sie kann es nicht ändern. Diese Krankheit ist ihr Leben.

»Gleich habe ich eine Verabredung mit einer Freundin«, sagt sie. »Erzähl, wie war's im Sudan?«

»Was willst du hören?«, fragt er. Er beginnt zu strahlen. »Was über die Entwicklungshelfer oder über die Toten?«

Bei einem Gespräch von Kollegen hat Roland einmal etwas von einem Restaurant Scarlatti aufgeschnappt, nicht teuer und doch gut. Er selbst isst nie in Leiden, er bleibt nie länger als unbedingt nötig. Sobald seine Lehrveranstaltungen vorbei sind, setzt er sich mit einer gewissen Erleichterung in seinen Zug nach Amsterdam.

»Betrachte das nicht als ein Schuldeingeständnis«, hat er soeben gesagt. »Und danach muss ich sofort nach Hause.«

Gwendolyne antwortet nicht, blickt ihn nur wieder amüsiert und leicht spöttisch an.

»Weißt du, wo das Restaurant liegt?«, fragt er.

»Nein«, sagt sie, »ich gehe in Leiden fast nie essen. Nach der Uni fahre ich meistens zu meinem Pferd.«

Nach dreimaligem Fragen findet er das Lokal.

Es hat zu regnen begonnen. Trotz des schlechten Wetters sitzen Leute auf der Terrasse. Er geht nach drinnen, Gwendolyne folgt ihm.

Eine Kellnerin, zweifellos eine Studentin, fragt, ob er reserviert habe, und obwohl das Restaurant zu drei Vierteln leer ist, vertieft sie sich, nachdem er verneint hat, lange und ausgiebig in das Buch mit den Reservierungen.

Weiter hinten im Restaurant meint er einen Kollegen von der juristischen Fakultät in größerer Runde sitzen zu sehen. Dessen Name fällt ihm nicht ein. Unbehagen überkommt ihn.

Sie bekommen einen Tisch am Fenster.

Obwohl Oberstein gern ein Glas Wein trinken würde,

bestellt er einen Apfelsaft. Um das Förmliche vom weniger Förmlichen zu trennen.

Gwendolyne fragt die Bedienung: »Haben Sie auch Rosé?«, was diese bejaht.

Eine Pause entsteht.

Quälend langsam notiert die Kellnerin die Bestellung.

Als sie weg ist, fragt Gwendolyne: »Sie sagten, das wäre kein Schuldeingeständnis, aber warum sitzen Sie dann hier?«

Er schaut zu dem Tisch weiter hinten, wo der Kollege sitzt, dessen Name ihm gerade nicht einfällt. Offenbar redet der über ihn, denn die ganze Runde starrt Oberstein an, als er vorsichtig in ihre Richtung blickt.

Sofort springt sein Blick zurück auf die Speisekarte. Er versucht, sich so gut wie möglich hinter ihr zu verstecken, doch ohne Erfolg. Dazu ist die Karte zu klein.

»Aus Höflichkeit«, antwortet Oberstein. »Ich habe mich überreden lassen. Und aus Neugier. Ich war verwirrt von deiner …« Er macht eine Pause, weil er nach dem richtigen Wort sucht. »Überrumpelungstaktik. Wie auch immer, ich glaube, dass du in meiner E-Mail mehr Verachtung entdeckt hast, als ich hineingelegt habe. Gut, ein wenig steckt schon drin, aber nicht mehr als üblich. Ich könnte dir E-Mails an Studenten zeigen, übrigens auch an Kollegen, in denen man die Verachtung viel deutlicher spürt.«

Er räuspert sich.

»Na«, sagt sie, »dann kann man Sie aber leicht überrumpeln.«

»Ich versuche, das hier mit Anstand zu einem Abschluss zu bringen.«

»Sie haben doch nicht etwa Angst vor mir?«

Sie fragt es wie im Spaß, doch ihm ist nicht wohl dabei.

»Gewaltige Angst.«

Er hat das Gefühl, dass sein Sarkasmus nicht rüberkommt, sein Talent dafür ihn verlassen hat.

Noch einmal späht Oberstein zu dem Kollegen am anderen Tisch, zum Glück starren die Leute dort nicht mehr herüber.

Während er die Speisekarte studiert, muss er wieder an sein mieses Gehalt denken, und Scham überkommt ihn. Scham wegen der Arbeit, mit der er sich hier herumschlägt, statt sich um seine Forschung zu kümmern.

Als die Kellnerin zurückkommt, bestellt er Thunfisch. Ohne Vorspeise. »Und du?«, fragt er Gwendolyne. »Was nimmst du?«

»Ich esse kein Fleisch«, sagt sie.

»Fisch vielleicht?«

»Fisch esse ich auch nicht.«

»Was denn dann?«

»Alles außer Fisch und Fleisch.«

Die Kellnerin, deren bloße Anwesenheit ihm von Minute zu Minute mehr auf die Nerven geht, sagt: »Es gibt auch eine vegetarische Lasagne.«

»Dann nehme ich die«, sagt Gwendolyne.

Oberstein trinkt seinen Apfelsaft. In zwei Stunden ist er zu Hause. Dann kann er wieder in Ruhe arbeiten. Violet wollte heute Abend nicht kommen, auch wenn sie es sich manchmal in letzter Minute anders überlegt und auf einmal um Mitternacht vor der Tür steht.

»Darf ich ein Foto von Ihnen machen?«

»Wie bitte?«

»Ein Foto. Für Facebook. Ich bin da ziemlich aktiv. Ich stell da so ziemlich alles rein, was ich mache. Wenn Sie auch auf Facebook sind, können wir Freunde werden.«

»Ich bin nicht auf Facebook«, sagt Oberstein, »jedenfalls benutze ich es nicht, ich glaube, ich hab mich mal angemeldet, um etwas über einen Kollegen herauszufinden.« Obwohl ein Wein ihm jetzt wirklich guttun würde, bestellt er ein zweites Glas Apfelsaft, und sei es nur, um keine Missverständnisse aufkommen zu lassen.

»Ich darf also? Ein Foto?«

»Nein«, sagt er.

Sie schaut ihn enttäuscht an. »Oder schämen Sie sich?«

Das hier läuft aus dem Ruder. Er muss sich konzentrieren, darf einen Moment nicht an die Wirtschaftspolitik von Vichy denken oder an die Spekulationsblasen. Er muss sich zusammennehmen.

Scham ist Schwäche.

»Nein«, sagt er, »ich schäme mich nicht, ich finde es nur unpassend. Aber in Ordnung, die ganze Situation hier ist ein bisschen unpassend, also los – *ein* Foto, mehr nicht. Und nicht für Facebook. Häng dir das Foto an die Wand.«

Er lacht, obwohl er den Witz selber nicht witzig findet.

»Ich frage die Kellnerin, ob sie uns schnell fotografiert.« Schon hat sie die junge Frau angesprochen, ist von ihrem Stuhl aufgesprungen und hat sich neben ihn gestellt. »So«, sagt sie, »und jetzt: lächeln!«

Rasch ist das Foto gemacht.

Oberstein holt ein paar Bücher aus seiner Plastiktüte. »Ich weiß nicht, ob es dich interessiert«, sagt er, »aber ich bereite mich auf eine Konferenz über die Wirtschaftspolitik des Vichy-Regimes vor.«

Das ist die einzige Art, wie er dieses Essen vor sich rechtfertigen kann: als Fortsetzung der Lehrtätigkeit mit anderen Mitteln.

Wenn sein Kollege vorbeikommt und die Bücher hier auf dem Tisch sieht, wird kein Zweifel mehr daran bestehen, worum es sich handelt: reine Wissensvermittlung.

17

Nach dem Essen fragt Sylvie Jonathan: »Gehen wir noch kurz bei Papa vorbei? Vielleicht ist er zu Hause. Wahrscheinlich arbeitet er, aber ein Viertelstündchen hat er sicher für uns.«

Es regnet, aber es ist nicht kalt. Sie zieht Jonathan die Regenjacke an und gibt ihm den Kinderschirm, den sie ihm zu Konininnedag für einen Euro einmal gekauft hat. Er liebt diesen Schirm.

Für die siebenhundert Meter zwischen ihrer Wohnung und Rolands anderthalb Zimmern brauchen sie zwanzig Minuten. Dauernd sieht Jonathan Dinge, die er aufheben und einstecken will. Die Sammlung von Steinen und anderen Fundstücken in seinem Zimmer wird langsam gigantisch. Sie könnte ein Museum für Krempel eröffnen.

Antoinette öffnet ihnen. »Ach, ihr seid's«, sagt sie, als sie oben vor ihr stehen. »Jonathans Vater ist noch nicht da.

Aber wollt ihr nicht trotzdem hereinkommen? Bei dem Wetter jagt man doch keinen Hund vor die Tür!«

18

Gwenny sitzt allein an ihrem Tisch im Scarlatti. Die Nudeln hat sie nur zur Hälfte gegessen. Es war ihr zu viel, und eigentlich hat es auch nicht geschmeckt. Das ist der Nachteil daran, Vegetarier zu sein: Ein Essen schmeckt wie das andere.

Oberstein ist auf der Toilette. Er hat schon bezahlt. Er hat drei Gläser Apfelsaft getrunken und sie drei Rosé.

Sie schickt eine SMS an Lieke, eine ihrer besten Freundinnen. »Ich werde die Wette gewinnen. Willst du den Beweis sehen, oder glaubst du mir so?«

Oberstein kommt von der Toilette zurück. Er setzt sich nicht mehr. »Ich muss zum Bahnhof«, sagt er. »Und du?«

»Ich auch, aber ich bin mit dem Fahrrad unterwegs. Ich könnte Sie mitnehmen.«

Er sagt nichts. Er steckt die Bücher, die er ihr gezeigt hat, zurück in die Plastiktüte.

Viel Interesse für die Wirtschaftspolitik von Vichy konnte sie nicht aufbringen, aber sie hat es ehrlich versucht.

Das jetzt mit dem Mitnehmen war eigentlich überflüssig. Sie wird die Wette auch so locker gewinnen. Aber einen Mann einfach durch den Regen laufen zu lassen ist auch wieder nicht schön.

»Ja oder nein?«, fragt sie.

»Erst will ich dein Fahrrad sehen«, antwortet er. »Ich will immer erst gut informiert sein, bevor ich etwas entscheide.«

19

Violet hat Roland angerufen, aber er ist nicht rangegangen. Wenn er arbeitet, stellt er sein Handy oft aus, bestimmt sitzt er also zu Hause, über seinen Büchern zu den Spekulationsblasen.

Sie ist aufs Rad gesprungen und zu Roland gefahren. Im allerletzten Moment hatte Mirjam abgesagt. Violet hatte eine Mandarine geschält und plötzlich Lust bekommen, Roland zu sehen.

Seine Zimmerwirtin öffnet die Tür. »Roland ist nicht zu Hause«, ruft sie die Treppe hinunter. »Aber es sind noch mehr Leute da, die ihn sehen wollen.«

Natürlich Sylvie. Kann sie ihn keinen Tag in Ruhe lassen? Sie ist seine Ex, aber dauernd schwirrt sie um ihn herum.

Und obendrein – vollkommen lächerlich: ein Mann in seinem Alter und eine Zimmerwirtin! Wo er auch wohnt, überall muss es so eine geben, als wäre er süchtig danach.

»Komm ruhig hoch«, ruft die Frau.

Violet geht die Treppe hinauf. Im Wohnzimmer sitzen Jonathan und seine Mutter. Violet umarmt Sylvie und gibt Jonathan einen Kuss.

»Spielst du mit mir?«, fragt der Junge.

»Musst du nicht ins Bett?«, will Violet wissen.

»Trinkst du ein Glas Wein mit?«, fragt die Zimmerwirtin. »Ich bin übrigens Antoinette. Ja, wir warten alle auf Roland. Er hat immer so viel zu tun. Jetzt arbeitet er an was über Frankreich, wie heißt es, es liegt mir auf der Zunge, er hat es mir doch erklärt – die Republik von Salò? Hab ich euch schon erzählt, dass er im Kuratorium des Vroom-&-Dreesmann-Literaturpreises sitzt, des Preises für den besten Roman des Jahres? Wir hatten immer einen renommierten Wirtschaftswissenschaftler in unserem Kuratorium, aber unser letzter ist plötzlich gestorben, äußerst tragisch, viel zu jung, in seinem Bad, na, und auf einmal stand Roland Oberstein hier. Und ich dachte: Manchmal muss man dem Wink der Götter nur folgen.«

Violet weiß nicht, was sie darauf antworten soll.

Auf dem Tisch steht eine Schale mit getrockneten Mangostückchen, jeweils zur Hälfte in Schokolade getaucht. »Was machen eigentlich deine Zähne, Violet?«, bricht Sylvie nach ein paar Sekunden das Schweigen. »Soll ich sie noch einmal bleichen? Mach mal den Mund auf.«

Soll sie es nur sehen. Violet öffnet den Mund sperrangelweit.

20

»Sie quetschen mich ja zu Brei, nicht so fest drücken!«, ruft Gwendolyne.

»Ich hab Angst herunterzufallen, es gibt nichts, woran ich mich festhalten kann.«

»Wenigstens sind Sie nicht schwer«, ruft sie. »Aber Sie dürfen mich nicht so kneifen.«

Schon ein paarmal sind sie durch Pfützen gefahren. Seine Hosenbeine müssen völlig verdreckt sein. Er darf Antoinettes Waschmaschine benutzen. Sie hat ihm sogar angeboten, ab und zu einen Arm voll für ihn zu waschen, doch er findet die Vorstellung unangenehm, dass sie in seiner Unterwäsche herumwühlt.

»Warum hast du eigentlich Jura gewählt?«, fragt er an einer Ampel.

»Zuerst wollte ich was anderes studieren, Vergleichende Literaturwissenschaft. Aber das fanden meine Eltern nicht gut. Sie meinten, das hat keine Zukunft.«

»Verständlich«, antwortet Oberstein. »Literatur-, Theater-, Kommunikationswissenschaft, das sind doch mehr bizarre Freizeitbeschäftigungen. So was wie Wildcampen. Und wenn man es lange genug macht, darf man sich Universitätsdozent nennen.«

Sie muss nicht lachen.

Am Bahnhof stellt sie ihr Fahrrad in den Unterstand.

»Wegen Stefan Zweig«, sagt sie, während sie ihr Rad abschließt. »Darum Literaturwissenschaft. Sagt Ihnen der Name etwas? Ansonsten sind meine Eltern sehr tolerant.«

»Stefan Zweig? Wenig.«

»Ein Romanautor.«

Sie schaut ihn an, als müsse jetzt endlich der Groschen bei ihm fallen.

»Ich lese kaum Literatur. Unter uns gesagt, ich finde das mehr was für gelangweilte Hausfrauen. Dan Brown hab ich gelesen, weil das so viele Leute gekauft haben. Ich dachte: Mal sehen, ob die Masse Geschmack hat. Doch dem war nicht so.«

In der Hosentasche knistert die Restaurantrechnung. Beim Bezahlen wurde ihm wieder schmerzlich bewusst, wie wenig der Universität Leiden seine Dienste wert sind. Das war der Deal: Er war bereit, unter Tarif zu arbeiten, um im Gegenzug eine Schuld abzubüßen: das Gefühl, seinen Sohn zu vernachlässigen.

Gwendolyne hält den Fahrradschlüssel in der Hand.

»In der Schule habe ich meine Schwerpunktarbeit über Stefan Zweig gemacht.«

Sie scheint zu glauben, dass diese Information ihm alles erklärt. Doch »Schwerpunktarbeit«? Das Wort ist ihm neu. Es muss nach seiner Schulzeit entstanden sein. Er kennt »Projektarbeit«, aber dieses Wort? Was wohl der Unterschied zwischen einer Projektarbeit und einer Schwerpunktarbeit ist? Er könnte sie fragen, doch eigentlich interessiert es ihn nicht.

»Was hast du von diesem Zweig gelernt? Was weißt du, was du vor seinem Buch noch nicht wusstest?«

Sie gehen in den Bahnhof.

»Ich kann Ihnen das Buch ja mal leihen, dann können Sie selber urteilen«, sagt sie.

Er nickt. »Wohin musst du eigentlich?«, fragt er.

»Richtung Rotterdam«, antwortet sie.

»Wohnst du da?«

»Nein, ich wohne in Naaldwijk.«

»Hast du dort ein Zimmer?«

»Ich wohne noch bei meinen Eltern.«

»Wie gemütlich.«

»Und wo ist Ihre Wohnung?«

»In Amsterdam.«

Eigentlich hat *er* nur ein Zimmer, doch das sagt er nicht. Kurz denkt er an seine eigene Mutter. Er geht mit Gwendolyne auf den Bahnsteig.

»Müssen Sie nicht zum anderen Zug?«, fragt sie. »Sie wollen doch nach Amsterdam?«

Er antwortet nicht. Er schaut auf die Schienen. »Gibt's in Naaldwijk was zu erleben?«, fragt er.

»Wir haben eine Disco, einen Supermarkt und ein Einkaufszentrum, das ist eigentlich ganz hübsch. ›De Tuinen‹ heißt es.«

Was Andrew Weinert jetzt wohl macht? Ob er wieder zu Saks fährt, um Anzüge zu kaufen? Und Weinerts Sohn, ob der immer noch bei Taco Bell arbeitet? »Shoppen«, sagt Oberstein, »ist eine heilige Handlung. Es ist Beten mit dem Portemonnaie. In der Kirche zu beten ist nicht gut für die Wirtschaft, beten mit dem Portemonnaie schon.«

Oberstein will ihr die Hand geben, doch sie küsst ihn zweimal auf die Wange, und ganz ohne einen Entschluss auf solider Informationsgrundlage zu fassen – außer die Tischkonversation und das kurze, nichtssagende Gespräch auf dem Rad zählten schon –, küsst er sie auf den Mund.

Sie erwidert den Kuss, als habe sie die ganze Zeit nur darauf gewartet.

»So«, sagt sie, »da kommt mein Zug. Vielen Dank für die Einladung, Meneer Oberstein.«

Seine Hand liegt noch immer auf ihrer Schulter.

»Sag doch ›du‹«, antwortet er. »Das passt doch jetzt besser.«

»Ich bleib lieber bei ›Sie‹, Sie nennen mich ja auch nicht Gwenny.«

Dann rennt sie zum Zug.

21

Aus dem Kinderzimmer schickt Lea Roland eine SMS: »Ava und Gabe schlafen. Ich hoffe, der Hausarzt ist inzwischen informiert. Muss dir was über meinen Mann erzählen, wenn ich in Amsterdam bin.«

Sie steckt das Handy in die Hosentasche.

»Alle ins Bett!«, ruft sie. »Ich lese jetzt vor!«

22

Als Roland endlich nach Hause kommt, ist es halb elf. Er will an Antoinettes Zimmern vorbeischleichen, aber sie hört ihn und ruft: »Roland, bist du wieder da?«

Sie sitzt im Salon, auf dem Couchtisch vor ihr eine Batterie leerer Gläser. Auch die Schale mit getrockneten Mangos steht wieder da. »Eine Menge Leute haben auf dich gewartet«, sagt sie, »auch dein Sohn. Aber sie konnten nicht bleiben. Es wurde zu spät.«

Es klingt vorwurfsvoll.

»Ich muss noch arbeiten«, sagt er.

Auf seinen Schreibtisch legt er die Bücher über das Vichy-Regime und nimmt einen Bleistift. Aus dem Kulturbeutel holt er ein Taschenmesser und schneidet den Stift sorgfältig durch.

Weil ihm kalt ist – auf Gwendolynes Gepäckträger ist er reichlich nass geworden –, duscht er heiß und legt sich dann mit seinen Texten ins Bett.

Schreiben wird er heute Abend nicht mehr. Er muss sich erst weiter einlesen.

Es ist ungefähr Mitternacht, als es an der Tür klopft.

»Ich bin's«, ruft Antoinette. »Ich hatte vergessen, dich etwas zu fragen.«

»Komm rein«, antwortet Roland.

Antoinette steht auf der Schwelle in einem Nachthemd, das ihm violett vorkommt, doch vielleicht ist es auch dunkelblau. »Darf ich hereinkommen?«

»Ja!«, ruft Roland.

»Ich wollte dich noch etwas fragen«, wiederholt sie, während sie sich umsieht, als vermute sie irgendwo heimlichen Besuch.

»Frag nur«, sagt Roland.

Sie setzt sich auf die Bettkante.

Sie hat sich nicht abgeschminkt, doch vielleicht ist das ja heutzutage nicht mehr üblich. Violet benutzt selten Makeup. Trotzdem finden sich auf dem Kopfkissen am nächsten Morgen manchmal Spuren ihrer Wimperntusche.

»Jetzt bist du offiziell Mitglied in unserem Kuratorium«, sagt sie, »und ich fände es schön, wenn du die anderen Mitglieder einmal kennenlernen würdest. Es ist eine wundervolle Truppe, alles wahnsinnig interessante Leute mit vielen Kontakten.«

Sie schaut ihn eindringlich an.

»Würde dir nächste Woche passen?«, fragt sie.

Sie berührt sein Bein, zieht ihre Hand jedoch sofort wieder zurück. »Oh, Entschuldigung«, sagt sie.

Er trägt nur ein T-Shirt und seine Boxershorts. So schläft er meistens.

»Ich könnte ein Essen organisieren, dann kannst du die anderen kennenlernen, eventuell auch einen Autor. Einen Preisträger zum Beispiel. Stell ich mir wundervoll vor. Nicht alle Preisträger sind gleich nett und geeignet, aber es gibt auch ein paar wirklich sympathische. Dann nehmen wir hier erst einen Aperitif, und dann gehen wir in ein Restaurant was Leckeres essen.«

Oberstein vermutet, dass dies der Preis ist, den er für sein günstiges und angenehmes Zimmer im Amsterdamer Zentrum bezahlen muss: dass sie nachts an sein Bett kommt, um Gespräche über Kuratoriumsmitglieder mit ihm zu führen und über Einladungen zum Essen. »Antoinette«, sagt er, »ich muss noch etwas lesen. Ich bin fast fertig, das Buch ist sehr interessant. Danach können wir alles besprechen.«

Er hält das Buch hoch.

»*1940–1945. Années érotiques: Vichy ou les infortunes de la vertu.* Ich kann es empfehlen. Ich denke, in einer Dreiviertelstunde habe ich es durch. Dann komme ich zu dir.«

Sie schaut ihn erstaunt an. »Ich wollte überhaupt nicht mit dir reden. Nur eine Frage stellen. Ich hatte sie vergessen, und jetzt habe ich sie gestellt.«

Möglicherweise will sie mehr als nur reden, womöglich Körperkontakt. Wie so viele. Er hat sich inzwischen daran gewöhnt. Haben sie einmal Körperkontakt mit einem gehabt, wollen sie Beachtung und dann noch mehr Körperkontakt und noch mehr Beachtung. Doch wo bleibt seine Forschung? Wo bleibt die Spekulationsblase?

»Ja, du hast deine Frage gestellt«, sagt er. »Ich lese das hier zu Ende, dann komme ich zu dir. Okay?«

Er versucht, freundlich zu klingen, er will es sich mit ihr nicht verderben.

»Ein rätselhafter Mann bist du«, sagt sie. Und dabei schaut sie ihn an, traurig, so scheint es, doch auch voller Mitleid.

»Überhaupt nicht rätselhaft. In einer Dreiviertelstunde kann ich zu dir kommen, aber jetzt muss ich das hier noch lesen. Das ist meine Arbeit.«

Schöner kann er es nicht sagen. Es lässt alle Optionen offen. Ihm macht es nichts aus. Einmal ein lebender Dildo, kann man auch öfter als solcher benutzt werden. Der eine nennt es vielleicht einen »Liebesdienst«, er sieht es als eine Art Höflichkeit. Eine freundliche Notlüge, die ausnahmsweise nicht aus Worten, sondern aus fleischlicher Dienstleistung besteht.

Sie steht auf.

»Undurchschaubar bist du, Roland Oberstein«, sagt sie. »Undurchschaubar, ein kalter Fisch.«

Kalter Fisch, das hat ihm noch keiner gesagt. Doch ihm ist, als meine sie noch etwas anderes: Der Fisch stinkt.

Sie geht zur Tür. Dann dreht sie sich um und sagt: »Wenn du die anderen Kuratoriumsmitglieder kennenlernen willst, lässt du es mich wissen.«

23

Gwenny sitzt auf dem Bett, vor sich ihr Notebook. Auf Facebook chattet sie gerade mit Lieke. »Er hat Apfelsaft getrunken«, schreibt sie.

»Langweilig«, antwortet Lieke. »Wie seine Vorlesung. Du hast die Wette übrigens noch nicht gewonnen. Und du hast nur noch bis Ostern. LOL.«

»Ich verliere nicht gern«, antwortet Gwenny. »Habe ihn auch schon geküsst. Übrigens schon bessere Küsse erlebt, er bohrte herum wie ein durchgedrehter Stabmixer.«

Lieke und sie studieren zusammen und reiten auf demselben Bauernhof.

Liekes Pferd heißt »Herzogin«.

»Hi, hi«, schreibt Lieke zurück. »Stabmixer!«

Gwenny schließt ihr Notebook. In ihrem Schlafoutfit, einem blauen T-Shirt und einer kurzen Hose, die sie einmal in Frankreich gekauft hat, stellt sie sich mit ihrer Taschenlampe ans Fenster.

Manchmal sendet sie dem Mädchen im Haus nebenan Lichtsignale, die das Mädchen dann mit seiner eigenen Taschenlampe beantwortet.

Doch heute schläft das Mädchen nebenan schon.

24

Professor P.W.F.M. Verkerk, wissenschaftlicher Leiter des Instituts für Fiskal- und Finanzwissenschaften, ist ein großgewachsener, hagerer Mann mit einem tadellos aufgeräumten Büro in einem ruhigen Teil des Kamerlingh-Onnes-Gebäudes. Roland ist ihm einmal begegnet, doch in seinem Büro ist er noch nie gewesen. Er sieht zwei mächtige Topfpflanzen, deren Name ihm gerade nicht einfällt. Der Professor trägt einen Schnurrbart, der genauso imposant aussieht wie seine Pflanzen.

Nach den üblichen Einleitungsfloskeln stellt P.W.F.M. Verkerk ein paar Fragen, die so nichtssagend sind, dass eine Antwort kaum lohnt. (»Gefällt's dir in Leiden? Wie findest du das Niveau der Studenten?«) Als auch das erledigt ist, kommt er zur Sache.

»Sagt dir der Name Samuel Saitoti etwas?«

Oberstein antwortet, dass Samuel einer seiner Studenten ist.

»Es ist uns zu Ohren gekommen«, sagt Verkerk, »dass du ihm kürzlich in einer Klausur vier Punkte gegeben hast.«

Oberstein ist erstaunt, dass ein Professor sich für Erstsemesterstudenten interessiert. Auch fragt er sich, wer diese »wir« sind, oder sollte Verkerk von sich im Pluralis Majestatis sprechen?

»Das könnte sein«, sagt Oberstein neutral.

»Die vier Punkte sind Samuel, was sage ich, der ganzen Familie Saitoti ein gewaltiger Dorn im Auge.«

Verkerk lehnt sich zurück.

»Das kann ich mir vorstellen, aber es gibt Wiederholungsklausuren. Es ist keine Tragödie.«

»Roland«, sagt Verkerk, noch immer zurückgelehnt und sich bedächtig über den Schnurrbart streichend, »Samuels Vater, Meneer Saitoti, ist einer der reichsten Männer von Kenia. Und nicht nur reich, er ist auch Philanthrop, ein außerordentlich geistreicher und belesener Mann, ich habe ihn einmal persönlich kennengelernt. Es war ein Privileg, mit ihm sprechen zu dürfen. Meneer Saitoti steht im Begriff, unserer Fakultät eine größere Spende zukommen zu lassen, als Zeichen der Wertschätzung, zum Dank, dass wir seinen Sohn bei uns aufgenommen haben. Und jetzt ist die Familie Saitoti entsetzt, sie ist von der Universität Leiden enttäuscht. Warum? Weil du ihrem Sohn vier Punkte gegeben hast. Nun habe ich Meneer Saitoti sofort begreiflich zu machen versucht, dass du nicht die Universität Leiden vertrittst, nicht mal die Fakultät, nicht einmal unser Institut, eigentlich bist du eine Art Zeitarbeitskraft.«

Das Wort ›Zeitarbeitskraft‹ scheint P.W.F.M. Verkerk gewaltig zu amüsieren, denn er bricht in schallendes Gelächter aus, das zum Glück nicht lange anhält. Als Verkerk sich wieder beruhigt hat, sagt Oberstein: »Als Zeitarbeitskraft sehe ich mich eigentlich nicht, aber wenn mich das Institut als solche betrachtet, will ich in Zukunft versuchen, mich entsprechend zu verhalten.«

»Du verstehst mich nicht, Oberstein. Es geht darum, dass Meneer Saitoti, zu Unrecht natürlich, aber ich will dir seine Sorge doch mitteilen, der Meinung ist, dass die Hautfarbe in der Beurteilung seines Sohnes eine gewisse Rolle gespielt hat.«

»Hautfarbe?«

»Reden wir nicht drum herum«, sagt Verkerk. »Samuel ist ein kleiner Neger.«

»Ein ›Neger‹?«

Das Wort erschreckt ihn. Es ist eine Anschuldigung, ja mehr noch, es enthält den Schuldspruch gleich in sich.

»Ich sage ja nicht, dass du was gegen Schwarze hast, ich sag nur, dass du den gegen dich aufgekommenen Verdacht restlos zerstreuen könntest, wenn du bereit wärst, dir Samuels Klausur noch einmal mit frischem Blick anzusehen. Einem etwas milderen diesmal vielleicht.«

Ein ironisches Lächeln spielt um den Mund des Professors.

»Lass dein Angesicht abermals über Samuels Klausur leuchten, schlage ich vor. Ich bin mir ganz sicher, dass du über ein gerüttelt Maß Mitgefühl verfügst. Vielleicht weißt du, dass wir jeden Donnerstagabend mit ein paar Kollegen essen gehen. In Leiden gibt es hervorragende chinesische und indonesische Restaurants, und auch einen netten Thai. Alle sind Professoren, aber die Zeiten der Hierarchie sind in Leiden gottlob vorbei. Komm doch einfach mal mit!«

Roland steht auf.

»Es war mir bekannt«, sagt er, »dass Leiden die älteste Universität der Niederlande ist, aber nicht, dass es zugleich die korrupteste ist.«

Er will das Büro verlassen, doch Verkerk ruft ihn zurück.

»Hybris«, schleudert Verkerk ihm entgegen. Jetzt lächelt er nicht mehr. Sein Blick ist hart und unerbittlich. »Oberstein, du leidest an Hybris. Wenn du deine Klassiker gelesen hättest, wüsstest du, wohin das führt!«

25

Gwenny ist für das Drängen anderer Leute empfänglich, vor allem Männer können einen sehr drängen. Nicht, dass Oberstein das getan hätte, das ist offenbar nicht seine Art, doch sie hält gern ihre Versprechen. Und warum mit einem Spiel aufhören, wenn es gerade gut läuft?

Mit Zweigs *Brief einer Unbekannten* steht sie in Obersteins Büro.

Er schaut sie an, als könne er sich nur dunkel an sie erinnern.

»Das hatte ich Ihnen versprochen«, sagt sie und hält ihm das Buch hin.

Er nimmt es entgegen.

»Es ist ziemlich dünn«, sagt er.

Am liebsten würde sie sagen: »Boah, was für 'ne geistreiche Bemerkung!«

Doch sie sagt: »Das weiß ich. Sie lesen doch Deutsch?«

»Ich habe, obwohl ich Wirtschaftswissenschaftler bin, Marx im Original studiert, was man nicht von allen Kollegen behaupten kann.« Er fixiert Slachter, doch der hebt nicht den Blick.

»Darf ich's mir leihen?«, fragt er.

»Es ist ein Geschenk«, antwortet sie.

Er blättert darin, und weil er offenbar nichts mehr sagen will, beendet sie selbst das Gespräch: »Also dann, schönen Tag noch, Meneer Oberstein.«

»Ich seh dich doch in der nächsten Vorlesung?«

»Natürlich«, versichert sie. »Das heißt: wenn mein Pferd mich nicht zufällig dringend braucht.«

26

Violet geht nackt durch Rolands Zimmer. Er schaut ihr zu, betrachtet ihren Körper.

Mit einem Glas Wasser kommt sie aus dem Bad zurück.

»Manchmal frage ich mich«, sagt sie, »warum du überhaupt nicht eifersüchtig bist. Ich meine, ganz normal ist das nicht. Und besonders ehrenvoll für mich auch nicht.«

Er sitzt im Bett, zugedeckt, neben ihm liegt Meneer Bär.

»Ich *bin* eifersüchtig«, sagt er. »Aber ich hab viel zu tun.

Ich muss nach Lyon zu einer Konferenz und hab meinen Vortrag noch nicht fertig. Für praktizierte Eifersucht hab ich keine Zeit. Ich werd mir Zeit dafür nehmen, ich werd meinen Kalender durchforsten und einen geeigneten Termin dafür suchen. Wie war das übrigens mit *deiner* Deadline? Bis Weihnachten wolltest du doch einen neuen Liebhaber gefunden haben und mir Bescheid geben, jedes Mal, wenn du fremdgehst. Weihnachten ist längst vorbei. Ich hab nichts gehört.«

»Ich gehe doch fremd.«

»Ja, aber immer mit demselben. Das ist kein Kunststück.«

»Findest du das denn nicht schlimm«, fragt sie, »was ich mache?«

»Es ist ein Spiel«, sagt er.

Sie setzt sich ans Fußende des Betts. Ihre Rechte sucht so lange unter der Decke, bis sie auf seinen Fuß stößt. »Aber wo hört das Spiel auf?«, will sie wissen, während sie seinen Fuß streichelt. »Was ist Spiel, und was nicht?«

»Fast alles ist Spiel. Vielleicht war das früher mal anders. Ich glaube, irgendwann im vorigen Jahrhundert hat das gedreht. Jetzt gibt es nur noch das Spiel, es ist nicht mal klar, ob es ein ernstes oder ein heiliges ist. Das Heilige phantasieren wir dazu. Und der Ernst ist auch nur ein anderes Wort für Devotion und Fanatismus.«

»Und was für ein Spiel spielst *du* mit mir?«

Sie hält seinen Fuß immer noch fest.

Er muss kurz nachdenken. »Das Spiel mit der Peitsche«, sagt er. »Aber das spiele nicht nur ich mit dir, das spielst du umgekehrt auch mit mir.«

Sie lässt seinen Fuß los, geht ins Bad und kommt mit einem neuen Glas Wasser zurück. Vor seinem Schreibtisch bleibt sie stehen. »Was ist das hier?«, fragt sie. »Liest du das?«

Sie hält das Buch von Zweig in der Hand.

»Geschenk von einer Studentin«, sagt er.

»Für eine bessere Note? Will sie dich bestechen?«

Nicht reagieren. Das ist das Beste.

Sie schlägt das Buch auf: »Als der bekannte Roman-schriftsteller R. frühmorgens von dreitägigem erfrischendem Ausflug ins Gebirge wieder nach Wien zurückkehrte«, liest sie, »und am Bahnhof eine Zeitung kaufte, wurde er, kaum daß er das Datum überflog, erinnernd gewahr, daß heute sein Geburtstag sei. Der einundvierzigste, besann er sich rasch, und diese Feststellung tat ihm nicht wohl und nicht weh.«

Violets deutsche Aussprache ist furchtbar, doch er fällt ihr nicht ins Wort.

»Siehst du«, sagt er. »Das ist Literatur: ein Mann, der seinen Geburtstag vergisst – ich bitte dich, man braucht ihn ja nicht grad zu feiern, aber vergessen? Ein Bild der Wirklichkeit, auf Falschurteilen beruhend und romantischen Phrasen, die als moralisch hochstehend gelten, während sie letztlich ins Verderben führen. Ich werd es aus Höflichkeit zu Ende lesen. Es ist ziemlich dünn.«

»Vielleicht sollten wir lieber wieder mit Hilfe der Tiere reden«, sagt sie, »das wird ein besseres Gespräch.«

Sie nimmt eines der kleineren Tiere, die sie früher am Abend aufs Bett gelegt hat. »Heute bin ich das Eichhörnchen«, sagt sie.

Sie schaut ihn erwartungsvoll an. »Spürst du nicht, was mit uns los ist?«, fragt sie, das Eichhörnchen in Händen.

»Eichhörnchen«, flüstert er, und während er das Wort flüstert, denkt er an seinen Sohn und an Violet und an den Satellitentelefonhändler und dann an sein eigenes Leben, über das er offenbar nicht mehr frei verfügt. Etwas hat Besitz von ihm ergriffen, wie der Staat vom Leben eines Gefängnisinsassen.

Sie hat sich aufs Bett gesetzt. Er streichelt ihren Hals. »Eichhörnchen«, sagt er noch einmal.

27

Gwenny kommt in Obersteins Büro, doch es sitzt gerade jemand anders bei ihm. Er sagt zu ihr: »Warte draußen einen Moment, gleich hab ich Zeit für dich.«

Sie geht auf den Flur mit ihrer Ledertasche, die sie auch in der Schule schon hatte.

Sie schickt Lieke eine SMS: »Es fehlt nicht mehr viel, und ich habe die Wette gewonnen.«

Die Antwort kommt prompt: »Warten wir's ab.«

28

Oberstein gegenüber sitzt ein dicklicher junger Mann mit blondem Haar, der ihn irgendwie an Prinz Willem-Alexander erinnert, allerdings in verjüngter Version.

Der junge Mann behauptet, vom Universitätsblatt *Mare* zu kommen, ihm sei, so sagt er, zu Ohren gekommen, wonach Oberstein die Universität Leiden als die korrupteste Hochschule des Landes bezeichnet habe.

Oberstein fragt sich, woher der Junge seine Weisheit bezieht. Er kann sich kaum vorstellen, dass Verkerk solche Informationen an die Öffentlichkeit gibt, und er selbst hat sich in der Sache Saitoti niemandem gegenüber geäußert.

Er versucht, sich auf den jungen Mann vor ihm zu konzentrieren, doch dauernd steht ihm das Bild des Kronprinzen vor Augen, dem er vor Jahren mal auf einem Ökonomieforum begegnet ist. Oberstein fand den Kronprinzen sympathisch. Ein freundlicher KLM-Pilot, so war er ihm vorgekommen, einer, mit dem man auch mal ein Bier trinken und sich deftige Witze erzählen konnte.

»Wissen Sie, ich will nur so viel sagen«, antwortet Oberstein dem dicklichen Jungen: »Die Frage, ob Eltern oder Angehörige eines Studenten der Universität Spenden zukommen lassen, darf keinerlei Einfluss auf die Benotung des jeweiligen Prüflings besitzen, und wenn das doch geschieht…«

»…ist das Korruption«, ergänzt der Blonde. Sein Notizbuch liegt vor ihm auf Obersteins Schreibtisch.

Oberstein schweigt. Vielleicht hätte er sich nicht auf dieses Gespräch einlassen sollen, doch für einen Rückzieher ist es zu spät.

»Ja, irgend so was«, sagt er. »Irgend so was.«

»Meneer Oberstein«, sagt der junge Mann plötzlich und schaut ihn aufmerksam an, »ich muss Ihnen diese Frage stellen, denn auch über Sie machen gewisse Gerüchte die Runde: Sind Sie ein Rassist?«

Hätte der junge Mann ihn gefragt: »Sind Sie pädophil?«, er hätte nicht verblüffter sein können. »Ich bin Wissenschaftler«, sagt Oberstein kurz angebunden, »und ich denke, dieses Gespräch ist beendet.«

Er steht auf, nimmt seinen Mantel und seine Plastiktüte, während Kollege Slachter ihn nicht aus den Augen lässt.

Der Junge, der dem Kronprinzen so ähnlich sieht, bleibt ungerührt sitzen.

Auf dem Flur sieht Oberstein Gwendolyne stehen.

Natürlich: Sie sollte ja vor der Tür auf ihn warten!

»Haben Sie es gelesen?«, fragt sie. »Das Buch?«

»Das von Zweig? Ja. Es war ja nicht dick.«

Im Gehen zieht er sich den Mantel über.

»Und?«

Sie geht neben ihm her.

»Ich will versuchen, es freundlich zu sagen, Gwendolyne. Viele behaupten, Psychotherapie sei eine Erfindung für gelangweilte, hysterische Frauen. Nach der Lektüre dieses Machwerks – und ich sage das nicht nur aufgrund dieses einen Buchs, im Lauf der Jahre habe ich Gelegenheit zu repräsentativen Stichproben gehabt – glaube ich, dass Hysterie und Literatur in dieselbe Kategorie gehören. Literatur ist ein Zeitvertreib für überhitzte Gemüter.«

Sie stehen vor dem Gebäude, er blickt sich um, als wisse er nicht, wohin es jetzt gehen soll. Er wirft einen Blick auf Gwendolyne, seine Bemerkung scheint sie nicht besonders beeindruckt zu haben.

»Na ja, offenbar ist Zweig nicht so Ihr Ding.« Mit einem Gummi bindet sie sich das Haar zu einem Pferdeschwanz. »Aber weil Sie sie beleidigt haben, dachte ich mir: Vielleicht interessiert es Sie, sie einmal kennenzulernen?«

Es weht ein eisiger Wind.

»Wen?«, fragt er.

»Meine Stute«, antwortet sie. »Wen sonst?«

»Warum sollte ich deine Stute kennenlernen wollen?«

Er sollte sie einfach stehen lassen, doch noch immer steht er da wie angewurzelt.

»Weil Sie sie beleidigt haben. Auch Pferde haben was mit Wirtschaft zu tun.«

»Alles hat mit Wirtschaft zu tun.«

Er denkt an den jungen Mann, der ihn vor kaum fünf Minuten eindringlich angesehen und gefragt hat: »Sind Sie ein Rassist?« Er denkt an Verkerk, an Kollege Slachter. Er hasst diese Universität, er hasst dieses Land.

»Wo wohnt dein Pferd?«

»Sie wohnt nicht, sie steht im Stall, nicht weit von hier, auf einem Bauernhof.«

»Dann gehen wir eben in drei Teufels Namen da hin«, sagt Oberstein schließlich.

29

»Ich habe ein Taxi gerufen«, schreibt Lea eine SMS, »und Großvater ein Schlafmittel gegeben. Die Kinder haben ihre Rucksäcke auf. Wir sind bereit für seine letzte Reise.«

Leas Großvater sagt etwas auf Polnisch, was sie nicht versteht.

Lea spricht die Sprache nur ein ganz kleines bisschen. Lesen kann sie sie besser.

Während sie ihren Großvater ansieht, muss sie an die Entführung von Eichmann denken. Eine Berufsdeformation. Wie ihr ganzes Leben.

30

Sie haben den Nahverkehrszug nach Rotterdam genommen. In Delft sind sie in einen Bus umgestiegen.

Oberstein sitzt Gwendolyne gegenüber. Er hat nicht darauf geachtet, wohin der Bus fährt, und auch nicht gefragt, wo sie aussteigen müssen.

»Machst du das immer so?«, fragt er. »Zeigst du dein Pferd öfter Dozenten?«

»Nein«, sagt sie, »Sie sind der erste.«

Sie schaut aus dem Fenster.

Er umklammert die Plastiktüte mit seinen Büchern. Heute Nacht wird er bis spät durcharbeiten müssen, um den Zeitverlust wieder wettzumachen. Aber jetzt ist er hier. Für irgendwas wird es schon gut sein. Ein beruhigender Gedanke.

Auch Oberstein schaut aus dem Fenster. Es wird langsam dunkel.

»Dein Stefan Zweig«, sagt er schließlich, weil das Schweigen ihn stört, ihn förmlich beklemmt, »willst du hören, was ich im Einzelnen von ihm denke?«

»Na klar.«

»Eine Frau geht insgesamt viermal mit einem Mann ins Bett. Sie kriegt ein Kind von ihm. Aus mir ziemlich unerfindlichen Gründen beschließt sie: Dieser Mann ist der Mann meines Lebens, an sich schon ein merkwürdiges Konzept. Woher weißt du, ob ein Mann der Mann deines Lebens ist, bevor du alle anderen ausprobiert hast? Nun ja, wie auch immer, jedenfalls erzählt sie ihm erst von dem Kind, als das Kind tot ist. Dann schreibt sie ihm einen Brief, im Grunde ist das ganze Buch nicht mehr als diese eine lange Epistel, in der sie ihm unter anderem mitteilt, sie hoffe, dem toten Kind bald zu folgen, dass sie nie einen anderen geliebt habe als ihn und sich aus Liebe zu ihm weggeworfen habe. Auch so ein überholtes Konzept, Frauen, die sich wegwerfen. Ich hoffe, das beleidigt dich nicht, aber für mich ist das nicht viel mehr als sentimentaler Quatsch.«

»Das beleidigt mich nicht«, antwortet Gwendolyne. »Vielleicht sind Sie kein sorgfältiger Leser.«

»Wenn wir solche Texte ernst nehmen würden, müssten wir sie verbieten, so anstößig finde ich diese schamlose Verherrlichung des Todes, des Leidens und der Krankheit. Aber wir nehmen die Texte nicht ernst. Sie sind heilige Bücher einer Sekte, die ihren Glauben seit langem verloren hat, aber die heiligen Bücher nebst dazugehörenden Ritualen nicht aufzugeben wagt, vermutlich aus Angst vor der Leere. Hab ich auch nie verstanden, was daran so beängstigend sein soll, aber okay. Doch was bedeuten diese heiligen Bücher ohne sinnstiftenden Glauben? Irgendwann wird man der harten Wahrheit ins Auge sehen müssen, dass das Herz des Menschen an seinem Portemonnaie hängt. Und weißt du, warum die Leute feuchte Augen bekommen, sobald von Glaube, Liebe, Hoffnung die Rede ist, während ihr Herz sicher in ihrer Gesäßtasche steckt? Weil, und das haben viele Ökonomen übersehen, die Leute sich nichts sehnlicher wünschen, als betrogen zu werden. Sobald Glaube, Liebe und Hoffnung ins Spiel kommen, wissen sie: Endlich, jetzt können wir wieder betrogen werden, so eine Wohltat!«

Er weiß nicht, warum er sich so aufregt. Sie und Zweig haben wenig damit zu tun.

»Kennst du Borowski?«, fragt er. »Tadeusz Borowski? Schriftsteller. Kein Literat. KZ-Überlebender. In einem meiner Beiträge zu den *Economic Origins* zitiere ich ihn in einer Fußnote. Wenn es dich interessiert, kann ich dir das Buch einmal leihen, ich hab noch mindestens zwanzig Exemplare davon in einem Karton. Nach dem Krieg hat Borowski den Kopf in den Gasofen gesteckt und seinem Leben ein Ende gemacht. Wie auch immer, jedenfalls schrieb dieser Borowski: ›In der ganzen Menschheitsgeschichte war die Hoffnung im Menschen nie stärker, aber nie hat sie auch so viel Unheil angerichtet wie in diesem Krieg, wie in diesem Lager. Wir haben nicht gelernt, der Hoffnung zu entsagen, und deshalb sterben wir im Gas.‹ Darum betrachte ich es als Wissenschaftler unter anderem als meine Aufgabe, die Hoffnung zu bekämpfen – ganz davon abgesehen, dass sie auch noch falsch ist. Aber ich rede zu viel. Du bist neunzehn Jahre und vier Monate, was hast du bis jetzt so alles erlebt?«

Der Bus fährt durch Dörfer, die für Roland eins aussehen wie das andere. Der Bus ist mittlerweile fast leer.

Gwendolyne schaut ihn an. Warum sieht es nur immer so aus, als ob sie ihm spöttische Blicke zuwerfen würde?

»Ich hab oft 0800-4999 angerufen«, sagt sie.

»Was ist das?«, fragt er.

»Eine Telefonnummer. Unter der kann man mit Männern reden. Man kann wählen zwischen einem gemütlichen und einem geilen Gespräch. Ich habe ein kleines Zimmer, wenn ich Leute einladen würde, würde das sehr schnell zu voll.«

Obersteins Blick geht zu den Bäumen. »Und wofür hast du dich meistens entschieden?«, will er wissen. »Für ein ›gemütliches‹ oder für ein ›geiles‹ Gespräch?«

»Was meinen Sie?«, fragt Gwendolyne zurück.

Er beugt sich vor, nimmt ihr Gesicht in die Hände und küsst sie. Und sie küsst ihn zurück, als gebe es nur ihn, als gebe es hiernach nichts anderes mehr. So fühlt es sich an. Als wolle sie ihn fressen, verschlingen, mit Haut und Haaren.

31

Für eine Woche fliegt Jasons Frau nach Europa, wegen ihres Buchs, hat sie ihm gesagt. Dieses Buch macht ihn noch verrückt. Seine Frau sowieso, seit er Enrique kennt, ja, selbst Wähler gehen ihm in letzter Zeit auf die Nerven, manchmal.

Da er nicht mehr ins Boulevard Motor Inn muss – jetzt kann er seinen Geliebten in diesem Loft treffen; keine richtige Wohnung, mehr ein riesiger, leerer Raum mit Resten des Hausrats eines verstorbenen Künstlers: seinem Bett, seinen Gemälden und Büchern –, braucht er ihn auch nicht mehr ins Badezimmer zu zerren.

Ab und zu kommt er auch mit seinen Kindern hierher, um mit ihnen zu spielen.

Seine Kinder. Ava und Gabe. Sie lieben diese Wohnung. Schön groß. Ideal zum Herumtollen, Verstecken und Fangen-Spielen.

Dort liegt der Bote, auf dem Bett des verstorbenen Künstlers.

Er hat gesagt, dass er jetzt endlich seine Green Card wolle, alles nur für seine Frau und sein Kind getan habe, jetzt wolle er endlich seine Green Card und dass er sonst zur Polizei gehe, doch Jason wagt ihn noch nicht zu legalisieren.

Legalisieren bedeutet verlieren.

Sobald sie legal sind, entwischen sie einem.

Darum muss er dem Boten die Wurst noch eine Weile vor die Nase halten, Enrique darf noch nicht zubeißen.

Während Jasons Penis in der heiligen Öffnung des Boten

verschwindet und er dabei den eigenen Bauch sieht, seinen abscheulichen Bauch, spürt er, wie ihm Tränen in die Augen treten.

Keine andere Angst scheint er mehr zu kennen als die, den Boten zu verlieren. Angst vor Gesichtsverlust, vor dem Tod eines Kindes, Angst vor dem Abgrund, davor, seinen Ruf zu verlieren – all diese Ängste sind wie weggeblasen, nichts gibt es mehr als die an Sicherheit grenzende Furcht, er könnte seinen Liebsten verlieren.

Einmal rammelte er so wild drauflos, um diese Angst zu vertreiben, dass das Bett durchkrachte, doch er hat es wieder zusammenbekommen.

»Mein Kleiner, mein Liebster«, flüstert er.

Doch der Krach der U-Bahn übertönt seine Stimme.

Sieht der Bote denn nicht, dass er, Jason, nicht ohne ihn auskommt, ist er blind für alles, was Jason für ihn tut? Und während er im Takt des durchdringenden Krachs in den Hintern des Boten stößt, mit aller ihm zur Verfügung stehenden Kraft, überfällt ihn der Gedanke, der langsam zur Überzeugung heranwächst: Sein Geliebter muss sterben.

32

Der Bauernhof ist nicht besonders groß. Viele Kühe, vor allem Kühe, ein paar Pferde, Hühner, Hunde, ein einzelnes Schaf. Vor dem Pferdestall begegnen sie einem Mädchen mit Reitstiefeln und einer Peitsche. Sie stellt sich als Lieke vor.

Oberstein gibt ihr die Hand.

»Ich bin in einer Vorlesung bei Ihnen«, sagt sie.

»Ach ja«, antwortet er. »Ich hab dich bloß nicht erkannt wegen der Kleidung.«

»Er kommt sich die Pferde ansehen«, sagt Gwendolyne.

»Das ist schön von Ihnen«, sagt Lieke. »Ich wusste gar nicht, dass Sie Pferdeliebhaber sind.«

»Ja«, antwortet Oberstein, »das wusste ich auch nicht.«

Er schämt sich, dieser Lieke hier zu begegnen. Was bleibt alles unerledigt, während er hier ist? Seine Arbeit. Das schon mal als Erstes. Die Pflichten seinem Sohn gegenüber, dessentwegen er eigentlich in die Niederlande gekommen ist. Wegen des Bauernhofs ist er nicht hier.

Roland wartet, während Gwendolyne und Lieke sich miteinander unterhalten. Er kann dem Gespräch nicht folgen.

Er schaut sich um. Deprimierend, so ein Bauernhof. Tieftraurig, vor allem bei diesem Wetter.

Er fragt sich, was in ihn gefahren war, als er die Einladung annahm. Ihm ist kalt.

Als das Gespräch der zwei Mädchen zu Ende ist, führt Gwendolyne ihn in den Stall. Obersteins Hose ist schon jetzt voller Dreck.

»Sie werden stinken«, sagt Gwendolyne. »Wenn Sie zu Hause sind, müssen Sie sich gleich unter die Dusche stellen. Das tue ich auch immer, wenn ich vom Pferd komme.«

»Danke für den Tipp«, sagt er.

Im Stall gibt es sechs Boxen. Vier davon sind besetzt. Es herrscht ein gelbliches Licht.

»Das ist mein Pferd«, sagt Gwendolyne, »sie heißt Blondie.«

Für Oberstein sehen alle Pferde gleich aus, doch er mustert Gwendolynes Pferd mit gespieltem Interesse.

»Ist sie nicht schön?«, fragt sie.

»Blondie«, sagt er. »Das ist doch eine Sängerin. Man nennt sein Pferd doch nicht ›Blondie‹?«

»Der Name musste mit ›B‹ anfangen, wegen ihres Geburtsjahres, alle Pferde ihres Jahrgangs haben einen Namen mit ›B‹. Und ich fand Blondie schön. Außerdem, so viele Blondie-Fans lassen sich hier nicht blicken. Blondie ist doch mehr Opa- und Omamusik.«

Er streichelt dem Pferd geistesabwesend über die Nase.

»Sie ist zwar schön, aber nicht intelligent; ehrlich gesagt, ist sie ein bisschen beschränkt«, sagt Gwendolyne.

Über die Intelligenz von Pferden hat Oberstein sich noch nie Gedanken gemacht und hat das auch heute nicht vor.

»Vielleicht könnten Sie sich jetzt bei ihr entschuldigen?«

»Wie bitte?«

»Vielleicht könnten Sie sagen: ›Entschuldigung, Blondie, es tut mir leid‹?«

»Das mache ich nicht, ich entschuldige mich nicht bei einem Pferd.«

»Sie haben sie beleidigt. Sie noch mehr als mich.«

»Du hast gesagt, das Pferd sei beschränkt.«

»Haben beschränkte Pferde kein Anrecht auf ein bisschen Respekt?«

Sie ist nicht bei Trost, denkt er. Doch er wird das Spiel mitspielen, dann hat er Ruhe.

»Entschuldigung, Blondie«, sagt er und tätschelt die Stute, »Entschuldigung, dass ich dachte, Wirtschaftswissenschaft könnte wichtiger sein als ein Pferd.«

»Soll ich ein Foto von Ihnen machen?«, fragt Gwendolyne plötzlich. »Bleiben Sie so stehen. Ich stell es auf Facebook. Sieht toll aus!«

Er will »Nein« sagen, doch er sagt nichts. Es ist nichts Falsches an dem, was er tut. Wenn die Universität meint, dass Samuel Saitoti für seine Klausur ein »Bestanden« verdient hat, kann er mit bestem Gewissen die Pferde seiner Studenten besuchen. Und ihre Hunde. Und ihre Katzen und Salamander.

Nachdem sie das Foto gemacht hat, geht er weiter durch den Stall, die Plastiktüte mit seinen Büchern in der Hand. Er betritt eine leere Box. Es liegt Stroh auf dem Boden.

»Was ist das hier?«, fragt er.

»Eine leere Box«, antwortet sie. »Was sonst? Hier stand ein Pferd, aber das haben wir verkauft.«

Er zeigt auf das Stroh. »Essen das Pferde?«, fragt er.

»Ja«, sagt sie. »Unter anderem.«

Kalt ist ihm. Eiskalt. Eine heiße Dusche würde ihm guttun.

»Und Würfelzucker?«, fragt er. »Essen sie auch Würfelzucker, oder ist das ein Mythos?«

»Mein Pferd mag Pfefferminz. – Aber hätten Sie sich das hier je träumen lassen, Meneer Oberstein, als Sie mich das erste Mal im Hörsaal gesehen haben?«

»Ich hab dich nie im Hörsaal gesehen. Ich sehe keine Studenten, ich sehe nur Ideen.«

Er lässt seine Tüte mit Büchern zu Boden gleiten, packt Gwendolyne bei den Schultern und küsst sie, drückt sie aufs Stroh. Vielleicht drückt auch sie ihn, vielleicht fallen sie beide.

Das ist es. Sie fallen.

»Die 0800-9444, wie oft hast du die gewählt?«, flüstert er.

»0800-4999. Ziemlich oft. Wenn das Gespräch einem nicht gefällt, kann man es wegdrücken.«

»Wegdrücken«, flüstert er, »wegdrücken, wenn es einem nicht gefällt.«

Er öffnet seine Hose, mühsam, mit steifen Fingern vor Feuchtigkeit und Kälte. Er muss sich in Erinnerung rufen, wer er ist, während er ihr die Hose aufknöpft und sie küsst, sie betastet und keucht: Er ist Wissenschaftler, er ist Ökonom. Wirtschaftswissenschaftler liegen nicht im Stroh. Oberstein ist kein Pferd. Er gehört zu den vierzig bedeutendsten Smith-Experten der Welt.

»Rufst du immer noch oft an«, flüstert er, während er seine Hände unter ihren BH schiebt, »bei dieser Nummer?«

Ein Pferd tritt gegen die Trennwand, immer lauter und wilder.

Er dringt in Gwendolyne ein.

Der Stall scheint zu beben. »Was ist das?«, fragt er.

»Das ist Blondie«, sagt Gwendolyne. »Sie will, dass man sich mit ihr beschäftigt. Sie ist eifersüchtig.«

»Und was sagen die Männer zu dir?«, flüstert er, während er sie im Stroh vögelt. »Was sagen sie?«

»›Was hast du an?‹«, wispert sie ihm ins Ohr. »›Was hast du an?‹, fragen sie immer.«

Das Pferd tritt weiter gegen die Trennwand. Es macht einen Höllenlärm.

»Was hast du an?«, ruft Roland, um das Pferd zu übertönen. »Was hast du an?«

»Meistens sag ich: ›Einen kurzen Rock‹«, flüstert Gwendolyne, »auch wenn's nicht stimmt: ›Einen kurzen Rock.‹«

Als es vorbei ist, steht Roland auf.

Er zieht sich die Hose hoch. Klopft sich das Stroh ab.

Mit dem Rücken zu ihm bringt Gwendolyne ihre Kleidung in Ordnung.

Das Pferd hat aufgehört, gegen die Trennwand zu treten.

»Ich bin einer der vierzig bedeutendsten Smith-Experten der Welt. Adam Smith«, sagt er, während er weiter das Stroh von sich abpflückt. »Eigentlich weiß ich nicht, was ich in diesem Pferdestall mache.«

»Ist ja interessant«, antwortet sie.

Er weiß nicht, wie es jetzt weitergehen soll. Er nimmt die Tüte mit den Büchern für seinen Vortrag.

»Entschuldige die Frage, aber nimmst du eigentlich die Pille?«

»Ja«, sagt sie. »Tue ich. Seit ich fünfzehn bin.«

Er müsste erleichtert sein, doch das ist er nicht.

»Wir dürfen keine unnötigen Risiken eingehen. Besonnenheit. Vorsicht. Auch ein wichtiges Thema bei Smith.«

Roland wirft einen Blick in die Runde. Ein Ort, sich aufzuhängen, so ein Stall.

Er geht auf sie zu, streichelt ihr übers Haar und fragt: »Wie komme ich hier wieder weg?«

»Sie können den Bus mit mir nehmen.«

»Kannst du mir kein Taxi bestellen?«, fragt er. »Und vielleicht«, fügt er hinzu, »könntest du mich jetzt Roland nennen.«

»Ich bleibe bei ›Sie‹, Meneer Oberstein«, antwortet

Gwenny. »Wenn's Ihnen nichts ausmacht. Ich hab auch noch Vorlesung bei Ihnen. Ich rufe Ihnen ein Taxi.«

Er will sie küssen, doch er nimmt nur ihre Hand. »Ich werd dir meine Nummer geben«, sagt er. »Wenn was ist, kannst du mich anrufen oder mir eine SMS schicken. SMS ist mir eigentlich lieber. Und ich gehe mit dir zur Bushaltestelle. Lass das mit dem Taxi. Ein bisschen frische Luft wird mir guttun.«

Schweigend gehen sie zum Bus. Als sie dort sind, meint Gwendolyne: »Ich denke, Blondie hat Ihnen verziehen. Ich kenn sie ein bisschen.«

33

Violet sitzt bei Antoinette im Wohnzimmer. »Er wird schon gleich kommen«, sagt Rolands Zimmerwirtin. »Er kommt mit dem Zug. Bei der Eisenbahn weiß man ja nie. Möchtest du ein Glas Wein oder lieber ein Wasser?«

Violet nimmt ein Glas Wasser.

Antoinette setzt sich mit einem Weißwein zu ihr.

»Wir haben uns schon so oft gesehen, aber noch nie richtig miteinander gesprochen. Du bist doch die Freundin von unserem Ökonomen?«

Die Worte »unserem Ökonomen« klingen Violet unangenehm in den Ohren, aber sie sagt: »Ja, das stimmt.«

»Und womit beschäftigst du dich so?«, fragt Antoinette.

»Ich entwerfe Taschen. Vor allem Damenhandtaschen.«

»Wundervoll!«, ruft Antoinette. »Was für ein gelungenes Tandem! Ein Ökonom und eine Putzmacherin!«

34

Im Zug nach Amsterdam schläft Roland ein. Kurz nach Schiphol schreckt er auf. Er reibt sich über den Kopf. Aus seinem Haar pult er ein Fitzelchen Stroh, das er auf den Boden wirft. Oberstein schaut sich um, ob jemand es bemerkt hat, doch niemand scheint ihn zu beachten.

Vom Hauptbahnhof aus geht er nach Hause.

In Antoinettes Wohnzimmer sitzt Violet. Antoinette sagt: »Deine Freundin hat dich schon sehnsüchtig erwartet.« Er meint, einen bitteren Unterton in ihrer Stimme zu hören, kaum verhohlene Feindschaft.

Ob auch auf Antoinette irgendwer sehnsüchtig wartet?

Wenn sie wieder einmal unter sich sind, möchte er ihr sagen: »Ich bin nicht undurchschaubar.«

Violet geht ihm voraus auf sein Zimmer.

»Wonach riechst du?«, fragt sie.

»Nach intensiver Viehzucht«, sagt er. »Ich hatte heute eine praktische Einführung in die niederländische Viehzucht anno 2009.«

»Viehzucht, beschäftigst du dich damit jetzt auch?«

»Nein, wir hatten einen Ausflug mit der Studentenvereinigung.«

»Ich habe nachgedacht«, sagt sie, während er die Zimmertür hinter sich zumacht. »Du bist einundvierzig. Es wird Zeit, dass du eine eigene Wohnung bekommst. Wollen wir nicht zusammenziehen? Sollen wir zusammen was kaufen?«

Oberstein setzt sich aufs Bett. Aus seinem Haar holt er noch etwas Stroh.

Was soll er sagen? Wenn sie ihm vorgeschlagen hätte, gemeinsam ein Selbstmordkommando zu gründen, wäre er nicht weniger begeistert.

»Es gibt gute Gründe, sich auf dieser Welt nicht zu Hause zu fühlen. Vielleicht ist das sogar ein moralischer Imperativ: Fühl dich nirgends zu Hause. Bleib distanziert. Skeptisch. Deine Überzeugungen sind die Irrtümer von morgen. Also um deine Frage zu beantworten: Ich finde es wunderbar, so wie es ist. Mehr Zuhause als hier brauche ich nicht. Ich hoffe, du bist jetzt nicht enttäuscht. Vielleicht denke ich irgendwann einmal anders darüber. Aber jetzt nicht. Ich kann keine...«

Sie reagiert nicht, wirbelt herum auf dem Bürostuhl, den Antoinette ihm gegeben hat, weil er von dem, der zuerst im Zimmer stand, Rückenschmerzen bekam.

»Was bedeute ich dir?«, fragt sie. »Was bedeuten dir Menschen?«

Wieder pult er sich einen Fitzel Stroh aus dem Haar.

»Ich bin kein völlig autarkes System«, sagt er nach längerem Schweigen. »Ich brauche andere Menschen.«

Er würde sie von dem Schmerz, den er hier sieht, ja, förmlich zu spüren meint, gerne befreien, weiß aber nicht, wie. Man müsste den Schmerz für alle Zeit amputieren können.

Fünf Minuten scheinen vergangen, als sie schließlich sagt: »In deinem Haar ist noch Stroh.«

35

Bäuchlings liegt Gwenny auf ihrem Bett, in ihrem kleinen, wohlgeordneten Zimmer.

Die Tür hat sie abgeschlossen.

Das tut Gwenny immer, sobald sie das Zimmer betritt, wenn sie wieder geht, lässt sie es offen.

Im Liegen lackiert sie sich die Nägel. Der Lack ist fast durchsichtig, das unauffälligste Rosa, das es gab.

Als sie damit fertig ist, setzt sie sich ans Notebook und googelt »Roland Oberstein«. Er ist tatsächlich einer der vierzig bedeutendsten Smith-Experten der Welt.

36

Es dauert lange, bis Lea, die Kinder und ihr Großvater die Einreisekontrolle passiert haben. Roland küsst Lea auf beide Wangen, begrüßt die Kinder und schüttelt Leas Großvater die Hand – soweit man das so nennen kann: Willenlos überlässt der alte Mann ihm seine Rechte, und ebenso willenlos lässt er sie wieder zurücksinken.

Roland fragt, ob sie einen guten Flug gehabt haben.

»Soweit das geht«, antwortet sie, »mit zwei Kindern und einem demenzkranken Großvater. Und all dem anderen.«

»Ich hab ein Hotel für euch in der Innenstadt gebucht, nicht teuer und doch recht angenehm«, sagt Oberstein. Er hat ihre Bemerkung gehört, will aber nicht darauf eingehen. »Gut sieht er aus, dein Großvater.«

Eigentlich hatte er vorgehabt, etwas für Leas Kinder zu kaufen, doch die Zeit, die er dazu gebraucht hätte, hat er in einem Stall westlich von Delft verbracht.

Sie gehen zu den Taxen. Roland stützt Leas Großvater.

»Ist es noch weit?«, fragt Lea. »Er ist zwar dement, nicht gelähmt, aber weit gehen ist trotzdem nicht gut für ihn.«

»Wir sind gleich da.«

Roland mustert den Mann, der nach Europa zurückgekehrt ist, um hier zu sterben. Für jemanden, der sterben muss, sieht er gut aus.

»Und wie nett von dir«, sagt Lea leise – endlich stehen sie vor den Taxen –, »nett, dass du merkst, dass mein Großvater gut aussieht, und von mir sagst du kein Wort.«

Sie müssen einen Moment warten, bis ein Taxi frei wird, in das sie alle hineinpassen.

»Du siehst auch gut aus«, sagt Roland ebenso leise.

Im Taxi versucht er, ein Gespräch mit Leas Sohn anzufangen, doch der Junge ist bockig und weigert sich, Roland zu antworten.

»Ich dachte, vielleicht wäre es eine gute Idee, dich meiner Mutter vorzustellen. Sie versteht mehr vom Tod als ich. Aber heute Vormittag muss ich erst noch nach Leiden. Ich schlage also vor, ich bring euch jetzt ins Hotel und hole euch dann gegen vier ab, um zu meiner Mutter zu fahren.«

»Weiß deine Freundin überhaupt, dass ich hier bin?«

»Ich hab ihr gesagt, dass eine amerikanische Bekannte Hilfe benötigt, im Zusammenhang mit einer Euthanasie. Und Sylvie und Jonathan wissen natürlich auch, dass ihr kommt. Ich werd versuchen, so viel Zeit wie möglich mit euch zu verbringen, aber ich hab eine Konferenz in Lyon, und die muss ich vorbereiten. Über die Wirtschaftspolitik von Vichy.« Kurz berührt er ihr Haar. »Was macht eigentlich Höß?«, fragt er.

»Geht so«, antwortet sie. »Es gibt noch was andres, was ich dir erzählen muss.«

Rolands Handy vibriert in der Hosentasche. Er holt es hervor.

»Hallo, Meneer Oberstein«, liest er, »jetzt haben Sie auch meine Nummer. MfG Gwenny.«

37

Meist sitzt Gwenny im Hörsaal ganz vorn. Wer vorn sitzt, hat wenigstens das Gefühl, dass der Dozent zu einem spricht. Weiter hinten fängt sie meist an zu träumen, manchmal schläft sie sogar ein. Außerdem wirkt Vornsitzen immer so, als sei man gut vorbereitet.

Seit einer halben Stunde redet Slachter jetzt ununterbrochen.

Per sms hat sie sich bei Oberstein über Slachters Vorlesungen beklagt: Langweilig seien sie. Nicht, dass Obersteins Veranstaltungen so viel interessanter wären, doch das braucht sie ihm nicht auf die Nase zu binden. Die Leute brauchen nicht alles zu wissen.

Sie ist eifrig am Simsen.

Oberstein simst zurück: »Slachter ist kein Wissenschaftler. Höchstens die Steuererklärung für einen besseren Handwerksbetrieb kriegt er hin. ro.«

Sie gibt die sms weiter an Lieke, die neben ihr sitzt. Ihre Freundin liest die Nachricht, lächelt und gibt das Handy sofort an ihre andere Nachbarin weiter.

»Nicht allen zeigen«, flüstert Gwendolyne Lieke ins Ohr. Doch zu spät: Ihr Handy ist schon drei Reihen weiter.

Dann schaut sie wieder nach vorn zu Slachter, der mit einer gewissen Begeisterung seine Vorlesung über Steuerrecht hält. Sie kann sich nicht darauf konzentrieren. Sie sieht Oberstein vor sich, wie er ihr Pferd reitet. In ihrem Tagtraum reitet er gut.

38

»Wer ist das?«, fragt Mevrouw Oberstein, als sie endlich die Tür einen Spaltbreit öffnet. Dreimal hat Roland geklingelt und auch noch ans Fenster geklopft.

»Das sind Lea, ihre Kinder und ihr Großvater«, sagt er. »Dürfen wir reinkommen?«

»Wenn's unbedingt sein muss«, sagt seine Mutter. »Als hätt ich nichts Besseres zu tun.«

Umständlich hilft Roland Leas Großvater ins Haus. An Leas Hand gehen ihre zwei Kinder.

Als sie im Wohnzimmer sitzen und ihren Tee bekommen haben sowie Kekse, an denen man sich die Zähne ausbeißen kann (»Sie sind alt, aber sie schmecken noch sehr gut«, hat seine Mutter gemeint), erklärt Roland, warum sie gekommen sind.

Mevrouw Oberstein steht auf, geht zu Leas Großvater und schreit ihm ins Ohr: »Hast du gehört? Sie wollen dich aus dem Weg räumen!«

Dann setzt sie sich wieder.

Zum Glück reagiert Leas Großvater nicht auf ihre laute Stimme. Ein vernünftiger Mann.

Obwohl sie sich wieder gesetzt hat, spürt Roland, dass seine Mutter sich mit dem bevorstehenden Ende von Leas Großvater noch immer nicht abfinden kann.

»Was sagt deine Mutter?«, fragt Lea.

»Sie sagt, dass sie einen Arzt an der Hand hat, der sich mit Euthanasie auskennt«, antwortet Roland. Dann wendet er sich auf Niederländisch wieder an seine Mutter.

Leas Kinder sitzen brav neben ihr auf dem Sofa. Sie machen einen etwas verängstigten Eindruck. Beide halten noch immer ihren Keks in der Hand; ihn hinunterzubekommen, haben sie aufgegeben.

»Mama«, sagt er, »ich hab Lea versprochen, ihr zu helfen. Sie ist eine gute Freundin von mir. Ihr Großvater ist ein Überlebender, jetzt ist er dement. Sie glaubt, dass er leidet, und möchte ihn davon erlösen. Dein Hausarzt ist doch progressiv auf dem Gebiet von… na ja, von so was halt.«

Mevrouw Oberstein steht auf. »Eine Freundin oder deine Freundin?«, will sie wissen. Sie nimmt ihre Brille von der Kommode, setzt sie auf und betrachtet Lea mit forschendem Blick. Nach einigen Sekunden sagt sie: »Eine hässlicher als die andere. Wie machst du das nur? Noch nie hast du eine schöne, gesunde Freundin nach Hause gebracht. Die Frau, mit der du verheiratet warst, sah aus wie ein Hund. Ich weiß immer noch nicht, was für einer. Erst dachte ich an einen Boxer, inzwischen tippe ich doch mehr auf einen Bastard. Und alle potthässlich. Wo kriegst du die bloß immer her?«

Mevrouw Oberstein nimmt ihre Brille wieder ab und setzt sich.

»Was hat deine Mutter gesagt?«, fragt Lea.

»Sie sagt, du sollst dir keine Sorgen machen. Bald ist dein Großvater erlöst«, antwortet Roland. »Ihr Hausarzt ist einer, der nicht lange fackelt.«

»Oh«, sagt Lea, »ich dachte, ich hätte was ganz anderes verstanden.«

Doch Roland erwidert: »Wer ein bisschen Deutsch spricht, versteht darum noch lange kein Niederländisch.«

Mevrouw Oberstein steht wieder auf und nimmt ihre Brille. Jetzt mustert sie aufmerksam den alten Mann. Speichel tropft aus seinem Mund. »Ein Überlebender, sagst du. In welchen Lagern ist er gewesen?«

Oberstein nennt ein paar Namen.

»Ein Witz!«, ruft Mevrouw Oberstein triumphierend. »Nichts im Vergleich zu dem, wo ich war, aber das ist noch lange kein Grund, ihn aus dem Weg zu räumen. Schaut ihn euch an, wie er dasitzt, völlig verwahrlost. Ich werd ihm ein paar Karotten auspressen.«

Sie nimmt ihre Brille wieder ab und geht in die Küche.

»Was hat deine Mutter gesagt?«, fragt Lea.

»Dass dein Großvater tatsächlich nicht mehr zu retten ist. Aber dass sie jetzt erst mal Karottensaft für ihn macht. Sie glaubt, er hat Durst.«

Nach fünf Minuten kommt Mutter Oberstein mit einem Glas Saft und einem Strohhalm zurück. Sie bleibt so lange neben dem alten Mann stehen, bis er den Saft ausgeschlürft hat.

Zu Roland sagt sie: »Das geht über meine Kräfte. In meinem Alter lässt du mich noch Karotten auspressen! Was tust du deiner alten Mutter nur an! Denkst du, ich bin noch so rüstig wie früher?«

Nach einer Stunde verabschieden sich Lea, die Kinder und Roland. Leas Großvater bleibt bei Mevrouw Oberstein. Sie weigert sich, den alten Mann gehen zu lassen.

Zu Lea hat Roland gesagt: »Meine Mutter meint, sie werde gut auf ihn achtgeben. Bei ihr sei er sicher.«

Lea zögert einen Moment, dann flüstert sie ihm ins Ohr: »Na ja, wo ich ihn doch zum Sterben hierhergebracht habe, kann ich ihn genauso gut bei deiner Mutter lassen.«

Roland küsst Mevrouw Oberstein auf die Wange. »Pass gut auf dich auf«, sagt er.

»Strafe Gottes«, murmelt sie vor sich hin.

Noch keine zwei Minuten sind sie aus dem Haus, als Rolands Handy klingelt. Es ist seine Mutter. Er bekommt keine Chance, auch nur »Hallo« zu sagen. »Seit du geboren bist«, ruft sie, »machst du mir das Leben zur Hölle. Und jetzt halst du mir auch noch einen dementen Juden auf, den du umbringen willst, du Nazidoktor. Ich kann es nicht fassen, dass ich einen Nazidoktor zur Welt gebracht habe, aber damit muss ich wohl leben. Und dass du dich weigerst, Professor zu werden, das ist der letzte Nagel zu meinem Sarg!«

Mit diesen Worten legt sie auf.

»Wer war das?«, fragt Lea.

»Meine Mutter«, sagt Roland.

»Und?«

»Mach dir keine Sorgen. Dein Großvater ist gut untergebracht. Wenn er meine Mutter überlebt, war er noch nicht reif zum Sterben.«

Er nimmt Leas Tochter bei der Hand. Langsam gehen sie zur Straßenbahnhaltestelle.

39

»Neunzehn Jahre und vier Monate?«, fragt Sylvie.

Sie sitzt mit ihrem Sohn und Roland in der Pizzeria Capri in der Nähe des Noordermarkts, wo sie oft mit Jonathan isst.

Sylvie kann kaum glauben, was ihr Ex ihr gerade erzählt hat. Es steht ihm natürlich frei, Kontakte zu knüpfen, mit wem immer er will. Wenn er das Leben eines Wüstlings führen will – bitte! In gewissem Sinne hat sie dem ja sogar

Vorschub geleistet, sie hat ihn zu dem Essen bei Lea begleitet. Eine verheiratete Frau hat vielleicht auch ihre Nachteile, aber immer noch besser als so eine Violet. Die soll erst mal ihre eigenen Probleme lösen. Aber neunzehn Jahre und vier Monate! Was soll Jonathan denken?

»Weißt du, wie alt dein Sohn ist?«, fragt Sylvie, während sie wutentbrannt ihren Mozzarella schneidet. »Fünf Jahre und acht Monate! Als du deinen Abschluss gemacht hast, kam sie in den Kindergarten, als du als Dozent angefangen hast, saß sie auf dem Dreirad.«

»Ich weiß nicht, ob sie ein Dreirad gehabt hat, darüber haben wir nicht gesprochen.«

Roland rührt in seiner Hühnersuppe.

»Wer hatte ein Dreirad?«

»Niemand, Jonathan. Iss deinen Schinken.«

»Ich dachte, dir kann ich's erzählen. Es ist ein *Fling*. Wie sagt man das auf Niederländisch, ein Fling?«

»Keine Ahnung. Es interessiert mich auch nicht. Herrgott noch mal, Roland, sie könnte deine Tochter sein. Du bist wegen deinem Sohn hergekommen.«

»Nur rein technisch betrachtet.«

»Was? Nur rein technisch betrachtet?«

»Nur rein technisch betrachtet könnte sie meine Tochter sein.«

Eine Kellnerin schenkt Wein nach.

»Wer ist deine Tochter, Papa?«, fragt Jonathan.

»Halt den Mund!«, faucht Sylvie. »Iss deinen Schinken! Du wolltest Melone mit Schinken. Jetzt iss es auch auf!«

Sie nimmt ein großes Stück Mozzarella. Als sie das hinuntergeschluckt hat, sagt sie: »Du hast Violet, du hast Lea, dann gibt es noch mich, und jetzt dieses Mädchen von neunzehn Jahren und vier Monaten. Willst du einen Harem aufmachen? Ich hab dich immer für einen intelligenten und auf deine Art gefühlvollen Mann gehalten, aber jetzt frag ich mich doch: Bist du noch normal? Ist das das Ergebnis von all deinen Forschungen? All deinen Spekulationsblasen? Ein Harem? Dann ohne mich. Ich finde das Leben auch so schon schwierig genug, auch ohne Harem.«

»Was ist ein Harem, Papa?«

»Siehst du, was du dem Kind antust? – Iss auch die Melone, Jonathan. Sonst gehen wir nach Hause. Wenn du anfängst, mit dem Essen zu spielen, gehen wir nach Hause.«

»Gar nichts tu ich ihm an! Du hast von dem Harem angefangen. Ich bin offen zu dir über mein Leben. Weil du die Mutter meines Kinds bist, meine Ex, und was bekomme ich zum Dank dafür? Eine Moralpredigt. Du hättest Pfarrerin werden sollen. Und wenn du's unbedingt wissen willst: Gegen einen Harem hätte ich nichts einzuwenden, rein gar nichts. Was ist so falsch an einem Harem? Wenn Leute sich auf freiwilliger Basis zu einem Harem zusammentun und das Mann-Frau-Verhältnis dort auf dem Prinzip der Gleichheit beruht, sehe ich nicht ein, was man gegen einen Harem vorbringen könnte. Außerdem ist es eine mehr pädagogische Angelegenheit. Ich hab Gwendolyne eine sms geschrieben mit dem Vorschlag, eine Arbeitsgruppe über die Wirtschaftspolitik von Vichy zu gründen. Bei den alten Griechen wurde Wissensvermittlung auch mit körperlicher Liebe belohnt. Denkst du, die alten Griechen waren plemplem? Hältst du dich wirklich für schlauer als all die alten Griechen zusammen?«

Sylvie lässt den Kopf sinken. »Jetzt bin ich sicher«, sagt sie nach einer kurzen Pause. »Du *bist* nicht normal.«

Er streut etwas Cayennepfeffer über seine Suppe.

»Sag so was nicht in Jonathans Anwesenheit«, flüstert er. »Sonst denkt er noch, sein Vater sei wirklich meschugge.«

»Aber das stimmt doch!«, ruft Sylvie. »Und er soll es lieber jetzt erfahren als später, wenn er erwachsen ist. So kann er sich schon mal an den Gedanken gewöhnen.«

»Jonathan«, sagt Roland gemessen. »Dein Vater ist Ökonom. Und Wissenschaftler. Er hat Marx auf Deutsch gelesen. Er ist einer der vierzig bedeutendsten Smith-Experten der Welt. Er ist viel mehr als einfach ›normal‹. Und jetzt leg dein Nintendo weg. Und iss deinen Schinken!«

Von Mutlosigkeit übermannt, betrachtet Sylvie ihren Ex. Roland steht auf und drückt Jonathan an sich. »Hör auf!«, ruft der Junge. »Kannst du nicht sehen? Ich habe zu tun!«

Langsam setzt Roland sich wieder. In die Rechte nimmt er seinen Löffel. Mit dem linken Ellbogen stützt er sich auf den Tisch.

»Ich bin Wissenschaftler«, sagt er. »*Das* bin ich: ein ziemlich bedeutender Wissenschaftler.«

Sie versucht, sich an den Roland von früher zu erinnern. »Nein«, sagt sie, »ein Dilettant bist du.«

Er isst ein paar Löffel Suppe.

»Sie liest Bücher, die nichts für sie sind«, sagt er entschieden, »aber sonst ist sie sehr lieb. Sie hat ein Pferd. Ein nettes Pferd. Beschränkt, aber schön. Das Pferd. Sagt sie. Ich kenne mich da nicht so aus. Und wenn du nicht so darauf bestanden hättest, dass ich in die Niederlande zurückkomme, wär das gar nicht passiert.«

»Ein Pferd«, murmelt Sylvie. »Eine Pferdetussi. Auch das noch. Uns bleibt auch nichts erspart!«

40

Gwenny sitzt auf der beheizten Terrasse von ›Annie's Verjaardag‹, einem Lokal im Zentrum von Leiden. Zusammen mit Lieke trinkt sie Rosé. Ihr Handy liegt auf dem Tisch, neben einer Schale mit japanischen Knabbersachen.

»Sollen wir Oberstein noch eine sms schicken?«, fragt Gwenny.

»Du nimmst die Wette ganz schön ernst«, antwortet Lieke. Sie hält sich an Gwennys Arm fest wie im Kino, wenn ihr der Film zu spannend wird.

Als sie noch in die Schule gingen, waren Gwenny und sie oft zusammen im Kino, um Horrorfilme zu sehen, und bei jeder grusligen Stelle klammerte sie sich an Gwennys Arm.

»Ja, ziemlich ernst«, erwidert Gwenny.

»Und worum haben wir gleich wieder gewettet?«

»Um eine Nacht in einem Hotel, in Amsterdam.«

»Wenn ich verliere, muss ich echt sparen«, meint Lieke.

»Dann würd ich jetzt schon mal damit anfangen«, antwortet Gwenny.

Es kommt ihr vor, als sei das Leben eine einzige Wette. Eine beruhigende Vorstellung. Das Einzige, was man zu tun braucht, ist die Wette gewinnen.

Immer noch umklammert Lieke Gwennys Arm; plötzlich kneift Gwenny zurück.

»Nicht so fest!«, ruft Lieke. »Warum machst du das?«

41

Im Beatrixpark, nicht weit von Mevrouw Obersteins Haus, haben Lea und Roland sich auf eine Bank an einem Teich gesetzt. In dem Teich schwimmen Enten. Leas Kinder spielen im Gras.

Während des Gesprächs hält Lea ihre Jacke mit einer Hand zu. Ein paar Hundebesitzer streifen durch den Park. Sie sind die Einzigen, die auf einer Bank sitzen.

»Ich habe einen Pakistaner kennengelernt«, sagt Lea.

Roland starrt auf seine Schuhe. »Wie hast du ihn kennengelernt?«, fragt er.

»Über Craigslist. Zuerst war es was rein Sexuelles. Du weißt, dass ich Sex brauche. Aber ich glaube, jetzt liebt er mich auch. Ich meine, nicht nur den Sex.«

Der Teich und die Wiese sind durch einen kleinen Holzzaun getrennt, anders als im Brooklyner Park. Der Zaun hat schon bessere Zeiten gesehen.

»Ich habe eine Studentin kennengelernt«, erwidert Roland.

»Sag bloß.«

Lea ist kalt. Es ist eine feuchte, durchdringende Kälte, aber sie will nicht aufstehen.

»Ich habe das Buch gelesen, das du mir empfohlen hast, von dem Mann, den Primo Levi in seinem kz-Bericht Henri nennt«, sagt er.

»Steinberg.«

»Paul Steinberg, genau. Interessanter Text, eine Stelle ist eine direkte Replik an Levi. Steinberg spricht sich nicht völlig frei. Aber ich glaube, er plädiert auf mildernde Umstände.«

Sie müsste darauf eingehen, etwas dazu sagen, aber sie hat keine Lust.

»Ist es das, was du mir erzählen wolltest?«, fragt Roland. »Das mit dem Pakistaner?«

»Vielleicht ist es überflüssig, das noch mal zu sagen«, meint sie, »aber: Trotz allem liebe ich dich…«

Sie schaut ihn an, doch er schaut nicht zurück, er starrt auf die Enten oder aufs Wasser.

»Es ist überflüssig«, sagt er.

»Aber das ist nicht, was ich dir sagen wollte.«

Sie wühlt in ihrer Tasche.

»Mein Mann hat eine andere Beziehung.«

»Jason?«

»Das ist mein Mann, ja. – Ich hab Reiswaffeln für die Kinder dabei. Möchtest du auch eine?«

Sie hält ihm die Tüte hin.

»Da wirst du erleichtert sein, oder?«

»Ja und nein«, antwortet sie. »Möchtest du nun eine Waffel oder nicht?«

Er schüttelt den Kopf. »Woher weißt du das mit der anderen? Hat er es erzählt?«

»Nicht direkt. Aber als ich ihm vorschlug, uns zu trennen – gar nicht ernsthaft gemeint, mehr als Provokation –, ging er begeistert drauf ein. Er hat sogar schon eine Wohnung gemietet. Um sich von uns zu erholen, wie er das nennt. Manchmal ist er auch mit den Kindern dort. Da können sie gut spielen. Meint er.«

»Was für eine Art Frau ist es?«, fragt er.

»Die Neue von meinem Mann? Ein Mann ist es«, sagt sie. »So eine Art Frau.«

»Ist ja witzig. Ich wusste gar nicht, dass Jason schwul ist.«

»Ich auch nicht.«

Lea ruft ihre Kinder. Bietet ihnen eine Reiswaffel an, doch sie reagieren nicht.

»Einmal hab ich ihm die Kinder in die neue Wohnung gebracht, und da sah ich einen UPS-Boten heraushuschen. Als ich reinkam, roch es nach Sex.«

»Ein UPS-Bote? So einer mit einer braunen Uniform?«

»Ja. Der Freund von meinem Mann. Ein hübscher Junge, sehr attraktiv. Der macht das garantiert nicht aus Liebe. Ich glaube eher, dass mein Mann ihn bezahlt, als Sklave beim Sex.«

Roland legt ihr die Hand aufs Knie.

»Du darfst nicht alles gleich so verurteilen. Was zwischen erwachsenen Menschen geschieht, ist etwas zwischen erwachsenen Menschen. Sei nicht so prüde. Das ist das Angenehme an Ökonomen, die meisten sind Freigeister … Darum sind sie auch so sympathische Kollegen.«

Immer noch liegt seine Hand auf ihrem Knie. Wie an dem Abend in Frankfurt.

»Ich will nicht, dass meine Kinder was von diesem Sexsklaven mitbekommen. Einmal kam ich in die Wohnung, und das Bett war zerlegt.«

»Wie meinst du das – ›zerlegt‹?«

»Kaputt eben. Auseinandergebrochen.«

»Tja.«

»Bei mir ist ihm das Bett noch nie durchgekracht.«

»Sex ist mit jedem Menschen anders. Außerdem darfst du dich nicht beschweren, du bist zuerst fremdgegangen. Vielleicht hat er das gespürt und hat darum das Bett in Einzelteile zerlegt. Mit wem anders.«

Sie nimmt seine Hand von ihrem Knie. Sie kaut auf einer Reiswaffel. »Ich frage mich, ob ich irgendwas unternehmen sollte. Zur Polizei gehen zum Beispiel.«

»Erotik ist ein Spiel. Gönn anderen doch ihren Spaß.«

»Ich dachte, du könntest mir einen Rat geben«, sagt sie. »Die Sache liegt mir im Magen. Ich hab Angst, dass ich all die Jahre mit einem Unbekannten verheiratet war und dass der Dinge tut, die das Tageslicht scheuen müssen. Verstehst du, was ich meine?«

Sie schauen zu den Kindern.

Lea würde ihn jetzt gerne küssen, nur um das Gefühl vom ersten Abend wieder zu spüren.

»Nein, eigentlich nicht«, sagt Roland nach einer Weile. »Aber sei nicht so paranoid. *Laisser faire, laisser aller*. Lass den beiden ihren Spaß.«

»Jason meint, wir sollten zu einem Therapeuten. Er verhält sich sehr widersprüchlich. Erst vögelt er mit einem UPS-Boten, bis das Bett kracht, und dann sagt er, wir sollen in Beziehungstherapie! Ich frage mich, ob er Viagra schluckt. Bei mir kriegte er kaum noch einen hoch.«

Sie nimmt noch eine Reiswaffel und verzehrt sie langsam.

»Ist das eigentlich herzlos?«, fragt sie.

»Was?«

»Dass ich meinen Großvater bei deiner Mutter lasse. Das belastet mich auch. Bin ich herzlos?«

»Ich hätte dasselbe getan. Du hast Familie, zwei Kinder, dein Buch über Höß, das muss fertig werden. Überleben ist nicht herzlos, es ist eine Pflicht. Übrigens machen die Kinder sich dreckig. Das Gras ist ganz matschig.«

»Ja, sie machen sich dreckig. Was soll's? – Schläfst du mit dieser Studentin?«

»Zu vernachlässigen.«

»Und liebst du sie?«

»Ich finde sie süß, ich mag sie. Aber es ist zu kalt, noch sehr lange hier draußen zu reden.«

»Ja«, sagt sie. »Es ist kalt.«

Doch sie rühren sich nicht. Sie bleiben sitzen.

»War ich eigentlich der Erste?«, fragt er. »Dein erster Seitensprung?«

Sie tut, als suche sie etwas in ihrer Tasche. Nach langem Schweigen sagt sie: »Um ein Haar. Fast. Fast wärst du der Erste gewesen.«

»Wer war es?«

»Irgendjemand. Jemand, den du kennst.«

»Wer?«

»Willst du das wirklich wissen?«

»Ja.«

»Sven Durano.«

»Aber das ist kein Ökonom. Das ist ein Clown, ein

Scharlatan. Ein Mann, der meine Wissenschaft in Verruf bringt!«

Sie nimmt seine Hand. »Aber Liebling, ich bin doch nicht mit ihm ins Bett gegangen, weil er Ökonom ist, ich bin mit ihm ins Bett gegangen, weil er ein Mann ist.«

Da kann sie in Rolands Gesicht zum ersten Mal etwas sehen, was sie noch nie darin entdeckt hat: Schmerz.

VII

Der Rettungsschirm

I

Das Universitätsblatt liegt auf P. W. F. M. Verkerks Schreibtisch. Oberstein sieht, dass er Schlagzeilen gemacht hat, ja den Aufmacher auf Seite eins darstellt, mit Foto. Er fragt sich, woher sie das Bild haben. Die Überschrift lautet: »Korruption an der Universität Leiden?«

Wieder beeindrucken Oberstein die zwei Pflanzen in Verkerks Büro, sie wirken noch einschüchternder als beim ersten Mal.

»Eine schöne Bescherung«, sagt Verkerk. »Und das ist noch gelinde ausgedrückt. Das ist keine Reklame für unser Institut, keine Reklame für die Fakultät, was sag ich: keine Werbung für die gesamte Uni.«

»Ich habe den Artikel noch nicht gelesen«, sagt Oberstein wahrheitsgemäß, »aber ich kann mir schon vorstellen, was drinsteht.«

»Vor kaum fünf Minuten hatte ich den Rector Magnificus am Apparat«, fährt Verkerk fort und streicht sich bedächtig über den Schnurrbart, »ein außergewöhnlich umgänglicher und zurückhaltender Mann, ich weiß nicht, ob du ihn mal kennengelernt hast. Er war außer sich. So habe ich ihn noch nie erlebt. Er bekam einen Asthmaanfall.«

»Das tut mir leid«, sagt Oberstein.

»Natürlich richtet seine Wut sich nicht nur auf dich, sondern auch auf den Burschen, der uns das alles eingebrockt hat. Den knöpfen wir uns auch noch vor, verlass dich drauf.«

»Ich kenne den Autor nicht«, sagt Oberstein. Er muss an den jungen Mann denken, der ihn so an Prinz Willem-Alexander erinnerte. Sympathisch fand er ihn nicht, doch nun überkommt ihn geradezu Mitleid. Jetzt wird der von Verkerk auch noch zur Schnecke gemacht.

»Wir befürchten«, sagt Verkerk, »dass die überregionale Presse Wind von der Sache bekommt, und wenn die sich erst daraufgestürzt hat, kommt auch das Fernsehen, und wenn das erst mal hinter der Sache her ist, dann ist das Ganze nicht mehr zu stoppen, dann haben wir bald CNN vor der Tür.«

»So schlimm wird's schon nicht kommen«, meint Roland. »So wichtig ist die Universität Leiden nun auch wieder nicht, ohne jemandem nahetreten zu wollen.«

Verkerk wirft Oberstein einen gereizten Blick zu und streicht sich wieder über den Schnurrbart.

»Als wissenschaftlicher Direktor dieses Instituts trage ich eine gewisse Verantwortung. Natürlich habe ich mit den anderen Professoren Rücksprache gehalten. Als du hierher zu uns kamst, war ich sehr froh, ich sag das ganz offen. Du hattest eine passable berufliche Vita, ich konnte mir unsere Zusammenarbeit gut vorstellen. Ich habe dich als potentielle Bereicherung für unser Team angesehen. Aber du hast dich entpuppt als ein …«

Verkerk spricht seinen Satz nicht zu Ende.

»Nun ja, wie auch immer«, sagt er, »jedenfalls erlege ich dir Sprechverbot auf. Ich will nicht so weit gehen, dich völlig zu suspendieren, das könnte und dürfte ich auch gar nicht ohne weiteres, aber ein Sprechverbot erlege ich dir auf. Ab jetzt äußerst du dich in keiner Weise mehr über diese Universität. Nicht über unser Institut, nicht über Saitoti, über gar nichts. Das war's für den Moment. Hast du noch was loszuwerden?«

Eigentlich will Oberstein sagen: »Nein, nichts.« Doch er überlegt es sich anders und antwortet so ruhig wie möglich: »Seit gut zehn Jahren korrigiere ich Klausuren, und immer geschah das ohne Ansehen der Person. Ich schließe nicht aus, dass ich mich auch mal geirrt habe, aber auch diese Irrtümer hatten nichts mit der Person zu tun. Ich glaube, es ist eine Frage didaktischer Hygiene, wenn der Dozent sich weigert, die soziale Stellung der Familie eines Studenten in seine Überlegungen einzubeziehen und wie viele Gelder diese Familie der Universität zukommen lässt. So sehe ich das, aber ich muss erkennen, dass der Rector Magnificus und der wissenschaftliche Direktor dieses Instituts offenbar anders denken. Und wo wir schon dabei sind, will ich noch sagen, dass ich es empörend finde, wenn diese Universität die Studenten auf der einen Seite behandelt wie stumpfsinnige Konsumenten, geistig minderbemittelte Schäfchen, die vom Hirten in die richtige Richtung getrieben werden müssen, und sie andererseits im entscheidenden Moment einfach im Stich lässt, weil zum Beispiel kein Geld für Tutoren da ist und an allem Möglichen gespart wird. Und regelrecht demütigend finde ich es, dass ich von Pontius zu Pilatus laufen muss, nur um zweihundert Kopien für meine Studenten machen zu dürfen. Zweihundert Kopien!«

Verkerk hat sich erhoben, das Gesicht puterrot. Für einen Moment fürchtet Oberstein, er wolle sich auf ihn stürzen, doch P.W.F.M. Verkerk schreit ihn nur an: »Du wirst auf Universitätskosten überhaupt keine Kopien mehr machen. Nicht fünfzig und auch nicht zwanzig! Dir haben wir es zu verdanken, wenn uns Saitotis Spende durch die Lappen geht. Wenn er sein Geld nach Amsterdam trägt oder nach Utrecht oder in die Vereinigten Staaten. Du bringst uns kein Geld, du kostest uns nur. Und glaub mir, Oberstein, mein Arm ist länger, als dir lieb ist. Solange ich im Wissenschaftsbetrieb was zu sagen habe, kriegst du nirgends eine Professur. Nirgends!«

Oberstein steht auf und verlässt grußlos den Raum.

Als er schon auf dem Flur ist, ruft ihm Verkerk hinterher: »Oberstein, hier und heute hast du deine wissenschaftliche Karriere zu Grabe getragen!«

2

»So kann das nicht weitergehen«, sagt Mevrouw Oberstein zu dem alten Mann an ihrem Esstisch. »Ich muss an mich selber denken, außer mir tut das ja keiner!«

Sie hält ihm ein Glas frischgepressten Grapefruitsaft hin und schiebt ihm den Strohhalm zwischen die Lippen.

Mevrouw Oberstein weiß, dass der alte Mann kein Niederländisch versteht. Ab und zu sagt er etwas auf Polnisch, was wiederum sie nicht versteht, darum fühlt sie sich berechtigt, ihrerseits Niederländisch mit ihm zu sprechen, obwohl sie ihm regelmäßig auch auf Deutsch Standpauken hält.

»Mein Sohn will dich aus dem Weg räumen«, sagt sie, während sie ihm den Strohhalm tiefer in den Mund schiebt, »darum behalt ich dich vorläufig hier.«

3

Sie sitzen im Überlandbus. Es ist das dritte Mal, dass Roland mit Gwendolyne auf den Bauernhof fährt. Gwendolyne hat einen Fotoapparat in der Hand.

»Was soll das?«, fragt Oberstein.

»Ich nehm ein Video auf«, antwortet sie.

»Gehst du ein bisschen diskret damit um?«, fragt er.

Sie trägt eine lange graue Jacke. Um das linke Handgelenk hat sie ein Haargummi. Sie hat ihre Reitsachen dabei.

Von der Bushaltestelle sind es ungefähr fünf Minuten zu Fuß bis zu den Pferden. Er hat sich mit dem Dreck abgefunden, notgedrungen.

Während sie gehen, berührt Oberstein ab und zu Gwendolynes Rücken.

»Blondie hört mich immer schon von weitem«, sagt sie. »Dann fängt sie an zu wiehern.«

Oberstein hört verschiedene Pferde. Er kann ihr Wiehern nicht auseinanderhalten, doch das sagt er nicht.

»Wer sorgt eigentlich für dein Pferd, wenn du nicht da bist?«

»Der Bauer«, sagt sie, »aber für den sind Tiere mehr Mittel zum Zweck. Zum Glück bin ich meistens da.«

Im Stall geht sie zu ihrem Pferd. Sie nimmt seinen Kopf in beide Hände, scheint mit ihm zu sprechen.

Oberstein schaut aus sicherer Entfernung zu.

Als sie mit ihrer Begrüßung fertig ist, fragt Gwendolyne: »Wollen Sie Blondie nicht Guten Tag sagen?«

»Später«, antwortet Oberstein.

Sie gehen in die leerstehende Box. Er dachte, er hätte sich an den Gestank gewöhnt.

»Nachher bringe ich Sie zur Bushaltestelle«, sagt Gwendolyne, »aber ich steig nicht mit ein, ich will noch ein bisschen reiten.«

»Okay«, sagt er.

»Wenn ich mit dem Pferd draußen bin, reite ich immer ohne Helm. Dem Bauern gefällt das nicht«, meint sie. »›Wenn was passiert‹, sagt er immer, ›bin ich verantwortlich.‹ Aber ich lasse mir so gern den Wind um die Ohren wehen.«

Oberstein legt seine Plastiktüte auf den Boden und zieht den Mantel aus.

»Ohne Helm, ist das so wie ohne Kondom?«

»So ähnlich«, sagt sie. »Und auch wieder nicht.«

Sie nimmt das Haargummi vom Handgelenk und bindet sich einen Pferdeschwanz.

Er zieht sie an sich.

»Du riechst gut«, sagt er.

Sanft beißt er sie ins Ohrläppchen. Er presst sie an sich, spürt ihre Wärme, drückt sie so lange, bis er aufhört zu zittern.

»Wie still dein Pferd heute ist.«

»Blondie ist irgendwie krank«, sagt Gwendolyne. »Ich

schau noch ein paar Tage zu, aber wenn sich's nicht bessert, ruf ich den Tierarzt.«

Sie legen sich auf den Boden, dorthin, wo am meisten Stroh liegt. Sie ziehen sich nicht vollständig aus, dazu ist es zu kalt. Er streichelt sie.

»Hast du in letzter Zeit noch die 0800-9444 angerufen?«, fragt er flüsternd.

»0800-4999. Sie können sich die Nummer echt nicht merken, was?«

Er klammert sich an sie, als könne sie jeden Moment weglaufen.

»Und was sagen die Männer dann immer?«, flüstert er. »Wenn du mit ihnen telefonierst? Was wollen sie wissen?«

»Immer dasselbe: Sie fragen, was ich anhabe. Und ich antworte immer dasselbe: ›Einen kurzen Rock.‹ Aber dann bin ich natürlich nicht Gwenny, dann bin ich Natascha. Das fand ich einen guten Namen für ein durchtriebenes Luder. Finden Sie nicht?«

»Ich weiß nicht, wie durchtriebene Luder heißen. Hatte keiner der Männer ein intellektuelles Interesse? Wollten sie wirklich nur wissen, was du anhattest?«

»Oh, sie interessierten sich noch für viel mehr«, antwortet Gwendolyne. »Sie konnten nicht aufhören, mir Fragen zu stellen, aber wenn's mir zu blöd wurde, hab ich sie weggedrückt.«

Einen Moment lang liegen sie einfach so da, in der Kälte, im stinkenden Stroh.

»Darf ich dich was fragen?«, will Oberstein wissen.

»Was denn?«

»Dürfte ich dir mit deiner Peitsche den Hintern versohlen?« Er zeigt auf die Peitsche, die neben Gwendolynes Stiefeln an der Trennwand steht. »Nicht fest natürlich. Nur ein bisschen.«

Die Frage scheint sie kaum zu überraschen. Sie schaut erst die Peitsche an und dann ihn.

»Wenn's Ihnen Spaß macht.«

»Es macht mir Spaß.«

Für einen Moment ist es still. »Aber dann lassen Sie uns auch ein Foto machen«, sagt sie.

»Warum musst du immer alles fotografieren?«

»Für später, dann hab ich was zum Anschauen. Verstehen Sie?«

Aus der Tasche holt sie ihren kleinen Fotoapparat und stellt ihn auf einen Strohballen. Sie muss ihn ein bisschen justieren.

»Kommen Sie hierher«, sagt sie, »sonst sind Sie nicht im Bild.«

Sie zeigt ihm, wie er sich hinstellen muss.

Dann drückt sie ihm ihre Peitsche in die Hand, betätigt den Selbstauslöser und legt sich schnell hin.

»Hoffentlich klappt's«, ruft sie, »sonst machen wir's noch mal.«

Auf ihrer linken Pobacke bemerkt er ein einsames Muttermal, das ihn rührt.

»Jetzt keine Fotos mehr«, sagt er.

Als sie fertig sind, richtet sie mit dem Rücken zu ihm ihre Kleidung.

»Eine komische Frage vielleicht, aber bin ich jetzt Ihre Geliebte?«, fragt sie.

Er nimmt seine Büchertüte vom Boden.

»Meine Geliebte? Wieso? Ich denke nicht in solchen Kategorien.«

Sie verlassen den Stall. Er hätte sich einen Schal mitnehmen sollen.

»Sie haben doch eine Freundin?«

»Das stimmt.«

»Und weiß sie von uns?«

»Nein.«

»Und warum nicht?«

Er reibt sich übers kalte Gesicht. An seiner Nase bildet sich ein Tropfen.

»Weil ich niemandem weh tun will.«

Kurz nimmt er ihre Hand, ein paar Meter gehen sie so, doch er spürt, dass das unpassend ist, vielleicht schaut der Bauer gerade jetzt aus dem Haus, vor dem Abendessen. Er lässt ihre Hand wieder los.

»Ich weiß nicht, wie man es nennen soll«, sagt er, »aber nennen wir's Freundschaft. Das zwischen uns. Bist du damit zufrieden?«

»Mit unserer Freundschaft? Na klar«, antwortet sie.

»Ich muss bald für drei Tage nach Lyon, zu einer Tagung über die Wirtschaftspolitik von Vichy. Hättest du Lust mitzukommen?«

»Wann ist das?«

Er nennt ein Datum.

»Ich glaube, da könnt ich«, sagt sie. »Ich war noch nie in Lyon.«

»Vielleicht kann ich dir dann endlich was über Wirtschaft beibringen. Liest du immer noch diesen romantischen Quatsch? Ob Ökonomie eine *exakte* Wissenschaft ist, darüber kann man streiten, aber wenigstens ist es eine, was man von Literatur nicht sagen kann.«

»Ich weiß nicht, worauf Sie anspielen, aber ja: Ich lese noch Bücher. Wenn ich nicht bei meinem Pferd oder bei meinen Freundinnen bin.«

Sie stehen an der Bushaltestelle.

»Ich warte noch, bis der Bus kommt«, sagt sie.

Schweigend warten sie ein paar Minuten, dann fragt sie: »Haben Sie *Die Brüder Karamasow* gelesen?«

Er schüttelt den Kopf. »Nein«, sagt er.

»Darin kommt ein Gedicht über einen Bauern vor, der seinem Pferd mit der Knute auf die sanften, feuchten Augen schlägt. An das Gedicht muss ich oft denken, wenn ich Sie sehe. Oder ein Pferd vor mir habe. Können Sie sich vorstellen, einem Pferd auf die sanften, feuchten Augen zu schlagen?«

Oberstein schüttelt den Kopf. »Nein«, sagt er, »aber ich bin auch phantasielos.«

Der Bus kommt.

Hastig küsst er sie auf den Mund.

Er steigt ein. Bevor er eins seiner Bücher herausholt, das er am Abend durchhaben will, denkt er an die sanften, feuchten Augen eines Pferdes.

4

Der Besitzer des Restaurants in der Utrechtsedwarsstraat serviert das Essen persönlich. Er hat die Gewohnheit, ausführlich von all den Prominenten zu erzählen, die in seinem Restaurant schon zu Gast waren.

»Ich finde ihn ziemlich mühsam«, sagt Violet. »Findest du nicht? Was interessieren mich diese Leute?«

Roland nickt.

»Du bist mit den Gedanken schon wieder woanders«, sagt sie.

Er nimmt einen Bissen Pâté.

»Menschen haben Angst vor der Stille, darum reden sie immer. Auch wenn es gar nichts zu sagen gibt. Dabei kann man doch auch einmal schweigen. So viel gibt's nicht zu sagen.«

»Und woran denkst du?«, fragt sie. »Wenn du so vor dich hin schweigst. Woran denkst du gerade?«

»An ein wirtschaftswissenschaftliches Problem.«

»Vielleicht könntest du's mir erklären. Vielleicht könntest du aufhören zu denken, dass deine Arbeit mich nicht interessiert oder dass ich zu dumm dafür bin.«

Am Nachmittag war sie beim Friseur. Bei einem Brasilianer, der sie fast anderthalb Stunden bearbeitet hat.

»Ich denke an die Definition einer Blase«, sagt er. »Was ist eine Blase? Eine Blase ist, wenn zum Beispiel der Preis eines Rohstoffs erst rasend schnell steigt, um dann genauso schnell wieder zu fallen. Lange hat man geglaubt, die Blasenbildung beruhe auf menschlicher Irrationalität. Die

Leute hätten es besser wissen müssen, sie waren nicht bei Trost, berauscht von der Habsucht und so weiter. Doch vielleicht liefern die verfügbaren Informationen erst gute Gründe für eine rasante Preisentwicklung, worauf dann neue Informationen oder andere Umstände dafür sorgen, dass der Preis wieder in den Keller geht. Was eine Blase war, erkennen wir immer erst hinterher. Vorhersagen geht nicht. Wenn wir das könnten, wären die meisten Ökonomen steinreich. Was auf den ersten Blick irrational wirkt, ist in Wahrheit ein Problem der Informationsübermittlung und -verarbeitung.«

Violet schaut ihren Freund an. Sie muss an ihre erste gemeinsame Reise denken, nach Slowenien. Roland war dort auf einer wirtschaftswissenschaftlichen Tagung gewesen. Im Anschluss blieben sie noch ein paar Tage in einem schönen alten Hotel an einem Fluss. Es hatte einen Swimmingpool. Erst nach massiven Interventionen war es ihr gelungen, ihn zu ein paar Wettläufen um den Pool zu bewegen.

Sie nimmt Meneer Bär aus der Tasche und setzt ihn auf einen leeren Stuhl an ihrem Tisch.

»Interessant«, sagt sie. »Wirklich. Ich meine das nicht ironisch. Ich finde es interessant, was du sagst. Aber bist du einverstanden, wenn Meneer Bär mitisst?«

Roland lächelt. Er streckt die Hand nach dem Bären aus und streichelt ihn.

»Die Informationsübermittlung verläuft also nicht optimal?«, fragt sie.

»Nein, gar nicht. Und die Verarbeitung auch nicht. Kahneman hat den Nobelpreis dafür bekommen, dass er gezeigt hat, wie subjektiv verzerrt die Verarbeitung von Informationen verläuft.«

Sie schiebt die Pâté beiseite. »Ich war heute Nachmittag beim Friseur«, sagt sie.

»Schön«, antwortet er. »Er hat nicht viel abgeschnitten, aber es sieht gut aus.«

Vergeblich versucht sie, ihr Gefühl von damals in Slowenien wieder heraufzubeschwören.

»Was ist eigentlich kein Spiel für dich?«, fragt sie.

Er denkt kurz nach.

»Der Tod. Beim Tod hört das Spiel auf.«

Der Besitzer räumt die Pâtételler ab. Zum Glück jetzt, ohne von Prominenten zu sprechen.

»Dann spielen wir eben«, sagt sie. »Los – möchtest du Meneer Bär etwas sagen? Zu ihm bist du immer so nett. Möchtest du mit ihm reden?«

Sie schaut zu dem Tier, das für andere Gäste kaum bemerkbar auf dem Stuhl neben ihr sitzt.

Roland richtet sich ein wenig auf.

»Nun, dann möchte ich ihm Folgendes sagen: Der Gedanke mag religiös angehaucht klingen, aber es ist doch sinnvoll, diese Welt und das Leben als ein Exil zu betrachten. Diese Haltung führt zu Gelassenheit, spielerischer Distanz und einer selbstauferlegten Zurückhaltung im Reden.«

Er nimmt eine Olive.

»Und folgt daraus auch, dass Menschen austauschbar sind?«, fragt sie.

Er spuckt den Kern aus.

»Als Wirtschaftswissenschaftler hat mich die Wünschbarkeit meiner Forschungsergebnisse nicht zu interessieren, ich stehe über den Dingen. Ich kann mir nicht vorstellen, dass ein ernsthafter Wissenschaftler in seiner Freizeit für eine Ideologie trommelt. Seine wissenschaftliche Arbeit würde darunter leiden. Um also Meneer Bärs Frage zu beantworten: Ja, ich denke, Menschen *sind* austauschbar. Alle Tatsachen weisen in diese Richtung, ja mehr noch: Ich denke, die Menschen sollten sich an den Gedanken ihrer Austauschbarkeit auf allen Gebieten gewöhnen. Aber es ist natürlich die Frage, ob man noch über den Dingen stehen kann, wenn man selbst austauschbar ist.«

»Und Meneer Bär«, fragt sie. »Ist der auch austauschbar?«

Roland beugt sich ein wenig über den Tisch und schaut Meneer Bär an. Sie sieht, er nimmt das Spiel ernst, wie immer.

Er lehnt sich wieder zurück.

Roland öffnet den Mund, als wolle er etwas sagen, doch kein Laut kommt heraus. Erst eine Weile darauf folgen die Worte: »Vielleicht nicht, vielleicht hat er etwas, was uns fehlt.«

Sie nimmt seine Hand.

»Deine Hand ist kalt«, sagt er.

»Dann wärm sie mir doch.«

Einen Moment lang hat sie den Eindruck, dass er das Gleiche empfindet wie sie, einen Moment lang scheint er etwas zu fühlen.

Gwenny sieht einen Film auf YouTube, den ein Freund von ihr dort hineingestellt hat: Es zeigt ihn im Musical *Der Mann von La Mancha*. Er ist Don Quijote. Sancho Panza wird von einer Frau gespielt, die keine Stimme hat. Vier Kinder um die zwölf Jahre spielen das Pferd und den Esel. Gwenny mag Musicals.

Nachdem sie den Film dreieinhalb Mal gesehen hat, lädt sie ein Video mit ihrem Pferd hoch.

Sie schließt das Notebook und schickt dem Freund, der den Don Quijote gespielt hat, eine SMS.

Dann nimmt sie ein Kleid aus dem Schrank, zieht es an und mustert sich kritisch in ihrem kleinen Spiegel. Ihr Zimmer ist so winzig, dass ein Teil ihrer Kleidung bei den Eltern im Schlafzimmer hängt. Was sie hier hat, ist ein Sommerkleid, doch das macht nichts.

Als sie sich zu Ende begutachtet hat, setzt sie sich aufs Bett und nimmt das Buch von Stefan Zweig vom Schreibtisch.

»Aber glaube mir«, liest sie, »niemand hat Dich so sklavisch, so hündisch, so hingebungsvoll geliebt wie dieses Wesen, das ich war und das ich für Dich immer geblieben bin, denn nichts auf Erden gleicht der unbemerkten Liebe eines Kindes aus dem Dunkel, weil sie so hoffnungslos, so dienend, so unterwürfig, so lauernd und leidenschaftlich ist, wie niemals die begehrende und unbewußt doch fordernde Liebe einer erwachsenen Frau.«

Sie hat das Buch zufällig entdeckt, in der Schule. Zu ihren Fächern gehörte Deutsch, und sie suchte ein dünnes Buch für ihr Literaturreferat, doch dann verliebte sie sich in den Text.

Sie hat vergessen, was »lauern« bedeutet, sie müsste es nachschlagen, doch sie ist zu faul dazu. »Anstarren«, denkt sie, doch das ist unlogisch. Liebe kann doch nicht »anstarrend« sein?

Ihr Handy klingelt. Eine SMS von Lieke: »Bin zu einer Tupperwareparty für Sexspielzeug eingeladen«, schreibt sie. »Dienstag, 21. April. Kommst du auch?«

Gwenny antwortet: »Ja!!!!! PS: Jetzt hast du die Wette endgültig verloren.«

6

Mitten in der Nacht schreckt Sylvie aus dem Schlaf: Jonathan schreit. Er sitzt aufrecht im Bett.

»Was ist denn?«, fragt sie.

»Ich hab von einem Orca geträumt.«

»Das darfst du nicht machen«, sagt sie. »Träum von was anderem!«

Sylvie nimmt ihr Handy, um zu sehen, wie spät es ist. Sie hat eine SMS von Lysander bekommen.

»Wo bist du?«, schreibt er. Mehr nicht.

Danach kann sie nicht mehr schlafen.

Der Flug nach Lyon war kurz, aber turbulent. In der Ankunftshalle steht eine Dame mit einem Schild: »R. Oberstein«.

Darauf war er nicht vorbereitet, in der Vorabinformation hatte, wenn er sich richtig erinnert, nichts davon gestanden. Er stellt Gwendolyne vor als *mon assistente*, doch die Dame von der Organisation schenkt dem, was er sagt, wenig Beachtung.

Mit ihm und Gwendolyne geht sie zum Parkplatz, wo ihr kleines Auto steht.

Gwendolyne hat kaum Gepäck.

»Ist das alles?«, hat er sie auf Schiphol gefragt und auf ihre Tasche gezeigt. Dieselbe Ledertasche, die sie auch in der Universität immer benutzt.

»Wer setzt sich neben mich?«, fragt die Dame.

Oberstein nimmt neben ihr Platz.

Während der Fahrt vom Flughafen gibt die Frau ihnen eine kurze Einführung in die Geschichte der Stadt und endet mit den Worten: »Es ist nicht Paris, aber trotzdem sehr schön.«

Als sie am Hotel in der Innenstadt ankommen, meint die Dame: »Dass Sie mit einer Assistentin anreisen, trifft uns ein wenig unvorbereitet!«

»Kein Problem«, antwortet Oberstein. »Sie schläft bei Freunden.« Er fragt sich, ob »elle dort chez des amis« nicht etwas zu familiär klingt, doch jetzt ist es zu spät, gesagt ist gesagt.

Die Dame gibt ihm einen Leinenbeutel mit touristischen und verkehrstechnischen Informationen, Unterlagen zur Tagung und zu seinem Vortrag, der morgen für 15.45 Uhr angesetzt ist, einem Namensanstecker, Essenmarken, einer Schachtel Pralinen und einem Notizbuch.

»Das Willkommensdiner ist heute Abend um acht in der ›Brasserie Le Sud‹«, sagt sie. »In der Tasche finden Sie auch einen kleinen Stadtplan, auf dem angegeben ist, wie Sie dorthin kommen. Ich habe für alle Fälle meine Mobilnummer dazugeschrieben. Und jetzt muss ich wieder zum Flughafen, den nächsten Redner abholen.«

Er wartet, bis sie weggefahren ist, dann checkt er ein.

Das Zimmer ist klein. Das Bad hat keine Wanne, nur eine Dusche. Das Bett ist knapp groß genug für zwei Personen. Man liegt eng aneinander.

Gwendolyne schiebt die Vorhänge beiseite und schaut aus dem Fenster. Oberstein setzt sich aufs Bett, holt die Unterlagen aus dem Leinenbeutel und überfliegt die Liste der Redner. Er hat all diese Informationen auch schon per E-Mail bekommen, doch er war zu beschäftigt, die E-Mails richtig zu lesen.

»Verdammt!«, sagt er. »Nicht schon wieder!«

»Was ist?«, fragt Gwendolyne.

»Sven Durano!«

Gwenny hatte sich Namen und Telefonnummern von zwei billigen Hotels und der Jugendherberge in Lyon aufgeschrieben. Sie fand, dass sie nicht automatisch davon ausgehen durfte, in Roland Obersteins Zimmer zu schlafen.

Jetzt schlendert sie durch die Stadt. Eigentlich hatte sie sich in der Bibliothek noch ein Buch über Lyon ausleihen wollen, aber das hat sie nicht mehr geschafft. Lang werden sie ohnedies nicht hierbleiben.

Oberstein arbeitet. Zwischen sechs und halb sieben hat sie sich mit ihm im Hotel verabredet.

Nach ungefähr einer Stunde Spazieren geht sie in ein Bistro und bestellt sich einen Tee.

Lieke weiß nicht, dass sie hier ist. Das hier geht weiter als ihre Wette, vielleicht ist es gar keine Wette mehr. Doch es ist schwierig zu sagen, wo die Wette aufhört und das andere beginnt.

Sie nimmt ihr Handy, um nachzusehen, ob sie schon wieder ins Hotel zurückmuss. Sie hat drei SMS bekommen. Die Vibrationen hat sie gar nicht gespürt.

Ihrem Pferd geht es nicht gut.

Zusammen gehen sie zur ›Brasserie Le Sud‹. Der Portier hat ihnen versichert, es sei leicht zu Fuß zu erreichen.

»Ist dir nicht kalt in dem Kleid?«, fragt Roland.

»Nein«, antwortet Gwendolyne. »Ich mag's ein bisschen frisch um die Beine.«

Im Restaurant sieht Oberstein sofort Sven Durano, er überragt alle anderen Teilnehmer um fast einen Kopf.

Die Tagung ist nicht besonders groß: nur ungefähr zwanzig Vortragende. Ein paar Ökonomen und Historiker, ein paar Philosophen, ein Soziologe, ein Linguist. Einige sind mit Begleitung gekommen. Was ein Linguist auf einer Konferenz über die Wirtschaftspolitik von Vichy zu suchen hat, ist Oberstein noch immer ein Rätsel.

Das Essen ist schwer, und dauernd wird Wein nachgeschenkt. Dreimal muss Oberstein der Kellnerin sagen: »Meine Assistentin ist Vegetarierin.« Beim dritten Mal fügt er hinzu: »Sie isst auch keinen Fisch.«

Der Professor, der die Konferenz organisiert hat, hält beim Hauptgericht eine Rede, erst auf Französisch, dann auf Englisch. Die Übersetzung an sich ist korrekt, aber er spricht mit so starkem Akzent, dass Oberstein dauernd an den Inspektor aus den *Pink-Panther*-Filmen denken muss.

Beim Dessert setzt sich Durano zu ihnen.

Er schlägt Oberstein auf die Schulter. Er ist penetranter, als Roland es aus Frankfurt in Erinnerung hat.

»Hast du meinen Beitrag im *Journal of Political Economy* gelesen?«, fragt Durano.

»Nein«, antwortet Oberstein. »Tut mir leid, nicht dazu gekommen! Hast du Lea noch mal gesehen?«

»Lea? Ach, Lea. Ja, ein Mal«, erwidert Durano. »Und du?«

»Auch kaum.« Kurz spürt er die Versuchung zu sagen: »Ihr Großvater wohnt momentan bei meiner Mutter.« Doch das verkneift er sich.

»Und wer bist du?«, wendet Durano sich plötzlich an Gwendolyne.

Bevor sie etwas antworten kann, erklärt Oberstein: »Meine Assistentin.«

Der Schweizer Ökonom wirkt beschwipst. Er schüttelt Gwendolyne lange die Hand und lässt Oberstein völlig links liegen. »Und was ist dein Spezialgebiet?«, fragt er sie. »Auf welchem Zweig unserer Wissenschaft turnst du so herum? Versuchst du auch, eine der vierzig bedeutendsten Smith-Spezialistinnen zu werden?«

Oberstein steht abrupt auf. »Gehen wir an die Bar«, sagt er zu Gwendolyne.

Am Tresen stehen die Philosophen zusammen. Sie reden über Cognac.

Gwendolyne fragt: »Haben die hier auch so was wie Likör?«

Sie schaut etwas missmutig, aber vielleicht bildet Oberstein sich das nur ein.

Er macht kurz Konversation mit den Philosophen, dann sondert er sich mit Gwendolyne ab. Er versucht, ein Gespräch mit ihr zu führen, doch immer wieder wandert sein Blick zu den anderen, allen voran Sven Durano.

Nach einer Viertelstunde stellt sich einer der Philosophen zu ihnen, Professor Skiba, wenn Oberstein richtig gehört hat, auf jeden Fall hat der Mann eine Stelle in Berkeley, und Oberstein tippt auf eine osteuropäische Herkunft. Er kultiviert seinen Akzent und muss auf die siebzig zugehen.

Professor Skiba macht ein paar allgemeine Bemerkungen zur Tagung und beginnt dann, von einem seiner Bücher zu erzählen, das – wenn Oberstein richtig verstanden hat, was nicht einfach ist, denn Skiba nuschelt und spricht schnell – *The Mysticism of Meaning* heißt, was aber genauso gut *The Mysticism of Being* sein könnte oder vielleicht auch *The Mysticism of Stealing*. Oberstein fragt lieber nicht.

Nach zehn Minuten zunehmend begeisterten Erzählens bestellt Professor Skiba in perfektem Französisch drei Cognac, von denen er zwei für sich reserviert und den dritten großzügig Roland hinüberschiebt.

Auf Oxford-Englisch, wenn auch mit einem osteuropäischen Einschlag, wendet der Professor sich darauf an Gwendolyne, die er erst jetzt zu bemerken scheint: »Und von welcher Universität kommen Sie?«

»Eine meiner Mitarbeiterinnen«, stellt Oberstein Gwendolyne hastig vor.

Professor Skiba schiebt Oberstein förmlich beiseite, fasst das Mädchen am Arm und murmelt: »Mein Gott!«

Darauf wendet er sich wieder an Roland: »Und ich dachte immer, Wirtschaftswissenschaftler wären langweilige Gesellen!« Der Professor nimmt einen großen Schluck Cognac, als würde er sich den Mund damit spülen. Dann sagt er: »Im Jahr 1977 hatte ich einen großen Artikel im *San Francisco Chronicle* über den Fall Polanski. Ich will nicht sagen, dass es der definitive Beitrag zu der Angelegenheit war, aber es kommt dem doch ziemlich nah. Ich habe den Artikel Roman auch noch persönlich geschickt, aber natürlich nie ein Wort des Dankes erhalten.«

»Unschön«, antwortet Oberstein, der eilig seinen Cognac austrinkt.

»In dem Artikel habe ich dargelegt«, fährt der Professor fort und schließt verzückt die Augen, »dass die Sache Polanski eine Metapher für die polnisch-amerikanischen Beziehungen ist, wobei Polanski für Amerika steht und das arme Engelchen, diese Samantha Geimer, in die Rolle Polens gedrängt wurde. Ich will nicht großtun, aber man kann die polnisch-amerikanischen Beziehungen nicht wirklich begreifen, wenn man meinen Artikel dazu nicht gelesen hat. Später habe ich den Beitrag auch noch in mein Buch *The Mysticism of Meaning* aufgenommen. In erweiterter und überarbeiteter Fassung natürlich.«

Meaning. Diesmal hat Oberstein es richtig gehört.

»Und sie hier, ist sie auch ein armes Engelchen?«, fragt der Professor.

»Pardon?«

Professor Skiba wendet sich jetzt direkt an Gwendolyne. Er legt ihr eine Hand auf den Arm. »Bist du ein armes Engelchen?«, fragt er, das Glas Cognac in seiner anderen, mit entrücktem Blick.

Oberstein beschleicht der Verdacht, dass der Professor nicht nur betrunken ist, sondern auch ein klein wenig verrückt.

»Komm, lass uns gehen«, fordert er Gwendolyne auf.

»Ich hab den Artikel dabei, wenn ich dich morgen auf

der Konferenz sehe, werd ich ihn dir geben«, ruft Skiba ihm nach.

Unterwegs zum Hotel meint Oberstein: »Trotz des Themas ist das hier eindeutig keine wirtschaftswissenschaftliche Tagung. Wirtschaftswissenschaftler sind souveräner. Die fragen sich nicht, warum Leute Schokolade mögen oder ob das auch gesund ist. Denen geht's darum, *dass* die Leute auf Schokolade verrückt sind.«

Im Hotelzimmer angekommen, sagt Gwendolyne: »Ich hab Ihnen was mitgebracht.«

Sie holt ihre Reitpeitsche aus der Tasche und gibt sie Oberstein.

»Und dein Pferd, was machst du bei dem ohne Peitsche?«

»Ich habe zwei, ich dachte, Sie könnten was damit anfangen.«

Die Peitsche ist schön. Sie riecht ein bisschen nach Stall.

Oberstein legt sie aufs Bett.

Er streichelt Gwendolyne übers Haar. »Vielleicht solltest du jetzt langsam Roland zu mir sagen?«

Sie schüttelt sachte den Kopf.

»Wenn es Ihnen nichts ausmacht, würde ich lieber bei ›Meneer Oberstein‹ bleiben.«

10

Violet erwacht aus einem Traum, ohne sich an Details zu erinnern. Zusammen mit Meneer Bär liegt sie im Bett. Sie greift zu ihrem Handy, das unter das Kissen gerutscht ist.

Es dauert ein Weilchen, bis Roland das Gespräch annimmt.

»Violet?«, fragt er.

»Ja«, antwortet sie.

»Was gibt's? Es ist mitten in der Nacht.«

»Ich hab schlecht geträumt. Bist du noch in Lyon?«

»Ja, bin ich. Nicht schlecht träumen. Schlaf wieder ein. Wir telefonieren morgen.«

Sie legt auf.

Wenn sie nicht einschlafen kann, versucht sie, an eine bestimmte Tasche zu denken, ihren bisher besten Entwurf, eine Tasche mit luxuriösem Federbesatz, in die fast nichts hineinpasst. Sie nennt diese Tasche: »Ironie«.

11

Die Vorträge am ersten Morgen der Tagung beschließt Roland zu schwänzen. Ursprünglich wollte er in ein Museum gehen, doch stattdessen macht er mit Gwendolyne einen Spaziergang. Dort, wo sich am Rande der Altstadt ein steiler Hügel erhebt, gehen sie in ein Bistro.

Er bestellt einen Kaffee und ein Glas Wasser, sie einen Tee.

»Ich hab dir auch was mitgebracht«, sagt er. Aus seiner Tasche holt er ein Exemplar der *Economic Origins of Dictatorship and Genocide*.

»Drei der neun Beiträge stammen von mir. Vielleicht interessiert es dich.«

Dankend nimmt sie das Buch mit beiden Händen entgegen.

Vor ihr steht Pfefferminztee aus frischen Blättern.

»Ich weiß eigentlich wenig von Ihnen«, sagt Gwendolyne nach einigem Schweigen.

Er schaut aus dem Fenster.

»Was möchtest du wissen? Ich bin Ökonom. Aber das weißt du ja schon. Ansonsten glaube ich, dass es nichts bringt, sich als Mensch erklären zu wollen, indem man in der Vergangenheit wühlt. Wenn ich Leute ›meine Herkunft‹ oder ›mein Volk‹ sagen höre, wird mir schlecht. Alles Varianten ein und desselben Syndroms: Chauvinismus, humanistisch verbrämt. Den Begriff ›meine Familie‹ mag ich auch nicht besonders. Ich verfechte einen radikalen Individualismus. Was möchtest du noch wissen?«

Vielleicht klingen seine Worte gefühllos. Das möchte er nicht, aber wie sollte er es sonst ausdrücken?

Sie antwortet nicht.

»Wenn du dieses Buch hier gelesen hast«, sagt er und legt seine Hand auf die *Economic Origins*, »hast du etwas gelernt. Bestimmten Ergebnissen und Interpretationen magst du widersprechen, falls dein Wissen groß genug ist, meinen Argumenten etwas entgegenzusetzen, aber das sagt noch nichts gegen das Buch. Wenn du deine Schmonzette von Zweig fertig hast, was hat die dir gebracht? Du hast Zeit investiert, und was kriegst du dafür?«

Sie schaut erst auf ihren Tee, dann zu ihm.

»Schönheit«, sagt sie.

»Ach«, ruft Oberstein: »Buch durchgelesen – Schönheit bekommen? Meiner Meinung nach ist das ein Paralogismus, oder wie nennt man so was? Unbeweisbar auf jeden Fall. ›Schönheit‹ ist hier doch ein anderes Wort für Betrug! Möglicherweise willst du damit zeigen, dass du zu einem Zirkel von Eingeweihten gehörst, aber dazu brauchst du das Buch nicht zu lesen, dazu brauchst du es nur gut sichtbar in den Bücherschrank zu stellen und kannst dir das ganze Theater ersparen.«

»Man lernt etwas über die Liebe«, sagt sie.

Oberstein schüttelt den Kopf.

»In diesem Buch«, er legt seine Hand wieder auf die *Economic Origins*, »zitiere ich in einer Fußnote aus dem unterschätzten Werk des Holocaust-Überlebenden M. S. Arnoni, *Mutters Beerdigung fand ohne sie statt*. Ich zitiere aus dem Kapitel ›Hütet euch vor der Liebe‹, darin steht alles, was man zu dem Thema wissen muss.«

Er blättert in seiner Schrift. »Ich werd es dir vorlesen«, sagt er, »warte, gleich hab ich's.«

Oberstein nimmt einen Schluck Wasser und blättert weiter.

Endlich hat er die Stelle gefunden. Er nimmt eine Vorlesehaltung ein.

»Komm, junger Liebender«, liest er, »lass uns ein paar Dinge klarstellen, bloß um zu wissen, woran wir sind. Du hast sie also gefunden, die für dich Begehrenswerteste? Herzlichen Glückwunsch und viel Erfolg! Du willst dich nicht nur auf dein Glück verlassen? Sicher sein, dass du den Nektar bis zum letzten Tropfen genießt? Der Zustrom der Freuden nimmer versiegt? Willst, dass er verschwenderisch strömt, ohne dass du ertrinkst? Und – Selbstaufopferung, Güte und Altruismus einmal beiseite – dass die Ernte nur dir allein bleibt? Mit niemandem teilen? Nicht einmal, wenn das für die Angebetete angenehm wäre? Dann erst recht nicht? Sieh mich an, junger Mann. Denk an das Beispiel vom erfahrenen Gärtner mit seinem Baum: Du musst das Beste geben, um das Beste zu ernten. Keine bessere Investition, keine höhere Rendite ist möglich. Was meinst du, du brauchst meine Ratschläge nicht? Du wusstest das alles schon längst? Intuitiv? Instinktiv? Und hast genau getan, was ich gesagt habe? Bravo, dann bist du der geborene Liebhaber. Schlau und berechnend.«

Er schlägt das Buch zu und bestellt noch einen Kaffee.

»Die Leute können sich nicht einmal selbst akzeptieren, geschweige denn die andern, und trotzdem führen sie das Wort Liebe im Mund«, sagt er, während er ein Tütchen Zucker aufreißt. »Oder sie kommen dir mit ›Einfühlungsvermögen‹, das sei von Biologen erwiesen. Als würde ich das leugnen! Empathie ist ein Mittel, die Überlebensmaschine Mensch zu optimieren. – Dasselbe gilt für die Lustmaximierungsmaschine, die der Mensch außerdem ist, und auch dabei hilft Empathie. Es gibt Menschen, die Sinn suchen oder Bedeutung oder was weiß ich nicht alles, und dann sieht es einen Moment lang so aus, als sei die Maximierung der Lust nicht ihr oberstes Ziel. Aber was sie damit zum

Ausdruck bringen, ist höchstens, dass die üblichen Formen der Lust ihnen nicht mehr genügen. Einfühlung ist ein Mittel zum Zweck. Daran können wir nichts ändern. Das sind unsere Werkseinstellungen. Und versteh mich richtig, ich behaupte nicht, die Maschine Mensch maximierte ihre Lust ohne Rücksicht auf Moral oder praktische Umstände. Die reale Wirkung der Moral leugne ich nicht.«

»Sie wissen viel«, sagt Gwendolyne mit spöttischem Lächeln.

»Ich habe einen Vorsprung von gut zwanzig Jahren«, antwortet er.

Oberstein schaut auf die Uhr. »Fast Mittag. Noch etwas früh, aber wollen wir einen Wein trinken, oder einen Pernod?«

Sie trinken erst einen Pernod und dann Wein. Sie küssen sich.

Es wird 13.30 Uhr.

»So langsam muss ich zur Tagung«, sagt Oberstein.

Sie bestellen eine Karaffe Rotwein. Roland küsst sie. Er denkt an Durano. Der Gedanke, ihn gleich wiederzusehen, ist ihm eine Qual.

»Es gibt gewisse Kollegen«, sagt er, »die meine Wissenschaft in Verruf bringen.«

Dann küsst er sie wieder.

Er sieht Professor Skiba vor sich, hört ihn »armes Engelchen« sagen. Auch Professor Skiba hofft er nie mehr zu sehen.

Er bestellt noch eine Karaffe – und etwas Käse, um keinen Schwips zu kriegen.

Es wird 14.30 Uhr.

»In einer guten Stunde beginnt mein Vortrag«, sagt Oberstein. »Jetzt müssen wir wirklich los. Ich jedenfalls, du kannst ja bleiben. Ich weiß, die Wirtschaftspolitik von Vichy lässt dich ziemlich kalt, aber irgendwann hoffe ich dich doch noch für mein Fach begeistern zu können.«

Der Käse ist noch nicht alle, aber der Wein, darum bestellt er noch eine Karaffe.

Sie küssen sich.

»Normalerweise bin ich nicht so kitschig«, meint Gwendolyne.

»Wir sind degoutant«, sagt Oberstein. »Wenn Leute wissen wollen, was degoutant ist, brauchen sie nur uns anzusehen.«

Es wird 15.15 Uhr.

»In einer halben Stunde beginnt mein Vortrag«, sagt er. »Aber ich krieg keinen zusammenhängenden Satz mehr heraus. Schau mich an, Gwendolyne. Was siehst du?«

Sie antwortet nicht.

Er steht auf, geht zur Herrentoilette, kühlt sich den Kopf, schaltet sein Handy aus und setzt sich wieder zu ihr an den Tisch.

Eine halbe Karaffe Wein ist noch da. Er schenkt ihr und sich nach.

»Das ist mir noch nie passiert«, sagt er. »Ich habe immer geliefert. Du weißt, nur Arbeit macht frei, hierfür werde ich schrecklich bestraft werden. Wir müssen sofort fliehen. Die Strafe wird fürchterlich sein.«

Er drückt Gwendolyne an sich. Jetzt ist Roland sich sicher: Professor Skiba und Sven Durano sind Feinde der Menschlichkeit.

12

Auf dem Weg vom Bistro zum Hotel verlaufen sie sich. Gwendolyne wird in ihrem Kleid langsam kalt. Hätte sie nur eine Strumpfhose angezogen! Sie hatte nicht damit gerechnet, so viel im Freien herumzulaufen, und auch gehofft, in Lyon ginge es schon etwas dem Sommer entgegen.

In der Hand hält sie Obersteins Buch.

Zu Hause über ihrem Bett sind all ihre Bücher auf zwei Regalbrettern versammelt. Wenn sie wieder zurück ist, wird sie sein Buch dazustellen.

Sie hat viel getrunken, ist aber nicht beschwipst. Betrunken sein mag sie nicht. Sie kann sich nur an einen einzigen richtigen Rausch im Leben erinnern.

»Ist es noch schön für dich?«

»Natürlich«, antwortet sie.

Gwendolyne fragt eine Frau mit zwei Einkaufstüten nach dem Weg.

Sie gehen weiter.

»Hätten Sie Lust, einmal zum Essen zu mir zu kommen?«, fragt sie.

»Du wohnst doch bei deinen Eltern?«

»Ja und?«

»Was werden die sagen, wenn ich so einfach hereinschneie? Wäre ihnen das recht?«

Er schaut sie an.

»Sie wollten nicht, dass ich Literaturwissenschaft studiere, aber sonst sind sie sehr tolerant.«

»Was macht dein Vater eigentlich?«

»Er hat einen Großhandel für Gartenmöbel.«

»Wenn es deinen Eltern nichts ausmacht, will ich gern einmal kommen. Warum nicht?«

»Von hier aus weiß ich's wieder«, sagt sie. »Wenn wir nach links gehen, kommen wir direkt zum Hotel.«

Er schüttelt den Kopf. »Nein, da geht's lang zum Hotel.«

Sie nimmt seine Hand. »Haben Sie ein bisschen Vertrauen«, meint sie. »Keine Angst.«

13

Innerhalb von drei Minuten hat Gwendolyne ihre Sachen gepackt, Oberstein braucht etwas länger.

Seine Bücher und den Ausdruck des Vortrags, den er jetzt eigentlich halten sollte, legt er zuunterst in den Koffer; darüber Gwendolynes Peitsche und dann seine Kleidung.

Er schaut sich noch einmal um, ob er auch nichts vergessen hat.

Sein Kopf ist schwer und leicht zugleich. Seine Stimmung schießt hin und her zwischen grenzenlosem Triumph und tiefster Mutlosigkeit.

In der Bar des Hotels sieht er Professor Skiba sitzen, zum Glück mit dem Rücken zu ihnen. Offenbar schwänzt auch er ein paar Vorträge, aber bestimmt nicht den eigenen.

Leise sagt Oberstein zum Portier: »Ich möchte gern auschecken.«

»Sie hatten drei Anrufe«, sagt der. »Eine gewisse Catherine –«

»Ich weiß«, unterbricht Oberstein ihn, »aber es ist ein Notfall. Ich muss auschecken.«

»Das Zimmer ist bis morgen für Sie reserviert, sind Sie sicher –«

»Ich muss weg«, unterbricht Oberstein den Jungen zum zweiten Mal. »Ein Notfall. Eine Sache auf Leben und Tod.«

»Hatten Sie etwas aus der Minibar?«

»Nein«, antwortet Oberstein.

»Dann ist alles geregelt. Soll ich Ihnen ein Taxi rufen?«

»Danke, nicht nötig.«

Sie gehen zum Taxistand. Oberstein hat einen Rollkoffer, doch auf dem Pflaster nutzt der ihm wenig.

»Zum Bahnhof, bitte«, befiehlt Oberstein dem Fahrer.

Er schaltet sein Handy ein und schickt der Dame von der Organisation eine SMS. »Entschuldigung für meine Abwesenheit, es gab einen Notfall, melde mich so schnell wie möglich per E-Mail bei Ihnen. R. Oberstein.« Dann schaltet er das Handy wieder aus.

Der nächste TGV geht nach Genf. Roland kauft zweimal die Hinfahrt zweiter Klasse und dann eine *Le Monde* und eine *Herald Tribune*.

Der Wein und der Pernod sitzen ihm immer noch in den Knochen. Beim Gehen ist ihm ein wenig schwindlig.

»Möchtest du etwas trinken, ein Wasser vielleicht?«, fragt er Gwendolyne, als sie im Zug sind.

Gwendolyne nickt.

Er geht in den Speisewagen und kommt mit zwei Flaschen Wasser zurück.

»Irgendwann muss ich aber auch wieder an die Uni«, sagt Gwendolyne. »Ich weiß nicht, wo Sie noch alles hinwollen.«

»Ich auch. Fast hätte ich es vergessen. Auch ich muss an die Uni zurück.«

Es ist schon dunkel. Die Zeitungen liegen auf seinem Schoß. Die Universität, ja, dahin muss er wohl wieder, zurück zu P.W.F.M. Verkerk. Wieder muss er an sein Gehalt denken. Der Wert einer Sache wird in Geld ausgedrückt. Der Universität Leiden ist er nichts wert. Nicht genug jedenfalls. So viel ist sicher.

Vielleicht hätte er sie nicht mitnehmen sollen, dann hätte er seinen Vortrag gehalten.

»Lass uns was spielen«, schlägt Oberstein vor. »Wir stellen einander abwechselnd Fragen. Du kannst wählen: Entweder du antwortest wahrheitsgemäß, oder du bekommst Strafe.« Er nimmt einen Schluck Wasser. »Oder möchtest du lieber über Ökonomie reden?«

Sie denkt kurz nach.

»Nein, dann schon lieber das Spiel.«

»Du darfst anfangen«, sagt Oberstein.

Bis nach Genf sind es anderthalb Stunden. In gut einer Stunde werden sie dort sein. Er wird ein Hotel und zwei Flugtickets für morgen Nachmittag buchen und den Organisatoren der Tagung eine E-Mail schicken. Er wird sich irgendwas ausdenken. Krankheit. Was mit seiner Mutter. Kranker Sohn. Kranke Mutter ist besser.

»Hast du schon eine Frage gestellt?«

»Nein, noch nicht«, antwortet sie. Gwendolyne wirft einen Blick auf ihre Tasche, die neben ihr auf dem Sitz liegt, dann schaut sie ihn an. »Warum haben Sie mich ausgesucht? Sie begegnen so vielen Leuten.«

»Aber ich hab dich nicht ausgesucht. Du hast mich ausgesucht. Du bist auf mich zugekommen.«

Ihre Frage erstaunt ihn. Außerdem beunruhigt ihn das Wort »ausgesucht«, es klingt wie bei einem Produkt, das man aus dem Regal holt und zur Kasse mitnimmt.

»Aber Sie haben mir diese provozierende E-Mail geschickt.«

»Provozierend? Ich habe dich auf die Tugend der Disziplin hingewiesen. Obwohl sich das aus meinem Mund jetzt zugegeben etwas ironisch anhört.«

Sie zuckt mit den Schultern. »Sie sind dran.«

Er wirft einen Blick auf die Zeitungen auf seinem Schoß.

»Hattest du schon mal eine feste Beziehung?«, fragt er.

»Ich werde wahrheitsgemäß antworten. Das haben Sie übrigens vergessen zu sagen: ob Sie wahrheitsgemäß antworten oder eine Strafe bekommen wollen, aber okay. Nein, nicht wirklich. Aber ich hab einen guten Freund, mit dem ich ab und zu auch ins Bett gehe.«

»Wie meinst du das?«

»Wie ich es sage. Wir haben eine Freundschaft mit Extras.«

»Bei ›Extras‹ denke ich nicht unbedingt gleich an Sex.«

»Das macht nichts. Ich auch nicht immer.«

Er rückt die Zeitungen zurecht.

»Und wie lange ist das gegangen?«, fragt er.

»Wie lange ist was gegangen?«

»Das mit den Extras.«

»Es passiert immer noch ab und zu. Manchmal. Wenn

wir uns nichts mehr zu sagen haben, am Samstagabend. Dann muss man doch irgendwas anfangen?«

Ist das eine Frage? Muss er jetzt antworten?

»Ja«, sagt er. »Samstags abends muss man was unternehmen.«

»Sie haben doch auch eine Freundin?«

Er nickt. »Und wie heißt der Junge?«

»Spielt das eine Rolle? Er kann gut singen. Vor kurzem hat er in einem Musical mitgespielt, als Don Quijote. Mögen Sie Musicals?«

»Verschone mich, Gwendolyne! Musicals sind noch schlimmer als Literatur.«

Wieder schaut sie ihn spöttisch an. Irgendetwas an ihm findet sie lustig. Sie fängt an zu singen: »Denn ich bin Don Quijote, der Mann von La Mancha.«

Dann kann er nicht mehr folgen. Als sie zu Ende gesungen hat, fragt sie: »Nicht schön?«

»Sehr schön. Aber Musicals sind wirklich das Schlimmste vom Schlimmen, vor allem auf Niederländisch.«

Er schlägt die *Herald Tribune* auf.

Nachdem er einen Artikel über Goldman Sachs gelesen hat, sagt er: »Mein Sohn mag Musicals. Er hat *Mamma Mia!* auf DVD gesehen. Er war begeistert.«

»Sie haben einen Sohn?«

Oberstein nickt.

»Ja, ich hab einen Sohn. Du guckst so nachdenklich. Ist irgendwas?«

Sie schüttelt den Kopf. »Nein, nichts. Blondie ist krank. Aber nichts Ernstes.«

»Blondie. Du redest von Pferden, als wären es Menschen.«

Er vertieft sich wieder in seine Zeitung. Eine Kolumne von Paul Krugman. Er macht sich auf die leichten Adrenalinstöße gefasst, die dessen Artikel stets in ihm auslösen.

Gwendolynes Schweigen macht ihn unsicher. Es beunruhigt ihn.

14

Auch in Genf ist Gwenny noch nie gewesen, doch viel Zeit, sich die Stadt anzusehen, bleibt nicht.

Vom Bahnhof zum Hotel nehmen sie ein Taxi.

Danach gehen sie kurz am Seeufer spazieren. Sie sieht viele Pelzmäntel. Hier scheint es noch kälter zu sein als in Lyon, auf jeden Fall feuchter.

Nach zehn Minuten sagt Oberstein: »Gehen wir zurück ins Hotel. Etwas essen.«

Sie kehren um.

»Vielen Dank übrigens«, sagt sie.

»Wofür?«

»Dass Sie mein Freund werden wollten.«

»Wie meinst du das?«

»Na, auf Facebook.«

»Ach das. Ja, ich dachte, das ist doch das mindeste, was ich tun kann.«

Bevor sie den Speisesaal betreten, nennt er dem Maître d'hôtel seine Zimmernummer. Der Mann schaut in seinem Buch nach und sagt dann: »Guten Abend, Monsieur und Madame Oberstein.«

Sie bekommen einen Tisch neben zwei englischen Geschäftsleuten, Bankern vermutlich, die ihr Gespräch zwei Sekunden lang unterbrechen, um Gwendolyne und Oberstein zu mustern.

Nach dem Hauptgericht sagt er: »Ich bin ja kein großer Redner, aber du sagst noch weniger.«

»Ich genieße das Essen und die Umgebung.«

»Dann ist es gut.«

Sie teilen sich einen Nachtisch, warme *tarte au Chocolat*. Die Preise hier sind astronomisch, doch das spielt keine Rolle. Er wird sich von diesen unerwarteten und im Grunde unverantwortlichen Geldausgaben schon wieder erholen. Wie er auch seine mangelnde Disziplin wiedergutmachen wird, sein pflichtvergessenes Verhalten in Lyon. Er wird zeigen, dass man ihn nicht umsonst zu den vierzig bedeutendsten Adam-Smith-Experten der Welt zählt.

Beim Nachtisch sagt Gwendolyne: »Sie sind schön.«

Er glaubt, sich verhört zu haben. »Was bin ich?«

»Schön«, sagt sie.

Er bestellt einen Espresso. Gwendolyne möchte nichts mehr, auch keinen Tee.

Sie sagt: »Ich bin nicht so gut im Komplimente-Entgegennehmen.«

»Ich offenbar auch nicht.«

»Sie zu machen ist leichter.«

»Da hast du recht«, stimmt er ihr zu.

Sie gehen auf ihr Zimmer. Es gibt einen Fahrstuhl, aber sie nehmen lieber die Treppe.

Oberstein holt die Bücher, etwas Kleidung und Gwendolynes Peitsche aus seinem Koffer.

Auch das Notebook holt er aus seiner Computertasche.

»Dieses Buch« – er hält *1940–1945. Années érotiques: Vichy ou les infortunes de la vertu* in die Höhe – »ist ausgezeichnet, ich kann es dir nur empfehlen. In dem Vortrag, den ich heute Nachmittag hätte halten sollen, habe ich ausführlich daraus zitiert. Nun ja, ich werde ihn schon irgendwo noch mal veröffentlichen.«

»Tut es Ihnen leid?«

Er schüttelt den Kopf.

»Magst du Musik?«, fragt er. »Ich meine: richtige Musik. Pergolesi zum Beispiel?«

»Natürlich.«

Er klappt das Notebook auf.

Neben dem Bett stehend, lauscht er der Musik.

»Auf deiner linken Pobacke ist ein Muttermal«, sagt er.

»Ich weiß. – Aber Musicals sind doch auch Musik?«

Die Peitsche riecht noch stärker nach Stall als in Lyon.

»Schön bist du, finde ich«, sagt er. »Und lieb.«

16

Am Morgen im Speisesaal gibt es ein großes Buffet, doch Gwenny nimmt nur einen Obstsalat. Zu Hause isst sie meist nur etwas Obst mit Joghurt zum Frühstück, ganz selten dazu eine Scheibe Weizenvollkornbrot mit altem Gouda.

Sie sitzen am selben Tisch wie am Abend zuvor.

Oberstein isst ein Croissant.

»Unser Flugzeug geht um halb vier«, sagt er. »Gegen fünf sind wir in Amsterdam. Holt dich jemand ab?«

»Nein«, sagt sie. »Ich muss mit dem Zug nach Hause.«

»Ich würde dir gern was Warmes zum Anziehen kaufen.« Er zeigt auf ihre nackten Beine.

»Das ist sehr nett, aber ich kaufe mir meine Kleidung lieber selbst.«

Er wirkt enttäuscht.

»Ich geh mir noch etwas holen, soll ich dir was mitbringen?«

Sie schüttelt den Kopf.

Oberstein kommt mit einem Glas Grapefruitsaft zurück. Er setzt sich und trinkt das Glas in einem Zug aus. Dann wischt er sich sorgfältig den Mund mit einer Serviette ab.

»Am Samstagabend triffst du dich also immer mit Don Quijote?«, fragt er.

»Das hab ich nicht gesagt. Sie müssen mich richtig zitieren. Ich treffe mich mit einem Jungen, der Don Quijote gespielt hat, aber das ist schon wieder vorbei, das Don-Quijote-Spielen, und wir sehen uns auch nicht jeden Samstag.«

»Don Quijote«, murmelt er. »Und dann geht ihr zusammen ins Bett?«

»Nur wenn wir uns nichts mehr zu sagen haben. Er ist einfach ein guter Freund, und manchmal haben wir auch Sex. Sind Sie eifersüchtig?«

»Eifersüchtig? Ach was, Eifersucht ist eine schlechte Investition, Eifersucht ist Verschwendung, Kapitalvernichtung.«

Sie isst den restlichen Obstsalat auf, doch ohne die Bananenstückchen. Sie mag keine Bananen.

»Du wirkst so besorgt«, sagt er.

»Blondie ist krank, ziemlich krank sogar. Gestern sollte der Tierarzt kommen, aber ich hab nichts mehr gehört.«

»Warum rufst du nicht selbst an?«

»Ich fahr heut Abend auf den Bauernhof und seh nach ihr.«

Den Rest des Vormittags spazieren sie am See entlang, trinken Tee und betrachten die Berge.

Gwenny ist kalt, aber sie lässt sich nichts anmerken.

»Gleich müssen wir los«, sagt Oberstein nach einem leichten Lunch. »Willst du mich noch etwas fragen?«

»Nein«, sagt Gwendolyne. »Eigentlich nicht.«

»Wie war dein Vortrag?«, fragt Violet Roland in einem Pfannkuchenrestaurant in Amsterdam.

Sie fand es romantisch, ihn zu seiner Rückkehr zu einem Pfannkuchen einzuladen.

»*Comme çi, comme ça.* Schon bessere Vorträge gehalten.«

Als Gwenny sich dem Stall nähert und ihr Pferd nicht wiehern hört, beginnt sie, sich ernsthaft zu sorgen.

Sie klingelt beim Bauern. Er kommt aus dem Haus. »Wir essen gerade«, sagt er.

»Wo ist Blondie?«

Mit dem Taschentuch wischt er sich den Mund ab. Er hat eigentlich kein hartes Gesicht, auch wenn es durch die tiefen Furchen so wirkt.

»Beim Metzger. Wenn du dir morgen irgendwo 'n Hamburger holst, erwischst du sie vielleicht noch.«

Gwenny will weglaufen, doch der Bauer hält sie zurück.

»Der Tierarzt meinte, es wär nichts mehr zu machen. Wir kamen zu spät. Es war eine Kolik. Ein Martyrium. Ich musste schnell entscheiden. Hab noch versucht, dich anzu-

rufen, aber am Telefon war nur so 'ne französische Frauen-
stimme.«

Sie will sich losreißen, aber der Bauer gibt sie nicht frei.

»Du wirst schon wieder ein neues Pferd finden«, meint er.

19

»Was ist?«, fragt er leise.

Roland steht aus dem Bett auf und geht mit dem Handy
ins Bad.

»Nie rufst du mich an«, sagt er. »Warum jetzt? Ich meine:
warum um diese Uhrzeit?«

»Mein Pferd ist tot.«

»Das tut mir leid.«

Eine Pause entsteht.

»Kommen Sie Sonntagabend zum Essen?«

»Pardon?«

»Kommen Sie Sonntagabend zum Essen zu mir?«

»Bei deinen Eltern?«

»Ja, bei meinen Eltern und meinen Brüdern. Ich habe
drei Brüder. Ich werd für Sie kochen.«

Sonntagabend, das ist übermorgen. Er weiß nicht, was er
sagen soll. Hat er darauf überhaupt Lust? Hat er dafür die
Zeit? Ist das passend?

»Sie hatten gesagt, Sie würden kommen.«

»Tu ich ja, tu ich ja«, sagt er schnell. »Schön! Tut mir leid,
wegen deinem Pferd.«

»Ich werd Ihnen die Adresse mailen. Kommen Sie mit dem Zug?«

»Ich denk schon.«

»Mein Vater kann Sie vom Bahnhof abholen. Er hat's mir von sich aus angeboten. Es ist kein Problem für ihn. Sie nehmen am besten den Zug nach Delft oder den nach Den Haag Hollands Spoor.«

»Ich nehme den Bus vom Bahnhof, vielen Dank, auch an deinen Vater. Bis Sonntag, Gwendolyne.«

Er legt sich wieder ins Bett.

»Wer war das?«, fragt Violet.

»Ein Student.«

»Und die rufen dich mitten in der Nacht an?«

»Offenbar schon.«

»Komisch.«

»Ja. Sie werden immer selbstbewusster.«

20

Lea putzt sich die Zähne. Neben einer alten Dose Nachtcreme findet sie eine Spraydose Rogaine. Sie greift danach.

Ihr Mann sitzt im Wohnzimmer am Esstisch. Sie haben eine Beziehungstherapie angefangen, auf Initiative von Jason, der fand es eine gute Idee. Eine Scheidung sei teuer und auch nicht so gut für seine politische Karriere.

Lea geht mit der Spraydose ins Wohnzimmer.

»Wegen mir hast du dir so was nie angeschafft«, sagt sie.

Er starrt auf die Dose, als könne er nicht erkennen, was Lea in der Hand hält.

»Für mich hast du nie was gegen deine kahlen Stellen unternommen. Für mich waren die offenbar gut genug.«

Sie geht auf ihn zu, stellt das Haarwuchsmittel vor ihn hin.

»Ich dachte, sie wären dir nicht aufgefallen«, sagt er leise, während er die Spraydose vom Tisch nimmt.

»Dachtest du, ich bin blind?«

Er dreht die Dose in der Hand, wie ein Spielzeug, einen Talisman.

»Du warst so mit deinem Höß beschäftigt«, sagt er leise. »Und mit den Kindern. Ich dachte, die kahlen Stellen wären dir egal.«

Sie schaut ihn an. Seine beste Zeit ist vorüber. Verbraucht ist er, eindeutig. Sie sieht das klarer denn je. Als hätte jemand endlich das Licht angeknipst. Sie kann kaum noch glauben, dass sie all die Jahre mit ihm verheiratet war, dass dies der Vater ihrer Kinder ist.

Wird sie noch mal einen anderen Mann finden, oder soll sie den Rest ihres Lebens die sexuelle Beziehung mit dem pakistanischen Taxifahrer fortsetzen, dem Mann, der hart arbeitet, um seine Familie in Lahore zu ernähren? Er riecht gut, das schon, dieser Mann aus Lahore. Exotisch und doch vertraut.

»Was machst du mit diesem Mann?«

»Welchem Mann?«

»Dem UPS-Boten. Ich bin nicht blind. Was machst du mit ihm? Ist er dein Sexsklave?«

Er schaut sie kurz an, dann studiert er eingehend das

Etikett der Spraydose, als stehe dort etwas, was ihm bisher entgangen ist.

»Wir sind Seelenverwandte«, sagt er. »Mehr nicht. Seelenverwandte.«

Sie setzt sich neben den Mann, von dem sie noch nicht geschieden ist.

»Sag mir bitte, dass ich eine attraktive Frau bin«, fleht sie. »Sag, dass alles gut wird.«

Er nimmt den Deckel von der Spraydose, sprüht sich etwas Rogaine in die Hand und verteilt es langsam auf seinem Kopf.

»Jason! Sag mir bitte, dass ich eine attraktive Frau bin!«, wiederholt sie.

Schweigend sieht er sie an, während er sich mit beiden Händen den Schaum in die Kopfhaut massiert.

Als er damit fertig ist, riecht er an seinen Fingern.

»Alles wird gut«, sagt er.

21

Gwenny holt eine Packung Magerjoghurt aus dem Kühlschrank und füllt etwas davon in ein Schälchen.

»Wer ist der Mann, der Sonntagabend zum Essen kommt?«, fragt ihre Mutter.

»Ein Dozent.«

»Hast du ein Verhältnis mit ihm?«

»Nein«, sagt Gwenny, während sie stehend den Joghurt

aufisst. »Er ist einfach ein Freund. Wir haben dieselben Interessen.«

»Was denn für Interessen?«

»Einfach so. Interessen eben.«

22

Wie jeden Samstag arbeitet er an seiner Studie über die Geschichte der Blasen. Für Oberstein gibt es kein Wochenende, das ist eine verächtliche Erfindung für Faulenzer, doch gegen sieben tippt er Gwendolyne kurz eine sms. »Alles in Ordnung bei dir?«, fragt er.

Eine Viertelstunde darauf kommt die Antwort: »Ja, alles in Ordnung.«

Er arbeitet weiter. Violet ist übers Wochenende bei einer Freundin im Süden des Landes, er will die zwei Tage dazu nutzen, seine Studie ordentlich voranzubringen.

Eine halbe Stunde darauf öffnet er eine Flasche Rioja, ein kleines Präsent von Antoinette. »Jedes neue Mitglied in unserem Kuratorium bekommt eine Flasche Rioja«, hat sie gesagt. »Das ist das Schöne am Vroom-&-Dreesmann-Literaturpreis, die kleinen Extras, die Freundschaften, die man schließt, die Kontakte.«

Der Wein schmeckt ihm nicht, doch er leert das Glas.

Oberstein beschließt, eine Pause zu machen. Fast drei Stunden am Stück hat er gearbeitet. Er bleibt am Notebook sitzen, geht aber auf YouTube, sucht »›Mann von La Mancha‹, Musical« und schaut sich den Film an, in dem Don Quijote mit einem Eimer auf dem Kopf sentimentale Lieder singt. Die Bilder findet er womöglich noch abstoßender als die Musik.

»Mein Gott, wie furchtbar!«, sagt er laut. Um sich von diesem Schrecken zu erholen, schenkt er sich noch einen Rioja ein.

»Ein Verbrechen gegen die Menschlichkeit«, murmelt er. »Musicals. Ein Symptom des Verfalls.«

Er konzentriert sich wieder auf die Textpassage, an der er gerade arbeitet, doch Don Quijote meldet sich zurück. Er sieht ihn vor sich: jung, auf eine fast vulgäre Art attraktiv. Fast noch ein Schuljunge. Keine andere Torheit kennt er als den Hochmut der Jugend, die Arroganz derer, die den Tod nur vom Hörensagen kennen.

Er hat einen großen, unbeschnittenen Schwanz. Natürlich ist Don Quijote unbeschnitten. Und mit diesem großen, unbeschnittenen Ding bohrt er in Gwendolyne herum. Erst in ihrer Vagina, dann in ihrem Anus, dann in ihrem Mund, und wenn er damit fertig ist, singt er wieder seine dämlichen Lieder.

»*Oh thou bleak and unbearable world, thou art base and debauched as can be.*«

Die Melodie geht ihm nicht aus dem Kopf. Er hätte sich den Film auf YouTube nicht ansehen sollen, verschwendete Zeit, verplemperte Energie.

Um sich zu sammeln, schaut er im Internet in einige Zeitungen und liest etwas in den *Economic Origins*. Das tut er öfter, wenn die Konzentration sich nicht sofort einstellen will.

Dann hämmert er noch zwei Absätze über die South Sea Company in den Computer und trinkt dazu einen Rioja.

Er nimmt den ekligen Geschmack des Weins nicht mehr wahr.

Nachdem er mit den zwei Absätzen fertig ist, nimmt er sein Handy und wählt Gwendolynes Nummer, doch sie geht nicht ran. Er schickt Violet eine SMS und tigert im Zimmer herum, während er versucht, zusammenhängende Gedanken über Aufstieg und Fall der South Sea Company zu formulieren, doch immer wieder sieht er den jungen Don Quijote vor sich mit seinem großen, unbeschnittenen Schwanz. Kitschige Lieder trällern, das kann er.

Die Flasche Rioja ist alle. Wenn der Rest von diesem Preiszirkus genauso erbärmlich ist wie der Wein, hätte er dem Kuratorium nie beitreten dürfen.

Noch einmal wählt er Gwendolynes Nummer, und wieder geht sie nicht ran.

Er nimmt seinen Mantel, ein langes braunes Modell, das er einmal an einem unproduktiven Nachmittag in Washington gekauft hat. Er wird einmal nachsehen, was sich an einem Samstagabend westlich von Delft so alles tut.

Bevor er geht, schaut er im Bad in den Spiegel. Wie einundvierzig sieht er nicht aus. Mit dem jungen Don Quijote kann er es noch jederzeit aufnehmen.

Neben dem Waschbecken in einer Vase, die seine Zimmerwirtin ihm geliehen hat, steht ein Strauß Blumen für morgen Abend, für Gwendolynes Mutter. Ein Vierzig-Euro-Bukett. Besser zu teuer als zu billig.

Er schneidet sich zwei Nasenhaare ab und sieht unterdessen vor sich, wie der junge Don Quijote Gwendolyne von hinten nimmt. »Fester, Don Quijote!«, ruft sie. »Fester!«

Er greift sich ein Buch, das er im Zug lesen will. *The Brand Bubble*, man hat es ihm zugeschickt, er verspricht sich nicht viel davon. Oberstein geht die Treppe hinunter. Ein geiler Scheißkerl ist er, dieser junge Ritter. Was weiß er vom Leben? Was hat er ihr zu bieten? Hat er etwa über den Völkermord gearbeitet oder den Aufstieg und Untergang der South Sea Company?

»Hu-hu!«, ruft Antoinette ihm hinterher. »Wird's spät heute Abend? Wann kommst du zurück, Roland?«

23

Lea ist zu Hause und sieht fern. Ihr Mann geht mit den Kindern im Park spazieren.

Sie müsste die Küche putzen, doch sie bleibt vor dem Fernseher sitzen.

»Lang nichts von dir gehört«, simst sie Roland. »Wann kommst du wieder? Wie geht's meinem Großvater? Du fehlst mir ein bisschen.«

24

Er ist gut in Delft angekommen. Das Buch hat ihn enttäuscht, aber die Fahrt selbst verlief problemlos. Jetzt hier auf dem Bahnsteig weiß er nicht mehr, wie es weitergehen soll. Keine Ahnung, in welcher Disco Gwendolyne sich herumtreibt. Womöglich ist sie auch bei Don Quijote zu Hause, sitzen sie in einer mickrigen Studentenbude auf dem Sofa. Oder er wohnt noch bei seinen Eltern, wie sie, und sie verbringen den Abend auf seinem Zimmer, während die Eltern bei den Nachbarn Käsefondue essen.

Noch einmal anrufen will er nicht.

Er geht auf den Bahnhofsvorplatz. Es regnet.

Dann fällt ihm der Bauernhof ein. Er weiß, wie er dorthin kommt, er ist inzwischen oft genug dort gewesen.

Er nimmt ein Taxi.

»Richtung Naaldwijk«, sagt er. »Ich weiß die Adresse nicht mehr, aber wenn wir erst beim Dorf angekommen sind, find ich's schon wieder.«

»Was für ein Dorf?«, fragt der Taxichauffeur.

Im Dunkeln ist der Weg schwerer zu finden, als er gedacht hatte, doch nach ungefähr dreißig Minuten Fahren und Suchen hält der Taxifahrer, ein freundlicher Mann und offenbar auch Pferdeliebhaber, vor dem Bauernhof an.

»Soll ich warten?«, fragt der Chauffeur.

Oberstein schüttelt den Kopf.

Wenn Leiden ihm ein anständiges Gehalt zahlen würde, könnte er sich das leisten.

Er geht über den Kiesweg. Irgendwo bellt ein Hund.

Im Bauernhaus brennt kein Licht mehr. Der Bauer schläft schon.

Der Regen ist in Hagel übergegangen. Er schlägt den Kragen hoch. Das Wetter macht ihn wieder nüchtern. Was soll das hier bringen? Aber er geht weiter. Jetzt ist das Taxi ohnehin weg.

Im Pferdestall brennt noch Licht.

Er betritt die Scheune, sein Blick wandert über die Pferde.

Oberstein geht weiter hinein in den Stall. Zwei Boxen stehen leer.

Aus einer der Boxen kommt ein Mädchen. Sie hat einen Haarschneider in der Hand.

Gwendolynes Freundin. Zugleich seine Studentin. Er kommt gerade nicht auf ihren Namen.

»Meneer Oberstein«, sagt sie. »Was machen Sie denn hier?«

Sie klingt nicht wirklich überrascht. Als kämen Dozenten abends öfter hierher. Aber sie ist ihm schließlich auch tagsüber schon hier begegnet. Vermutlich hält sie ihn für einen Pferdenarren.

»Ich war in der Nähe und dachte, ich schau mal vorbei.«

Er sieht sich um.

Wenigstens ist es hier trocken.

»Suchen Sie was Bestimmtes?«

»Tut mir leid, mir fällt gerade dein Name nicht ein. Ich hab so viele Studenten.«

»Lieke.«

Ihm ist schwindlig. Er hat nichts zu Mittag gegessen und

auch nichts zu Abend. Er muss sich am Gitter vor einer der Boxen festhalten. Kurz schließt er die Augen, doch sofort sieht er Don Quijote wieder vor sich.

Diesmal sind es drei. Don Quijote hat sich vermehrt. Von allen Seiten nehmen sie Gwendolyne jetzt. Alle drei tragen einen Eimer auf dem Kopf.

Roland öffnet die Augen, ihm fehlt Zucker. Meist hilft das in solchen Fällen: etwas Süßes.

»Was machst du mit dem Haarschneider?«, fragt er.

»Den Ladyshave meinen Sie? Damit kann man auch Pferde gut scheren, hab ich gemerkt.«

Einen Ladyshave müsste sich Violet auch mal zulegen. Aber sie will keinen. Sie nimmt immer seinen Rasierer.

Oberstein geht durch den Stall, betrachtet mit oberflächlichem Interesse die Pferde. Eins sieht für ihn aus wie das andere.

»Und was machst du hier am Samstagabend?«, fragt er. »Musst du nicht in die Disco?«

Er redet wie mit einer Studentin, die ihre Hausarbeit zu spät abgegeben hat.

»Samstags jobb ich bei Albert Heijn, und wenn ich da fertig bin, komme ich her und kümmere mich um mein Pferd. Eigentlich mag der Bauer es nicht, wenn so spät noch wer auf dem Grundstück ist, aber für mich macht er eine Ausnahme. Und ich hab das eigentlich ganz gern, so allein mit den Pferden.«

»Ja, jetzt ist es schön ruhig.«

»Man kann gut seine Gedanken ordnen«, sagt sie.

Ihm ist schlecht von dem Wein.

»Und was machst du dann hier, an deinem Samstagabend?« Das Buch, das er mitgebracht hat, klemmt er sich unter den Arm.

»Heute? Ich habe Herzogin gewaschen, ihr die Haare geschnitten und die Beine rasiert. Eigentlich wollte ich ihr auch noch ein paar Zöpfchen flechten, aber das mache ich nächstes Mal. Es ist schon so spät.«

Sie scheint zu denken, dass sie ihm Rechenschaft schuldig ist. Er ist Dozent rund um die Uhr.

»Wer ist Herzogin?«

»Mein Pferd«, antwortet das Mädchen.

»Was für seltsame Namen eure Pferde haben!«

»Ich finde den Namen schön. Im Pferdesport sind solche Namen ganz üblich.«

Er schaut auf Liekes Stiefel. »Pferdesport«, »Sport« – von wegen! Reine Dekadenz.

»Wo sind sie?«, fragt Oberstein.

»Wer?«

»Du weißt genau, wen ich meine. Gwendolyne und Don Quijote.«

Sie lacht. »Nein, weiß ich nicht – wovon reden Sie überhaupt?«

Wieder hält er sich am Metallgitter fest, er holt tief Luft.

»Wo sind Gwendolyne und Don Quijote, Lieke?«

»Keine Ahnung. Gwendolyne geht in Kneipen, die mir nicht so liegen.«

Er hört sich schwer atmen. Als sei seine Nase verstopft.

»Es ist Samstagabend. Das ist doch ihr Abend. Der Abend von Don Quijote und Gwenny?«

»Wovon reden Sie, Meneer Oberstein?«

Meneer Oberstein. Zwei Worte wie Keulenschläge.

»Na los, Lieke – Don Quijote, der Name sagt dir doch was?«

»Natürlich sagt er mir was, aber ich hab ihn seit Wochen nicht mehr gesehen.«

Sie gluckst. Als sei er ein Komiker mit ein paar guten Spä-ßen auf Lager. Ein Komiker, der endlich in Fahrt kommt.

»Schon seit Wochen nicht mehr gesehen? Bist ihm auch nicht zufällig begegnet? Nicht mal hier bei den Pferden? Du hast die zwei nie an einem Samstagabend erwischt?«

»Nein, Meneer Oberstein. Ich erwische nie wen.«

Immer noch hält sie den Ladyshave in der Hand.

Er schaut nach oben zum Dachstuhl. In der Hosentasche sucht er ein Taschentuch, doch ohne Erfolg.

»Lieke, warum hast du dich für Jura entschieden?«

»Ich dachte, das ist ein interessantes Studium, und man hat auch gute Berufsaussichten.«

Sie antwortet wie in einer Prüfung oder als seien sie sich gerade in der Straßenbahn begegnet und führten nun ein etwas gezwungenes, aber doch nicht unangenehmes Ge-spräch.

»Gute Berufsaussichten.« Sein Blick geht immer noch nach oben. Die einzigen Aussichten, die den jungen Don Quijote interessieren, sind die auf eine Möse. Daran denkt er bestimmt jeden Tag, wenn er wach wird und sich seinen dämlichen Eimer auf den Kopf setzt.

»Lieke«, sagt er und schaut sie jetzt an. »Ich bin Öko-nom. Sie haben mich als Verstärkung ans Institut für Fis-kal- und Finanzwissenschaften geholt. Weil Mevrouw Vermaes schwanger ist. Ich bin nur vorübergehend hier. Mevrouw Vermaes kommt zurück. Bald gehe ich wieder an die George Mason. Dort arbeite ich wirklich. Leute, die nichts von Wirtschaft verstehen, fragen mich oft: Was ist Ökonomie? Und dann denken sie, ich könnte ihnen das in einem Satz erklären. Zu den Leuten sage ich immer nur eins: Mangel. Darum dreht sich alles. Denn was hat der Mangel zur Folge? Angebot und Nachfrage, Gewerbe und Handel. Man muss es als Spiel sehen, Lieke. Handeln ist spielen. Ich bin gekommen, um mit dir zu verhandeln.«

Er schaut ihr direkt ins Gesicht.

Sie trägt ihre Reitkleidung und darüber ein leichtes Jackett, das auch ein Herrenmodell sein könnte. Halblanges blondes Haar, etwas strähniger als das von Gwendolyne. Eine Stupsnase.

»Wollen wir einen Handel abschließen, Lieke? Irgendwas musst du am Samstagabend doch machen?«

Sie lacht etwas dümmlich. Ihm schießt ein Bild durch den Kopf, wie sie sich mit dem Ladyshave die Beine rasiert, demselben Gerät, mit dem sie eben noch ihr Pferd geschoren hat. Erst ihr Pferd. Dann ihre Beine.

»Es war Gwennys Idee, Meneer Oberstein.«

Wieder der Keulenschlag auf seinem Kopf. »Was war Gwennys Idee?«

»Ich war eigentlich dagegen«, sagt sie. »Ich fand es blöd. Und außerdem fand ich Sie ganz nett.«

»Wogegen warst du?«

»Na, gegen die Wette. Die von Gwenny und mir. Ich hatte nicht gedacht, dass sie das alles so ernst nehmen würde. Gwenny will immer gewinnen. Sie ist superehrgeizig. Vor allem beim Reiten. Und bei Männern. Manchmal nervt das ganz schön.«

»Was für eine Wette?«

»Soll ich Ihnen das wirklich erzählen?«

»Ja, erzähl.« Er mustert die Bluse, die sie unter dem Jackett trägt.

»Wollen Sie echt alles wissen? Sie wissen es doch schon, oder? Sie sind doch nicht blöd.« Sie lacht.

Der Rioja pocht wieder in seinem Kopf. »Natürlich weiß ich Bescheid. Aber ich hätte doch gern noch Einzelheiten.«

Die Bluse wirkt vergilbt, aber vielleicht liegt das auch an dem Licht. Zum ersten Mal hat er das Gefühl, dass er keine Zukunft zu bedienen braucht, nichts vor ihm liegt, dass er frei ist. Keine George Mason, kein Institut für Finanz- und Fiskalwissenschaften, keine Antoinette mehr und auch kein Vroom & Dreesmann-Literaturpreis, keine Studenten, keine Kollegen. Ihm schießt ein anderes Bild durch den Kopf: Er, hier im Stroh liegend und nie wieder erwachend. So stellt er sich seinen Tod vor: Gerade war man noch da, und plötzlich ist man weg. Ohne viele Worte, einfach die Augen zumachen.

»Zum Beispiel hätte ich die SMS, die Sie ihr geschickt haben, nicht herumgezeigt. Das fand ich so gemein. Echt schäbig.«

Zweimal kurz hintereinander muss Oberstein sauer aufstoßen. Er unterdrückt den Impuls auszuspucken. Schließlich ist und bleibt er Dozent. Um Haltung zu bewahren, starrt er auf Liekes Stupsnase.

Er macht einen Schritt auf sie zu. Unter dem Arm trägt er noch immer sein Buch.

»Erzähl«, sagt er. »Ich verstehe nicht. Welche SMS?«

Oberstein fährt sich durchs Haar.

»Na ja… Also am Anfang saßen wir in Ihrer Vorlesung, und wir fanden Sie so anders. So…«

Sie lächelt.

»…so verletzlich.« Ihr Lächeln ist verführerisch. Zwei ihrer Zähne stehen ein bisschen schief. Seine Exfrau hätte das längst gerichtet.

Verletzlich. Er muss lachen. Sie muss jemand anderen meinen. Verletzlich ist Slachter. Ein Fiskalist. Ein Mann ohne wissenschaftliche Ambitionen. Ohne Lebensziel. Er nicht.

Das Gefühl, einer Zukunft entgegenzugehen, kehrt langsam wieder zurück.

Sie fordert ihn heraus. Die Jugend. Das muss sie, dazu ist es die Jugend. Aber es wird ihr nicht gelingen.

»Gwenny meinte: Diesen Oberstein krieg ich locker rum, aber ich sagte: Nee, der interessiert sich gar nicht für Mädchen. Der steht auf Männer. Garantiert nicht, meinte Gwenny. Da haben wir gewettet, und ich hab verloren. Jetzt muss ich sparen. Gwenny ist echt leichtfertig in diesen Dingen. Darum wollte meine Mutter mir den Kontakt mit ihr schon verbieten. Aber das hätte ich auch wieder schade gefunden.«

Er ist nur noch zwei Meter von dem Mädchen entfernt.

»So, hat sie das gesagt?«, fragt er: »›Den Oberstein krieg ich locker rum‹?«

Er versucht, höhnisch zu klingen, doch er kann nur noch krächzen. Er starrt auf den Ladyshave.

»Ich finde Ihre Vorlesungen faszinierend. Ich weiß nicht, ob ich Ihnen das schon mal gesagt habe, Meneer Oberstein. Sie bringen uns zum Nachdenken.«

Ihre Stimme wird immer träger.

Bald muss er zum Bahnhof zurück, auf einen Zug warten. Eine grässliche Vorstellung. Ja mehr noch: Der Gedanke beklemmt ihn.

»Ich selbst finde meine Vorlesungen langweilig. Ich bin als Vertreter von Mevrouw Vermaes angestellt. Ich muss sie vertreten. Darum. Kennst du Mevrouw Vermaes?«

Er hat das Gefühl, als sei das tatsächlich der Grund für seine Anwesenheit an diesem Samstagabend im Frühling 2009, in diesem Pferdestall westlich von Delft. Wenn man die Geschichte von Anfang an erzählen wollte, müsste man bei Mevrouw Vermaes beginnen, der Frau, die der Meinung war, auf der Welt gebe es noch nicht genug Kinder.

Lieke hält die Augen auf ihn gerichtet. »Ein bisschen«, antwortet sie. »Nicht richtig.«

Oberstein räuspert sich. »Die Vorlesungen, die weniger langweilig wären, darf ich in Leiden nicht halten. Die seien zu kompliziert für euch, heißt es. Weil Mevrouw Vermaes sich's einfach macht mit ihrem todlangweiligen Zeug, nicht mehr als eine Zusammenfassung des Lehrbuchs. Aber lass uns über was Interessantes reden, über Angebot und Nachfrage. Warum, denkst du, bin ich hergekommen? An diesem Samstagabend? Im Regen?«

»Ich würde gern noch weiter mit Ihnen reden, Meneer Oberstein, aber ich muss mich um Herzogin kümmern. Wenn's Ihnen nichts ausmacht … Ich hab morgen ein Turnier.«

Er reibt sich übers Gesicht. Alles an ihm klebt.

»Doch, es macht mir was aus. Ich bin extra hierhergekommen. Erst eine Stunde mit dem Zug, dann eine halbe Stunde Herumirren mit dem Taxi.« Wieder schmeckt er den abscheulichen Rioja. Er legt den Kopf in den Nacken in der Hoffnung, dass sein saurer Speichel ihm wieder in die Speiseröhre zurückläuft. Und plötzlich sieht er ihn erneut: Don Quijote, diesen Halbstarken. Arrogant, selbstsicher und rotzig.

Sie finden ihn also verletzlich. Die Studenten.

Noch einen Schritt macht er in ihre Richtung. Gern würde er sich kurz hinlegen.

»Und warum dachtest du, ich stehe auf Männer?«

Er sieht, wie sie rot wird, und erschrickt vor seinen eigenen Worten. Doch einmal ausgesprochen, kann er sie nicht mehr zurücknehmen. Jetzt muss er seine Vorlesung durchziehen. Grundlagen der Volkswirtschaft. Mangel, Angebot und Nachfrage, ein wenig Preistheorie. »Erwarte keine Begeisterung«, hatte Slachter gesagt.

Begeisterung erwartet er nie.

»Einfach so. Ich dachte es mir eben. Manchmal denkt man so was.«

Oberstein versucht, sich an ihren Platz im Hörsaal zu erinnern, doch dort ist sie ihm nie aufgefallen. Sie war eine von vielen.

»Es war echt Gwennys Idee«, beteuert sie. »Sie macht immer so komische Sachen – darum will meine Mutter nicht, dass ich mich mit ihr abgebe. Zum Beispiel schleppt sie mich mit in den Sexshop.«

Sein Hals fühlt sich rauh an. Beginnende Erkältung. Vorboten einer Grippe.

»Was für einen Sexshop?«

»Den in Delft. Und dann soll ich da Unterwäsche kaufen, nur weil sie das auch tut. Dabei ist es schrecklich teuer.

Ich hab meiner Mutter die Sachen gezeigt, und die meinte, die Qualität sei zum Heulen. Aber Umtauschen ging nicht. Und ich hatte ganz schön was ausgegeben. Zwanzig Euro sind nichts in so einem Laden.«

»Nein, zwanzig Euro sind nichts.«

Er versucht, nicht an Unterwäsche aus dem Sexshop zu denken. Er ist Hochschuldozent, er muss sich wieder auf sein Fach konzentrieren. Doch die Zukunft erscheint ihm als eine Strafe – er muss sich zusammenreißen, damit dieses Gefühl sich verflüchtigt.

»Ich möchte mit dir über die Liebe reden«, sagt er. »Oder meinst du, Ökonomen würden sich nicht dafür interessieren?«

»Keine Ahnung. Ich hab nie so darüber nachgedacht. Über Liebe und Ökonomie. Eigentlich denke ich nie über Ökonomie nach.«

Ein Pferd wiehert.

Wieder reibt er sich übers Gesicht. Es klebt immer schlimmer.

»Lieke, wenn du dich jemandem hingibst, und das hast du wahrscheinlich schon bei verschiedenen Männern getan, was für eine Gegenleistung erwartest du dann? Wie viel kostet dein Körper? Dein schöner Körper?«

Sie läuft nicht weg. Sie bleibt stehen, ihren Ladyshave in der Hand.

»Wie meinen Sie das?«

Sie ist immer noch ein wenig rot.

»Wenn du es mit einem Jungen treibst, was für eine Gegenleistung erwartest du? Was ist der Deal? Was wird getauscht?«

Er sieht, wie sie schluckt, wie sie nachdenkt. Wie in einer mündlichen Prüfung.

»Liebe«, sagt sie. »Aber ich bin mir nicht sicher, ob ich Sie richtig begreife.«

Er muss an seine erste Vorlesung denken. Über hundert Studenten im Hörsaal.

»Nur Liebe? Nichts weiter? Nur Liebe?«

»Manchmal auch nicht. Kommt darauf an, mit wem. Manchmal auch nur ein paar schöne Stunden. Schön und aufregend. Manchmal ist das genug.«

Sie lacht wieder, doch anders als eben. Nicht mehr wie über einen Komiker. Auch nicht von oben herab. Eher freundlich, entgegenkommend.

Er merkt, wie er sich langsam beruhigt. Oberstein ist kein verletzlicher Mann, er ist ein bedeutender Ökonom, allzeit zur Wissensvermittlung bereit, selbst hier, in einem Pferdestall.

»Okay, du gibst also deinen Körper im Tausch gegen Liebe oder ein paar schöne, aufregende Stunden. Seh ich das richtig? Hast du deinen Körper auch schon mal für was anderes weggegeben?«

Sie schaut betreten zu Boden.

»Ich weiß nicht, ob ich das sagen soll, Meneer Oberstein.«

»Hör mal zu, Lieke, dieses Geschäft ist vorteilhaft für uns beide. Wie es sich für ökonomische Transaktionen gehört, was würden sie sonst für einen Sinn machen? Du hast etwas, was ich will. Und ich habe etwas, was du willst.«

»Und was soll das sein?« Ihre Stimme klingt anders als eben.

»Liebe. Ein schönes, aufregendes Erlebnis.«

Ihr Ladyshave wandert von der einen Hand in die andere.

Jetzt sagt Lieke nichts mehr.

»Du dachtest also, ich stehe auf Männer? Ich wäre schwul?«

»Nein. Na ja, irgendwie schon. Ja.«

Er hört den Regen auf das Dach trommeln. Er stellt sich vor, wie er draußen nassgeregnet über die Wiesen rennt, er weiß nicht, warum, aber er rennt. In einem Graben liegt der junge Don Quijote, doch weder der Regen noch der Graben können ihm etwas anhaben. Don Quijote lacht ihn aus.

»Nun gut, Menschenkenntnis ist eine Frage der Reife. Kehren wir zu unserem Thema zurück. Wir Ökonomen entwerfen Modelle der Realität. Manchmal gehorcht die Wirklichkeit unserem Modell nicht, dann müssen wir unsere Vorstellungen korrigieren. Du gibst deinen Körper also im Tausch gegen Liebe und ein paar schöne, aufregende Stunden her. Wofür noch? Welche Bezahlung ist außerdem möglich? Was ist ein akzeptables Tauschmittel?«

Er sieht, wie sie tief Luft holt.

In Momenten wie diesem ist er am besten. Die sokratische Methode. Immer weiterfragen.

»Ich war mal in einem Club, und ich war ein bisschen betrunken. Ich wollte nicht nach Hause, aber ich hatte kein Geld. Da hab ich dem Barmann meine Brüste gezeigt für was zu trinken.«

Er lehnt sich wieder gegen die Tür.

»Warum sagst du ›Brüste‹?«

»So heißt das doch?«, sagt sie. »Ich bin wirklich nicht stolz darauf. Aber schämen tue ich mich auch nicht.«

»Wenn meine Studenten eine Hausarbeit schreiben, versuche ich immer, ihnen zu erklären – manchmal vergeblich –, dass es in der Ökonomie nicht nur auf mathematische Formeln ankommt. Die Sprache spielt auch eine Rolle. Die ökonomische Realität besteht auch aus Wörtern. Mit dem Wort ›Titten‹ könnte man denselben Vorgang erzählen. Die Fakten bleiben dieselben, die Geschichte wird eine andere. Wir wollen die Geschichte anders erzählen und damit die ökonomische Aussage ändern. Erzähl deine Geschichte noch mal, jetzt mit dem anderen Ausdruck.«

Sie haben also gewettet. Und er war das Objekt dieser Wette. Es war ein Spaß, um während seiner Vorlesungen die Zeit totzuschlagen. Seine SMS sind durch den Hörsaal gewandert, auf Gwendolynes Handy. Der Mann, der sich als doch nicht schwul entpuppt hatte, war auch noch witzig. Der Vertreter von Mevrouw Vermaes war besser, als sie zu hoffen gewagt hatten.

So angespannt ist er jetzt wie bei der Arbeit an seiner Studie. Ort und Zeit existieren nicht mehr. Nur noch seine Forschung.

Auch Wissensvermittlung erfordert Konzentration. Man nimmt jemanden bei der Hand und führt ihn Schritt um Schritt eine Kette von Schlussfolgerungen entlang, die man selbst inzwischen ohne nachzudenken durchläuft.

Lieke ist immer noch rot im Gesicht, als hätte sie Fieber.

»Ich nehme die Lehrverpflichtung sehr ernst«, sagt Oberstein langsam und mit gewissem Nachdruck, wie bei einem Diktat. »Dieselbe Geschichte noch mal, nur jetzt mit dem anderen Wort. Wirtschaftswissenschaft ist auch Rhetorik. Wir bestehen aus Rhetorik. Rhetorik ist das Wesen des Menschen.«

Lieke holt tief Luft. »Ich war mal in einem Club. Ich hatte kein Geld, und da hab ich dem Barmann meine Titten gezeigt. Dafür hat er mir umsonst was zu trinken gegeben.«

»Spürst du den Unterschied? Hörst du es? Dieselben Fakten, eine andere Geschichte. Darum dürfen Ökonomen die Sprache nicht vernachlässigen, die wirtschaftliche Realität besteht nicht nur aus Produkten und Dienstleistungen, Finanzströmen, Produktionsmitteln und, und, und, sondern auch aus Sprache. Wie ist das Geschäft vor sich gegangen? Hast du es ihm angeboten? Oder hat der Barmann gesagt: ›Wenn du mir deine Titten zeigst, geb ich dir deinen Rosé umsonst‹?«

»Ich weiß es nicht mehr. Tut mir leid. Ich glaub, es fing an als ein Spaß.«

»Viele Dinge beginnen als ein Spaß.«

Er sieht, wie das Pferd hinter ihr seinen Kopf durch das Gitter der Box steckt.

»Und was ist passiert, als du ihm deine Titten gezeigt hattest?«

»Nichts.«

»Kannst du deine Titten beschreiben?«

Der Hochmut derer, die den Tod nur vom Hörensagen kennen, darunter leidet dieser junge Don Quijote.

Er nicht. Er kennt den Tod, er ist ihm ganz nah.

»Wollen Sie sie sehen?«

»Was soll ich sehen wollen?«

Sie rührt sich immer noch nicht.

»Meine Titten.«

»Nein, die will ich nicht sehen. Ich will, dass du sie beschreibst. Das musst du lernen. Optische Darbietungen bringen uns in der Wissenschaft nicht weiter.«

»Wollen Sie meine Körbchengröße wissen?«

Er schüttelt den Kopf. »Nein, ich frage auch nicht nach Größen. Ich will keine Formeln. Meinst du, Adam Smith hätte sein dünnes Œuvre mit Formeln vollgestopft? Um Worte geht es, Beschreibungen, Bemerkungen, Gedanken, Rhetorik. Das zählt, wenn du eine Hausarbeit schreibst. Du stellst ein Modell für ein kleines Stück Wirklichkeit auf und kommentierst andere, die den gleichen Wirklichkeitsausschnitt untersucht haben. Bildliche Darstellung bringt dabei nichts. Wirtschaftswissenschaft ist kein Comic. Beschreib deine Titten.«

Sie zögert und schaut sich hilfesuchend um, ob ihr jemand souffliert: »So sehen deine Titten aus, das ist die exakte Beschreibung.«

»Sie sind rund, nicht sehr groß … aber größer als die von Gwenny.«

»Und deine Warzenhöfe, Lieke, was kannst du mir über die sagen?«

Sie weicht einen Schritt zurück, zu ihrem Pferd.

»Tut mir leid, ich weiß es nicht. Ich fand das Gespräch interessant, und ich hab viel dabei gelernt, aber jetzt muss ich wirklich zu meinem Pferd.«

»Fändest du es schön, wenn ein großer, steifer Schwanz langsam über deine Brustwarzen streichen würde?«

Sie steht vor der Box. Der Kopf ihres Pferdes ragt über ihr empor. Ein Stillleben.

»Ich weiß es nicht, echt nicht. Kommt darauf an: von wem er wäre, auf den Moment und meine Stimmung. Wenn ich grad viel zu tun hätte, dann lieber nicht.«

»Hast du viel zu tun?«

»Ja, irgendwie schon. Ich hab morgen ein Turnier.«

»Erregt es dich, wenn ich ›Schwanz‹ sage?«

»Ich weiß nicht. Doch, vielleicht. Wenn Sie's sagen, schon.«

»Was für ein Wort macht dich geil? Was ist ein erregendes Wort?«

»Ich versteh nicht so viel von Ökonomie, Meneer Oberstein.«

Sie schaut zu Boden.

»Jeder kann etwas über Ökonomie lernen. Hättest du dem Barmann auch deine Möse gezeigt?«

»Dem Barmann?«

»Dem Barmann, ja, in dem Club. Der dir gratis was zu trinken gegeben hat als Gegenleistung für deine Titten.«

»Ich glaub nicht.«

»Warum nicht?«

»Das hätte ich einfach nicht gemacht.«

»Titten sind also weniger wert als eine Möse? Können wir das festhalten? Sind wir uns darüber einig?«

Sie schaut ihn an, als liege ihr die Antwort auf der Zunge und komme ihr bloß nicht über die Lippen.

»Wenn die Brust unsere Rechnungseinheit ist, wie viele Brüste sind dann eine Vagina?«

»Ich weiß nicht, Meneer Oberstein.«

»Schätz doch mal. Zehn?«

»Vielleicht. Ich weiß es nicht.«

»Nehmen wir mal zehn an.«

Viel würde Oberstein darum geben, sich jetzt ins Heu legen zu können und nie mehr aufzustehen.

»Hast du schon mal über mich phantasiert?«

»Wie meinen Sie das?«

»Hast du schon mal gedacht: Wie wäre es, Meneer Oberstein nackt zu sehen, ihn zu küssen, zu erleben, wie ihn meine Titten erregen, meine rührend schiefen Schneidezähne, mein Körper?«

»Nicht direkt.«

Er geht einen Schritt auf sie zu.

»Nicht direkt oder gar nicht?«

»Nicht direkt eben. Manchmal hab ich mich bei Ihren Vorlesungen schon ein bisschen gelangweilt, 'tschuldigung, wenn ich das so sage, das lag nicht an Ihnen, aber dann gingen mir komische Gedanken durch den Kopf – aber nicht, was Sie jetzt vielleicht denken.«

»Genau«, sagt er. »Komische Gedanken. Was man so denkt, wenn man sich langweilt, wenn das Gehirn auf Wanderschaft geht. Diese komischen Gedanken, wie du das nennst, müssen wir ernst nehmen, erforschen, benennen, wenn wir den Markt besser verstehen wollen zumindest. Menschen sind Maschinen mit eingebauten Störsendern.«

Er legt das Buch vorsichtig auf den Boden. Genauso behutsam wie seine Hände auf ihre Titten. Sie hat den Ladyshave immer noch in der Hand. Mit der Linken wandert er erst unter ihr Jackett, zieht ihr dann die Bluse aus der Hose, wandert unter die Bluse, bis er schließlich den Verschluss ihres BHs findet.

»Es ist nie schön, eine Wette zu verlieren«, flüstert er.

Jetzt ist Oberstein sich ganz sicher: Der junge Don Quijote sieht ihm zu.

25

Weiter südlich, in Venray, liegt Violet auf einer Isomatte.

Mirjam wollte zu ihren Eltern, um über ihr Leben nachzudenken. Die Erklärung ihres Liebhabers, dass er ihre Beziehung nicht mehr mit seinen Prinzipien vereinbaren könne, ging ihr noch immer nicht aus dem Kopf.

Violet ist mitgekommen.

Sie kann nicht schlafen. Der Boden ist zu hart und die Matte zu dünn.

Sie schickt Roland eine SMS.

»Hoffentlich bist du mit deinem Buch gut vorangekommen. Schlaf schön! Bis morgen Abend, xxx.«

26

Seit mindestens zwanzig Minuten steht Roland unter der Dusche. Nur langsam wird ihm warm. Zuerst hatte er auf den Bus gewartet, bis er merkte, dass der um diese Zeit nicht mehr fuhr. Dann war er nach Naaldwijk gelaufen, den Radweg entlang. Ein gefährliches Unterfangen. Zweimal hatte ein Moped ihn nur um Haaresbreite verfehlt. Er kam sich vor wie ein Bergsteiger, der mitten im Klettern auf einmal Zweifel am Erfolg seines Unternehmens bekommt, ob er überhaupt überlebt. Von Naaldwijk hatte er ein Taxi nach Den Haag genommen und von dort den Nachtzug nach Amsterdam. Im Zug hatte er gemerkt, dass das Buch im Stall liegengeblieben war.

Der Verlust ärgert ihn, es war kein gutes Buch, aber trotzdem. Das warme Wasser tut ihm gut. Der Gestank des Bauernhofs ist ihm bis in die letzte Pore gedrungen. In seine Kleidung, den Mantel, die Haare.

Er hat keine Ahnung, wie spät es ist, doch das Wasser belebt ihn.

Es wird an die Tür geklopft.

»Roland!«

Er hört Antoinettes leicht affektierte Stimme. »Seit fast einer Stunde stehst du unter der Dusche. Weißt du, wie spät es ist? So kann ich nicht schlafen.«

Er wird wütend. Will sie ihm jetzt auch noch vorschreiben, wann er unter der Dusche zu stehen hat? Nicht nur malträtiert sie ihn mit ungenießbarem Wein, sie will auch noch darüber entscheiden, wann er duschen darf und wann nicht.

Er steigt aus der Wanne und öffnet die Tür, ohne sich ein Handtuch um die Hüften zu binden.

»Wenn du willst, darfst du zugucken!«, hatte er sagen wollen, oder besser noch: brüllen.

Doch jetzt, wo er vor ihr steht, ganz ohne Handtuch, bringt er kein Wort mehr heraus.

Sie weicht zurück.

Er schmeißt die Tür zu.

Sie sagt etwas. Doch er versteht kein Wort.

Sie klopft an die Tür. Er ignoriert es.

Vor dem Spiegel betrachtet er sein Geschlecht: fremd, wie ein Reptil aus dem Zoo.

27

Den ganzen Nachmittag hat Gwenny in der Küche gestanden. Normalerweise kocht sie nur für sich selbst, sie ist die einzige Vegetarierin in der Familie, doch aus Anlass des hohen Besuchs haben die anderen beschlossen, ihr Gericht einmal mitzuessen.

Das Rezept stammt aus den *1001 Ideen,* dem Gratismagazin ihres Supermarkts. Ein Auflauf mit Reis, Kartoffeln und Gemüse. Sie hat das Rezept noch nie ausprobiert.

Für sich allein isst sie meist nichts Besonderes. Ein Spiegelei. Suppe. Oder einfach nur ein belegtes Brot.

28

Den Sonntag beginnt Roland mit konzentrierter Arbeit an seinem Buch, er muss nicht mehr an Don Quijote denken, nur noch an die South Sea Company. Um halb drei geht er ins Bad und macht sich an eine sorgfältige Rasur. Antoinette ist bei Freunden zum Bridge eingeladen. Er kann ungestört duschen.

Er benutzt großzügig Aftershave.

Dann zieht er einen seiner wenigen Anzüge an, doch ohne Krawatte, das fände er übertrieben.

Er fragt sich, worüber er mit einem Gartenmöbelgroßhändler reden soll, aber wenn nötig, lässt sich zweifellos auch über diese Gerätschaften ein faszinierendes Gespräch führen.

Im Bad nimmt er die Blumen aus der Vase, sie wirken noch frisch.

Er fährt mit dem Zug nach Den Haag Hollands Spoor und von dort mit dem Bus weiter nach Naaldwijk.

In Naaldwijk muss er zweimal nach dem Weg fragen. Vom Zentrum bis zu Gwendolynes Straße, De Zijpe Nummer 4, sind es ungefähr zehn Minuten zu laufen.

In dieser Straße stehen ausschließlich Reihenhäuser. Neubauten, offenbar erst kürzlich fertiggestellt. Kein Mensch ist auf der Straße zu sehen. Irgendwo hört er einen Hund.

Obwohl es kalt ist, hat er Schweiß unter den Achseln. Zum Glück trägt er ein Jackett. Niemand wird seine Schweißflecken sehen.

Er klingelt.

Die Mutter öffnet die Tür. Sie ist jünger, als er gedacht hatte, eine agile Frau mit kurzem Haar. Sie sieht Gwendolyne nicht ähnlich.

Er tritt ein und überreicht ihr die Blumen mit den Worten: »Ich hab Ihnen eine Kleinigkeit mitgebracht.«

»Gwenny ist noch oben unter der Dusche«, sagt sie. »Sie

hat den ganzen Nachmittag in der Küche gestanden. Sie kommt gleich herunter.«

Sie führt ihn ins Wohnzimmer.

Unsicherheit überkommt ihn. Panik. Eine Affäre mit einer Studentin ist eins, ihre Eltern zu besuchen etwas anderes. Außerdem ist es keine Affäre, wie er angenommen hatte. Es ist eine Wette.

Im Wohnzimmer sitzen Gwendolynes Vater und ihre drei Brüder.

Außer einem Sofa, ein paar Sesseln und einem Couchtisch sieht Roland drei Uhren, die versetzt zueinander und obendrein unregelmäßig ticken. Der Esstisch trennt das Wohnzimmer von der offenen Küche.

Die vier Männer sind aufgestanden, um Oberstein zu begrüßen. Viermal stellt er sich gleichlautend vor: »Roland Oberstein, sehr erfreut, Sie kennenzulernen.«

Gwendolynes Vater hat etwas Jungenhaftes. Vermutlich ist er älter als Oberstein, sieht aber aus wie vierzig. Ein sportlicher Typ.

Alle setzen sich wieder, bis auf Oberstein und Gwendolynes Mutter.

Oberstein lauscht dem Ticken der Uhren.

Keiner sagt etwas. Zu guter Letzt nimmt Oberstein in einem Sessel Platz. Der Fernseher ist an, der Ton abgeschaltet. Ein Großbildschirm.

Als er endlich sitzt, fragt die Mutter: »Was möchten Sie trinken?«

Der Vater sagt: »Wir trinken Bier.«

Vier Gläser stehen auf dem Tisch vor ihm und Gwendolynes Brüdern.

»Wir haben auch Wein«, sagt die Mutter nach einer kurzen Pause. »Oder einen Kaffee? Oder Tee?«

»Zuerst hätte ich gern ein Glas Wasser«, sagt Oberstein. »Wenn's keine Umstände macht.«

Wieder hört er das Ticken der Uhren.

Die Mutter geht aus dem Zimmer.

Nach einiger Zeit sagt der Vater: »Sie geben also Ökonomie?«

»Ja. Ich bin Ökonom.«

»Stellt Gwenny sich einigermaßen geschickt an?«

Ist er darum gekommen? Um Fragen nach den Studienfortschritten ihrer Tochter zu beantworten?

»Ja, Gwendolyne ist sehr intelligent«, sagt Oberstein, während die Mutter ihm sein Glas Wasser in die Hand drückt.

Eine Wette ist keine Affäre. So viel ist sicher. Vielleicht sollte er heute Abend einfach nur den Dozenten geben.

»Hier ist Ihr Untersetzer«, sagt die Mutter.

Er nimmt ihn entgegen, legt ihn auf den Couchtisch und stellt sein Glas Wasser darauf.

Die Mutter geht zurück in die Küche. Sie nimmt Obersteins Blumen aus dem Papier.

Der Blick des Vaters wandert Richtung Bildschirm und dann wieder zu Oberstein.

»Da stand der Kaninchenstall«, sagt er.

Er zeigt auf den freien Platz neben dem Fernseher.

Oberstein betrachtet den leeren Fleck.

»Vor einem halben Jahr ist Gwennys Kaninchen gestorben«, fährt der Vater fort. »Ich hatte von den Karnickeln sowieso schon die Nase voll. Mit den Kaninchen ist Schluss, hab ich gesagt. Und jetzt ist ihr Pferd auch noch tot.«

Oberstein nickt. »Ja, das Pferd ist tot«, sagt er.

Die drei Brüder, die Gwendolyne nicht ähnlich sehen – wie sich auch nicht untereinander –, sitzen schweigend auf dem Sofa. Hin und wieder werfen sie Oberstein einen kurzen Blick zu, wie einem Kunstwerk im Museum, mit dem man nicht viel anfangen kann.

»Tiere sterben«, sagt der Vater und nimmt einen großen Schluck Bier.

Wieder nickt Oberstein.

»Menschen auch«, fügt der Vater hinzu.

»Das stimmt«, gibt Roland ihm recht.

»Sie duscht noch«, sagt der Vater. »Sie wollte sich frisch machen, bevor Sie kommen. Wir warten noch auf die Sportschau. Wenn die Fußballergebnisse durch sind, essen wir, wenn's Ihnen nichts ausmacht. Erst Fußball. Dann essen. So läuft das sonntags bei uns.«

»Mir ist alles recht«, antwortet Oberstein.

Er schlägt die Beine übereinander.

»Wie ist das nun mit der Krise?«, fragt der Vater und sieht Oberstein etwas interessierter an. »Wie lang wird die noch dauern?«

»Die Krise … Ökonomen sollten sich nicht an Zukunftsprognosen wagen«, sagt Oberstein. »Wenn sie gut darin wären, wären sie alle steinreich.«

Es sollte ein Witz sein. Doch niemand lacht. Die Jungs und ihr Vater blicken noch trauriger drein als zuvor.

»Wir haben es letzten Sommer schon gemerkt«, sagt der Vater. »Da wollten die Leute auf einmal keine Gartenmöbel mehr. Lieber haben sie sich auf ihr altes Gerümpel aus der Garage gesetzt.«

Aus seinem Ton spricht ein gewisses Verständnis für Leute, die sich auf ihr altes Gerümpel setzen.

Oberstein konzentriert sich auf das Ticken der Uhren und leert sein Glas Wasser.

Dann erscheint Gwendolyne. Ihr Haar ist noch nass. Sie trägt ein braves Kleid. Dazu Turnschuhe. Weil er nicht weiß, was sie ihren Eltern und ihren Brüdern erzählt hat, gibt er ihr die Hand.

Er hätte sie fragen müssen, verflucht er sich selbst, ihr eine sms schicken: »Was weiß deine Familie von mir?«

Solch halblegale Beziehungen ist er nicht gewohnt.

»Hallo, Gwendolyne«, sagt er.

»Hallo«, antwortet sie.

»Gwenny hat gekocht«, sagt der Vater. »Wir werden ja sehen, ob man's runterkriegt.«

Die Brüder lachen. Unterschiedlich laut.

Plötzlich ruft einer von ihnen: »Die Sportschau!«

Der Fernseher wird laut gestellt.

Alle schauen auf den Bildschirm, auch Gwendolyne, mit echtem oder gespieltem Interesse. Hin und wieder wirft Oberstein ihr einen Blick zu. Vielleicht schaut sie nicht richtig hin, vielleicht tut sie nur so und sieht ganz andere Dinge. Ihr Kaninchen zum Beispiel.

Auch während der Sportschau wird kein Wort geredet. Zum Glück ist der Fernseher so laut, dass man das Ticken der Uhren nicht mehr hört. Nach gut einer Viertelstunde Fußballergebnissen sagt der Vater: »Twente spielt am besten, aber Meister werden sie nicht.«

Oberstein meint, die Bemerkung höflichkeitshalber bestätigen zu müssen, was den Vater jedoch merklich irritiert.

Als die Sportnachrichten zu Ende sind, steht Gwendolyne auf und geht in die Küche. Oberstein setzt sich mit der Familie an den Tisch.

Die Mutter meint: »Ich habe Ihre Blumen auf zwei Vasen verteilt. Es waren so viele.«

Als Vorspeise hat Gwendolyne Brennnesselsuppe gekocht.

»Lecker«, sagt Oberstein.

Er sieht sich genötigt, das Tischgespräch in Gang zu halten, denn sonst sagt niemand etwas.

Eine der beiden Blumenvasen steht auf dem Esstisch, wodurch er einige Anwesende nicht richtig sieht.

»Und ihr wohnt noch alle zu Hause?«, fragt er, an keinen der Brüder im Besonderen gerichtet.

»Sie wohnen noch alle zu Hause«, bestätigt der Vater. »Wir wollten schon mal das Türschloss auswechseln lassen, wenn sie nicht da sind, aber das ist so ein Aufwand.«

Die Mutter räumt die leeren Suppenteller zusammen und stellt sie auf die Anrichte.

»Das Geschäft geht zurück«, sagt der Vater, während er sein fast leeres Bierglas anstarrt. »In allen Segmenten. Bei den teuren Gartenmöbeln und bei den billigen. Die teuren laufen noch am besten. Ich frage mich, was ein Ökonom dazu sagt.«

Gwendolyne sitzt neben Oberstein. Unter dem Tisch legt sie die Hand auf sein Bein. Erschrocken schiebt er die Hand weg.

»Die Konjunkturindikatoren weisen auf eine Erholung im Jahr 2010 hin, aber Wirtschaft ist ein hochkompliziertes System«, sagt Oberstein zögernd. »Mein eigenes Fachwissen, soweit sich das überhaupt so sagen lässt, erstreckt sich mehr auf die Wirtschaftsgeschichte. Die Vergangenheit beschäftigt mich mehr als die Zukunft.«

Gwendolyne holt den Auflauf aus dem Backofen.

Auf sieben Teller wird eine undefinierbare Masse verteilt. Jeder bekommt einen vorgesetzt.

»Guten Appetit«, sagt der Vater. Er nimmt als Erster einen Bissen, legt sein Besteck jedoch sofort wieder hin.

»Tut mir leid, Gwenny«, sagt er. »Aber das kann man nicht essen. Das kannst du niemandem vorsetzen, schon gar keinem Gast.«

Die ganze Familie sieht Gwendolyne an, nur Oberstein schaut auf seinen Teller. Im Hintergrund ticken die Uhren.

Gwendolyne nimmt einen Bissen. »Du hast recht«, sagt sie.

»Möchten Sie probieren?«, fragt der Vater Oberstein.

»Nein danke«, antwortet der. »Ist schon in Ordnung.«

»Stefan«, sagt der Vater zu einem seiner Söhne, »fährst du schnell zum Chinesen? – Was möchten Sie?«

»Vom Chinesen?«, fragt Oberstein.

»Ja«, sagt der Vater. »Vom Chinesen.«

»Tja.« Oberstein weiß nicht, was er antworten soll. An der George Mason hat er oft chinesisch gegessen, aber da hat Hegel immer bestellt.

»Bami, Nasi, Fu Yong Hai vegetarisch, wenn Sie auch Vegetarier sein sollten«, sagt der Vater.

»Nein, ich bin kein Vegetarier.«

»Bami, Nasi?«

»Bami Nasi ist prima.«

»Bami oder Nasi?«, fragt der Vater, nun laut. Seine Stimme klingt genervt.

»Bami«, sagt Oberstein schnell. »Das fände ich herrlich.«

»Fahr nach Maassluis«, sagt der Vater zu seinem Sohn. Stefan, wie Oberstein vermutet, der Älteste, steht auf und fährt los.

Der Vater wendet sich wieder an Roland. »In Naaldwijk gibt es auch einen Chinesen, aber der ist teuer und nicht einmal gut. Der beste Chinese hier in der Gegend ist der in Maassluis.«

»Aha«, erwidert der Gast.

»Es kann zwanzig Minuten dauern, aber dann können wir essen«, fährt der Vater fort und steht auf, um allen Bier nachzuschenken. Oberstein bleibt bei Wasser, die Mutter trinkt Tee.

Gwendolyne kippt ihren Auflauf in den Mülleimer.

Schweigend warten die Familie und Oberstein auf die Rückkehr des ältesten Sohns. Nur die Mutter bricht kurz das Schweigen. »Leben Ihre Eltern noch?«, fragt sie.

»Nur meine Mutter.«

»Die wird auch nicht mehr jung sein.«

»Über achtzig.«

Die Mutter nickt. »Wie Gwennys Opa.«

Als sie fertiggegessen haben, fragt Gwendolyne, ob Oberstein ihr Zimmer sehen möchte.

Roland wirft einen Blick in Richtung der Eltern, er weiß nicht, ob sich das schickt, doch Gwendolynes Eltern schauen ihn nicht an.

Er steht auf und folgt ihr nach oben.

Sie hat ein winziges Zimmer. Ein Bett, einen Schreibtisch, ein kleines Bücherregal. Auf dem Schreibtisch sieht er ein Foto von ihr und sich selbst, aufgenommen im Scarlatti.

Selbst hier hört man das Ticken der Uhren im Wohnzimmer.

»Wissen deine Eltern eigentlich, dass wir ...?«, flüstert er.

»Dass wir was?«

»Dass wir gewisse Dinge zusammen tun?«

»Dinge. Was für Dinge?«

»Ich meine, wissen sie, dass wir zusammen ins Bett gehen, dass ich dich mit der Peitsche versohle?«

»Ich glaube nicht, aber Sie können es meiner Mutter ja gerne noch sagen: ›Bevor ich nach Hause gehe, wollt ich Ihnen kurz mitteilen, dass ich Ihre Tochter mit der Peitsche versohle.‹«

Sie lacht, doch er findet es nicht lustig.

Er liest die Buchtitel in ihrem Regal. Alles Romane. Nichts Vernünftiges.

»Ich habe gehört, du hast eine Wette gewonnen«, sagt er, während er noch immer ihre Büchersammlung studiert.

»Was für eine Wette?«

»Die mit Lieke. Aber ›gewonnen‹ ist nicht mehr das richtige Wort. Korrekt wäre es, zu sagen, ihr liegt gleichauf. Es steht unentschieden.«

Der Bote liegt nackt auf dem Bett in Jasons Loft an der Manhattan Bridge. Jason selbst ist noch angezogen. Er streicht dem Jungen über den Rücken.

Immer wieder, von der Poritze zum Nacken und wieder zurück.

»Auch wenn du deine Green Card hast, musst du weiter hierherkommen«, sagt Jason leise.

»Warum?«, fragt der Junge.

Für einen Moment hört Jasons Hand auf zu streicheln. Dann setzt sie ihre Bewegungen fort, von der Poritze zum Nacken und wieder zurück.

»Wenn ich dir eine Green Card besorgen kann, glaubst du, ich könnte dich nicht auch verschwinden lassen? Das wäre für mich eine Hürde? Meinst du, ich könnte das nicht?«

Der Bote schweigt.

Jason beugt sich über den Hintern des Jungen, drückt einen Kuss darauf und geht mit der Zunge über seine Pobacken, über Poritze und Anus.

Der Anus des Jungen schmeckt nach Wild, nach Fasan, frischerlegtem Geflügel, mit einem einzigen Schuss vom Himmel geholt.

Jason legt seinen Kopf auf den Hintern des Boten. »Das ist Liebe«, sagt er. »Dass du nicht austauschbar bist, dass ich nicht akzeptiere, wenn du mich verlässt, dass ich nicht denke: für dich drei Dutzend andere. Dass ich dich lieber tot sehen würde als nicht hier bei mir. Darum ist das, was wir tun, heilig. Kein Mensch kann dich ersetzen.«

Nachdem Oberstein gegangen ist, hat Gwenny sich auf YouTube erst ein paar Stunden lang Videos über Dressurreiten und Pferdeschauen angesehen. Auf ihrem Bett.

Dann hat sie auf Facebook mit Lieke gesprochen.

Als sie genug erfahren hat, nimmt sie das Buch von Zweig und liest etwas darin, teils auch laut.

»Die ganze Leichtigkeit Deines Wesens war in ihm kindlich wiederholt«, flüstert sie. »Deine rasche, bewegte Phantasie in ihm erneuert; stundenlang konnte er verliebt mit Dingen spielen, so wie Du mit dem Leben spielst, und dann wieder ernst mit hochgezogenen Brauen vor seinen Büchern sitzen.«

Sie klappt das Buch zu.

Dann richtet sie ihre Facebookseite neu ein und löscht Lieke aus ihrer Freundesliste.

Gegen vier Uhr am Morgen wird Roland von einer SMS wach.

Neben ihm liegt Violet. Sie schläft.

Die SMS ist von Gwendolyne. »Wetten kann man nur gewinnen oder verlieren. Unentschieden ist keine Option. Was wollten Sie eigentlich von mir?«

»Nicht viel«, tippt Roland zurück. »Du verstehst die Ökonomie des Spiels nicht.«

Nach ein paar Minuten simst er hinterher: »Ja ist in Ordnung, Nein ist auch gut. DAS ist die ökonomische Grundregel. Mach dich nicht so verrückt.«

Er legt sein Handy weg und versucht, wieder einzuschlafen.

32

Um fünf Uhr starrt Gwenny immer noch an die Decke.

Sie schickt Lieke eine SMS: »Darf ich morgen früh Herzogin reiten?«

Sie bekommt keine Antwort, Lieke schläft bestimmt schon.

Noch einmal nimmt Gwenny ihr Handy und tippt: »PS: Ich glaube, die Tupperwareparty für Sexspielzeug findet wohl ohne mich statt.«

Sie knipst das große Licht in ihrem Zimmer an und nimmt das Sommerkleid, das sie in Lyon getragen hat, aus dem Schrank. Dann stellt sie ihren Fotoapparat auf ein paar Bücher auf ihrem Schreibtisch, um ein Video zu drehen.

Wie jeden Montag in den vergangenen Wochen steht Roland morgens um acht Uhr auf. Er stellt sich nur kurz unter die Dusche, um keinen weiteren Ärger mit Antoinette zu riskieren, dann zieht er sich an.

Er küsst Violet, die sich noch im Halbschlaf befindet.

Zum Frühstücken hat Oberstein keine Lust, das Bami-Goreng liegt ihm schwer im Magen.

Er nimmt den Zug nach Leiden und hält mit routiniertem Elan seine Vorlesung. Gwendolyne ist nicht da. Es fällt ihm auf, doch macht ihm weiter keine Sorgen.

Dafür ist Lieke da. Sie sitzt in der ersten Reihe.

Sie stellt ein paar Fragen, die Oberstein gründlich beantwortet.

Oberstein mag Gegenstand einer Wette sein, verletzlich fühlt er sich nicht. Er ist ein Dozent, der seine Arbeit mit dem erforderlichen Einsatz erledigt.

Nach der Vorlesung passt Lieke ihn auf dem Flur ab. »Meneer Oberstein«, sagt sie.

»Jetzt nicht«, antwortet er. »Keine Zeit. Komm heute Nachmittag bei mir vorbei.«

Er geht in sein Büro, wo Slachter ihn mitleidig ansieht. Seit dem Artikel über ihn in der Universitätszeitschrift spürt er es auch bei anderen Kollegen: herablassendes Mitleid.

Diese neunzehnjährigen Mädchen haben unrecht: Er ist nicht verletzlich.

Er schickt Gwendolyne eine SMS: »Interessieren dich meine Vorlesungen nicht mehr?«

Dann nimmt er sich ein paar Bücher und versucht, bis zur nächsten Vorlesung in anderthalb Stunden konzentriert an seiner Studie zu arbeiten.

Gegen zwölf kommt ein Anruf von Violet. Er ignoriert ihn. Er ist beschäftigt. Als sie noch einmal anruft, bellt er ins Handy: »Könnt ihr mich nicht *ein* Mal in Ruhe lassen? Was ist denn schon wieder?«

»Hast du's schon gelesen?«, fragt sie.

»Hab ich was gelesen? Ich sitze am Schreibtisch. Darf ich auch einmal arbeiten?«

»Du stehst im *Telegraaf*.«

»Wo?«

»Im *Telegraaf*. Auf ihrer Internetseite. Schau's dir selbst an.«

34

Violet hatte einen Anruf von Mirjam aus Venray bekommen. »Dein Freund steht in der Zeitung«, hatte sie gesagt. »In der Onlineausgabe.«

Violet hatte nicht verstanden, was sie meinte.

»Lies es selbst«, hatte Mirjam aufgeregt erwidert. »Sitzt du am Computer?«

Nachdem Violet Roland angerufen hat, geht sie auf die Toilette. Sie setzt sich in eine Kabine und schließt ab. Sie wartet auf Tränen, doch es geschieht nichts.

STUDENTIN KÜNDIGT AUF FACEBOOK VERZWEIFLUNGSTAT
AN, lautet die Schlagzeile der größten niederländischen Zeitung auf ihrer Website.

Oberstein liest den Bericht flüchtig, ein paar Stichworte genügen.

Der Artikel enthält einen Link zu YouTube.

Er klickt ihn an. Das Video ist schon vierzigtausendmal angesehen worden.

Gwendolyne erscheint auf dem Bildschirm. Die Bildqualität ist verschwommen.

Sie schaut direkt in die Kamera. Ein paar Sekunden lang bleibt es still.

Dann sagt sie: »Hallo, Meneer Oberstein. Sie dachten, Sie könnten gegen mich gewinnen. Sie dachten, Sie wären stärker als ich. Ich werd dafür sorgen, dass Sie mich nie mehr vergessen. Dass kein Tag vergeht, an dem Sie nicht an mich denken.«

Er klickt das Video weg.

»Ich fühle mich krank«, sagt er zu Slachter. »Ich muss mich abmelden.«

»Wer war das?«, fragt der Kollege. »Die Stimme grad eben?«

Wie in Trance geht Oberstein zum Bahnhof.

An den Gleisen ist das Gedränge noch schlimmer als sonst, so kommt es ihm vor.

Die Leute starren ihn an – oder bildet er sich das ein? Er fühlt sich beobachtet.

Die Leute wissen alles. Sie wissen mehr über ihn als er selbst.

36

Violet steht an der Tür. Roland sitzt auf seinem Bett. Er ist noch im Mantel. Sie will sich nicht setzen, obwohl er sie schon ein paarmal dazu aufgefordert hat.

Am Nachmittag hatte Mirjam sie noch einmal angerufen. »Hast du das Video schon gesehen?«, hatte sie gefragt und, als Violet nicht geantwortet hatte, hinzugefügt: »Ich finde, du siehst besser aus. So auf den ersten Blick.«

»Ich weiß nicht, wie man das nennt«, sagt Roland. »Freundschaft mit Extras? Freundschaftlicher Sex? *Friendship with benefits*. Das scheint heutzutage normal zu sein.«

»Eine Studentin«, sagt sie. »*Deine* Studentin!«

»Ja, manchmal nimmt Wissensvermittlung überraschende Formen an.«

Violet möchte heulen, doch es kommen noch immer keine Tränen.

»Darf ich den Arm um dich legen?«, fragt Oberstein.

»Fass mich nicht an! Bleib, wo du bist!«

Er rührt sich nicht.

Violet fühlt sich fiebrig.

»Und der Unfall mit dem Pferd, läuft das auch unter Freundschaft mit Extras?«

»Unfälle mit Pferden passieren«, antwortet Oberstein.

»Ich verstehe nichts von Pferden, aber so was kommt vor. Pferde werden wild, gehen durch. Genau wie Menschen.«

Sie schaut ihn an. Noch nie war sie so lange mit jemandem zusammen wie mit ihm.

»Das wolltest du doch?«, sagt sie. »Das Große Exil! Das Leben, die Welt, nichts als eine einzige Wüste. War das nicht dein sehnlichster Wunsch?«

Sie fragt sich, warum er nicht antwortet, kein Gefühl zeigt.

»Ich weiß nicht, ob ich mich danach gesehnt habe.«

Er rutscht auf seinem Bett herum.

»Vielleicht ist es einfacher«, sagt er schließlich, »wenn wir Meneer Bär wieder dazunehmen. Willst du Meneer Bär sein?«

»Nein!«, brüllt sie. »Meneer Bär ist tot für dich!«

»Darf ich dich wirklich nicht *ein* Mal umarmen? Das würde ich so gerne tun.«

Violet schaut ihn an, wie er im Mantel auf dem Bett sitzt. Ein Fremder, und doch wieder nicht. Sie verachtet ihn, aber es gelingt ihr nicht völlig. Ihn total zu verachten hieße sich selber verachten.

»Was fandest du eigentlich an ihr? Außer dass sie jung war? Was hattest du bei ihr, das du bei mir nicht hattest?«

Er zieht seinen Mantel aus.

»Ich weiß es nicht. Sie war seltsam. Unnahbar. Alles perlte an ihr ab. Eine Spielerin.«

»Also schön, umarm mich«, sagt Violet. »Was soll's? Umarm mich schon. Jetzt ist eh alles egal. Das macht auch nichts mehr aus.«

37

Sylvie hat Suppe gekocht. Thailändische Hühnersuppe. In ein Restaurant wagte Roland sich nicht.

»Warum sind die Leute so böse auf Papa?«, fragt Jonathan.

»Weil deinen Papa«, antwortet Roland, »ein Dämon geritten hat, der Dämon der Eifersucht … Und das war sein Fehler.«

»Hör auf«, unterbricht ihn Sylvie. »Der Junge weiß nicht, was ein Dämon ist. Sag ihm doch einfach die Wahrheit.«

»Und die wäre?«, fragt Roland. »Was wäre deiner Meinung nach die Wahrheit?«

»Die Leute sind böse auf Papa«, sagt sie, »weil er jemandem weh getan hat – vielen Leuten weh getan hat.«

»Vielen?«, sagt Roland. »Na klar, sag ihm doch gleich: Papa ist ein Unmensch. Ein Feind der Menschlichkeit.«

Jonathan schaut von Sylvie zu Roland und von Roland zurück zu Sylvie.

Sylvie nimmt einen Löffel Suppe.

»Aber er bleibt dein Papa«, erklärt sie, »was die Leute auch über ihn sagen. Jonathan, merkst du dir das? Wenn du willst, dass dein Papa dein Papa bleibt, dann bleibt er dein Papa.«

Um acht Uhr stellen sie den Fernseher an.

Roland hat es in die Abendnachrichten geschafft.

Ein Stück aus Gwendolynes Video wird gezeigt. Ein altes Foto von Roland. Man hat den Besitzer des Bauernhofs

interviewt, auf dem Gwendolyne den Worten der Fernseh-
reporter zufolge ihre gesamte Freizeit verbrachte.

Der Bauer ist ein alter Mann. Er schaut direkt in die Ka-
mera. »Und ich hab ihr so oft gesagt: Reit nie ohne Helm.
Es ist mein Grundstück. Ich fühle mich verantwortlich.
Das Pferd war auch nicht mehr zu retten. Ich musste den
Abdecker rufen.«

Dann fährt die Nachrichtensprecherin trocken fort:
»Das Mädchen wurde mit ernsten Lähmungserscheinun-
gen in ein Krankenhaus in der Nähe von Delft eingeliefert.
Wie ein Sprecher der Universität Leiden mitteilte, erwägt
die Hochschule rechtliche Schritte gegen den Dozenten.«

38

Am Dienstagmorgen bringt Roland seinen Sohn in die
Schule. An einem Zeitungskiosk bleibt sein Blick an einer Überschrift des *Telegraaf* hängen. PROFESSOR MISS-
BRAUCHT WOCHENLANG STUDENTIN steht in fetten Buchstaben auf der Titelseite.

Daneben ein Foto von ihm, im Pferdestall mit der Peitsche. Das Foto ist unscharf, aber er ist es. Kein Zweifel.
Mühelos wird jeder Roland erkennen.

Über dem Foto noch ein anderer Text, in kleineren Buchstaben: DAS MACHT DIE ELITE MIT UNSEREN KINDERN.

Hatten die Nachrichten gestern noch von »ernsten Läh-
mungserscheinungen« gesprochen, kann Gwendolyne jetzt

laut Nachforschungen der Zeitung nur noch den Kopf bewegen. Am ganzen Körper gelähmt, nach einem Reitunfall, der vielleicht keiner war.

Wie sagte ein Experte doch gestern im Fernsehen? »Man kann sich so auf ein Pferd setzen, dass man einfach herunterfallen *muss*.«

Oberstein zieht Jonathan weg. Er ist kein Professor, er ist Hochschuldozent. Nicht mal die Fakten können sie anständig recherchieren.

In der Schule findet er inzwischen mühelos Jonathans Klasse.

Als er hereinkommt, verstummen Kinder, Eltern und Lehrerin. Selbst den üblichen Brüllaffen bleibt ihr Schreien im Hals stecken. Wie auf Kommando drehen sich alle zu ihm und seinem Sohn um.

Völliges Schweigen. Alle starren ihn an.

Er bringt Jonathan an seinen Tisch.

»Heute Nachmittag holt Mama dich ab«, sagt er, »und in der Mittagspause bleibst du in der Schule.«

Wie laut seine Stimme in dieser Totenstille gellt. Grässlich.

Der Mann, der nicht schwul ist, aber so wirkt. Der Mann mit den witzigen SMS. Der verletzliche Mann, nach Meinung neunzehnjähriger Mädchen.

Er nimmt Jonathans Rucksack und hilft dem Kind aus der Jacke. Er gibt seinem Sohn einen Kuss, und dann noch einen und noch einen dritten, alle starren ihn an. Dann hängt er Jonathans Sachen im Flur auf.

Wie Jonas im Walfisch, so möchte er verschwinden. Als hätte es ihn niemals gegeben.

Violet hat eine SMS erhalten. »Kommst du jetzt zu mir?«,
fragt Wytse. »Wir könnten zusammen nach Afrika. Da ist
man frei.«

Frei? Was meint er damit?

Sie muss an die Melodie eines Lieds denken. Nach ein
paar Sekunden fällt ihr der Text wieder ein: »Look where
we are right now / On this beautiful little piece of grass /
Suffocated by a sea of cement / Oppressed by all the traffic /
Look at the people / Running, shouting / Like they have
all gone mad. / You know / I think / I just might go back
to Africa.«

Violet fängt an zu singen, sie muss daran denken, was
Wytse über die Leichen erzählt hat.

Sie nimmt ihr Handy und schickt Roland eine SMS: »Vermisst du mich nicht?«, fragt sie. »Fehlt dir nicht, was wir
hatten? Bin ich die Einzige, der was fehlt?«

»Und dann diese Textnachrichten«, sagt P. W. F. M. Verkerk,
wie um nur ja kein Detail einer deftigen Geschichte auszu-
lassen, »SMS an Studenten über Kollegen! Das haben wir
mittlerweile auch herausgefunden. Was ist nur in dich gefahren, per SMS bei Studenten über Kollegen zu tratschen?«

»Hätte ich lieber per E-Mail über sie tratschen sollen?«, fragt Roland.

Verkerk schaut ihn kurz gereizt an, dann wird sein Blick milder.

»Wie auch immer«, sagt er und schlägt mit der Hand auf einen Stapel Zeitungen auf seinem Schreibtisch, »wenn ich du wäre, würde ich nach Neuseeland gehen und mich da bei einer Bank bewerben. Vielleicht kannst du ja auch deinen Nachnamen ändern. Die Welt der Wissenschaft ist auch international gesehen ziemlich klein. Und nimm dir einen Anwalt. Die Universität hat noch keine Entscheidung getroffen, aber unser Ruf hat durch deine, wie soll ich sagen, spielerischen Provokationen gehörig gelitten. Erst bei Saitoti den großen Unbestechlichen raushängen und dann so was. Mein Gott, diese Peitsche! Manche Dozenten haben sich ja schon eine Menge geleistet, aber eine Peitsche schlägt dem Fass doch den Boden aus!«

Oberstein will aufstehen, aber er kann sich nicht rühren. »Danke für den Tipp«, sagt er. »Neuseeland.«

»Oberstein!« Verkerk senkt verschwörerisch seine Stimme und streicht sich wieder über den Schnurrbart: »Denk nicht, ich sei einer von diesen borniertern Moralaposteln. Wenn ich so wenig verdienen würde wie du, würde ich auch mit Studentinnen schlafen. In grauer Vorzeit hab ich mich auch ab und zu mal vergessen. Bei uns allen schlägt der Blitz einmal ein. Aber ich hab immer darauf geachtet, dass sie nicht im Krankenhaus landen oder ihre Todessehnsucht auf Facebook ausleben – mein Gott, ausgerechnet auf Facebook! Auch ich hab schon mal den Kopf verloren, aber sie haben alle ihren Weg gemacht: verheiratet, Kinder – Karriere nicht mehr, in den meisten Fällen, aber oft einen Mann mit einem guten Einkommen. Ich hab Kontakt zu ihnen gehalten. Bei der einen oder anderen bin ich sogar noch zu Hause gewesen, wenn der Mann auf Geschäftsreise war. – Aber die Interessen der Universität gingen jederzeit vor! Dieser Reitunfall wird dir angelastet, und damit der Universität. Die Leute sagen: Das war kein Unfall. Und seien wir ehrlich, Oberstein: Es war auch keiner. Das weiß jeder.«

Ohne noch etwas zu sagen, verlässt Oberstein das Gebäude. Seinen Schreibtisch in Slachters Büro räumt er nicht aus. Er hat nicht den Mut.

Auf der Straße meint er noch immer, dass alle Leute ihn anstarren.

Als er seine Bleibe betritt, spricht Antoinette ihn auf der Treppe an.

»Hast du einen Moment Zeit?«, fragt sie.

»Ja«, antwortet Roland.

»Wir vom Kuratorium hatten heute Morgen eine Telefonkonferenz und sind übereinstimmend der Meinung, dass es für alle Seiten das Beste ist, nicht zuletzt auch für dich, wenn du mit sofortiger Wirkung deinen Rücktritt aus dem Kuratorium des Vroom-&-Dreesmann-Literaturpreises erklärst.«

Er nickt. Was soll er auch antworten? Er ist völlig einer Meinung mit ihr.

»Schau, natürlich bist und bleibst du ein bedeutender Ökonom, aber in den Statuten unserer Stiftung steht, dass wir mit der Vergabe des Preises auch was für die Förderung des Lesens tun wollen, und was du da getan hast…«

Sie hüstelt.

»Was du getan hast, kann man nicht ernsthaft Leseförderung nennen, wollen wir mal sagen.«

»Da hast du recht.«

»Ich hab schon was aufgesetzt und ausgedruckt, und wenn du nachher zu mir kommst, kannst du das unterschreiben, dann ist das auch gleich erledigt.«

Er nickt.

»Ach, und noch etwas, eine Talkshow hat für dich angerufen. Sie wollen dich in ihrer Sendung. Ich will mich nicht einmischen, aber wenn ich du wäre, würde ich das machen. Ist doch eine Möglichkeit, die Angelegenheit mal von deiner Warte aus zu erklären.«

Er nickt. Er will in sein Zimmer, aber immer noch versperrt sie ihm den Weg.

Sie sieht ihn an, mit einem Blick, als sei er eine kostbare chinesische Vase. Voller Sprünge.

»Sag mal ehrlich, hast du das wirklich alles gemacht, mit diesem Pferdemädchen?«

41

Roland wollte auf keinen Fall allein gehen und hatte Sylvie erklärt, er müsse unbedingt hin. Dass er sich andernfalls bis an sein Lebensende als Feigling fühlen würde. Sylvie hatte nur am Mittwochnachmittag Zeit, und Jonathan musste auch mitkommen.

Roland hatte sie gebeten, im Reinier-de-Graaf-Kranken-haus anzurufen, um die Besuchszeiten zu erfragen und dabei diskret vorzufühlen, ob er willkommen sei. Auch dazu war sie bereit. Sie ist zu vielem bereit, findet sie. Auch unter diesen Umständen lässt sie den Vater ihres Kinds nicht im Stich, gibt sie ihm noch eine Chance.

Sie sitzen im Zug nach Delft.

Sylvie betrachtet ihren Ex. Er ist über Nacht alt geworden. Sie kann nicht sagen, woran man das sieht, aber irgendwas ist verschwunden, aus seinem Gesicht oder seiner Haltung. Die Energie.

Jonathan sitzt auf Rolands Schoß.

»Was ist da in der Tüte?«, fragt sie.

»Ein Geschenk.«

»Für wen?«

»Für Gwendolyne.«

»Was für ein Geschenk?«

»Ein Teddybär.«

Sie schüttelt den Kopf. »Bist du sicher?«, fragt sie. »Bist du sicher, dass du ihr einen Teddybären schenken möchtest?«

Kurz vor der Einfahrt in Delft sagt er: »Wenn die Leute erst mein Buch über die Spekulationsblase gelesen haben, werden sie meine wissenschaftlichen Methoden nicht mehr anzweifeln.«

»Vielleicht gibt es dann keine Menschen mehr«, sagt sie.

»Diejenigen, die es dann gibt, werden mir recht geben.«

Sie nehmen ein Taxi zum Krankenhaus. Jonathan und Sylvie begleiten Roland zum Eingang. Alles wirkt völlig normal. Ein Frühlingsspaziergang mit der Familie. Roland ist schweigsam, doch das war er eigentlich immer. Innerlich war er stets mit irgendwas anderem beschäftigt.

»Ich gehe nicht weiter«, sagt Sylvie. »Ich warte mit Jonathan hier.«

Sie sieht, wie er das Gebäude betritt. Mit seinem Bären.

42

Nur mit Mühe findet Roland Gwendolynes Zimmer. Er muss zweimal fragen, und zweimal meint er an den Reaktionen der Schwestern zu spüren, dass sie ihn erkennen.

Sie liegt allein. Sie schläft.

An der Wand hängen Genesungswünsche. Auf einem Tisch stehen Blumen.

Sie hängt an einem Tropf.

Es gibt noch ein zweites Bett, das aber offenbar nicht benutzt wird.

Er nimmt einen Stuhl und setzt sich.

Nach fünf Minuten öffnet sie die Augen.

»Meneer Oberstein«, sagt sie.

Ihre Stimme klingt anders. Doch sie ist klar zu verstehen.

»Ich dachte, ich komm mal vorbei, um zu sehen, wie es dir geht.«

Sie antwortet nicht.

»Ich hatte gehört, ich dürfe kommen. Ich hatte gefragt.«

Er wartet, dass sie etwas sagt.

Dann holt er das Päckchen mit dem Teddybären aus der Tüte und legt ihn aufs Bett.

»Ich hab dir was mitgebracht«, sagt er.

»Wie aufmerksam«, antwortet sie.

Wieder Schweigen. Nichts geschieht. Nur das Rauschen der Klimaanlage.

Eine Schwester öffnet die Tür. »Alles in Ordnung?«, ruft sie ins Zimmer.

Sie wartet nicht auf Antwort, sondern geht sofort weiter.

»Sie müssen es auspacken«, sagt Gwendolyne. »Ich kann das nicht mehr.«

Er nimmt das Päckchen vom Bett und versucht, es zu öffnen, ohne das Papier zu zerreißen.

»Was kannst du noch?«, fragt er.

»Nichts«, sagt sie. »Reden und schlucken. Meinen Kopf ein klein bisschen bewegen. In einem meiner Zehen habe ich Gefühl. Aber sonst nichts.«

»Und – wird es langsam besser?«, fragt er so leichthin wie möglich, als frage er einen Studenten: »Wie ist die Wiederholungsprüfung gelaufen?«

»Jeden Tag, an dem sich nichts ändert, wird die Chance auf Besserung geringer.«

Endlich ist der Bär aus seiner Verpackung befreit. Roland wusste nicht, was er kaufen sollte. Zuerst hatte er an ein Buch gedacht, wusste aber nicht, was für eins. Dann sah er diesen Bären. Er erinnerte ihn an Meneer Bär. Sie könnten Zwillinge sein.

Er legt den Bären aufs Bett.

Sie schweigt.

Nach einer längeren Pause meint Roland: »Ich dachte, vielleicht ist das ein hübsches Geschenk.«

»Könnten Sie ihn bitte wieder mitnehmen, Meneer Oberstein?«, fragt Gwendolyne. »Ich kann nichts damit anfangen.«

»Verstehe, natürlich«, sagt er.

Er versucht, den Bären wieder einzupacken, doch es gelingt ihm nicht.

»Um fünf kommen meine Eltern«, sagt sie, »dann sollten Sie besser weg sein.«

Er sieht, wie sie die Uhr dem Bett gegenüber anstarrt.

Es ist fünf nach vier.

»Soll ich dir etwas zu trinken geben?«, fragt er. Auf dem Nachttisch stehen Tee und eine Art Fruchtsaft.

»Nein danke«, sagt sie.

Er schaut in die Tüte, in der der Bär gesteckt hat.

»Ich habe dir noch etwas mitgebracht«, sagt er. »Ich dachte, vielleicht möchtest du sie zurück. Sie gehört dir. Ich hab sie dabei.«

Aus der Plastiktüte holt er Gwendolynes Peitsche und legt sie aufs Bett.

»Aber wenn du willst, kann ich sie auch wieder mitnehmen. Was meinst du, Gwendolyne?«

Sie betrachtet die Peitsche, scheint zu zögern.

»Ich behalt sie«, sagt sie. »Aber ich bin nicht Gwendolyne.«

»Gwenny.«

»Ich bin Natascha.«

Er legt seine Hand auf die Decke. Auf ihren Arm.

»Natascha von 0800-9994?«

»Von 0800-4999. Sie merken sich's nie.«

Jetzt muss er stark sein. Er darf sich nichts anmerken lassen. Kein Gefühl.

»Natascha«, sagt er.

»Ich spüre nichts«, sagt sie. »Sie haben Ihre Hand auf meinem Arm. Aber ich spüre nichts.«

»Was sagen die Männer zu dir, wenn du endlich mit ihnen sprichst? Was sagen sie dann?«

»Sie wollen wissen, was ich anhabe.«

»Und was hast du dann an, Natascha?«

»Einen Rock.«

»Welche Farbe?«

»Rot. Und kurz. Ganz kurz.«

Er lüpft die Decke. Ein Krankenhaushemd. Eine Windel. Er legt seine Hand auf ihren Bauch.

»Ich spüre nichts«, sagt sie.

»Was trägst du unter dem Rock?«

»Nichts. Gar nichts.«

Er legt die Hand auf ihre Windel.

»Ich spüre nichts«, sagt sie. »Ich hatte einen Katheter, aber sie meinten, der hätte sich entzündet.«

»Dreh dich um, Natascha«, sagt er. »Ich will deinen Hintern sehen.«

»Ich zieh mir den Rock hoch«, sagt sie. »Sehen Sie, dass ich nichts anhabe? Sehen Sie's?«

»Hast du das zu den Männern gesagt?«

»Ja«, antwortet sie. »Das hab ich immer zu ihnen gesagt. Wenn ich mit ihnen telefoniert hab.«

Er löst ihre Windel.

»Ich spüre nichts«, sagt sie.

Der Geruch von Kot und Urin.

Er hebt ihre Beine an. Die Beine sind schwer.

»Ich spüre nichts«, sagt sie.

Er zieht die Windel unter ihr weg.

»Ich bin Natascha«, sagt sie.

Er wirft die Windel in den Papierkorb.

»Das ist ein geiles Gespräch«, sagt sie.

Er fasst sie um die Hüfte und um die Beine.

»Ich spüre nichts«, sagt sie.

Er zerrt an ihr herum.

Er versucht, sie umzudrehen. Er muss vorsichtig sein wegen der Infusionsnadel.

Endlich liegt sie auf dem Bauch.

Er streichelt ihren Hintern.

»Ich spüre nichts«, sagt sie.

Er fummelt zwischen ihren Beinen.

»Ich spüre nichts«, sagt sie.

Er nimmt die Peitsche.

»Was hast du an?«, fragt er.

»Einen kurzen Rock. Sehr kurz. Ich trage ihn nur für Sie.«

Er lässt die Peitsche auf ihre Pobacken klatschen.

»Ich spüre nichts«, sagt sie. »Ich höre es nur. Ich höre die Peitsche. Wenn ich die Augen schließe. Wenn ich schlafe. Wenn ich esse. Wenn ich trinke. Ich höre sie immer.«

»Und wollten die Männer wirklich nur wissen, was du anhattest?«

»Ja«, sagt sie. »Das wollten sie wissen. Alle, ausnahmslos. Was ich anhatte.«

Er schlägt mit der Peitsche.

»Ich spüre nichts«, sagt sie.

Er legt den Kopf auf ihren Rücken.

Er streichelt den Rücken.

»Jetzt müssen Sie gehen«, sagt sie. »Sie haben gewonnen, Meneer Oberstein.«

»Nein«, sagt er. »Ich habe nicht gewonnen.«

»Sie müssen gehen. Sie sind der Sieger.«

»Ich habe nicht gewonnen, Gwenny. Nichts habe ich gewonnen.«

»Sie müssen gehen. Und Sie dürfen nie mehr wiederkommen.«

Er ist still. Sein Gesicht ist nass, voller Tränen.

»Darf ich nicht noch *ein* Mal vorbeikommen?«, fragt er. »Wär das nicht schön für dich? Ich bring auch keinen Bären mit.«

»Sie müssen gehen«, sagt sie. »Sonst rufe ich die Schwester. Und Sie dürfen nie mehr zurückkommen.«

Kurz bleibt er so stehen. Über ihr Bett gebeugt. Den Kopf noch auf ihrem Rücken.

Dann sucht er im Schrank nach einer Windel. Mühevoll dreht er Gwendolyne wieder herum und legt ihr die Windel, so gut es geht, an. Er drapiert die Bettdecke über sie. Die Peitsche legt er in den Schrank zu ihren persönlichen Sachen.

Dann nimmt er den Bären, steckt ihn in die Tüte und geht aus dem Zimmer.

Sylvie und Jonathan warten vor dem Krankenhaus auf ihn.

Sie haben mit einem Flummi gespielt.

»Alles in Ordnung?«, fragt Sylvie. »Du siehst so bleich aus.«

Es gibt kein Taxi.

Sie gehen zum Bahnhof.

Jonathan hat Durst, sie setzen sich in ein Bistro. Das Kind will kalten Kakao.

Oberstein geht auf die Herrentoilette.

Die Toilette ist eng.

Er pinkelt.

In der Hand hält er die Plastiktüte.

Er sinkt auf den Boden. Die Fliesen sind nass. Ihm ist es egal.

Oberstein kniet, den Kopf auf der Plastiktüte.

Jemand klopft an die Tür.

Oberstein holt den Bären aus der Tüte. Die gleichen Augen, das gleiche Fell. Wie Meneer Bär.

»Meneer Bär«, sagt er. »Was machst du hier?«

Das Spielen ist ihm zur Qual geworden, er kann sich nicht vorstellen, dass sich das je noch mal ändert.

»Meneer Bär«, sagt er. »Ich flehe dich an. Mach, dass ich vom Erdboden verschwinde.«

43

Endlich hat Lea ihn an den Hörer bekommen. »Du bist so still. Alles in Ordnung bei dir?«, fragt sie.

»Ja«, antwortet Roland. »Und bei dir?«

»Ich wollte dich was fragen.«

»Frag nur«, sagt er.

671

»Ich finde, Gabe ist jetzt alt genug, jetzt muss ich es ihm erzählen.«

»Was?«

»Was seine Mutter tut. Dass sie Expertin für Rudolf Höß ist. Er fängt an, mir Fragen zu stellen. Aber ich weiß nicht, wie ich ihm antworten soll. Ich dachte, vielleicht hast du eine Idee.«

»Ich?«

»Gabe weiß noch gar nichts über den Holocaust, nicht mal, dass es so was wie Völkermord gibt, aber in letzter Zeit fragt er immer: ›Was machst du den ganzen Tag, Mama?‹«

Eine Pause entsteht.

Gestern Abend war der Taxifahrer das erste Mal zum Essen bei ihr. Es gab Lammkotelett. Als er fort war, hat sie sich hungrig über die Knochen auf seinem Teller hergemacht.

»Bist du noch da, Roland?«, fragt sie.

»Ja, ich bin noch da. Vielleicht musst du Gabe erklären, dass es mal einen Mann gab, der Rudolf Höß hieß und Pferdenarr war, und dass seine Mama alles über ihn weiß. Und dass der Mann dann Direktor einer riesigen Fabrik wurde, wo Menschen geschlachtet wurden. – Höß war doch Pferdeliebhaber?«

»Mit sieben, da bekam er sein Pony namens Hans. In das war er regelrecht verliebt. Aber wie erkläre ich Gabe, was Massenmord ist?«

»Sag ihm einfach, was es bedeutet.«

»Und wie geht's meinem Großvater?«

»Der lebt noch. Nach meinen letzten Informationen zumindest.«

»Ich weiß, dass du mich liebst«, sagt Lea.

»Ich weiß«, antwortet er. »Ich weiß, dass du das weißt.«

44

Wieder hatte er keine Zeit für sie. Eine halbe Stunde, mehr nicht. Die Hälfte der Himbeeren hat er liegen lassen. Nie hat er Zeit für sie gehabt.

»War es schön für dich, dass ich ein paar Monate in den Niederlanden war?«, fragt er.

»Schön ist nicht das richtige Wort«, antwortet seine Mutter.

Sie wirft einen Blick auf den dementen Mann bei ihr am Tisch.

»Die Nachbarin hat mir die Zeitungsartikel gezeigt, und im Fernsehen hab ich auch was darüber gesehen. Du sollst eine Studentin in den Tod getrieben haben. Ehrlich gesagt erstaunt es mich eher, dass es nur eine ist. Bei mir hast du das schon in frühester Kindheit versucht. Ein Wunder, dass du das immer noch nicht geschafft hast!«

Ihr Sohn steht auf.

»Was wirst du mit ihm machen?« Er zeigt auf den Mann am Tisch.

»Lass das mal meine Sorge sein«, antwortet sie. »Ich habe wenigstens noch Ehrfurcht vor dem Leben.«

Sie umarmt ihren Sohn, und er umarmt sie.

»Wenn du wenigstens Professor wärst«, sagt sie, »dann

könnte ich über das mit der Studentin ja noch hinwegsehen.«

45

Fast zwei Stunden haben Gwennys Eltern an ihrem Bett gesessen.

Vor allem ihre Mutter hat das Reden übernommen.

Ihr Vater sagt nicht viel.

In Kürze wird sie in ein anderes Krankenhaus verlegt.

Mit einem Ruck steht ihr Vater auf. »Wir müssen mal wieder«, sagt er. »Gleich fängt die Champions League an.«

46

Das Notebook steckt schon in der Tasche.

Nur noch ein wenig Kleidung und ein paar letzte Bücher liegen im Zimmer herum. Er ist fast fertig.

Er nimmt das Buch von Stefan Zweig. Er zögert einen Moment. Es ist das Einzige, was ihn an Gwendolyne erinnert. Er schlägt das Buch auf, liest ein paar Sätze. Reines Gift. Bestenfalls Zeitverschwendung.

Er legt es auf den Stapel mit Büchern, die er hierlassen will.

Paul Steinberg. Er blättert darin, legt es in den Koffer.

Tadeusz Borowski. Er schlägt es auf, liest eine unterstrichene Passage:

»›Und persönlich?‹

›Persönlich? Was kann es bei mir schon Persönliches geben? Kamin, Block und wieder Kamin. Ich hab hier ja niemanden. Ach, doch was Persönliches, wenn du's wissen willst: Wir haben uns eine neue Methode der Verbrennung im Kamin ausgedacht. Weißt du, wie?‹

Ich täusche höflichkeitshalber Interesse vor.

›Es geht so: Wir nehmen vier Kinder, binden sie an den Haaren zusammen und stecken die Haare an. Das brennt dann von selbst und ist *gemacht*.‹

›Gratuliere‹, sagte ich nüchtern, ohne Begeisterung.

Er lachte eigenartig und sah mir in die Augen.

›Du, Pfleger, bei uns in Auschwitz müssen wir uns doch irgendwie amüsieren. Wie würde man es sonst aushalten.‹«

Oberstein klappt das Buch zu. »Ich habe mich sehr kultiviert amüsiert, mich trieb bloß die Neugier«, sagt er leise.

Er legt das Buch in den Koffer.

Jetzt muss er nur noch seine Kleidung einpacken.

Es klopft an der Tür.

Jonathan und Sylvie sind gekommen, um sich zu verabschieden.

Der Junge bleibt neben seiner Mutter stehen, an ihrer Hand.

Sie schauen zu, wie Roland die letzten Kleidungsstücke zusammenlegt.

»Meinst du, dass sie dich an der George Mason noch haben wollen?«, fragt Sylvie.

»Wenn nicht, bleibt mir immer noch Neuseeland. Auch da gibt es Universitäten.«

Er setzt sich auf seinen Koffer.

Sein Handy klingelt. Eine niederländische Nummer, die er nicht kennt. Er zögert.

Er nimmt das Gespräch an.

»Hier ist Lieke. Ich hab eine Weile gebraucht, Ihre Nummer herauszufinden. Aber ich hab noch ein Buch von Ihnen. Sie haben es im Stall liegenlassen. Soll ich es Ihnen vorbeibringen? Ich dachte, ich gebe es Ihnen an der Uni, aber da hab ich Sie nicht mehr gesehen. Das Buch steckt schon seit Tagen in meiner Tasche.«

»Ich bin unterwegs nach Schiphol.«

Einen Moment ist es still.

»Da kann ich auch hinkommen«, sagt Lieke. »Ich hab ein Studentenabo für den öffentlichen Nahverkehr.«

»In Ordnung«, sagt er. »Dann bis in zwei Stunden am Schalter von Continental.«

Er steckt das Handy ein.

Sylvie stellt sich direkt vor ihn.

»Muss ich mir Sorgen machen?«, fragt sie.

»Um mich?« Er schüttelt den Kopf. »Ich bin eine Überlebensmaschine. Überleben ist mein Spezialgebiet.«

Er steht auf, schaut sich um. Nichts vergessen.

»Weißt du, wer wieder was von sich hat hören lassen?«, fragt sie.

Er schüttelt den Kopf.

»Lysander.«

»Oh – schön.«

Er nimmt den Koffer.

Er umarmt seinen Sohn. »Tschüs, mein Lieber«, sagt er. »Mein großer Freund. Mein bester Freund. Ich werd dich vermissen.«

»So'n Mist!«, ruft Jonathan. »Jetzt bin ich tot!« Er klappt sein Nintendo-Spiel zu. – »Papa, was ist eine Peitsche?«

»Wie kommt er jetzt darauf?«

Sylvie zuckt mit den Schultern.

»Eine Peitsche ist was für Pferde«, sagt Oberstein leise. »Um sie anzutreiben. Damit sie schneller laufen.«

Hastig umarmt er die Mutter seines Sohns. Es wirkt hölzern.

»Ich hab dich nie anders gekannt«, sagt Sylvie. »So warst du schon immer.«

Neben ihr steht ihr Sohn. Sein Sohn. Ihr gemeinsames Kind.

»Wie denn?«, fragt Roland. »Wie bin ich denn?«

47

Jonathan ist bei einem Freund.

Sylvie geht die Treppe hinauf. Seit Monaten ist sie nicht hier gewesen.

Im Wohnzimmer riecht es muffig. Auf dem Tisch liegt die Post von Wochen.

Nirgends eine Spur von Leben.

Sie geht ins Schlafzimmer. Der muffige Geruch wird immer stärker.

Das Zimmer ist dunkel.

Lysander liegt auf der Matratze.

Regungslos, mit offenen Augen.

»Du hast mich ein paarmal angerufen«, sagt sie. »Da bin ich wieder.«

Keinerlei Reaktion.

Sie geht in die Hocke, sieht ihn an, soweit das im Dunkeln möglich ist.

In dieser Stellung verharrt sie ein paar Minuten.

»Was hast du mit all diesen Männern getrieben?«, fragt er zu guter Letzt.

Seine Stimme klingt tiefer, als sie sie in Erinnerung hat.

»Was für Männer? Ich war bei meinem Kind.«

Keinerlei Reaktion.

Sie will aufstehen. Das hier muss sie sich nicht antun.

Plötzlich schießt sein Arm unter der Decke hervor. Er packt sie am Handgelenk, nicht wie mit Händen, mit Klauen. Er drückt seine Nägel tief in ihr Fleisch.

»Wo warst du die ganze Zeit?«

48

Roland Oberstein sitzt auf dem Bett im Best Western in Fairfax. Sein altes Zimmer war schon vergeben. Doch auch hier eine Wanne, in der man sich nötigenfalls die Pulsadern aufschneiden könnte.

Auf dem Nachttisch ein Foto von Jonathan, in Passbildgröße.

Die George Mason hat ihm mitgeteilt, auf seine Dienste hinfort keinen Wert mehr zu legen. Roland wollte sich einen Anwalt nehmen, doch der hatte gemeint: »Ich habe nichts gegen einen guten Verdienst, aber meinen Klienten das Geld aus der Tasche ziehen will ich auch nicht. Sie haben nicht die geringste Chance. Finden Sie sich damit ab.«

Sein Apartment in New York hat er kündigen müssen. Hier im Hotel wird er sein Standardwerk über die Geschichte der Blasenbildung beenden. Ist das Buch erst mal erschienen, gibt es bestimmt irgendwo eine Stelle für ihn, vorzugsweise an einer Universität. Ein Mann mit seinen Verdiensten findet in der akademischen Welt immer etwas, und im Notfall bleibt ihm immer noch Taco Bell. Er ist kein Dilettant, wie seine Exehefrau denkt.

Nach langem Suchen hat er die Visitenkarte von Ranzenhofer gefunden. Er erinnert sich an den Abend in Brooklyn, an ihr Gespräch, das Kokoseis, Leas Kinder. Er wählt die Mobilnummer, die Ranzenhofer auf die Rückseite der Visitenkarte geschrieben hat.

»Hallo?«, fragt eine barsche Stimme.

»Jason Ranzenhofer?«

»Mit wem spreche ich?«

»Roland Oberstein«, antwortet er. »Ich war – bin – ein Freund Ihrer Frau. Ich war mal bei Ihnen zum Essen.«

Für einen Moment ist es still.

»Ach, der Wirtschaftswissenschaftler«, sagt Ranzenhofer. Seine Stimme klingt schon etwas freundlicher.

»Damals sagten Sie was über eine Green Card. Dass Sie

Leute kennen, die was für mich tun könnten. Jetzt würde ich gern auf Ihr Angebot zurückkommen.«

Stille.

»Können Sie sich noch erinnern?«

»Ja«, antwortet Ranzenhofer, »ich weiß noch.«

»Können Sie mir helfen? Ich bin ein wenig in Not.«

»Ich denke schon«, sagt Ranzenhofer nach einer weiteren Pause. »Ich denk schon, dass ich was für Sie tun kann.«

Danksagung

Für ihre Ratschläge, Führungen und ihre Gastfreundschaft danke ich: David Levy, Deirdre McCloskey, Maria Paganelli, Schliesser, Harro Maas, Arnold Heertje, Marty Markowitz, dem Historisch Archief Westland, insbesondere Jan Buskes, Gerard Beijer und Aren Jansen, sowie der Universität Leiden, insbesondere Arie Ros und Wim van Anrooij.

Zitatnachweis

Das Zitat von Walter Benjamin auf Seite 26 aus: Walter Benjamin, ›Denkbilder: Der destruktive Charakter‹. Aus: ders., Gesammelte Schriften, IV, 1: *Kleine Prosa, Baudelaire-Übertragungen*. Suhrkamp Verlag, Frankfurt am Main 1991, Seite 398.

Das Zitat von Adam Smith auf Seite 231 und 232 aus: Adam Smith, *Theorie der ethischen Gefühle*. Aus dem Englischen übersetzt von Walther Eckstein [1926], neu herausgegeben von Horst D. Brandt. Felix Meiner Verlag, Hamburg 2010, Seite 12 und 13.

Das Zitat von Paul Celan auf Seite 320 aus: Paul Celan, ›Es war Erde in ihnen‹. Aus: ders., *Die Niemandsrose*. © S. Fischer Verlag GmbH, Frankfurt am Main 1963, Seite 73.

Das Zitat von Primo Levi auf Seite 424 und 424f. aus: Primo Levi, *Ist das ein Mensch? / Die Atempause*. Übersetzt von Heinz Riedt, Barbara Picht und Robert Picht. © Carl Hanser Verlag München 1986, Seite 95 und Seite 97.

Das Zitat von Stefan Zweig auf Seite 530 und 583 und 650 aus: Stefan Zweig, *Brief einer Unbekannten*. Aus: ders., Gesammelte Werke in Einzelbänden. Herausgegeben von

Knut Beck. *Brennendes Geheimnis.* © S. Fischer Verlag GmbH, Frankfurt am Main 1987, S. 151 und 160 und 184.

Das Zitat von Tadeusz Borowski auf Seite 537 f. und Seite 675 aus: Tadeusz Borowski, *Bei uns in Auschwitz*. Aus dem Polnischen von Friedrich Griese © Schöffling & Co. Verlagsbuchhandlung GmbH, Frankfurt am Main 2006, Seite 44 und 72.

Arnon Grünberg
im Diogenes Verlag

Blauer Montag

Roman. Aus dem Niederländischen
von Rainer Kersten

Die provozierende Lebensgeschichte eines jungen
Mannes aus jüdischem Elternhaus, der nicht weiß,
wem er sich mehr zugehörig fühlen soll: der zweiten
Generation der Holocaust-Opfer oder der ›Generation Nix‹. Dessen Schulkarriere ein frühes Ende
nimmt, weil er lieber mit Freundin Rosie durch Kneipen und Cafés zieht. Der das Amsterdamer Rotlicht-
milieu zu erkunden beginnt, als Rosie ihn verlässt –
wie weh diese Trennung tut, wird nirgends ausgesprochen. Und der es bald nur noch in der gekauften
Nähe von Prostituierten aushält, sich dem Alkohol
hingibt und dem Verfall. Der schließlich im Anzug
des verstorbenen Vaters selbst eine Laufbahn als Gi-
golo antritt.

»Die Stärke dieses wilden Textes liegt in seiner Un-
mittelbarkeit und im Fehlen jeglicher Larmoyanz. Die
Sprache ist bei aller Flapsigkeit von gnadenloser Klar-
heit und Präzision. Das Weinen, das dem Erzähler im
Hals steckt, bleibt stumm oder äußert sich in absurder
Komik.« *Hannes Hansen / Die Welt, Berlin*

Statisten

Roman. Deutsch von Rainer Kersten

Ewald und Broccoli wollen das Glück nicht wie durch
eine Sanduhr hindurchrieseln lassen, sondern hängen
einer Reihe großer Träume nach: anders zu sein,
Schauspieler zu werden und mit Elvira zu schlafen,
die in Argentinien in einem einzigen Film die Haupt-
rolle gespielt hat, die nichts lieber tut als tanzen und
schlafen – alleine – und die das Talent hat, alles, was

sie tut, so aussehen zu lassen, als sei es die normalste Sache der Welt... Ein sehr gefährliches Talent.

»Der Roman, in dem es von traurigen und haltlosen Gestalten nur so wimmelt, lebt von einem befreienden Credo: Verzweiflung, befindet Grünbergs Erzähler Ewald, sei nichts Tragisches, sondern eine ›ausgesprochen trockene und komische‹ Angelegenheit. Grünberg hält genau den richtigen Ton zwischen Lakonik und verletzlicher Selbsterkenntnis. Mit Ewald leiden, lästern und träumen wir.«
Karen Fuchs / Die Welt, Berlin

Phantomschmerz
Roman. Deutsch von Rainer Kersten

Ein Mann zwischen drei Frauen, allein mit seinen Illusionen, seinen Träumen – aber mit dem nötigen Wahnwitz, das Leben als Rausch zu begreifen. In einer Stretchlimousine mit Wasserbett rast er dem Leben hinterher, will es einholen, überholen, dem Alltag entfliehen – und bremst sich dabei doch nur selber aus...

»Bittersüß erzählt, voller Wehmut und mit beißendem Humor. Die Geschichte jenes Mannes, der bei dem Versuch, seinen ›gewaltigen Hunger‹ nach dem Leben zu stillen, in aberwitzigste Situationen gerät, doch letztendlich nie wirklich bei sich selbst ankommt.« *Der Spiegel, Hamburg*

Der Vogel ist krank
Roman. Deutsch von Rainer Kersten

Vor den Wagnissen einer Schriftstellerkarriere hat sich Christian Beck in eine Existenz als Übersetzer von Gebrauchsanweisungen geflüchtet – ein Asyl vor dem eigenen Leben. Doch wie lange kann man sich aus dem Leben heraushalten? Als seine langjährige Freundin todkrank wird, will sie heiraten – aber nicht ihn.

»Ein großartiger Roman, poetische Kraft, slapstick-artiger Humor und Überraschungen, die auf jeder Seite lauern.«
Jan Brandt / Frankfurter Allgemeine Sonntagszeitung

»Ich finde den Roman hervorragend – herausfordernd, originell, amüsant und tragisch zugleich.«
Ellen Pomikalko / Buch Markt, Meerbusch

Gnadenfrist
Deutsch von Rainer Kersten

Jean Baptist Warnke hat nicht nur einen Job als Diplomat, er hält sich auch im Privatleben aus allem diplomatisch heraus. Bis er sich in Lima mit Haut und Haar verliebt. Doch wer ist die Studentin Malena? Eine feurige Liebe, die ungeahnten Zündstoff enthält…

»Geradlinig, gewitzt, gelungen. Das subtile Psychogramm eines liebesverblendeten Mannes, der unversehens vom Biedermann zum Brandstifter mutiert.«
Hendrik Werner / Die Welt, Berlin

»Arnon Grünberg gibt keine Erklärungen für das Unbegreifliche, weder politische Rechtfertigungen noch psychologische Begründungen. Mit lakonischer Kälte, hie und da gemildert durch sanfte Ironie und absurden Humor, schildert er den Höllensturz eines arrivierten Diplomaten.«
Martin Halter / Frankfurter Allgemeine Zeitung

»Spannend, pointiert und intelligent.«
Hans Christian Kosler / Neue Zürcher Zeitung

Tirza
Roman. Deutsch von Rainer Kersten

Jörgen Hofmeester, Ende fünfzig, wohlhabend, aber freigestellt, geht ganz auf in seiner Vaterrolle. Vor allem, seit seine Frau ihn verlassen hat. Tirza, so heißt